jaque al duque

jaque al duque

ANNY PETERSON

Grijalbo

Primera edición: mayo de 2023

Printed in Spain – Impreso en España

ISBN: 978-84-253-6372-6
Depósito legal: B-5.702-2023

Compuesto en Fotoletra, S. A.

Impreso en Romanyà Valls, S.A.
Capellades (Barcelona)

GR 6 3 7 2 6

Para una de las personas más excepcionales
que conozco, Irene Bueno.
Sabes ayudar en los peores momentos
y alegrarte en los mejores.
Gracias por cuidar de mí

ulises

Prólogo

> La jugada está ahí, pero necesitas verla.
>
> SAVIELLY TARTAKOWER

Viernes, 6 de marzo

—¡No dispare! —grita el hombre al que estoy apuntando.

Y no me extraña. Seguro que ha captado que ganas no me faltan. Ha tenido a medio país en vilo durante las últimas cuarenta y ocho horas.

Mi compañera se acerca a la cuna que hay situada en un rincón de la estancia y, sin dejar de apuntarlo, comprueba el interior.

—¡Parece estar bien! —la oigo, aliviada.

Yo no pierdo de vista al secuestrador en ningún momento.

—Date la vuelta —le ordeno sin esperar que obedezca a la primera.

—También es hijo mío... —farfulla con rabia.

—Pues pelea por él en los tribunales, en lugar de llevártelo por la fuerza. Date la vuelta, ¡vamos! Te recomiendo que no empeores las cosas.

En cuanto se vuelve, no pierdo ni un segundo en reducirlo con una maniobra que le sorprende y le hace soltar una queja.

—Lo tenemos —informa Keira por el *walkie-talkie*—. Que traigan una ambulancia, el bebé presenta signos de deshidratación.

En cuanto oigo ese detalle cierro las esposas con un poco más de fuerza de la necesaria, arrancando otro alarido al detenido.

—No te muevas de aquí si no quieres terminar con una bala en cada rodilla —le digo antes de levantarme e ir hacia mi compañera, quien me regala una gran sonrisa. A veces creo que solo vivo para seguir provocándole sonrisas como esa; no suele ofrecerlas gratuitamente.

Chocamos los antebrazos, como siempre hacemos cuando resolvemos un caso peliagudo en tiempo récord, y nuestras miradas de satisfacción prometen materializarse en un polvo violento a modo de celebración al final del día. Es casi un ritual entre nosotros.

Keira no es una policía del montón. Desconozco cómo funciona su corazón, pero su mente lo hace de una forma completamente distinta a la de los demás. Adicta al ajedrez y estudiosa consumada de jugadas, sus neuronas se saltan los límites de velocidad obedeciendo patrones complejos que no he visto en mi vida. Podría decir que no existe nadie como ella, pero a buen seguro hay por ahí algún niño prodigio que la iguale en su capacidad de ir siempre tres pasos por delante.

Recuerdo la primera vez que se lo dije. Me sonrió con una mirada de listilla señalando las letras impresas de su mochila: ALWAYS THREE STEPS AHEAD. Al parecer es una conocida marca de *merchandising* de ajedrez, de la que tiene varios artículos y prendas de ropa, y yo creyéndome original al mencionarlo... Un día aparecí con una camiseta de la marca, y al verme le entró uno de esos ataques de risa que indican que tienes a alguien en el bote.

La observo en silencio mientras rebusca entre las pertenencias del detenido. Coge su teléfono y anota las últimas llamadas de hoy. Como os digo, siempre tres pasos por delante para hacer justicia con el pequeño Liam.

Ayer, en cuanto nos llegó el aviso del secuestro, fuimos rápidamente a interrogar a la inconsolable madre. Sabemos lo mal que pintan los casos como este en los que lo único que el agresor pretende es castigar a su expareja provocando daño a los hijos, pura violencia vicaria. Pero la mente de Keira se puso a trabajar, haciendo gala de ese extraordinario talento ajedrecístico con el que suele comparar todo tipo de situaciones vitales con el famoso juego.

—¿Qué clase de pieza es esta persona? —se preguntó en voz alta.

No le costó mucho discurrir que el sujeto en cuestión solo era un peón con un terrible delirio de ser rey. Un hombre que se pasaba los días tirado en el sofá, proyectando mil trucos para hacerse rico sin tener que mover un dedo mientras su madre le mantenía activa la cuenta de Netflix y le llenaba la nevera de táperes.

«Un peón al servicio de la reina», caviló. Y es que nunca hay que desafiar las ansias de una abuela por pellizcar mejillas regordetas.

Pusimos en marcha un dispositivo para captar su vehículo en las cámaras de tráfico desde el momento en que raptó al niño en plena calle, pero Keira tenía otra táctica que, según me explicó, había aprendido en la serie *Lucifer*: la estrategia de preguntar a los testigos qué era lo que más deseaban. Aunque ella la había adaptado a: «¿Cuál era su adicción?».

—Nada da más pistas sobre una persona que saber a qué es adicta... ¿Qué obsesionaba a Marco? —preguntó a la mujer—. O ¿qué sueños tenía? ¿Dónde ha podido huir para estar cerca de ellos?

No sé lo que habría pasado si ella hubiese respondido otra cosa, pero dijo: «Italia. Siempre ha querido ir a Italia. Su comida. Su gente. Su historia... Está obsesionado con ese país», y Keira se puso en acción como impulsada por un resorte. Cogió su teléfono y mandó un audio a Alicia, nuestro contacto en la base.

—Pide una orden. Necesito la relación de compras o alquileres de propiedades en Italia por un español en los últimos tres meses. También la lista de pasajeros que viajan hoy y mañana hacia Italia acompañados por un menor que no ocupa asiento.

Cuando fuimos a la vivienda habitual de la madre de Marco y nos encontramos con el piso vacío, sonaron todas las alarmas. ¿Mudanza rápida a la vista?

De las siete personas que viajaban con un bebé hacia la Toscana, solo dos aparecían en las bases de datos de hoteles cercanos al aeropuerto. Y el secuestrador resultó ser nuestra primera opción.

Lo de Keira era magia. Antes de tener resultados, ya estaba barajando otras dos posibilidades. Y eso con prisa; imaginaos cómo funciona cuando dispone de un poco más de tiempo.

Mi inevitable atracción sexual por ella es como tener hambre constantemente, una sensación molesta que soporto con resignación. Pero cuando llego a mi límite de admiración no me queda más remedio que plantarme en su casa a altas horas de la noche para, sin mediar palabra, lanzarme a besarla.

En esas ocasiones no solemos llegar a la cama. Cualquier superficie me parece buena para quitarle la ropa a zarpazos, venerar cada rincón de su cuerpo y dar gracias a Dios por que me deje invadir su intimidad, algo que, por cierto, no es nada fácil.

Keira es una de esas mujeres, tan raras como interesantes, que desprenden un aura de fuerza, arrojo e inaccesibilidad brutal. Es una Daenerys de la Tormenta, una Cersei, es Brienne de Tarth... Perdón, intento buscar un ejemplo que no tenga que ver con *Juego de Tronos*, lo que ocurre es que esa serie me tiene obsesionado, aun habiendo pasado años desde su retransmisión. Pero hablo de esa mirada... Esa mirada coraje que te avisa de que no tiene un pelo de tonta.

Cuando esa misma noche se cumple nuestra profecía sexual, mi mano se cuela en sus bragas y su humedad me chiva que ha estado fantaseado con que vendría. Sumerjo dos dedos en su excitación y gime al entender que voy a follármela como nos gusta. Sin florituras ni romanticismo engañoso, sino que será uno de esos polvazos más eficaces que el Prozac.

Nuestros encuentros son así. Solo resuellos y gemidos matizando nuestras miradas cómplices. Aplaudiendo el sinsentido. Aceptando la locura que nos embarga cuando formamos tan buen equipo y disfrutamos de su apropiada recompensa.

Luego la nada. Ni un café.

Cuerpos vistiéndose sin arrepentimiento. Un último beso cohibido. Un «hasta mañana» oficial. Sin un «te quiero». Sin un «me importas». Sin un «esto no cambia nada». Aquí paz y después gloria.

Ni siquiera nosotros sabemos lo que somos, pero nos da igual mientras no nos haga sufrir.

1
Lo imprevisible

> Solo un jugador fuerte sabe cuán débil es su juego.
>
> SAVIELLY TARTAKOWER

Jueves, 12 de marzo

Como inspectora de policía que soy, sé que hay casos y «casos».

El de esta semana es el típico que nadie querría tener encima de su mesa, y menos yo, que soy alérgica al famoseo.

Cuando zapeo no aterrizo en debates rosas ni por equivocación, pero si mi jefe me implora que resuelva en tiempo récord el caso que nos ocupa con esos ojillos deseosos de jubilarse con honores, yo obedezco.

A él no le importan mis métodos cuestionables o si alguien se queja, y aunque le importase me daría igual. Si amo mi trabajo es porque en él, como en el ajedrez, la mayor parte del tiempo el fin justifica los medios. Y cuando el fin es salvar una vida, cualquier medio para lograrlo me parece válido. Así de maquiavélica soy.

Tengo mis manías, como todos, ahora no disimuléis. Por ejemplo, cada vez que investigo un caso tomo notas en las que vuelco mis opiniones descarnadas al respecto de los sospechosos sin ningún tipo de pudor. Criticarlos sobre el papel me da la paz que necesito para ser amable con ellos cuando los tengo delante, porque algunos son para darlos de comer aparte. Si alguien leyera mis comentarios, resultaría bastante violento.

Aquí donde me veis, no soy Miss Simpatía, pero intento ser

justa ante todo. Por las mañanas, empiezo a ser persona a partir del primer café; el resto del día es mera negociación, depende de lo *random* que sea la jornada.

Random significa «imprevisible o aleatorio», lo aclaro porque más de la mitad de la población lo usa mal. Y lo imprevisible me da mal rollo. Me lo dan muchas cosas: la niebla, el olor a quemado, la gente por la que no pasa el tiempo... (vampiros). Y también acumulo varios odios: a las cosquillas, a los resfriados, a las vacas... Podría seguir. La lista es infinita.

Mi madre detesta que use la palabra «odio»; según ella es demasiado intensa. Prefiere que diga que algo «no me gusta», pero en mi opinión, ese verbo no hace justicia a ciertas cosas. Porque «gustar» implica que hay una elección, mientras que «odiar» es algo inevitable, como «amar».

Como os contaba, el imprevisto de ayer se llevó el premio del mes.

Andaba yo pensando en «peón D4, caballo F3, caballo C3...», cuando mi móvil sonó con estridencia a mi lado y lo miré con fastidio.

¿Y lo mucho que me revienta que un dispositivo electrónico interrumpa mi vida, os lo he contado? En mis mejores sueños, toda la tecnología de la Tierra desaparece junto con los sujetadores, el reguetón y las bocinas, y volvemos todos a la época de las antorchas y los caballos.

Oh, sí..., eso me haría inmensamente feliz.

Sin redes sociales, sin electricidad, sin tomates que no saben a tomate... Ser policía entonces debía de ser una eterna partida de Cluedo.

Dejé lo que estaba haciendo, que no era otra cosa que ver en YouTube las cinco aperturas más agresivas y sorprendentes de la historia del ajedrez, y atendí el mensaje.

Debía hacerlo. Tengo a todo cristo silenciado, excepto a mi jefe, que vive en el mundo del Ya-Todo-Ahora y es el único capaz de burlar mi sistema de seguridad «antimemes».

Gómez:
Tienes un mail. Míralo. Ahora

Y subrayado. En buena hora le enseñé esa función...

Gómez:
Después ven a la sala uno de interrogatorios. Es URGENTE

—Para ti todo es urgente —murmuré.

Una de mis múltiples estrategias: hablar sola. Lo hago desde que un fantástico terapeuta me lo recomendó. No está muy aceptado socialmente, pero tiene un efecto catártico alucinante. Resulta sorprendente lo que llegas a decirte.

Buceé en mi ordenador y encontré el e-mail nuevo.

Y ahí estaba, desatando el caos en la línea del asunto, el sujeto principal de esta maldita investigación: Ástor de Lerma.

Un tío tan famoso que hasta yo sabía quién era.

Un ricachón asiduo a plasmar su cara en el papel cuché que acapara todas las portadas de las revistas del corazón cada vez que sale a cenar con alguien. Pertenece a la élite aristocrática española y suele evitar los posados asegurando que solo desea llevar una vida normal; una tarea nada sencilla, teniendo en cuenta que acumula en su haber más de veinte títulos nobiliarios. Habéis leído bien.

¡Es un duque! Uno joven, sexy y moderno que goza de una reputación intachable, a pesar de pegarse la vida padre por el hecho de haber nacido en una familia a la que invitarían la primera a una fiesta vip en Park Avenue. Además, es un filántropo volcado en obras benéficas víctima de una belleza ultraevidente, con ojos azules, abdominales marcados y tupé. Solo le falta agenciarse una capa y echar a volar, pero qué queréis que os diga, a mí me parece más rancio que la naftalina.

La siguiente información captó mi interés en el informe: «Alumna de la Universidad de Lerma desaparecida».

—Universidad de Lerma... —farfullé para mí misma.

Sin duda, una de las más elitistas del país, si no la que más. Por sus aulas pasan los herederos de las mayores fortunas del mundo. Descendientes de imperios empresariales multimillonarios, hijos de líderes políticos e incluso miembros de la realeza. También hacen hueco a cualquier apellido de renombre que pueda costear su elevada matrícula. Hablo de hijos de jueces y altos cargos que manejarán los hilos el día de mañana si consiguen entrar en alguno de sus prestigiosos clubes, sociedades secretas de las que, sin duda, el duque formaba parte desde antes de nacer. Pero... ¿qué relación tenía él con la alumna desaparecida?

Mi instinto relampagueó e imaginé mil motivos por los que una chica como esa podría desaparecer. No había más que verla: pelo dorado, ojos claros, piel lechosa e inmaculada... Todo envuelto en una inapelable dulzura que invitaba a secuestrarla.

«Confirmada relación amorosa con Ástor de Lerma», leí después. Y fue cuando la cosa empezó a ponerse interesante, porque cuando el amor interviene empiezan a cometerse errores a mansalva. No falla. Y si el duque de Lerma era sospechoso, no sería fácil demostrarlo; es una figura muy popular y respetable. Pero a menudo quienes más se esfuerzan en parecer honorables tienen muertos enterrados en el jardín.

Y para su desgracia, a mí me gusta desenterrarlos, a lo Miércoles Adams. ¡Esa cría era una visionaria! Hacía las cosas de forma eficaz. O sea, con dolor.

Admito que es un poco bestia, pero ese humor negro me flipa, no puedo remediarlo. Me encanta el cine en general y las series policiacas, aunque me muera de risa con las licencias que se toman. Sin embargo, una cosa es cierta: la realidad supera con creces la ficción más surrealista.

Empecé a leer el informe del caso con minuciosidad y cuando vi que la hermosa desaparecida era la hija de un ministro me levanté de un brinco de la silla para salir disparada hacia la sala de interrogatorios.

Por una vez, Gómez tenía razón, aquello era URGENTE con mayúsculas.

Se sabe que las primeras cuarenta y ocho horas tras una desaparición son las más cruciales, así que descubrir el paradero de esa chica ya debía de ser una prioridad nacional.

Salí de mi despacho ignorando la irritación que me producía mezclarme con el resto de mis compañeros. No estaba el horno para bollos, ahora os cuento. A cada paso que daba me acercaba más a la vorágine habitual de una comisaría en jornada laborable, dejando atrás mi oasis de paz y bienestar situado al final de un pasillo por el que nunca pasa nadie.

No es que sea una antisocial, es que mi jefe me había prometido tres días de descanso tras cerrar el último caso, que había sido movidito, y llevaba un look de relax total con un recogido aleatorio en el pelo. Creedme cuando digo que a mí la ropa y la apariencia me la traen al pairo, sobre todo en el trabajo, pero desde que circula por ahí ese maldito rumor me siento más observada y juzgada que nunca.

«Será porque es cierto», me reprendo a mí misma mentalmente. «¡Culpable!». (Golpe de mazo). Estoy liada con el inspector Ulises Goikoetxea, mi compañero desde hace tres años.

Lo nuestro es largo de contar. Solo diré que para las mujeres que lo persiguen (todas) lo nuestro es un *Expediente X*. Y no solo por mi look poco femenino, sino por mi carácter a juego, que no invita precisamente a hacer amigos. Ya tengo suficientes, gracias. Y en pleno siglo XXI, todavía hay quien no distingue el amor del sexo.

Os diré, si me preguntáis, que lo primero es la mayor patraña de todos los tiempos (la matemática y la biología lo avalan), pero, en serio, el día que la gente deje de juzgar con quién te apetece acostarte habremos avanzado como sociedad.

Lucho con ahínco contra los estereotipos que contribuyen a perpetrar la mala imagen del colectivo femenino. No necesito que ningún hombre me salve. No me gusta ir por ahí usando mi sexualidad como arma para resolver mis problemas. Odio que los hombres me interrumpan constantemente cuando estoy hablando o que se sorprendan cuando domino un tema técnico. Me duele que no me tomen en serio y que solo miren a mi compañero varón cuando se trata de explicar algo importante. Me da mucho coraje todo eso y se me da de pena disimularlo. Perdón por existir.

—¿Por qué eres tan borde con todo el mundo? —me preguntó un día Ulises, después de mandar a freír espárragos a uno de Asuntos Internos por llamarme «corazón».

—Porque quiero que me respeten y no puedo esperar a que me crezca una polla.

Él negó con la cabeza y se mordió la sonrisa que luchaba por aparecer en sus labios.

—Estás loca, ¿lo sabías?

Sí, loquísima..., pero mi experiencia me dice que para ganarse el respeto de un hombre no solo tienes que demostrarle que eres tan buena como él, sino ser mejor. Y llevo demasiados años dejándome la piel y luchando con tesón para hacerme un hueco en esta comisaría como para dejarme reducir por un apelativo tan condescendiente.

—Y... si tú estás loco por mí, ¿quién está más loco de los dos?

Es un ejemplo del adictivo pique que Ulises y yo nos traemos. Nuestra particular sintonía para resolver casos se presta a ello. Frases tipo «Cierra la boca que te va a entrar una mosca» cuando alardea de sus brillantes conjeturas o «Deja de babear» cuando reduce a un detenido son muy habituales. Le encanta chincharme. Y nos divierte intentar quedar el uno por encima del otro. Puede parecer infantil, pero para mí forman parte de esos pequeños detalles que te alegran la vida.

La primera vez que nos acostamos fue después de meter entre rejas a tres cabronazos que habían atracado una tienda de ultramarinos, agrediendo con violencia a una cajera que tenía síndrome de Down. Me enveneno cuando atacan a personas vulnerables, en serio, pero la normalidad con la que Ulises conectó con ella me conmovió mucho, y creo que me lo notó en la cara. Tuvo que hacerlo. Porque esa misma noche se presentó en mi casa de madrugada y me folló a conciencia en silencio sobre la mesa de la cocina en cuanto le ofrecí algo de beber. Después desapareció durante días excusando su ausencia con un mensaje corto. «Papeleo», decía en él. Y como lo conozco, descifré enseguida que necesitaba estar un tiempo sin verme, hasta que se le pasara la enajenación mental transitoria.

Comprensible. Es lo más normal del mundo después de un atracón de cualquier cosa: ponerse a dieta. Pero se convirtió en una tradición entre nosotros. Por eso cuando Ástor y su pandilla entraron en nuestra vida ayer, miércoles, Ulises y yo llevábamos cinco días sin vernos.

Mi no-relación con él es... ¿Cómo definirla? ¡Perfecta!

Como os contaba, llegué al vestíbulo y hui de la posibilidad de verme atrapada en el ascensor con alguien al que tendría que saludar con falsedad.

«¿Qué tal tu mujer? ¿Y los niños? ¿Y el perro...?». Mira..., paso.

En vez de eso, subí por la escalera sin alterar lo más mínimo mis pulsaciones cardiacas. Estoy en forma. Tengo las piernas de acero de tanto correr, aunque no por la calle. Así evito cruzarme con un pelotón de miradas culpables que siguen dudando si poner remedio a su futura (y más que probable) enfermedad cardiovascular debido a su sobrepeso. Suelo correr en la cinta de mi casa y tengo un complejo de hámster que me muero, pero es mejor así. No me gustan las multitudes. Ni que me toquen, a no ser que yo dé permiso expreso. Bueno, Harry Styles puede tocarme lo que quiera.

Cuando llegué a la sala de interrogatorios, me adentré en el espacio que precedía a la cabina de declaraciones.

—Ibáñez... —me saludó mi jefe—. Por fin. ¿Has leído ya el informe?

Contesté afirmativamente sin mirarle.

Al otro lado del cristal había tres hombres. Uno estaba de pie, de espaldas a mí, y no hacía falta que se volviera porque habría reconocido ese trasero pellizcable en cualquier parte; era Ulises. Los otros dos estaban sentados a la mesa de los detenidos.

¡Uno de ellos era el duque de Lerma!

El impacto de su imagen me provocó una pequeña arritmia. Habría jurado ante la Biblia que no existían hombres así. Su cara era un delito en sí mismo y su cuerpo una amalgama de músculos que daban de sí la tela del traje a medida que los cubría, revelando que tenía la fuerza suficiente para someterte en un segundo, tanto si le gustabas como si no.

Oh là là!

—¿Qué tenemos? —pregunté disimulando mi impresión.

—Una joven ha desaparecido. Se llama Carla Suárez, y la última vez que la vieron estaba discutiendo con él, Ástor de Lerma. Lo han detenido hace una hora.

—¿Quién los vio?

—La compañera de piso de la chica. Es quien lo ha denunciado. Dice que él la recogió y que se marcharon discutiendo. Ya no volvió a casa.

—¿Qué opinas? —me interesé por sus cavilaciones.

—Que está demasiado indignado para ser culpable. ¿Has leído todo el informe? Es un pez gordo.

—Ya lo he visto.

—Pues hay más. Acaba de decirnos que ha estado recibiendo notas amenazadoras...

Achiqué los ojos.

—Qué conveniente, ¿no?

—Puede. Lo que es seguro es que está metido hasta el cuello y no podemos dejarle marchar. Por otro lado, a ninguno nos conviene que la prensa se entere de esto. Ya tenemos a los de Exteriores encima porque Carla Suárez es hija de un ministro, y si el duque no ha sido puede ayudarnos a encontrarla. Además, habrá que protegerlo, porque como le pase algo se me cae el pelo. Este tío conoce hasta a Dios...

—¿Y cómo va a ayudarnos?

¿Sabéis cuando una pregunta desata un pandemonio? Pues esa lo hizo.

Y por supuesto, la respuesta me salpicó.

Gómez me contó que iba a poner en marcha una operación especial en la Universidad de Lerma en la que quería que me infiltrara. A mí me pareció innecesario, pero él aseguró que aquello no era un simple secuestro con rescate, era algo personal contra el duque. Habían raptado a su novia y amenazado con matarlo, lo que no me esperaba oír es que era «nuestra oportunidad».

—¿Oportunidad de qué? —pregunté, confusa.

—La Universidad de Lerma es un hervidero de gente poderosa con infinidad de trapos sucios dirigido desde las sombras por la sociedad secreta del club KUN. Entre sus ilustres antiguos alumnos destacan los hombres más corruptos del país. ¡¿Te imaginas la de secretos que sabrá el duque?! ¡Y ahora lo tenemos cogido por los huevos!

Cerré los ojos despacio y, mentalmente, llamé de todo a mi jefe. ¡¿Cómo podía ser tan ambicioso?!

En realidad, Gómez es un buen hombre, pero de un tiempo a esta parte ha perdido el norte. Me molestó que su objetivo principal no fuera encontrar a la víctima sino al culpable, y todo para acumular prestigio y distinciones para la unidad. Se ha acostumbrado a salir en portada a tirada nacional y sé que planea jubilarse por todo lo alto antes de los sesenta. Para él, que una chica hubiera desaparecido era solo un daño colateral en favor de algo más grande: su ego.

Su codiciosa mirada me dio la razón y no pude evitar sentirme un poco culpable por ello. En los últimos años Ulises y yo hemos resuelto casos que nadie conseguía cerrar. Y aunque es cierto que Gómez ha sido quien nos ha allanado el terreno, últimamente se ha vuelto insaciable.

Si solo fuera mi jefe, le pararía los pies, pero resulta que también es el novio de mi madre... Sí, muy fuerte.

Se conocieron el año pasado con motivo de la entrega de la Orden al Mérito Policial, cuando nuestra comisaría fue premiada con la Medalla de Oro; ella también es policía. Y desde entonces, digamos que Gómez hace oídos sordos a los rumores entre Ulises y yo, por la cuenta que le trae.

—Te va a encantar lo que pone en las notas amenazadoras —señaló.

«¿A encantar?».

—¿Por qué? ¿Qué pone?

Otra pregunta apocalíptica.

Debería recordar que son los gatos los que tienen siete vidas, no los humanos curiosos.

—Prefiero que te lo cuente él —contestó enigmático mi jefe—, así entenderás por qué eres perfecta para infiltrarte. Procura tener paciencia con el duque, es un poco difícil.

—Define «difícil».

—Aristócrata enfadado y prepotente que tiene amigos hasta en el infierno.

—Voy a entrar —zanjé impaciente.

Fue un día horriblemente *random*... porque no preví lo mal que me caería Ástor de Lerma ni tampoco la biológica reacción de mi cuerpo a su imponente presencia. Fue una maldita pesadilla.

En cuanto abrí la puerta, todas las miradas recayeron sobre mí al unísono. Fueron tres pares de ojos masculinos evaluando mi anatomía de arriba abajo como si tuvieran rayos X.

La diferencia de apreciación entre la mirada de Ulises y la del duque fue ofensiva. Pero ¿qué esperaba? Uno de ellos estaba rememorando nuestro orgasmo sincronizado de hacía cinco días y el otro era un hombre acostumbrado a tratar con modelos, no con mujeres imperfectamente reales.

No fueron imaginaciones mías. El clásico aroma de desprecio de la clase alta se olfateó en el aire. Una mezcla nacida del mejor cuero italiano con el que estaban confeccionados sus zapatos y el tic tac de su prohibitivo reloj de edición limitada. Una fragancia que desprende alguien repleto de vitamina C por el zumo recién exprimido que se ha tomado justo después de su masaje de las once.

Con ese nivel de vida, lo mínimo es proyectar una imagen de anuncio de colonia. Y yo no estaba tan mal para haber desayunado solo un café de marca blanca.

—Buenos días. Soy la inspectora Ibáñez —me presenté sintiendo la mirada fija de Ulises sobre mí, pero lo ignoré—. Estoy aquí para ayudarle, señor De Lerma.

—Eso implicaría que necesito ayuda —replicó molesto—. Déjenme hacer una llamada o serán ustedes los que la necesiten.

Fue atracción fatal instantánea.

¡Cómo no! Ironía y chulería dándolo todo en un envoltorio casi obsceno. Era la versión masculina de un profundo y grotesco escote al que no puedes dejar de mirar. Buf...

Por unos segundos, me quedé atrapada en esa cara modelada por el diablo y, antes de desviar la vista, acerté a ver que debajo de la americana llevaba un chaleco. «¡Un puñetero chaleco!».

¡¿Quién viste un tres piezas un día entre semana?!

No digo que no le quedara de muerte, pero es que a su lado cualquiera parecía un pordiosero y, por un momento, no me extrañó que alguien quisiera cargárselo.

Me habría gustado contestarle algo intimidante que le bajara los humos. Sin embargo, tengo domesticada mi impulsividad gracias a mi preciado ajedrez; sus dogmas son muy útiles para la vida diaria: templanza, pensar antes de hablar y no mostrar tus armas a la primera de cambio.

—Si es listo, la escuchará antes de hacer ninguna llamada —le sugirió Ulises señalándome.

El duque me miró e, irritado, aceptó que prosiguiera. Y fui al grano.

—Hábleme de las notas amenazadoras... ¿Qué decían?

—Ya se lo he contado a él.

—Pues ahora cuéntemelo a mí. ¿Dónde las encontró y cuándo?

—Una en mi despacho de la universidad, la semana pasada, y la otra ayer, en el interior de mi casa.

—¿Las cámaras captaron algo?

—Dentro de la vivienda no hay ninguna, y estuve dando una pequeña fiesta con algunos amigos, así que pudo ser cualquiera.

—Quiero una lista de todos los que pisaron ayer su casa —dije tajante—. Invitados y servicio. ¿Qué hay de las cámaras del campus?

—No enfocan directamente hacia mis dependencias. La única pista que dejaron fue una pieza de ajedrez.

¡¿AJEDREZ?! Fue oírlo y cuadriplicarse mi interés.

—¿Qué pieza? —pregunté casi sin aire.

—Un rey de color blanco manchado de pintura roja tumbado junto a las notas.

Me imaginé al cabrón de mi jefe sonriendo al ver mi cara de alucine.

—¿Qué decían las notas? —volví a preguntar con avidez.

El duque guardó silencio, como si no quisiera recordarlo.

—«Tu jaque mate definitivo se acerca» —se adelantó mi compañero, consiguiendo que lo mirara—. Y: «Antes de que termine el torneo, estarás muerto».

—¿Qué torneo?

—El torneo anual de ajedrez que se juega en mi club —aclaró el duque—. Llevo años ganando y, por lo visto, a alguien le molesta.

Nos miramos durante un segundo eterno.

«¿Tan bueno eres?», traslució mi mirada, pero él la apartó con desdén.

Escribí algo en mi libreta para mantener la calma: «El tío se cree la leche...».

—¿Qué acaba de anotar? —Su voz me interrumpió exigente. Era más ronca y vibrante que la de un narcotraficante chungo. Supersexy.

Levanté la vista y me quedé helada al toparme con sus fríos ojos azules. Fue como si un profesor acabara de pillarme escribiendo una notita en el colegio.

—No es asunto suyo —acerté a decir.

—¿Era sobre mí? —demandó contrariado—. ¿Qué ha escrito?

—Cosas mías —zanjé adusta.

Me miró como si no me creyese. Joder... Seguro que también se le daba de maravilla el póquer.

—¿Cuándo es ese torneo? —pregunté para cambiar de tema.

—Empieza pasado mañana y dura hasta el próximo fin de semana.

—¡Eso es ya! —exclamé alarmada—. ¿A qué esperaba para avisar a la policía de que le habían amenazado de muerte?

—Me lo había tomado como una broma —contestó ceñudo—. Hay mucha rivalidad en el club y la gente no sabe perder... Tampoco ganarme, he ahí el problema.

«¡Lo vendemos sin abuela, oiga!».

Ya entendía por qué Gómez había dicho que era un tío difícil. Estaba como un tren y era experto en ajedrez. Todo un reto para mí. Me refiero a no abalanzarme sobre él y comenzar a lamerle el cuello.

—¿Qué ponía en la segunda nota? —pregunté con profesionalidad, ignorando mi inoportuna avalancha de hormonas.

—«Sin tu reina, estás muerto» —sentenció clavándome la mirada.

Vaya ojos... Brutales. Mortales. ¿Asesinos? Desde luego, no había ni rastro de miedo en ellos. Yo diría que ni sabía lo que era eso.

—¿Carla era su reina? —pregunté incisiva.

El joven trajeado que acompañaba al duque se le acercó para susurrarle algo al oído. También iba sobrado de atractivo y, a todas luces, acababa de aconsejarle que no admitiera nada que pudiera incriminarlo.

El duque guardó silencio, inspiró hondo y cambió de postura con resignación.

«¿Esas tenemos?». Levanté una ceja.

Me crucé de brazos esperando a que contestara y él me retó alzando el mentón y observándome con una expresión extraña. Su mirada se desvió hacia mi ropa y descubrí que le perturbaba que se me viera la tira del sujetador por un lado de mi camiseta sin mangas.

«Perdoné usted», pensé irónica, y la oculté enseguida.

No me parecía tan grave. Siempre he sido calurosa. Su atuendo sí que era reprobable. Si yo tuviera que llevar un traje así, también me estaría asfixiando en mi propia mala hostia.

—De acuerdo... —fingí indiferencia—. Se lo preguntaré de otro modo: ¿cuál era la naturaleza de su relación con Carla Suárez?

Me mantuvo la mirada tan fijamente que empezó a latirme rápido el corazón.

«¿Es legal mirar así? ¿Sin ningún método anticonceptivo ni nada?».

—Yo no me follaba a Carla —aclaró el duque con una rotundidad que hizo que todos alzáramos las cejas.

Quiero pensar que ese verbo, en esa boca, con ese tono de voz profundo y sensual haría que la libido de cualquiera se activara de golpe.

—Solo era su mentor —aclaró severo ante nuestro silencio—. Lo soy de muchos estudiantes brillantes que se merecen la oportunidad de conocer a personas influyentes que pueden exprimir su potencial al máximo.

No me preguntéis cómo, pero me pilló pensando que el verbo «exprimir» había sido demasiado gráfico.

—Sabemos que la noche de su desaparición usted y Carla Suárez discutieron —reveló Ulises—. Que la recogió en su casa para ir a una fiesta en el club KUN, de la que ella nunca volvió. ¿Entiende lo que eso significa, señor De Lerma?

El duque nos apuñaló con sus ojos azul hielo como si fueran un par de estalactitas afiladas. Te perturbaban como si llevarle la contraria fuera la peor idea del mundo. La tensión que destilaba su mirada amenazaba con hacer estallar su traje en mil pedazos, liberando un cuerpo hercúleo imposible de obviar. Todo él quitaba el hipo. ¡Y a mí nada me lo quita! He llegado a hacer auténticas barbaridades para librarme de él. Una vez, hasta perdí el conocimiento.

—Si saben eso, ¿por qué no han empezado por ahí? —masculló molesto.

—Para analizar su reacción —respondió Ulises, tranquilo—. Y déjeme decirle que no ha sido muy alentadora.

—Piensen lo que quieran, pero no permitiré que se ensucie el buen nombre de la universidad ni el mío propio.

—Eso dependerá de usted —intervine otorgándole el poder—. Si coopera con nosotros, llevaremos esto con la máxima discreción, se lo garantizo. Lo primordial es encontrar a la chica.

—Estoy de acuerdo —replicó seco.

—Me alegro, porque tenemos prisa —arrancó Ulises haciendo gala de su poca paciencia para el protocolo—. Sin paños calientes, señor De Lerma: usted es el principal sospechoso y no podemos dejarle marchar. Lo de las notas amenazadoras solo ramifica la hipótesis de que un sujeto quiera intimidarle, pero, por lo que sabemos, usted mismo pudo escribirlas para despistarnos. Rece para que el culpable no haya sido tan listo como para dejar ningún rastro de Carla en su casa, porque tendría usted serios problemas. Por lo pronto, podemos retenerle aquí setenta y dos horas como prevención hasta registrar su domicilio... A no ser que esté dispuesto a colaborar con nosotros.

Eso en mi pueblo se llama echar un órdago. Es decir, la amenaza definitiva, tipo «O estás con nosotros o contra nosotros».

La cara del duque se convirtió en un retrato de Picasso; algunas partes de ella iban por su cuenta, desencajándose por momentos.

La amenaza de Ulises había sido muy esclarecedora para mí porque ¿quién teme que otro pueda manipular pruebas en su contra? Solo alguien inocente. Sumadle que tengo un instinto único para olfatear mentiras; por suerte o por desgracia, también os digo.

—¡No tengo nada que ocultar! —estalló el duque—. Registren todo lo que quieran, pero les aseguro que no voy a quedarme aquí tres días pudriéndome en un calabozo. ¡Eso es lo que quiere ese payaso! Que me pierda el torneo. Es su gran jugada maestra para ganarme este año... Pero solo tengo que hacer una llamada.

—Además no tienen pruebas suficientes —añadió el abogado como broche de oro—. Vieron a Carla en el club después de discutir con mi cliente. Ningún juez lo retendrá aquí.

Ulises me miró exasperado por el aplomo con el que hablaron.

Estaba claro que no nos dejarían encerrarlo; el teléfono rojo echaría humo. El mismísimo fiscal general nos obligaría a soltarlo de inmediato alegando que era un buen chico que solía hacerse pis en su piscina cuando era niño.

—Señor De Lerma —empecé en un intento de calmar los ánimos—, necesitamos su ayuda..., pero usted también necesita la nuestra, no lo dude ni por un momento.

Una ceja sorprendida se curvó en la cara más seductora que he visto en mi vida. Su forma de contraer la mandíbula esperando a que ilustrara mi aseveración me hizo apretar las piernas.

«Joder... ¡Así no se puede trabajar!».

Me humedecí los labios escandalizada de que su *sex appeal* me obligara a tragar la saliva acumulada en mi boca antes de continuar hablando.

—Si de verdad es inocente, está en grave peligro. Quien haya sido no parará hasta conseguir inculparle o matarle. El noventa por ciento de las veces es alguien muy cercano a la víctima que tiene la posibilidad de crear pruebas falsas. Si las encontramos, nadie podrá librarle de una condena. Necesitamos su colaboración para encontrar a Carla antes de que eso suceda.

Se hizo un silencio cortante y definitivo en el que, por suerte, el excelentísimo se rindió a la evidencia.

—¿Qué tendría que hacer? —preguntó irritado.

Él no sé, pero nunca imaginé la cantidad de cosas turbias que yo tendría que hacer.

2
El plan

Un mal plan es mejor que no tener ningún plan.

FRANK MARSHALL

Jueves, 12 de marzo
9.05 h.

Consulto de nuevo la hora y empiezo a agobiarme.

«¡¿Dónde se ha metido la inspectora?!».

Sumaré «impuntual» a su larga lista de aspectos por pulir.

Por mi parte, lo tengo bien aprendido. Me lo inculcó mi madre: ya puedes ser un asesino de cachorros, pero la impuntualidad no se perdona. También es una mujer difícil donde las haya, así que puede decirse que estoy acostumbrado a lidiar con personas complicadas.

La inspectora me puso nervioso desde el primer momento, y no en plan romántico. Me aseguraron que era extremadamente lista (se callaron que también es borde), y ahora me arrepiento de haber hablado de más.

Es posible que no la conociera en las mejores circunstancias. Estar encerrado en una sala de interrogatorios llena de espejos y micrófonos me recordó que soy un maldito criminal.

Menos mal que cuando llegué a comisaría, mi abogado ya me esperaba con su habitual tranquilidad férrea de chico con suerte; si no, a saber la que habría armado con mi versado don de gentes.

—No te preocupes —dijo tocándome un hombro en cuanto nos dejaron solos y encerrados en la cabina de interrogatorios.

—Dime que esto no está pasando... —Me pellizqué el puente de la nariz.

—Tranquilo, te van a ayudar.

—¿A ayudar? ¡Si sospechan de mí! ¡¿Cómo he pasado de ser víctima a verdugo de un día para otro?! ¡Estoy bien jodido!

Y todavía no sabía hasta qué punto.

Toda la operación me parece un plan trillado que terminará hundiendo mi reputación.

Se supone que la inspectora se infiltrará hoy en la universidad como alumna de máster y se convertirá en mi nueva conquista. Y su compañero, en mi nuevo escolta... Todo muy surrealista. No quiero que aparezcan en cualquier ámbito de mi vida con sus aires insolentes y digan cualquier grosería que me deje en ridículo. Y lo van a hacer. Pretenden acompañarme al torneo para protegerme e investigar mi entorno a la vez, pero ya les dije que los acompañantes solo pueden acudir a la fiesta nocturna posterior, que no tienen acceso a la sala de juego.

—Entonces tendré que participar en el torneo —espetó ella sin titubear cuando les informé en comisaría.

«Claro que sí, ricura...», pensé irónico. ¡No duraría ni una ronda!

—No depende de mí que pueda participar... Hay ciertas normas.

—¿Qué normas? —preguntó interesada.

—Si no se es miembro del KUN ni del club de ajedrez de la universidad se necesita una invitación externa, y para eso hay que ganar antes a un miembro del club de ajedrez de la universidad, que son los que lo organizan. Y son muy buenos, ni siquiera yo puedo ganarles a veces.

—¿Ni siquiera usted? —repitió ella con ironía—. Asombroso...

—Solo digo que deberían tener un plan B.

—Y ¿no podría usted pedir una invitación al presidente del club? —sugirió el inspector.

¡Muy listo, sí señor! Démosle un aplauso.

—No —contesté severo.

—¿Por qué no?

—Porque no me llevo muy bien con él que digamos.

Los inspectores se miraron asumiendo que soy un tipo muy odiado. En efecto.

—No importa, no hará falta —le murmuró ella a él.

—¿Cómo que no hará falta? —pregunté confundido.

—Lo dice porque tiene delante a una de las mejores ajedrecistas del país —explicó el inspector llamando mi atención.

«¿Quién? ¿Ella?»

La miré con tanto escepticismo que la obligué a apartar la vista.

—¿Qué Elo tiene? —demandé receloso.

Ella sonrió con tirantez ante mi tono incrédulo y autoritario.

—Señor De Lerma, debería saber que preguntar por mi Elo es más inapropiado que preguntar por mi talla de sujetador.

—¿Qué es eso del Elo? —quiso saber Filemón. Apodé así al inspector porque no recordaba su nombre, ¡y porque estaba claro que ella era Mortadela!, aunque se creyera jamón de Jabugo.

—Es la media matemática que calcula la habilidad relativa de un jugador de ajedrez —explicó la inspectora sin quitarme la vista de encima.

—Me parece un dato a tener en cuenta. —Le sostuve la mirada.

—Seguro que no es nada comparado con el suyo —repuso mordaz.

Un escalofrío me recorrió entero. No es muy alentador notar que no le caes bien a la poli que tiene que demostrar tu inocencia.

—¿Usted sospecha de alguien? —aprovechó para preguntar—. ¿Tiene enemigos en el club o fuera de él?

«A ti te lo voy a contar...», pensé para mis adentros.

—No. No tengo ni idea de quién ha podido ser.

«Cualquiera. A dedo. En el KUN todos tienen complejo de Dios».

—No importa, lo deduciremos investigando su entorno personal. No vamos a separarnos de usted en ningún momento durante los próximos tres días.

«¡¿Cómo?! ¿Tres días? Eso es INACEPTABLE».

Miré a mi abogado en busca de ayuda, pero antes de que

Charly pudiera intervenir, el inspector acalló su intentó de protesta diciendo:

—Es eso o el calabozo. Podría destruir pruebas.

Les deleité con una sonrisa tan falsa que me dio miedo hasta a mí. No podía esconder lo cabreado que estaba.

Pero de pronto, me abordó el recuerdo de mi última discusión con Carla:

—Pensaba que eras diferente... —le había echado en cara, dolido.

—¡Yo también! Pensaba que lo tuyo era una pose, pero ya veo que es cierto, ¡eres el hombre de hielo de verdad!

—No lo hagas, Carla, te arrepentirás de esto.

—Yo creo que no —me desafió con chulería.

«Madre mía...», me aflojé la corbata agobiado al rememorarlo.

No me extrañaba que hubieran venido a detenerme si nos habían oído decirnos esas frases. Lo gracioso es que era cierto. Carla iba a arrepentirse. Y yo también... Aquello era algo muy serio.

—¿Te das cuenta de la gravedad del asunto? ¡Carla ha desaparecido! —grité a Charly antes de que los inspectores aparecieran en la sala de interrogatorios—. Héctor va a flipar cuando se entere.

—No te preocupes tanto por él, tiene pelos en los huevos.

—Como esto sea una puta broma de alguien, juro que me lo cargo de verdad.

—O puedes no darle importancia —simplificó Charly—. La gente es muy envidiosa, Ástor. Y no sé dónde estará Carla, pero quizá se lo haya buscado.

—No digas eso ni en broma —le advertí muy serio clavándole la mirada.

Él chascó la lengua extrapolando su frase a un recuerdo lejano.

—No me refería a lo que estás pensando... ¡No es lo mismo para nada! Aquello fue un accidente, Ástor.

—¿También crees que merecía morir?

—¡Claro que no! No fue culpa de nadie.

—Déjalo ya —exigí nervioso—. Todo lo que digo me hace parecer aún más culpable.

Pensaba que ya había cubierto el cupo de errores garrafales en mi vida, pero al parecer me equivocaba. Este caso va subiendo posiciones en el *ranking* por momentos.

Lo peor que puedes hacer cuando te pasa una desgracia es preguntarte «¿Por qué a mí?», pues no suele haber respuesta. Pero como esta sea «Porque te lo has buscado», entonces prepárate para sufrir.

Yo no nací para ser un número uno. Al fin y al cabo, no era el primogénito, y en familias como la mía el legado de un hijo menor es disfrutar de las sobras de sus hermanos, que son abundantes.

Mi vena competitiva estaba en el Caribe, tomando el sol. A mí no me criaron para seguir los pasos de mi padre. Para eso ya estaba Héctor, mi perfecto hermano mayor, el que según Charly ya se escondía para mear, y al que yo adoraba.

Me encantaba vivir a la sombra de su futuro título. Me gustaba ser el socarrón. El atrevido. El que nunca se preocupaba por nada porque él me cubriría siempre. Era genial ser la oveja negra. El descarriado. El corrompido por placeres hedonistas como único objetivo intrínseco de la vida. Vaya tiempos...

Era un verdadero privilegiado porque era LIBRE.

Pero todo eso se acabó.

Y no me doy ninguna pena, yo mismo me lo busqué.

He viajado por todo el mundo. Obtenido la mejor educación. Las mejores ropas, coches, casas... He vivido experiencias únicas y he salido más noches que el camión de la basura. Disfruté de la vida sin rendir cuentas a nadie hasta que un mal día mi sonrisa se esfumó. Y cuidado, porque es cierto que todo puede cambiar en un instante. A mí me pasó.

Estaba siendo una noche genial hasta que un coche nos embistió y di un volantazo que hizo que una de mis pasajeras muriera en el acto. Aquello fue un fundido a negro en el que solo se oyó el sonido de cuatro vidas rompiéndose. Y aunque me repitieron hasta la saciedad que ella firmó su sentencia de muerte por ir sin cinturón de seguridad, nunca olvidaré el revoltijo de extremidades ni aquellos ojos sin vida que me miraban desde la carretera cuando por fin me sacaron del vehículo.

Sigo viéndola todas las noches en mis pesadillas.

Estar en esa puñetera sala de interrogatorios me trajo muy malos recuerdos, y mi abogado suspiró resignado al percibir mi pánico por volver a cometer un error de ese calibre.

Esa fatídica noche él también me perdió como su inseparable compañero de fatigas. Aun así, todavía se preocupa por mí. Charly es un inmaduro adorable y el mejor amigo que alguien puede tener. El único que se quedó cuando todos los demás huyeron como las ratas de un barco que se hunde.

Me pareció muy violento tener que señalar a la policía que su maravilloso plan hacía aguas. No obstante, me vi acorralado y lo solté de sopetón. Como quien se arranca una tirita.

—Nadie se va a creer que estoy interesado en la inspectora como pareja.

No quise ni ver la cara que puso cuando una pizca de vergüenza ajena se coló en mi voz.

—¿Y por qué no iban a creerlo? —preguntó el inspector, confuso.

—Porque no encaja en mis gustos en lo referente a mujeres.

—Vaya... —musitó la inspectora—. Nunca me habían dicho tan abiertamente que soy más fea que Picio. —Fui a defenderme, pero no me dejó—. ¿Y cómo debería ser para encajar en sus gustos, señor De Lerma? Porque no puedo teñirme de rubia con estas cejas tan oscuras ni regresar en el tiempo para volver a tener veintiuno, como a usted le gustan... Lo lamento mucho.

Si las miradas matasen, a mi familia ya le estarían dando a elegir entre pino o roble.

—Eres demasiado lista para ser rubia —bromeó el inspector para desactivar la bomba en la que se había convertido su compañera.

—No me gustan esos estereotipos de mierda, ya lo sabes —replicó ella, tajante—. Hay rubias muy listas, por mucho que os pese a todos.

«Menudo carácter, guapa», pensé, y me humedecí los labios al imaginarme domándola.

En realidad, no es fea. Y esa mala leche prometía apasionados encuentros de cama... Tiene un cuerpo atlético y una maravillosa piel morena gobernada por unos ojos negros alucinantes, pero me pareció que cargaba con una terrible sobredosis de personalidad. Su brusquedad al hablar nunca congeniaría con el club KUN, donde la sofisticación es norma.

—No se trata del color de su pelo o de la edad —intenté explicarme—. Aunque se maquillara y se enfundara un vestido de firma, no conseguiríamos que mi entorno se lo creyera. Se requieren unos modales y un estilo que llevan su tiempo pulir, y usted carece de ellos.

Cuando me oí decirlo me di cuenta de que era un «aunque la mona se vista de seda, mona se queda» en toda regla. Y su mirada desencajada me lo confirmó.

«¡Mierda...!». Puede que en mi epitafio ponga «Bocazas», pero no pondrá «Mentiroso».

La miré expectante y esperé su ataque bárbaro inminente. Podía sentir cómo le hervía la sangre.

—Si no nos facilita trabajar juntos, pondremos su mundo patas arriba hasta encontrar a Carla. La universidad, el club..., todo se verá vulnerado mientras usted espera encerrado —sentenció con una templanza admirable, aunque por dentro estuviera trinando—. Será un buen escándalo, y lo más probable es que termine con usted en las portada de todas las revistas acusado de ser un desequilibrado.

El aire crepitó a mi alrededor al oír la amenaza y la tensión de mis músculos evidenció mi lucha interior por ahogar un grito.

¡Estaba claro que no entendían nada! E ignoraba cómo explicárselo.

—Todo el mundo sabe que no persigo una relación seria —expuse.

Especialmente mi madre, mi torturadora personal para buscar descendencia ducal. En cuanto me viera con una chica que no formara parte de sus elegidas para perpetuar el apellido familiar, me acosaría a llamadas. Y no estaba dispuesto a aguantar su perorata.

Para acallarla, la inspectora tendría que convertirse en un bombón por el cual fuera lógico haber perdido... las dos cabezas. Y solo había una persona capaz de obrar un milagro así.

—Conozco a alguien —dije de pronto—. Es una asesora de imagen muy buena que quizá podría ayudarla a...

Los segundos se hicieron eternos intentando no caer en la ofensa.

—¿... a parecer una chica Bond? —completó el inspector con sarcasmo—. Si yo fuera usted, preferiría tener al lado a la mente más brillante que ha pasado por esta comisaría, no a una jodida Barbie.

—Pero la gente no sabrá eso —refuté—. Y a mí me gustan las modelos. Denúncienme. Si quieren que resulte creíble, la inspectora tendrá que parecerlo.

—¿Insinúa que no podría enamorarse de alguien... normal? —me increpó ella intentando ridiculizarme de nuevo—. ¿Cree que los sentimientos pueden elegirse? El amor tiene poco de física y mucho de química, ¿sabe? A menudo somos víctimas pasivas de una descarga neurobiológica que puede hacer que te enamores hasta del tío más imbécil que tienes al lado —dijo mirando de reojo a su compañero, que se mordió una sonrisa en los labios.

En ese momento me di cuenta de que había algo entre ellos. Eso había sido una pulla personal.

—Hay que empezar cuanto antes. —El inspector se activó, levantándose de la silla—. Ahora le traerán su teléfono para que efectúe esa llamada a la asesora de imagen. Consiga que nos reciba mañana. No tenemos tiempo que perder.

Una vez que nos quedamos a solas de nuevo, Charly se dedicó a meter el dedo en la llaga cuando empecé a cagarme en todo.

—Esto va a ser un desastre —sentencié.

—¿Por qué? ¡La chica no está tan mal! Tiene algo...

—Sí, muy mala leche. Es como un maldito potro salvaje de rodeo.

—Relájate. No dudan de que eres inocente y quieren ayudarte.

—Sí, claro... ¡Metiéndola en el club! Sabes que no va a colar.

—A mí me gusta mucho —insistió Charly, animado—. Una chica así te sacará de tu zona de confort, para variar.

—Lo que me va a sacar es de mis casillas, ya lo estoy viendo.

—O quizá consiga quitarte el palo que tienes metido por el culo —rematé jocoso.

—Ese palo se llama «responsabilidad». ¿Te suena de algo?

El cabrito volvió a sonreír divertido, pero yo no estaba para risas.

—No tiene gracia, Charly. ¡Creen que soy un puto pervertido!

—¿Y quién no lo es?

—No bromees ahora… ¿Por qué no me has dejado decir nada? Quería explicarles que no tengo ningún rollo raro con las jovencitas.

—Porque cuanto menos digas, mejor. ¿Quieren meter a una poli en el club? Que lo hagan. ¿Hacerla pasar por tu nueva conquista y que investigue tu entorno? Me parece bien. Pero tú no des explicaciones de lo que haces o dejas de hacer. Tu inocencia se demostrará por sí sola porque lo eres, ¿entendido?

Suspiré con pesar.

—No quiero que esa mujer husmee en mi vida… ¿Y si cuenta algo?

—Podrías negarte a cooperar, pero yo también creo que lo mejor para Carla es que no se sepa que la policía está implicada. Quien haya sido podría desaparecer sin dejar rastro.

—Como la maten por mi culpa, me pego un tiro…

—No empieces a rayarte.

«Tarde», pensé notando que el corazón me martilleaba en el pecho. Me lo toqué y llegué a la misma conclusión de siempre, que moriré de ansiedad antes de los cuarenta; mi cuerpo lleva tiempo mandándome señales.

Soy Ástor de Lerma, alias Iceman, como dicen las malas lenguas. Mi corazón está chapado en rodio; eso es resistencia máxima. Ahora bien, por dentro se mantiene con vida de manera superficial. Por eso nadie se creerá que estoy intimando con una mujer al extremo de meterla en mi casa e introducirla en mi familia. Aun así, si están decididos a continuar con el plan, al menos que lo hagan bien. O será un cantazo.

Cuando me devolvieron el teléfono para que mi asesora hiciera su magia, me enervó mucho que un agente se quedara supervisando todos mis movimientos.

Busqué el número y esperé los tonos hasta oír la dulce voz de Olga:

—¡Ástor, cariño…! ¡¿Qué tal estás?!

—Hola, guapísima… Necesito un favor —mentí con descaro, porque lo que en realidad necesitaba era un milagro.

Ahora estoy aquí, esperándola, y siento un recelo casi temerario por convertir a la inspectora Ibáñez en la protagonista de *Miss Agente Especial*. Tengo la sensación de que va a ser como pegarse un tiro en un pie... El principio del fin de Iceman. Porque desde que ayer pasó la noche en mi casa, la Antártida ya no es lo único que está derritiéndose en el planeta.

3
La duquesa adecuada

> La estrategia es a lo que se recurre
> cuando ya no hay nada que hacer.
>
> SAVIELLY TARTAKOWER

Jueves, 12 de marzo
9.10 h.

Ojeo el móvil y veo un mensaje ducal de frustración.

¡Que espere, joder! Necesito mis ratos a solas para pensar en el caso sin tener que verle ese maldito careto de portada de *GQ*.

¿Y ese pelo? Es como intentar concentrarte al lado de un maldito border collie que te mueres por acariciar.

Bromas aparte, hasta que no te pasa, no te crees que un tío cañón sea capaz de provocar una taquicardia a una mujer inteligente y dejarla medio lerda. Pero pasa. Os lo juro.

En las últimas veinticuatro horas Ástor de Lerma me ha visto desnuda, me ha visto llorar y me ha acariciado la mano con afecto.

Eso último fue demasiado para una humilde plebeya como yo.

Las manos de un hombre siempre han sido mi debilidad. Es un fetiche que me supera por completo. Si son bonitas, son kryptonita para mí. Se me desconecta el cerebro y dejo de razonar. ¡Y las suyas son alucinantes! No sé cómo no me derretí formando un charco en el suelo cuando me rozó la primera vez. ¡Sus nudillos podrían ganar concursos de falanges distales!

Lo que me mantuvo cuerda fue verle perder los papeles dos o tres veces haciendo que se me solidificara la sangre. Menudo genio tiene... Si le explotase la vena del cuello, creo que le saldría *sex appeal* a chorro, en plan peli de Tarantino.

Debería haber hecho caso a mi instinto y estacionarme en la etapa tres de «el viaje del héroe»: el rechazo a la llamada a la aventura. Y lo intenté, no creáis.

Cuando el duque dijo las palabras mágicas en la sala de interrogatorios: «¿Qué tendría que hacer?», Ulises y yo nos miramos y acordamos un receso para hablar con nuestro jefe.

—Menuda encerrona... —acusé a Gómez en cuanto salimos.

Él sonrió ladino.

—Lo siento. Con lo capullo que es, sabía que os saldría natural acorralarle.

—¿En qué consiste el plan exactamente? —preguntó Ulises, impaciente.

Gómez me miró para que diera mi veredicto.

—Creo que es inocente —verbalicé.

—¡Ni de coña! —discrepó Ulises—. Puede que no haya secuestrado a Carla Suárez, pero ese tío es de todo menos inocente... ¡Se le ve en la cara!

La verdad es que tenía una cara hecha para pecar, pero de ahí a que fuera un asesino había un trecho.

—Si lo descartamos, el círculo se estrecha mucho —barajó Gómez.

—A quienes acudieron a la fiesta en su casa —acoté yo—. Uno de ellos dejó la nota.

—Exacto. Y que se hayan llevado a Carla es una pista en sí misma. Averiguad por qué. Ibáñez, haz que el duque de Lerma te cuente su vida con pelos y señales. Tú, Goiko, estarás siempre cerca de ellos, como su nuevo guardaespaldas. Si le han amenazado, es creíble que tome medidas.

—De acuerdo. ¿Lista? —me preguntó Ulises haciendo ademán de volver adentro, pero mis piernas no se dignaron moverse.

«¿Yo, la amante florero, infiltrada en un club sexista? ¡Ni loca...!».

—El duque tiene razón, esto no va a funcionar —los detuve.

—¿Por qué no?

—¡Porque no soy tan buena actriz! Además, ese mundillo de ricachones misóginos que cree estar por encima de la ley me da arcadas, ya lo sabes. No sirvo para infiltrarme en un sitio así. ¿No me conoces o qué?

—Keira... —Mi jefe, desesperado, recurrió a llamarme por mi nombre—. Hay un jodido psicópata suelto. Vidas en juego. Y el duque es un vip. Si le ocurre algo, el asunto será muy mediático y quedaremos fatal. Te pido que pases esas cosas por alto y te centres en encontrar a la chica.

—¿Me pides que haga la vista gorda con el machismo? No puedo. Lo siento.

—¡Te hablo de dar un golpe en el centro del machismo! Ese club arcaico está lleno de personalidades y seguro que encuentras mucha mierda.

—Quizá demasiada... Esa gente tiene sicarios a sueldo, y cuando estás cerca de descubrir algo, casualmente, sufres un accidente.

—¡¿Crees que no lo sé?! —me rebatió enérgico—. Por eso hay que aprovechar esta oportunidad y hacerlo en el más estricto secreto, aunque te necesito en primera línea. Seguramente, esa pobre joven esté encadenada en un sótano a merced de un cerdo asqueroso y quiero que descubras quién diantres la tiene.

Lo observé indecisa sin llegar a creerme que le importara esa chica, más bien era un experto en hacerme chantaje emocional.

—Y seguro que es alguien con mucho peso en la sociedad —caviló.

Ahí estaba... El quid de la cuestión haciéndome una peineta.

—No puedo con ese tipo de gente, de verdad —lamenté.

—Por eso eres la idónea —subrayó mi jefe—. Tú no te dejarás deslumbrar por ese mundo de lujo ni por un sospechoso tan... apetecible.

—Pero ¿no hemos quedado en que el duque no es sospechoso?

—¿Ves?, te digo que es guapo y tú solo oyes «sospechoso». ¡Es genial!

—Muy guapo, sí... Si te gustan los ceños fruncidos descomunales.

Los dos se echaron a reír.

—Venga ya, Kei —se burló Ulises—. Si es adorable... ¡Es como si un panda hubiera tenido un hijo con una princesa Disney!

Nos descojonamos los tres.

—¿Queréis parar ya? —nos riñó Gómez sin disimular lo bien que se lo pasaba con nosotros.

—Es ella, que está cabreada porque el duque la ha llamado «fea».

Mi jefe sonrió en vez de salir en mi defensa. «Mamones».

—¿Qué esperabas, hija? Es el soltero más cotizado del panorama.

—Por eso mismo —dije cruzándome de brazos—. Buscaos a otra más guapa... Yo paso de hacer el paripé a lo *Pretty Woman.*

Ulises puso los ojos en blanco.

—Solo he dicho que no te matará arreglarte un poco más.

—¿Para qué? —Me enfadé—. ¿Crees que así haré mejor mi trabajo?

—No, pero en este caso es necesario para tu tapadera —lo justificó Gómez—. Mañana a primera hora te esperan en un salón de belleza que conoce el duque y espero que te comportes. No nos hagas quedar mal.

Apreté los puños ahogando las ganas de estrangular a alguien. Ulises se dio cuenta y dijo:

—Las habrá más guapas, pero ninguna tiene tu pericia, Kei... El tío todavía no es consciente de cuánto te necesita.

Intenté no sonreír ante el cumplido.

Ulises es un hombre intuitivo que se da cuenta de las cosas; sobre todo de lo que necesitan los demás. Y en ese momento sabía muy bien qué debía decir para aplacar mi ira. Me ha demostrado mil veces que me valora mucho a nivel profesional, pero le encanta mortificarme por ser tan poco femenina.

Nunca me ha interesado eso de arreglarse para gustar a los demás, lo que coloquialmente llaman «sacarse partido», y si él supiera el motivo estoy segura de que no me vacilaría tanto.

—¿Qué ganas metiéndote conmigo? —le pregunté una vez, dolida.

—Lo hago para recordarte lo que es sentir algo —respondió con sencillez.

Y me quedé a cuadros. Porque es cierto. Como policías, estamos tan insensibilizados de todo que, de vez en cuando, es necesario recordarnos que hay cosas que todavía importan. Que todavía duelen y que no estás tan solo en el mundo como piensas.

Pero ¿qué me importaba a mí lo que dijera Ástor de Lerma?

Puede que a mi jefe le pareciera normal tener que pasar por «chapa y pintura» para estar a la altura del duque, pero a mí no.

—¿Sabes lo humillante que es oír que no tengo el estilo suficiente para ir de su brazo? Me dan ganas de dejar que lo maten; un superficial menos en el mundo.

Ulises se rio, pero Gómez insistió:

—Olvídate de él y céntrate en Carla Suárez. Su compañera de piso me ha dicho que podéis pasar por su apartamento a mediodía, estará allí un rato. A ver qué encontráis entre sus pertenencias.

—¿Y qué hacemos mientras tanto con el duque? —pregunté preocupada—. Está de los nervios, no podremos retenerle mucho más aquí. Pronto echará mano de su amplia cartera de recursos de las altas esferas para que lo soltemos.

—Está claro que esconde algo —dedujo Ulises—. Parece nervioso.

—Sí, seguramente el club KUN está detrás de la desaparición de la chica —sugirió Gómez soñador.

—Si el duque colabora y nos permite entrar en su vida, podré averiguar más fácilmente quién la tiene —teoricé en voz alta.

—Aquí no va a quedarse, por sus cojones que no. Y no podéis dejarlo solo, tendréis que llevároslo con vosotros como «colaborador» —afinó Gómez—. Pero interrogadle a fondo antes de iros. Vamos a contrarreloj, chicos. Urgad en su vida. Meteos hasta en su puta alma. Pasad la noche los tres juntos en un piso franco y por la mañana id al salón de belleza.

—Joder... —me quejé desganada.

—Y relájate con él, Keira —me advirtió mi jefe—. Acepta sin rechistar todos los consejos que te dé o no sobrevivirás en su mundo. ¿Puedo confiar en ti?

—Sí..., papá —contesté burlona.

Es curioso que usara la palabra «papá», porque en mi caso fue una figura sin rostro que me abandonó antes de cumplir los dos años; no le recuerdo en absoluto. Y digo «me abandonó» porque dudo que hubiera dejado atrás a mi madre de no existir yo. Ella es una de esas mujeres a quien todo el mundo idolatra. Llevo arrastrando el clásico complejo de «mi mami es más guay que yo» toda la vida. Más guapa, más divertida y más... todo. Sin embargo, superé la fase de odiarla cuando me demostró que era una buena aliada.

Es hora de contaros algo sobre mí. Así entenderéis mejor por qué nunca podré relajarme con hombres como el duque y sus amiguitos.

Mi madre me tuvo a los dieciséis años. Eso significa que cuando cumplí catorce ella tenía treinta. Y su novio de entonces..., bueno, por desgracia es tan común que seguro que os imagináis ya qué pasó.

Al principio fueron detalles sin importancia. Un roce. Una mirada demasiado larga. Quedarme traspuesta en el sofá y al despertar descubrirlo pegado a mí y con su mano sospechosamente dentro de su bragueta.

Mi madre estaba tan enamorada de él que no le expliqué nada. ¡Llevaban seis años saliendo! A la tierna edad de ocho yo montaba a caballito sobre sus rodillas, ¡por el amor de Dios! Quería pensar que me lo estaba imaginando todo, pero un día salí del cuarto de baño y lo pillé agachado fisgando por debajo de la puerta. Tuvimos una discusión épica y decidí contárselo a mi madre, que, para mi sorpresa, me creyó.

Cortó con él en el acto y lo echó de casa.

Meses después, se encontró con su hermana en el supermercado y esta le preguntó con cautela cuál había sido el motivo de la ruptura. Mi madre no le dio detalles.

—¿No habrá tenido algo que ver con la niña? —dijo de pronto. Y a mi madre se le saltaron las lágrimas cuando añadió—: Es que cuando yo era pequeña, mi hermano... se propasó conmigo.

En resumen, aquel puto enfermo fue lo más parecido a un padre que tuve, y, desde entonces, mi madre y yo solo nos hemos tenido la una a la otra.

A partir de ese momento, mi madre se convirtió en mi mejor

amiga. No es que tuviera problemas para hacer amigos; mis compañeros del colegio me invitaban a fiestas de cumpleaños o al cine, y se juntaban conmigo en el recreo..., pero tendía a darles largas porque prefería estar sola, haciendo mis cosas. En mi tiempo libre leía mucho y me gustaba jugar al ajedrez. Nunca he sido una chica muy sociable.

Quizá no acusaba la necesidad de compañía de gente de mi edad porque mi madre y yo lo hacíamos todo juntas, y su forma de ser y el tiempo que me dedicaba me aportaban muchísimo más. A veces, sin embargo, me sentía culpable de que hubiese renunciado a su vida por mí, especialmente, a salir con hombres.

Hasta que Gómez se cruzó en su vida, claro. ¿Casualidad? No lo creo.

Yo diría que se lanzó porque sabía que era el único hombre, aparte de Ulises, del que me fiaba. Y no es que yo no haya salido con otros chicos... Tuve un novio en la universidad. Pero todo terminó con una orden de alejamiento. Me pregunto si no tendré un maldito imán para los psicópatas.

Y si estáis preguntándoos qué fue de mi verdadero padre, os diré que cuando empezó la universidad siguió con su vida y ya nunca más supimos de él. Mi madre consiguió que le retiraran la patria potestad por abandono, y hasta hoy. En resumen: puso su granito de arena en mi montaña de desconfianza y aversión hacia el amor y desapareció del mapa.

Gracias a eso, nos instalamos en casa de mis abuelos para que mi madre pudiera llevar una vida lo más «normal» posible pese a su desliz (es decir: yo). Y, mientras ella estudiaba para aprobar la oposición a policía, yo, lejos de ponerme a jugar con el maquillaje de mi abuela o a probarme sus zapatos de tacón, pasé mucho tiempo con mi abuelo, que fue quien me enseñó a jugar al ajedrez.

¡Y en buena hora!, ya que se convirtió en mi adicción. Una estupenda.

Mucha gente no lo sabe, pero las adicciones salvan vidas todos los días. Si no tienes una, invéntatela, porque será lo único a lo que puedas agarrarte cuando todo lo demás te falle, que lo hará. Incluido tú mismo.

—Tendrás que perder cientos de partidas antes de convertirte en una buena jugadora —me decía mi abuelo José Luis cuando me enfadaba y arrasaba con todas las fichas del tablero. Siempre he tenido un carácter fuerte... Mi jefe lo sabe muy bien.

Cada nuevo caso que Gómez me propone es para mí, dure lo que dure, una nueva partida cuyo objetivo siempre es el mismo: dar caza al rey del adversario a la vez que protejo el mío. Y no me importa cuánto tenga que sacrificar por el camino. ¿Recordáis? «El fin justifica los medios». Y aunque en la vida no sucede lo mismo, yo intento aplicar sus normas todo lo posible. Porque ir a por todas sin detenerte ante nada es lo que te distingue entre ser «bueno» y ser «el mejor». La suerte no tiene nada que ver. En el ajedrez, la suerte no existe, es pura estrategia.

—No, cariño —me corregía mi abuelo con sabiduría—, la estrategia es a lo que se recurre cuando ya no hay nada que hacer. Cuando lo hay, lo que necesitas es una táctica.

Años más tarde me di cuenta de que siempre había parafraseado a los grandes maestros del juego. Y así aprendía yo, de ajedrez y de la vida.

Al final, Ulises y Gómez me convencieron para participar en el caso de la desaparición de Carla Suárez.

Cuando volví a entrar en la sala de interrogatorios, me encontré al duque sentado en la silla y sujetándose la cabeza. En cuanto me oyó, sin embargo, adoptó una postura perfecta en menos de un segundo. Recuerdo haber pensado que debía de ser duro tener que ofrecer siempre la imagen que se esperaba de él.

—Hola de nuevo —saludé tranquila—. Pronto nos iremos, pero antes necesito hacerle unas cuantas preguntas sobre Carla Suárez.

El desánimo se apoderó de su rostro. Aun así, seguía siendo arrollador.

—Es importante —subrayé al notar su pasividad—. La encontraremos antes si no me oculta ningún detalle. Necesito saber qué relación le unía a ella y sobre qué discutieron exactamente, señor De Lerma.

—Inspectora... —intervino su abogado, que estaba de pie. Más tarde, anotaría en mi cuaderno que era uno de esos tíos calculadores que siempre parecen tener prisa. Decidí que sería el primero a quien investigaría porque parecía ser íntimo del duque y tenía la suficiente chispa de locura en sus ojos azul claro como para orquestar todo aquello. Su pelo, un poco largo y rebelde, me recordaba al del actor Bradley Cooper—. Espero que entienda que una persona de la posición de mi cliente debe proteger su intimidad.

«¿Qué posición? ¡Ah, una por encima del resto de los mortales!».

—Y yo espero que entienda que si miente, irá a la cárcel.

—Bueno, una cosa es mentir y otra no decir toda la verdad... —Sonrió ufano—. Si quiere que el duque le cuente detalles embarazosos de su vida, tendrán que garantizarle el derecho al secreto profesional mediante un escrito adicional que lo proteja de futuras difamaciones sobre su persona.

—¿Está de broma?

—No, hablo muy en serio. Y no le estoy pidiendo nada del otro mundo. El sumario del caso es secreto de por sí. Su difusión está prohibida para cualquier funcionario de la institución pública relacionado con la justicia; de lo contrario, podrá ser penado con cárcel e incluso con la inhabilitación. Solo le pido, inspectora Ibáñez, que firme esto para testimoniar que es consciente de ello. Hay mucho en juego... Piense en el bien de Carla.

—¿Intenta chantajearme emocionalmente, señor Montes?

—Llámeme Charly, por favor. —Sonrió encantador.

—Bien, Charly, ¿sabe cuántos policías han sido condenados por filtrar información sobre los detenidos a periodistas? La respuesta es: un número infinitesimal periódico que tiende a cero.

—Le aseguro que estoy de su parte, inspectora —afirmó conciliador—. Solo digo que la total transparencia de mi cliente puede ser crucial, y es posible que no lo sea si se ve comprometido su derecho a la confidencialidad de toda información relacionada con el proceso.

—Su confidencialidad no se verá comprometida, se lo garantizo.

El abogado inspiró hondo y se acercó más a mí.

—Ástor es muy cabezota —susurró con secretismo—. Lo conozco muy bien y sé que preferirá que lo maten a deshonrar el apellido familiar.

Mi mirada y la del duque conectaron durante un instante.

—Solo es un escrito donde reconoce que si se filtra algo de lo que le sea confiado, tendrá consecuencias. Si no piensa hacerlo, no debería ser un problema...

Me lo pensé durante unos segundos eternos.

—De acuerdo. Firmaré.

—¡Perfecto! —se alegró el abogado.

Su cliente, sin embargo, no cambió de cara. Se notaba que estaba acostumbrado a salirse con la suya. Qué ascazo... ¿Se merecía esa cara un ser carente de emociones? Debería encerrarlo solo por la distracción que me causaba.

El abogado me tendió un papel en el que tan solo había escrito un párrafo. Lo leí. Era el texto prometido, de modo que lo firmé.

—Bien. Mi trabajo aquí ha terminado —sentenció Charly—. Llámame si me necesita. —Acto seguido, se despidió del duque dejando un gesto cariñoso en su hombro—. Todo va a ir bien, As... Colabora, y esto se arreglará pronto.

«¿As? Lo que faltaba... Lo ha llamado como a la carta más valiosa de la baraja».

Los carnosos labios del duque emitieron un murmullo; seguramente sería un «adiós», aunque bien podría haber sido un insulto.

—En fin... —Suspiré, impaciente, en cuanto nos quedamos solos—. Tenemos poco tiempo y necesito que sea totalmente sincero, señor De Lerma, así que saltémonos los formalismos, ¿le parece? Cuéntemelo todo. ¿Cuál era la naturaleza de su relación con Carla?

—¿Podemos saltarnos también el morbo? —replicó molesto.

—Cualquier detalle puede ser importante, pero, si quiere, empiece por el principio. ¿Cómo se conocieron?

—Carla es una alumna brillante de tercer curso. Vino a las tutorías de Orientación laboral. No tenía muy claro si quería seguir con la carrera que había elegido, y un café nos llevó a otro...

—Un poco joven para usted, ¿no? —Me hostigué por mi comentario fuera de lugar, pero si no lo decía, reventaba.

El duque entrecerró los ojos.

—Es mayor de edad —replicó cortante—. Y la edad es el único número que engaña, inspectora Ibáñez.

«¿Es cierto eso?».

De pronto recordé a mi abuelo y lo bien que lo pasábamos juntos a pesar de nuestra diferencia de edad. También a mi madre y los cuchicheos que tuvo que aguantar por su extrema juventud cuando entré en el jardín de infancia. ¿Debería juzgar yo a qué edad es apropiado hacer cualquier cosa? Acepté pulpo como animal de compañía.

—De acuerdo, pero... ¿le está permitido salir con alumnas?

—Solo éramos amigos. Para mí, Carla era un ser de luz, alguien a quien siempre quieres tener cerca, y de pronto empezó a acompañarme a galas, a cenar, al cine...

—Esa es la definición de «salir». Estaba saliendo con una alumna.

—Como amigos —remarcó hosco.

—¿Tengo que creérmelo? —Ladeé la cabeza—. ¿Es verdad que no pasó nada entre ustedes? No tiene por qué mentirme.

Con apartar la vista me respondió a esa pregunta. ¡Claro que pasó! ¿Qué mujer iba a resistirse a él? Que levante esa zarpa de mamífero mentiroso.

Lo vi inspirar contrariado y, por fin, ceder.

—Cuando cogimos confianza, la dejé acompañarme a una fiesta del club KUN. Llevaba un vestido palabra de honor que habíamos elegido juntos, y pensé que le quedaría bien una gargantilla de diamantes.

—Muy *Pretty Woman.*

—¿Qué?

—Nada. Continúe, por favor.

—Cuando vio la joya, se puso tan contenta que me besó y yo no me aparté... Era muy fácil dejarse llevar por el entusiasmo de Carla. Fue un buen beso, pero luego llegamos a la fiesta y todo se estropeó.

—¿Qué pasó exactamente?

—Digamos que se dedicó a dejar claro a todo aquel que se la comía con los ojos que estaba reservándose para el matrimonio —expuso dolido—. Ni siquiera yo sabía que era virgen.

«¡¿No me jodas?! ¿A los veintiuno?».

¡Y yo que me creía especial por perderla a los diecinueve con un repartidor de pizzas! Sí, ya sé que suena a película porno, pero en realidad es una historia preciosa. Todos los viernes pedía una pizza de jamón con champiñones y aparecía Él con su pose de malote. Estaba como un puñetero tren. Cadenitas. Tatuajes... Buf. Nos contábamos cosas interesantes que nos habían sucedido durante la semana y esperábamos con ilusión a la siguiente. Fue casi un amor epistolar de la era moderna, pero con la ventaja de no masacrar árboles.

Supongo que debió de notar que cada vez le abría la puerta con un pijama más provocativo, y una noche lluviosa, estando sola en casa, llegó empapado y le ofrecí una camiseta seca.

Cuando se quitó la húmeda nos miramos, y el mundo se detuvo al igual que nuestros corazones. El resto es historia. La tapicería del sofá fue la única que resultó herida en esa secuencia... Mi madre puso el grito en el cielo.

—Carla era virgen, vale —pensé en voz alta—, pero... ¿por qué airearlo así en el club?

El duque dudó si contestar durante un incómodo segundo.

—Porque sabía que en el KUN se cotizan muy caras.

Mi cara reflejó un «¡¿perdón?!» gigante que sus ojos se encargaron de mitigar alzando el mentón en un gesto que conocía muy bien. El de «no te atrevas a juzgarme»

Capté que tenía que dejarle explicarse.

—Es una actividad consentida y legal llevada a cabo dentro de una propiedad privada... Pero, sinceramente, la llevé porque no pensé que fuera de las que se exhiben al mejor postor.

Intenté tragar saliva, pero me fue imposible.

—De acuerdo... —Carraspeé—. Cuéntemelo todo. ¿Allí dentro se compran mujeres o cómo va la cosa?

—No, exactamente. Se subastan. Cuando ocurre, la chica pasa a ser miembro del club durante tres meses y puede disfrutar de todos sus privilegios, pero lo hará como propiedad de un miembro. Son las normas... Y para elegir de cuál, se lleva a cabo una puja entre todos los interesados. El precio sube mucho si la chica es virgen, claro. No es lo habitual.

Me quedé en *shock*. «¿Pujas de virginidades?».

«¡Pero... ¿en qué mundo demente vivimos?!».

Intenté disimular las ganas que tenía de encerrarlo ya.

—¿Por eso discutieron? ¿Porque Carla se exhibió para ser subastada?

—Sí, fue decepcionante. Intenté convencerla de que no lo hiciera.

—¿Diría que es usted celoso, señor De Lerma?

—No es eso... Ella no tenía necesidad de hacerlo. Me preocupaba por ella... Era una buena chica.

—Pues esa «buena chica» tenía mucho dinero en su cuenta corriente del que sus padres aseguran desconocer la procedencia. Ahora ya sabemos de dónde salió.

—No era dinero de la puja, si es lo que insinúa —aclaró—. Ese va a parar al fondo fiduciario del club KUN. Ellas ganan más al pasar a formar parte de la sociedad durante el tiempo que pertenecen a alguien. Solo los contactos que hacen tienen un valor incalculable.

Mi mente tenía la boca abierta. Y ¿qué tipo de favores hacían ellas a cambio? Podía imaginármelos.

—Entonces ¿usted se enfadó con Carla porque quería tenerla gratis o...?

La respuesta de Ástor de Lerma fue mirarme como un auténtico lunático.

Por lo visto era un tío altamente susceptible. Esa parte de él me acojonaba de verdad. Parecía no importarle nada, excepto su incuestionable honor.

—¡Intenté convencerla de que no lo hiciera, por su propio bien! —estalló con rabia—. La habría esperado cuanto hiciera falta...

Lo último se le escapó. Fue como si él mismo acabara de descubrirlo. Y a mí también me sorprendió porque... ¡me había dado el móvil! Aquello sonaba a: «O mía o de nadie».

—¿La subasta llegó a realizarse? —Disimulé mi aversión.

—Sí. Fue hace un par de noches. Fui a su casa para convencerla de que no participara y discutimos. Su compañera de piso nos oyó... Como Carla no atendió a razones, la dejé en el club y me fui a casa. Me pareció normal no volver a saber nada de ella porque terminamos bastante mal.

—¿Usted no participó en la subasta? —pregunté extrañada.

—No. Nunca participo. —Entrelazó las manos con calma.

—¿Por qué no?

—Porque no podría compartir a mis amantes con nadie.

—¿Qué quiere decir con «compartir»?

—Una Kaissa, así llamamos a las chicas subastadas, puede usarse como moneda de cambio en las diversas actividades del club. Cualquiera puede retarte, y estás obligado a jugarte la compañía de tu Kaissa... Por eso los miembros no hacen Kaissa a sus esposas ni a cualquier mujer que les importe un poco. Solo es un juego... y si hubiera sentimientos de por medio, dejaría de serlo.

—Y usted estaba enamorado de Carla —dije sin pensar.

Craso error por mi parte.

El duque me miró con una ojeriza que se me agarró a la garganta.

—Quizá no sea tan lista como cree —dijo con crueldad—. Para enamorarme a mí hace falta mucho más que fingir tener candidez. Carla y yo solo nos estábamos conociendo. De todos modos, me interesaba porque me agradaba lo suficiente como para...

Se detuvo en seco.

—¿Para qué? —lo animé a seguir, muerta de curiosidad.

—Para desempeñar el papel de duquesa —rezongó de mala gana—. Algún día tendré que casarme. Más bien, pronto.

—¿Por qué pronto?

—Porque sí —zanjó como si no quisiera ahondar en el tema—. Conocí a Carla y me cuadró, pero resultó ser una decepción. Eso es todo.

—Entiendo...

—No estaba enamorado de ella —remarcó captando mi desconfianza—. Si no, me habría saltado todas las normas para estar juntos, pero no nos dio tiempo a llegar a eso. A veces el club KUN pone a prueba tu integridad; el dinero corrompe a la gente, pero el poder lo hace todavía más.

—¿Le gusta formar parte de un club tan inmoral? —pregunté con inquina.

—No generalice, por favor. Hay muchos hombres honorables y brillantes formando parte del ideal que intentó fundar mi bisabuelo.

—¿Un ideal donde las mujeres son tratadas como mercancía?

—Son tratadas como reinas, se lo aseguro. La lista de espera para entrar de acompañante en el KUN es larga. No maltratamos a nadie.

—«Sin tu reina, estás muerto» —recordé en voz alta el texto de la segunda nota—. Esa frase puede relacionar el secuestro de Carla con sus amenazas de muerte —deduje mirando hacia el cristal, sabiendo que Ulises nos observaba desde el otro lado.

El duque siguió mi mirada y preguntó:

—¿Por qué no entra su compañero?

—Tenemos que crear una conexión más íntima entre nosotros si pretendemos pasar por una pareja, señor De Lerma. Voy a estar pegada a usted toda la semana, viviendo en su casa, fingiendo que tenemos una relación...

—Insisto en que nadie se lo creerá.

—¿Ni disfrazándome de pija sexy, como usted quiere?

Por un segundo me pareció verle estirar las comisuras de la boca.

—No importa cómo se vista... Nadie se lo creerá, repito. Yo no soy de novias serias, soy de encuentros esporádicos. Nunca meto a chicas en mi casa ni me dejo ver en actitud cariñosa con ellas... En definitiva, yo no me enamoro.

—¿Esa es otra norma suya? —pregunté perspicaz.

—Pues sí.

—¿No le parece un poco presuntuoso presumir de que es capaz de dominar sus sentimientos? A veces no elegimos lo que deseamos... ¿No cree que sería plausible que una de las chicas con las que tiene sexo esporádico se convirtiera en algo más serio a ojos de los demás?

Su mirada se agrandó evidenciando que le horrorizaba esa idea, pero se recompuso.

—¿De verdad cree que fingir tal cosa ayudará a encontrar a Carla?

—Tener acceso íntimo a su vida, señor De Lerma, es crucial para averiguar quién ha tramado todo esto. Si está relacionado con las notas, puede ser un ajuste de cuentas. Además, ¿no ha dicho que estaba buscando a una posible duquesa? Puedo ser yo.

La cara que puso me indicó que estaba listo para odiarme con toda su alma. Ni siquiera me miraba como se mira a una mujer, sino como a una ecuación compleja que no podía resolver. No. Peor... Una integral. ¡O una derivada chunga! Sí, eso era para él. La derivada de una mujer. Es decir, en lo que puede llegar a derivar si no se arregla.

—En efecto, busco esposa, pero no cualquiera cumple el perfil.

—Si Carla lo cumplía, ¿por qué piensa que decidió meterse a Kaissa?

—Eso debería preguntárselo a ella —contestó serio.

—¿Cree que alguien pudo coaccionarla? —discurrí—. ¿O sobornarla? Solo para fastidiarle a usted.

—No lo había pensado hasta ahora —musitó dolido.

De repente, el altavoz emitió un sonido extraño y me quedé a la espera de oír la voz de Ulises.

«¿Quién ganó la puja de Carla?», se oyó.

Miré con atención al duque esperando su respuesta.

—La verdad es que no lo sé —contestó el aludido, sombrío.

—¿Cómo que no?

—No quise mirarlo...

—¿Y cómo podemos averiguarlo?

—Accediendo a la cuenta corriente del club y comprobando quién y cuánto pagó por Carla —masculló contrariado.

«¿Quién es el tesorero?», se oyó a Ulises por el altavoz.

Cada vez que hablaba, el duque miraba hacia el espejo con aprensión.

—Soy yo —confesó reacio.

En ese momento, la puerta se abrió y Ulises entró en la sala con el ímpetu que lo caracteriza cuando olfatea información crucial cercana.

—Compruébelo ahora. —Se sacó un teléfono del bolsillo y lo depositó frente a él. Era el del duque.

Que se quedara a su lado, apoyado en la mesa, resultó un poco agobiante. Pero lejos de negarse y montarnos otro numerito, el detenido desbloqueó el teléfono y accedió a la aplicación de su banco.

—Joder... —murmuró conmocionado.

—Deme su nombre —ordenó Ulises severo, y le hice un gesto para que aflojara el tono de acoso y derribo.

El duque le mostró el terminal, devastado. Por la forma en que se presionó los párpados, entendí que descubrir quién había sido acababa de romperle todos los esquemas.

—Fue mi hermano..., Héctor de Lerma —reveló en voz baja.

«¡La Virgen!». Nunca mejor dicho.

Ulises y yo nos miramos alucinados y empezamos a asediarle a preguntas indistintamente:

—¿Dónde puede estar ahora?

—¿Dónde vive?

—Vive conmigo...

¡¿Con él?!

—¿Cuándo lo vio por última vez? —preguntó Ulises con avidez.

—Esta mañana no lo he visto antes de irme al campus... Así que fue anoche.

—¡Tenemos que ir a por él de inmediato! —concluyó Ulises.

—¡Héctor no ha hecho nada malo! —lo defendió el duque, pero no se le notaba del todo convencido.

—Alégrese, señor De Lerma —repuso Ulises—, porque ahora mismo usted es menos sospechoso que antes.

Escaneé al duque y no vi alivio en sus ojos. Más bien, al contrario. Vi la mirada de Katniss Everdeen dispuesta a sustituir a su hermana en *Los Juegos del Hambre*, aunque le supusiera una sentencia asegurada.

4
El cubo de Rubik

Quien asume riesgos puede perder;
quien no los asume pierde siempre.

SAVIELLY TARTAKOWER

Jueves, 12 marzo
09.10 h.

Desde que dejamos la comisaría ayer fue un no parar.

No sé cómo explicar la violación de intimidad que ha supuesto para mí estar bajo la guardia y custodia de *Mortadela y Filemón*. Violaron mis sentidos obligándome a ver y a oler cosas que no quería; vulneraron mis pertenencias confiscándome el móvil y..., no puedo ni decirlo, ¡conduciendo mi magnífico Aston Martin!

Invadieron mi casa, mi lugar de trabajo..., ¡todo! No sabría decir qué fue lo peor. Bueno, sí, que aparte de meterse en mi vida, ¡me obligaron a meterme en la suya!

Después de descubrir la implicación de mi hermano en la puja me hicieron seguirles a paso rápido por los pasillos de la comisaría. Actuaban como si tuvieran una buena pista, cuando yo sabía que era imposible que hubiera sido Héctor. Cuando lo conocieran, se darían cuenta de que estaban persiguiendo a un fantasma. O eso esperaba.

Admito que por un momento dudé. «¿No habrá querido vengarse de Carla por hacerme semejante feo al ofrecerse como Kaissa?».

La carrera desembocó en un despacho aislado y pequeño en el que los inspectores se desenvolvían con agilidad, esquivándose el uno al otro como en una coreografía del Circo del Sol.

Amontonaron carpetas y guardaron sus ordenadores portátiles en sendas fundas a gran velocidad. Yo me quedé de pie, a un lado de la entrada, sin moverme para no molestar.

—Enseguida nos vamos —me avisó el inspector Goikoetxea al notar mi incomodidad. Era un tío perspicaz, lo reconozco—. ¿Cogemos un coche de incógnito? —consultó a su compañera, e iniciaron una conversación silenciosa que solo ellos entendieron. Me pareció alucinante, sinceramente.

No hacía falta ser Einstein para percatarse de que tenían una conexión metafísica inexplicable. Percibí confianza y compenetración, y también miradas ardientes. Eran una fantástica mezcla de viejo matrimonio y pareja que empieza a salir. Algo envidiable para un zombi emocional como yo, que hacía años que estaba muerto por dentro.

—¿Ha ido en coche a la universidad esta mañana? —me preguntó ella de pronto.

—Sí.

En buena hora lo confesé.

—Pues iremos a por él. Os esperaré fuera mientras interrogáis al hermano —dijo al inspector. Entonces me miró—. No puede verme todavía. Invéntese algo e infórmele de que hoy no dormirá en casa.

—Respecto a eso... —protesté.

—Tenemos mucho que hacer antes de que empiece el torneo —me cortó la inspectora sin dejar de recoger sus cosas—. Hay que prepararlo todo, y usted debe estar con nosotros en todo momento.

—Pero... tengo mucho que hacer.

—La inspectora Ibáñez está siendo amable —explicó su compañero manipulando su pistola con habilidad—. No podemos dejarle solo. Mañana usted y ella se conocerán de forma pública en la universidad. Será un flechazo de manual. Y a partir de ese momento, ya no se separarán. Podrá ir adonde necesite, pero con la inspectora.

Eso sonaba fatal.

La observé detenidamente y juro que hice un esfuerzo por acostumbrarme a su presencia como si fuera un entrañable perro guía, pero en ese momento se colocó un arnés porta armas que constriñó su camiseta de algodón marcándole el pecho de una forma tan sensual que me dejó sin aliento.

«¡¿Qué estás mirando?!», me reñí enfadado, y aparté la vista.

Bien. Vale... «Es más atractiva de lo que me pareció inicialmente», pensé, pero seguro que se debía al embrujo momentáneo de verla en su guarida emanando cierto poderío al más puro estilo Lara Croft. Podía llegar a entender que su compañero hubiera sucumbido a ella teniendo poco más donde elegir cerca, pero en una elegante fiesta del club KUN con el tipo de mujeres que se pasean por allí, la inspectora jamás llamaría mi atención.

Recuerdo pensar que su aparición en mi vida iba a generar muchos cuchicheos desagradables. Me equivocaba en lo de «desagradables».

Confiaba en que Olga la hiciera parecer al menos un maldito ocho.

Uy, qué va... No soy el típico impresentable que puntúa a las mujeres por su físico, soy peor, ¡lo hago con todo! Con comidas, con series, con el fútbol, conmigo mismo y mis sentimientos... Es una pequeña obsesión que arrastro desde hace mucho.

No se me dan bien las palabras, esa es la verdad, en especial, los adjetivos calificativos. ¡Son tan subjetivos...! Sin embargo, los números son exactos. Certeros. No pueden malinterpretarse y nunca se enfadan conmigo.

Un seis y medio no es un siete. Y un siete no es un ocho. Sabiendo eso, la vida es mucho más fácil. Porque ya nunca es «qué», sino «cuánto».

Así que... ¿CUÁNTO iba a tardar la inspectora en meter la pata cuando la presentara en mi entorno? Auguraba una marca olímpica.

Lo que no vi venir es lo poco que tardaría en volverme loco a mí.

De pronto, se dirigió hacia donde me encontraba y se me plantó delante.

«¿Qué hace...? ¿No ve que el espacio es reducido?».

—¿Puede apartarse? —me pidió sin amabilidad—. Tengo que coger una cosa de ahí detrás.

Me volví y vi que había una estantería baja a mi espalda.

Obedecí, y ella se agachó para buscar algo. Fue una pésima idea fisgar qué cogía, porque en esa postura me dejó entrever un escote de lo más apetecible.

Desvié la mirada tan rápido que casi me parto el cuello. Ni siquiera me dio tiempo a racionalizar mis pensamientos porque la inspectora se fue de mi lado creando una estela olfativa tan brutal que me dejó alelado.

«Hostias...».

Un inciso: no me gusta que la gente se acerque mucho a mí, entre otras cosas porque soy más maniático para los olores que el tío de la novela *El perfume*. No obstante, me sorprendió muchísimo que la inspectora me oliese especialmente bien, y no hablo de jabón o colonia, sino de ella misma, de su fragancia corporal. De su maldita piel. Un detalle que, al final del día, terminó siendo un verdadero problema, creedme.

Salimos del edificio para ir al aparcamiento, donde nos fuimos directos hacia un Seat Ibiza plateado. Cuando entendí que me tocaba sentarme detrás, no supe reaccionar.

No me quejé porque los dos inspectores me habían demostrado ya que aborrecían la vacuidad de mi mundo de lujo, así que me monté en aquel utilitario convencido de que sería un trayecto corto. Me veo en la obligación de puntuar la experiencia con un flagrante tres. Habría sido un cuatro si no hubiera tenido que ir con las piernas tan abiertas. De todos modos, la situación empeoró cuando llegamos al aparcamiento de la universidad y nos bajamos del coche.

—¿Qué se supone que haces? —La pregunta me salió del alma cuando vi que el inspector accionaba el mando de mi Aston Martin con intenciones de subirse en él. Me quedé tan anonadado que empecé a tratarle de tú.

El poli frenó en seco y dijo:

—Voy a conducir yo.

—Nadie conduce mi coche —le advertí tajante.

Que sonriera con calma me crispó más todavía.

—Creo que aún no entiendes tu situación —musitó pasivo agresivo, tuteándome a su vez—. Eres sospechoso hasta que se demuestre lo contrario. Te dejamos acompañarnos en vez de esperar en el calabozo porque eres quien eres y nos conviene, pero no creas que nos fiamos de ti. Y menos aún de permitirte conducir. Podrías provocar un accidente, dejarnos inconscientes y huir del país.

—¡Pero... ¿qué dices?! —exclamé, ultrajado por mencionar lo que nunca podré perdonarme a mí mismo.

Juraría que ese poli desconocía lo traumatizado que me dejó aquel siniestro en particular, pero me envenenó de igual forma que si lo supiera. En ese momento, sentí que debería estar en prisión, porque las ganas de matarlo que me entraron no fueron ni medio normales.

—Decídete... —me vaciló el inspector—. ¿Vas a cooperar o nos esperas en detención preventiva?

Su obstinación y su chulería terminaron de sacarme de quicio. Supongo que porque me recordaba un poco a mí.

—Joder... —Me froté la cara, superado—. ¡Necesito despertarme de esta maldita pesadilla! ¡Nadie toca mi coche!

—No es para tanto —intervino la inspectora—. Ulises conduce muy bien. No pasará nada, ¿de acuerdo?

«Se llama Ulises. Vale. ¡Pues Ulises me está tocando mucho las narices!», pensé furioso. Sin embargo, resoplé indignado y me dirigí a la puerta del copiloto de mi flamante biplaza.

—Al menos ahora podré ir delante, si no le importa a la parejita...

No sé por qué lo dije, pero se encargaron de que me arrepintiera rápidamente, cuando ella se dirigió al Ibiza y dijo a su compañero:

—Nos vemos allí..., amorcito. Te echaré de menos.

Lanzó un beso con guasa al inspector y este, sonriente, lo cogió al vuelo como un idiota enamorado. Alguien debería advertirles de que, entre broma y broma, la verdad asoma.

Me subí a mi coche, molesto, y el poli ocupó el lugar del conductor.

—¿Cuánto tiempo lleváis juntos? —le pregunté sin pensar. No es que me importara una mierda, pero acababan de mofarse de mí y quería confirmarlo para sentirme mejor.

—Dios, ¡qué maravilla de cacharro! —Ulises me ignoró, ocupado como estaba acariciando el volante como si fuera una mujer.

«¿Así acaricia a la inspectora?».

Bufé, muerto de celos. Por el coche, no por ella, que quede claro.

Di una serie de indicaciones bordes al inspector, y arrancó el motor poniendo los ojos en blanco después de mi quinto «Con mucho cuidado». Acto seguido, introduje la dirección de mi casa en el GPS para poder ir callado el resto del trayecto.

Cuando estuvimos frente al portalón de mi chalet, Ulises se cambió de ropa. Pantalón y camisa negra. Arma reglamentaria y unas gafas de sol opacas cubriendo sus astutos ojos verdes. Podía entender lo que la inspectora Ibáñez veía en él. Era un tío implacable y seguro de sí mismo que parecía salido de la serie *Narcos*. No marcaba músculos, pero era alto y compacto. Pelo castaño claro, rapado por los lados y levantado por delante a lo James Dean. Un *heartbreaker* de manual, vamos... Un más que merecido siete y medio.

Cuando entramos juntos en el recinto lo corroboró murmurando:

—Haz como si yo no estuviera. Soy tu escolta. Di a tu hermano que han denunciado la desaparición de Carla y que te han interrogado. Enfádate por la puja. Pregúntale qué hizo con la chica después y explícale que me has contratado por lo de las notas amenazadoras.

Asentí y metí la llave en la cerradura un poco nervioso.

—¿Héctor...? —lo llamé nada más entrar.

Obtuve el silencio por respuesta.

Fui hasta su cuarto y comprobé que la casa estaba vacía.

—Llámalo por teléfono —me ordenó Ulises, tendiéndome el móvil.

Lo cogí y lo manipulé en silencio.

—Mierda...

—¿Qué? —preguntó acercándose mucho a mí.

Justo a eso me refería, ¡por lo general, nadie se me pega tanto! Nunca. Y ellos lo invadían todo, ¡joder!

—Tengo tres perdidas de mi madre. He de devolverle la llamada o empezará a telefonear a todos los hospitales.

—Llama primero a tu hermano.

Lo hice. Pero no hubo suerte.

—Escríbele —insistió Ulises, ansioso—. Pregúntale dónde está.

Obedecí, y tampoco hubo respuesta.

—¡Maldita sea! —exclamó frustrado el inspector. Otra cosa que teníamos en común: enfadarnos con dramatismo cuando algo no sale como queremos.

—Tarde o temprano, responderá —le prometí—. Él no ha sido.

—Vámonos. —Me ignoró, cabreado, y me hizo un gesto para que le devolviera el teléfono.

—Debería llamar a mi madre —le recordé—, quizá sepa algo de mi hermano.

—Hazlo. Y pon el manos libres.

Habría preferido ir a su casa y hablar con ella en persona, porque si me dejaba ver con una mujer sin que supiera nada de ella, entraría en combustión. Lo malo es que vive a las afueras de la ciudad en un caserón que se empeñó en comprar para que sus tres perros pudieran mear en un jardín parecido a un Versalles en miniatura.

¡Dichosos chuchos! Los quiere más que a mí.

Busqué su contacto en Favoritos y accioné el altavoz.

—¡Hijo, qué ilusión que me llames! —saludó contenta.

La imaginé tumbada en la terraza tomando el sol, con unas gafas enormes, un pañuelo en el pelo y un daiquiri de piña medio vacío en la mano. Como si la viera.

—Hola, mamá... ¿Cómo estás? He visto que me has llamado.

—Si, quería hablar con tu hermano, pero no lo encuentro y he caído en que tengo otro hijo, así que te toca aguantarme un rato. ¿Qué es de tu vida? ¿Alguna novedad?

«Si tú supieras...».

—En realidad, sí. Hay algo de lo que me gustaría hablarte.

Reparé en que Ulises negaba con la cabeza, prohibiéndome decir nada.

—¡Ay, no me asustes, cariño! ¿Tiene que ver con una mujer?

Sonreí un poco ante sus poderes premonitorios de bruja.

—La verdad es que sí.

—¿Cómo se llama?

—Todavía no sé su nombre completo...

Oí que daba un gran trago a su mejunje para coger fuerzas.

—¿No la habrás dejado embarazada?

—No, tranquila. Solo quería avisarte de que tengo algo por ahí y no quiero que empieces a hiperventilar si te llegan comentarios.

—¡Me huele a desgracia, Ástor! ¿Quién es ella? —exageró, como siempre, y me la imaginé abanicándose. El fatalismo nos viene de familia.

—Nadie que tú conozcas... Relájate, ¿vale?

—¿Es guapa al menos? —preguntó como si estuviera al borde del desmayo—. Que te tachen de tener mal gusto es lo peor que puede pasarte, hijo.

—Es muuuy guapa, mamá —mentí—, y lista —dije la verdad.

Ulises me clavó la mirada como si quisiera sacarme el hígado y comérselo crudo. ¿Estaba celoso?

—¿Qué edad tiene?

—Menos de treinta...

—¿Con quién puedo hablar que la conozca ya?

—Con nadie, mamá. Mañana conocerá a mi amiga Olga, la del salón Mademoiselle.

—Hoy en día se llaman «follamigas», hijo.

—Mamá... —la reprendí mirando a Ulises, que no perdía detalle.

—Solo intento que hables con propiedad. Un amigo es un ser querido no consanguíneo con el que no te irías a la cama. Por ende, ¡nunca podrás tener amigas! ¿Lo entiendes, mi vida?

Cerré los ojos abochornado.

No es ningún secreto de dónde sale mi terror a las palabras. Mi madre lleva toda la vida atosigándome con usarlas mal. Y puede que sea cierto en el caso de Olga, porque los amigos no se miran como nosotros lo hacemos. La tensión sexual que hay entre nosotros ha colgado redes 5G. Sin embargo, mi madre se equivoca en una cosa: Olga y yo nunca nos hemos acostado.

—Mamá, tengo que dejarte —dije apurado—. Te llamaré pronto, ¿vale?

—¡No te atrevas a colgarme sin decirme quién es esa mujer, Ástor! —exigió.

Metí los dedos por el cuello de mi camisa para separármela de la piel húmeda.

—Te la presentaré este fin de semana, lo prometo.

—¡Dame su apellido!

El inspector golpeó un lugar desnudo en su muñeca donde debería haber un reloj.

—Un beso, mamá. —Y colgué.

Ulises intentó disimular su diversión cuando le devolví el móvil.

—Una conversación muy interesante...

—No sabe dónde está mi hermano —señalé serio, a pesar de que él ya lo había oído gracias al manos libres.

—Volveremos luego a por él. Ahora voy a llamar a un equipo especial para que venga a registrar el chalet de arriba abajo.

Enarqué las cejas, alarmado.

—No te preocupes. Ni notarás que han estado aquí... Y no sufras por tus juguetes sexuales, que esos agentes están acostumbrados a ver de todo. Lo preocupante será que los perros olfateen algo, hallen evidencias de ADN o detecten con infrarrojos restos de sangre...

Una punzada de miedo se clavó en mi pecho. ¿Y si alguien había dejado pruebas como esas en mi casa igual que dejó la nota?

—Mientras tanto, iremos al apartamento de Carla —decidió Ulises poniéndose en marcha y saliendo de la casa.

En menos de quince minutos estábamos frente a su edificio. Los tres. Me callé cuando la puerta del portal se abrió porque tenía muy claro lo que ocurriría en cuanto su «compañera» me viera.

Al salir del ascensor, todo sucedió muy deprisa. La chica esperaba ver a dos agentes, y antes de que gritara «¡Tú...!», en un tono nada amigable, ya me había adelantado para detener con el pie la hoja de la puerta que intentaba cerrar.

—¡Sofía, espera...! ¡Son policías! ¡Abre!

Al ver que no tenía fuerza suficiente para cerrarla, Sofía huyó hacia el interior del piso, bajo la atónita mirada de los inspectores.

—¡¿Qué quieres, Ástor?! —preguntó asustada, parapetándose detrás de una mesa y buscando algo con lo que defenderse.

La inspectora se adelantó a su respuesta.

—Tranquilícese, soy la inspectora Ibáñez. —Le enseñó la placa con rapidez—. Se que la han avisado de que vendríamos a hacerle unas preguntas sobre Carla.

—¡¿Con él?! —exclamó incrédula—. ¡Si es el culpable! ¡No soportó que cortaran y la mató! ¡Fue él!

—¡Eso no es cierto! —grité alucinado.

Fui hacia Sofía tan enfadado que el terror congeló su huida. La cogí por los brazos.

—¡Sofi, tú me conoces...! ¡Sabes que nunca lo haría! —exclamé mientras se revolvía histérica.

—¡Quieto o disparo! —gritó la inspectora apuntándome con su arma.

La miré anonadado sin llegar a soltar a la chica. Por algún inexplicable motivo, supe que no me dispararía.

Ulises, sin embargo, tenía una expresión rarísima en la cara. Sus ojos estaban clavados en Sofía como si estuviera viendo un fantasma.

—¡Suéltala ahora mismo! —me ordenó la inspectora con severidad. Solo cuando lo hice, continuó—. ¿Cuánto hace que os conocéis vosotros dos?

Un silencio señaló nuestra reticencia a hablar de nosotros. Era evidente que había detectado una confianza inusual entre Sofía y yo. Lógico. La conocí mucho antes que a Carla.

—Sofía es una alumna que tiene acceso a las fiestas del KUN —simplifiqué. Era simplificar mucho, pero tendría que valerle.

—¿Has sido Kaissa? —preguntó la inspectora, perspicaz.

—¡Ni de coña! —replicó Sofía con repugnancia—. Te ofrecen grandes oportunidades, pero todas comienzan poniéndote de rodillas.

Tragué saliva, incómodo. Sabía que le habían hecho proposiciones.

—¿Cuándo fue la última vez que supiste algo de Carla? —le preguntó la inspectora.

—La tarde de la subasta. Porque... saben que hubo una subasta por su virginidad, ¿no? —lanzó con inquina al tiempo que se cruzaba de brazos.

—Sí, lo sabemos.

Ulises no reaccionaba. Su mirada seguía clavada en Sofía. Quizá el pobre acababa de descubrir lo que era una chica guapa de verdad.

Lo cierto es que Sofía era espectacular: cuerpazo de escándalo, pelo negro lacio y largo, y los ojos verdes más desafiantes que he visto en años. Era una mujer de armas tomar. Atrevida y lista. Al menos lo fue cuando le ofrecieron ser Kaissa y rechazó la invitación con elegancia.

—Esa noche Carla no pensaba venir a dormir al apartamento —continuó Sofía—. Su plan era quedarse en casa del ganador, y me pareció lo normal. Sin embargo, cuando a la mañana siguiente no supe nada de ella me preocupé. —Me señaló con el ceño fruncido y añadió—: Cuando estaba a punto de irse a la subasta, apareció Ástor hecho una furia.

—¡Solo quería impedir que cometiera una estupidez! —me justifiqué.

Sofía me ignoró.

—Estaba como loco. Muerto de celos... Y cuando supe que Carla había desaparecido, tuve claro que le había pasado algo malo. ¡Ella nunca se habría marchado sin decírmelo! ¡Estoy segurísima!

Sus ojos se humedecieron pensando en lo peor.

—Yo no fui, Sofi. —Me acerqué atribulado, y que retrocediera con miedo me dolió—. Han estado dejándome notas amenazadoras... Y a Carla se la han llevado porque quienquiera que fuera sabía que me importaba mucho.

—¿Estás diciendo la verdad? —preguntó ella confusa y llorosa.

—Te lo juro —confesé con desesperación—. Tú nunca te has

puesto de rodillas, y no quería que ella lo hiciera... Sé que es tentador, pero no hay nada más valioso que la dignidad. En cuanto cruzas esa línea, dejas de respetarte a ti mismo... Nadie debería ponerse un precio.

La inspectora me miró extrañada, como si ese discurso no le cuadrara en absoluto con la imagen que tenía de mí. Pero ya le había dicho que nunca pujaba, que me parecía denigrante.

—Deberías habérselo impedido —acusé a Sofía.

—¡¿Crees que no lo intenté?! —protestó enfadada—. Pero es más cabezota de lo que parece... ¡Estaba emperrada en hacerlo!

—¿Cómo es posible? —dije incrédulo—. Carla no es así, ¡la conozco, joder!, y nunca se vendería de esa forma... ¿Por qué lo haría?

—Ni idea —repuso Sofía con tristeza—. Pero estaba muy convencida por algún motivo. Supongo que todo el mundo tiene un precio...

Fruncí el ceño y negué con la cabeza. No había sido por dinero. Imposible. Nunca mostró interés en él. Sus padres tienen de sobra.

—Si tú no has sido, ¿quién tiene a Carla? —preguntó Sofía como si acabara de plantearse mi inocencia por primera vez.

—Es lo que intentamos averiguar —intervino la inspectora—. Cuéntame todo lo que sepas, por favor. ¿Carla mantenía alguna relación con otro chico, quizá de la universidad? ¿Exnovios celosos? ¿Pretendientes pesados?

Antes de contestar, Sofía miró a Ulises como si le incomodara que estuviera observándola tan fijamente y con una expresión tan extraña.

—¿Pasa algo? —le preguntó preocupada.

Él se frotó los ojos en un intento de disimular su turbación.

—Eh... No, nada... Perdón. Háblanos de Carla, por favor.

Como no podía ser de otra manera, Sofía habló maravillas de ella. Carla era una chica estudiosa, cariñosa y amable que acudía puntualmente a todas sus clases. No había salido con nadie en la universidad antes de hacerlo conmigo y todo el mundo la adoraba. Sofía contó anécdotas de ambas con su desparpajo habitual, pero a mitad del interrogatorio Ulises se disculpó diciendo que nos esperaba en la calle. La inspectora intentó disimular su incomodidad por dejarla tirada.

—¿Sabes de dónde sacaba el dinero extra que había en su cuenta bancaria? —le preguntó en un momento dado.

—Sí... —admitió Sofía, si bien parecía reacia a dar explicaciones.

—Están investigando la procedencia de ese dinero, pero nos ahorrarás tiempo si nos lo cuentas...

—Carla fue Sugar Baby durante un tiempo en la página web SugarLite. Es muy famosa. Se sabe que muchas de las acompañantes de los miembros del KUN salen de ahí. Incluso el duque utiliza ese servicio —dijo mirándome de reojo.

«¡Me cago en mi puta vida...!», pensé abochornado.

La mirada de asco de la inspectora me atravesó dejándome mudo. Quería defenderme de todos los prejuicios que asomaban a sus ojos, pero opté por callar.

—¿Por qué se metió en algo así si no necesitaba el dinero? —preguntó la inspectora confusa.

—Para conocer a hombres influyentes. Aunque mucha gente piense lo contrario, Carla no consideraba que fuera prostitución. De hecho, le interesó mucho eso de que el sexo no fuera obligatorio. Era virgen, y decía que estaba reservándose para alguien especial.

Hubo un cruce de miradas que cuestionaron claramente mi hombría. ¡Joder...! A pesar de todo, seguí guardando silencio.

—¿Y no le pareció arriesgado meterse ahí? —preguntó la inspectora con aprensión—. Podían haberla forzado... En comisaría tenemos montañas de denuncias de ese tipo.

—Supongo que es una lotería —contestó Sofía—. En esas webs hay todo tipo de perfiles, pero Carla solo quedaba con hombres de un estatus social muy elevado.

—Aun así, no hay que fiarse —repuso la inspectora.

—Lo sabemos. A Carla y a mí, cada fin de semana nos ofrecen subirnos a un yate y regresar a casa cargadas de regalos caros —expuso Sofía—. Eso sí es peligroso, porque sabes que el pasaje no es gratis. Sin embargo, en esa web te ampara un contrato legal que no te obliga a tener sexo con tu cita si no quieres, y si se propasan, estás protegida. La policía sabrá cuándo, con quién y en calidad de qué estabas en el lugar de la agresión, y se especifica que el servicio es solo de compañía, no sexual.

—Entiendo —zanjó la inspectora, aunque sin cambiar de idea—. ¿Puedes mostrarme dónde está la habitación de Carla?

Se quedó estupefacta cuando descubrió que el cuarto era una oda al color rosa palo. No solo las paredes estaban pintadas de ese tono, sino que albergaban todo un mundo monocromático a su vez: la colcha, las cortinas, multitud de objetos... Te hacía dudar de tu agudeza visual y frotarte los párpados.

La inspectora empezó a evaluarlo todo con ojo clínico, e intenté entender cuáles eran sus métodos de deducción.

Tocó un suave cojín de pelo que había sobre la cama. ¿Pensaría que Carla era romántica y soñadora? Después se fijó en la colcha. Era de terciopelo, igual que la de mi madre, y me dije que, después de todo, quizá Carla sí tuviera pretensiones de duquesa.

La agente repasó los objetos de la estantería uno por uno y se entretuvo en leer la placa de un trofeo.

—¿Fue Miss Madrid? —preguntó de pronto.

—Sí, hace un par de años —confirmó Sofía—. Su madre la obligó a presentarse cuando cumplió los dieciocho, pero no ganó el ansiado título de Miss España que tanto dicen que te resuelve la vida.

—¿Te la resuelve? —preguntó la policía, contrariada—. No lo sabía.

—Bueno... Tienes muchas papeletas para acabar casada con un futbolista o trabajando en televisión. A los hechos me remito. Es un gran trampolín —explicó Sofía con un matiz de ambición en la voz.

La inspectora no contestó y pasó a ojear algunos títulos de la estantería.

—Mmm... —rumió pensativa.

—¿Qué? —pregunté intrigado. «¿Qué ha visto ahora?».

—¿Virginia Woolf? ¿Simone de Beauvoir? ¿Moderna de Pueblo? —enunció extrañada—. ¿Todo un análisis sociológico que denuncia que las mujeres y los hombres han asumido como realidad una estructura que alimenta la dominación masculina, siendo

Sugar Baby y vendiendo su virginidad en una subasta? Algo no me cuadra... Quizá tengas razón sobre ella —me dijo mirándome a los ojos.

Oír esa reflexión y tratándome de tú por primera vez fue como si alguien acabara de bajarme el pantalón. Quizá yo estuviera seguro de ciertas cosas, pero ella era buena demostrándolas.

—Hay conceptos muy distintos en este espacio tan pequeño... —continuó, pensando en voz alta mientras cogía un cubo de Rubik—. Por ejemplo, ¿qué busca una chica como Carla en un juego como este?

—Le obsesiona demostrar que es algo más que una cara bonita —contestó Sofía cruzándose de brazos—. Se frustra mucho intentando resolver ese puñetero cubo. Suele sacar buenas notas, pero dice que es por ser trabajadora, no inteligente.

En mi humilde opinión, quizá Carla no tuviera el ingenio perspicaz y rápido de Sofía, pero ponía empeño y cariño a lo que hacía y conseguía buenos resultados.

—Sorprendente... —murmuró la inspectora, abstraída.

—¿Qué es sorprendente? —pregunté impaciente.

—Que alguien hoy en día se considere tonto. La gente suele pensar que está de vuelta de todo y que son los demás los que se equivocan. Nadie acepta una crítica, y esto es, cuando menos, extraño.

—¿El qué? —preguntó Sofía.

—Enfrentarte tan abiertamente a tus miedos —dijo mirando el cubo—. Nadie quiere que le metan el dedo en la llaga.

De pronto, me vi preguntándome cuál sería la «llaga» de la inspectora. Ella me miró como si estuviera pensando lo mismo de mí.

A continuación, cogió el maldito cubo y empezó a girar las filas buscando la combinación correcta. Al ver que los colores comenzaban a coincidir a gran velocidad, mis cejas fueron elevándose por mi frente.

Una vez resuelto, lanzó el rompecabezas al aire haciéndolo girar sobre sí mismo.

—¿Cómo lo has resuelto tan rápido? —Sofía estaba perpleja.

—Hay muchas formas de hacerlo —contestó la inspectora

quitándole importancia—, y todas están en internet, al alcance de cualquiera.

Colocó de nuevo el cubo de Rubik en la estantería. Cuando se dio la vuelta, encontró a dos figuras inmóviles mirándola alucinadas.

—Acabo de flipar —declaró Sofía, divertida—. ¡Tienes que encontrar a Carla! Confío en que lo hagas.

Y por primera vez, yo también creí en esa posibilidad.

—Para eso estamos aquí —murmuró la inspectora sin dejar de observar la habitación. Había usado el plural, y eso que era evidente que su compañero estaba fuera de juego. No entendía qué le había pasado a Ulises ni por qué había mirado a Sofía con tanta fijeza.

Todavía estaba decidiendo si la inspectora era todo lo que prometía ser cuando me vi diciendo:

—Perdona, pero... ¿el objetivo del Rubik no es resolverlo por ti mismo, sin usar trucos de internet?

—Eso es una estupidez —respondió tajante, sorprendiéndome de nuevo—. Muchas veces pensamos que algo es difícil cuando ni siquiera nos hemos molestado en buscar su lógica. Si algo ya tiene una solución estudiada, ¿por qué matarte en encontrarla tú mismo por ciencia infusa?

»Si aprendes su funcionamiento de antemano llegas al mismo punto de aprendizaje mucho antes. Y ese conocimiento es el que se queda en ti. Cuando a alguien se le da bien algo sin tener ninguna experiencia previa es porque la lógica le ha mostrado el camino para hacerlo en experiencias anteriores similares. La mayoría de los mecanismos de los juegos están basados en matemática pura y son aplicables a todo, por eso los entendidos recomiendan cierto tipo de juguetes para despertar la inteligencia innata de los niños.

—¿A qué mecanismos «aplicados a todo» te refieres? —insistí intrigado.

Ella pareció halagada por mi interés y por haber usado sus palabras exactas.

—Cuando cualquier problema se te hace grande, como en este caso es tener nueve posiciones con colores distintos en seis caras opuestas y querer ordenarlos, solo hacen falta tres cosas: la primera, tener fe en que puedes resolverlo; esa es importante. La segunda, centrarte en hacerlo punto por punto, no todo a la vez; en el cubo, esquina por esquina. Y la tercera, tener una pista inicial que siempre vendrá de la mano de la matemática. En esta ocasión, la ventaja matemática nos dice que en la perfección de un cubo con lados iguales la forma de cruz siempre será un aliado que gobernará la axonometría. Si mantienes una cruz del mismo color arriba y otra abajo y buscas rellenar las esquinas, sale solo.

Tenía la boca abierta cuando terminó la explicación.

—Por fin me cuadran muchas cosas —resolvió Sofía—. ¡Yo siempre suspendía Matemáticas! Por eso a los veinticinco sigo en la universidad...

—No es por eso, es porque empezaste más tarde —le recordé.

La inspectora nos miró enigmática.

—¿Podemos hablar un momento? —me dijo, y no fue una pregunta.

Me arrastró hasta la puerta, dejando a Sofía atrás.

—Conoces bien a Sofía, ¿no? —Buscó mi confirmación.

—Sí, desde hace años...

—Y, ¿confías en ella? Dime la verdad.

¡Directa al grano! Pero no dudé.

—Sí. Totalmente.

—¡Genial!

Regresó al interior de la habitación. La seguí.

—Tendrás que ayudarnos, Sofía. ¿Podrás guardar el secreto de que soy policía? Voy a infiltrarme en la universidad para encontrar al culpable que se ha llevado a Carla.

—¡Claro! ¡Soy la primera que espera que atrapes a ese malnacido!

—Bien —celebró—. Me guiarás por la universidad para indicarme quiénes forman parte del club de ajedrez. Necesito que me inviten al torneo que se celebra en el KUN este fin de semana. Alguien quiere hacer daño al duque de Lerma.

—¡Cuenta conmigo! De hecho, mi ex es el presidente de club.

—¡No me digas! —exclamó la inspectora.

Me miró, y debió ver algo en mi cara, no me preguntéis qué,

que la impulsó a decirme con la mirada: «Ese es el tío con el que te llevas mal, ¿no? ¿Es por Sofía? ¿Sientes debilidad por ella?».

Me ponía de los nervios que leyera en mí como en un libro abierto.

—Inspectora, si Sofía se va de la lengua, todo el plan se irá a la mierda —apunté.

—¡¿Por quién me tomas?! —se ofendió Sofía.

La tenía justo donde quería. Resoplé teatral y continué:

—Si mantienes la boca cerrada hasta el final de la investigación tendrás un premio, ¿de acuerdo?

—¿Qué soy, un perro? —se quejó con las manos apoyadas en las caderas.

—Si se filtra algo, sabremos que es por ti, y puedes ir olvidándote de la recompensa, ¿estamos?

—¿De qué hablas? ¿Qué recompensa?

—De cincuenta mil euros que serán tuyos si guardas silencio.

—¡¿Qué?! —exclamó Sofía con los ojos muy abiertos.

—Mañana le presentarás a Saúl y le dirás que se deje ganar para que la inspectora pueda acudir al torneo.

—No —rebatió la aludida—. No le dirás nada. Limítate a presentármelo.

—¿Estás segura? —preguntó Sofía, extrañada—. ¡Saúl es buenísimo al ajedrez!

—Tranquila, no habrá problema —zanjó sin más—. Mañana nos vemos en la universidad, ¿de acuerdo?

«¡¿Cómo que no habrá problema?!», la miré anonadado. ¿Quién se creía que era? ¿Bobby Fischer?

—Vale... —aceptó a regañadientes Sofía—. Hasta mañana.

—A las dos de la tarde os encontraréis en la puerta principal —acoté—. Adiós, Sofi.

Cuando salimos del apartamento, la inspectora me hizo la pregunta del millón:

—¿No has dicho que te fiabas de ella? ¿O es que te gusta regalar dinero a las chicas guapas?

La media sonrisa que me arrancó casi me dolió en los labios. La falta de costumbre, supongo.

—Sí que me fío de ella.

—¿Entonces...?

—Sé que necesita dinero para hacer un MBA en Oxford y he visto la oportunidad de procurárselo. Sofía está becada, no es rica como todos los demás alumnos. Y su ayuda y su silencio bien lo valen, ¿no te parece?

La inspectora quiso abrir la boca para protestar por inercia, pero cambió de opinión.

—¿Cómo sabes que quiere hacer un MBA? —me preguntó curiosa.

—Lo sé todo sobre las chicas que pisan el KUN.

—Ha dicho que no ha sido Kaissa.

—Y es cierto. Está totalmente en contra de eso, pero es Sugar Baby, y ha venido a unas cuantas fiestas de acompañante.

La inspectora se sorprendió. Y la entendí. El impetuoso espíritu feminista de Sofía no cuadraba con eso para nada. Ser Sugar Baby está casi peor visto que ser político.

—¿Cómo es posible que le parezca mal ser Kaissa y bien ser Sugar Baby? —rumió la inspectora en voz alta.

—Porque son literalmente opuestas —dije tajante.

—Explícamelo, por favor.

—Unas son esclavas sexuales y las otras tiene el poder de elegir si quieren tener relaciones o no.

—Un poder imaginario.

—Te repito que Carla era virgen. Hay gente que cumple las normas.

—Lo dices como si todas fueran loables... Mira las del KUN. Ni siquiera tú respetas a las chicas que deciden ser Kaissa.

—Sí que las respeto. Pero decido personalmente quién puede entrar en el club y quién no. Es un círculo muy exclusivo, y no puede entrar cualquiera.

—Pero Carla sí cumplía los requisitos... ¿Qué pasó cuando os fuisteis de su casa juntos?

—Ya te lo he dicho: intenté convencerla de que renunciara a convertirse en Kaissa, pero no hubo manera. Y no me quedé a verlo.

—¿Le confesaste tus sentimientos hacia ella? Quizá eso la habría frenado...

—Te repito que no sentía gran cosa por ella... —remarqué mosqueado.

—Me parece que si no sintieras nada por ella no te habrías puesto así...

—Tú no lo entiendes —rezongué—. Me sentía responsable de que una chica tan dulce hubiera caído en esa trampa. No sé cómo lo hago, pero soy experto en arruinar la vida a la gente.

Me cabreé conmigo mismo por hablar de nuevo más de la cuenta. Empezaba a vislumbrar lo lista que era esa mujer, y tuve la imperiosa necesidad de cambiar de tema y recordarle quién era yo. O más bien, quién debía ser.

—Mañana irás al salón de belleza de Olga, pero eso no será suficiente, también necesitas ropa nueva. Conozco a una modista muy buena... Podríamos ir ahora mismo.

Era la primera mujer a la que veía torcer la boca después de decirle que teníamos que ir de compras.

—¿Y si a esa pobre modista le da un ataque cuando te vea aparecer con un adefesio como yo? —me picó, burlona.

Me mordí una sonrisa en los labios ante su sarcasmo.

—Es más discreta que un cura. Además, soy su mejor cliente.

—¿Dónde se habrá metido Ulises...? —murmuró pensativa. De hecho, siempre parecía estar pensando en varias cosas a la vez.

Al salir del edificio, lo encontramos apoyado en el Ibiza con los brazos cruzados mirando al vacío.

—¿Qué te ha ocurrido ahí arriba? —preguntó ella, casi enfadada.

Su compañero se puso de pie con un gesto nervioso y se frotó la cara como si quisiera volver al mundo real.

—Lo siento, es que esa chica... Dios..., ¡es igualita a Sara!

—¿Cómo que igualita?

—¡Parece su puta reencarnación, joder! ¡Casi gemelas...! Y no podía seguir en ese piso ni un segundo más... —Respiró hondo como si no le llegara a los pulmones el oxígeno suficiente.

No sabía quién era esa tal Sara. Pero la inspectora me miró en silencio y pude leer en sus ojos un claro: «Estamos jodidos».

5
El león amarillo

> En el ajedrez hay dos tipos de jugadores: los buenos y los duros.
>
> Bobby Fischer

Ay, Sofía...

Alguien debería hacer un monumento a esa chica, ¡es guerrera! Lo supe por el tono que usó al decir «de rodillas». Se notaba que era de las que preferían morir de pie.

Su aparición dio un vuelco a toda la investigación al revelarnos que el duque contrata a Sugar Babies. ¡Din, din, din! ¡Premio!

Desde que noté la familiaridad con la que Sofía reprendía al magnánimo Ástor de Lerma tuve claro que iba a jugar un papel determinante en este entramado. Y no olvidemos los estragos que causó en el pobre Ulises.

Pedí al duque que esperara en el coche mientras hablaba con mi compañero en privado, e insistí en que llamáramos a Gómez para informarle de lo que habíamos descubierto. Ya me lo imaginaba frotándose las manos, pero sobre todo, lo hice para que Ulises olvidara que se había encontrado con la *doppelgänger* de Sara.

—¡¿No me jodas?! Ya veo el titular: «El KUN, sede de explotación sexual» —celebró nuestro jefe.

—No es tan sencillo... —habló Ulises hacia el manos libres—. Ser Sugar Daddy es una práctica legal muy extendida por todo el mundo, también en nuestro país. Son hombres de mediana edad con un alto poder adquisitivo que pagan por la compañía de una chica joven y guapa. A cambio, ellos les brindan una ayuda económica para pagarse la carrera o disfrutar de toda clase de lujos materiales, como viajes, joyas, ropas... Mandaremos una petición judicial a la web para comprobar si Carla salió con alguno de los asistentes a la casa del duque el día que dejaron la nota.

—Se mire por donde se mire, ahora sabemos que la desaparecida ejercía la prostitución de lujo —ratificó mi jefe.

—Para el carro... Ellas no lo ven así —lo corrigió—. La prostitución es sexo a cambio de dinero, y ellas ofrecen solo su compañía. Se creen honorables geishas, chicas que amenizan encuentros masculinos de alto copete. Es el método de moda para socializar con *la crème de la crème* sin compromiso. De hecho, recuerda que Carla era virgen.

—Entonces ¿el sexo no está implícito en la oferta?

—Exactamente —confirmó Ulises—. Y las webs que se dedican a eso prohíben tajantemente la contratación de sexo a cambio de dinero en sus plataformas.

—Ya, ¡y voy yo y me lo creo! —se mofó Gómez.

—Quizá nos estemos equivocando y a Carla la tenga alguien que se ha extralimitado en su papel de Sugar Daddy —aventuré—. Hay que rastrear a todos los que la han contratado en los últimos meses.

—¿El duque es uno de ellos? —preguntó Gómez, suspicaz.

—Nos han confirmado que el duque utiliza la web, pero creo que no tenía ningún contrato de compañía con Carla —atajó Ulises.

—Ah, pero... ¿hay un contrato de por medio?

—¡Por supuesto! Esto no es amor, son negocios.

—Nunca veo la diferencia —añadí jocosa. Y noté que el duque me miraba desde la distancia, apoyado en su Aston Martin, como si él pensara lo mismo. ¿Cómo podía existir alguien tan atractivo?

Creo que me había oído o me había leído los labios, si no, no me explico la necesidad de anclar su mirada en mi boca de esa forma...

Aparté la vista porque no quería volver a sentir ningún tipo de conexión extrasensorial con él. Ya había sido suficientemente rara la forma de mirarme en el piso de Carla... Parecían haberle impresionado mucho mis teorías. Y él me dejó de piedra a mí al ofrecer dinero a una chica que habría cooperado gratis para ayudar a su mejor amiga.

Que Ulises la relacionara con Sara fue un «éramos pocos y parió la abuela».

Sara...

¿Su novia muerta del instituto por la que se juró no volver a enamorase de la misma forma nunca más? Sí, esa Sara.

—Idos —me ordenó Ulises, incómodo—. Necesito estar un rato a solas. Conduce tú, Keira. Me reuniré con vosotros más tarde, ¿te importa? —me suplicó con la mirada.

Odiaba verlo tan afectado, así que accedí.

—De acuerdo. El duque dice que tengo que comprarme ropa y además, quiero pasar un momento por mi casa. Te aviso luego, ¿vale?

—Vale. Gracias —respondió sin mirarme.

Ástor se sorprendió cuando fui yo la que se puso al volante del Aston Martin en lugar de Ulises.

—Cambio de planes. Mi compañero tiene que hacer un recado. Pero tranquilo, que tengo todos los puntos del carnet de conducir.

Para mí sorpresa no objetó nada, solo resopló un poco.

—¿Quién es Sara? —preguntó en cuanto arranqué; no pudo resistirse.

—No necesitas saberlo. Vamos a comprar ropa y a mi casa.

—¿Para qué tenemos que ir a tu casa? —gruñó.

«¡Hombres!». Eran expertos en cabrearme.

¡¿Tan difícil era caer en la cuenta de que necesitaba hacerme una mochila de supervivencia básica de Cenicienta para infiltrarme en el maldito baile de palacio?!

—Por lo general, mi jornada laboral es de ocho horas—aclaré displicente—, el resto del tiempo soy un ser humano normal con necesidades vitales básicas. Así que si me voy a mudar a tu casa y a tu vida durante una semana, tengo que avisar a mi familia y coger al menos mi cepillo de dientes. Si te parece bien, claro.

—Creo que es más urgente ir a ver a Mireia —convino el duque—. Es una de las mejores modistas de la ciudad. Mañana tienes que estar deslumbrante cuando supuestamente nos conozcamos en la universidad.

—¿Necesito ropa de primera clase para ir colgada de tu brazo?

—Ropa que no sean ni mallas ni vaqueros. ¿Tienes algo que no sea eso?

—¡Está bieeen! —accedí, aunque a regañadientes, al recordar los ruegos de mi jefe—. Pero vamos primero a por mi cepillo de dientes.

Hicimos el trayecto en *mute*, cada uno pensando en sus cosas. Aun así, no me pasaron desapercibidas varias miradas del duque intentando resolver mi derivada.

A los diez minutos, volvió a quejarse.

—Está bastante lejos... Tendrás que coger el coche para todo, ¿no?

—Casi siempre voy en transporte público. Comparto coche con mi madre, pero ella lo usa más que yo. Es una estupidez tener dos vehículos viviendo juntas...

—¿Vives con tu madre? —Sonó sorprendido.

—Sí, es una compañera de piso genial. Solo me lleva dieciséis años. Me tuvo muy joven.

—¿Cuántos años tienes tú? —preguntó intrigado.

—Soy bastante mayor que las chicas que te gustan...

Me miró ofendido.

—¿Eres de las que creen que hay un baremo de edad concreto para mantener una relación amorosa? Antes has defendido que el amor no puede elegirse...

—Mientras sean ambos mayores de edad, a mí me da igual. —Eché balones fuera.

—Sin embargo, Carla te parece demasiado joven para mí —afinó.

—Así es —admití.

—¿Por qué? Las apariencias engañan, ¿sabes? Es muy madura.

Me mantuve en silencio. Ese era un tema que me tocaba la fibra sensible, por lo de mi padrastro.

Cuando quedaba poco para llegar, me vi en la obligación de advertirle:

—Hoy mi madre tiene el día libre. También es policía, pero es adicta a las revistas de cotilleos y si te ve colapsará. Así que será mejor que te quedes en el coche.

—Qué pena... Me moría por ver tu casa —dijo con sarcasmo.

El comentario me hizo sonreír.

Que fuera ingenioso era de agradecer. Y notar que le irritaba estar detenido más todavía.

Me detuve frente al acceso al aparcamiento de mi edificio y apagué el cochazo. Que el duque me esperara un rato vendría bien a mi ego.

—Igual me doy una ducha —añadí por fastidiar.

—¿Y decir adiós a ese recogido enmarañado tuyo tan sensual? ¡No, por favor...!

«¡Maldita sea!», pensé al soltar una risita en contra de mi voluntad.

No quería que me hiciera reír, ¡y menos a mi costa!

Me bajé del coche dudando si atestarle una última pullita, cuando un Seat León amarillo salió del aparcamiento y se detuvo justo a nuestro lado.

—¿Keira?

—Mamá... ¿Adónde vas?

—A comprar. ¿Qué haces tú aquí? Y ¿de quién es ese cochazo?

Debí de poner cara de «ups, mierda...», porque enarcó las cejas en un gesto interrogante y me esquivó para cotillear como buena sabuesa.

—¡Ostras...! —exclamó al encontrarse a un tiarrón fornido y vestido de traje de copiloto—. ¡¿Quién es ese?! ¡Está cañón...!

Se bajó del coche e intenté obstaculizarla para que el duque no la oyera.

—Mamá, no des un paso más, por favor.

—¿Qué pasa? ¿No estás trabajando?

—Sí. Es... un sospechoso.

—¡¿Y lo traes a casa?! ¡¿Estás loca?!

—Estoy atada a él por una investigación. ¿No te has dado cuenta de quién es? —susurré expectante.

—¡Si no me has dejado mirarlo bien! Solo me ha dado tiempo a ver que se parece a Henry Cavill.

—¿Henry Cavill...? Mamá, es... Ástor de Lerma, el duque.

—¡¿Qué dices?! —Abrió mucho los ojos e intentó ver algo más.

—Mamá, para —musité, muerta de vergüenza.

—¿Es sospechoso? ¿De qué?

—En realidad, creemos que alguien quiere incriminarle. Debo estar pegada a él el resto de la semana, y tendremos que fingir que somos pareja.

—¿En serio? —Sonrió alucinada.

A mí no me hizo ni pizca de gracia su incredulidad.

—Me van a hacer un cambio total de look tipo *Princesa por sorpresa*.

Mi madre se tapó la boca, divertida.

—¿No me digas? ¡¿Cuándo va a ser eso?!

—Mañana... Esta noche tampoco dormiré aquí, mamá. Tenemos que planearlo todo y vamos a contrarreloj.

—Está bien, pero ¡mándame fotos mañana! Y llámame sin falta.

—Vale. Ahora tengo que irme, solo he venido a cambiarme de ropa y a coger lo imprescindible... Subo y bajo enseguida.

—¿Y vas a hacerle esperar en el coche? ¡Que suba, mujer! ¡Señor De Lerma, ¿le apetece tomar algo?! —vociferó como una loca.

«¡La madre que me parió!». ¡Que era ella!

Me volví para ver si ya se había largado. Pero no. Estaba ahí y... ¡se estaba apeando del vehículo!

«¡Socorro!». Me dirigí hacia ellos.

—Buenos días, señora... Gracias por la amable invitación, pero me temo que no puedo —se disculpó el duque.

—¡Joder! —exclamó mi madre al reconocerle, y se quedó embobada observándolo como habría hecho con una estrella de cine. Entre el tupé, la mandíbula de superhéroe y esas manos poderosas, la entendí a la perfección.

—Mamá... —Le apreté el brazo con disimulo.

—Perdona, cariño... ¡Es que es guapísimo! Eres guapísimo —le dijo a él con toda naturalidad—. Soy Silvia, la madre de Keira. ¡Encantada de conocerte!

—Lo mismo digo —respondió Ástor con sosegada cortesía.

—Espero que solucionéis pronto el caso —añadió repelente.

—Gracias.

—Madre mía... ¡Ulises estará celosísimo! —exclamó impulsiva.

Cerré los ojos con fuerza. «¡¿Por qué a mí, Señor...?!».

—No tiene motivos. ¡Y deja de pensar que Ulises es mi novio!

—Odia las etiquetas —susurró a Ástor, cómplice—, pero lo son.

—Seguro que entiende que se trata solo de trabajo —repuso el duque.

—Por supuesto. —Sonrió mi madre fantaseando a tope.

—Bueno... —dije dando por terminada la conversación—. Mamá, será mejor que muevas el coche, estás bloqueando el acceso al aparcamiento.

—¿Seguro que Ástor no quiere subir a tomar algo?

—No quiere, mamá —me adelanté a su respuesta.

—De acueeerdo... —Accedió al ver la súplica en mis ojos—. ¡Que vaya bien, señor duque!

«¿"Señor duque"? ¿Es correcto decir eso?». Por favor...

—Gracias, Silvia. Igualmente.

Yo sí di gracias de que regresara a su coche y no insistiera. De inmediato me volví para enfrentarme a la reprobatoria mirada del «señor duque».

—Un conversación interesante —espetó burlón.

Me recordó tanto a Ulises con ese comentario que creo que se me cruzaron los cables de la confianza y el asco indistintamente.

—No ha tenido nada de interesante.

—¡Claro que sí! Ahora sé no solo que te llamas Keira —se pavoneó—, sino también que tienes un Seat León amarillo —dijo poniendo énfasis en el color.

—¿Tienes algún problema con eso?

—No, la verdad es que te pega. Lo que de verdad me sorprende es lo tuyo con Ulises... No das la impresión de tener novio.

«¡¿Perdona?!».

Y se agachó tan pancho para meter su metro noventa de músculos ducales en el coche.

Gracias a eso no vio mi cara de palurda, que le avisaba que acababa de entrar en terreno pantanoso.

—¿Y qué impresión doy? —pregunté entrecerrando los ojos y apoyándome en su ventanilla abierta. Creo que captó mi tono amenazante y comprendió que de su respuesta dependía que lo llevara de vuelta al calabozo inmediatamente.

—No sé... Pareces muy a la defensiva con los hombres como para tener novio.

Calentando motores...

—Ah, ya... ¡Pero eso solo me pasa con los que os creéis superiores a las mujeres! —Sonreí falsamente—. Ulises es de fiar. Tenemos la relación perfecta. Nos buscamos el uno al otro en época de celo, como el resto de los animales. Sin agobios emocionales.

—Lo aplaudo.

—Gracias. La monogamia es un mito. En fin, vuelvo enseguida. Mientras tanto, si no te importa... —Saqué unas esposas tan rápido que ni las vio y le coloqué una alrededor de la muñeca—. No te muevas de aquí. —Cerré la otra en el asidero del techo y le ofrecí una sonrisa sibilina a la que respondió mirándome con odio al verse retenido.

Me di la vuelta, pizpireta.

—Y yo que me moría por una cerveza... —oí a mi espalda.

Mi maldita manía de tener siempre la última palabra hizo que me volviera.

—Lo siento, pero en casa solo tengo latas... y no me perdonaría que te cortaras esos labios de tan alta alcurnia.

El corazón me dio un vuelco al verlo sonreír. Joder...

Mi madre está loca, pero no es ciega. Repito: ¡¿cómo podía ser tan brutalmente atractivo?!

—¿Sabes? No te pareces a tu madre... —dijo pernicioso—. Es muy guapa.

«¡Hachazo al canto!».

Estuve a punto de contestarle una barbaridad, pero al ver que esperaba mi reacción airada me contuve. Si algo me ha enseñado el ajedrez es a pensar antes de actuar.

Me largué dejándole con la palabra en la boca, no sin antes murmurar un «imbécil» bien audible.

Si creía que me importaba una mierda lo que pensase de mí estaba muy equivocado.

Iba distraída pensando en eso, cuando de repente algo me obligó a detenerme en seco.

Algo, no. Alguien.

Tenía delante a la última persona que esperaba ver.

Hay quienes eligen mal el día para tocarte la moral.

6
Una simple camiseta

> En cada jugada que haces, muestras un fragmento de tu personalidad.
>
> Juan P. Miracca

Ver llorar a alguien siempre me ha parecido muy violento, y más si no lo conozco de nada.

Seguí a Keira con la mirada (un nombre chulísimo, por cierto) cuando se alejó de mí y vi que se detenía a hablar con un tipo de aspecto extraño.

Enseguida noté algo inusual en su postura. Era como si temiera que se abalanzara sobre ella en cualquier momento.

Cuando él avanzó un paso y la inspectora lo retrocedió, quise, por instinto, salir del coche para ir en su ayuda, pero me encontré esposado.

Era un tío espeluznante. Llevaba tres rosas en la mano y le goteaba sangre muñeca abajo de tanto como las apretaba, hasta clavarse las espinas. Se las ofreció, pero ella negó con la cabeza, angustiada, y él empezó a gesticular nervioso y a gritarle. Me faltó tiempo para arrancar el asidero al que estaba esposado y salir del coche.

Llegué justo a tiempo para ser testigo de cómo Keira lo inmovilizaba en el suelo con una llave básica de autodefensa.

—¡¿Qué pasa?! —grité.

La inspectora levantó la vista, asustada, como si se hubiera olvidado de mi existencia.

El hombre aprovechó la distracción para intentar incorporarse y ella volvió a bloquearlo hincándole una rodilla en la espalda con rabia. Sus ojos aterrorizados buscaron las esposas que colgaban de mi mano.

—¡Dámelas! ¡Las necesito! ¡Rápido! ¡Cógeme la llave del bolsillo!

—No las necesitas —dije, y agarré al tío con fuerza de los brazos y se los junté a la espalda—. Me tienes a mí.

Lo obligué a ponerse de pie con brusquedad y la inspectora se apartó, asombrada. Pronto rebuscó la llave en su pantalón. Hubo un leve forcejeo en el que el cabrón me manchó de sangre la camisa.

—¡No te muevas! —lo reprendí dándole una buena sacudida.

Keira se apoyó en mi brazo para abrirme las esposas; no sé cómo lo consiguió con lo mucho que le temblaban las manos.

El hombre aprovechó el momento en el que me las quitaba para intentar atacar, y ni lo pensé. Se llevó tal hostia que le faltó cielo para dar vuelvas y caer al suelo redondo.

Keira abrió mucho los ojos y, sin decir nada, se agachó para terminar de ponerle las esposas. Luego sacó el móvil y llamó a un tal Javi para solicitar que viniera una unidad.

—Kei... —farfulló el psicópata moribundo desde el suelo.

—¡Cállate, Cristian! —le gritó ella, cabreada—. No digas ni una puta palabra más —gruñó más seria de lo que la había visto nunca. Bueno, en las cuatro horas que hacía que la conocía.

—¡Keira, yo te quiero! ¿Quién es este tío? ¡No puede darte lo mismo que yo! ¡Deberíamos estar juntos! —aulló el tal Cristian.

La inspectora cerró los ojos, afligida, y me agaché sobre él.

—La próxima vez que hables, te comes el suelo sin querer.

—Yo no...

—¡Último aviso! —Lo zarandeé, agresivo—. ¡Me encantaría verte sin dientes!

Keira se alejó de nosotros como si confiase en que yo lo retendría y la vi apretarse la cabeza, sobrepasada. «¿Quién será este tío?».

No tardó nada en llegar un coche patrulla para llevárselo.

—¡Javi...! Muchas gracias por venir tan rápido —saludó ansiosa.

—¡Keira, ¿estás bien?!

—Sí, sí... Llévatelo, por favor. Que se quede allí hasta el domingo.

—¿Hasta el domingo?

—Sí. De momento...

—Tú mandas.

Cuando se alejaron de nosotros, la vi respirar aliviada.

—¿Estás bien? —pregunté preocupado.

Keira se fijó en que había unas gotas de sangre en el puño de mi camisa.

—Sí. Gra... Gracias... Joder, te ha manchado. Mierda... Yo... tengo que... Si quieres... puedes...

Me dio tanta pena ver que su mente era incapaz de hilvanar una frase seguida que le facilité el trabajo.

—¿Quieres que suba contigo a tu casa?

Asintió y echó a andar hacia el portal. No nos dijimos nada en los seis segundos eternos que pasamos en el ascensor. Quería ser considerado y darle espacio.

Cuando abrió la puerta de su piso me dejó pasar, pero al cerrarla se quedó extrañamente apoyada en ella. Fue entonces cuando lo oí.

Un quejido bajo que desembocó en un sollozo fruto del derrumbe de una presa de emociones que llevaba conteniendo desde que ese tío se le plantó delante.

No sabéis lo fuera de lugar que me sentí.

Su forma de llorar era una mezcla de lamento y manifestación de alivio, un llanto tan conmovedor que impresionaría a cualquiera. Duró unos diez segundos, después se repuso y desapareció con rapidez hacia el interior de la vivienda.

Me quedé roto y sin saber cómo actuar. Apenas la conocía. Aunque estaba empezando a hacerlo. No cabía duda de que era una mujer dura. Se había mantenido firme hasta terminar el trabajo, y una vez en la intimidad de su casa se había derrumbado dejando entrever una vulnerabilidad muy humana que trataba de esconder a toda costa.

Esa honradez hizo que me reconociera en ella sin poder evitarlo. Porque yo también había tocado el fondo de ese abismo en alguna ocasión, aplastado por el peso de las circunstancias. Pero si alguien hubiera sido testigo de ello, habría sido mi fin.

Ya no podría andar por ahí, sacando pecho y fingiendo que todo va bien, cuando en realidad vivo en mi propio infierno particular. Un infierno que se ha ido complicando a cada paso desde aquel maldito accidente.

A menudo me entran ganas de mandarlo todo a la mierda. De dejarme vencer y huir lejos, pero mucha gente depende de mí y he aprendido a mantener a raya el dolor. ¿De qué forma? Todavía no estoy listo para contároslo.

Los diez minutos en los que Keira tardó en aparecer me descubrí a mí mismo alucinando con las características de aquel espacio. Tenía la sensación de estar en otra dimensión. Era como tener un filtro en los ojos que hiciera que todo brillara menos y devaluara la calidad de los materiales, pero a la vez casi podía palparse la personalidad, el carácter y los sueños de sus inquilinas en las paredes. Y me pareció... perturbadoramente acogedor.

Cuando de pronto Keira apareció duchada, con el pelo suelto y liso, llevando unos vaqueros y una camiseta negra con el logo de los Rolling Stones, entonces el que quiso llorar fui yo.

Estaba especialmente guapa. Resplandecía como si varias auras intentasen disputarse su cuerpo. La Keira que me protegía, la que lloraba, la que podía hacerme llorar, la que podría matarme de placer... Cuando se acercó más a mí, su aroma penetró en mi nariz y empecé a salivar como cuando entras en una pastelería y acaban de sacar bollitos recién hechos. Fue inevitable... Incontrolable. Algo acojonante que mi sistema nervioso no pudo ignorar.

—¿Estás mejor? —pregunté apocado.

—Sí, bastante mejor... Gracias.

Vi que traía una camiseta azul eléctrica en la mano con la intención de que me desprendiera de mi camisa manchada.

—Esto es lo único que tengo que podría caberte.

Me la tendió y la cogí sin dudar.

—Gracias.

—Puedes usar ese baño de ahí para cambiarte —dijo, y lo señaló.

—Vale.

Al desenrollar la prenda descubrí que era una camiseta de *Dragon Ball Z* y recordé lo mucho que esa serie de animación me gustaba de crío. En una vida pasada que ya ni recordaba.

Cuando volví al salón, Keira no estaba y la esperé escudriñando viejas fotografías desperdigadas sobre los muebles.

—¿Quieres una cerveza? —Me sorprendió, ofreciéndome una lata.

—No, gracias. En realidad, no bebo alcohol.

—¿Nunca?

—No. Ya no.

—¿Por qué?

Solía poner cualquier excusa, pero sentía que le debía ser sincero después de su despliegue de emociones contra la puerta de su casa.

—Hace siete años tuve un accidente de coche por conducir ebrio... Murió una chica.

La sorpresa inundó su cara.

—Desde entonces no bebo —añadí con culpabilidad.

—¿Chocaste contra ella?

—No, iba conmigo en el coche.

Nos mantuvimos la mirada durante varios segundos, y sentí que estábamos cruzando un umbral. El de la confianza. No podía creer que acabara de contarle eso.

—El tío de antes era mi ex —me ofreció por repuesta—. Un novio que tuve en la universidad. Era un maniaco controlador y posesivo que se obsesionó conmigo y tuve que ponerle una orden de alejamiento. Hacía años que no se la saltaba... Su presencia me ha descolocado. Gracias por intervenir. Siento que hayas tenido que presenciarlo.

Creo que se refería a su desmoronamiento, no al resto.

—De nada... Oye, ¿sabes qué? —dije cambiando de tema de forma abrupta—. Lo creas o no, he encontrado una foto en la que sales guapa.

Estuve a punto de echarme a reír por la cara que puso. Se quedó petrificada y señalé un marco. Se acercó a mirarlo con curiosidad.

—Ahí acababa de graduarme en Matemáticas —me informó.

—¿Matemáticas? ¿Y cómo es que acabaste siendo policía? Los matemáticos están solicitadísimos hoy en día. Ganan un pastón.

—Por varios factores... Mi madre es policía y siempre me contaba historias alucinantes. Eso, unido a una mala experiencia que tuve de niña, me hizo querer ingresar en el cuerpo.

La miré intrigado.

—¿Qué mala experiencia?

—Nunca hablo de ello. Prefiero olvidarlo.

Un silencio incómodo volvió a instalarse entre nosotros. Me moría por saberlo, pero no quería tensar la cuerda y que se rompiera. Teníamos que ir paso a paso.

—Lo del ajedrez cobra sentido ahora que sé que eres matemática —dije pensativo.

—Lo del ajedrez vino mucho antes, en realidad. Las matemáticas se me dan bien, pero les tengo algo de manía porque gracias a ellas empecé a odiar a la humanidad.

—¿Por qué? —pregunté casi con diversión.

Estuvo a punto de darme otra negativa, pero finalmente cedió.

—En mi clase solo había tres mujeres —comenzó a regañadientes—, y el profesor nos sacaba constantemente a la pizarra con una estúpida sonrisita diciendo: «Así todo el mundo atiende». Lo único que le faltaba era darnos una palmadita en el culo al volver a nuestro sitio. Era humillante..., pero cuando me quejé a dirección me dijeron que solo había sido «una broma», y entendí que el mundo estaba tan contaminado de estereotipos sexistas camuflados en clave de humor que jamás podremos desinstalarlos del sistema. Y así nos va.

Levanté las cejas ante su locuacidad.

—¿Eres de las que piensan que los hombres tienen un gen maléfico que les hace ser machistas por naturaleza? Seguro que a muchos chicos de tu clase también les pareció mal que el profesor hiciese eso.

—Para nada. A la mayoría le resultó muy divertido.

—¿Sabes cuál es el problema? —atajé perspicaz—. Que a los tíos nos habéis hecho creer que, en el fondo, esa palmadita en el culo os gusta.

Escuchar aquello le voló la cabeza. Casi visualicé cómo explotaba delante de mis ojos y esperé una reacción agresiva por su parte.

—Dios... —Se apretó las sienes—. ¡No sé si darte una hostia o un abrazo! Porque es así. Ese es justo el problema.

Solté una risita en contra de mi voluntad. Normalmente soy tímido con los desconocidos, pero con ella ya no podía frenarme. Me parecía muy lista. Y justa. Y...

—Casi prefiero la hostia —bromeé—. No me gusta mucho que me abracen.

De repente, me miró como si me entendiera a la perfección, y supongo que pensó: «De perdidos, al río». Hacía media hora que habíamos dejado atrás la línea que separa a un sospechoso de la agente que lo custodia al reducir a un tío juntos.

—Es que... —Se animó a volver a hablar—. Creo que has dado en el clavo. Toda la vida me han hecho pensar que si me pongo guapa estoy dando pie a algo más o permitiendo que me traten como a un objeto sexual. Por eso no me arreglo mucho, pero si no lo hago...

—Sigues siendo objeto de burla —terminé por ella.

—¡Exacto! —Abrió mucho los ojos—. Son dos caras de una misma moneda.

—Es complicado —confirmé empático.

—Más bien, es inútil. Estamos en pañales con este tema —dijo Keira, derrotista—. Antes del siglo XX, la mujer no podía ir a la universidad, ni llevar pantalón ni votar. ¿Te das cuenta del poco tiempo que es eso en comparación con la historia de la humanidad? Esa mentalidad sigue muy arraigada en todos nosotros, tanto entre los hombres como entre las mujeres, en miles de comentarios y comportamientos.

—Ya, bueno..., no es sencillo deshacerse de esa mentalidad cuando muchas chicas siguen usando su sexualidad para conseguir sus objetivos.

—Y tú contribuyes a ello alquilándolas por horas —me acusó.

—Esto no es nuevo. Chicas interesadas y superficiales atraídas por el brillo del lujo y el prestigio ha habido siempre, solo que antes no tenían nombre propio. Te puede parecer mejor o peor, pero es una actitud libre y legal.

—Es explotación sexual.

—Ellas no lo sienten así. Se trata de un beneficio mutuo.

—Ahí está el problema. La normalización de esa transacción. Que las jóvenes de dieciséis años vean vídeos con billones de visualizaciones en TikTok de Sugar Babies enseñando sus regalos y mostrando la vida que a otras les gustaría tener. ¡Lo ven como algo bueno y poco peligroso!, sin tener en cuenta la otra cara de la moneda. Porque las cosas nunca son gratis. Entran pensando que no va a pasar nada, pero termina surgiendo el inevitable momento del «pago». Y muchas se sienten atrapadas y manipuladas. Pudiendo derivar en agresiones y episodios traumáticos.

—Entiendo lo que quieres decir, pero entiéndeme tú a mí... Cuando estás en una posición como la mía no sabes si alguien está interesado en ti de verdad o es por conveniencia. La pura realidad es que nunca verás a un hombre rico solo, por muy feo o mayor que sea. Y yo no quiero que me engañen, ni engañar a ninguna chica con pretextos románticos para tener sexo con ella. En ese sentido, el concepto de Sugar Baby me salva la vida. Porque no es prostitución pura y dura. Yo pago por un servicio muy concreto, que es salir juntos sin tergiversarlo todo con sentimientos. Además, me gusta que haya un control de cuándo y con quién sale una chica. Y lo que más me gusta es que pueda elegir si desea tener sexo o no. ¡Para mí eso lo cambia todo! Una Kaissa está obligada... Debe ser sumisa y obediente. Las Sugar Babies pueden elegir. Y te aseguro que nunca he tenido la sensación de que pagaba por sexo.

—Una Sugar Baby se vende, haya sexo o no —sentenció tajante Keira.

—¿Y quién tiene la culpa de eso? ¿La perversión de los hombres o la ambición de ellas? Porque la mayoría de esas chicas ni siquiera necesitan el dinero para comer, sino que aspiran a tener un estilo de vida mejor.

—Está bien ser ambiciosa, lo que me crispa es que quieran conseguirlo a costa de un hombre, no por ellas mismas.

—También hay Sugar Babies chicos.

—Me da igual, a los jóvenes les llega el mensaje equivocado. Punto.

—¿Y qué esperas de un mundo donde imperan los valores comerciales por encima de los humanos?

La expresión de su cara no me daba pistas de si me apoyaba o me detestaba, pero hacía años que no tenía una conversación tan revitalizante.

—Se hace tarde —me cortó de repente—. Será mejor que nos vayamos a comprar la dichosa ropa.

—De acuerdo.

—Estoy deseando ver la cara que pone la modista cuando te vea aparecer con esa camiseta de dibujos animados…

Las comisuras de mi boca se elevaron de nuevo.

—Yo también.

keira

7
Cuidado con el perro

> Si el error no existiera, debería inventarse.
>
> SAVIELLY TARTAKOWER

Anoche Ulises me necesitaba, por eso lo hice.

O puede que lo necesitara yo, aún no lo tengo claro.

La verdad es que me gustaba sentirle dentro de mí. Me gustaba absorber el placer que me otorgaba albergarlo y fundirnos para huir lejos de la realidad. No fue un acto romántico, sino curativo, porque ambos necesitábamos borrar todas las sensaciones de ese maldito día.

Él por Sara y yo por... No sabía ni por quién. ¿Por Cristian? ¿Por el duque? Daba igual. Por miedo. Siempre es por miedo.

Ulises me había enseñado algunas fotos de Sara en el pasado. Si bien yo la tenía desdibujada en mi mente, al parecer, Sofía y ella eran dolorosamente clavadas. Cada vez que llegaba su cumpleaños o el aniversario de su muerte a Ulises le daba un bajón considerable y le costaba varios días volver a la normalidad. Pero ahora mismo no podemos permitírnoslo. Por eso me acosté con él anoche.

¿Lo grave? Que fue en casa del duque.

Antes de que me juzguéis, dejadme explicaros cómo terminó el día de ayer, después de que Ástor me ayudara con Cristian, mi acosador. Solo así entenderéis a qué vino ese polvo de emergencia.

De entrada, me preocupaba que Cristian pudiera desmontar mi tapadera apareciendo de nuevo en cualquier momento. Pero se había saltado la orden de alejamiento y no sería difícil conseguir otra para retenerlo en un centro especializado durante una quincena. Solo por si acaso.

Respecto a Ástor, habíamos quedado en que nos íbamos de compras. O así lo llamó él. Olvidad todo lo que creéis saber sobre tiendas de lujo, porque terminamos en un piso particular con champán del caro, sofás italianos y varias salas muy elegantes repletas de ajuares de todo tipo. Un concepto de «compras» que yo no había visto en mi ordinaria vida.

Nada más verme, una mujer entrada en años con un moño tieso lleno de canas que me recordó a la hija de Charles Chaplin me sonrió con cariño. Un gesto que me pilló totalmente desprevenida, diré.

Me esperaba a una estirada que pondría cara de culo al reparar en mi bolsa (que no bolso), en mi camiseta roquera y en mis zapatillas de deporte; es decir, al reparar en mí en general. Sin embargo...

—Así que hay que encontrar algo bonito para esta señorita tan guapa... —murmuró mirándome de arriba abajo con afecto—. ¡Pues no será difícil con ese tipo! Bonita camiseta, Ástor... Venid los dos por aquí.

Miré al duque anonadada y, a pesar de que no se permitió sonreír abiertamente, noté cierto pitorreo en sus ojos por fallar en mis premoniciones al respecto de que esa mujer le estrangularía por llevar una prenda sin marca. Y es que, nada más lejos, ¡esa mujer era el propio sol! Además, se notaba que el duque la adoraba por la delicadeza con la que la había saludado, con una amabilidad entrañable que te hacía desear que te tratara de igual modo.

—Mireia, la señorita Ibáñez necesita ropa para una semana —comenzó él—. Asistiremos a varias fiestas, a partidas de ajedrez, a cenas en sitios elegantes y... a una comida con mi madre —dijo con aprensión.

«¡¿Su madre?! Un momento... ¡No me pagan tanto!».

—Ya veo —contestó la modista dirigiéndose a una habitación más grande que las anteriores en la que vi burros de metal llenos de opciones coloridas con una largura hasta el suelo—. Empecemos por los vestidos de noche... Pruébate este, querida, es una delicia.

Dejó la prenda sobre un puf de terciopelo morado y siguió rebuscando entre una infinitud de posibilidades.

La «delicia» era un vestido rojo demasiado provocativo para mí. Con todo, no iba a protestar a la primera de cambio. Además, cuanto antes acabáramos, mejor.

Vi que el duque se había quedado a un lado echando un vistazo en el apartado masculino en busca de algo que sustituyera la camiseta. ¿Qué debía hacer? ¿Pedirle que se marchara de la estancia porque me daba vergüencita desnudarme en su presencia? Prefería que se la diera a él.

Así que, ni corta ni perezosa, me desabroché el pantalón y me lo bajé. Luego voló mi camiseta. Nunca había visto la diferencia entre estar en biquini o en ropa interior de algodón. ¿Hay alguna? Mismo trozo de tela tapando mismo trozo de piel.

Cogí el vestido e intenté desentrañar cómo meterme en él. Podía resolver un cubo de Rubik, pero aquello me superaba. ¡Tenía un forro laberíntico y le faltaba una manga!

«¿Por dónde se supone que...?».

—No sé cómo va esto —gimoteé. Y los dos se volvieron hacia mí al instante.

Mireia no dio importancia a mi desnudez, pero la cara del duque se desfiguró por completo. ¿Es que nunca había visto una derivada en ropa interior?

—Esperaré fuera... —murmuró antes de esfumarse atormentado.

«¡A buenas horas, mangas verdes!». Puse los ojos en blanco.

—Yo te ayudo, querida —dijo la mujer viniendo a mi rescate. Cogió la prenda y la ordenó—. No puedes llevar un vestido así con este tipo de lencería. ¿Tienes algo de encaje?

—*Nop*...

—Tranquila, ahora te traigo unos conjuntos. —Me guiñó un ojo.

Cuando los vi, me hizo gracia el nombre de la marca, Agent Provocateur, y me esforcé por no hacer ningún chiste al respecto.

Nos llevó más de una hora elegirlo todo. Zapatos, bolsos, cinturones... Juro que se me hizo eterno, pero admito que Mireia era un remanso de paz colmado de paciencia. Además, algunas prendas eran increíbles.

—Hemos terminado, Ástor —le comunicó cuando los tres nos reunimos de nuevo.

El duque le cogió con delicadeza sus manos apergaminadas, y me dio una envidia que casi me muero. Vaya manos tenía... No quería ni imaginarme la mirada de borrego que debía de estar poniendo cuando él buscó mis ojos.

—¿Todo bien?

—Eh... Sí, sí —contesté disimulando mi pequeña perversión.

Tenía mis quejas porque no hubieran incluido ni unos vaqueros en el paquete, pero cuando lo sugerí, la modista negó vehemente con la cabeza, alegando que a Ástor no le gustaban; parecía conocerle bien y, en el fondo, mi misión era no levantar sospechas.

—Mireia, ¿me lo envías todo a casa, por favor? —le suplicó él con dulzura. Ya no llevaba la camiseta, sino una camisa azul claro que le quedaba como un guante.

—¿A tu casa? —La modista sonrió levantando una ceja astuta. Imagino que se preguntaba qué había entre nosotros realmente—. Está bien...

Me llevé un conjunto aparte para ponérmelo al día siguiente a primera hora de la mañana.

Cuando nos subimos al coche expliqué a Ástor que Ulises me había enviado un mensaje diciendo que nos esperaba en su chalet para hacer guardia por si volvía su hermano.

—Entonces ¿vamos a mi casa? —preguntó esquivando mi mirada.

—Sí. —Me quedé observándolo para ver si me miraba, pero seguía sin hacerlo.

«Seguro que le ha horrorizado el *piercing* de mi ombligo», pensé.

Durante un rato reinó un silencio salpicado de suspiros incansables por su parte, hasta que se decidió a iniciar una conversación.

—¿Has sacado algo en claro sobre Carla hoy?

—Lo único que he sacado en claro es que tú no has sido.
Ahí sí me miró fijamente.
—¿Acaso lo dudabas?
—Te sorprendería cómo es la gente... Esto lo ha hecho alguien muy cercano a ti. Por supuesto, tú eras el primer sospechoso. No descartaba que lo hubieras hecho sin ser consciente de ello.
—¿Y qué te ha llevado a la conclusión de que no estoy loco?
—Tu forma de argumentar lo indefendible. —Me encogí de hombros—. Lo haces de un modo tan cortés y empático que pareces hasta respetable. Pero no te hagas ilusiones, solo es una sensación. Pronto tendré más pistas.
—¿De dónde las sacarás?
—Necesito examinar los lugares donde aparecieron las notas.
—¿Crees que vas a encontrar alguna huella?
—No, pero quiero estudiar el recorrido que tuvo que hacer el autor para dejarlas allí y revisar las grabaciones de las cámaras. Sobre todo las de la universidad.
—Eso ya lo hice yo. No se ve nada ni a nadie sospechoso.
—Entonces fue alguien que conocía muy bien el lugar y que no levantó tus sospechas. Alguien acostumbrado a deambular por el edificio...
Noté que esa observación lo dejaba intranquilo, pero disimuló.
—Mañana, cuando termines en el salón de belleza, será casi mediodía. Querías reunirte con Sofía, lo sé, pero después podemos ir a mi despacho de la universidad y te enseño donde apareció.
—¿Mediodía? ¡No me asustes...! ¿Tanto tienen que arreglar en mí?
El duque se quedó callado, así que insistí un poco.
—Debo de ser el monstruo del lago Ness si necesito tantas horas...
—¿Buscas que te diga que no eres fea? —atajó directo.
—No, solo me gusta torturarte recordándote que has sido muy maleducado esta mañana por haberlo sugerido.
—Únicamente he dicho que no pegábamos. Y aún lo pienso.
—Claro, no pegas con alguien que no haya pasado por una cirugía plástica, ¿no?

Me pareció ver un conato de sonrisa en esa boca perfecta.

—Keira... —Mi nombre en sus labios me provocó una ola de placer desconocida—. Por muy guapa que te pongan, no bastará. Tu actitud romperá ese espejismo en segundos si no aprendes a fingir modales.

—¿Y cómo tengo que actuar para que no noten nada?

—Ya te lo dije: necesitas ensayar una mirada muy concreta.

—¿Qué mirada?

—Una que revele que tienes mucho que aprender todavía.

—¿Cómo dices?

—Ya me has oído.

—Ya veo el titular: «Ástor de Lerma declara "Para que una chica me enamore, tiene que parecer tonta perdida"».

—No es eso —refutó cansado—. Hablo de inocencia.

—Ah, ya lo pillo.

—¿Seguro?

—¡Claro! Si quiero, puedo ser muy inocente y desvalida.

—Demuéstralo. Finjamos que acabamos de conocernos. Si te digo: «Hola, soy Ástor de Lerma, encantado...», ¿qué responderías?

—Diría: «¡Oh, señor De Lerma, dichosos los ojos! El placer es todo mío... —Puse voz sensual—. ¿Puedo besar su anillo... o lamerlo?».

—Mal.

—¡¿Qué quieres que responda?! Pues te diría: «¡Hola!», y ya está.

—Mal otra vez. Un «hola» es demasiado coloquial. Deberías limitarte a decir: «Igualmente. Yo soy Keira», y luego quedarte callada.

—Callada, ¿por qué?

—Para parecer comedida.

—¿Aburrida?

—Recatada.

—Creo que ya sé cómo te gustan las mujeres: que molesten lo menos posible.

Ástor resopló.

—Me gustan prudentes y que no se hagan las graciosas.

—Pues nada, me convertiré en doña Palo Metido por el Culo.

—¿Podrás conseguirlo? —preguntó esperanzado.

Su expresión desesperada me provocó la risa, y lo descubrí sonriendo para sí mismo. Un momento, ¿sabía bromear?

Empezaba a entender que su humor era mucho más sutil que el mío. Algo muy exclusivo solo reservado para un puñado de personas capaces de captarlo. ¡Y yo era una de ellas! Su mente era un pozo de secretos que me apetecía dragar a fondo.

Al llegar a su casa, nos encontramos a Ulises apoyado en la verja.

—Pinta mal, Kei —me saludó abatido en cuanto nos bajamos del coche—. Creo que el tal Héctor, el hermano, se ha largado a un país sin extradición.

—Que no... —rebatió Ástor molesto—. Déjame llamarlo otra vez. Dadme mi teléfono —me pidió.

Casi había olvidado que lo tenía yo. Se lo di y se lo acercó a la oreja para escuchar los tonos.

—¡Thor! —exclamó de repente, sorprendido—. ¡¿Dónde estás?! ¡Llevo todo el día llamándote!

Ulises le indicó con un gesto que accionara el manos libres, y el duque obedeció con rapidez.

—... barco de Miguel Ángel. ¡Es impresionante, tío! Te dije el otro día que me había invitado hoy a venir. Hemos volado hasta Ibiza con su jet, pero vuelvo mañana.

—¡Ah, sí, sí...! Ya no me acordaba —lamentó el duque cerrando los ojos con fuerza—. Pues nada..., pásalo bien. ¡Y cuidado con el mar!

Ulises vocalizó la palabra «ubicación» señalando el teléfono.

—¡Descuida, hermanito! ¡Lo haré! ¿Todo bien por ahí?

—Sí, sí..., todo bien —farfulló Ástor, renuente—. Oye, mándame tu ubicación para ver en qué zona de la isla estáis.

—¡Vale! ¡Hasta mañana, As!

—Hasta mañana —repitió aturdido, y colgó.

—¡¿Que no te acordabas?! —exclamó Ulises con incredulidad.

—¡Pues no! ¡He tenido un día de locos! Desde que me habéis detenido esta mañana, no he podido pensar con claridad.

—Me pregunto si alguna vez lo haces.

Ástor estaba a punto de encararse con Ulises cuando tuve una epifanía que cortó de golpe la airada discusión que se avecinaba entre ellos.

—¡Eso es lo que quiere el tío que ha hecho esto...! ¡Distraerte!

En ese instante, el móvil de Ástor sonó y comprobamos que la localización era correcta. Su hermano estaba en un punto del Mediterráneo cercano al islote mágico de Es Vedrá.

—Esto es la hostia... —bufó Ulises, cabreado—. ¡Podrían estar lanzando al mar el cuerpo de Carla en este momento!

—¡Pero ¿qué dices...?! —bramó Ástor, alucinado—. ¡¿Eres así de imaginativo siempre o es que hoy se te ha ido la pinza en mi honor?!

—¡¿Te crees que va a ser tan fácil engañarnos?! —gruñó Ulises acercándose a él para hablarle a cinco centímetros de su cara—. ¡Igual a ella la tienes cegada con tus pectorales y tus pijadas, pero a mí no!

—¡Ulises...! —exclamé sorprendida y enfadada—. ¡Tranquilízate, joder! ¡¿Quién da la ubicación exacta de donde arroja un cuerpo al mar?! ¡Son ricos, no tontos!

—Voy a ordenar que alguien vaya a detenerlo inmediatamente —amenazó Ulises con rudeza—. ¡Nos están vacilando, Keira!

Miré al duque llena de dudas, pero él negó con la cabeza vehemente.

—Ulises... —Intentaba calmarlo. Sabía que lo de Sara lo tenía muy alterado—. Le ha dicho que volverá mañana. Vamos a esperar, así podrás presenciar esa conversación privada entre los hermanos cuando Ástor le pregunte por Carla. ¿No es lo que querías?

—¡¿Y si no vuelve?! ¡¿Has pensado en eso?!

—Haz que le sigan —sugerí—, pero de lejos. Que no lo detengan.

Mi compañero se lo pensó durante unos segundos y cedió.

—Vale. Bien. Vámonos ya, hay mucho que organizar todavía —murmuró molesto, y fue a subirse al coche, pero el duque lo frenó.

—Esperad... ¿Adónde vamos ahora?

—A un piso franco —respondí—. Trabajaremos en el caso y dormiremos allí.

—¿Por qué no nos quedamos en mi casa? —propuso con cautela—. Estaremos más cómodos.

—No es buena idea —murmuró Ulises, reacio.

—Puedo enseñaros dónde apareció la nota y lo que captaron las cámaras el día de la fiesta... Ver mi casa hará que me conozcáis mejor.

Se hizo el silencio mientras Ulises y yo intercambiamos una mirada.

—Yo preferiría quedarme —insistió Ástor ante nuestras dudas.

—Estaría bien ver esas grabaciones —dije a Ulises—. Y podremos echar un vistazo a la habitación del hermano antes de que vuelva.

—Vale, coge todo. Nos quedamos aquí —accedió mi compañero.

Ninguno de los tres previó lo que pasaría bajo su techo.

Un cúmulo de detalles morbosos fueron los responsables de levantar una ola de lujuria que, más tarde, nos rompería en la cara.

Para empezar, el chalet del duque era una orgía arquitectónica con los mejores materiales situada en una ostentosa urbanización de lujo. Un lugar en el que yo nunca viviría cómoda por si algo se rompía o se manchaba, o, cruzaba los dedos, por si me perdía en su océano de metros cuadrados.

Guardaba una línea elegante y vanguardista en tonos de madera oscura, cristal y acero, en consonancia con el aura del duque, pero la habitación de Héctor de Lerma, su hermano, nos sorprendió para bien. No tenía nada que ver con el resto de la casa. Era un espacio cálido, lleno de color y atiborrado de cachivaches y fotografías muy reveladoras. En ellas aparecía un duque mucho más joven junto a su abogado y más amigos haciendo todo tipo de actividades divertidas en la montaña, en la playa, de fiesta... Y también había muchísimas fotos de ellos relacionadas con el mundo de la equitación.

—¿Te gustan los caballos? —pregunté interesada.

—Me apasionan —corrigió Ástor—. Siempre los hubo en la finca de la familia, y hace años la convertí en una escuela oficial de equitación en la que me implico todo lo que puedo. También nos dedicamos a la crianza de purasangres. Es un buen negocio —aclaró para rebajar su nivel de entusiasmo.

Seguimos empapándonos de instantes de su vida hasta que vi una foto que me dejó sin respiración. Era Ástor con gafas de sol sentado en la arena con los codos apoyados en las rodillas, con pantalón corto y una camiseta holgada de tirantes que dejaba entrever un brazo completamente tatuado.

«Dios santo...».

Y lo que me ponen los tíos con tatuajes, ¿os lo he contado?

Sentí que si tragaba saliva empezaría a correrme viva.

—¿Y estos tatuajes? —preguntó Ulises cuando me pilló babeando por la fotografía en cuestión.

—Me los borré casi todos con láser.

—¿Por qué? —insistió Ulises.

Yo no podía hablar. ¡Esa imagen me perseguiría de por vida!

—Se llama madurar —repuso el duque, desabrido.

Ulises y yo nos miramos extrañados. Era como si de verdad se creyera esa patraña, en vez de admitir que tuvo que hacerlo por imagen cuando aceptó representar el ducado de Lerma.

El resto de la casa era frío y minimalista, como él, pero la habitación de Héctor tenía mucho que contar. Al parecer, en otra época, Ástor sabía sonreír. Y era una de esas sonrisas que te robaban el aliento.

En ese momento, odié haber descubierto esa parte de él. Como si no fuera ya lo bastante atractivo... A un nivel odioso. Además, había una frase escrita en el aire que no dejaba de dar vueltas sobre mi cabeza desde que Ulises la había pronunciado: «La tienes cegada». Aunque no sé si me cabreó más esa frase o las coletillas que añadió después: «con tus pectorales» o «con tus pijadas».

Mi primer impulso fue encolerizarme, pero me lo pensé bien y caí en la cuenta de que el comentario apestaba a celos, como había señalado mi madre.

Sin embargo, no era lo único. También estaba Sara... Su recuerdo había vuelto con fuerza a la mente de Ulises, evocando la pérdida. Y el miedo a perderme a mí también a manos del duque le agobiaba por momentos. Ulises me conocía muy bien y se había percatado de mi nerviosismo, nacido del afable y desconcertante comportamiento de Ástor en el rato que estuvimos solos.

Por mucho que me dijera a mí misma que se trataba de una reacción física normal de atracción hacia un cuerpo masculino sin parangón, había algo más... algo invisible apoderándose de sonrisas furtivas involuntarias, de conversaciones existencialistas inevitables y de una extraña e íntima complicidad que escapaba a nuestro control y que podía traernos muchos problemas.

El vértigo de que Ástor empezara a gustarme era real. Ya se sabe: no cuesta nada encariñarse con alguien que acude en tu ayuda para salvarte de un acosador que se presenta en la puerta de tu casa. De todos modos, no fue solo ese vértigo el que hizo que me lanzara directamente a los brazos de Ulises esa noche, sino un excitante encuentro nocturno que había tenido lugar poco antes entre Ástor y yo en su cocina.

Pero no quiero adelantarme. Todo empezó cuando nos encerramos en su despacho durante horas, tiempo en el que no dejamos de hacer esquemas y anotaciones sobre sus conocidos. También sobre el funcionamiento del club KUN, a saber: su logística, los requisitos para ser socio, la lista completa de afiliados, qué actividades se realizaban en él y si era totalmente privado o podían entrar personas ajenas aparte de los socios.

Mi compañero parecía muy impresionado con su obsesiva organización, y el duque acabó de metérselo en el bolsillo cuando Ulises revisó sus obras benéficas y vio que estaba al frente de una organización sin ánimo de lucro que ayudaba a mujeres víctimas de la violencia de género. Súmale las becas, los concursos y las donaciones cuantiosas de las que era benefactor en otros campos.

Los tres formamos un buen equipo y fuimos eficientes a la hora de confeccionar una lista de sospechosos que cada vez se reducía más. Íbamos por buen camino, lo único que no encajaban eran mis ganas de enterrar los dedos en el alucinante pelo de Ástor.

La proximidad de su cuerpo era muy difícil de ignorar, sobre todo cuando mi brazo rozó accidentalmente el suyo y la electricidad que se disparó en mis venas fue recibida por unos ojos azules que estaban llenos de... de algo prohibido que me provocó un aleteo en el bajo vientre.

A partir de ese instante ya no pude concentrarme en otra cosa que no fuera el punto donde nos habíamos tocado. Lo sentía como el epicentro de un terremoto interno devastador. En resumen, estaba cachonda.

Él parecía percibir esa turbación y en un momento dado se me quedó mirando fijamente como si quisiera que confesase. Fue de película. El típico instante en el que alguien se siente observado y de pronto vuelve la cabeza despacio para encontrarse con una mirada abrasadora. Me taladró durante un segundo con sus iris aristocráticos y, acto seguido, los desplazó hacia mis labios. Fue tan rápido que pensé si no me lo habría imaginado.

Con el paso de las horas, sus descaradas miradas convirtieron el inofensivo aleteo inicial de mi bajo vientre en la película *Los pájaros* de Hitchcock.

—¿Qué tal comprando ropa? —nos preguntó Ulises, interesado—. ¿Te quedaba bien, Keira? ¿Está todo listo?

—Le quedaba muy bien. —El duque de Lerma se adelantó a mi respuesta.

Subí las cejas, sorprendida porque en realidad no me había visto con nada. Ulises me miró interrogante ante mi cara de circunstancias.

—Sí, sí… ¡Todo listo! —afirmé, aunque sonó como si le ocultara algo. ¿Lo hacía?

Hubo un silencio extraño y el duque cambió de tema.

—Hay algo que me preocupa… —empezó con cautela.

—¿Qué es? —pregunté.

—Todo el plan se basa en que ganes una partida al presidente del club de ajedrez. ¿Y si fallas? ¿Y si no tienes el nivel? Podríamos jugar una partida ahora mismo para comprobarlo.

Ulises y yo nos miramos confiados y me dejó hablar a mí.

—No hace falta.

—Yo creo que sí —insistió Ástor, tozudo.

Su tono pedante me crispó un poco.

—Es lógico que no confíe en ti —lo defendió Ulises—. Por lo que he podido ver, es un controlador nato y no te conoce, Kei.

—Pues tendrá que aprender a confiar en mí —zanjé.

—¿Cómo puedes ser tan obstinada? —me presionó Ástor.

—Termina la frase, vamos —contesté—. ¿Por qué no añades: «... siendo una mujer?». Si fuera un hombre, no dudarías tanto de mí, ¿a que no? ¿Qué quieres saber? Tengo mis estrategias pensadas. Si se enroca, retrocederé un alfil y atacaré H7. O haré un tren dama torre desde D3 o colocaré un peón en C4 y bloquearé a sus caballos. Si todo eso no funciona, me apoyaré en una estructura de peones y buscaré sus casillas débiles. También puedo sembrar el caos en la fila seis o colocarle una torre en casa para que avance su rey. ¿Te vale con eso?

El duque me miró impresionado, y sentí la fuerza de un oscuro deseo haciendo añicos su disimulo ducal.

—Me vale —farfulló.

Percibir la excitación en su voz me puso cardiaca.

Fui incapaz de pegar ojo cuando, sobre las dos de la madrugada, Ástor nos instaló en una habitación de invitados provista de dos camas separadas.

Sabía que Ulises tampoco dormía por el ritmo de su respiración, pero me levanté a... No sé a qué. A husmear, supongo. Ástor había estado fisgando a sus anchas en mi casa, así que hacer lo mismo me pareció lo justo.

Quería buscar una foto en la que saliera feo y señalarla con maldad.

Avancé por el pasillo despacio sin encender ninguna luz.

—Buenas noches... —Su voz profunda hizo que me detuviera bruscamente en mitad de la oscuridad.

—Joder, ¡qué susto! —le reñí bajito—. ¿Te crees Drácula? ¿Duermes aquí colgado boca abajo?

—No. —Noté su sonrisa sin verla—. Solo iba a por algo de beber.

—¿Un poco de sangre? —bromeé.

Ástor avanzó hacia un haz de luz azulado que entraba por un ventanal, dejándose ver por fin.

«¡Por el amor de...!».

Su imagen me fundió el cerebro y no pude terminar la frase en mi cabeza.

Llevaba... ¡nada! Solo un maldito pantalón, ¡pero nada cubriendo esos dichosos pectorales que, por lo visto, me tenían cegada! El pantalón era negro, suave y de pernera ancha, tipo yoga, y cubría sus vergüenzas de forma que dejaba entrever que no llevaba calzoncillos.

«¡No mires hacia la luz!».

Sobre su pecho brillaba una cadena plateada de la que colgaba un ojo de la providencia encerrado en un triángulo equilátero. Si me hubieran dicho que era un dios recién salido del Asgard, me lo habría creído.

Su pelo mojado, efecto recién duchado, enmarcando unos ojos azul oscuro, me dejó catatónica. Por no hablar del tatuaje redondo de su hombro, que demostraba que no se lo había borrado del todo y evidenciaba que todavía quedaba una parte salvaje en su interior.

«¿Quedaría muy fuera de lugar que me desmayara ahora mismo?».

Pestañeé para recuperar la dignidad, si es que la expresión de mi cara podía rescatar siquiera la apariencia.

Debía de estar acostumbrado a que las mujeres lo miraran al borde del desmayo, pero yo, desde luego, no estaba acostumbrada a sentirlo.

Mi indumentaria era muy básica: una camiseta negra de tirantes de licra y un pantalón largo de pijama de cuadros negros y rojos.

—¿Necesitas algo? —preguntó solícito.

«¡A ti!», gritaron mi hormonas al unísono.

Carraspeé, dándome tiempo para sujetar mi lengua llena de baba.

—Agua, tal vez...

—Ven por aquí.

Lo seguí, abochornada, intentando hacer una RCP a la única neurona que me quedaba viva.

De pronto se volvió hacia mí y dijo:

—Cuidado con la...

Pero yo ya volaba hacia sus brazos.

¡¿Qué clase de sádico había colocado una alfombra allí?!

Por suerte, Ástor me sostuvo antes de que mis labios besaran su espléndido suelo. En vez de eso, besé algún punto de su torso cuando mi frente aterrizó sobre su duro esternón y mis pechos se apretujaron contra sus costillas flotantes. Ahí es nada.

Me sujetó por donde pudo y me separó de su cuerpo a toda prisa. Aun así, el daño ya está hecho. Su irresistible olor y la cálida temperatura de su piel ya habían devastado mi organismo.

Nunca había sentido una atracción tan fuerte por un hombre. Me faltó un pelo de gamba para abalanzarme hacia su boca.

—... alfombra —completó la advertencia, como si todavía sirviera de algo.

—Perdón, yo...

No sabía hacia dónde mirar. ¡Mi boca había rozado su piel desnuda!

—Tranquila, es bastante habitual. Todo el mundo tropieza con ella.

—Entonces ya te habrán dicho que no eres nada «acolchable» —bromeé para rebajar la tensión. Ástor me dedicó media sonrisa que hizo que me ardiera la sangre—. ¿Haces mucho deporte?

—Un poco.

—Esta dureza no se consigue con «un poco».

—Vale. Me machaco a diario en el gimnasio. Si no, creo que explotaría... Es mi forma de liberar tensiones.

Me extrañó que tuviésemos eso en común.

—Lo entiendo. A mí me gusta correr en la cinta. Me ayuda a relajarme. Creo que fui hámster en otra vida.

Su sonrisa se ensanchó tanto que le vi hasta los empastes.

«Dios mío... ¡Menuda sonrisa!». Creo que ambos escuchamos tensarse la cuerda del arco de un jodido ser volador que se había propuesto amortizar sus pañales cagándola a lo grande.

Nos alejamos casi a la vez, como si no nos responsabilizáramos de lo que haríamos si permanecíamos un segundo más tan cerca.

—Ven —me urgió, y se adentró en la cocina.

Encendió una luz led que dotaba a la encimera de un resplandor lineal muy sutil. Igual pensaba que la iluminación indirecta disimulaba el hecho de que iba sin camiseta, pero a mí no se me olvidaba. Sin embargo, gracias a eso pude apreciar varias cicatrices perfectamente ordenadas bajo su ombligo. ¿Cómo se las habría hecho? Eran demasiado rectas.

Cogió un vaso de cristal, apretó un pulsador de la nevera para llenarlo con agua fría y me lo ofreció.

—Gracias —murmuré.

Bebí para apaciguar mi garganta; debía de ser lo único seco en mí.

Sus ojos supervisaron el movimiento, y deseé que me estampara contra la nevera y saqueara mi boca a fondo.

«¡Basta!», me grité mentalmente, sorprendida.

No podía seguir por ese camino. Me sentía como si alguien me estuviera empujando hacia el borde de un precipicio sexual, y todavía nos quedaba mucho trabajo por delante. ¡Más bien, todo!

—Pues buenas noches. —Intenté huir.

—Keira...

La manera en la que pronunció mi nombre me puso la piel de gallina. Era como si no quisiera que la sensación que nos sobrevolaba se esfumara.

—¿Qué?

—Hoy hemos hablado mucho sobre mí, pero apenas sé nada de ti, y si vamos a pasar por ser pareja tenemos que intimar. ¿Podrías contestarme a algunas preguntas personales?

La propuesta me dejó fuera de juego.

—¿Qué quieres saber?

—No sé... Lo básico. Ni siquiera sé cuál es tu película favorita.

Esa argumentación me hizo gracia.

—Te vas a reír cuando te la diga. Es *Titanic*.

—¿*Titanic*?

—Sí... La vi siete veces en el cine.

—¡¿Siete?! —Soltó una minicarcajada que me encantó oír.

—¿Y la tuya?

—La mía es *Gladiador*. «Los que van a morir te saludan».

—Buena elección. ¿Qué más quieres saber? —Me animé—. Podríamos coger un cuestionario de internet con una lista de las quince preguntas indispensables para conocer a alguien o algo así.

—Vale... Espera aquí. Voy a por mi móvil y vuelvo enseguida.

Que se fuera me permitió fijarme en su formidable espalda y

vi que el tatuaje del hombro continuaba hacia atrás en forma de ola de mar.

«Por el amor de los surferos...».

Qué espalda. Qué perfección. ¡Qué hombre...!

Me pasé el minuto que tardó rezando para que se hubiese puesto una camiseta, pero no hubo suerte.

Contesté a todo tipo de preguntas banales, como «¿Playa o montaña?», a las que lo obligué a responder también, y me reí cuando me confesó que su mayor fobia o manía eran las piscinas.

—¡¿Por qué?! ¡A mí me encantan!

—Les tengo pánico. Una vez lo pasé muy mal en una y desde entonces no me sumerjo ni en la bañera.

—¡Eso es muy raro! —me mofé.

—¿Te parece normal tener miedo a las vacas? ¡Si son adorables!

—Sí, claro... ¡Hasta que te aplasta una! Matan a más gente al año que los tiburones, ¿lo sabías?

Casi se cae del taburete del ataque de risa que le entró. Era un lujazo verlo así.

—Si no me crees, búscalo en Google —dije cruzándome de brazos.

Mi turno de reírme llegó cuando me contó que tenía un TOC numérico de puntuar todo del uno al diez.

—¿Cómo? ¿Pones nota a todo?

—Hasta a las meadas matutinas.

Me mondé de risa. No le creía capaz de decir algo así.

—Y... ¿qué nota me has puesto a mí?

—No pienso decírtela. —Sonrío calculador.

—Entonces ¿ya me la has puesto?

—Te he dicho que se la pongo a todo.

—¿Y a Ulises?

—Siete y medio.

—¡Se lo pienso decir! —Lo amenacé con el dedo, divertida—. Y te partirá esa cara de nueve que tienes.

—¿Crees que soy un nueve? —Sonrió perverso.

—Sí, pero jamás sabrás por qué te he quitado el punto que te falta para el diez... —Le sostuve la mirada.

Fue muy divertido hasta que llegó la pregunta «¿Cuál ha sido el peor momento de tu vida?».

—Es demasiado personal. —Me cerré en banda.

—De eso se trata. Tú sabes cuál fue el mío: el accidente en el que murió aquella chica... Y yo quiero saber el tuyo. Es lo justo.

Guardé silencio. No se lo había contado nunca a nadie. Ni siquiera a Ulises.

—¿Tiene que ver con las razones que te llevaron a hacerte policía? —curioseó.

—Sí. Y supongo que tiene mucho que ver con mi forma de ser en general —contesté apocada.

—Por eso mismo necesito saberlo.

—Fue un caso entre miles de... de abuso sexual infantil intrafamiliar.

Su cara cambió al momento. El humor se esfumó y solo quedó incredulidad.

—No jodas...

—Fue mi padrastro. Yo tenía catorce años... Tuve suerte y no llegó a violarme, pero el trauma me lo llevé igualmente. Entre que mi padre me abandonó al nacer, mi padrastro me acosaba sexualmente y mi novio de la universidad se obsesionó conmigo, no me quedó mucha fe en los hombres ni en las relaciones amorosas. Diste en el clavo por completo, estoy a la defensiva, pero tengo motivos de sobra para estarlo.

—Ya lo veo.

—Por eso no me gusta pensar que doy pie a nada con mi aspecto. Por eso odio tener que pasar por un centro de belleza para que resulte creíble que pueda gustarte —murmuré apartando la vista.

Se hizo un silencio atronador. Y pensé que deberíamos retroceder varios pasos en sinceridad antes de que fuera demasiado tarde.

—Lamento que te pasara eso —dijo apenado, y movió la mano para colocarla sobre la mía.

«Vale... ¡Ya es demasiado tarde!».

La aparté bruscamente y fue como si Ástor despertara de golpe de ese maligno trance amistoso.

—Será mejor que nos vayamos a dormir. —Se levantó de repente.

—Vale... Oye, ¿no querías agua tú también? No has bebido nada.

—Ah, sí.

Cogió otro vaso y repitió la misma jugada de antes con la nevera.

Cuando emprendimos el camino de vuelta dijo a tiempo:

—Cuidado con la alfombra maldita.

Le sonreí.

—Ya no se me olvida. Gracias por cogerme antes al vuelo.

—Cuando quieras lo repetimos —bromeó.

Llegamos al punto del pasillo donde yo tenía que tirar hacia un lado y él hacia otro, y no sé cómo debí mirarle, pero hubo un *impasse* en el que ninguno de los dos quiso moverse por si... «¡Por si nada, joder!».

—Buenas noches —musité muy digna rechazando lo que leía en sus ojos.

¿Qué era? ¿Un último apretón de manos? ¿Un abrazo? ¿Un «lo siento» en nombre de todos los hombres? Me negué a averiguarlo y me alejé de la tentación echando leches. Solo esperaba que algún día me diera la risa por haber fantaseado siquiera con que pasase algo entre Ástor y yo.

Cuando llegué a la habitación encontré a Ulises sentado en su cama. Parecía abatido. La expresión de su cara me impulsó a acercarme a él y, sin decir nada, apoyó su frente en mi vientre. Seguía pensando en Sara, fijo.

Le acaricié el pelo para consolarlo. Y el resto... El resto fue solo miedo, ya os lo he dicho.

keira

8
Empieza el juego

> El momento más importante de la partida es el primer movimiento del alfil.
>
> SAVIELLY TARTAKOWER

Hoy.
Jueves, 12 de marzo

Tras el polvo con Ulises, el sueño poscoital ha sido la mar de reparador, sobre todo a nivel mental. Me he reseteado, y Ástor parece haber hecho lo mismo porque ni nos hemos mirado durante el desayuno. Ni siquiera sé cómo va vestido.

Nuestra extraña afinidad de anoche ha desaparecido, y menos mal.

Estaría de peor humor por la mañanita que me espera en el centro de estética, pero alguien nos ha preparado un desayuno increíble con unos deliciosos minicruasanes y café recién hecho; todo amenizado con la semiausencia del duque. Es lo menos que podía hacer por someterme a una tortura insultante en el salón de belleza para convertirme en... No sé cómo acabar la frase, porque, diga lo que diga, sonaría fatal.

Decidimos ir al Mademoiselle en dos coches porque el duque llama demasiado la atención y es mejor que nadie nos vea juntos hasta que nos conozcamos oficialmente. Él llegará antes al salón con su nuevo escolta privado, Ulises, y yo lo haré después, sola. Me viene de perlas perderle de vista otro rato.

Ulises y Ástor se marchan y yo hago tiempo en el coche.

Llevo puesta mi ropa de ser humano normal; no quiero estar toda la mañana incómoda. El atrezo de Superwoman está en una bolsa.

Cuando llego a la dirección indicada, encuentro un local con una impactante cristalera negra opaca. «Mal rollo».

No puede ser casualidad que la puerta pese una tonelada; será para atrapar a los pobres clientes que intenten huir de sus rituales de dolor.

Una vez dentro, el ambiente cambia de forma radical. Luces tenues, sonido ambiental zen y una humedad que te da ganas de desnudarte. «¡Bienvenidos al trópico!», grita una apabullante decoración vegetal.

—¿Es usted la señorita Ibáñez?

Una mujer con traje chaqueta se acerca a mí, rompiendo el encanto del lugar. ¿Nadie le ha sugerido una falda hawaiana?

—Sí, soy yo.

—Acompáñeme, por favor. El señor Ástor la está esperando.

«¿Señor Ástor? ¡Prefería el "señor duque" de mi madre!».

Me siento un poco Ted Mosby, pero debería ser «señor De Lerma» o «Ástor» a secas, porque «señor Ástor» es más propio de las amas de llaves de los castillos medievales del siglo XII.

Sigo a la mujer trajeada por un pasillo de paredes con vivos estampados florales. El sonido del agua fluyendo salvaje persiste y me entran ganas de orinar, pero se me quitan de golpe en cuanto accedo a una sala y veo al jodido «señor Ástor».

«No está bueno».

«No está bueno».

«¡No lo está!».

Claro que no... Lo suyo supera en mucho el concepto «estar bueno».

Lleva un pantalón blanco ajustado con vuelta y una chaqueta azul claro que le hacen parecer un ser celestial.

«No pienso mirarle las manos», me juro, porque esa camiseta pegada al esternón con el que anoche me morreé ya me ha dejado lo suficientemente noqueada para toda la mañana.

—Buenos días, señorita Ibáñez.

«¿Ayer su tono de voz era tan sexy?».

Un momento...

Observo la jugada, y reparo en que hay otra ficha en el tablero. No me refiero a Ulises, que está haciéndose la estatua en un rincón, me refiero a una chica que podría ser Afrodita reencarnada y está mirándome de arriba abajo con el mismo desprecio que la madre de Rose en *Titanic* cuando conoce a Leo con medio escupitajo en la cara.

¡Acabáramos! ¡El duque está desplegando su sensualidad para ella, no para mí! A mí solo me da de refilón, como si fuera el perfume de la vieja del quinto con la que te cruzas en el ascensor.

—Buenos días —respondo tarde.

—Esta es Olga, la grandísima profesional que se encargará de ti.

«Y tú eres un grandísimo pelota», pienso, y le sonrío irónica.

Es una pelirroja realmente espectacular, y, por cómo la mira, diría que Ástor ha estado dentro de ella.

—Estás en las mejores manos —afirma Olga sin pizca de humildad—. Me alegro de que hayas decidido cambiar tu imagen de forma integral en Mademoiselle. Siéntete afortunada de contar con un... amigo tan influyente como Ástor, porque la lista de espera en este centro es de meses.

—Menuda suerte la mía —digo con mi clásico tono desganado de Miércoles Adams.

Ella me mira un poco extrañada y yo levanto las cejas.

—Muy bien..., As, pensaba pedirte que me esperaras para tomarnos un café juntos, pero tengo muchísimo que hacer aquí... —Me señala, cosificándome—. Nos vemos otro día, ¿vale, cielo?

Se arquea para recordarle lo flexible que puede llegar a ser y le planta un minúsculo beso junto a la comisura de la boca. Esta tía aparece en el diccionario junto a la palabra «descaro».

—Vale. Otro día será, pero te lo debo, Olga. —Ástor le besa la mano, adulador.

Sus miradas firman una promesa sexual en el aire.

—Lo anoto y lo subrayo con amarillo fosforito —replica ella, repelente.

Suspiro tan fuerte la tirria que me generan que se dan cuenta y me miran sorprendidos.

«¡Compórtate, Ibáñez!», oigo a Gómez desde el más allá.

—¿Empezamos? —digo impaciente para justificar mi bufido.

—Sí, será lo mejor, porque cerramos a las ocho de la tarde —masculla ella—. Nos vemos, As. Sígueme, querida. —Y sale de la sala como si su aire fuera de Loewe.

La sigo, no sin antes despedirme de Ástor con retintín.

—Hasta luego..., señor As.

—Nos vemos en la universidad —dice en tono imperativo cuando le doy la espalda.

Por supuesto, me doy la vuelta.

—Depende de lo guapa que me dejen, igual no encuentro el camino...

No sonríe. Ya no le hacen gracia mis bromas. El amargado ha vuelto.

Si esto fuera una historia de terror, os narraría lo horrible que ha sido la experiencia en este lugar, pero tendré piedad y solo os diré que no tenía ni idea de que se podía sufrir tanto por algo a lo que te sometes voluntariamente.

No sabría decir cuál ha sido la peor parte, si el blanqueamiento dental ultrasónico, que creo que hasta me ha borrado recuerdos de la infancia; la depilación con lava ardiente en el mismísimo «ojo de Sauron» (según Olga, algo absolutamente imprescindible); o mis nuevas pestañas mórbidas, que hacen que sienta que levanto pesas con los ojos cada vez que parpadeo, unas once mil veces a día, vamos.

Muy jodido todo.

Tampoco me detendré a describir el olor que he percibido desprendiéndose de mi piel durante la sesión de rayos UVA en pleno mes de marzo o en el horripilante color elegido para mis uñas. Sin embargo, mi pelo sí merece una mención especial.

Ha dejado de ser aburrido y tiene personalidad propia gracias a unas ondas preciosas que se han apoderado de mi cabeza. Ahora «respira», o eso me han dicho. Además, está borracho de queratina y brilla más que nunca; eso sí me ha gustado.

Siento que pesa menos y que está mucho más suave, pero ahí terminan las bendiciones capilares, porque estoy totalmente en desacuerdo con mis cejas... ¡Parezco otra persona con semejante superpoblación de pelos!

No encontrarte a ti misma en el espejo es lo peor que te puede pasar. Siempre se ha dicho que el maquillaje hace milagros, pero no sabía que aplicándotelo en las cejas se te aparecen todos los santos.

Una chica adorable con una paciencia infinita me ha hecho una guía de *make up* para *dummies*. Brujería pura. Con deciros que mi madre me ha enviado un meme de Homer Simpson rodando por el suelo en cuanto ha visto la foto que le he mandado por WhatsApp…

Mamuchi:
Madre mía!!!
Pero eres tú, cariño? Qué te han hecho???

Yo:
Daño. Mucho daño

Mamuchi:
Estás increíblemente bella

Yo:
Solo espero que funcione y no meta la pata

Mamuchi:
Seguro que sí, pero ten cuidado, por favor, el futuro presidente del Gobierno puede estar en ese club ahora mismo, y los sicarios no son un mito

Yo:
Lo sé, mamá.
Tranquila

Mamuchi:
Es gente muy influyente.
Tienen mucho poder, y el poder a menudo se salta la ley

Yo:
Soy consciente, mamá. No te preocupes

Mamuchi:
Estás guapísima, de verdad! Y nadie sospechará que tienes un cerebro privilegiado debajo de ese pelazo de anuncio...
Quien te haya hecho esto es un maldito genio!

Yo:
Ha sido una cursi que se folla a Ástor de Lerma

Mamuchi:
Era guapa?

Yo:
Tanto que me la follaba hasta yo

Mamuchi:

Si a ti no te gustan las mujeres!

Yo:
Eso no era una mujer.
Era una especie de sirena borde preciosa...

Mamuchi:
Madre mía... Ástor de Lerma!
Admite que es guapo a morir

Yo:
Y también chulo a morir

Mamuchi:
Mis favoritos!
Le dejaría atarme y hacerme lo que quisiera

Yo:
Mamá, córtate un poco

Me envía un montón de caritas llorando de risa y se las devuelvo.

A mucha gente le choca nuestra relación, pero para nosotras los antinaturales son ellos.

Yo:
Te dejo.
Ástor me está esperando en la universidad

Mamuchi:
Bua... Ya verás cuando te vea.
Le va a dar algo!

«O quizá se espere más», me martirizo.

Consulto la hora en el móvil; se me hace tarde. Y, de pronto, veo que tengo un mensaje de un número que no tengo registrado.

Desconocido:
Soy Ástor.
Cómo te ha ido en Mademoiselle con Olga?

Me pregunto cómo habrá conseguido mi número, y llego a la conclusión de que ha tenido que pedírselo a Ulises y después rogarle que le deje usar su móvil para escribirme. Qué valiente...

Creo un nuevo contacto y sonrío al ponerle un apodo que le haga justicia.

Yo:
Ha sido doloroso. Gracias por tu interés

♠ASno:
Te has puesto la ropa nueva? Te queda bien?

Yo:
Sí, pero preferiría ir en vaqueros

Aprovecho para lanzar mi queja.

♠ASno:
Se supone que hoy tengo que caer de rodillas ante ti... y necesito que estés sublime. Los vaqueros ya no impresionan a nadie

No consigo imaginar qué puede impresionarlo a él. Pero parece que se muere por oírme decir que estoy encantada con mi nuevo cambio de look y que le doy mil gracias por traerme aquí. Lo lleva claro.

Se mantiene en línea al ver que le estoy escribiendo. De la belleza te cansas; de los chistes, jamás.

Yo:
Solo espero que sirva de algo porque ha sido muy doloroso volverme guapa. Alguna vez te han puesto cera en el ojete? Te aseguro que alguien va a pagar por ello

Se queda en línea sin escribir nada. Sonrío al pensar que le está dando una embolia al leer la palabra «ojete». ¡Que se fastidie! Probablemente Ulises lo encuentre en estado catatónico con el móvil en la mano.

Una frase me anuncia que el duque está escribiendo.

♠ASno:
Servirá. Tienes que causar la mejor impresión posible para que se crean que me gustas antes de que te oigan hablar

«¡Será cabrón!».

Mi instinto me pide mandarle un audio gritándole que se queda solo, pero mi lado estratégico me dicta que teclee otra cosa. Que le demuestre que, cuando algo me interesa, puedo fingir perfectamente ser una «dama», sobre todo si persigo un jaque.

Escribo mi respuesta.

Yo:
Tendrás que confiar en mí. Nos vemos en un rato

Nuestro encuentro va a ser más tenso que uno entre la Pantoja y los Rivera.

Al llegar a la universidad, me siento muy observada. Esto es como un *Gran Hermano* de ricos y famosos donde todo el mundo se pregunta de dónde he salido. O más bien, quiénes son mis padres para poder estudiar aquí. No me gustan los cuchicheos ininteligibles que oigo a mi alrededor y rezo para que Sofía aparezca lo antes posible.

Cuando la veo, casi la abrazo.

—¡Madre mía, chica...! ¡Estás que te rompes! —grita anonadada.

—Gracias..., supongo.

Nunca he sabido recibir cumplidos. Ni me los creo. He oído tantas veces a personas burlándose de otras a sus espaldas y alabarlas luego por lo mismo que acaban de criticarles que ya no me fío ni de mi sombra.

—Este es el plan —me explica Sofía—: durante la comida nos sentaremos a la mesa de Saúl, mi ex, y diré a todos que te obsesiona el ajedrez. Para que Saúl acceda a jugar contigo debes convertirte en un reto para él. No será difícil porque es un imán para las chicas guapas, pero, de entrada, te va a ignorar, estoy segura. Solo hay que darle una buena excusa para acercarse a nosotras. Y se la pondremos en bandeja —barrunta maquiavélica.

—Serías buena poli, ¿lo sabías?

—Sería buena en muchas cosas —declara sacando la lengua—, pero odio las armas y no creo en el sistema judicial. Yo soy de las que condenarían a muerte directamente a todos los pederastas —añade encogiéndose de hombros.

A los polis nos enseñan a pensar que esas personas son enfermos con un grave trastorno que no eligen tener. Sin embargo, como persona que lo ha sufrido de cerca, tengo que decir que cada vez me cae mejor Sofía.

Con cada cosa que dice me reafirmo en que será una gran aliada. Es astuta, eficaz y, por la admiración con la que habla del club KUN, creo que aspira a formar parte de él algún día.

—Me parece admirable que rechazases ser Kaissa —le concedo.

—¿Sabes que ese nombre viene de la diosa del ajedrez? Normalmente, se escribe con C, pero en el KUN todo es con K.

—Conozco la leyenda de Caissa. Una diosa que hacía predicciones sobre el porvenir de los ejércitos y decidió crear un juego en el que para ganar fuesen necesarios solo la inteligencia y el valor.

—La primera vez que me ofrecieron serlo estaba saliendo con Saúl. En ese momento él dudaba si debía ingresar en el club.

—¿Por qué dudaba?

—Porque se lleva a matar con su padre, que también es miembro.

—¿Quién es su padre?

—Xavier Arnau, el decano de la facultad de Matemáticas. Tampoco se lleva nada bien con Ástor. Bueno, lo cierto es que no se lleva bien con nadie. Es un auténtico cabronazo —suelta como si estuviera rememorando algo.

—¿Por qué lo dices?

—Cuando salía con su hijo me trataba como si él también tuviera algún derecho sobre mí.

—¿A qué te refieres? —pregunto asqueada, temiéndome lo peor.

—A derecho... carnal —aclara seria—. Me hizo propuestas.

Me quedo callada para que siga hablando. Esto suena a historia gore que contar.

—Saúl se ponía enfermo... No soportaba que su padre me tirara los tejos tan descaradamente, y yo tampoco, la verdad. Le sobornaron para que entrara en el KUN, pero sabía que si entraba y yo lo hacía como su Kaissa, su padre intentaría ganarme a toda costa mediante juego sucio... Supongo que Ástor te ha contado cómo funcionan las cosas allí dentro, ¿no?

—Sí. Y me parece asqueroso.

—Amén.

—Aun así, sigues venerando el KUN —la acuso contrariada.

—Es demasiado poderoso para no hacerlo. Su radio de influencia es mayor de lo que imaginas. Pueden conseguir cualquier cosa, en cualquier ámbito. ¿Sabes lo que es eso?

—¿Por qué rompisteis Saúl y tú? —retomo el tema.

—Porque me hizo elegir entre el KUN y él. Y porque se mira demasiado en el espejo —bromea—. Finalmente, decidió no entrar y rompimos. Sentíamos que no estábamos en la misma onda.

—Porque tú planeas entrar algún día, ¿no?

Sofía sonríe enigmática.

—Sí, pero no como Kaissa, sino como miembro.

Enarco las cejas extrañada.

—¿Eso es posible, que una mujer entre como miembro?

—Todavía no, pero los tiempos están cambiando.... Le dije a Ástor que el club debería modernizarse y adaptarse a la realidad de que cada día hay más mujeres poderosas y emprendedoras, y lo vi dispuesto a escucharme.

—¿Y no te importa formar parte de un club tan... machista?

—Dejará de serlo en cuanto Ástor se atreva a poner fin a sus juegos de dominación. A él tampoco le gustan, pero no es fácil abolirlos porque sus miembros son demasiado ricos y están muy aburridos; si quieren algo lo pagan, por eso buscan una motivación extra. Quieren emoción. Riesgo. Y eso solo sucede cuando está en juego su honor.

—¿Cómo se juegan su honor?

—Apostándose a sus Kaissa..., es decir, sus amantes Sugar. El contrato de las chicas tiene una duración de tres meses. En ese tiempo pasan a tener todos sus privilegios. Se les dan oportunidades únicas y acumulan contactos importantes. A la mayoría le merece la pena.

—¿A cambio de qué lo hacen? —pregunto imaginándome lo peor.

—A cambio de convertirse en un activo apostable. Es un rollo siniestro que no se limita a mujeres. Los miembros del KUN también se juegan propiedades, escudos, bonos del Tesoro, favores personales y empresariales... Es un show, te lo aseguro.

—Ástor me comentó que nunca había tenido una Kaissa, quizá por eso alguien obligó a Carla a que lo fuera. O puede que la sobornara.

—Es posible. En el club corren todo tipo de desafíos en la sombra. Algunos al límite... Yo llevo años buscando una rendija por la que colarme que no sea poniéndome frente al paredón. Hay cientos de vacíos legales en sus anticuadas normas. Y Ástor, como presidente, me prometió estudiarlo.

No puedo evitar sonreír al sentirme identificada con la lucha de Sofía. Es una pionera haciéndose hueco a codazos en un mundo de hombres. Sin embargo, siendo tan feminista, hay actitudes que no me cuadran.

—Hay una cosa que no entiendo... —comienzo cautelosa—. Una chica como tú, fuerte, decidida e inteligente, a la que ser Kaissa le parece denigrante, ¿por qué se presta a ser Sugar Baby?

—¿Te lo ha contado Ástor?

—Se lo pregunté yo —lo cubro.

—Sé lo que parece... —contesta atribulada—. Y no lo hago por el dinero. Yo no me vendo. Solo intento meter la cabeza en la boca del lobo para conseguir poder. Porque la información es poder... Pero soy consciente de que mucha gente me juzga y de que es realmente peligroso. De hecho, tengo amigas a quienes les ha ido mal siendo Sugar. Se han dejado seducir por el lujo y las promesas, y han acabado cediendo a hacer cosas deplorables. Pero yo no. Yo los tengo a todos comiendo de mi mano a la vez que me mantengo inaccesible, y eso sube mi caché en su mundo. Estoy preparando el terreno para un futuro.

—Me cuesta entenderlo porque yo odio exhibirme —confieso—. Odio que me vean solo como una presa que quieren cazar y comerse. Odio haberme tenido que vestir así. Y odiaría que me acusaran de usar la sensualidad como un arma.

—A la guerra se va con todas las armas que tengas —replica Sofía con orgullo—. Y esos comentarios vejatorios son solo miedo. Miedo a algo que les doblega como a animales... Me refiero a nuestra belleza.

Trago saliva. ¡Lo que aprende una en la universidad!

—¿A qué cosas deplorables te refieres? —pregunto retomando mi actitud policial—. Ponme un ejemplo.

—No puedo decírtelas... —Se encoge de hombros—. Me metería en un lío. Tendrás que averiguarlo tú misma. Además, confío en que lo hagas.

Joder... Quizá Gómez sí consiga sus titulares, después de todo.

Hablamos un rato más, y cuando Sofía me cuenta que está estudiando Periodismo me digo que le pega mucho. Es directa, insistente y tiene gancho. Además, es preciosa, y lo confirma informándome de que, tras terminar sus estudios básicos, hizo sus pinitos como modelo. Mientras tanto trabajó en un par de discotecas vip, hasta que, un buen día, alguien le aconsejó que estudiara Periodismo si quería llegar lejos en el mundo de la farándula y ser colaboradora en programas de debate. Le concedieron una beca en la UDL y aquí está.

—¿Fue Ástor quién te concedió esa beca? —pregunté interesada.

—Sí. Al principio dudé porque pensé que me pediría que me pusiera de rodillas en la entrevista, ya me entiendes..., pero nada más lejos. Ástor es un caballero. Un hombre de honor. Por eso envié a Carla a su despacho cuando amenazó con dejar la carrera, porque me fiaba de él, y cuando empezaron a salir sin follar, lo entendí todo... ¡Ástor es gay!

Suelto una carcajada y me abstengo de desmentir esa falacia. Sus seductoras miradas de ayer no tenían nada de gais.

Un rato después, Sofía me presenta a sus amigos, y les cuenta que nos conocemos de veranear en Marbella. Resulta que mi padre es un empresario de éxito del sector inmobiliario y me he trasladado recientemente a la capital para hacer un máster de posgrado en la aclamada UDL.

Les da mi verdadero nombre porque Ulises me ha borrado totalmente del sistema; mejor dicho, me ha ocultado, así que nadie podrá deducir que soy policía si me *stalkea*. No aparezco en ningún sitio, ni fotos etiquetadas ni cualquier otro rastro. De hecho, ha creado cuentas privadas falsas en las redes sociales donde se evidencia que soy una joven universitaria más. Incluso ha creado un rastro falso de mi formación académica. Es un genio.

La aceptación en el grupo es instantánea. ¡Lo que hace un poco de maquillaje y tener una madrina popular!

Descubro que es cierto que la belleza abre muchas puertas porque termino comiendo a una mesa rodeada de doce personas que no dejan de hacerme preguntas y me miran fascinadas.

—¿Estás saliendo con alguien? —me pregunta una chica atrevida con aires de desear que revele tener su misma inclinación sexual.

—No, no tengo tiempo para eso... Siempre he estado muy centrada en los estudios.

—Es difícil de creer —salta otra—, seguro que se te echan encima a todas horas, siendo tan guapa.

«¿Es que no se da cuenta de que llevo las cejas pintadas...?».

—Yo siempre digo que le interesa más el ajedrez que los hombres... —Sofía suspira—. Por eso la he invitado a la fiesta de clausura del torneo este finde. Y los demás tenéis suerte de que no participe, porque os machacaría a todos —añade bravucona.

—¿Juegas bien al ajedrez y no tienes novio, Keira? —retoma el tema la primera chica—. Por probabilidad, parece imposible... ¡Ese mundo está lleno de chicos!

—Ya, bueno, es que jamás dejaría que alguien que no es capaz de ganarme una partida se acercara a mis partes íntimas —bromeo perspicaz. Y todos se ríen.

—¡Saúl...! —grita un chico hacia el fondo de la mesa—. ¡La nueva dice que el tío que le gane al ajedrez podrá follársela!

—¡Eso es mucho tergiversar! —exclamo divertida—. Pero podría considerar tener una cita con él, eso seguro. —Sonrío picarona metiéndome el tenedor en la boca de forma sensual.

Mi comentario genera risas y cuchicheos nerviosos. Sofía me confirma con la mirada que el chico que se acerca e intenta hacerse un hueco frente a mí con una sonrisa canalla es su ex, uno de los que reparten invitaciones para el torneo.

—¿Qué hay de cierto en esa oferta? Suena muy interesante. —Me ofrece la mano—. Soy Saúl.

Es un chico muy mono. Ojos del color de la miel, pelo castaño claro un poco largo, tipo DiCaprio en los noventa... Pero lo más atrayente es su mirada de zorro rivalizando con su extrema juventud. Es claramente un alfil. De los que atacan en diagonal sin que lo veas venir.

Le estrecho la mano y él alarga el gesto mientras me contempla sin ocultar que le gusta lo que ve.

Siento miradas de celos por parte de peones femeninos. Sofía tenía razón: Saúl no ha prestado atención a la conversación con la nueva de forma premeditada. Él es mucho más interesante que eso. Es una buena táctica para diferenciarse del resto. ¿Y sabéis qué? Funciona.

—Encantada. Soy Keira, y, según tu amigo, baso mi vida sexual en partidas de ajedrez. —Sonrío sin vergüenza al tiempo que le suelto la mano—. ¿Tú no serás el campeón de España o algo así? Porque hoy no me he depilado.

La sonrisa que me lanza, coreada de risas y silbidos, hace que la atención hacia la conversación se incremente a nuestro alrededor.

—Tranquila, no he ganado el torneo de España. Ni siquiera me presenté. Aunque lo habría hecho si el primer premio hubieses sido tú.

El jaleo de la gente no se hace esperar ante nuestro atrevido tonteo.

¿Quién dijo que esto iba a ser aburrido?

En el ambiente flota una promesa sexual inequívoca.

—Podemos jugar cuando quieras —le propongo—, pero si gano, ¿qué me llevo?

—¿Veinte centímetros de placer puro y duro?

—Eso me lo voy a llevar aunque pierda; por lo tanto, no hay trato. ¿Qué te parecería meterme en el torneo? ¿O tienes miedo de que lo gane, Saúl?

Su diversión se vuelve escéptica, y eso incrementa mis ganas de «machacarlo», como ha dicho Sofía.

—No hay problema, pero si pierdes me pagarás durante el torneo... en el momento y la postura que yo elija. —Me guiña un ojo.

Me río ante la seguridad en sí mismo que muestra.

—¿De verdad crees que voy a jugarme un polvo en una partida de ajedrez?

—No, con que consideres ser mi pareja en la fiesta inaugural de mañana me basta. Después, ya veremos. Nunca se sabe.

Me come con los ojos, y me dejo con una sonrisa coqueta. Nunca me había comportado así. Es como si mi disfraz me estuviera poseyendo y me lo creyera. Desde que conocí al duque estoy más encendida de lo normal. Prueba de ello es que anoche terminé con Ulises encajado entre mis piernas para sofocar mi fuego.

—De acuerdo —acepto—. ¿Cuándo jugamos?

—¿Qué tal ahora mismo? —ofrece Saúl con una sonrisa torcida.

Le miro los labios. Son gruesos y bribones. No me extraña que Sofía diera buena cuenta de ellos.

—Hagámoslo.

¿Os suena cuando algo se vuelve «viral»?

Yo conocía el concepto, pero nunca lo había experimentado. Cuando nos levantamos para dirigirnos a lo que denominan la «sala de juegos», los móviles empiezan a echar humo de tal forma que al llegar apenas podemos entrar de la cantidad de gente que nos espera ya para ver la partida.

—¡Se han jugado su virginidad! —se oye al fondo.

Menudo teléfono roto... Me parto. «¿De dónde han sacado que soy virgen?».

Hay mucho barullo. Como si pensasen que el pago se producirá en directo encima de la mesa, a la vista de todos.

Miro a Sofía, divertida, y me guiña un ojo confirmando que el plan está saliendo a pedir de boca. Espero que funcione este señuelo para que todo el mundo vea que llamo la atención del duque.

Estoy nerviosa. Me da miedo no parecerle suficiente y eso me jode.

Separan una mesa con dos sillas, un tablero y un contador de tiempo. Saúl me aparta la silla con caballerosidad para que me siente.

—¿Nerviosa? —pregunta amable.

—Un poco. Ya sabes, es mi primera vez...

Su forma de sonreír al captar mi broma demuestra que tenemos *feeling* y que bajo esa fachada de chico popular que ha demostrado en la cafetería hay un buen tío que solo busca dar espectáculo. Le divierte ser el centro de atención y observar cómo la fauna se agolpa ante nuestra inverosímil apuesta. Ni siquiera se ha planteado nada conmigo, está aquí por prestigio. Puedo notarlo. Y eso me gusta. Me gusta mucho.

—¿Qué está pasando aquí? —pregunta alguien.

Reconozco enseguida esa voz grave y amargada. Es Ástor, abriéndose paso entre la gente.

Suspiro hondo, esperando su inminente evaluación.

—Van a jugar una partida de ajedrez —le informa uno de los presentes.

—Pero... ¿por qué hay tanta gente? —pregunta extrañado.

Oigo que se aproxima adonde estamos y no quiero mirarle, pero lo hago y...

Se acabó.

Sus refinados gustos en lo referente a mujeres (en los que yo no encajaba, según él) se consumen en el fuego de sus ojos.

9
El hámster

> Una partida de ajedrez es a menudo una tragedia.
>
> Savielly Tartakower

Al verla me quedo sin aire. Literalmente.

NO... ES... POSIBLE.

Me arden los ojos. «¡¿Quién diablos es esa?!», agonizo.

—Han hecho una apuesta... Hay algo muy valioso en juego —oigo.

—¿Qué? —pregunto sin poder dejar de mirarla.

—Su virginidad.

Mi boca se entreabre. No por lo que ha dicho, sino por el flash que me atraviesa al imaginar cómo sería disfrutar de esa primera vez.

Se me paraliza el corazón al desearla ardientemente. «¡Joder...!».

—Solo nos hemos jugado una invitación al torneo —aclara Keira poniendo los ojos en blanco.

—Eso si gana ella —repone Saúl con guasa—. Si gano yo, saldrás conmigo el viernes y quién sabe cómo acabará la noche... —Sube las cejas descarado y ella reprime una sonrisa traviesa y sensual.

No podría moverme ni aunque alguien gritara «¡Fuego!». ¿Para qué? Si yo ya estoy ardiendo. ¡Menudo cambio ha pegado!

La inspectora me mira entre avergonzada y divertida. Una mirada prodigiosa que me sube por la pierna como una enredadera y hace que mi pantalón empiece a tensarse en una zona muy concreta.

—¿Quién es usted? —pregunta de pronto, fingiendo no conocerme.

Las palabras se atascan en mi garganta y soy incapaz de responder.

La pura verdad es que yo tampoco sé quién es ella. Parece la inspectora, pero no lo es. Es... ¡un puto once con chocolate caliente por encima!

Su nariz es lo único que reconozco, porque esos ojazos negros enmarcados por unas pestañas espesas más hipnotizantes que las de Cleopatra no me suenan de nada.

—Soy Ástor de Lerma. Mi familia fundó esta universidad.

Es lo único que recuerdo ahora mismo, con su pelo distrayéndome de ese modo. Está perfectamente ondulado con miles de puntas disparadas hacia fuera y presumiendo de un brillo que pide a gritos que enrede mis dedos en él mientras la acorralo contra lo primero que pille.

«¡Detente, te lo ruego...!», me suplico a mí mismo.

—Encantada —musita ella, y extiende su mano hacia mí con delicadeza.

La mía se lanza veloz a acariciarla. Imposible resistirme. No termino de creerme lo que está provocando en mí. ¡Me siento traicionado por mi cuerpo! Tocarla me deja sin habla, para mi total vergüenza.

Mi mirada se pierde en su boca como si fuera un demente.

¿Y esos labios? ¡¿De dónde han salido?! ¿Les han inyectado algodón de azúcar o algo así? Porque prometen que al besarla su dulzura se fundirá en el calor de mi paladar y será pura adicción surfeando a toda velocidad por mi torrente sanguíneo.

Carraspeo desconcertado al visualizar esos pensamientos.

Repaso su vestuario y compruebo que lleva un pantalón blanco en el que no cabría ni un alfiler entre su piel y el tejido.

—No podéis jugaros su virginidad... —repongo sin pensar.

Aunque sé de sobra que no es virgen. Lo que escuché anoche en mi casa me lo dejó muy claro... Estoy acostumbrado al silencio absoluto, y después de tenerla entre mis brazos cuando se tropezó con la alfombra diabólica estaba inquieto y volví a salir al pasillo.

En buena hora...

—Relájese, señor De Lerma. No voy a perder —dice ella con una seguridad implacable.

«Más te vale», le digo achicando los ojos.

Saúl me devuelve la mirada desafiante. «¡Maldito chaval...!». Desde que entró a estudiar aquí no ha hecho otra cosa que provocarme. Será por la mala sangre que corre por sus venas... Fue directo a por Sofía cuando se dio cuenta de que éramos amigos, luego quiso robarme a Carla... Y ahora no dejaré que exija una cita a Keira. Ese no es el plan.

—Perdone, señorita, pero no creo que sepa dónde se está metiendo —advierto a Keira iracundo—. Este chico es el futuro Mark Zuckerberg español. Sabe más matemática combinatoria que el profesor de último curso.

—Y yo soy la maldita Beth Harmon de *Gambito de dama*. ¡Que empiece el juego!

El público chilla y la miro sin dar crédito.

Tengo ganas de zarandearla de lo furioso que estoy. Por un momento, se me olvida hasta nuestra «misión», pero enseguida me centro.

Observo el tablero y veo que Saúl ha tenido la amabilidad (o ha cometido el error) de dejarle las blancas, es decir, que Keira mueve primero.

Eso le da ventaja.

Alza la mano con inocencia, haciendo creer a su oponente que no sabe qué mover. Parece tan indefensa que me engaña hasta a mí. Bueno, a mi cuerpo, que mi boca ya está salivando y a punto de jadear.

¿Quién podría culparme? Lleva una americana de cuadros azules claro y beis bajo la que se adivina una camiseta blanca que le marca una delantera bastante abultada. No llega a exhibirse, pero invita a imaginar cómo sería una siesta apoyado en sus pechos.

Estoy en *shock*. Y tan excitado que no puedo ni pensar. Hacía años que esto no me pasaba.

Bajo la vista para librarme de su hechizo y que nadie note lo perturbado que me tiene, pero me encuentro con que su pantalón termina en unas botas militares de Balmain. ¡Mierda...! ¡Esa marca me vuelve loco! Y esa maldita modista lo sabe. Hay en ellas reminiscencias de los soldados confederados, como hebillas y distintivos de combate, que evocan la batalla. Mireia es una sádica...

Alguien me pregunta algo, pero no contesto. Acabo de descubrir que lo que hace que deje de bombear sangre a mi cerebro y la mande directamente a otro sitio son sus malditas uñas.

Están pintadas de blanco, dando al conjunto un toque de vulnerabilidad angelical al que nadie, ni siquiera yo, podría resistirse.

—Madre mía... —se me escapa en voz alta.

Suerte que ella ha movido y todos piensan que lo digo por eso.

¡¿Desde cuándo soy tan impresionable?!

Me paso una mano por el pelo, consternado.

No puedo entenderlo... ¡No soy tan superficial como Keira piensa!

Anoche ya me sentí muy atraído por ella, pero esto pasa de castaño oscuro.

Bueno, siendo del todo honesto, rompió mis esquemas cuando empezó a enumerar las casillas de un tablero según sus estrategias. O quizá fue mucho antes, cuando resolvió un cubo de Rubik delante de mí en menos de treinta segundos... o cuando la vi desmoronarse contra su puerta, demostrando que era humana y se esforzaba por no parecerlo.

Sí... Se podría decir que una parte de ella me conquistó ayer, algo que se agravó de forma preocupante cuando estuvimos en la boutique de Mireia y me tocó verla en ropa interior. Ya se intuía que tenía un cuerpazo bajo esa ropa casual, pero el pendiente en su ombligo me hizo pensar en sexo en contra de mi voluntad. ¡Me violó la vista! Y luego durante nuestra conversación en la cocina sentí como si me estrujaran los pulmones, dejándome sin el aire necesario para hacer frente a una atracción tan inapropiada. Pero ¡si es la inspectora de mi caso!

«¿Cómo puedo pensar en sexo cuando alguien tiene a Carla y mi propia vida corre peligro?», me fustigo. Mis ojos, sin embargo, vuelven a fugarse sin permiso hacia ella y... Joder, ¡es que está alucinante!

Los cierro con fuerza prohibiéndoles mirarla, aun sabiendo que no servirá de nada. Porque aunque no la mire torturará mis oídos con frases ingeniosas que harán que me tronche de risa por dentro sin poder evidenciarlo. Como cuando dijo que en otra vida fue «un hámster». ¡No me jodas!

Tengo que controlarme.

No puedo permitirme el lujo de sentir nada de esto.

Sea lo que sea «esto», tengo que matarlo de hambre antes de que coja más fuerza y él me mate a mí.

keira

10
La única forma

> Gana la partida el jugador que comete el penúltimo error.
>
> SAVIELLY TARTAKOWER

Ástor me está poniendo de los nervios.

No sé qué leches le pasa, pero está muy raro. Creo que no se fía de mí, porque solo he adelantado un peón y ha soltado un «madre mía».

Saúl mueve lo mismo. Es una apertura muy utilizada, la imitación simétrica. Sirve para intentar adivinar la jugada del contrario y mejorarla. Además, le viene bien para usar más adelante la que sin duda es su pieza favorita: el alfil.

Muevo el caballo y él hace lo mismo.

A todo el mundo le gusta sacar la conocida defensa berlinesa adelantando los caballos, sobre todo cuando se busca un mate rápido, como es el caso. El caballo es una pieza especial por ser la única que puede saltar por encima de las demás y, al igual que sucede un sábado por la noche en la discoteca, aparcas tus principios y vas con todo. Tratas de lucirte, hacerte la fuerte... o la atrevida, y al día siguiente Dios dirá.

Pero ya he dicho que Saúl es un chico especial. Juega para él, no para los demás. Los alfiles son eminencias en el tablero de la vida. Una pieza elegante, directa y de largo alcance que es más caprichosa que técnica. Ese es su gran punto débil: en el fondo es sensible y temperamental.

Yo sigo fiel a mi plan de sacar el otro caballo. Defensa terminada. Es el momento de la trampa o, como yo lo llamo, el sacrificio.

Sin sacrificio no hay recompensa, ni en la vida ni en el ajedrez.

El duque sigue la partida sufriendo con cada movimiento como si lo entendiese a la par que yo.

Le toca a Saúl, ¿qué hará? ¿Me sorprenderá o caerá en el clásico movimiento que todo hombre hace cuando se siente acorralado por una fuerza mayor de la naturaleza, por lo general femenina?

Y... ¡se enroca! Era de esperar.

Los hombres se acojonan enseguida cuando empiezan a sentir algo inusual. Enrocarse es cuando el rey cambia la posición a la torre, quedando protegido y arrinconado por ella.

De acuerdo. Me toca. Hora de activar las trampas.

Muevo el caballo, amenazando a su peón, y Saúl hace otro movimiento que deja a mi caballo a tiro. ¿Se lo comerá?

«¡Cómetelo, bonito! ¡Te lo he puesto en bandeja!».

Lo miro y avanzo otro peón, advirtiendo que me comeré el suyo si él osa comerse mi caballo, y eso le confunde y le excita a partes iguales. Una vez más, como la vida misma. Dudas. Anticipación... Jamás muestres a un hombre si tienes o no intenciones de irte a la cama con él; esa incógnita lo deja a tu completa disposición porque quizá él quiera comerte, aunque todos suelen temer las repercusiones que pueda acarrearles el hacerlo.

Estoy a punto de descubrir si este chico es de los de «aquí te pillo, aquí te mato» o es más bien romántico y tradicional.

Si me folla, comiéndose mi caballo, está vendido. En dos movimientos tendré jaque con mi torre o con mi reina. A elegir.

Saúl estudia el tablero previendo mi jugada y sonríe al percatarse.

Separa la torre de su rey para tener libertad de movimiento y me deja paso tras adivinar mi estocada final. Alzo la mano mientras evito sonreír y muevo mi alfil hacia el lado opuesto de su jugada.

Él sigue su trayectoria, extrañado, y se da cuenta de que puedo atacarle desde el otro flanco, como hace un velociraptor en manada.

Su primera reacción es obstaculizarme. De nuevo, algo natural. Pero normalmente cuando empiezas a hacer cosas para defenderte de un ataque injustificado, poniéndote al nivel del atacante, suele salir mal. Muere gente inocente... Y animales. Peones y caballos pasan a mejor vida, y mi alfil, mi reina y mi torre lo tienen a tiro en tres movimientos. Solo le queda una salida, pero Saúl tendría que ser un genio para verla.

Noto que el duque respira aliviado al pensar que ya he ganado. Sin embargo, Saúl me mira fijamente. Un buen ajedrecista no dejaría que se desarrollara la matanza; tumbaría a su rey y me ofrecería la mano tres o cuatro movimientos antes del final. Es una cuestión de respeto por el adversario. Abandonar una partida es un reconocimiento al rival, pero a Saúl no le gusta rendirse y, de pronto, descubre algo en mi mirada.

Se da cuenta de que no es la de alguien que sabe que ya ha ganado, sino una que reza para que no adivine la posible solución.

Observa de nuevo el tablero con esperanza renovada y después vuelve a mis ojos, que van hacia la pieza que debería mover para salvarse y joderme la partida.

Se concentra como si estuviera buscando un sonido que oye pero del que ignora la procedencia. Y de repente cae. Mueve su torre alineándola con mi rey y me acorrala sin piedad.

—Enhorabuena —digo con deportividad ofreciéndole la mano—. No pensé que alejarías la torre de tu rey, has sido valiente.

Ástor me mira desencajado porque el plan se ha ido a la porra.

La sonrisa de Saúl es magnética ante la victoria.

—Bueno, pues... ¿nos vemos mañana por la noche? —dice chulito.

—Quiero su revancha —intercede el duque de pronto—. La jugaré por ella. Y si gano, la liberarás de su pago.

—Es que no quiero liberarla. —Saúl sonríe, canalla.

—Aunque pierdas, todavía puedes invitarla y que vaya contigo porque quiere, no por una estúpida apuesta. ¿No sería más honorable?

Lo miro alucinada. Pero ¡¿qué mosca le ha picado?!

—¿Y si gano yo? —pregunta Saúl, enigmático—. ¿Qué obtengo?

—Me retiraré del torneo —sentencia Ástor, regio—, así quizá este año ganes... por fin.

Se oyen silbidos de desafío y Saúl aprieta la mandíbula.

—Acepto. Estoy en racha. Pero tengo una clase dentro de media hora, así que tiene que ser una rápida. Treinta minutos. Ganan blancas en tablas.

—Hecho.

Ástor se quita la americana con garbo y la coloca en mi respaldo. Lleva una camisa blanca que le queda de muerte, hoy sin chaleco. Me levanto y le cedo el sitio.

—Intentaré que caigas rápido —murmura Ástor.

No ayuda que me mire como si me lo dijera a mí en vez de a él, ni que fije la vista en mis labios para terminar humedeciéndose los suyos.

«¿Qué ha sido eso?».

—¿Empezamos? —pregunta Saúl tocando un peón, que enseguida adelanta.

Y lo que ocurre a continuación yo lo clasificaría para mayores de dieciocho años, porque Ástor se transforma en lo más sexy que he visto en mi vida.

Deja atrás su porte ducal y sus gestos regios y se concentra en la partida emanando un poderío mental que refleja una gran inteligencia. Yo y otras quince chicas comenzamos a bizquear cuando se afloja la corbata mientras decide qué pieza mover. Al final, mueve un peón.

Saúl lo imita, incapacitando su pieza en mitad del tablero.

Con el siguiente movimiento, el duque se desabrocha el primer botón de la camisa y mueve su alfil. Saúl se retuerce. Es como si Ástor también supiera que su oponente tiene debilidad por esa pieza. Y yo tengo otra: el maldito botón de su camisa.

Me muerdo los labios imaginando cómo sería jugar un *strip* ajedrez con él.

De pronto, se apoya los dedos en la frente mientras lo veo analizar las cinco jugadas siguientes. Terminan surcando su suave pelo.

Dios mío... ¡Cómo me gustaría hacerlo a mí! Y toda esa coreografía para acabar moviendo un peón... Pero ya me da igual lo que mueva; solo estoy pendiente de sus increíbles gestos, ¡son demasiado eróticos!

Se remanga la camisa mostrando un poderoso antebrazo. Torre.

No sé qué mueve Saúl, ¡ni me fijo!, solo sé que Ástor acaba de desabrocharse el segundo botón de la camisa. ¡Ay, mi madre...!

Mueve el caballo.

Vuelvo a humedecerme los labios, y no me refiero a los de la boca.

No me había sentido así desde que vi por primera vez la final del Campeonato Mundial de 1972 entre Fischer y Spassky. ¡Esto es demasiado!

Verlo jugar me está fundiendo el cerebro. Y lo grave es que empieza a gotearme por un sitio muy concreto... Es como si me hubiesen echado un conjuro y sintiese cosas que no quiero sentir.

El duque inspira hondo y exhibe sus bíceps cuando se lleva las manos a la nuca pensativo.

¡Hostia puta...! ¿Y esos brazos?

Adelanta la dama.

No hay nada más *hot* que un tío cachas jugando al ajedrez con la camisa remangada, la corbata floja y el resto de los botones deseando salir disparados.

Es complicado salvaguardar la dignidad de las mujeres que lo miran.... Mi respiración se acelera tanto que ya no tengo suficiente con respirar solo por la nariz. Ajedrez o Ástor..., ya no sé qué me gusta más. Supongo que lo mortal es la combinación de ambos.

No puedo apartar la maldita vista. Solo me obsesiona saber qué será lo próximo que mueva y se desabroche, porque liberar un tercer botón sería excesivo.

Ninguna fémina mira ya la mesa, solo a él, y noto que todas estamos deseando que vuelva a ser su turno. ¡¿Va a desnudarse?!

Mueve de nuevo y...

—Mate en tres —murmura imperturbable.

¡Acabo de tener un orgasmo!

Fuera coñas, ha sido uno tántrico. Lo he sentido atravesándome entera. Suerte que un coro de aplausos ahoga mi gemido alucinado.

Ástor se levanta de la mesa y deja a Saúl mirando el tablero con incredulidad. Ni siquiera lo ha visto venir. Es inusual que haya tenido que avisarlo.

—Regresen a sus clases, por favor —ordena el duque, autoritario.

¡Como si pudiéramos hacer otra cosa que no sea ir a fumarnos «el pitillo de después» para recuperarnos de verlo follarse a alguien de esa forma!

Soy incapaz de moverme; sigo en *sexyshock*.

Mi cuerpo arde por él. Me mira, y temo que me descubra en llamas.

—Señorita, venga conmigo a mi despacho, por favor —me insta.

—Claro... Me gustaría darle las gracias. —De tantas formas...

—Hasta luego, Saúl. ¡Otra vez será! —Le sonrío, y me doy la vuelta pizpireta para seguir al duque, que ya se aleja.

Andar no me tranquiliza. Continúo alterada. ¡Ha sido una puta pasada! Pero en cuanto entro en el despacho de Ástor la puerta se cierra de golpe.

—¡¿En qué estabas pensando?! ¡¿Cómo se te ocurre hacer eso?! —grita enfadado.

«¡¿Yo?! ¿Y él? ¡¿Que casi ha rozado la pornografía?!».

—¡¿Qué dices?! ¡Ha quedado de puta madre! Me has salvado de Saúl y ahora empezaremos una tórrida relación... ¡Ha sido un diez, De Lerma!

Me mira como si no diera crédito a mis palabras.

—¡Has perdido, Keira! ¡Y tenías que ganar! ¡¿Qué coño ha pasado?!

—No he perdido —digo tranquila—. Me he dejado ganar...

Tiene los ojos como platos.

—¡¡Ese no era el plan!!

—Lo he cambiado antes de comer. Después de hablar hoy con Sofía, sé en qué posición tengo que entrar en el torneo, y no va a ser con una invitación, sino como Kaissa.

Su cara se desencaja como si mi idea le resultara kamikaze.

—No hablas en serio...

—Ya lo creo. Eso me permitirá participar y comprobar quién

puja por mí. Dos por uno. Y más posibilidades de pillar al culpable.

—¡No puedes hacerlo!

—¡Ya basta! —le cortó cansada—. ¡Yo estoy al mando, no tú! Yo decido.

El duque niega con la cabeza, sobrepasado.

—Eso no es una opción...

—¡¿Por qué no?! ¿Crees que nadie pujará por mí? —pregunto dolida—. ¿No te gusta cómo me han dejado? No sabía qué elegir para hoy, pero podemos buscar otro conjunto que sea más...

—¡Estás bien! —masculla cabreado—. Estás más que bien, joder... Olga ha hecho un trabajo impecable contigo. Aun así...

—Bueno, no todo será mérito de Olga... Supongo que mis padres también habrán contribuido, digo yo...

—¿A ti te gusta? —pregunta como si se muriera por saberlo.

—No está mal... —Me encojo de hombros—. Pero es engañoso, la gente me mira como si me tirara pedos de purpurina.

Ástor cierra los ojos y se pellizca la nariz.

—Keira... —dice rendido—. No vas a ser mi Kaissa. No puedes.

—¡¿Por qué?! ¡Es perfecto! Pujas por mí, entramos juntos y...

—¡Porque todos querrán follarte y no pienso permitirlo!

Lo miro alucinada y mi corazón se detiene al darme cuenta de lo que acaba de decir.

Se crea un silencio cortante que rompo antes de sacar conclusiones precipitadas.

—Pero... si ganas, nadie podrá tocarme.

—¡No puedo garantizarte eso! —exclama desquiciado—. Tú no lo entiendes... ¡Nunca he tenido una Kaissa, y todos están deseando que la tenga para joderme vivo! Son muy competitivos... ¡Irán a por ti y no podré protegerte! El tío que buscamos podría intentar algo y...

—¡Eso es justo lo que quiero! —afirmo convencida—. Que venga.

Ástor niega con la cabeza, desconcertado. Finalmente, inspira hondo.

—No estoy dispuesto a que corras ese riesgo.

—Por suerte, no depende de ti. Voy a hacerlo, Ástor, te guste o no.

—No sabes lo que dices... —Se frota las cejas, preocupado—. Las Kaissa tienen que participar en actividades sexuales... ¿Entiendes eso?

—Mientras lo determine el ajedrez, estaré a salvo.

—¡¿Cómo puedes hablar así?! ¡Ignoras el nivel que hay! ¡Y acabas de perder, joder...!

—¡Te repito que no he perdido! Yo misma le he chivado con los ojos cómo tenía que ganarme. ¡Saúl nunca habría caído por sí mismo! ¿Quieres encontrar a Carla o no? ¿Te das cuenta de que ese es el motivo por el que la han secuestrado? Te negabas a que fuera Kaissa, y alguien desea joderte... Repitamos la jugada, a ver qué pasa.

Que no lo rebata indica que Ástor ve la lógica. Así pues, insisto convencida:

—Para ganar, hay que correr algunos riesgos... Y yo confío en ti.

Me mira demudado. Sus ojos no quieren asimilar lo que oye.

—No me hagas esto, por favor... —suplica sosteniendo la mirada.

Percibo tanta franqueza en su voz que su vulnerabilidad me desarma por completo. Pero...

—Ya no hay vuelta atrás, Ástor. Es la única forma de ir al torneo.

keira

11
Lo más creíble

Un peón aislado desprende brillo por todo el tablero.

Savielly Tartakower

Aviso a Ulises de que el plan está en marcha. Sabe que a partir de este momento Ástor y yo ya no nos separaremos y ha aprovechado para ir a comprobar la vida y obra de los ocho individuos que acudieron a casa del duque la noche de la fiesta. Uno de ellos tuvo que dejar la dichosa nota.

Una vez en el aparcamiento, Ástor agradece poder conducir su coche. Desde ahora, estaremos metidos en el papel de parejita feliz.

Introduce la llave en el contacto y da marcha atrás con agresividad, dejando surcos en el suelo al girar y pisar a fondo el acelerador.

—¿Puedes aflojar? —le pido acojonada. Y un poco excitada.

—No. Así es como conduciría si de verdad fuéramos a mi casa a arrancarnos la ropa.

Trago saliva fantaseando con la idea.

—¿Tu hermano estará en el chalet ahora?

—Debería. Habrá vuelto de su viaje y querrá descansar para acudir esta noche a la fiesta de apertura extraoficial del torneo.

Suena hosco y enfadado.

—¿Por qué estás cabreado?

—No lo estoy. —Pero su tono de voz me indica lo contrario.

—Qué poco te ha durado la sinceridad...

—Odio las sorpresas —aclara seco—. Me gustaría haber sabido que planeabas perder contra Saúl antes de verme metido en esa partida y luego quedarme con cara de tonto.

Para cara de tonta la mía cuando se ha desabrochado el segundo botón de la camisa.

—No tengo por qué darte explicaciones de mi trabajo, ¿sabes? Has actuado exactamente como quería que lo hicieras. Eso es lo que importa.

Me mira con rabia. Esa rabia contenida por sentir que no tiene el control de la situación. Tendrá que ir acostumbrándose...

—Tienes que relajarte y confiar en mí —le recuerdo—. Lo tengo todo controlado.

—Si me relajo, las cosas se tuercen. Lo tengo comprobado.

—Pues esto ha salido bien. Ha sido un comienzo público memorable. Has sido un héroe... Solo te ha faltado desnudarte.

—¿Cómo dices?

Es lo que tiene no estar acostumbrada a callarme nada. Soy como soy y no me gusta que me traten de tonta. ¿Quiere hacerme creer que no se ha dado cuenta de que todas estábamos bañándonos en baba? No me lo trago. Aunque lo conozco poco, ha demostrado ser bastante perspicaz.

—Olvídalo... Y deja de querer controlarlo todo. Ese es mi trabajo.

El duque no replica. En lugar de eso, enciende la radio dejándome muy claro que prefiere no hablar más del tema. La melodía de «Wicked game» envuelve la cabina a un volumen elevado. Es una canción que siempre me ha encantado. Amo la música de los ochenta.

El coche avanza hasta la casa, a la que accedemos desde el garaje a través de una puerta que se abre mediante una pantalla electrónica situada en la pared.

—¿Héctor? —pregunta Ástor nada más entrar, pero nadie contesta.

Se oye música de fondo, proveniente de la cocina abierta hacia un salón de doble altura que el día anterior no tuve la oportunidad de apreciar con esta fantástica luz natural. Estuvimos la mayor parte del tiempo en su despacho, sentados a una formidable y enorme mesa de cristal; incluso cenamos allí las pizzas que pedimos a domicilio para no dejar de trabajar.

Verle comer pizza fue supergracioso... Empezó a cortarla con los cubiertos, y Ulises y yo nos tronchamos de risa. Al final, terminó cogiéndola con la mano solo para que nos calláramos.

Al adentrarnos en la casa, encontramos a una mujer de mediana edad bailoteando mientras friega el suelo. Se asusta al vernos, pero reacciona enseguida.

—¡Buenas tardes, señor! —saluda sonriente.

—Hola, Carmen. ¿Qué tal todo?

—Bien, ya estoy terminado aquí. Le he dejado las sobras de la comida en la nevera junto con algo de cena para esta noche.

—Muchas gracias. ¿Has visto a Héctor?

—Sí, está en su habitación, se ha echado un rato... Buenas tardes, señora —me saluda desviando la vista hacia mí.

«¿Señora? Qué mal augurio...».

—¡Holaaa! —saludo jovial a la vez que agito la mano.

Ástor me mira frunciendo el ceño. Y recuerdo al verlo que decir «hola» está prohibido en la jerga pija.

—Igualmente... Encantada. —Hago una reverencia como si llevara un vestido de época.

La mujer sonríe y el duque pone los ojos en blanco.

—Es Keira, mi nueva... amiga. Se quedará unos días. —Tira de mi brazo y me lleva hasta un sofá majestuoso de terciopelo negro—. Esperaremos a que venga Ulises para despertar a Héctor, ¿te parece bien, cielo?

«¿Cielo?». Me besa la mano y flipo a cucharadas.

Su papel de ser humano agradable es tan chocante que solo puedo asentir con la cabeza e inspeccionar la zona de mi piel en la que me han rozado sus suaves labios. Esos tan bonitos por los que salen tantas memeces.

Vuelvo la vista hacia Carmen y veo que nos mira sonriente todavía, sin dejar de limpiar.

«Vale. Ástor lo ha hecho por eso. Nada más».

Mi ropa, mi pelo, mis pestañas, esta casa... o, mejor dicho, este chaletazo, todo hace que me sienta como si estuviera en una realidad paralela donde soy otra persona. Normalmente, me habría echado hacia atrás para reposar la espalda en el sofá, sacado mi móvil y esperado como si nada, pero estoy más rígida que el palo de una escoba.

Esto va en serio... Y me siento tan fuera de onda que tengo que hacer un esfuerzo para recordarme que soy poli y no una Sugar Baby de verdad. No puedo cagarla, hay vidas en juego.

«¿Dónde estará Ulises?», pienso nerviosa mirando la hora. Ha escrito que estaba al caer. ¡Tiene que estar presente en la conversación con el hermano de Ástor! Héctor fue el ganador de la puja de Carla y puede ofrecernos información valiosa sobre ella.

De repente, Ástor se quita la chaqueta, como si al llegar a casa pudiera ponerse cómodo por fin. Como cuando juega al ajedrez. Se nota que baja sus defensas y es... otro nivel.

Lo miro alelada.

«Dios santo... ¿Cómo puede quedarle tan espectacular una camisa a alguien?». Algunas personas solo deberían llevar sudaderas de capucha, por el bien común.

Me mira, y sus ojos bajan hasta mis piernas sin querer. «Holaaa...».

—¿Te enseño el resto de la casa? —me suplica con la mirada, como si necesitara decirme algo que no desea que Carmen oiga.

—Claro.

Al ponerme de pie, da tal repaso a mi anatomía que me deja loca. ¿Ha sido inconsciente o se está metiendo demasiado en el papel?

«¡Controla tus ojos, idiota!», intento avisarlo, pero Ástor ni se inmuta.

No duda en cogerme de la mano y sacarme del salón; supongo que actúa igual con todas sus queridas. Las maneja a su antojo por su territorio. Me pregunto si en la cama será igual.

«No sigas por ahí, Keira».

Pero no puedo pensar con claridad con sus dedos entrelazándose con los míos con tanta ternura. El gesto me colapsa. Podría pasarme horas acariciando unas manos como las suyas.

Al llegar al pasillo, me suelta e intento no dar importancia al abandono que deja. Lo veo apretar el puño varias veces, como si no fuera la única que ha percibido algo electrizante en ese contacto.

Es como la diferencia entre oler y saborear. Cuando tu lengua se topa con algo que previamente te ha hecho salivar, tiene lugar una explosión de sensaciones única. Y sentir su piel resbalando en la mía ha sido parecido.

—Este es mi despacho —me informa al llegar, como si no hubiésemos estado horas aquí el día anterior.

Reconozco el enorme escritorio de cristal macizo sobre la alfombra gris claro abrazado a una silla giratoria negra. Estanterías lacadas en negro y, en una esquina, el clásico sillón de piel de Le Corbusier. Es una visión muy elegante. Hay un gran cuadro en la pared enmarcado en pizarra que me fascina, es el esbozo de la Torre Eiffel vista desde atrás y una frase que reza: VIVE TUS SUEÑOS.

De pronto, Ástor se acerca mucho a mí y la habitación empequeñece de golpe. Huele divinamente y estamos solos. Nos miramos, y siento que el corazón empieza a latirme muy rápido. «¡So, caballo...!». Acabo de darme cuenta de que no soporto estar a solas con esos ojos... porque desde que me ha visto en la universidad me mira de manera diferente.

—¿Qué le digo a mi hermano exactamente? —pregunta nervioso.

—Tienes que sonsacarle quiénes pujaron por Carla.

—Preferiría no saberlo —masculla contrariado.

—¡Necesitamos esa información! Y pregúntale también qué pasó cuando ganó. Si estuvieron a solas... ¡Lo que sea!

Ahora me mira con una aprensión desconocida.

De repente se oye el timbre de la casa y ambos volvemos la cabeza. ¡Debe de ser Ulises! Nos miramos de nuevo, y nos damos cuenta de lo peligrosamente cerca que estábamos.

—Sobre todo, no le digas que somos polis. ¡Y no falles! —digo con vehemencia.

Regresamos al salón a toda prisa. Carmen ha abierto, y aparece Ulises con su uniforme negro de escolta. Cuando me ve, los ojos se le salen de las órbitas.

—¡HOSTIAS...! —dice bajándose las gafas—. ¡Vaya cambio, nena!

Sonrío ruborizada al oír su silbido admirativo «¡Fuiiit fiuuu!».

—No alucines, sigo siendo yo.

—Y una mierda... ¡Estás espectacular! —me contradice sin dejar de mirarme de arriba abajo—. Nadie me va a creer cuando cuente que me lo he montado contigo.

—¡¿Te quieres callar?! —Lo sacudo en el brazo, avergonzada.

—¡Si ya no sabes ni pegar! Estoy flipando, Kei...

Vuelvo a sacudirle con fuerza y se ríe aún más alto, pero dolorido. Mis ojos van hacia el duque y... juraría que son celos lo que veo en su mirada.

—¿Ástor? —pregunta una voz desde las profundidades del pasillo.

—¡Estoy aquí! —vocifera él mirándonos histérico.

Parece a punto de entrar en pánico. Y no me extraña. ¡Su hermano es el principal sospechoso!

—Tranquilo —susurro acercándome a él—. Cuanto más natural te vea, antes me demostrará su inocencia.

—¡Es que es inocente! —asevera, aunque bajito.

—¡Concéntrate! —le ordena Ulises, adusto—. Actúa con normalidad. Cabréate con él, pero no gesticules. Si le haces las preguntas adecuadas, Keira sabrá ver si miente.

Ástor me mira como si yo tuviera un radar especial para detectar culpables. Ulises se separa de nosotros deprisa y se queda en una esquina, tieso como una tabla. El mayor arte de un escolta es lograr pasar desapercibido.

—Eh... —dice una voz masculina hacia la que nos volvemos.

Y en ese momento mi mundo da una vuelta de campana.

«¡PERO... ¿QUÉ COÑO...?!»

Alucino en 4D y sé, aunque no lo veo, que Ulises también tiene la boca abierta.

Ástor relaja la postura al contemplar a un chico más o menos de nuestra edad acercarse en una silla de ruedas.

La sorpresa se apodera de mí y se me olvida disimular. ¿Por qué no sabíamos esto? Ástor sale en los medios constantemente, pero nunca se menciona que tiene un hermano con una discapacidad, ¡y viven juntos! Increíble...

Sofía estaba en lo cierto: ni siquiera alcanzo a entender el poder que tiene esta gente. Si han conseguido tapar algo así, pueden lograr cualquier cosa.

El chico no se parece a Ástor, aunque es igual de guapo. Son como Zipi y Zape. Uno rubio y el otro moreno.

—Eh... —repite Ástor como si fuera su saludo habitual—. Keira, este es mi hermano, Héctor. Héctor, esta es Keira. Acabo de conocerla.

Héctor hace rodar su silla hasta situarla frente a mí y extiende una mano.

—Encantado —dice algo extrañado.

—Igualmente —correspondo apretándosela, todavía en *shock*.

—¿Y quién es ese? —pregunta Héctor al tiempo que señala a Ulises.

—Mi nuevo escolta. ¿Qué tal por Ibiza?

—¿Un escolta? ¿No me digas que te tomaste en serio lo de esas notas amenazadoras? Habrá sido alguno de estos cabrones.

—Por si acaso... ¿Cómo estás tú? ¿Qué tal el viaje?

—Genial, aunque estoy agotado. ¿De dónde has sacado a este bellezón? ¿Tiene hermanas? —pregunta con guasa.

—¡No, lo siento! —respondo pizpireta—. Ástor me ha rescatado de una partida de ajedrez en la universidad. Yo trataba de conseguir una invitación gratis para el torneo del KUN, pero he perdido —digo con un mohín—. Al final, él ha retado al ganador para salvarme de pagar mi castigo. ¡Y aquí estoy!

La expresión del duque no puede ser más tirante.

—¡Ástor...! —Héctor le sonríe, sorprendido—. ¡No me creo que hayas sido tan espontáneo!, don «lo tengo todo programado al milímetro». Nunca trae a nadie a casa...

—No podía dejar que Saúl se la llevara.

—¿Ese niñato otra vez? —dice arrugando el ceño—. Pues me alegro. Es justo lo que necesitas ahora mismo, hermano. Un ángel para pasar página... Oye, ¡¿por qué no venís a la fiesta de esta noche?!

—¿Qué fiesta? —pregunto haciéndome la sueca.

—Un cóctel de apertura del torneo, para ir conociendo a los rivales.

—Es extraoficial —apostilla el duque—. Yo nunca voy. La oficial es mañana por la noche en el club KUN.

—¿Extraoficial? ¡Eso suena interesante! —exclamo animada, y digo a Ástor con la mirada que nos conviene ir.

—No estoy para fiestas —responde sombrío.

—¿Por qué no? —pregunta su hermano, desilusionado.

Ástor se queda en silencio y veo una disculpa en sus ojos.

—Cielo, ¿puedes dejarnos un momento a solas? Necesito hablar con mi hermano.

—¡Claro! —reacciono exageradamente; odio el apelativo—. Iré al aseo mientras tanto. ¿Dónde está?

—Al fondo a la derecha —me indica Héctor, cortés.

—¡Como todos, ¿no?!

Sonrío mucho para contrarrestar mi salida de tono. Hago el paseíllo, pero me quedo detrás de la puerta, escuchando.

—¿Qué pasa? —le pregunta Héctor, confuso.

Ástor resopla y se pone serio.

—No quería joderte el viaje de ayer, pero tuve que ir a comisaría a declarar... Carla ha desaparecido.

—Ya lo sé —contesta sin darle importancia.

—¿Lo sabes?

—Sí. Me lo ha contado Charly. Y me preguntó si había tenido algo que ver. ¡Como si le cupiera la duda!

—¿Y por qué no me dijiste nada cuando te llamé ayer?

—Porque no quería preocuparte, ya tienes suficiente con lo de las notitas... Tenía miedo de que te emparanoiaras más.

—Dirás que temías que me enterara de que fuiste tú quien ganó la puja de Carla... —replica Ástor, molesto—. Lo he comprobado.

Durante unos segundos no se oye nada.

—Sí, eso también...

—¡¿Por qué lo hiciste, Héctor?! —pregunta dolido.

—¡Por ti!

—¡¿Por mí?!

—¡Sí! Sabía que estabas afectado por su decisión de ser Kaissa y detestaba que otro tío la tuviese... ¡Esa chica te utilizó, As! Así que le prometí dinero si desaparecía del mapa.

—¿¡Qué?! ¡Pues se ha esfumado! Ni siquiera volvió a casa. Y nadie sabe nada de ella. ¿Cómo se te ocurrió decirle eso? ¡Ahora van a pensar que estás involucrado! Además, la policía cree que todo está relacionado con lo de mis notas.

—¿Qué? ¿Relacionado con lo de las notas?

—¡Sí! ¡¿Qué ocurrió la noche de la puja, Héctor?! ¿Qué pasó después?

—Carla y yo discutimos...

—Genial, esto mejora por momentos —ironiza Ástor—. Cuéntamelo todo.

—Ella me gritó por ganar la puja, debí de frustrar sus planes con algún otro, y la insulté por hacerte pasar por esto.

—¿Qué le dijiste exactamente?

—Que era una arpía aprovechada con una carita angelical y que no volviera a acercarse a nosotros.

—Joder... —Ástor se pone una mano en la frente—. ¡Carla no es ninguna arpía! ¡La conoces! ¿No pensaste que quizá alguien la había coaccionado?

—Pues no. Solo se me pasó por la cabeza que no le importaban tus sentimientos lo más mínimo.

—¿Cómo os despedisteis? ¿Dónde la viste por última vez?

—Le dije que le ingresaría cien mil euros si se largaba de la ciudad esa misma noche sin mirar atrás.

—¿Te dijo adónde iría?

—No. Cogió un taxi desde el club y ya no volví a verla.

—¡¿Te das cuenta de lo mal que pinta esto?! —grita el duque, nervioso—. ¿Qué hiciste luego, Héctor? ¿Con quién estuviste? ¡¿Cuál es tu coartada?!

—Después me fui. Vine a casa y me acosté. Mi chófer me trajo. Él es mi testigo.

—¿Un trabajador a sueldo es tu único testigo? ¡Pensarán de todo! Que la subiste en tu coche, discutisteis y la mataste accidentalmente. Y de camino a casa, la enterraste en un descampado.

—¡Sí, claro! ¡Con la pala que llevo siempre en el maletero, no te jode! ¡Tienes una imaginación muy vívida, hermano! Pero una cosa es cierta: la habría matado... Ganas no me faltaban.

—Dios mío... —murmura Ástor. Casi puedo visualizar cómo se pellizca el puente de la nariz.

—¡Pero no lo hice! ¡Nos despedimos en el club! Hay testigos de la pelea, y seguro que es posible localizar el taxi en el que se subió.

—Tienes que contar todo esto a la policía, Héctor.

—Charly me dijo que no me preocupara por nada. Le di los nombres de los testigos y el de la compañía de taxis. ¡No sé nada más!

—¿Quién más pujó por Carla? ¡Tiene que haber sido uno de ellos!

—Todos... —admitió Héctor, avergonzado—. ¡Los de siempre!

—¡Malditos desgraciados!

Alucino ante su cólera y lo oigo caminar furioso por la estancia.

—Venga ya, As... ¿Te sorprende? —dice Héctor quitándole hierro—. Todo el mundo te envidia. Y con esta chica nueva pasará lo mismo —añade. Creo que se refiere a mí—. No es por ellas, ¡es por ti! ¡Todos quieren ser tú! Por cierto, hacéis parejaza. Y morena... Es totalmente tu tipo.

«¡¿Soy totalmente su tipo?!».

—Solo quería salvarla de Saúl y..., bueno, digamos que luego todo se ha complicado.

—¡Joder, yo también quiero complicarme así! —Sonríe—. En serio, ¿no tendrá alguna prima? ¡Podría traerla a la fiesta!

—¿Cómo puedes pensar en chicas y en fiestas en un momento así, Héctor? —le reprocha—. ¡Han secuestrado a Carla y somos sospechosos! ¡Hay un loco en nuestras vidas y no sabemos qué más es capaz de hacer!

—Por eso mismo voy a hacer lo que me dé la gana —dice chulesco—. Porque no permitiré que ese cabrón se salga con la suya. Deja que la policía haga su trabajo, As. Yo quiero ir a esa maldita fiesta, ¿sabes por qué? Porque probablemente esté allí. Y tú también deberías ir. Para que se joda y vea que no te afecta nada de lo que ha hecho. Esto es la guerra, hermanito...

Decido aparecer ya en escena para que Ástor no entre en erupción.

—¡Tenéis una casa preciosa! —Vuelvo a sonreír mucho.

Sin embargo, el duque no me devuelve la sonrisa. Parece preocupado y voy directa hacia él para engancharme a su cintura de acero de forma cariñosa. Necesita calmarse.

Su hermano alucina al registrar el gesto.

—Tenéis que venir esta noche... —insiste con los ojos brillantes.

—¡Por mí, sí! —exclamo saltando como una animadora—. ¡Me encantan las fiestas!

Cualquiera que me conozca notaría mi tono de espanto, porque odio las fiestas tanto como Ástor, quien me mira como si lo percibiera. Y quizá precisamente por eso...

—Está bien... Iremos —consiente—, pero volveremos pronto. Mañana tienes clase, Keira, y yo tengo que trabajar.

—¡Genial! —lo celebro efusiva—. Esas noches son las mejores, las de «me recogeré pronto...» —imito su voz de pardillo.

Héctor se carcajea y exclama:

—¡Me encanta esta chica!

Aún no sé qué pensar de él. Parece un tío despreocupado y con las ideas muy claras, pero hay algo en su voz... No sé lo que es. Este hombre es pura impulsividad sin nada que perder, por eso me hace dudar de hasta dónde sería capaz de llegar para proteger a su hermanito del alma de las chicas que quieren aprovecharse de él.

—Bueno, parejita, os dejo —se despide maniobrando con la silla—. Supongo que querréis estar a solas y zanjar apuestas.

—Sí... —confirma Ástor como si le aterrara la idea de quedarse a solas conmigo.

Coge mi mano y dejo de respirar al momento, como si fuera una ortiga y así evitara que me picase.

Héctor hace girar las ruedas con agilidad y se aleja de nosotros con una maestría envidiable. ¿Qué le habrá pasado? ¿Será de nacimiento? Siendo tan rico me extraña que no vaya en una silla motorizada, pero viendo lo musculado que tiene el tronco superior, puedo imaginar que es un friki del deporte y que le gusta aprovechar cualquier oportunidad para ejercitarse.

Estoy muerta de curiosidad, así que en cuanto desaparece pregunto a Ástor por la causa de su discapacidad.

Que se quede pensativo y no me suelte la mano me da la pista para saber que el motivo le afecta de algún modo.

—Fue un accidente de coche... Hace muchos años.

—Ay, pobre... ¡Debía de ser muy joven!

—En realidad, es mayor que yo, aunque no lo parezca.

Ulises no dice nada, parece bastante impactado. El duque me suelta la mano dando por zanjada la conversación. Es evidente que no quiere hablar más de ello.

—¿Qué os ha parecido? —Nos mira expectante, sobre todo a mí.

—A pesar de sus insólitos deseos de matar a Carla..., es simpático.

Ástor menea la cabeza, disgustado.

—No se lo tengáis en cuenta. Mi hermano es muy exagerado, siempre dice lo primero que se le pasa por la mente, sin pensar, como si tuviera un derecho especial por estar condenado a la silla. No tiene filtro, en eso es como Keira cuando habla de su ojete.

Suelto una risita. ¡Lo recuerda!

—¿Qué tiene de malo hablar de culos? —Sonrío—. ¡Es divertido!

—Es infantil.

—No tengo la culpa de que a ti nada te haga gracia.

—En eso tienes razón.

—Quizá Carla estuviera harta de un amargado como tú.

Ástor abre mucho los ojos.

—¿Qué acabas de decir? —pregunta alucinado.

—¡Ay, perdooona! ¿Era un secreto?

—¡Callaos ya! —berrea Ulises—. Lo has hecho bien, Ástor —le concede—. Pero quiero saberlo absolutamente todo de ese tal Saúl. Tu hermano lo ha llamado «niñato» y quiero saber por qué.

—Es el exnovio de Sofía —aclara Ástor—. Héctor lo habrá dicho porque solo tiene veintiún años... y Sofi tres más, y aun así consiguió salir con ella. Además, a mí hermano le fascina esa chica, desde siempre.

Ulises disimula que no le sorprende.

—Vale. Cuéntale a Keira todo lo que sepas de él —ratifica clavándome la mirada—. Son las cinco. Redactad un informe para Gómez y procurad descansar para esta noche. «Fiesta extraoficial» suena muy sórdido...

—¿Por qué crees que nunca voy? —replica Ástor, incómodo.

—Me voy a casa. Yo también necesito descansar un rato.

Y ducharme —apostilla mi compañero—. Volveré a recogeros más tarde.

—De acuerdo.

Veo que Ulises me hace un gesto para que le llame en cuanto pueda.

Cuando desaparece, el duque y yo nos miramos sin saber qué hacer ni qué decir. Somos dos extraños fingiendo gustarnos.

—Lo más creíble sería meternos en mi habitación un rato —propone él.

—Vale... —acepto con un nudo en la garganta.

«¿Solos, encerrados en un espacio diminuto provisto de una cama y con esa camisa blanca desabotonada?». Debo de ser masoca.

keira

12
Insinuaciones arriesgadas

> Dos egos han subido a un *ring*: ha comenzado una partida de ajedrez.
>
> Juan P. Miracca

—Ponte cómoda —me ordena Ástor cuando entramos en el dormitorio.

Me quito la chaqueta y los zapatos y me siento en la cama. Él parece haber hecho el pacto mental de ignorarme deliberadamente. Abre armarios, inspecciona cajones y, mientras, lo observo adoptando mi clásica postura india con las piernas cruzadas.

—¿Cuánto mide esta cama? —pregunto suspicaz.

—Dos por dos metros.

—Pues creo que puedes sentarte sin peligro... Cabemos los dos.

Con una sola mirada me confiesa que le preocupa tenerme tan cerca. Se cruje las manos para aplacar sus deseos de pegarme... o de besarme por haberle llamado «amargado», no lo tengo muy claro.

—Tranquila, en diez minutos saldré y me pondré a trabajar un rato en mi despacho. Tú puedes hacer llamadas o dormir un poco.

—¿Diez minutos? Tu hermano pensará fatal de ti —me mofo.

—Si una primera vez dura más de diez minutos, es que al tío no le gustas de verdad —replica con chulería.

«Ay, mamá... ¿Por qué no me diste ningún consejo para frases que literalmente te meten mano?».

—¿Y no le parecerá raro a tu hermano que, casualmente, yo tenga en tu casa ropa para ir a una fiesta? Se supone que acabamos de conocernos...

—Es verdad. Podemos decirle que el polvo ha sido tan apoteósico que te has ido a casa y has vuelto con una maleta para pasar aquí varios días.

—Modestia aparte, ¿no? Pero vale, así salgo al jardín para hablar un poco con Ulises.

—¿Qué le vas a decir? —pregunta preocupado—. ¿Crees que mi hermano lo hizo?

—Aún no lo sé...

—¡¿Tienes dudas?! —pregunta aterrado.

—Es pronto para responderte a eso, Ástor. Necesito hablar más con él. Conocerle mejor. Héctor manda señales muy contradictorias.

—No te lo discuto. Está como una chota...

—Quiero saber por qué ha llamado «niñato» a Saúl. Te pregunté si teníais enemigos y me contestaste que no.

—¡Saúl no es un enemigo! —dice enfadado—. Lo conocemos desde que era un niño. Es un «querer y no poder», siempre a la sombra esperando su gran momento.

—¿Como ahora? —Señalo la evidencia—. Sería plausible. Dijiste que desea ganar de una vez por todas el torneo, ¿no?

—No lo había pensado, pero... —Niega con la cabeza.

—¿Qué?

—Que no es de esos a los que les gusta ganar con trampas. No sé si me entiendes...

—Es un hombre de honor —simplifico.

—Algo así —admite a regañadientes.

—Y le respetas por ello —afirmo sin temor a equivocarme.

Por primera vez me mira como si no le importara desnudarse ante mí.

—Todavía no tengo claro si Saúl es el tío más molesto del mundo o el más molón... —admite mostrando una vulnerabilidad inaudita.

Sonrío encantada. Ese chico es importante para él. ¡Le cae bien!

—Sofía me contó que no te llevabas muy bien con el padre de Saúl.

—Es verdad. Era íntimo amigo del mío. Aun así, siempre me ha mirado como si no fuera digno de formar parte de su círculo.

—¿Por qué?

—No lo sé. Mi padre le hablaría mal de mí... Lo creas o no, yo era la oveja negra de la familia De Lerma.

—¡¿Tú?! Imposibleee... ¡Si eres perfectooo! —digo con ironía.

Una sonrisa escapa de sus labios y sus ojos resbalan de los míos para examinar mi postura. Estoy echada hacia atrás con una mano apoyada en la cama (su cama) como si fuera una sirena tentando a un marinero.

Ástor huye antes de que yo pueda corregirme.

—¿Sigue en pie lo de querer ser Kaissa? —pregunta atribulado.

—No hay otra opción.

—Lo comento porque vamos muy justos de tiempo —dice cediendo a la idea—. Para participar en el torneo del sábado deberían proponerte esta noche y hacer la subasta mañana en el club, antes de la fiesta de inauguración. Así que hoy no podemos fallar, ¿de acuerdo?

—¿Qué tengo que hacer exactamente?

—Tienes que hacerte desear... Parecer disponible. Tontear con todos. Y estar espectacular... Ponte el vestido que Mireia te propuso para la gala final, ya conseguiremos otro.

—Según Héctor, si tú finges interés por mí, ellos también lo harán.

—Tranquila, no me hará falta fingirlo.

«¡¿Cómo?!»

Algo parecido al bochorno aterriza en sus ojos e intenta justificarse.

—Ya has oído a Ulises: estás espectacular. —Carraspea—. Ahora mismo, creo que no existe un solo hombre heterosexual al que no le atraigas.

Intercambiamos una mirada, y en la mía se lee un «¿a ti también?».

Su respuesta es caminar de un lado a otro, sintiéndose acorralado, para finalmente sentarse en la cama de espaldas a mí.

Los siguientes diez minutos son los más largos de nuestra vida, rezando para que ninguno de los dos invada el espacio vital del otro, porque dudo que pudiéramos separarnos. Nuestra atracción corta el aire después de haberle llamado «amargado» y él a mí «infantil». Si no llega a estar Ulises, habría sido una de esas discusiones televisivas que terminan en un beso violento. Uf...

Al final, Ástor se va a su despacho y salgo al jardín para llamar por teléfono a mi compañero.

—¿Ya habéis follado? —me pregunta en cuanto descuelga.

—*Seee...*

—No me extrañaría. Estás irresistible, Kei. Y sé que te mola.

Hay cierto matiz de sufrimiento en su voz y cambio de tema rápido.

—He flipado con lo del hermano y la silla de ruedas, ¿tú no?

—¡Sí, joder...! ¡Ha sido un sartenazo en toda la cabeza! ¿Cómo se nos ha pasado ese detalle?

—Está claro que es algo que no les interesa que trascienda... Pero eso no le exime de poder ser el culpable.

—Al revés, lo respaldaría.

—¿Por qué lo dices?

—En cuanto he salido de la casa, he buscado información en internet sobre el accidente de coche de Héctor y no hay nada. Lo han borrado todo. Pero en el parte del accidente he visto que Ástor conducía y que él fue uno de los implicados. Creo que fue entonces cuando se quedó paralítico... También murió una chica.

Mi boca hace *puenting* hasta el suelo. «Madre mía...».

—Por eso viven juntos —deduzco apenada—. Está cuidando de él.

—Y por eso el título de duque recayó en Ástor y no en Héctor cuando murió su padre. ¿Podría ser una venganza fraternal?

—No sé... Es posible. Necesito tantear más al hermano. Esconde algo.

—¿Tú crees? Yo, ha sido ver la silla de ruedas y descartarlo automáticamente. ¡Y eso que es un pedazo de cliché de villano!

—Ya, pero estaba demasiado..., no sé..., poco extrañado. ¿Me explico? Poco preocupado. Pero a la vez tiene una forma de ser muy impetuosa. Seguro que juega fatal al ajedrez.

—No como el duque —conviene Ulises con sorna—, que te ganó como si fueras un jamón.

—No me ganó a mí. Privó de mi compañía a otra persona.

—Dime la verdad, ¿has perdido a posta esa partida en la universidad?

—¿Tú qué crees?

—Que es imposible que pierdas.

Sonrío ante lo mucho que Ulises me sobreestima. He perdido muchas veces. La mayoría de ellas contra una máquina.

—Me dejé ganar porque no quería una invitación al torneo. Tengo que entrar en el club subastada, igual que Carla. Y comprobar quién puja por mí para joder al duque... Solo así sabremos qué le pasó a Carla.

—Es arriesgado, Kei... ¿Y si averiguan quién eres en realidad?

—No lo harán.

—¿Y si te obligan a hacer algo raro? No sabemos dónde te estás metiendo... ¿Qué le parece a Ástor la idea?

—No le gusta, pero no se gana sin que te coman alguna ficha.

—Yo no quiero que nadie te coma nada... —espeta severo.

Y sonrío.

—Suenas celoso. ¿Pretendes decirme algo? ¿Hincar la rodilla?

Ulises resopla molesto y se toma su tiempo para contestarme.

—No me gusta cómo te mira, Keira... No te dejes seducir por él, por favor.

—No te apures, que para el duque sigo siendo «sangre sucia».

—¡Oh, mi pobre Hermione! —Se carcajea—. Tranquila, pronto caerá ante tu irresistible agudeza, si no lo ha hecho ya.

—No eres gracioso —digo seria.

—No pretendía serlo.

—Que te den —me despido con afán de colgar.

—Keira... —Me frena—. El día que entiendas cuánto vales, te dejará de importar lo que los demás piensen de ti.

—Y el día que tú te atrevas a tener algo que perder, empezarás a vivir de verdad.

Cuando cuelgo, vuelvo al interior de la casa cabreada y también un poco más segura de mí misma. «¡Maldito Ulises! ¿Cómo lo consigue?».

Al momento me llega un mensaje suyo:

Ulises:
Tonta.
La investigación se ha limitado a ocho hombres
según las premisas.
Te voy a pasar sus nombres y sus fotos para que los
memorices y hables con ellos esta noche durante la fiesta

Yo:
Ok

Ulises:
Héctor de Lerma
Gregorio Guzmán
Jesús Fuentes
Troy Moliner
Paul Krause
Martín Arujo
Alejandro Navarro
Oliver Figueroa

Quiero descansar un rato antes de enfrentarme a lo que se avecina. Regreso a la habitación y estoy más de dos horas estudiando los perfiles de los sospechosos. La fiesta va a ser todo un examen. Pero esta lista de nombres no significa nada en sí misma. Es posible que acudieran a la fiesta en casa de Ástor y que alguno de ellos dejara la nota; no obstante, podrían ser cómplices de una tercera persona que no estaba invitada.

En uno de mis recesos para descansar los ojos me quedo dormida, y cuando suena el despertador anunciando que va siendo hora de arreglarse para la fiesta decido salir de la habitación y hacer un poco de turismo.

Me aventuro hacia el ala oeste, que siempre está prohibida, y sigo el sonido amortiguado de una canción que me lleva hasta un gimnasio.

Es «Girls like you» de Maroon Five. Lo que no esperaba es encontrar a semejante monumento haciendo un ejercicio de rueda abdominal.

Los músculos de Ástor mantienen el equilibrio de forma sublime sobresaliendo de una camiseta blanca de tirantes y un pantalón corto azul oscuro. Se desliza arriba y abajo sobre un rodillo que exhibe todo su cuerpo en tensión.

«Madre del amor hermoso... ¡Menudo cuerpazo!».

—Perdón, me he perdido... —balbuceo cuando repara en mí a través de un espejo.

—Tranquila, ya he terminado.

Se pone de pie, y siento que necesito agarrarme a algo cuando viene directo hacia mí todo sudoroso. Creo que incluso me echo un poco hacia atrás para que su envergadura no me dé en la cara. Está claro que se ejercita a diario. Esa percha no es genética, la trabaja a fondo, y le funciona porque no puedo apartar la vista de él ni pasando vergüenza.

Con esa cara y ese cuerpo, podría haber sido el modelo mejor pagado del mundo.

—¿Pasa algo? —pregunta chulito, aunque lo sabe perfectísimamente.

—Que le acabas de dar mucha envidia al hámster que hay en mí.

Intenta en vano borrar un conato de sonrisa.

—Me voy a la ducha —anuncia—. ¿Tú quieres ducharte?

Dejo de respirar. ¡¿Es una invitación en firme?!

Nos mantenemos la mirada, y dudo. «Lo sabe. ¡Dios...!».

¡El cabrón de Ulises me ha comido el coco!

Me veo asintiendo e imaginando que me arrastra con él hasta una cascada de agua y que empezamos a devorarnos la boca, a lo bruto, mientras se nos empapa toda la ropa. Pero en vez de eso, me acompaña hasta su dormitorio y me da una toalla limpia.

Enseguida emigra hacia otra parte de la casa con ropa de cambio y me siento un poco decepcionada.

«¿Qué pretendías, Mata Hari? ¡Vuelve a la Tierra!».

¿Veis? Si hubiera corrido en la cinta, no estaría tan salida. Me habría liberado de toda esta tensión sexual como ha hecho él. Maldito sea...

Me resulta extraño ducharme en su cuarto de baño, aunque esté más impoluto que el de un hotel de seis estrellas. Las paso canutas para meterme en el dichoso vestido rojo yo sola, pero al final lo consigo.

Los zapatos elegidos roban completamente el protagonismo al conjunto, junto con un cinturón negro, a juego, que me ciñe la cintura. No sé si podré andar con estos andamios; a simple vista, parecen muy incómodos. Sin embargo, cuando me los pruebo resultan ser más estables de lo que aparentan. Eso de pie y quieta. Cincuenta metros después, me llamo ilusa. Tienen los tacones finos y se amarran a mis espinillas mediante tiras finísimas de cuero negro. Son un apoyo visual importante, porque la pierna derecha se me ve hasta casi la cadera.

Intento retocarme el maquillaje como me han enseñado esta mañana y me pinto los labios de rojo. Estoy irreconocible en el espejo. Si mi madre me viera no dejaría de dar palmas hasta el verano que viene.

Cuando por fin aparezco en el salón, los hermanos ya me están esperando. También Ulises, que permanece alejado en posición de servicio.

Ástor hace una mueca que no podría catalogar de sonrisa, pero que transmite aprobación, como si por fin yo estuviera a la altura del señorito. Ese pensamiento me cabrea, y creo que aún le gusta más que lo salude con frialdad.

—Estás preciosa —murmura, y me dedica una caricia en el brazo que me pone el vello de punta. ¡Esos nudillos van a acabar conmigo!

—Ya lo creo —confirma Héctor observándome extasiado.

—Gracias... Vosotros también estáis muy bien.

No sé ni cómo he hablado, pensaba que me había tragado la lengua al ver al duque tan arrebatador. De pie, con las manos en los bolsillos, sin necesidad de hacer nada... Torturado como solo él puede estarlo.

No debería impactarme tanto, porque va exactamente igual que por la mañana, pero completamente de negro ahora. Pantalón, corbata, chaqueta y el irresistible chaleco..., todo combinado con una camisa del mismo color. Y con su pelo azabache, que refulge como el ónix. Parece el puto Lucifer Morningstar, con lo que me gusta ese arcángel caído...

—¿Nos vamos? —dice entrelazando nuestros dedos, lo que acaba con la cordura de la única neurona que me quedaba en la cabeza.

Tengo que hablar con él sobre esto... Confesarle que sus manos me excitan tanto o más que si estuviera lamiéndome los pezones, pero ni siquiera en mi cabeza parece una buena idea mencionarlo.

Ástor ya se ha acostumbrado a juguetear con mis falanges y no parece importarle. Yo, sin embargo, no puedo soportarlo... No puedo, en serio.

Ulises lo sigue como si fuera su sombra cuando nos dirigimos al garaje. Sus ojos son una rendija resentida observando nuestras manos unidas, y me suelto del duque en cuanto su hermano nos adelanta en dirección al coche.

Ástor capta el gesto, pero lo deja pasar.

—Buenas noches, señores —dice un hombre canoso vestido de chófer que espera junto al automóvil.

De hecho, hay cuatro, pero no me da tiempo a fijarme en los modelos porque mi estupefacción alcanza cotas inesperadas cuando abre la puerta del copiloto a Héctor y lo veo maniobrar con su cuerpo para subirse con una facilidad pasmosa. Ahí termino de entender por qué no usa una silla mecánica. Ese mismo proceso sería el doble de lento y tedioso.

El chófer pliega la silla y procede a guardarla en el maletero.

—¿Necesitamos chófer? —pregunto al ver que somos cinco y que me veré obligada a compartir el asiento de atrás con Ulises y Ástor.

—Es verdad... —oigo a Héctor—. Lo avisé porque no contaba con que Ástor se animase a venir. Pero vete a casa, Rodri, y descansa esta noche.

—Gracias, señor —responde el chófer.

—Tú conduces —indica Ástor a Ulises como si fuera su jefe.

Mi compañero debería ensayar sus caras de odio también.

Me subo al coche cuando Ástor me abre la puerta de atrás. Se acomoda junto a mí y, antes de arrancar, Héctor nos echa un vistazo por el retrovisor, esperando ver carantoñas entre nosotros. Casi al momento, el duque vuelve a cogerme de la mano y mi turbación se reinstala.

—¿Qué te pasa? —me susurra al oído al notarlo.

Me acerco a él para que nadie oiga la respuesta. Es mi oportunidad.

—Nada, es que... no estoy acostumbrada a que me toquen.

—A mí tampoco me gusta —confiesa mirándome fijamente, y por un momento me pierdo en sus ojos. Son tan azules e hipnóticos...—. Pero contigo me cuesta menos, no sé por qué.

Mis cejas se arquean, sorprendidas, y él sonríe enigmático.

—Creo que es porque emites señales de que te disgusta que lo haga —admite sin mirarme.

«¡Joder! ¿Esas tenemos...?». Le encanta ponerme nerviosa, qué bien.

Contraataco acercándome a su cuello y hablándole debajo del lóbulo. Yo también sé provocar.

—Es mucho peor que eso —musito sensual—. Preferiría mil veces que me acariciaras el culo antes que las manos.

Él me mira entre sorprendido y divertido.

—Es un gesto demasiado íntimo —trato de explicar—, y además... me chiflan las manos.

—¿Te chiflan las manos?

—Sí, y las tuyas son la hostia —susurro avergonzada.

No le miro. Noto que aprisiona mi mano entre la suya y vuelve a acercar el rostro a mi oído con secretismo.

—No es la primera vez que me lo dicen...

Su voz reverbera en lo más profundo de mi cuerpo. Una vibración adictiva de la que no quiero separarme.

«Joder... ¿qué estoy haciendo?».

—Es que son alucinantes —murmuro volviendo la cabeza hacia él, reteniéndole en nuestro espacio secreto.

Nuestras frentes se juntan por casualidad y no nos movemos porque somos conscientes de lo mucho que da el pego la postura. Parece que estemos haciéndonos confidencias cariñosas, solo que a mí va a darme un infarto. Un hombre así, a esta distancia, es capaz de desencadenarte una cardiopatía.

—Estás increíble —musita de pronto—. Muy distinta...

Me separo de él para mirarle a los ojos un segundo y luego vuelvo a su oreja.

—¿Ya soy digna de ti? —digo con sorna.

No cede ni un milímetro de espacio. Solo me vence la cara para llegar a mi oreja con sus labios y susurrar:

—Has sobrepasado ese límite... Ahora soy yo quien no se merece respirar a tu lado...

Me quedo sin habla, y más cuando termina la frase dándome un beso detrás de la oreja.

El corazón me bombea con tanta fuerza que tiene que estar oyéndolo. Estoy a punto de ahogarme en mi propia excitación.

—¿Podéis dejar de dar envidia de una santa vez? —vocifera el hermano, molesto, desde la parte delantera.

Los dos sonreímos vergonzosos. Y es vergüenza auténtica.

Nos separamos, pero no me suelta. El mamón no deja de juguetear con mis dedos durante todo el trayecto. Menos mal que se hace corto; en cuanto el vehículo se detiene, salgo disparada hacia fuera.

No sé a qué tipo de fiestas vais vosotros, pero yo nunca había asistido a una en un chalet privado con una piscina *infinity* y camareros uniformados llevando bandejas de canapés de un lado a otro sin parar.

¡Menos mal que era informal!

En cuanto entramos, maldigo mi vestuario, máximo responsable de que todo el mundo me mire como si fuera desnuda. ¡Y eso que es de manga larga y me llega hasta los pies!, al menos, en uno de los lados. El problema radica en la total ausencia de tela en su simetría. Una pierna, un brazo y parte de un costado al desnudo. ¡Bravo, Mireia! ¿En qué estaría pensando esa encantadora viejecita al diseñarlo?

Tengo la sensación de que todas las presentes, sin excepción, quieren matarme, y ellos comerme por el simple hecho de aparecer del brazo de Ástor de Lerma.

Trato de actuar como la acompañante perfecta frente a las decenas de personas que me presenta. Es bastante estresante.

—Me pitan los oídos —susurro en su hombro en un momento dado—. ¿A cuánta de esta gente te has tirado?

Ástor sonríe, comedido.

—Si hubiese aceptado más proposiciones, no te pitarían tanto... Lo estás haciendo genial —murmura sin mirarme.

Pero yo sí lo miro a él. No puedo dejar de hacerlo. ¡Ni yo ni nadie!

¿Cómo es el verdadero Ástor? Ahora mismo parece pura fortaleza.

—¡Keira! ¡Qué guapísima estás! —me saluda Sofía, pletórica.

Automáticamente busco los ojos de Ulises, preocupada por si se desmaya. No puedo describiros lo preciosa que está Sofía y mi amigo se queda tan estupefacto que siento pena por él.

—¡Hola, Sofía! —saludo aliviada—. ¡Qué alegría que estés aquí!

La cojo del brazo y la llevo cerca de mi compañero para preguntarle:

—¿De quién es este chaletazo?

—De Gregorio Guzmán. Está por ahí... Es muy majo.

Miro a Ulises, recordando que es uno de los nombres de la lista que me ha facilitado por WhatsApp.

—¿Nos tomamos algo? —pregunta mi nueva confidente, animada.

—Sí, por Dios... —contestó desesperada, aunque en teoría estoy «de servicio».

Necesito alcohol en vena para quitarme los nervios de encima. Y no me refiero al caso, sino a Ástor... Ulises, para variar, estaba en lo cierto: ¡estoy cegada del todo! Y policialmente hablando, no veo tres en un burro. No bromeo, creo que no puedo pensar así vestida... Y menos con la lucha interna que mantengo por mezclar trabajo con una escena tan excitante como la que he vivido en el coche. Ya no sé ni lo que hago.

Hay un par de tipos que no han disimulado su interés por mí. ¿Posibles sospechosos o admiradores del vestido? ¡Quién sabe!

Lo cierto es que me miran más las mujeres que los hombres.

¿Estará una mujer detrás de todo esto? ¿Alguna despechada, quizá?

—Chicas... —Ástor no se despega de nosotras—. ¿Adónde vais?

—A cotillear —le contesta Sofía—. Mejor no nos sigas.

—No os vayáis muy lejos.

—¿Por qué? —pregunto extrañada.

—Porque no sois conscientes de cómo os miran algunos.

—¡Ese es el plan, As! —exclama Sofía, y acto seguido pide dos bebidas a un barman—. Tenemos que llamar la atención, ¿no? Déjanos solas, anda.

El duque pone mala cara.

—No te preocupes por nosotras. Soy poli —le recuerdo. Y me lo recuerdo a mí misma, porque... vaya tela—. Ve a socializar un poco.

—Justo lo que me apetece —masculla irónico.

Y sonrío. Adoro lo antisocial que es. Lo respeto y, además, lo comparto.

—Bebe un poco, te vendrá bien para relajarte.

—Yo no bebo, ¿recuerdas, Keira?

Toda la información del accidente cruza por mi cabeza. La chica, su hermano... Quiero profundizar sobre eso. Volver a hablar con Héctor. Sin embargo, digo:

—Un día es un día. Y hoy no vas a conducir, Ástor.

Me mira raro. Puedo notar su ansiedad rebotándome en la cara.

—Hay otro motivo que no te he contado...

—¿Cuál?

Me mantiene la mirada con intensidad y cierta intimidad. «¿Ya somos amigos?».

—Tomo ansiolíticos... y son una mala combinación con el alcohol.

Quizá a otra persona le habría sorprendido, pero a mí no. Llevo cuarenta horas en su vida y ya estoy estresada. Fue víctima de una tragedia familiar que revive cada vez que ve a su hermano. Tiene muchas responsabilidades y varios enemigos, y arrastra cierta sintomatología depresiva.

—Una copa no te hará daño —digo tocándole el brazo con afecto—. Creo que necesitas relajarte un poco.

Observa mi gesto cariñoso y no aparta el brazo.

—Pensar que ese tipo puede estar acechándonos me cabrea mucho —confiesa de pronto.

—Esa es la clave, As, que nos aceche. Que haga contacto. Ulises nos tiene vigilados. Despreocúpate, ¿vale?

—No me gusta que me llames As...

—Perdón..., señor As.

—Mejor.

Me coge la mano y se la acerca a la boca para besarla dejando la promesa de su aliento rozándome la piel.

Acabo de morir...

Encima, lo remata guiñándome un ojo. «¡Joder...!».

Resucito gracias a un rayo de lucidez mental que me recuerda que lo ha hecho para marcar territorio frente a un posible maniaco y a los múltiples ojos curiosos que nos observan. ¿Acaba de hacerme suspirar un gesto tan posesivo? Me estoy dando miedo.

—¡Lo tienes loco! —se pitorrea Sofía junto a mi oído.

Me recompongo como puedo. ¿Qué clase de policía creerá que soy?

—Estamos fingiendo, ya lo sabes.

—Sí, sí... —Sonríe pillina.

—¿Qué?

—¡Que nadie finge tan bien! —exclama taimada—. Lo tienes a tus pies y no lo culpo, ¡estás brutal! Dime, ¿habéis descubierto algo más?

—Puede... Oye, ¿no estarás tú detrás de todo esto? Ya sabes, Ástor te obsesiona, Carla era un impedimento y ahora planeas matarme haciéndote mi amiga.

La irreverente carcajada de Sofía demuestra que me equivoco. Una pena. Cuadraba muy bien...

—¡Yo no soy! Pero no descartes a una mujer, Keira. Aquí hay muchas que van tras el legado De Lerma —alega haciendo un gesto con la cabeza hacia Ástor. Y veo que ya está rodeado de mujeres.

—No lo entiendo. ¿Para qué quieren su título? Yo me conformaría con que me frotara contra sus abdominales para hacer queso rallado conmigo.

Sofía estalla en carcajadas y se agarra a mi brazo para no perder el equilibrio.

—¡¡¡Lo sabía!!! ¡Te mueres por él!

—Estaba de broma... —Pongo los ojos en blanco.

Sofía no deja de reírse y me descubro sonriendo también.

«¿Qué leches me pasa?».

Pues que me lo estoy pasando genial. Las copas, las risas, tener una amiga con la que bromear sobre chicos guapos... Son vivencias que me he perdido a lo largo de mi vida. Y esto de sentirme guapa sin sentirme culpable también es nuevo para mí, como lo de sobrellevar tan bien ser el centro de atención... Intento vivir de la mejor forma posible de acuerdo con mis principios, pero esta farsa está siendo muy reveladora y está poniendo de manifiesto mi propia soledad. No esperaba sentirme tan acogida por un mundo tan distinto al mío. Es bonito notar que te quieren y que te valoran, para variar.

Mi trabajo siempre ha sido mi prioridad. Mis amigos han sido mi abuelo, mi madre y un tablero de ajedrez. También tengo a Ulises, pero esta noche soy otra. Y me estoy sintiendo muy a gusto en esta piel. Tanto, que por momentos se me olvida que estoy trabajando, algo que no me había pasado nunca.

—No te tortures. —Sofía continúa con su perorata—. Si Ástor no te gustara, serías más rara de lo que pareces. ¡Es un bombón! De todos modos, a mí me van los inmaduros y graciosos. Me encanta marearles y volverlos locos. Y Ástor es como una cámara acorazada de un banco suizo; demasiado complicado para mí.

—Y para mí —digo, sobre todo a mí misma—. Además, a él le gustan las chicas como Carla... Dulce, educada, ingenua, inocente... Él mismo me lo dijo.

—Carla solo era un proyecto que se le fue de las manos.

—Aclárame eso.

—Ástor siempre anda haciendo favores a todo el mundo. Se desvive por ayudar a los demás como si debiera algo al universo. Tiene fama de generoso. Por ejemplo, mi beca. Perdona, ¿te estoy aburriendo? —dice al verme pensativa.

—¡No! Sigue hablándome de Ástor, por favor. Conocerlo a fondo es fundamental para entender quién va a por él y por qué.

—¿A fondo? Eso suena a excusa para follártelo. —Se ríe tunanta.

¡La madre que la trajo!

—¡Calla y continúa hablando! —le pido intentando ocultar mi diversión.

—Si buscas un motivo para que vayan a por él, yo te lo doy: Ástor es el típico hombre que deja en mal lugar a todos los demás.

—¿Por qué?

—Porque las comparaciones son odiosas y él es don Perfecto. No se conforma con el ciento por ciento, siempre tiene que dar el doscientos por ciento. Ir un paso más allá, en generosidad, en belleza, en las pruebas del KUN... Es el rey. Sobre todo del *ring*.

—¿El *ring*? Ahora sí que me he perdido.

—El boxeo es una de las actividades principales del club. Es algo completamente clandestino. Corren apuestas. Y usan protecciones para no dejar marcas, pero pelean a muerte en un espacio protegido hasta que uno de los dos queda noqueado. Tienen prohibido rendirse...

—¿Cómo sabes todo esto?

—Por Saúl —confiesa—. Aunque no es del KUN, lleva tres años participando en el torneo de ajedrez y se entera de muchas cosas por su padre.

—Me cayó bien Saúl. Es un chico muy carismático... y guapo.

—Por él me di cuenta de que necesito a un tío más simple que yo para ser feliz —admite Sofía, y da otro trago a su bebida—. Paso de los listos, de los honorables y de los que siguen enamorados de sus ex.

—¿Saúl seguía enamorado de su ex?

—Nunca me habló de ella, solo mencionó un desengaño anterior. Pero me daba la sensación de que todo lo hacía por despecho o para demostrarse algo a sí mismo por ella. Jamás llegó a entregarse del todo conmigo... Quizá por eso duramos tanto tiempo —deduce pensativa—. No soporto a los empalagosos que no te dejan respirar.

—¿Y lo de honorable? ¿A qué viene? —pregunto suspicaz.

—Me refiero a tener que guardar las apariencias... Un día, Saúl será marqués y no le está permitido hacer locuras con una chica corriente como yo. Está claro que no tengo madera de marquesa.

Sin duda, esa historia esconde mucho más, pero ahora mismo tengo que dejarla pasar y centrarme en Ástor.

Echo un vistazo a mi alrededor para localizarlo, y de repente descubro a Ulises mirándonos con la cara desencajada. ¡¿Otra vez el fantasma de su exnovia interfiriendo en la investigación?!

«Esto lo arreglo yo rapidito».

—Ven conmigo, Sofi...

La arrastro en dirección a Ulises, que se queda blanco en cuanto percibe mis intenciones. Su mirada suplicando clemencia no me frena.

—Sofía, este es Ulises, mi compañero. Y tiene un problema contigo.

Ella lo mira de arriba abajo con expresión sorprendida.

—¿Qué problema?

—Ninguno —zanja él, azorado.

—Su novia murió de cáncer hace ocho años y tú te pareces muchísimo a ella. Por eso te mira como si quisiera beberse tu sangre.

—Yo no hago eso...

—¿Ese es el motivo?

Hablan a la vez y se miran cohibidos.

—Os dejo solos —me despido—. Solucionadlo. Me voy a dar una vuelta.

Es hora de empezar a trabajar un poco, ¿no?

keira

13
Decisiones peligrosas

> La genialidad consiste en saber transgredir las reglas en el momento adecuado.
>
> R. TEICHMANN

¿Dónde estará Ástor?

Para localizarlo solo tengo que seguir la intersección de las miradas de varias mujeres y descubrir un corro de hombres en el que está. Lo veo apoyado en la silla de ruedas de su hermano con la notoriedad de un león.

Admitir hasta qué punto me atrae sería dejar florecer un fastuoso deseo que no me conviene en absoluto.

Me acerco a él por detrás y le tomo la mano suavemente.

El grupo entero se queda en silencio cuando se vuelve hacia mí. Me da la sensación de que todos empiezan a imaginarnos desnudos.

Ástor se muestra atento conmigo y me aleja de ellos con un «disculpad». Cuando por fin me mira, percibo alivio en sus ojos.

—¿Cómo va todo? —pregunta con aprensión.

—Bien... Vayamos a tomar algo. Necesito estudiar el tablero de juego.

Asiente y me guía hacia la barra más cercana colocando una mano en la parte baja de mi espalda.

—¿Qué necesitas que haga? —me pregunta al oído con una caricia, como si acabara de hacerme un cumplido.

Por un momento, su voz es como brisa en mi piel desnuda y

no me deja pensar en nada. Si supiera lo que necesito que me haga...

Odio que su cercanía me afecte de un modo tan catastrófico.

—No sé, sonríe un poco, sé cariñoso conmigo, pásalo bien...

—Yo no soy así. Alucinarían mucho.

—Pues haz un esfuerzo. —Sonrío con falsedad—. Si la persona que te atormenta te ve feliz reaccionará improvisadamente.

—Está bien —murmura observando alrededor con psicosis.

—Tú solo mírame a mí —lo corrijo—, así podré mirar a los demás sin que se note.

—Vale... —Respira hondo e intenta concentrarse en mí.

Me clava una mirada intensa que casi me parte en dos.

«¿Desde cuándo sus ojos tienen el poder de trastocarme tanto?».

Desde que advertí miedo en ellos. Y no del tío que le persigue, sino de mí... De nosotros. De esta intimidad impuesta que nos está costando demasiado poco adquirir.

—¿Qué haces cuando te gusta una mujer? —le pregunto a bocajarro para aligerar el ambiente—. Además de alquilarla por horas, claro...

Lucha por no sonreír, fracasando estrepitosamente. El camarero atiende su demanda. Ástor le ha pedido dos bebidas, la suya sin alcohol, y vuelve a mirarme de forma penetrante.

—En realidad, no hago nada... Sucede de forma natural.

—¡Anda, pues qué bien! Debe de ser muy divertido ser tú.

—Sí, pero no tiene mérito. El apellido familiar me precede. Es como quien liga por tener un Ferrari. En realidad, no es por ti.

—Yo creo que te equivocas. Estamos aquí por lo que eres, no por lo que tienes. Pensaba que no sería tan exagerado..., que mi madre era una loca fanática, pero ya veo que causas furor.

—Si otro ostentara mi título, sería muy distinto, te lo aseguro.

Me doy cuenta de que no es consciente de lo guapo que es y del estilo que tiene, pero eso me hace pensar en algo.

—¿Por qué el título terminó recayendo en ti y no en tu hermano, que es el mayor?

—Mi madre insistió —responde apocado—. Después del accidente, Héctor quiso alejarse de la vida pública. Dijo que no le interesaba casarse ni tener hijos. Así que solo quedaba yo para procurar un heredero a la familia... No me quedó más remedio.

—¿No querías ser duque?

—Era lo último que deseaba. Me lo tomé como una penitencia.

Sé que está hablando del accidente. Debió de resultarle muy duro asumir esa culpa, pero...

—Cualquiera que te oiga renegar de ser duque te tachará de loco.

—El ducado es una cárcel —sentencia con firmeza—. Todo lo que digo o hago puede ser utilizado en contra de mi familia. Nunca puedo ser yo mismo.

—¿Y cómo eres? —pregunto con verdadero interés—. ¿Qué haría el Ástor de antes que no puede hacer el de ahora?

Sus ojos reflejan secretos oscuros que me muero por descubrir.

—Seguramente, no estaría aquí —admite acercándose más a mí—. El antiguo Ástor se largaría contigo y se perdería en cualquier bar donde nadie estuviera pendiente de si mi lengua termina en tu boca o no...

«*WHAT?!*».

¡¿Insinúa que quiere besarme?!

¡No, joder, solo es una hipótesis! Una ironía de lo controlados que nos tienen aquí muchos ojos... ¿No? ¡¿No?!

Dios santo... ¡No estoy segura!

Hay algo ardiente en sus pupilas. Una pulsión sexual que no es un jodido espejismo. Si no, es que he menospreciado sus dotes interpretativas.

Lo miro fijamente sin saber qué decir y me atrevo a tocarle la cara para comprobar que es real.

Se deja. Ya no sé si nos merecemos un Oscar o si va en serio, pero las sensaciones no mienten, ni las miradas. Es como estar escuchando «Fix you» de Coldplay cuando el bajo entra en escena al final y llena todo de esperanza hasta que se anima la batería. ¡Magia pura!, os lo digo yo.

Bajo la vista, ruborizada, y procedo a hacer mi trabajo, que no es ligar con un apuesto duque, sino echar un vistazo al tablero viviente.

Me doy la vuelta.

¡Me *cagüen* la leche...! ¡Todo el mundo nos está mirando!

Así es imposible captar a un sujeto que muestre un comportamiento fuera de lo normal hacia Ástor. Me encuentro a la deriva en un mar de ojos cargados de odio y deseo a la vez. Hasta su hermano nos mira con curiosidad.

Me fijo en los hombres que conforman el grupo del que he apartado a Ástor hace unos minutos. Son sus amigos más íntimos, entre los que se encuentran la mayoría de los sospechosos. Un buen puñado de ellos estuvieron en su fiesta y, por lo que he podido estudiar en sus perfiles, ninguno tiene nada que envidiarle. Todos pertenecen a la alta sociedad. Algunos están felizmente casados y otros no. Todos dispuestos a divertirse sin ser vistos...

—De ese grupito, ¿quiénes son los mejores jugadores de ajedrez? —pregunto teniendo una revelación.

El duque vuelve la cabeza para ficharles.

—Chuso y Troy son dignos oponentes. El resto son más flojos.

—¿Quién es Chuso?

—Jesús Fuentes.

—Pues quiero hablar con ellos. De ajedrez, claro... Y de su Elo.

—¿Crees que es un método fiable para calcular la habilidad de un jugador?

—No con exactitud, pero sirve para hacerte una idea de su media.

—Yo tengo una media muy baja —confiesa—, ni siquiera llego a maestro, pero...

—Pero eres mejor que eso, ¿verdad? —me arriesgo a terminar la frase. Sus ojos me confirman que he acertado—. Eres un tramposo... Juegas más de lo que te contabilizan oficialmente y tu media es menor que tu nivel de juego.

Me ofrece media sonrisa canalla.

—No juego mucho. Sin embargo, cuando lo hago es para ganar.

—Ya, usando toda clase de sucias artimañas —añado recordando la escena en la universidad.

—Si el premio merece la pena, sí —musita con voz ronca.

¡Virgen santísima...! Que alguien me detenga, estoy a punto

de abalanzarme sobre él. Sus labios corean mi nombre. «¡Mantén la calma, Keira!».

Qué irónico que mi jefe confiara en que no me dejaría seducir...

Quedaría tan estúpido preguntarle: «Oye, Ástor, ¿estás actuando o tirándome los tejos? ¡Porque me estás poniendo como una moto!».

Me miraría con dos platos por ojos y me diría: «¿Tú eres tonta o esnifas galletas porque pone "María" en ellas?».

Como norma, debo suponer que cuanto ocurre a la vista de los demás es más falso que un euro de madera, así que me relajo y decido tomarme todo a guasa.

Por suerte, en este momento el camarero nos sirve las copas.

—Propongo que esta noche vuelvas a ser el Ástor del pasado —digo queriendo hacer un brindis—. Que vean que la desaparición de Carla y las notitas no te han afectado lo más mínimo y que estás feliz.

—No sé si podré... Y no creo que deba.

—Existe un gran remedio casero: emborracharte. —Le acerco mi copa—. Siete años de castigo ya son suficientes, Ástor. Además, la ocasión lo merece.

Me mira entre alucinado y arrobado.

—Mañana es el torneo y quiero estar lúcido —se excusa.

—Cielo, si yo participo, no tienes ninguna posibilidad de ganar.

Esa frase planta una sonrisa increíble en su cara. Una juguetona y desafiante que nunca le había visto, y se acerca a mí como si fuera a besarme, provocando que mi mueca socarrona muera en mis labios.

—No te lo crees ni tú —musita casi pegado a mi boca, lo que me hace desear que se estrelle contra ella.

Sería tan indecoroso... Y tan genial.

Parpadeo un par de veces para deshacerme del extraño escozor que me produce que no lo haya hecho.

—Bebe —le ordeno autoritaria—. Igual son tus últimas horas de vida. Puede que te maten, después de todo... Es un buen momento para volver a beber.

Sabe que bromeo, pero para mi sorpresa coge la copa y da un trago. Largo, además.

Al saborearlo blasfema, y me río.

Después coge mi mano y me arrastra hasta los dos hombres con los que quiero hablar, y... ¡sorpresa!, el experimento resulta un desastre. Porque un perfil sospechoso adularía el juego de Ástor mientras por dentro estaría fantaseando con verle escupir sangre, pero estos dos sujetos no dejan de meterse con él, de amenazarle directamente y de decirle que este año no piensan dejarle ganar, aunque tengan que cortarle las manos.

—Yo que tú, ni me presentaría —sugiere otro—, seguro que tienes cosas mejores que hacer en las que emplear tu tiempo libre, Ástor.

Que me mire al decirlo lo cubre todo de un velo sexual evidente.

—A mí no me importaría, chicos... Pero la señorita quiere participar en el torneo. ¡Cree que puede ganarme! —Ástor sonríe petulante—. Ya le he dicho que a estas alturas solo hay una forma de que pueda participar: entrar como Kaissa en el club. Si eso sucediera, no me quedaría más remedio que pujar por ella...

La sorpresa es mayúscula.

Sus amigos se miran unos a otros y luego a mí sin dar crédito. Su hermano empieza a reírse como un loco. No sé qué les extraña más, si ver a Ástor con intención de tener una Kaissa u oír «mujer» y «ajedrez» coexistiendo en la misma frase.

Me cuesta lo mío disimular que sus mentalidades de hombre de las cavernas no me dan arcadas, y creo que Ástor lo nota, sobre todo cuando se oyen algunas risitas incrédulas.

—No os riais... Aquí donde la veis, juega mejor que yo —sentencia Ástor.

Me vuelvo hacia él, alucinada. ¿El tío más orgulloso del planeta acaba de decir que soy mejor que él? ¡Si ni siquiera sabe cómo juego de verdad!

Los demás se sorprenden tanto como yo, si no más. Y reacciono rápido.

—No le hagáis caso. —Y añado mirando a Ástor—: Ya te he dicho que, por mucho que me regales los oídos, no pienso acostarme contigo en la primera cita.

La carcajada es general.

Ástor me mira como si quisiera matarme... ¿a polvos?

A partir de ese momento todo cambia. El ambiente se suaviza. Empiezo a relajarme y a pasarlo hasta bien. ¡Aquí no hay ningún psicópata! De hecho, la gente es más amable y cercana de lo que había imaginado en un principio. Es importante saber reconocer cuando uno se equivoca, se te quita un peso enorme de encima. Pero ¿quién se llevó a Carla y por qué?

Empiezo a pensar que se fue ella solita. O eso es lo que me gustaría, porque no estoy centrada. Nada centrada. Estoy de fiesta, pasándomelo bien y, sinceramente, había olvidado que existía esta sensación. Casi peor: ¡nunca la había tenido!

El duque debe de estar haciendo gala de un humor sin precedentes porque en los ojos de cuantos nos rodean hay una pizca de asombro fascinante al verlo tan accesible. Y parecen buscar una explicación en mí. En mi cuerpo, en mis tetas... o en cualquier contacto entre nuestras pieles. Creo que no dejan de imaginar nuestras bocas apenas encajadas mientras le damos al asunto a tope.

«Yo también me pregunto cómo sería, pero parad ya...», les ruego mentalmente.

El morbo está a punto de comerme viva. ¡Con lo tranquila que vivía yo con mis sesiones de sexo intermitente con Ulises!

Por cierto, ¿dónde está Ulises?

De repente, me preocupa no verlo. Hace un momento se encontraba aquí y ahora no está donde lo he dejado con Sofía. ¡Los dos han desaparecido!

Comienzo a ponerme nerviosa; lo necesito cerca, somos un equipo.

Me disculpo con el grupo diciendo que voy al aseo para empezar a buscarlos como la novia celosa que no soy.

Al no encontrarles a primera vista, me los imagino en una habitación haciendo de todo. Ulises no es de los que se andan con rodeos. Al revés. Te descuidas y ya te la ha metido sin preguntar. Y esa chica se parece mucho a su Sara... Para él debe de ser irresistible.

Me adentro más en la casa y descubro espacios con un ambiente más íntimo. Hay gente besándose, drogándose y charlando en actitud sospechosa... ¡Es el lado oscuro de la fiesta!

De pronto, los veo en una esquina. Sofía está contra la pared, acorralada, mientras Ulises la besa con fruición. Alucinante... Y no.

Voy a preguntarle qué leches está haciendo en horas de trabajo cuando, a través de unos altavoces, empieza a sonar por la casa entera una sirena a tope de volumen, asustándonos a todos. Es como las de los años setenta cuando alertaban de que iba a caer una bomba nuclear. Y de repente, se oye una cuenta atrás:

«Diez...».

«Nueve...».

«Ocho...».

La gente empieza a correr hacia la salida. Sofía y Ulises me miran estupefactos.

—¡Os estaba buscando! —les grito.

—¡No hay tiempo! ¡Vamos! —chilla Sofía cogiéndome de la mano para sacarme de aquí.

«Siete...».

—¡¿Qué pasa?!

—¡Es la hora del beso!

—¡¿Qué?!

—¡Es un juego! Si cuando la cuenta atrás llega a cero no estás besando a alguien en el jardín, ¡te tiran a la piscina vestido!

«Cinco...».

—¡¿Cómo...?!

—¡Y se lo toman muy en serio, Keira! ¡Busca al duque! ¡Yo tengo que encontrar a alguien...! —vocifera Sofía, y se lanza a cruzar el salón corriendo.

«Tres...».

Miro a Ulises desconcertada y los dos pensamos lo mismo. «¿Es una puta broma?». Suena a peli americana sádica en la que muere gente a punta pala. Sin embargo, salgo al jardín a toda prisa.

«Dos...».

Localizo a Ástor a menos de diez metros de mí. Tiene la cara desencajada, como si acabara de enterarse del castigo por no cumplir. Su pánico a las piscinas centellea en su mirada.

«Uno...»

Echa a correr hacia mí al mismo tiempo que me lanzó hacia él.

Un «piiiiiiii» ensordecedor interminable es lo único que oigo cuando nuestros labios chocan con brusquedad al atraparnos casi al vuelo.

Termino de puntillas sujetándole la cabeza para facilitar la conexión de nuestras bocas mientras él se aferra a mi cuerpo en un abrazo que le obliga a enterrar las manos en mi pelo.

Debería haber sido un beso apretado y desértico de apéndices húmedos, pero sus labios resbalan sobre los míos con un movimiento tan irresistible que mi lengua da dos o tres vueltas de campana con la suya sin poder evitarlo. La sensación me provoca un cortocircuito entre el deber y el querer, porque no concibo que ambos coincidan.

El siguiente roce de su lengua arrasa con mi raciocinio del todo.

Pero... ¡¿qué clase de besos he dado yo en mi vida?!

Su sensual cadencia me chiva que es de los que te arrancan la ropa a dentelladas y te follan contra la pared con tu pelo retorciéndose en su puño.

«*Oh my God!*».

Rezo para despertarme de esta alucinación. Finalmente lo hago con la canción de David Guetta «When love takes over», que empieza a sonar con fuerza por los altavoces y me pone todavía más en órbita.

Mi cuerpo va resbalando por el suyo hasta que consigo apoyar completamente los pies en el suelo mientras él sube una mano a mi mejilla para marcar el final del beso. Abro los ojos, y veo los suyos tan cerca que resulta sobrecogedor.

La atmósfera se va animando al son del famoso éxito musical, pero nosotros seguimos sin movernos.

—¿Tú... sabías algo de esto? —pregunto cortada.

—No. Por estas gilipolleces no vengo a estas fiestas... Lo siento, pero no podía terminar en el fondo de esa piscina —dice intentando apartar la vista de mis labios, sin lograrlo.

—Ya, bueno... ¡Prueba superada! —Me ruborizo y finjo naturalidad.

Es mi plan B para todo. Para quitar hierro al asunto, hacer como que no importa, y, con suerte, a veces, hasta yo me lo creo.

Busco a Ulises entre la gente y me topo con sus ojos perdonándole la vida a Ástor. ¡Tendrá morro...! ¡Hace un momento estaba besando a Sofía! Además, él no es un invitado oficial. Solo es un guardaespaldas.

—Parece que a tu novio le ha molestado que te bese —comenta Ástor.

—¿A Ulises? Qué va. Y ya vale con la bromita, sabes de sobra que no es mi novio.

—Pero hay algo entre vosotros.

—Sí, que es una de las personas más importantes de mi vida. Y las cuento con los dedos de una mano.

Se hace un silencio maligno en el que me martirizo por haber dicho eso.

—Necesito otra copa —anuncia Ástor frotándose el cuello.

—¿Seguro? ¿Te están sentando bien? Te veo muy lanzado para llevar tanto tiempo sin beber...

—No sabes lo mucho que lo necesito. —Me clava la mirada rememorando los lengüetazos que acabábamos de prodigarnos, y siento que yo no podría asimilar esto ni con otras dos copas.

—¡As! —Se le acerca alguien por detrás. Es Charly, su abogado—. ¡No me creo que hayas venido!

—Pues aquí estoy...

Parece que van a darse la mano, pero en vez de eso se aprietan el antebrazo y deslizan las palmas hasta que sus dedos se encuentran y se entrelazan.

Mis cejas se alzan sin permiso. Nunca había visto a un tío con chaleco hacer algo similar. Ha resultado muy macarra. ¿Resquicios de una vida anterior?

«Ay, mami..., ¡a la nena *guta*!».

Charly me guiña un ojo, reconociéndome, y solo entonces me doy cuenta de que no viene solo, Sofía lo acompaña con la sonrisa del gato que se ha comido al... abogado.

—Menudo festín te has dado... —murmura la muy pilla por detrás de mí.

Quiero atizarla por volver a recordármelo. Y por hacerme sentir que, para una vez que tengo una amiga, forma parte de un complot. Igual que este beso con Ástor. ¡Todo es falso!

O puede que no, porque sigo narcotizada por el rastro de su sabor en mi boca. Necesito beber algo para quitármelo y dejar de saborearlo.

Me doy la vuelta súbitamente al oír exclamaciones y veo que algunas personas caen al agua entre risas. ¡Era cierto!

Una sonrisa se instala en mi boca al contemplarlo, y cuando miro al duque sé que estamos pensando lo mismo: «¡Menos mal!». Claro que, en los siguientes segundos sostenidos, se vislumbra un «me muero por repetirlo, ¿y tú?» que me agita como un tornado.

Aparto la vista a gran velocidad. ¡No debemos ir por este camino!

Cuando resuelva el caso podremos hacer lo que queramos, pero hasta entonces...

Un segundo... ¿Qué pretendo?

¡Si no pegamos nada el uno con el otro! Cuando se acabe todo esto, él volverá a su vida y yo a la mía. ¿Para qué querría yo...?

La pregunta se queda bloqueada en mi mente al descubrir que él sigue mirándome fijamente mientras Charly le habla de otra cosa.

Joder... ¡Esa mirada es capaz de dejarte embarazada de trillizos!

No sé si es del todo consciente, pero se está clavando los dientes en su jodido labio inferior, y resulta ligeramente insoportable.

—Vamos a por unas copas —anuncia Charly llevándose a Ástor.

Doy gracias de que suelte mi mirada y se vaya. ¿Qué diantres le pasa? ¿Estará borracho ya? No me extrañaría, si lleva tanto tiempo sin beber...

La mirada gamberra de Sofía me impulsa a cortar su diatriba burlona con rapidez. Sé muy bien cómo hacerlo.

—Así que dándote el lote con Ulises... —empiezo directa.

Su cara cambia de la diversión a la culpabilidad en décimas de segundo.

—Solo ha sido... Es que... ¡Me ha dado mucha pena!

—¿Lo has hecho por pena? Muy bonito, Sofía.

—¡Es un tío muy intenso! Me ha preguntado si podía tocarme la cara y yo... he querido que me lo toque todo. —Se tapa la boca divertida—. Ha sido como si metiera mano a su novia en el más allá.

Me parto de risa.

—Me río, pero no tiene gracia —le advierto—. Pensaba que hablando contigo se le pasaría, ¡y casi ha sido peor el remedio que la enfermedad!

Sofía pide un cigarrillo a un invitado que pasaba por aquí con su mejor sonrisa. Lo cierto es que es una de esas chicas preciosas que saben que lo son. Tiene una larga melena oscura y unos ojos verdes alucinantes que refulgen sobre una impoluta piel tostada.

Después de encendérselo y expulsar el humo como si fuese Valium se dispone a hablar:

—Igual ha sido una cagada, pero me apetecía hacerle ese favor. Dejar que la sintiera una vez más, ¿sabes? Y me ha gustado besarle.

¡Nos ha jodido!

—Es que Ulises besa muy bien, lo sé por experiencia.

—¡Ay, Dios...! ¿Estáis liados? —pregunta aterrorizada.

—No, tranquila, no somos nada.

—Había mucha tensión sexual entre nosotros, en serio —continúa sin darle importancia—. Y cuando he querido darme cuenta, ¡nos estábamos enrollando!

—Igual el espíritu de Sara te ha poseído —digo maliciosa.

—Es una historia muy triste. Ulises me ha contado que no se ha vuelto a enamorar desde entonces.

Pongo mi mejor cara de circunstancias, y me viene a la mente la conversación que mantuvimos una noche en el bar al que solíamos ir todos los compañeros de la comisaría cuando yo todavía fingía ser un ser sociable.

Estaba picada con Ulises, para variar, porque había llegado al límite de pullas que podía soportar acerca de que habíamos follado y luego se había olvidado de mí y, en un momento dado, me arrinconó para hablar a solas. Todos habíamos empinado el codo más de la cuenta porque el día siguiente era festivo.

—Keira..., eres una tía cojonuda, de verdad que sí... —empezó, arrastrando las palabras—. He sido un capullo contigo y lo siento mucho, pero no me lo tengas en cuenta, por favor. ¡Es que estás muy buena y yo soy débil! No es por ti, te lo aseguro... Es que mi corazón está ocupado y siempre lo estará.

—¿Quién es ella?

—Alguien que ya no existe —respondió abatido, y casi se queda dormido apoyado contra la barra.

En ese momento no quise ahondar más. Solo le dije que algún día encontraría a alguien que le haría cambiar de opinión, sobre eso y sobre muchas otras cosas, y que no perdiera la esperanza.

Pero Sofía parece morder de muchas manzanas.

—Y tú, ¿qué? ¿Besas a Ulises y a la vez estás liada con el abogado?

Sí, lo sé... En vez de centrarme en encontrar al tío que quiere ventilarse al duque, me pongo a cotillear, pero esto es importante. Ulises lo es.

—Yo no estoy con Charly —se defiende—. Siempre es un problema liarte con un miembro del KUN —dice misteriosa.

—¿Charly también es miembro?

—Sí.

—¿Y por qué es un problema?

—Porque automáticamente pueden ofrecerte ser Kaissa y es muy tentador. Pero ya te lo dije: quiero ser socia y tener a mi marido fuera del club, no me gustaría que viera todo lo que se hace dentro...

—¿Qué se hace con exactitud, Sofía?

—Todo lo imaginable...

—¿Qué es lo más fuerte?

—Lo más fuerte es que no hay límite... Muchas Kaissa han desaparecido. Unas por las buenas y otras por las malas.

La miro de hito en hito. Necesito saber más sobre esto.

De pronto, parece recordar que soy poli y vuelve a dar una profunda calada, cargada de ansiedad.

Ástor y Charly regresan con las bebidas, y me amorro a la mía, ansiosa.

—¿Cómo va la noche? ¿Ya tienes algún sospechoso? —pregunta Sofía cambiando de tema.

—Pues... todos y ninguno —digo perdida—. Venir ha sido una mala idea. No puedo divertirme y trabajar al mismo tiempo. Antes lograba infiltrarme en cualquier parte... Este caso, sin embargo, se me está yendo de las manos.

—¿Quién podría concentrarse? —expone Sofía—. El duque te mira como si fueras comestible.

Celebro que no sean imaginaciones mías, pero...

—Lo malo es que quiero dejarme comer —confieso abatida.

Y Sofía suelta una risotada.

—¡Pues hazlo! Estás representando un papel, ¿no? Nadie va a juzgar hasta qué punto te metes en el personaje, Keira.

Tuerzo la cabeza dejándole claro que eso me parece amoral. No debo meterme tanto, más que nada, porque me temo que no habría viaje de vuelta a la realidad.

—Ven conmigo —me dice de pronto Ástor, con una voz y una mirada a las que soy incapaz de negarme.

Me arrastra de la mano hacia el interior de la casa, y lo último que veo cuando vuelvo la cabeza es la sonrisilla de Sofía mientras me alejo de ella, además de las miradas cotillas del resto de los invitados.

«¿Adónde me lleva?».

Al descubrir que nos adentramos en la zona *chill out* me da un escalofrío. La poca luz y la música ambiental traslucen sensualidad. Ahora está casi vacía, solo hay un par de parejas derrochando amor.

—¿Qué hacemos aquí? —pregunto a Ástor con el corazón en un puño, porque sé muy bien lo que la gente viene a hacer aquí.

—Quiero enseñarte una cosa...

Me lleva hasta una cristalera donde la piscina exterior iluminada desemboca en el interior de la casa. Es un sitio precioso y tranquilo. Ideal para dejarme llevar por mi personaje.

Me arrincona contra el vidrio y se pega a mi espalda buscando mi oído.

—¿Te gusta?

—Sí... —respondo con la voz estrangulada al notarlo tan cerca.

Cuando una de sus manos se posa en mi abdomen, se me corta la respiración. Un segundo después, sus labios rozan mi cuello con desidia como si fuera un vampiro hambriento tanteando el terreno. Su contacto es tan suave que empiezo a derretirme. «¡¿Esto va en serio o...?!».

—¿Qué estás haciendo? —pregunto temblorosa.

—Dar que hablar —musita calmado—. Si quieres ser Kaissa, tienes que hacerte desear... Dejarles con la miel en los labios. Nos han visto besarnos, pero hay que ofrecerles algo más de espectáculo. Desde aquí pueden vernos a través del cristal.

Me sorprende que lo tenga todo tan bien calculado. Que pueda pensar. Yo soy incapaz sintiendo sus manos sobre mi cuerpo.

Ahora que sé que este intento de seducción es un montaje, me relajo un poco, porque por un momento he pensado que se había vuelto loco... por mí.

«No seas ilusa, Keira... ¡Es el jodido Ástor de Lerma!».

Sin embargo, las sensaciones son reales. Está demasiado cerca y huele demasiado bien. Su piel fabrica una esencia única de la que no me apetece alejarme. Me pregunto qué maldita colonia usará. Deberían analizarla y retirarla del mercado. Seguro que lleva burundanga o algo similar.

Su forma de tocarme me obliga a volver la cara hacia la suya y hacer que nuestras frentes se rocen. Soy incapaz de resistirme a su embrujo. Su fragancia me envuelve y evoca con claridad el recuerdo de nuestras bocas devorándose hace diez minutos.

Joder...

Las ganas de besarle otra vez me atraviesan sabiendo que la calidez de su lengua atesora un sabor adictivo... No puedo moverme. Capto su mirada perdida en mi boca y siento que allá vamos... Lame mi labio superior con suavidad sin llegar a atraparlo del todo, dejándome desesperada. ¡Me voy a morir!

—Tenemos que subir el nivel... —dice—. ¿Me permites...?

Sus dedos recorren mi pierna desnuda de forma sugerente desde la rodilla en dirección ascendente, y me enciendo como una traca en plenas fallas de Valencia. Ni siquiera le he contestado que sí, pero mi lenguaje corporal, este estremecimiento que me recorre en silencio, le otorga permiso.

«Dios santo...». Me palpita tanto todo que no puedo ni hablar.

Cuando cuela la mano por la terminación corta de mi vestido y comienza a acariciarme el muslo, reprimo un jadeo de anticipación.

Mi respiración se acelera.

Me asusta que mi cuerpo esté tan receptivo a él. Mis hormonas le hacen la ola cuando se acerca más a mí, afianzando su abrazo alrededor de mí. Como colofón, me besa el cuello.

Un preludio sexual nos agita a ambos al imaginar lo que pasará cuando llegue al final de mi ingle, y me arqueo instintivamente dándole permiso para que siga hasta donde necesito.

Su respuesta es un gruñido ronco de lo más significativo.

No recuerdo haber soportado nunca semejante tensión sexual. Noto su deseo aplastado contra mi culo sin intentar pasar desapercibido y se me escapa un gemido al imaginarlo dentro de mí.

Sus atrevidos dedos traspasan el borde de mis braguitas de encaje, descubriendo mi humedad. Sentiría vergüenza si la necesidad de que me tocara no fuera tan apremiante.

Se le cae un beso en mi hombro desnudo, dándose tiempo para calmar su apetito. Eso me distrae del objetivo de su mano, porque también deseo su boca.

—Deberíamos meter un poco más de realismo a esto, ¿no crees? —susurra acariciando mi mejilla con sus palabras.

Yo no puedo pronunciar ni una. Tengo los ojos cerrados y jadeo cuando siento sus dedos acariciando la parte externa de mi centro.

—Ya sabes, por el bien de la misión... —añade con un susurro anhelante.

Mi instinto me grita que no puedo negarme y que tampoco quiero.

Ástor me aprisiona entre sus manos de tal modo que creo que no me soltaría aunque se lo pidiera. Nuestro mutuo deseo supera la ficción y nos somete.

—Hazlo... —jadeo rendida—. Por el bien de la misión...

Nada más oírlo, hunde dos dedos sin preámbulos, sorteando mis pliegues, zambulléndose de lleno en mi excitación.

Suelto un gemido sordo y me apoyo en el cristal porque mis piernas me avisan de que no pueden sostenerme más.

Ástor hunde la nariz en mi pelo y comienza a hacer maravillas con su mano, que resbala con una facilidad pasmosa por mi sexo excesivamente mojado.

—Joder… —exhala abrumado, y se apoya en el cristal conmigo para ofrecer resistencia a sus movimientos, cada vez más rudos.

La sensación es indescriptible. Es como si nadie hubiera sabido tocarme nunca. O quizá sea mejor porque lo está haciendo él. Son sus dedos y sus ganas arrancándome más placer del que he sentido en mi vida, y no me permito recordar que esto es una operación encubierta y que la gente nos está mirando. Tampoco que es Ástor de Lerma y que estoy a punto de estallar en sus manos.

¡Bum!

14
Un resultado explosivo

> Un jugador de ajedrez es primordialmente un gran actor.
>
> Mijaíl Tal

«¡¿Qué hostias estás haciendo?!», me grito mentalmente.

¡¿Qué hago metiendo mano a la inspectora que lleva mi caso?!

Lo necesario, joder...

¿No querían mi cooperación? Pues aquí está, en bandeja de plata.

A estas alturas del día, ya nada debería sorprenderme.

Las últimas diez horas han sido para bajarse de la vida.

Desde que la he visto en la universidad con su nuevo look, mi cabeza y otras partes de mi anatomía amenazan con reventar.

No suelo engañarme a mí mismo, así que, para ser sincero, diré que casi me revientan anoche cuando aterrizó entre mis brazos accidentalmente al tropezar con la alfombra. No deseaba soltarla... Y me asusté.

Estaba tan apetecible... Tan cortada y tierna para ser ella, que casi hago una locura.

He querido mantener las distancias todo el día por ese pequeño *impasse* entre nosotros en la oscuridad, por esa tentadora duda, pero ha sido imposible. Verla en mi cama sin chaqueta y sin botas ha terminado de joderme la cabeza. Me apetecía tanto lanzarme en plancha sobre ella que he tenido que salir a toda prisa de la habitación.

Ha sido duro. No está en mi naturaleza resistirme a los caprichos.

Y eso es lo que es Keira. Un capricho puntual que he tenido que dejar abrasarse a base de ejercicio, quemando la frustración, la confusión y el jodido desconcierto que me supone sentirme tan atraído por ella.

Quiero achacarlo todo a la pura gratitud. Me está ayudando con un problema serio. Sin embargo, eso no es lo que me ha llevado a rozarle el cuello con los labios en la parte de atrás del coche al acudir a la fiesta, ni tampoco que mi hermano estuviera observándonos. Ha sido otra cosa... Un deseo inexorable e imparable que acaba de estallar entre sus piernas.

No es culpa mía. La culpa la tiene el maldito vestido rojo de Keira.

Cuando la he visto aparecer con él, he estado a punto de anularlo todo. La fiesta, la misión, mi vida... Porque, total, me iba a morir igualmente si no podía tenerla.

¡Estaba arrebatadora! Me temo que Mireia se quedará sin aguinaldo este año.

Su visión ha iluminado rincones de mi cuerpo que llevaban siglos sumidos en la más aberrante oscuridad. Sensaciones prohibidas que no me merezco volver a sentir.

¿Que qué haría el antiguo Ástor si tomara el control esta noche?

Cuidado con lo que deseas, Keira...

Le he respondido algo muy suave en comparación con lo que ha cruzado por mi mente. Porque no eran besos lujuriosos en un bar oscuro. Todo empezaba y terminaba en mi cama, atada y llorando de placer.

Qué puta mala idea ha sido besarla... ¡Qué mala!

Tendría que haber dejado que me tiraran a la piscina, porque lanzarme a sus labios me ha calado mucho más.

Su lengua ha lobotomizado mi cerebro por completo, dejando al mando a mi polla, y necesito volver a ser yo mismo lo antes posible. Pero ¡a la mierda! Tenía que aprovechar mi demencia transitoria para montar un buen espectáculo contra este cristal.

No me extraña que todo el mundo nos mire como si hubiéramos prendido fuegos artificiales dentro de la casa. De hecho, mi bragueta sigue ardiendo, porque, evidentemente, yo no he culminado.

—No mires hacia fuera... —la aviso mientras trata de reponerse del orgasmo apoyada contra mi pecho. Yo tampoco pienso hacerlo—. ¿Estás bien?

Se lo pregunto porque no tiene pinta de moverse.

Al final, asiente, incapaz de decir nada o de mirarme al menos.

Mejor... No soportaría ver sus ojos ahora mismo. Esto ha sido surrealista. Y me refiero a lo mucho que me ha gustado tocarla.

—Vámonos de aquí —la insto—. El tráiler ya ha terminado.

—Necesito ir al aseo —anuncia apocada—. Y tú deberías ir a lavarte las manos.

Joder... Tan sutil como un bazuca. Así es ella.

«No te la laves ni loco», murmura la parte más primitiva de mi ser.

Las mujeres no entienden que nos embriaga su olor, que lo captamos incluso inconscientemente y que nos doblega. La naturaleza es muy sabia.

La acompaño hasta un aseo y huyo para que no advierta en mis ojos mi deseo de terminar lo que hemos empezado al llegar a casa.

Volvería a preguntarle si está bien, pero nada de esto lo está. Por no hablar de lo confuso y cabreado que estoy.

Voy directo a la barra a por un whisky *on the rocks*. Estoy borracho ya.

Me parece imposible llevar siete años sin beber. ¡¡¡Siete!!! Hasta que su lógica aplastante se ha meado en mis principios y me los he saltado sin pestañear... Porque Keira tenía razón: si hay un buen momento para volver al alcohol es este.

Y no sabía cuánto lo necesitaba hasta que he disfrutado del etanol escociéndome garganta abajo, como si fuera uno de esos amores tóxicos que cuanto más duelen más los amas.

Pero, gracias a eso, he podido hacer lo necesario para que mañana Keira sea Kaissa. Eso sí, los efectos secundarios van a traer cola, porque además de una resaca astronómica van a derivar en un mono furioso por follármela a lo bruto.

Los sospechosos, es decir, mis amigos más cercanos, ya estaban embelesados con ella viéndome sudar celos cada vez que dejaba de prestarme atención para ofrecérsela a otro, pero en cuanto se han dado cuenta de lo mucho que la deseo se han contagiado de mi fiebre por ella.

No hay una definición mejor, porque me siento enfermo. Sobre todo al saber que antes de que acabe la noche le harán la propuesta.

Vuelvo a beber con dolor.

Sabía que algún día esto me estallaría en la cara.

Llevo años intentando abolir ese estúpido ritual de las Kaissa. Simboliza todo lo que siempre me ha asqueado de mi mundo. No respeto que se jueguen el honor así... Porque ¿qué honor hay en eso? En reducir a una mujer a ser una esclava. En someterla. En comprar su interés... Su explicación se basa en que para ellos esa sumisión representa respeto, confianza y lealtad a la institución. Pero se equivocan en una cosa: esas chicas se prestan a ello fingiendo una sonrisa a cambio de una prometedora recompensa. Y ellos no lo ven mal porque no se trata de un pago en metálico, sino de un poder exclusivo del que están muy orgullosos. Me parece despreciable.

Si normalmente trato de proteger a cualquier mujer de los hombres del KUN, a Keira, que me está ayudando y que arrastra traumas relacionados con el abuso, la protegeré mucho más.

Cuando por fin reaparece en escena, no tardan en abordarla como si fueran perros de presa.

Vuelvo a beber para soportarlo. Esto es un asco...

Diez minutos después, nuestras miradas se han cruzado varias veces. No sé si los demás aprecian las chispas que saltan entre nosotros. Habría que estar ciego para no verlas, y no son fingidas.

Empieza a ponerse nerviosa y me declaro culpable. No puedo dejar de vigilarla como un maldito lunático, afectado por su hechizo.

—Menudo éxito... —comenta Charly chocando su copa con la mía, y señala a la inspectora con los ojos—. Vaya *performance* os habéis marcado en el cristal... Os ha quedado muy natural, As.

—Gracias.

«Si tú supieras lo natural que ha sido...».

—Y tú decías que era fea... —se burla.

—Yo no dije eso, dije que era como un potro salvaje.

—Eso explica tus ganas de montarla —replica granuja.

Guardo silencio. Es lo que se hace a palabras necias. Y ciertas.

—Te equivocas de cabo a rabo —sentencio.

—A mí tu rabo no me engaña —me pica—. Algo ha cambiado. Ayer no la mirabas así.

—Se supone que tiene que parecer que estoy interesado en ella, ¿no?

—Ya, pero ¿tanto?

Me quedo callado, otorgando con mi silencio, y Charly vuelve a reírse. A veces me gustaría asfixiarlo con mis propias manos. Porque me recuerda a mí antes del accidente. A una parte guasona que ya nunca recuperaré. Un alma minion a la que le gusta hacer malabares con la responsabilidad y las consecuencias de sus acciones. Una que se evapora cuando descubres que el desenlace es una muerte y una paraplejia..., seguida de otra catástrofe aún peor.

—¿Cuál es el plan exactamente? —pregunta Charly sacándome de mis pensamientos más oscuros.

—Que la inspectora entre como Kaissa en el club.

—¡¿Qué?! ¡¿Está loca?! —exclama sorprendido—. ¿Sabe lo que supone eso? ¿Se lo has dejado claro?

—Más o menos.

—¡Tienes que explicárselo!

—¡Ya lo he hecho! Pero cree que voy a ganar siempre.

—¿Y sabe lo que implica que ganes?

—No... Eso no lo sabe.

—¡Joder, Ástor...!

—¡Tengo un plan, ¿vale?! —digo nervioso. Lo tengo. Lo juro.

—Déjalo, no quiero saberlo... No quiero ser tu cómplice. Engáñame como al resto, te lo pido por favor.

—Qué payaso eres, Charly. —Sonrío de medio lado al captar su teatrillo.

—¡Ástor de Lerma sonriendo! ¿Qué está pasando hoy aquí?

—Que he bebido y quieren matarme, ¿lo has olvidado?

—No me sorprende en absoluto —bromea—. Yo que tú echaría un buen polvo antes de que ocurra. Ya sabes, por lo que pueda pasar.

—Como no te calles, el que va a morir eres tú.

Niega con la cabeza, divertido.

—Vale, pero yo sí mojaré antes de tu funeral, porque luego estaré demasiado triste. —Me guiña un ojo y anuncia a todos que se marcha a casa y que nos veremos mañana, no sin antes coger a Sofía de la mano y arrastrarla con él hacia la salida entre risas y arrumacos.

—Qué cabrón... —oigo a mi hermano detrás de mí. Y sé que lo dice por Sofía.

Veo cómo clava la mirada en Charly con envidia y me hundo un poco más en el pozo de culpabilidad en el que vivo por dejarle en su actual estado. Porque ese tío podría ser él.

—Me tranquiliza que se marche con Charly y no con otro —digo pensativo—. Ahora mismo todas las chicas que me importan corren peligro.

—Keira es la que más peligro corre. Se nota que te gusta mucho, hermanito.

—Tampoco te pases, Héctor —digo molesto por su apreciación.

—Lo has dejado muy claro en ese cristal... ¿No te has dado cuenta de que podíamos veros?

—Pues claro que sí... ¡Lo he hecho a propósito!

—¿Por qué?

—Porque quiero que la inviten para ser Kaissa.

—¿Estás seguro de eso? —pregunta suspicaz.

—Esto es la guerra, ¿no? —digo subiendo las cejas—. Quien sea, que venga a por mí..., si se atreve.

—¡A lo loco! —exclama Héctor, feliz—. Aunque, por otro lado, es una pena sacrificar a esa chica mezclándola con los del KUN... ¡Me gusta mucho! Hacéis muy buena pareja. Esta noche has estado pletórico, y creo que ella tiene mucho que ver en eso.

Me mosquea que me lea tan bien.

—Me gusta Keira —admito por fin—, pero lo justo... —Y me lo remarco a mí mismo.

—No te sulfures. Yo lo decía por tu cara de alelado. —Sonríe.

—Es idónea para ser mi Kaissa en el torneo. Es dura... Resistirá.

—Y ha conseguido que vuelvas a divertirte. ¡Si hasta te has echado al coleto unas copas! —Alza las manos alabándola—. Solo por eso ya merece la pena haberla conocido.

—Tengo un mareo alucinante —confieso—. Creo que me he vuelto alérgico al alcohol o algo así.

Héctor se carcajea.

—Es normal, después de tanto tiempo. ¡Ya era hora, As!

—Cuando alguien planea matarte, empiezas a necesitar alcohol.

—No va a pasarte nada —afirma Héctor.

—Lo dices muy seguro, pero olvidas que Carla ha desaparecido.

—Estoy convencido de que Carla se ha ido por su propia voluntad, por eso estoy tan tranquilo. Quizá tuviera una segunda oferta. No eres el único hombre en la tierra, ¿sabes? Y lo de las notas, seguro que son de alguno de estos cabrones, alguien que quiere ponerte nervioso para que la cagues en el torneo. Simplemente. Haz como si nada y espera a que mueva ficha. Con Keira seguro que la mueve... Ha sido un golpe de suerte.

—¿Por qué lo dices?

—¡Porque es una diosa! Con ella pareces otro. Pareces más tú.

Me muerdo los labios. «Mierda...».

«¡No es por ella, es por las circunstancias apremiantes!», me digo.

Y por el alcohol. Y por... De repente, veo que está hablando con el dueño de la casa y que se ríe como nunca la he visto reír al tiempo que lo agarra del brazo. Él también se troncha y, por cómo me miran, sé que las risas son a mi costa. Aprieto los dientes, cabreado.

Gregorio Guzmán es el gracioso del grupo y sabe que el humor es una de las mejores armas para conquistar a una mujer. Lástima que yo haya perdido ese don. En mi compartimento destinado a ello, ahora vive una chica con un montón de huesos rotos que ya nunca se levantará del suelo.

Intento ignorarlos y entablo conversación con otras personas.

No debería beber más, pero no puedo parar. Me ayuda a soltarme. Y a perdonarme... Mis muros de castigo se funden a la misma velocidad que el hielo de mi copa, y la gente me mira como si fuera un milagro verme así. Pero si son mis últimos días en este mundo, mejor aprovecharlos.

Con ese pensamiento pierdo de vista a la inspectora durante un tiempo indeterminado en el que me dejo llevar. Disfruto de ver a mi hermano emocionado con mi nueva actitud. Bromeamos sobre lo que le haremos al cabrón que me está puteando cuando demos con él.

Y, por un momento, deseo que tenga razón. Que Carla se haya ido por su propio pie y que nadie planee matarme de verdad. Aunque si eso fuera cierto, jamás me habría permitido pillarme semejante ciego.

No sé en qué momento de la noche deja de importarme que alguien quiera liquidarme. Supongo que cuando he empezado a fingir que con Keira cerca me siento seguro y todo es más divertido. ¿O no lo estoy fingiendo?

De pronto, oigo su risa. La de Keira. Su inconfundible risa falsa me engañaría hasta a mí si no la conociese ya bastante bien.

Mis beodos ojos repasan su cuerpo, y distingo su mano apoyada en un pecho joven pero ancho. ¿De quién es?

Tardó en llegar a su cara más de lo que me gustaría y me topo con Saúl, risueño, con los ojos brillantes y las manos en los bolsillos por miedo a que se le vayan al pan teniéndola tan cerca.

«Te entiendo, chaval, pero aléjate de ella *ipso facto*», rujo por dentro.

¿Qué hace aquí?

Bueno, esto es una fiesta particular, no del KUN, aunque la mayoría de los invitados pertenezcamos al club.

Mis piernas van hacia ellos hostigadas por... Ya no sé ni por qué.

—Kei..., ¿nos vamos? —le pregunto serio plantándome a su lado—. Héctor quiere irse.

Me mira anonadada, creo que porque la he llamado Kei.

«Dios... ¿Cuándo ha pasado de ser Mortadela a ser Kei?».

—Eh..., sí.

—Espero verte por la uni —se despide Saúl guiñándole un ojo.

Ella le devuelve un gesto con los ojos que nunca pensé que fuera capaz de reproducir: el de darle esperanzas. Y me vuelvo loco. De los de atar, no de amor.

La alejo de él con cierta brusquedad. Soy un maniaco, sí. Ya se lo avisé, por eso es mejor que no intime tanto con nadie.

—¿Ocurre algo? —me pregunta preocupada, haciendo que su aroma se cuele en mi nariz.

—Nada. Solo quiero irme... El alcohol me ha sentado mal.

—Vale, pero necesito hablar con tu hermano a solas un momento. —Me detiene, retándome a contradecirla.

—¿Para qué?

—No le has dejado solo prácticamente en toda la noche, ¿te das cuenta?

Esquivo su mirada para no explicarle el porqué.

—¿De qué quieres hablar con él? —Estoy celoso hasta del viento.

—De ti —sentencia con firmeza—. Necesito poder confiar en él. ¿Le parece bien al señor duque?

Me privo de resoplar como un ogro verde y asiento con calma.

—Bien. Haré tiempo por ahí.

—Quédate donde Ulises te vea. No te alejes.

Se va a hablar con Héctor y yo con Troy. Apenas hemos estado juntos en toda la noche y es alguien con un perfil que quizá no deba descartar. Es altamente competitivo. Aun así, me sorprende al decir:

—Ástor, puede que me esté metiendo donde no me llaman, pero... ¿dónde está Carla? Me ha extrañado mucho que trajeras a otra chica.

—Se ha ido de vacaciones —miento para observar su reacción.

Sube las cejas, receloso.

—Pensaba que Carla iba a ser tu Kaissa cuando aceptó la invitación.

—Pues no. En todo caso, sería la de mi hermano, que ganó su puja.

—No importa, te dolería perderla igualmente...

Aprieto el puño para no estampárselo en la cara cuando lo veo sonreír.

—Quizá... Pero Carla no estará disponible para el torneo, así que no la perderá nadie.

—Y tu nueva amiguita, ¿aceptará la invitación que le han hecho?

¿Ya se la han hecho?

Se me paraliza el corazón, aunque en realidad es lo esperado. Para eso he introducido mis dedos en ella, no para saciar mi apetito voraz.

El plan va según lo previsto. Lo hemos hablado esta misma tarde:

—¿Cómo voy a entrar en la subasta? —ha querido saber Keira.

—Te lo propondrán ellos. Cuando alguien trae a una chica nueva, son los demás los que pueden ofrecerle acceso. Suelo hacerlo yo porque mi cargo me obliga, pero en este caso es evidente que te apruebo... y cualquiera de ellos te dará una invitación, si están de acuerdo en aceptarte.

—¿Y qué tengo que hacer para que lo estén?

Entonces se lo he explicado.

Y ahora no debería quejarme porque está haciendo justo lo que le he dicho que haga: parecer disponible y tontear con todos. Como hizo Carla.

En cuanto la he descartado como pareja seria, se ha abierto la veda para «jugar». Y más todavía cuando han captado lo burro que me pone.

—Si ella quiere, saldrá mañana a subasta antes de la fiesta oficial de inauguración del torneo —contesto a Troy fingiendo calma.

—Bien. Será genial verte pelear por ella.

Se va de mi lado y me muerdo el carrillo para mantener la compostura. Ya soy un experto en evitar denuncias por agresión. Llevo haciéndolo siete años cada vez que alguien me dice que mi padre era un dechado de virtudes y tengo que asentir, aunque apretando los dientes.

Respecto a escuchar mil mordacidades educadas similares a la que me acaba de soltar Troy, también estoy curado de espanto. A la gente le gusta quedarse con la última palabra pensando erróneamente que eso les da la razón. Pero las palabras se las lleva el viento, lo que vale son los hechos. Es decir, mis victorias al ajedrez. Esas sí callan bocas.

Frunzo el ceño cuando veo que Keira, enternecida, le toca el hombro a Héctor y él le sonríe con esa expresión tan suya capaz de robar el corazón incluso del Grinch. Lo consigue hasta con el mío, que no me late. Es algo común a todas mis conquistas: se derriten por mi hermano al saber que está incapacitado sexualmente. Lo ven como al clásico amigo homosexual, inofensivo y muy guapo, pero nada más lejos...

«¿De qué estarán hablando?», me rayo.

No son celos reales. No me importa tanto como todos quieren pensar. ¡Es que me estoy jugando el pellejo por ella!

Si llegamos, Dios no lo quiera, a un momento tenso dentro del KUN, sacará la placa y se acabará todo. Keira estará a salvo, pero será mi fin por infiltrar a una policía en el club.

De pronto, veo que Ulises se me acerca. Él sí que lleva toda la noche supurando celos. Creo que el pobre hombre está colado hasta las trancas por su compañera. Mujer cruel...

—Nos vamos a ir ya —le informo seco.

Asiente. Y cuando ve que no hay nadie a nuestro alrededor, dice:

—No nos contaste que Sofía está saliendo con tu abogado...

Ha sonado a reproche.

—Es que no están saliendo... Al menos, no oficialmente. Solo follan de vez en cuando.

—¿Y tú? ¿Alguna vez has tenido algo con ella?

Me sorprende la pregunta, pero denota que es bueno en su trabajo.

—Sofía y yo tenemos una relación sobre todo política, es bastante reivindicativa, y gracias a ella empecé a salir con Carla.

—Me sorprende que Carla no haya salido con nadie más en tres años.

—Ya, es raro. Aunque siempre he pensado que...

—¿Qué?

Tomo aire y me obligo a hablar. No soy muy de cotillear, pero...

—Quizá me equivoque, pero siempre me ha dado la impresión de que a Carla le gustaba Saúl cuando estaba con Sofía... Desconozco si ocurrió algo entre ellos cuando lo dejaron... en secreto, digo.

—No como Keira y tú..., que lo vuestro es totalmente público —masculla molesto—. Lo de antes os ha quedado muy real...

—Será porque ha sido real —le confiesa mi borrachera—. Si crees que puede fingirse algo así es que no eres tan listo como pensaba...

¡Se me ha ido completamente la pinza!

Ulises me echa una mirada de plomo y mi corazón empieza a bombear con fuerza al pensar que, si me oliera la mano, me apuñalaría al instante. Incluso yo he pensado en hacerme el haraquiri por la que se me viene encima al tener que compartir cama con Keira esta noche. Yo quería contarle la verdad a Héctor para poder dormir en camas separadas, pero los inspectores todavía no se fían de él y quieren mantener la tapadera de que ella y yo somos pareja.

—Increíble... —opina Ulises con una mueca de desaprobación.

—He hecho lo necesario... —me defiendo. Y no es mentira. Por la misión y porque, si no la tocaba, me moría.

—Me preocupa que Keira vaya a ser Kaissa —confiesa de pronto—. Ya sé que a ti ella no te importa, pero no debería ser tan kamikaze porque, al final, le afectan las cosas más de lo que dice.

«¿A ella o ti?», estoy a punto de señalar. Gracias al ajedrez, no me han roto más dientes.

—Cuando perdió contra Saúl, nos quedaron pocas alternativas.

—Pues más vale que cuides bien de ella ahí dentro —me sugiere—, o lo lamentarás, te lo prometo.

Subo las cejas ante su amenaza no tan velada y me declaro fan de su patentada mirada de perdonavidas.

—Descuida.

—Estaré escuchándolo todo por el pinganillo, piensa en eso... Ya es tarde. Voy a sacar el coche. ¿Me das las llaves? —demanda dejándome estupefacto.

¿Es tarde? Mis sentidos están mermados, es como si hubiera ingerido el triple de alcohol. Y me mira como si temiera por su amiga si sigo bebiendo.

Saco las llaves del bolsillo y se las tiendo.

—No tocaría a una mujer que no me pareciera que lo está deseando.

Ulises sonríe como si recordara algún chiste privado.

—Keira es muy complicada, ¿sabes? Te deseo suerte intentando descifrar qué es lo que desea... —dice displicente al tiempo que se apodera de las llaves y, acto seguido, desaparece.

De pronto me molesta pensar que no la conozco tan bien como él.

La busco con la mirada y veo que sigue hablando con mi hermano. Ella se fija en mí y presiento que está controlando seis cosas a la vez, no tres. Cuando Ulises se marcha, le hago un gesto sutil para que entienda que queremos irnos y que su compañero ha ido a por el coche.

«¿Por qué tanta prisa?», parece preguntarme.

«Necesito encerrarme en una habitación contigo», le chivan mis ojos atrevidos, amparado en que no sabe leerme la mente. Pero ella reacciona como si lo hubiera entendido y avanza hacia mí con rapidez. Sin embargo, en vez de lanzarse a mis brazos, al llegar a mi lado no se detiene sino que me deja atrás. Frunzo el ceño. «¿Adónde va?».

—¡¡Ulises!! —grita echando a correr como puede con los tacones.

La sigo inconscientemente. ¿Cree que se ha ido enfadado?

—¡¡¡Uli!!! —vuelve a llamarlo una vez fuera, pero él acaba de dar un portazo al meterse en el coche.

Dos segundos más tarde, Keira impacta contra el cristal del conductor y empieza a aporrearlo con urgencia, dando a Ulises un susto de muerte.

Cuando llego, la oigo gritar:

—¡No arranques!

Su compañero se queda blanco con la mano en el contacto durante un instante y saca la llave con lentitud. Se baja del coche y comprueba las ruedas. Nada. Se agacha hasta el suelo y revisa la parte de debajo del vehículo. «¿Qué está buscando? ¿No será...?».

—Joder... —dice anonadado.

Cuando se levanta, mira a Keira y suelta un simple:

—Premio.

Ella cierra los ojos y se cubre la nariz y la boca con las manos. Ulises la abraza sin pensar, y sin importarle el poco sentido que tiene que mi escolta abrace a mi cita.

«¿Qué está pasando?».

Besa su pelo y suelta otro taco ante mi mirada atónita.

Me da pánico preguntar.

No puede ser... Me niego a creerlo. Pero maldigo sabiendo que esta es la prueba de que Carla no se ha ido a ninguna parte por su propia voluntad.

Alguien quiere destruirme de verdad.

15
Huye

> Del ajedrez no se puede vivir, pero se puede morir.
>
> Savielly Tartakower

Son las tres de la madrugada cuando llegamos a casa.

Al final, hemos cogido un taxi y Ulises se ha quedado con mi coche, alegando que estaba averiado.

—Gracias, Ulises. —He metido dos dedos en mi bolsillo interior y he sacado un billete de cien—. Te encargas tú, ¿entonces?

—Sin problema, señor… —Lo ha cogido con cara de que no va a devolvérmelo jamás. Me odia.

Al llegar, Héctor se ha ido directamente a la cama, y Keira y yo nos hemos encerrado en mi dormitorio.

—Dime que no había explosivos en el coche —le suplico.

—No había explosivos en el coche.

—¡¿No?!

—¡Pues claro que sí! ¡Es lo más típico del mundo!

La sangre abandona mi cara. ¿Típico? ¡Será para ella!

Quiero gritar un sinfín de barbaridades que empiezan por «¡¿Quién ha sido?!» y terminan con «¡¿De verdad han intentado matarme?!», pero me quedo mudo y paralizado, pensando que es imposible que esto me esté pasando a mí.

—Ulises va a encargarse de todo, no te preocupes.

—¿Que no me preocupe? —Me cuesta creer que acabe de decir eso—. Si ayer no me hubieran detenido, ¡ahora mismo estaría muerto! —deduzco—. ¡Y quizá mi hermano también! ¡Y Ulises ha podido morir, y...! —Me presiono el pecho notando que ya empieza el dolor—. Y tú... tú has corrido hacia un coche que pensabas que iba a explotar. No lo entiendo... ¿Cómo lo has sabido?

—Es mi trabajo. Ulises y yo nos salvamos el uno al otro todo el tiempo. Y cuando alguien está amenazado, es de manual comprobar un posible coche bomba.

—Si es tan de manual, ¿por qué no lo ha pensado él? Si no llega a ser por ti, no lo cuenta.

—Ulises tiene la cabeza en las nubes por haber besado a Sofía.

—¿Qué...? ¿La ha besado? ¡¿Cuándo?!

—Olvídalo. Ha sido un beso por fuerza mayor. Como el nuestro.

¿Como el nuestro? Entonces entiendo a Ulises perfectamente... porque es pensar en ello y quedarme imbécil.

Me froto la cara intentando no demostrarle lo que me apetecería hacer ahora mismo «por fuerza mayor». Con toda la fuerza destructiva de la naturaleza que acumulo en los huevos al sentirme atacado por un psicópata que ama los explosivos.

—Y ahora ¿qué? —pregunto cabreado con incredulidad.

—Es una pista nueva. Seguiremos el rastro de los materiales, las piezas... Hay que seguir adelante, pero con mil ojos.

—Pues yo voy ciego —confieso mareado—. ¿Habrá estado en la fiesta? ¿Crees que has hablado con él?

—Puede que ni siquiera estuviera allí, quizá accediera solo al aparcamiento o igual tenía un cómplice dentro. Los explosivos nos darán información. Tienes que relajarte, ¿vale?

—¡¿Cómo voy a relajarme?! —rujo pasándome una mano por el pelo.

Me siento tan fuera de control como un animal salvaje.

—Confiando en mí, Ástor.

—Sí, ya... Puede que me sepa tu película favorita, ¡pero no hace ni dos días que te conozco! ¿Y pretendes que te confíe mi vida?

Keira se me acerca y me toca el brazo para que me calme y la mire a los ojos.

—La confianza no se basa en saber todo de la otra persona, se basa en no saberlo y, aun así, confiar. Es un salto de fe.

De nuevo me deja sin palabras.

—No quería sonar desagradecido... Te doy las gracias por todo lo que estás haciendo por mí, y por prestarte a.... Joder, ¡es que ahora mismo todo esto me parece una misión suicida! —digo preocupado—. En especial para ti.

—¿Por qué para mí?

—Porque, sea quien sea, ¡quien haya puesto la bomba está loco! Y mañana te van a subastar...

—Y tú me vas a comprar.

—No será tan simple, Keira. Hay un ritual y...

—¿Qué ritual?

—Tendrás que hacer una exhibición ligera de ropa delante de muchos hombres. Te darán a elegir entre varios modelitos y, no quiero engañarte, la mayoría de esas prendas son escuetas... Además, las chicas suelen preparar una coreografía sexy con música. Puedes apoyarte en el mobiliario o usar juguetes, pero...

—¡¿Y me lo dices ahora?! —exclama asustada—. ¡Yo no sé ser sexy! Y tampoco sé bailar. ¡Tengo el ritmo donde Cristo perdió la alpargata!

Me la quedo mirando confundido.

¿Es una de esas veces en las que quiere que le eche un piropo? Porque en mi estado voy a lanzárselo con tanto efecto que igual la dejo tonta.

—No me jodas... —digo molesto—. ¿De verdad no sabes lo sexy que eres? Pues menos mal, si no, estaríamos todos perdidos.

Su cara muta de la sorpresa a la desconfianza en segundos.

—No estoy buscando que me regales los oídos.

—No lo hago. En esa fiesta todo el mundo te deseaba, Keira. Todo el mundo...

Se me queda mirando con intensidad, como si estuviera preguntándose si yo también. ¿Quiere que se lo aclare? Joder. Vale.

—Yo el que más.

Me mira aterrada, como si no fueran buenas noticias. Y no lo son. Esto es un marrón, pero no podemos fingir que no se ha derretido entre mis manos contra ese cristal. Su reacción a mi toque ha sido una puta pasada y hasta Dios sabe que me he quedado con ganas de más.

—Es la borrachera la que habla por ti —trata de convencerse.

—Y una mierda...

Me muevo hacia ella arrinconándola contra lo primero que pillo, y aunque leo un «¡no, Ástor!» en sus ojos, mi raciocinio debe de haberse escapado por el agujero de la capa de ozono.

Apoyo mis manos en el armario para que no huya, una a cada lado de su cabeza. Me pego a su cuerpo y aspiro el aroma de su pelo con la intención de que su cercanía me provoque la erección que inevitablemente tendré. Porque menuda nochecita llevo...

—¿Lo sientes? ¿Ves cómo me pones? Estoy a punto de explotar... Así que no vuelvas a decir que no eres sexy —susurro a tres centímetros de sus labios.

Necesito que jadee rendida o me dé luz verde de algún modo, pero no sucede. Respiramos en la boca del otro, muertos de deseos. «¡Por Dios, hazlo ya!».

Mis ganas de ella y el miedo de que me aniquilen hacen que ahora mismo no me importe nada, solo terminar lo que empezamos en aquel cristal.

Su respuesta, sin embargo, es desviar la cara, sobrepasada, y decir:

—No puedo, Ástor... No sigas.

Y a buen entendedor, pocas palabras bastan.

Me aparto de su lado con una angustia infinita. Sintiéndome un maldito acosador como los que detesta y totalmente avergonzado. Estar borracho nunca me ha parecido una excusa para perder los papeles, pero siento que necesito huir. No quiero tenerla cerca en mi estado de venado en celo... ¡Y se supone que debemos dormir juntos en la misma cama!

Voy a necesitar un puñetero somnífero para caballos.

Decido meterme en el cuarto de baño para tranquilizarme. Igual darme una ducha fría funcionaría... Pero su voz me detiene en seco.

—¿Qué es lo peor que puede pasarme en el club?

Me doy la vuelta a regañadientes y soy completamente sincero. A estas alturas y visto lo visto, no creo que se eche atrás.

—Si te gana otro, tendrás que hacer lo que se le antoje durante una hora en una habitación privada.

Por un momento, parece horrorizada. Como si no contara con la opción de plantarle la placa en la cara a quien haga falta, aunque con eso me joda la vida.

—No es que no me crea sexy —dice de pronto, retomando la conversación anterior como si quisiera aclararme algo—. Pero no sé usar mi cuerpo para serlo. Para mí, el verdadero erotismo empieza en la mente... La lujuria atrae a cierto tipo de personas que intento evitar.

—No estoy de acuerdo —le rebato intentando defenderme de lo que siento por ella—. El roce hace el cariño. Es decir, la cercanía entre un hombre y una mujer que se atraen lleva a la lujuria.

—Por eso procuro no tocar a nadie, eso confunde las cosas... Y hoy tú y yo nos hemos tocado mucho en nombre de la misión, pero mañana me agradecerás no habernos dejado llevar ahora. No es buena idea. Tenemos que dormir, Ástor...

«Yo no voy a pegar ojo teniéndote al lado con esta Black & Decker entre las piernas...», pienso desquiciado.

—Bien... ¿Quieres usar tú el cuarto de baño primero? —le ofrezco—. Yo igual me ducho.

Asiente, y entra con todo lo necesario para salir diez minutos después con un camisón de seda azul claro con encaje. A mi polla le entra tal mareo que creo que va a vomitar.

¡¿Dónde ha dejado su pijama de leñadora de ayer?!

—Perdona... —Me esquiva, y mete sus cosas en una pequeña mochila.

Me encierro en el cuarto de baño, y maldigo por no tener unas cadenas con las que atarme y sobrevivir a esta noche de luna llena.

Al final no me ducho, tengo un plan mejor. Me cambio y salgo ataviado con una de las camisetas técnicas con las que suelo hacer ejercicio, y veo que Keira ya está en la cama trasteando con su teléfono móvil.

—Te han llamado —me dice de pronto.

—¿A estas horas? ¿Quién?

—Ponía «Alexis».

—¿Alexis? —digo preocupado—. Será por algo urgente de la finca. Necesito llamarle...

—Toma.

Me da el teléfono y espero, nervioso, los tonos de llamada.

—¿Álex? Sí. ¿De veras? ¿Estás seguro? Vale. Sí, añádela. Todo lo demás, ¿bien? De acuerdo. Pónselo. Sí. Me pasaré a verla esta semana. Bien. Muchas gracias por avisar. Buenas noches.

Tras colgar hago el amago de devolver mi teléfono a Keira, y de pronto me dice que me lo quede.

—¿Ya te fías de mí?

—Te han puesto una bomba en el coche. Alguien va a por ti.

—¿Y si la he puesto yo mismo?

—¿Cuándo? No te he perdido de vista en toda la noche.

Nos mantenemos la mirada y retengo mi móvil con un escueto «gracias».

—Pero mantenme informada de todo el que te hable por él, ¿vale?

—Vale. El que ha llamado era Alexis, el veterinario de la finca.

—¿Va todo bien?

—Sí... Vamos a empezar con las cubriciones mañana y estamos haciendo el control médico.

—¿Cubriciones?

—El apareamiento de los caballos. Tenemos que comprobar cuáles de las yeguas están en celo y cuáles no. La ovulación dura pocas horas, y necesitan un control constante. Es complicado... Solo hacemos montas en marzo y en abril. El embarazo equino dura unos once meses.

—Caramba, qué interesante...

—Lo es.

—Yo también tengo novedades. Los TEDAX han terminado —me informa como si yo supiera de qué habla.

—¿Los... TEDAX?

—TEDAX: Técnico Especialista en Desactivación de Artefactos Explosivos. ¡Me cuesta creer que no lo hayas oído nunca! —Suspira—. Ulises se ha llevado tu coche y Gómez ha cubierto el informe. Dicen que la bomba no habría explotado.

—Ah, ¿no?

—No. Estaba mal conectada al encendido del motor. O se soltó el cable o no llegaron a conectarlo y solo querían asustarte...

—¿Qué sentido tendría no conectarlo? No sabían que descubriríamos el artefacto.

—Quizá quien lo puso pretendía mandar otra nota más adelante que lo señalara.

—Hablando de notas... Te la han dado, ¿no? La invitación...

—Sí.

Keira saca algo de detrás de su móvil. Es una tarjeta negra muy elegante con el símbolo de la Kaissa en líneas blancas. La pieza de la dama en el ajedrez.

—¿Estás segura de querer hacerlo? Aún puedes echarte atrás...

—Más segura que nunca.

—Vale... Descansa. Vendré al dormitorio dentro de un rato —me despido cabizbajo.

«Ni borracho me meto en una cama con ella con lo mucho que la deseo». Sería una tortura medieval.

Me marcho a mi despacho, dejándola sola. Necesito hacer una descarga biológica urgente si no quiero amanecer con las sábanas manchadas.

16
Tengo un problema

> Uno no tiene que jugar muy bien, es suficiente con que juegue mejor que su oponente.
>
> Dr. S. Tarrasch

Viernes, 13 de marzo

Si dijera que no estoy nerviosa, mentiría.

Entrar al club KUN da un canguelo alucinante. Es una fortificación que parece sacada del Medievo; cualquiera podría pensar que está embrujada por el alma de mil chicas que decidieron hacer un estriptis aquí. Y luego las quemaron por ello, claro.

Me sorprende que, en lugar de antorchas, haya luz eléctrica.

Ástor aprieta mi mano para tranquilizarme al notar que no paro quieta. Pero tengo mis motivos. Mi ropa y mi pelo, sin ir más lejos. Hasta hace dos días no me preocupaba nada mi estilismo, y ahora domina mi existencia.

Atribuyo la culpa a Mireia, por su brutal elección de traje para la fiesta inaugural del torneo. El duque le pidió un vestido negro, pero esto es, más bien, una trampa mortal. Negra, eso sí.

Voy a intentar describirlo aun sin tener ni idea de moda, pero creo que es necesario.

La parte de abajo parece un pareo de playa largo al que le han hecho un nudo sobre mi muslo izquierdo para permitirme andar, lo que me supone llevar toda la pierna al aire sin hacer preguntas. A partir de la cintura, el vestido es como dos tiras largas, de unos diez centímetros de ancho, que se cruzan bajo mi pecho una vez, para volver a hacerlo donde termina mi espalda, cubrir mis senos y, por último, cruzarse de nuevo para anudarse en mi cuello.

Pero lo peor es el pelo.

Junto con el vestido venía una nota que decía: «Este modelo pide una coleta alta (usa laca para fijarla) y sácate dos mechones junto a la cara. Estarás irresistible». Estoy encantada de que alguien tome ese tipo de decisiones por mí, en serio, pero ahora parezco una seguidora de One Direction recién llegada a la pubertad.

Cuando Ástor me ha visto ha estado a punto de echarse a llorar. Y yo con él. La cara de Ulises no ha sido mejor.

—¿Qué pasa? —he preguntado medio cabreada, con las manos en la cintura, cuando han intercambiado una mirada.

—Nada —ha contestado Ulises con rapidez—. Estás genial, Kei.

—Sí, genial... —ha corroborado el duque.

Pero me ha sonado a trola. Y soy un maldito detector, ¿recordáis?

—Estaré fuera, por si me necesitáis —ha dicho Ulises como si lo diera por hecho.

Ha sido un día intenso y duro, como todos, desde que conozco al duque. Hemos ido con prisas y a lo loco. Y al final, cuando en una competición varios individuos tienen las mismas capacidades, prima el que mejor lo hace en el menor tiempo. Es lo que marca la diferencia. Y nosotros hemos andado muy cortos de tiempo. No me responsabilizo de que el plan de ser Kaissa sea una auténtica chapuza.

¿Qué necesitamos para la subasta? Ropa y una actuación.

Ropa: lista. Obviemos el pelo.

¿Y la actuación? Tenemos un problema.

Mi talento en cuanto a artes escénicas se refiere es nulo, así que esta mañana he tenido que hacer la llamada más vergonzosa de mi vida. A mi «mami».

—¡Cariño! ¿Cómo estás? ¡Me tenías preocupada! Menos mal que Nacho sabe algo de vosotros por Ulises, que si no... Es que pasas de mí.

Nacho es Gómez... Mi jefe. Y el hombre que duerme con mi madre.

—Si no te digo nada, es que todo va bien, ya lo sabes... Ulises es un ser muy dependiente.

Nos hemos mofado de él un rato.

—Vale, entonces ¿para qué me llamas? ¿Algo va mal?

—Bueno... Tengo un problemilla.

—¡Cuéntame! ¿Qué necesitas?

«¿Cómo le planteo esto sin que se asuste?», he pensado.

—Es para un juego que necesito ganar. Cada chica prepara una actuación, pero no creo que les impresione mucho verme correr en una cinta. Aparte de eso, no tengo ninguna otra habilidad física. Además, se supone que cuanto más sexy me muestre, mejor... Sin llegar a desnudarme, claro. Algunas van a bailar, pero recuerda lo mal que se me da...

—¡No! No bailes si quieres ganar...

—Amable observación. ¿Qué se te ocurre?

—¿Que sea sexy? Pfff... Está complicado, Keira.

—Piensa en alguna actuación de *Got Talent* o algo así... Necesito que flipen, y a la vez lucirme un poco.

—¿Tienes tiempo de aprender a hacer algo?

—Es para esta noche...

—Madre mía... Sigo pensando.

—Hazlo. O llama a alguna de tus amigas locas. ¡Necesito ideas!

—Vale. Te llamo en un rato. ¡Te quiero, sexy!

He puesto los ojos en blanco, sonriente, al oírla colgar.

No soy de esas personas que piensan que pueden hacerlo todo solas. Creo que nadie puede. Yo, por ejemplo, necesito otras quince piezas para salir vencedora de una partida de ajedrez; solo con la reina, no llegaría a ninguna parte.

Aprendí hace mucho tiempo que sola quizá llegues antes, pero que con los demás llegarás más lejos. Además, con ayuda la vida es más fácil. Por eso dije a Ástor que, si tienes un problema, no hay que intentar resolverlo por ciencia infusa, sino tirando de trucos. Y mi madre es mi mejor truco jamás contado. Siempre sabe qué hacer. Se le da bien la vida, la gente..., ¡todo! Es una fuente de información vital mucho más fiable que yo. Y es muy inteligente. Que se quedara embarazada a los dieciséis solo demuestra una cosa, una que me alivia de verdad cuando me vuelvo enfermizamente exigente conmigo misma: que en el tablero de la vida se agazapan errores esperando a ser cometidos. Nadie se libra de ellos. Es la definición de ser humano por excelencia. Y lo único que podemos hacer es aprender de ellos.

Mi teléfono ha sonado a los cinco minutos dándome la razón en todo lo que acabo de decir.

—¡Lo tengo! —ha gritado mi madre, eufórica, y me ha hecho sonreír de nuevo. Mi as en la manga nunca falla. Lo que no sabía es que su idea sería tan... ¡argh!

Cuando se lo he comentado a Ástor, sus cejas han llegado al límite del nacimiento de su pelo, pero diez segundos después, tras múltiples flashes pornográficos asolando su cabeza, ha dicho:

—No es mala idea.

Pretende que haga *pole dance*, también conocido como baile en barra. El último grito en los gimnasios. Una nueva disciplina artístico-deportiva que promete eliminar el doble de calorías que en media hora de bicicleta estática. ¡Ojo al dato!

—¿Eso no es el espectáculo que se hace en los clubes de alterne?

—¡¿Por qué crees que tienen esos cuerpazos?! —ha bromeado mi madre—. Ahora en serio, en 2017 fue reconocido como deporte oficial. Mucha gente no lo sabe, pero combina genial el fitness con la danza y la acrobacia.

—¿Y es fácil?

—Puede hacerlo cualquiera, y tú estás muy en forma, Keira; tienes fuerza. Marisa, mi profe, me ha dicho que hoy tiene el día libre y puede darte clase durante un par de horas para que te aprendas una coreografía básica.

—¡Eres la mejor...! —Y lo he dicho de corazón.

—Ahora te mando la dirección de su casa. Tiene una barra instalada en su salón. ¡Está enganchadísima! Tanto, que confía en que se declare pronto el *pole dance* disciplina olímpica, y participar.

¡Mira, tú!

—Gracias, mamá, te debo cien mil.

Sin embargo ahora mismo, vestida así, peinada asá y con Ástor mirándome de reojo, no sé si seré capaz de hacer lo que he aprendido esta tarde con Marisa.

—¿Estás bien? —me pregunta Ástor, preocupado, justo antes de entrar en el club.

Asiento, como siempre que no quiero oír cómo me tiembla la voz.

Él lo da por bueno, a pesar de que no está convencido.

La situación entre nosotros es tensa. Y no es para menos, porque anoche... (un segundo para abanicarme) anoche cuando se fue de la habitación, lo seguí.

Bien o mal hecho, no lo sé... Pero lo hice.

Su comportamiento inusual me había dejado alucinada y lo atribuí a su borrachera. Tuve que hacer uso de toda mi fuerza de voluntad para rechazarlo, porque después de ignorarme como lo hizo tras lo que vivimos junto a aquel cristal, estaba segura de que era inmune a mí. Para él había sido un ardid necesario para la misión, pensé. Pero cuando me acorraló diluyendo el concepto de espacio vital entre nosotros sin que nadie estuviera mirando, me dejó sin aire.

Ese comportamiento territorial hizo que mi cuerpo se tensara deseándole ardientemente. Quería que me conquistara porque nunca nadie me había hecho sentir suya en tan poco tiempo.

Lo imaginé clavándose entre mis piernas a lo bruto, y me asusté. ¡Porque no podíamos! No debía olvidar que era trabajo. Nos quedaba mucho tiempo que pasar juntos y alguien tenía que capear el daño colateral de tener a un hombre como él tan cerca y tan bebido.

Reprimí la necesidad de poseerle y lo alejé de mí. Pero cuando salió de la habitación, quise saber adónde iba tan urgentemente.

¿A llamar a alguien?

¿A visitar a Carla a su mazmorra?

¿A oler el mechón de pelo que quizá le cortó... antes de matarla?

No lo sabía. La cosa es que lo seguí y... lo que terminó oliendo no fue ningún mechón, sino su mano... La misma con la que me había masturbado en la fiesta.

Os juro que creí morir cuando lo vi intentando rescatar cualquier rastro de mi esencia en ella.

Se había acomodado en la silla giratoria de su despacho con los pies en lo alto de la mesa de cristal; esos eran los modales del «señor duque» cuando nadie lo miraba.

De pronto, se metió la otra mano por el pantalón de pijama y... No pude apartar la vista. ¡Lo intenté! ¡De verdad! Pero ese orgasmo nos pertenecía a ambos. Me tocaba presenciarlo igual que él había presenciado el mío.

No puedo describir esa secuencia. Aun así, sé que me perseguirá como la más erótica y brutal que he visto de cerca en mi vida, sobre todo por tener clarísimo en quién pensaba Ástor mientras la llevaba a cabo.

Esta mañana no me he movido de la cama hasta que se ha levantado. No quería mirarlo y que descubriera en mis ojos lo que había visto... porque soy transparente. Al menos para él.

Ni siquiera le he discutido lo de ir a clase. Él se ha ido con Ulises, que me observaba como si dudara de si me había comido su alfil, cuando lo único que yo había hecho era ver cómo le sacaba brillo.

El que nos ha salvado de que el desayuno fuera un auténtico drama ha sido Héctor con su aparición estelar, recordando anécdotas de la fiesta.

Después de hablar con él la noche anterior, lo veo con otros ojos.

Todo lo que me contó sobre Ástor me dejó estupefacta y muchas frases crípticas del duque empezaron a cobrar sentido en mi mente.

«No sé cómo lo hago, pero soy experto en arruinarle la vida a la gente». El accidente. Al parecer, iban cuatro.

Cuando pregunté a Héctor sobre ese asunto, me dio acceso a la información que necesitaba con mucha naturalidad:

—Son tantas las preguntas que te haces... Tantos los porqués... Y al final solo hay una respuesta: «No volverás a caminar» —empezó solemne, si bien medio ebrio—. Era incapaz de creerlo cuando ni siquiera recordaba cómo ocurrió. Solo sabía que había tenido la mala suerte de coincidir en la carretera con un irresponsable que duplicaba la tasa de alcohol permitida en sangre y que me tocó a mí pagar las consecuencias.

—¿Recuerdas algo del momento del accidente, Héctor?

—Pasó más de un año hasta que lo recordé, pero al final lo hice. Y no guardo rencor a mi hermano, si es eso lo que intentas averiguar... No fue culpa suya, sino mía.

—¿Tuya? ¿Qué pasó exactamente?

—Había sido una gran noche. Yo tenía a una chica impresionante encima, besándome y desabrochándome el pantalón. Imagínate... Mi hermano conducía de vuelta a casa y tenía a su novia ocasional al lado. No es que le gustara ir de flor en flor, él iba de Oscar en Oscar, montándose unas superproducciones dignas de Hollywood en las que se creía un loco enamorado cada vez que conocía a una chica guapa. No obstante, su interés se desinflaba rápido. Claro que mientras le duraba disfrutaba al máximo de conocer cada poco tiempo al amor de su vida.

¿Ástor, un joven enamoradizo? ¡No le pegaba nada!

—No le pega mucho —comenté con una sonrisa tonta.

—Como era de esperar, esa tampoco lo fue, y menos después de lo que sucedió... Tenía que haber protestado cuando mi ligue se quitó el cinturón y se puso a horcajadas sobre mí, pero solo sonreí como un tonto. Sus caricias eclipsaron mi prudencia y escurrí el trasero hacia abajo para buscar la horizontalidad en la zona que más nos interesaba encajar. Meter los pies bajo los asientos delanteros para ofrecer resistencia a sus sensuales movimientos fue un gran error. Esa postura fue la que me costó una lesión medular cuando un coche nos embistió lateralmente.

Me tapé la boca con la mano. ¡Qué horror...! Pero ¿por qué Ástor se sentía tan culpable, si fue otro coche el que los embistió?

—Madre mía... —exclamé sin pensar.

—Fue una tragedia —dijo Héctor—. Todo sucedió en un parpadeo. Mi amante salió disparada por la ventanilla derecha y la parte inferior de mi cuerpo la siguió violentamente mientras mi tronco quedaba amarrado al asiento, lo que me partió la columna de un golpe seco. Me di cuenta al momento de lo que había sucedido porque tenía los pies completamente rotos y no sentía ningún dolor. Me desmayé de la impresión.

No pude evitar bajar la vista hacia sus zapatos, alucinada.

¿Cómo sobrevivió a algo así?

—Lo siguiente que oí fue: «Olvida a los muertos. Saca a los vivos» —continuó Héctor con la mirada perdida—. Y ser consciente de que nadie venía a por mí me ahogó en desesperación. Quería gritar, pero solo era capaz de emitir un murmullo. No tenía fuerzas para más. De pronto, oí los chillidos de Ástor: «¡Mi hermano! ¡Sacadlo, por favor...!». Poco después noté los dedos de un escéptico paramédico en mi yugular y su posterior aullido: «¡Tiene pulso! ¡Traed una camilla!». Volví a perder la conciencia entre una jauría de gritos en los que solo diferencié un «¡se nos va!». Pero no me fui a ninguna parte. El que desapareció para siempre fue mi hermano, aunque apenas se hiciera un esguince de muñeca.

Con la boca abierta de par en par. Así me quedé.

Ahora entendía aquello de «no te involucres emocionalmente con ningún sospechoso», pero para mí ya era demasiado tarde. Cuanto más sabía de ellos, más me importaban.

Y por cómo Héctor contaba todo aquello, nuestro móvil policial de venganza fraternal dejó de tener sentido. No parecía odiar a su hermano. Más bien, sentía pena por él.

¡Pena! ¡A él!

Esperaba vislumbrar cierto grado de resentimiento en su tono de voz al contarme cómo se quedó en silla de ruedas de por vida, pero no había ni rastro. Lo de pujar por Carla, ahora que los conocía a ambos, se sostenía, sabiendo lo mucho que jodería a Ástor que alguien del KUN pudiera arrebatarle a una chica que realmente le gustaba.

El gesto de Héctor fue una oda a la lealtad. Y la policía no encontró nada sospechoso en su móvil ni en su ordenador al registrarlo.

Para colmo, esta mañana, cuando salíamos del chalet, ha llegado un paquete enorme a nombre de Ástor. Dos transportistas lo han bajado de una furgoneta, y nada más ver lo que era casi me da un ataque.

Era una cinta de correr.

Una puñetera cinta de correr... para mí.

Podía haber dicho: «He pensado que quizá querrías hacer algo de deporte mientras estés aquí...», pero en vez de eso, Ástor se ha encogido de hombros y ha soltado:

—Para tu hámster interior...

No sabéis lo que he sentido en ese momento. Creo que mi cara lo ha dicho todo, y los corazones saliendo de mi cabeza lo han confirmado.

—No tenías por qué... Pero... gracias.

—De nada. ¿Nos vamos?

Y nos hemos ido.

Es viernes, un día lectivo normal y corriente, y he tenido que ir a la universidad para mi segundo día de clase. Ya, yo tampoco sabía que cuando finges cursar un posgrado en Matemática aplicada tienes que asistir de verdad, pero Ástor ha torcido la cabeza, diciendo: «En mi universidad no se hacen pellas. En mi universidad lloras si un día no puedes asistir porque estás enfermo, ¿entendido?».

Y cualquiera le lleva la contraria...

—¡Hola, guapetona! —me ha saludado Sofía a la salida—. ¿Qué tal terminó la noche? ¿Hubo «jaque mate»?

Sus cejas han subido varias veces con picardía; las mías solo una.

—¿Cómo...?

—¡Ya sabes, con el duque! ¿Rematasteis la faena en casa? Porque lo del cristal fue... ¡Guau! ¡Ahí había fuego, pequeña!

—¡Si ya sabes que era todo fingido...!

Mi gota de sudor en la frente lo ha desmentido de forma fulminante.

—Entonces ¿no pasó nada? ¡Pues vaya chasco...!

—Bueno, sí pasó: conseguí una invitación para ser Kaissa.

—¡Ay, Dios...! ¡Qué fuerte! Espero que todo salga bien.

—¿Por qué lo dices? —he preguntado extrañada—. ¿Qué puede salir mal? Ástor pujará hasta ganar, y cuando todo se resuelva podrá anular el pago.

—No estés tan segura de eso... Si en el KUN se sabe que eres poli y que Ástor te coló solo para investigar, probablemente lo expulsen. Tiene que parecer real.

—¿Pueden hacer eso? —Frunzo el ceño—. Se supone que es una institución de su familia.

—Ya, pero las normas son iguales para todos. La privacidad es muy estricta en el KUN.

Y ese es otro de los motivos por el que mi nerviosismo no ha hecho más que acrecentarse en las últimas horas.

Eso y encontrarme con Xavier Arnau.

Hasta esta mañana, solo había oído su nombre cuando Sofía me contó que es el padre de Saúl. Y añadió que es un viejo verde, hablando mal y pronto.

Menos mal que nos hemos cruzado con él en un lugar público, porque la lascivia que he percibido en su mirada me ha recordado demasiado a la de mi padrastro.

—¡Sofía! —la ha saludado animado—. ¿Cómo estás, cariño?

—Eh... Bien, bien.

—¡¿Quién es tu amiguita?!

«¿"Amiguita"? Por favor...».

Su diálogo me ha parecido de peli mala de domingo a mediodía, pero os juro que el tono ha sido justo ese, forzado y poco original. Casi un insulto en sí mismo.

—Esta es Keira.

—¡Ah, sí! Me han hablado mucho de ti... Sí que eres guapita —ha dicho casi relamiéndose los labios.

¡Puaj!

—Disculpe, pero... ¿llevo pegado algún cartel en el que se lea: CARNE FRESCA, A SEIS EUROS EL KILO? —he replicado observándome a mí misma.

La cara que ha puesto ha valido millones y la carcajada estrambótica de Sofía ha sido música para mis oídos.

—No sé a qué se refiere, señorita...

—¡Oh, se me habrá caído! ¡Sofía, ayúdame a buscarlo! —he exclamado mirando al suelo, y agarrándola de la mano para alejarnos de su vista.

La aludida apenas podía andar porque se estaba ahogando de risa.

—Pero ¡¿te has vuelto loca?! —ha exclamado admirativa.

—¿Por qué?

—¡Ese hombre es el decano! Aquí es una autoridad... ¡Seguro que se queja a Ástor!

—¡Lo siento, pero no se puede ir por la vida desnudando a la gente con la mirada! Y entre lo de «amiguita» y lo de «guapita», se me han cruzado los cables. Seguro que sus «amiguitos» pervertidos del KUN son los que le han hablado de mí.

—O quizá su hijo, Saúl. ¿No lo has pensado? Jugó contra ti ayer.

Se me ha quedado una cara de tonta que no veas...

—¡Mierda! —Me he tapado la boca, arrepentida. Y Sofía se ha reído todavía más.

Pero a estas horas, plantada delante del edificio, vestida de «carne fresca», ya no me hace tanta gracia. Puede que mi burla le salga cara a Ástor porque el viejo verde de Xavier Arnau tiene pinta de no aceptar un no por respuesta. Y de tener mucha pasta...

—¿Lista? —musita Ástor con la mano ya en la puerta.

Que sus ojos rezumen preocupación no me ayuda. Aun así, asiento. Siempre se me ha dado mejor mentir por signos.

17
Miedo escénico

> El sacrificio de la dama para dar jaque mate es el gol del ajedrez.
>
> Nelson Pinal

Avanzo en silencio.

Si la mano de Ástor no estuviera reteniendo la mía, creo que saldría corriendo. Es lo que me dicta el instinto al verse envuelto en la humedad de un lugar de estas características.

Cuando veo lo que les pasa a las protagonistas de algunas películas, siempre pienso: «¿Eres tonta? ¡Sal de ahí!». Pero aquí estoy, dejando atrás paredes de piedra rústica, techos a doble altura decorados con motivos geométricos y arcadas góticas en cada ventanal, que destilan un ambiente a lo Ana Bolena que asegura una guillotina escondida en alguna parte. Aunque, por supuesto, todo está salpicado de pequeños detalles contemporáneos como cámaras de seguridad, iluminación secundaria led y una preciosidad de suelo de madera pulido.

—Este es el despacho presidencial —me informa Ástor cuando llegamos a una cámara con réplicas de armaduras del siglo xv y una pared llena de escudos y distintivos junto a una escalera de caracol que da acceso a la segunda planta.

—Qué pequeño... —digo con ironía.

—Por aquí pasan todas las chicas antes de una subasta, para rellenar el papeleo.

—¿Qué papeleo?

—¿No pensarás que personas ilustres dejan que una chica que han conocido hace doce horas y de la que no saben absolutamente nada meta las narices en sus perversiones más oscuras sin firmar un acuerdo de confidencialidad antes?

Mis ojos se agrandan. ¿Ha dicho «perversiones oscuras»?

—Se cubren muy bien las espaldas... El acuerdo es estricto y válido ante un tribunal. Si lo incumples, se encargarán de arruinarte la vida, tanto económica como personalmente. Además de las promesas implícitas de muerte asegurada...

—¿Pone eso en el contrato?

—No, pero se lee entre líneas. Cuando vendes tu alma al diablo, tus deseos se hacen realidad, pero el pago es muy alto. Aquí solo se exige silencio. Por eso, que seas poli supone un conflicto de intereses enorme —dice aprensivo—. Quien me haya hecho esto no se espera que acuda a la policía porque cualquier miembro aceptaría la cárcel antes de perder la membresía del KUN y sufrir sus represalias.

—Y tú, ¿estás dispuesto? ¿Por qué? —pregunto interesada.

—¿Sinceramente? Porque todo esto me importa una mierda... —admite señalando alrededor—. Nadie lo sabe, pero desde que tuve que hacerme cargo de la presidencia del club quise dar un lavado de cara a este lugar. Y no es fácil, ¿sabes? Voy haciendo cambios aquí y allá. En realidad, no me sorprende que alguien quiera liquidarme; se habrá dado cuenta de lo que pretendo... De todos modos, no me importa. A decir verdad, a veces preferiría estar muerto.

«¡¿Qué?!».

Mis músculos se bloquean azuzados por un escalofrío atroz que me deja sin habla.

—¿Y por qué nos ayudas? —No sé ni cómo formulo la frase.

—Por Carla, básicamente...

—¿Porque ya has «jodido demasiadas vidas»? —repito sus palabras.

Ástor guarda silencio durante un segundo y sonríe un poco alabando mi audacia.

—Exacto... Quiero encontrarla. Saber que está bien.

—Lo intentaré —murmuro, y me mira con cierta calidez.

—Ten claro que no podrás acusar a nadie de nada de lo que veas aquí. Ni drogas, ni vejaciones sexuales ni corrupción... La información que obtengas tiene que ayudarte a cazarlos fuera de estos muros. ¿Lo entiendes?

—Sí.

—Aquí son intocables. Hay mucho en juego: negocios, relaciones políticas... La élite financiera viene al KUN a soltarse la melena, y son precavidos con su privacidad. La policía no podrá protegerte de ellos... Ellos son la policía. O la tienen comprometida con favores, amistades y familia... Créeme, aquí no puedes hacerte la valiente en nombre de la ley, ¿de acuerdo?

—Entendido —digo mostrando mi pulgar arriba.

—Bien, pues firma... Pero lee el contrato antes detenidamente, por favor.

Arrastra un folio sobre la mesa y me insta a sentarme en una silla. Lo cierto es que tengo curiosidad por ojear semejante pantomima.

Me tomo mis diez minutos para revisar el texto bajo la atenta mirada del hombre más atractivo que me he echado a la cara.

Esta noche lleva un traje gris Oxford, cien por cien lana, de ciento cuarenta puntadas por centímetro cuadrado. Me he vuelto una maldita experta en ropa. A la fuerza, porque si por un despiste (y yo soy la reina de los despistes) rozas la suavidad de esa tela, te hace pensar que estás colocada y empiezas a actuar como si lo estuvieras.

Me concentro en entender lo que estoy leyendo para dejar de pensar en los gritos de su pobre *blazer* intentado encajar en esos pectorales de Batman. Lo único que pone en el documento es que no puedo comentar la información personal que me sea revelada dentro del club con una tercera persona, un medio de comunicación o por escrito en mi biografía.

Vaya..., ¡han pensado en todo!

Cojo la pluma para firmar, y nuestras miradas conectan por última vez. Sus ojos son como Mordor en una noche de tormenta al filo de la oscuridad. Están llenos de fetiches sexuales listos para aflorar de sus profundidades en cuanto firme... ¡Qué tentador!

—Listo.

Él toma aire ruidosamente y lo suelta con alivio.

—A partir de ahora, Keira, todo lo que pase aquí dentro quedará solo entre tú y yo —sentencia con un toque sensual inequívoco.

La brisa de sus palabras se cuela por mi escote haciendo que se me endurezcan los pezones. ¡Es lo que he sentido, lo juro!

—Bueno, y Ulises... —añado—. Porque voy a llevar un pinganillo.

Ástor se queda quieto y callado, y sé que le ocurre algo. Está molesto. Es como si este fuera su territorio y yo su responsabilidad, y le fastidia que Ulises deba estar presente de algún modo.

—Tendrás que quitártelo, Keira. Él no ha firmado ningún acuerdo. Además, el pinganillo se te puede caer si te mueves mucho... Y si alguien lo viera...

Mi instinto racional sugiere que proteste, pero el sentimental lo afronta, así que acepto quitármelo en un gesto casi filosófico. Creo que estoy lista para dejar atrás a Ulises y empezar a confiar en Ástor. Al fin y al cabo, voy a adentrarme en su mundo.

No sé por qué esa idea me pone nerviosa. Quizá porque significa que el universo acaba de darme carta blanca dentro del KUN con él.

—Ahora tendrás acceso a todos los servicios del club. Tiene una biblioteca, un cine, una sala donde echarse la siesta, servicio de masajista, de peluquería, un gimnasio, un sastre privado... Y tendrás a una chica que te ayudará personalmente en todo lo que necesites.

—¿Como qué?

—Cualquier cosa. Será como tu asistente aquí dentro. ¿No sabes dónde dejar tu abrigo? ¿Quieres una aspirina? ¿Necesitas algún artículo de higiene o satisfacer cualquier capricho? Ella te lo traerá.

«Podría acostumbrarme a eso...», pienso alucinada.

Me guía hasta una especie de vestuario, pero no tiene el típico material porcelánico propio de un aseo, este tiene moqueta y papel pintado en la pared. Sofás de diseño, suelo de mármol y tocadores con espejo individual, como los de la época victoriana.

Una chica con cofia nos está esperando con las manos cruzadas a la altura del pecho. Me fijo en sus dedos parecen ganchos. Estoy a punto de reírme, pero me contengo.

—Buenos días, señora. Me llamo Julia y estoy aquí para servirla.

¡Por Dios...! «¿Qué viste anoche en HBO, Julia?». ¡No me jodas!

¿Estoy en una realidad paralela tipo *El cuento de la criada*? Porque si es así, me cago. Quizá a otras chicas les guste este trato, pero a mí me pone los pelos de punta, sinceramente.

Creo que Ástor es capaz de percibir mi desconcierto porque me pone una mano en la espalda a modo de caricia protectora.

—Quiero que estés tranquila —dice con tono sereno—. Cámbiate de ropa y céntrate en hacerlo lo mejor posible. El resto, déjamelo a mí.

Siento que se está despidiendo de algún modo, y mi mano lo agarra sin permiso para que no se vaya.

Al notar mi desasosiego, su postura cambia. Su pose firme y elegante se rompe y me pega a su cuerpo para susurrarme junto a la sien:

—No te preocupes por nada, ¿me oyes? Nadie va a tocarte, Keira, te lo prometo. Aquí dentro serás solo mía y no pasará nada que no quieras que pase.

Me estalla el corazón por lo que implican esas palabras. Por el alivio que me da su protección y el miedo de anhelar su contacto. Porque recuerdo que la última vez que me dejé tocar por él perdí la cabeza, y en ese estado no puedo dedicarme a buscar al sociópata que tiene a Carla. ¡Es imposible!

Tampoco olvido que el tiempo corre en nuestra contra. En la central no tendrán noticias, todo el peso de la investigación recae en nuestra actuación.

El duque se separa lentamente de mí, pero nuestras manos siguen unidas porque me resisto a soltarlo.

—Te toca confiar en mí —dice con calidez en un último apretón.

Y me quedo sola. Bueno, con Julia. Que relaja un poco la postura cuando el mandamás desaparece.

Es extremadamente amable conmigo sin caer en el «venga, tía, que tú puedes» y usando un palaciego «lo va a hacer de maravilla, señorita, ya verá... Déjeme decirle que es una pena que tenga que cambiarse de ropa. ¡Está usted majestuosa con ese vestido!».

Podría acostumbrarme, sí...

Al final, me decido por una de las prendas picantes entre las que me da a elegir. Nunca he sido muy amante del *animal print*, pero me pruebo un triquini con estampado de tigresa que me recoge bastante bien el pecho y lleva consigo un complemento que, aunque parezca mentira, me da seguridad. Son unos guantes largos con el mismo estampado.

Siempre he pensado que es más efectivo insinuar que enseñar, y llevar los brazos cubiertos hasta la mitad del bíceps me parece más sugerente que el incómodo tanga con el que termina el modelito.

Los guantes rematan su aparición coronados con una tira de pelo negro y suave, pero mi parte preferida es un antifaz de filigrana de encaje negro, que, si bien no eclipsa los rasgos de mi cara, esconde mi expresión temerosa dándole un aire intrigante.

Ahora solo queda bailar como Marisa me ha enseñado esta tarde. En realidad, son ejercicios lentos de fuerza y equilibrio con piernas y brazos en la barra al son de una música. Marisa ha hecho hincapié en la mirada, en no perder nunca el contacto con un punto fijo lejano y terminar los ejercicios tomándome mi tiempo para estirarme al máximo. Siempre de puntillas. He aprendido unos cuantos movimientos para principiantes de lo más vistosos.

Inspiro profundamente cuando Julia me guía hacia una puerta que parece conectar con la sala de exhibición. Tiene una cortinilla que protege un cristal por el que no dudo en echar un vistazo.

Parece una estancia circular con un escenario rodeada de cristales opacos. En ese momento encienden las luces y me asusto. Los cristales de las cabinas se vuelven traslúcidos y reparo en que empieza a entrar tal número de hombres que ni en los San Fermines.

¿Y si algún loco puja una cantidad desorbitada de dinero que el duque no puede superar? ¿Y si el psicópata me gana?

«Tranquila, Keira...», me digo.

Pero... ¿y si pasa? ¡¿Qué haría entonces?! Probablemente dejarlo seco de un golpe en la nuca. Pero se descubriría todo. Echarían a Ástor del KUN y jamás encontraríamos a Carla.

¡Ay, Dios...! Me acojono viva. Ástor tiene que ganar.

Los riesgos de esta decisión aparecen de la nada haciendo que me palpite rápido el corazón, y no quiero empezar a sudar.

«Te toca confiar en mí», recuerdo sus palabras y cierro los ojos para sacar fuerzas de flaqueza. Necesito echar mano de mi coraje habitual. Del coraje de la Kaissa.

Pienso en el ajedrez y mi determinación cambia. Puedo hacer esto. Ástor va a ganarme y mañana participaré en el torneo para buscar a alguien que tiene tantas ganas de vencer que ha intentado echar a Ástor del tablero.

Y ese tipo no cuenta conmigo.

De repente, aparece un chico joven hablando solo. Lleva una carpeta en la mano y detecto un pinganillo en su oreja.

—Sí, ¡la veo! La tengo. ¿Eres Keira? —me pregunta directamente.

—Sí...

—La tengo, Iván. Sí. Vale. Gracias. ¿Estás lista? —dice ansioso.

—Sí.

—Bien... ¿Necesitas que pongamos alguna canción en concreto?

—Eh, bueno... He estado ensayando con...

Sin venir a cuento, cruza por mi mente una canción. Una que sé que a Ástor le gustará y que a los demás les hace falta escuchar, a ver si les entra en la cabeza que la especie ha evolucionado.

—«Now we are free», de la Banda sonora de *Gladiador*. Ponla cuando comienzan las voces, por favor... El inicio es muy largo.

—Hecho. Entra en un minuto, ¿de acuerdo? Al terminar, sal por la puerta de atrás, es una que tiene una luz de emergencia encendida.

—De acuerdo.

Expulso los nervios con un resoplido exagerado y Julia me sonríe.

Cuando llega el momento entro y todo está oscuro y en silencio, cosa que agradezco.

«No estés nerviosa, no te importan, son nadie para ti...», me digo para tranquilizarme, aunque es posible que uno sí me importe un poco.

Me quedo en blanco. No sé etiquetar lo que Ástor es para mí, pero no es un sospechoso más. Hay algo entre nosotros. Una conexión. Algo que va más allá del caso. Quizá sea el pensar que si ahora mismo el culpable se entregara y todo terminara, no volver a verlo me deprimiría.

La música empieza, y agradezco que no me enfoque ninguna luz. El escenario sigue a oscuras, solo alumbrado por un suave resplandor azulado. Segundos después, la voz de Enya atraviesa el espacio y me pide moverme. Es hora de reivindicar que *Ahora somos libres*.

Me concentro en el ejercicio como si estuviera ensayando sola. Hacía mucho que no escuchaba esta canción. Es preciosa. Intento esforzarme por marcar los movimientos y parecer sensual, pero no es lo mío.

Un reflejo rojizo me distrae, y luego otro y otro, desde distintos puntos del círculo. ¡Son las pujas! Veo el número mil marcado en las casillas. Ya han empezado. Cuando alguien puja, la cabina se enciende tenuemente arrojando una luz que deja discernir quién hay en su interior. ¡Los veo! Me tranquilizo cuando, sin dejar de moverme, localizo a Ástor entre muchas caras de gente que conocí ayer en la fiesta; otras son nuevas.

Me concentro en lo mío para no hacer el ridículo, pero veo por el rabillo del ojo que el marcador del duque no deja de encenderse. El de otros tampoco. Troy, Jesús, Paul... Tres mil, cinco mil, siete mil...

La música coge fuerza, y aprovecho para dar vueltas agarrada con las dos manos a la barra y las piernas en el aire. Luego aterrizo en el suelo de rodillas y me echo la coleta hacia atrás arqueando el cuerpo.

Diez mil, trece mil... Me siento tan ridícula...

Marisa me ha dicho que me vendría bien practicar este deporte en mi día a día porque es una excelente terapia para mujeres que han sufrido abusos o traumas sexuales. Ayuda a ganar confianza en una misma y a dejar de reprimir la sensualidad.

La mía, desde luego, brilla por su ausencia. Pero las luces rojas no piensan lo mismo, y me asusto.

No dejan de parpadear y solo deseo que termine la canción. Veinte mil en uno de los marcadores. Y no es el de Ástor. ¡¿De qué van?!

Busco al duque con la mirada y lo encuentro paralizado en dieciocho mil, con sus ojos anclados en mi cuerpo apreciando cómo muevo la torneada curva de mi culo. ¡¿A qué espera para pujar?!

Sale del trance sobresaltándose, y su luz roja vuelve a cambiar enérgicamente, pero hay otra más rápida que me preocupa. Una que va por veintisiete mil.

Me abro de piernas y pego el pecho a la barra para deslizarme muy despacio por ella hasta el suelo. Hago tiempo para fijarme en quién es y la imagen me deja congelada. ¡Es Xavier!

Doy gracias por llevar antifaz, porque mi cara ha debido de dar pena. Queda poca canción, y sigo danzando, exhibiéndome y rezando todo lo que sé para que Ástor gane. No quiero ni mirar.

Cuando la música termina, la habitación es engullida por la más monstruosa oscuridad y vuelvo a agradecerlo, pero no saber quién ha ganado me llena el estómago de nervios envenenados.

Me levanto como puedo y busco la salida de emergencia en la penumbra.

Empujo la barra antipánico y voy a parar a una habitación pequeña en la que hay un módulo cuadrado, bajo y acolchado, que invita a sentarse. Pero no lo hago. La incertidumbre me obliga a esperar de pie para descubrir quién vendrá a reclamarme.

Transcurren dos minutos eternos hasta que oigo que la puerta se abre y aguanto la respiración como lo haría un ciervo ante un depredador.

Cuando identifico a Ástor, una ola de alivio da tal revolcón a mi sistema emocional que corro hacia sus brazos, desesperada. Él me acoge con fuerza y siento que estoy a punto de llorar.

Me he quitado un peso tan grande de encima que me deshago en lágrimas. Me aprieta más fuerte, y me embebo en su cuerpo, tirando de su ropa con aprensión.

—Chist... Ya está —me consuela—. Joder... Lo has hecho genial.

Oyéndole no sé quién está peor de los dos. Lo miro temblorosa y él acuna mi cara con ansiedad para secar mis mejillas con los pulgares. Mi miedo y mi desazón se ven reemplazados por unas ganas de besarle tan crudas y feroces que me duelen en el alma.

—Kei..., ¿estás bien?

Lo pregunta como si el universo dependiera de ello.

Nuestra cercanía y su respiración acelerada le obligan a anclar la mirada en mis labios. Siento cómo trata de frenar un impulso palpitante, y mi corazón se hincha como un pez globo al distinguir que quiere respetarme, pero son sus ojos..., el espejo de un alma escondida que jamás creyó encontrar el camino de vuelta, los que me hacen recorrer la distancia entre nuestros labios y atraparlos sin pensar.

En cuanto nuestras lenguas se tocan, un jodido Big Bang estalla entre los dos como si fuera el comienzo de un nuevo mundo esperando a ser descubierto y vivido en su plenitud. Me atrae hacia él con avaricia para devorarme entera y mi boca se abre de pura incredulidad ante su posesión.

No puedo hacer otra cosa que dejarme llevar. Siento que se recrea en mis labios con una ansiedad famélica, como quien lleva días pensando en ello.

Su sabor es embriagador. Su olor, algo indescriptible. Su cuerpo, una fuerza a la que no puedo oponer resistencia. Al contrario. Me contoneo pegada a él como si necesitara mucho más roce. Ambos queremos resolver lo que ayer dejamos a medias dos veces.

Su forma de recorrer mi labio inferior con su lengua me deja noqueada.

«¿Esto está pasando de verdad?», pienso cuando me besa el cuello.

Jadeo anonadada y vuelve a tomar mi boca con ansiedad. A jugar con mi lengua, y a no dejarme pensar en nada que no sea en él y yo juntos. Y lo logra. Ni siquiera puedo abrir los ojos.

Mis manos suben por su pecho hasta su cuello para profundizar el beso. Gime. Gimo. Y ese sonido nos vuelve locos. Le beso desinhibida y reclama mi cuerpo con más ímpetu, atrayendo mi culo contra su erección. El gesto premonitorio me deja sin palabras.

Imaginar su dureza dentro de mí hace que un fogonazo de placer me recorra de los pies a la cabeza. Desliza la palma de su mano por mi muslo para levantármelo y acunar mi entrepierna contra su miembro. No hay vuelta atrás. Está aporreando la puerta de mi libido y hay alguien en casa.

Me mezo contra él buscando un roce animal que hace que mi deseo se inflame con rapidez. Ástor interrumpe el beso con un suave gruñido y busca algo alrededor.

No me da tiempo a pensar cuando una de sus manos me arrastra con él hasta el único mueble de la sala y me obliga a tumbarme de espaldas cerniéndose sobre mí. Quiero gritar que esto es un error, pero mi garganta no parece dispuesta a hacerlo. Mis piernas tampoco cooperan, porque se abren pidiendo más cuando Ástor acomoda su cuerpo viril entre mis muslos mientras su mano y su boca se encargan de proporcionarme argumentos para no detenerlo.

Sus dedos no dan tregua a mis pechos. Los frotan y amasan con brutalidad por encima de la tela, deseando quitarla de en medio. Su boca ataca las franjas de piel que el triquini deja a la vista junto a mi ombligo, hasta que finalmente decide lanzarse contra mi monte de Venus haciendo que me dé un espasmo.

Imaginarme lo que sería sentir su boca sin la tela hace que me humedezca todavía más. Se lo demuestro tirándole del pelo y apretándole contra mi sexo.

Esa señal hace que aparte la tela sin miramientos y sienta sus voraces labios hundiéndose en mi excitación.

—¡Mmm...! —murmura devastado cuando suelto un gemido culpable por no poder apartarlo de mí.

Imposible. Deseaba esto y no podía aguantar más. Y él parece opinar lo mismo. Sentirle tan enardecido me excita mucho.

Madre de Dios... ¡Está asalvajado! Lo noto en su forma de agarrarme y de comerme. En su hambre de mí. Y quiero entregarme por completo.

«Nadie tiene por qué saberlo», me digo al borde del desmayo.

Sus lametazos me tensan como una cuerda al sentir tanto placer, estoy a punto de correrme como una medallista olímpica cuando se incorpora y me desata el *body* del cuello para tener acceso completo a mi pecho. Cuando mis tetas entran en su visual, las devora sin piedad haciéndome gemir de nuevo.

No me quedo atrás. Empiezo a desabrocharle la camisa, y ver el inicio de su poderoso esternón me colapsa. Deseo quitársela del todo, pero no me deja y vuelve a besarme en la boca haciéndome perder la cabeza. Porque sabe a mí, a sexo y a no poder esperar para sentirle dentro.

Una de mis manos va hacia el botón de su pantalón, indicándole lo que quiero mientras sus besos me hablan sin necesidad de palabras. Me discuten habernos llevado tan al límite. No haberlo hecho anoche, incluso el primer día cuando sentimos esa potente atracción de madrugada en su cocina.

Me alegra ver que tiene un condón a mano y que se propone usarlo.

Se incorpora y se sienta en el mueble con un movimiento elegante. Deja que se le deslice el pantalón piernas abajo y tira de las mías, atrayéndome hacia él. Me ayuda a ponerme de pie y se fija en que mi triquini de tigresa descansa en mi cintura. Me lo baja hasta deshacerse de él y dejarme completamente desnuda.

—Eres una diosa... —jadea al ver mi depilado brasileño mini.

Me quedo quieta ante su mirada teñida de deseo. Me habría dado vergüenza si la necesidad no fuera tan precaria o si Ástor no pareciera tan desesperado como yo. Se pone el condón y tira de mi mano para encajarme sobre él con una rudeza que me deja más excitada si cabe. Es como si no pudiera entender por qué mi cuerpo todavía no está encajado con el suyo, si aquí dentro le pertenece.

Trago saliva ante el deseo que transmiten sus ojos.

Dios... ¡Es inminente! ¡Vamos a hacerlo!

Lo miro durante unos segundos y no me lo creo. Estoy a horcajadas sobre sus piernas y su belleza me deja sin aliento. Todo él. Lo que hay detrás de sus ojos también.

Me obliga a cerrar los míos cuando me pega más a su cuerpo y arrasa mi boca. Con un leve movimiento nuestros sexos encajan a la perfección.

¡Joder...!

Se desliza hasta el fondo, haciendo que gima sorprendida. Me mantiene pegada a él, efectuando un mínimo retroceso para, enseguida, volver a abrirse paso en mi piel. No deja de besarme, como si quisiera absorber todo el placer que me está provocando. Me colma de una forma indiscutible y me abandono por completo.

Nuestros cuerpos se adaptan con una naturalidad pasmosa, acoplándose como el fino engranaje de un reloj suizo bien engrasado. Sus jadeos avivan mi pasión, y cada estocada filtra a mis sentidos pequeñas dosis infinitesimales del orgasmo en el que promete culminar.

No sabía que el sexo pudiera ser así. Que el placer pudiera convertirse en una energía tan desgarradora que es casi insoportable.

Tanto que tengo que dejar su boca para asimilar su absolutez.

Mis labios aterrizan en su cuello y quiero quedarme sostenida en este delirio de regocijo sin parangón. Uno que se desvanece a medida que nos aceleramos y explotamos juntos en un orgasmo digno de contar a mis nietas (aunque no entra en mis planes tenerlas).

Al terminar, necesitamos un minuto para calmarnos. No nos separamos inmediatamente. Cuando lo hago, intento conservar toda la dignidad que puedo, dadas las circunstancias; acabo de follarme al protagonista de mi caso en curso.

Lo veo quitarse el condón y hacerle un nudo. No sé más. Me centro en recuperar mi triquini y ponérmelo de nuevo.

La vuelta a la realidad siempre es dura.

Me cuesta asimilar que estamos donde estamos y a lo que estamos.

—¿Lista...? —pregunta poco después.

Asiento apocada. Él está completamente vestido de nuevo.

—Vuelve al vestuario, podrás ducharte y cambiarte de ropa, Keira.

—¿Y después...?

—Ya ha empezado la fiesta inaugural. A la puja solo han venido unos cuantos.

—¿Has podido fijarte en...?

—Luego hablamos... Se hace tarde —me corta con rigidez.

Desvía de mí la mirada y me coge de la mano. Es muy propio de él no hacer ningún comentario sobre lo que acabamos de compartir. Quizá don Perfecto se siente culpable porque ha cedido a la tentación y se ha tirado a la inspectora de su caso. Pero no pasa nada, quedará entre nosotros y listo.

Cuando salimos de la sala, Julia me está esperando. Ástor se despide de mí con una fría caricia en el brazo. Después de lo que ha hecho con mis labios, me esperaba algo más, pero aquí hay testigos.

Julia me escolta sin decir nada hasta el vestuario. Me ducho en silencio, sumida en mis pensamientos. Decidiendo cómo debo sentirme respecto a lo que ha pasado entre nosotros.

—Está preciosa —me agasaja Julia cuando termino de vestirme.

—Gracias.

De camino a la fiesta me abruma encontrarme con la cantidad de gente que promete el vocerío proveniente de la sala donde se celebra. Cuando entro me parece una boda de la realeza. Hay mujeres muy elegantes con vestidos y joyas imposibles, y la afluencia es cinco veces mayor que en la fiesta de ayer. Pero no veo a Ástor por ninguna parte.

De repente, distingo una cara conocida entre el gentío.

—¡Charly! —Me acercó a él.

—Inspec... ¡Keira! —reformula a tiempo—. ¡Estás guapísima! —dice con amabilidad—. ¿Qué tal ha ido...? —Y advierto en sus ojos una preocupación que abarca mucho más de lo que pretende.

—Bien, pero no encuentro a Ástor. ¡Aquí hay mucha gente!

—Sí, son todos los participantes del torneo; no solo hay miembros del KUN, sino gente que ha ganado a los del club de ajedrez. Yo también estoy buscando a Ástor... Entonces ¿ha ido todo bien? —vuelve a preguntar con cautela.

—Sí..., todo bien.

La expresión de su cara me escama. Parece un poco escéptico.

—Vale... Me alegro. Tu entrega es admirable, de verdad.

¿A qué se refiere?

—Quiero que sepas que yo no he visto nada —aclara—. Por respeto...

Cierto es que no le he visto en la puja, pero actúa como si mi baile haya sido lo más embarazoso del mundo.

—No sufras, es mi trabajo...

Sus cejas suben hasta el límite del nacimiento de su pelo.

—Bueno, yo diría que lo de hoy excede un poco a tus obligaciones.

No sabe hasta qué punto.

—Solo ha sido un baile en una barra, Charly —digo quitándole hierro.

Y que al decir eso cierre los ojos lamentándose, me da muy mala espina.

—¡Keira! —oigo que me llaman.

¡Es Ástor! Su voz arrastra cierta ansiedad, pero me alegro mucho de verlo.

Su imagen vuelve a chocarme como si fuera la primera vez.

«¿He tenido a este hombre dentro?».

A menudo, mi instinto de supervivencia intenta hacerme olvidar lo guapo que es; de lo contrario, no podría pensar en otra cosa.

—Ástor... —acaricio su nombre con una sonrisa obnubilada.

—Hola...

Me da un suave beso en la mejilla, y el roce me provoca un agradable rubor. Esto es otra cosa. Coloca su mano en mi espalda y me acerca a él, como si quisiera protegerme de todo con su cuerpo.

—¿Estás bien?

—Sí —respondo extrañada. ¿Por qué no dejan de preguntármelo?

—Necesito hablar contigo un momento —dice nervioso.

—Un poco tarde, ¿no, tío? —lamenta el abogado—. Os dejo solos.

Charly se aleja serio y el duque se muerde los labios. Mal rollo.

Mi mente comienza a dar vueltas a toda velocidad.

—¿Qué pasa aquí...?

—Keira..., escúchame... —balbucea Ástor, acorralado.

Miro alrededor, y tengo la sensación de que todo el mundo

nos observa con la misma expresión. La que pondría alguien que me hubiera visto desnuda haciendo de todo.

Lo sé incluso antes de que Ástor lo diga.

Always three steps ahead. Siempre tres pasos por delante...

—Nos han visto... —afirmo.

Su cara soporta la verdad intentando mantenerse imperturbable, pero apenas lo consigue.

—Forma parte del ritual de ser Kaissa... Yo... no quería que te vieras obligada a hacerlo... Ni que sufrieras pensando en ello.

«Que ¿QUÉ...?».

Contengo mi reacción de loca para arriba como puedo.

Mi orgullo pega un grito que me deja sorda. ¿Me ha hecho creer que... para...? Dios...

No puedo montar una escena, o eso me suplican los ojos de Ástor. Me piden que soporte su traición por el bien de la misión, pero me siento incapaz al descubrir que lleva tiempo planeando esto, que es un excelente ajedrecista y que desde el momento en el que supo que quería ser Kaissa fue tejiendo su estrategia para que me creyera su arrebato de pasión y accediera a acostarme con él después de la puja delante de muchísimos ojos. Todo ha sido espectáculo puro.

«Para enamorarme a mí hace falta mucho más...».

Esas palabras resuenan en mi mente perniciosas.

«Quizá no seas tan lista...», me digo.

Lo esquivo y huyo de él. Ahora mismo no puedo ni verle.

18
El precio del poder

> La desconfianza es la característica más necesaria de un jugador de ajedrez.
>
> Dr. S. Tarrasch

Me fastidia no poder detenerla, como me gustaría.

El problema es más grave de lo que parece, no soy idiota. Sé que me va a costar un mundo volver a ganarme su confianza. La conozco poco, pero lo suficiente para saber que la he cagado hasta el fondo.

Lo jodido es que volvería a hacerlo, porque no tenía otra elección.

Veo que se dirige a los aseos y la sigo.

Allí tampoco podremos hablar, las paredes del club tienen ojos y oídos. Mi plan es esperar a que salga e intentar explicárselo en un lugar más privado.

¿Y qué coño voy a decirle?

Cuando me contó que quería ser Kaissa se me hundió el mundo, así de claro. Revelarle la verdad significaba ponerla en un compromiso que dejaba a Carla sin opciones, y después de lo que me explicó sobre el abuso que había sufrido, practicar sexo conscientemente frente a muchos ojos lujuriosos habría sido horrible para ella.

Lo ha sido para mí. Y por mucho que Keira estuviera dispuesta a hacerlo, Ulises tenía razón al decir que no se puede pasar por el aro de todo por muy kamikaze que seas... porque luego no eres capaz de perdonarte a ti mismo. Lo sé muy bien.

Haberlo sabido de antemano habría sido un fracaso absoluto. Puede que yo mismo me hubiera bloqueado al verla sufrir. La única solución que encontré fue hacer que ella lo deseara. Sentirlo y vivirlo de verdad.

Yo ya había perdido la cuenta de cuándo empecé a ignorar los gritos de mi polla ansiosa por meterse en Keira. Era atracción sexual primaria. La misma que ha hecho que mi corazón se pare cuando la he visto con esos guantes moviéndose al son de esa canción de *Gladiador*. He dejado de bombear sangre y no podía ni pujar.

¡Casi pierdo, joder! Estaba agilipollado.

Todavía no me explico cómo Keira no me entró por los ojos nada más conocerla. Bueno, sí, porque tenía problemas más importantes en ese momento, pero ¿cómo no me di cuenta de lo sexy que podía llegar a ser?

Respondo: porque es una maldita experta en ocultarse. ¡Somos iguales! Por eso sé el esfuerzo que ha tenido que hacer para parecer sensual en esa barra. El mismo que he hecho yo dejando que muchos ojos vieran cómo me la follaba sin piedad, derritiéndome por ella.

No ha sido fácil. En la vida se me habría pasado por la cabeza compartir un momento tan íntimo. En los juegos del KUN, si pierdo pago con dinero; nunca pagaría con mi dignidad o la de otra persona. Por eso cuando he estado a punto de perder, he pulsado el botón de emergencia para pujar diez mil en vez de mil... Y creo que le he dado varias veces. No quiero ni mirar mi cuenta corriente.

Cuando me han comunicado que he ganado, he sentido el mayor alivio de toda mi vida. Seguido del sexo más intenso que existe. Estoy devastado a todos los niveles.

La veo salir de los aseos y me yergo súbitamente. Sus ojos me localizan y se detiene en seco.

—¿Podemos hablar?

Cuando no se niega, doy gracias a Dios y la insto a seguirme hacia un pasillo aislado.

No me gusta que haya tenido tiempo para procesarlo; su aura presume de una nueva coraza de acero galvanizado.

Me odia. Quiere matarme... Y me duele.

—No podías saberlo —digo en cuanto entramos en un salón lleno de tapices medievales que nunca usamos para nada—. No habría quedado natural. Se habría notado mucho y...

—¿Cómo has podido ocultármelo? —pregunta con furia contenida—. ¡¡¡Eres un maldito psicópata!!!

—No podía hacer otra cosa, son las normas del club... Y si te lo hubiera contado, habríamos puesto en peligro toda la misión.

—¿Cómo te atreves a tomar esa decisión por mí? ¡Es algo muy íntimo!

—Dijiste que harías lo que hiciera falta, Keira... Y me he basado en eso.

—¡Lo que has hecho es jugar conmigo! —brama más cabreada de lo que la he visto nunca—. Y mientras tú jugabas conmigo, yo me la jugaba por ti.

Sus palabras me atraviesan. Y sé que esto es serio cuando me mira como se mira a alguien a quien jamás vas a perdonar.

Sería buen momento para aclararle que por mi parte nada ha sido fingido, que me estaba muriendo por ella, pero soy incapaz porque no puedo ser consecuente con esos sentimientos. Son un error.

Están ahí, mirándome con una pose dramática, pero no pienso molestarme en analizarlos. Lo único que quiero es encontrar a Carla... No quiero tener sobre mis espaldas el peso de más vidas. Y para eso necesito que la inspectora se centre en investigar. Ahora que ya está dentro del KUN, por fin puede hacerlo.

—Lo siento, joder... —farfullo—. Lo siento mucho, y cito: «Para ganar hay que hacer algunos sacrificios». ¡He hecho lo que he creído mejor para todos, Keira!

Niega con la cabeza, alucinada.

—No sabes lo que has hecho... —amenaza con la mirada perdida.

Me humedezco los labios, angustiado, porque lo sé muy bien. Estoy fuera de su círculo de confianza. *Caput.*

—Confié en ti desde el principio... —ratifica dolida—. ¡Y me has hecho creer que te gustaba para que aceptara acostarme contigo en ese preciso momento!

—¡Yo no te he hecho creer nada! Has sido tú solita...

—Ya no puedo confiar en ti. —Baja la mirada al suelo.

—¡Lo he hecho por tu bien, Keira! —estallo incomprendido—. Para mí ha sido una puta tortura. Ha sido como saber la hora exacta a la que iba a morir.

—¡Vaya comparación...! ¡¿Follarme ha sido como ir al matadero?!

Y ahí está otra vez, esa mirada.

La que ruega que le diga que cumple mis expectativas con creces, la que cree que lo nuestro es posible. La que quiere que le confiese que conquistar su cuerpo ha sido la rehostia. Pero no puede oírlo. No nos conviene admitirlo a ninguno de los dos. Por eso digo:

—Pues sí, ha sido horrible.

Los ojos se le salen de las órbitas rebosando dolor y traición. La dura realidad zarandeando los cimientos de su autoestima. Me siento escoria, pero es necesario.

—Ha sido horrible, sabiendo que toda esa gente estaba mirándonos —completo débilmente para suavizarlo.

Su mirada vuelve a perderse en la lejanía llena de rabia.

«Resiste...», le suplico en silencio.

Necesito que sea tan fuerte como me ha hecho creer que es. Esa era mi gran apuesta. Mi clavo ardiendo al que agarrarme con ella. Todavía podemos superar esta atracción y seguir con lo importante.

—Ahora sabes que estoy dispuesto a todo para llegar hasta el final —intento convencerla—. ¡Ya estás dentro, joder! ¡Está hecho, Keira! Es lo que queríamos, no lo estropees por pura vanidad... No debemos perder de vista el objetivo de todo esto: encontrar a Carla.

Su mirada me ensarta como la fría y afilada hoja de una bayoneta. Siento el mismo dolor lacerante en mi podrido pecho.

—Tienes razón... —resuelve inflexible—. Centrémonos en la operación y acabemos con esto. Volvamos a la fiesta.

Cuando se dispone a salir disparada como una autómata, la agarro del brazo y la sostengo contra mí.

—Kei, por favor...

—No vuelvas a llamarme así —advierte sin mirarme, pero no intenta soltarse de mí, lo que significa que todavía tiene esperanzas de una última confesión que la ayude a sobrellevar la humillación.

Y se me rompe el corazón porque no la va a tener.

Esa parte de mí ya no está operativa. Estoy atado de pies y manos por mi escudo familiar. Por mi posición y mi destino. Aun así, intento ser todo lo sincero que puedo.

—Piensa lo peor de mí si quieres... Te juro que no pretendía hacerte daño. Siento que tengas que soportar sus asquerosas miradas, pero no te preocupes, no podrán tocarte mientras estés bajo mi protección. Te doy mi palabra.

Me mira con un desafío perturbador.

—Puestos a follar por obligación, casi prefiero que pierdas.

—Por encima de mi cadáver.

—Entonces procura que no te maten.

Se deshace de mí de un tirón y oigo que se va clavando los tacones en el suelo de mal humor.

Cierro los ojos y maldigo. ¡Puta mala suerte tengo!

Hubo un momento en el que incluso fantaseé con que Keira lo entendería. Pero que se enfade demuestra que he hecho lo correcto. ¿No es capaz de admitir que en algún momento terminaría pasando algo entre nosotros de todos modos? Debería darme las gracias por callármelo, aunque suene a locura.

Me quedo un rato en silencio acumulando fuerzas para sobrevivir a la puñetera fiestecita en la que ya somos la comidilla.

¡¿Qué se supone que debería haber hecho?! Decirle: «Oye, Keira, cuando gane la puja tendremos que follar delante de todo el mundo, ¿vale?». No creo que ella hubiera dicho: «¡Vale, Ástor, está hecho!».

¿No ve que le he ahorrado un mal trago alucinante? Lo nuestro era inevitable, joder... Mi polla lo sabe. Yo lo sé. Y Keira también.

Cuando vuelvo a la fiesta la veo hablando con mi hermano y con Troy, que la observa entusiasmado. El que faltaba.

A medida que me acerco, descubro que están hablando de ajedrez.

—¡Ástor...! —me saluda Troy, efusivo—. ¿Sabes que Keira se ha apuntado al torneo ahora que forma parte del club? ¡Estoy deseando enfrentarme a ella!

—Cariño..., no me habías dicho lo que se llevaba el ganador —comenta agresiva—. Ahora tengo todavía más ganas de participar.

—¿Tú no vas a por los cien mil, Héctor? —le pregunta Troy.

—Este año, no —contesto yo por mi hermano, y todos me miran sorprendidos, pero es lo último que necesito con lo que hay en juego—. No puedo cubrir a tres personas... Y ya voy a ser el *Kampeón* de Keira...

—Yo no necesito un *Kampeón* —replica seca—. Me basto solita.

Troy suelta una carcajada ante su desacato y aprieto los dientes.

Si algún día me deja atarla a mi cama, se va a enterar.

¿Qué no entendió del concepto «inocente y desvalida»?

—¿Y si pierdes? —le pregunta Troy, animado, deseando que ocurra—. ¡Necesitarás a alguien que juegue la revancha por ti! O tendrás que pagar con dinero... o en especies.

—Jugaré la revancha yo misma.

—¡No puedes! —exclama Héctor—. Y yo tampoco, por eso necesito a Ástor.

Ella lo mira sin comprender.

—Las revanchas son batallas físicas de tres actividades distintas. El Juego de la Torre, el del Caballo y el del Alfil.

—¿En qué consisten? —pregunta curiosa.

—El Juego del Caballo es una recreación histórica de las antiguas justas.

—¿Justas? ¿Se siguen practicando hoy en día?

—¡Sí!, hay toda una cultura respecto a las disciplinas de combate medieval. Nosotros tenemos nuestras propias instalaciones hípicas y hay una federación deportiva que ha adaptado y modernizado el reglamento que ya existía en el siglo XIV. Debe de haber unos trece clubes en España en este momento, y el KUN es uno de ellos.

—Suena peligroso... —Me mira preocupada. Y mi corazón revive por un momento.

—La actividad cuenta con un buen protocolo de seguridad —le explico—. Los luchadores están bien protegidos y las armas no tienen filos ni aristas cortantes. Se ha convertido en un reclamo turístico para multitud de fiestas medievales que se celebran por todo el país cada año. Es una exhibición espectacular.

—Lástima que no sepa montar a caballo... —dice encogiéndose de hombros.

—Yo podría enseñarte.

Me sale del alma, y Keira me mira preguntándome si es otro de mis truquitos. Está tan guapa con ese vestido negro y ese brillo poscoital que me cuesta pensar con claridad. La prenda deja entrever trozos de su delicada piel por todas partes, e imaginarla galopando hacia otra persona empuñando una lanza me pone enfermo.

—¿En qué consiste el Juego de la Torre? —pregunta a Héctor.

—Así llamamos a nuestro *ring* de boxeo —contesta él—. Está en el sótano del edificio, y en esa materia Ástor es prácticamente imbatible —añade orgulloso.

Ella me mira, pero no dice nada. No parece haberle impresionado mucho.

—¿Y el Juego del Alfil?

—¿Se te da bien la esgrima, Keira?

—No... —se mofa captando por dónde va la cosa.

—Entonces, confirmado, necesitas un *Kampeón*. —Héctor se ríe.

—Pero... ¿y si gano todas las partidas? ¿Lo necesitaría también?

—Sí —contesta vehemente, sorprendiendo a Keira—. A partir de los cuartos de final, todo el que pierde, sea del club o no, tiene derecho a una revancha justa para recuperar sus bienes y su honor... Es como un doble o nada basado en una competición física, no mental.

—Ya entiendo... —murmura ella—. Si alguien gana en terreno físico, se le perdona la deuda.

—Exacto.

La veo resoplar como si acabara de escuchar un estupidez y me temo lo peor.

—¿Tienes una opinión al respecto? —la pica Troy—. Ilústranos, por favor.

Me muerdo los labios porque me preocupa lo que pueda decir. En este momento, Keira es pura dinamita. Está cabreada conmigo y...

—Estas revanchas sacadas de la manga me parecen el clásico malentendido de la teoría de la evolución de Darwin. Él no dijo que sobrevivirían los más fuertes..., ni los más rápidos ni los más inteligentes, sino aquellos que se adaptaran mejor al cambio. Y premiar la supremacía física en un torneo de ajedrez me parece la reminiscencia de un comportamiento de la Edad de Piedra que no tiene cabida en la sociedad contemporánea.

Héctor da una palma al aire con entusiasmo.

—¡¿De dónde has sacado a esta chica, As?! —exclama divertido.

Troy y yo nos miramos boquiabiertos.

No sé de dónde ha salido, lo único que sé es que ha puesto mi vida patas arriba y que ahora mismo no puedo ni hablar. Por fin encuentro a alguien que tiene los huevos de cuestionar al club como siempre he hecho, otorgándome la satisfacción de defenderlo con el nuevo punto de vista que deseo darle.

—Puede que Darwin esté anticuado, pero nosotros no —digo displicente, convirtiendo su soliloquio en una batalla dialéctica apasionante que Troy y Héctor no parecen querer perderse. Y menos después de habernos visto follar salvajemente—. El concepto de «selección natural» de Darwin choca a las claras con lo que hemos descubierto en los últimos doscientos años, sobre todo aplicado al entorno de reproducción sexual. Estoy de acuerdo en que esa idea se ha extrapolado hacia la «selección social», sin que las creencias populares pudieran detenerlo, pero... como presidente puedo decirte que nuestro club reformula la interpretación de lo que tú llamas «competencia destructiva» por «colaboración creativa». Es decir, nos ayudamos los unos a los otros.

»Un *Kampeón* es una persona que responde por ti para hacer justicia a la infame genética, que no siempre es justa. Así cualquier hombre educado puede redimirse de los defectos que la naturaleza pone de manifiesto en ese gen egoísta de supervivencia, y ensalzar la "colaboración" como el valor más esencial de nuestros días, en cualquier campo.

—Señoras y señores... ¡Mi hermano! —aplaude Héctor con guasa.

—¿También la colaboración en terreno sexual? —replica Keira, sagaz.

—También... ¿No era esa tu máxima? ¿La de un acuerdo de colaboración «sin agobios» en época de celo? —Utilizo sus propias palabras.

—¡Por favor, no dejéis de hablar! —nos suplica Troy agarrado a su copa como si fuera un cuenco de palomitas.

Keira piensa cómo fulminarme rápido ante mi ataque.

—Tener sexo sin un vínculo afectivo no está mal —expone—. Fingir un vínculo para tenerlo es lo miserable.

—Coincido. ¿Entiendes ahora por qué quedo con Sugar Babies? —zanjo con chulería. Y resisto que me clave la mirada hasta el fondo de mi alma. Ha sido, sin duda, el mejor *touché* que he dado en mi vida.

—¡Keira! —Sofía aparece de pronto, dejándola con una réplica asesina en la boca—. ¡No te encontraba! ¿Me acompañas a tomar algo?

Mi chica asiente. Porque aquí dentro Keira es mi chica. Mía, por contrato. Y a no ser que pierda, nadie puede ponerle un dedo encima. He dicho.

«Pero fuera de aquí, sí», me recuerda una voz cuando la veo acercarse a Saúl con una sonrisa.

¡Ese chaval es como un grano en el culo!

Se saludan con un beso afectuoso y me arden los pies de ganas de ir hacia ellos e impedir que se hagan más amigos. Seguro que si os digo que nunca he sido celoso no me creéis, ¡pero ese tío es un peligro! Si jugando al ajedrez es bueno, os juro que en otros terrenos es aún mejor. Lo conozco bien. Es inteligente, carismático y atractivo... O sea, un peligro, lo dicho. Y Keira no es mi novia; solo es mi Kaissa, y nuestro vínculo de confianza ahora mismo está en coma. Así que puedo permitirme el lujo de sentir esto sin tildarme de ser un posesivo o un celoso, porque en estos momentos soy un jodido tobogán acuático de oxitocina y solo quiero volver a besarla por todas partes... y más después de escucharla criticar a Darwin de esa forma tan vehemente.

—Te invito a una copa —me dice de pronto Charly al oído. No tiene más que verme la cara para saber que estoy viviendo una tortura.

—Te la acepto encantado.

—Joder... Esa chica te ha cambiado de un día para otro, ¿eh?

Pero no es eso. Es que esta noche ya la he fastidiado suficiente; Keira está muy cabreada conmigo, y necesito alcohol para soportar cómo me mira y lo mal que lo está pasando por tener que oír comentarios inapropiados sobre orgasmos exultantes. Yo he oído unos cuantos ya y he tenido que inventarme un nueva cara de indiferencia para aguantar el bochorno.

La maldita fiesta termina a una hora decente porque al día siguiente el torneo empieza pronto, y apenas he visto a Keira en estas tres horas.

La que sí ha venido a hablar conmigo ha sido Sofía en un momento dado:

—Cada día te superas más, Ástor...

No me ha gustado la ironía disfrazada de acusación velada de sus palabras.

—Gracias por no decírselo. Pensaba que lo harías, víctima de la sororidad entre mujeres.

—No lo he hecho porque sé que Keira lo estaba deseando. Pero no va a ser fácil que te perdone. Has jugado con sus sentimientos.

—Por su bien.

—Siempre dices lo mismo cuando se trata de echarle huevos a algo —dice molesta.

Sé que se refiere al KUN y su querencia de pertenecer a él. Lleva tiempo presionándome con que proponga su membresía.

—Hay ciertas cosas que no pueden imponerse, ya te lo dije, Sofía, es mejor que ocurran de forma natural, sin forzarlas.

—¿Esas «cosas» tienen pene? Porque no veo que tengas ningún problema para imponerte a las mujeres... Te deseo suerte pensando así, Ástor. Ya me contarás qué tal te va.

He cerrado los ojos despacio y he bebido un poco más. Menuda nochecita...

Cuando la gente empieza a salir del recinto, confío en que

Keira acuda al coche, pero en cuanto veo a Ulises distingo una silueta a su lado. Tiene pinta de llevar tiempo con él aquí fuera... Fuera de mi alcance.

—¿Lo habéis pasado bien? —pregunta Ulises con cierta inquina.

¡¿Se lo ha contado?!

No puedo creerlo... Por su mirada, igual no hay que esperar a que nadie del club me mate, quizá lo haga él mismo.

Héctor se sube en el coche a pulso y guardo su silla en el maletero. Keira sube también y me reúno con ella en la parte de atrás.

No me mira al acomodarme a su lado. Héctor se vuelve captando su actitud distante hacia mí y me mira extrañado. Debe de estar flipando. Y lo entiendo. No sabe qué pinta ella en casa si estamos enfadados.

Nunca he llevado a casa a follar a nadie. Y menos, para no follar.

Cojo mi teléfono y escribo un mensaje a Keira. Tengo que llamar su atención tocándole la pierna para indicarle que mire su móvil.

Lo hace.

Lee mi mensaje y escribe algo a continuación.

Ástor:
Héctor nota que estás enfadada.
Y no le cuadra que te lleve a casa conmigo

Inspectora:
Discutir en una fiesta con la chica que te gusta es muy habitual.
Lo que no le cuadra es que actúes como si fueras humano

Ástor:
Debería acercarme a ti y que vea que hacemos las paces

Inspectora:
Ni se te ocurra volver a tocarme

Me humedezco los labios, contrariado. ¿Qué explicación quiere que le dé?

Keira guarda su móvil y sigue mirando por la ventana con expresión ausente.

Héctor está pendiente de nosotros y sé que me espera una conversación al llegar a casa.

En cuanto la pisamos, Keira se escapa hacia nuestra habitación con un «buenas noches» seco, y, por supuesto, Héctor se acerca rodando hasta mí cuando decido prepararme algo de comer en la cocina.

—¿Qué ha pasado? ¿Estáis enfadados?

—Sí.

—¿Qué has hecho ahora?

—¿Por qué he tenido que ser yo?

—Porque supongo que si fuera al contrario ni la habrías dejado entrar en casa. ¿Por qué ha venido?

—Porque se lo he suplicado —sentencio cortante ante su agudeza.

—¡¿Tú, suplicando?! —Sus ojos se abren divertidos—. Me estás asustando, Ástor... —Pero parece complacido al decirlo.

—Es mi primera Kaissa y quiero que salga bien.

—Ya, bueno... No tienes que darme explicaciones, pero me encanta verte así.

—¿Así cómo?

—Vulnerable. Humano. ¿Enamorado...?

—No estoy enamorado, Héctor —digo serio, sin rastro de duda.

¡La conozco desde hace solo tres días, joder!

¡Ni siquiera sé si me cae bien...! Simplemente, la deseo mucho.

—Sí, sí, ya, ya...

—Deja de ver cosas donde no las hay.

—No espero nada de un tío que vive en el ático de la negación, pero esta chica tiene algo. Lo vi desde el principio. Y me alegro de que no pases de ella por una simple riña de... enamorados.

—Vete a dormir. Y a tomar por culo también, por favor —digo ignorando su risita mientras abro la nevera.

—¿Por qué lo has hecho, As? —pregunta de pronto en tono solemne.

—¿El qué?

—La Kaissa... Tener sexo en público... ¿Por qué ahora? ¿Qué ha cambiado?

—Que estoy cabreado —respondo sin pensar. Y es cierto. Tengo una epifanía—. Me están tocando los huevos con las amenazas y lo de Carla, y ya me he cansado... Tenías razón, Héctor, no voy a seguir el juego a ese hijo de puta. Solo quiere asustarme y coartarme, así que me he propuesto hacer justo lo contrario. Desfasar. Quiero que vea, o vean, con sus propios ojos que su plan no funciona... Se acabó. Que se vayan todos a la mierda.

—Todos, menos Keira, ¿no? —dice con sorna.

—Me piro. Tú hazte unas palomitas y sigue montándote películas románticas en la cabeza.

—¡Corre a arreglar las cosas! Me pondré tapones para no oír vuestro salvaje polvo de reconciliación.

Me voy negando con la cabeza. Si él supiera lo jodido que lo tengo...

Además, no hay nada que arreglar. Si había algo, está hecho añicos.

Al entrar en la habitación descubro que Keira sigue en el cuarto de baño y hago tiempo. Necesito ducharme urgentemente; aún huelo a ella.

Cuando sale, no me dirige la palabra. Se mete en la cama y entro en la ducha.

Al salir, la luz está apagada. Se ha colocado de medio lado dando la espalda a mi lugar de descanso.

Me tumbo en la cama, boca arriba, pero no puedo cerrar los ojos. Tenemos que hablar.

Hago un esfuerzo por entender mis sentimientos. La opresión que noto en el pecho tiene nombre propio. Y es...

—Necesito que encuentres a Carla —imploro en voz alta rompiendo el tenso silencio.

Keira tiene ese efecto sobre mí. El de sintetizar lo que quiero reduciéndolo a la mínima expresión. Con ella no me sale endulzar las palabras. Con ella solo vale la verdad.

—Yo también quiero encontrarla. Y cuanto antes lo haga, antes te perderé de vista.

Ese es el espíritu y el quid de la cuestión, pero algo me pellizca el pecho de nuevo haciéndome entender que cuando eso ocurra no volveré a verla. Al parecer, mi cuerpo no desea que se aleje de mí. Pero mi mente sí. Joder que sí... O acabaré volviéndome loco.

—¿Tienes a alguien en el punto de mira? —preguntó ansioso.

—Tenemos varias hipótesis.

—¿Cuáles?

—Ulises y yo hemos estado trabajando en ellas parte de la noche.

—¿Se lo has contado? —No puedo evitar preguntarlo.

Tarda unos segundos en responder, recordando la encerrona.

—Si lo supiera, te mataría.

—No lo dudo. Pero vuestra relación tampoco es muy justa... En el fondo, eres igual de calculadora que yo.

Eso hace que se vuelva. Me espero un guantazo en cualquier momento.

—No sabes nada de mí... Ni de nosotros. No creas que me conoces una mierda por haber echado un polvo mediocre.

—Mediocre, los cojones... Y Ulises está loco por ti, no hace falta conoceros mucho para verlo.

—Eres como Jon Nieve, muy guapo, pero... no sabes nada. ¿Quieres saber dónde está ahora mismo Ulises? En casa de Sofía, y no me importa porque ¡somos amigos! Somos un equipo y a veces follamos. Nada más. No tenemos secretos el uno para el otro... No como tú, que eres don Secretitos.

—No sé por qué estás tan cabreada. Solo quería ahorrarte un mal trago. ¿No has oído eso de «ojos que no ven, corazón que no siente»?

—Pues te has equivocado, Ástor. Sí que siento. Me siento engañada...

—Dijiste que el fin justifica los medios, y ahora estás justo donde querías estar. Encuentra a Carla y punto —digo severo.

—¡Estoy en ello, joder! —contesta cabreada—. Hoy se han registrado los domicilios de sus últimos Sugar Daddies. Para eso sí nos dan permiso con rapidez... Y los de tráfico están verificando las coartadas de tus amiguitos. El taxista dice que dejó a Carla en su calle. Alguien debía de estar esperándola...

Esa información es la que me abofetea con fuerza.

—Joder...

—Vamos lo más rápido que podemos, Ástor, pero estamos atados de pies y manos con tanto vip implicado. Seguimos el rastro de una furgoneta blanca con la matrícula tapada. Cuando conozca más a fondo a los cuatro sospechosos principales, sacaré algo en claro.

—¿Cuatro? ¿Quiénes son?

—Es mejor que no lo sepas... No quiero que te sugestiones cuando estés con ellos.

—¡Yo también pensé que era mejor que no supieras lo del polvo público para no sugestionarte cuando lo estuviéramos haciendo!

Su silencio es música para mis oídos. «¡Es lo mismo, cielo!».

Me vuelvo enfadado hacia mi lado, dando por terminada la conversación. No espero que diga nada más. Ni lo necesito. Lo que ha expuesto sobre la investigación me sirve de bálsamo para confiar en que, en cualquier momento, una pista se cruzará con algún dato y los pillarán. Los delitos pasionales es lo que tienen, se cometen errores por orgullo, por envidia o por miedo.

Y para miedo, el que he sentido esta noche al estar dentro de ella.

keira

19
Mentiras oficiales

> Yo no creo en la psicología.
> Creo en las buenas jugadas.
>
> Bobby Fischer

Sábado, 14 de marzo

Cuando oigo el despertador, me cuesta abrir los ojos.

Estoy tan a gusto... Huele tan bien... Y está tan mullidito que...

¡Me cago en la leche!

Me separo de un brinco de unos ojos azul galáctico que me atraviesan a tan solo diez centímetros de mi cara.

En su defensa, diré que Ástor parece adormilado. Supongo que se dio la vuelta, yo me volví y... ¡hemos dormido arrimados como dos hámsteres!

O quizá haya sido mi instinto protector, porque vaya noche me ha dado.

Ástor se incorpora y se sienta en la cama, de espaldas a mí, exudando una frialdad inquietante. Un escalofrío recorre mi columna vertebral.

Me quedo quieta hasta que coge ropa y sale de la habitación.

—Buenos días a ti también... —farfullo cuando ya no puede oírme.

¡Dios mío! ¡Hoy es el torneo!

Salto de la cama y tardo casi una hora en arreglarme. Quién me ha visto y quién me ve...

Los conjuntos diurnos de Mireia son mucho más sobrios que los de las noches. Y el de hoy es algo que me habría puesto en mi día a día, aunque, seguramente, con unos *leggins*, no con las piernas al aire.

Se trata de un vestido camisero negro que me llega a medio muslo, combinado con unas botas de cuero negras y unas gafas de sol del mismo tono. Mucho negro por todas partes, como a mí me gusta. Es un look arreglado pero informal. Mireia hizo hincapié en que llevara el pelo suelto con este *outfit* y en que me pusiera unos pendientes plateados largos que añadió al lote.

¿Resultado? Me siento cómoda y lista para machacar a cualquiera en un tablero de ajedrez. Hasta he soñado con jugadas toda la noche, al menos hasta que un grito me ha despertado dándome un susto de muerte.

Ha sido un «¡nooo!» grotesco, seguido de un violento despertar por parte de Ástor que casi hace que le dé un puñetazo en medio de la oscuridad.

—¡¿Qué pasa?! —he preguntado asustada.

—Nada... Yo... Solo ha sido una pesadilla.

—¿Estás bien?

—Sí, sí...

Después de eso, solo se ha oído el silencio y las respiraciones acompasadas al volver a conciliar el sueño acusando nuestra cercanía.

Esperaba encontrarme con Héctor en el desayuno para que mediara entre los dos, pero no hay ni rastro de él. Al final desayuno sola en la mesa; Ástor se toma un café de pie en la cocina, alejado de mí.

Genial. Cuanto más lejos, mejor... Sigo cabreada.

Por suerte, Ulises aparece puntual a las nueve y media para llevarnos al club.

Le pregunto con disimulo qué tal la noche y me guiña el ojo. Parece contento. ¡Viva Sofía y sus obras benéficas!

—¿Has dormido bien? —dice Ástor a Ulises con retintín al ir hacia el coche.

—Igual de bien que tú, creo.

Miro mal a Ástor para que no replique nada.

—Estate atenta hoy, ¿vale? —me advierte Ulises sujetándome la barbilla.

Mis ojos vuelan hacia los de Ástor sin poder remediarlo. Y veo que pasa de nosotros apretando los labios en una línea fina.

Ástor decide que esta vez vayamos en un jaguar negro de cuatro plazas que tenía escondido en el garaje. Menudo cochazo... Lanza las llaves a Ulises, quien las coge al vuelo un poco sorprendido.

—Súbete delante —ordeno a Ástor.

Quiero ir atrás sola, sin que sus ojos me acribillen, porque no será precisamente implorándome perdón, sino pidiéndome que recapacite ya que tiene razón.

¿La tiene?

Joder... Me cabrearía mucho que la tuviera.

He estado pensando en ello de madrugada y he llegado a una conclusión: ayer no me sentí engañada, fue peor, ¡me sentí humillada! Y no porque un montón de desconocidos me observaran en una situación tan comprometida —me da un asco tremendo, que conste—, pero lo que realmente me dolió fue que me manipulara para hacerme pensar que el sentimiento era mutuo.

¡Me había engatusado con una estrategia meditada!

Y lo que yo sentí como algo espontáneo e inevitable no lo había sido tanto, en realidad. Porque él contaba con que pasase. Lo dio por hecho, como si no se le resistiera ninguna mujer.

¡Maldito bastardo!

Me cameló como a una imbécil para que bajara mis defensas, renuncié a mis férreos principios profesionales y luego me hizo sentir que nunca sería suficiente para que fuera real.

Me quitó el control... o más bien, lo recuperó.

Yo se lo había quitado a él el día que planeé perder contra Saúl sin consultárselo y ahora estamos empatados.

Anoche, cuando nos metimos en la cama, me dejó clarísimo que su único interés es que resuelva el caso. Y el coraje que siento ahora mismo me ayudará a hacerlo.

Pero lo nuestro no va a quedar así. Mi instinto me dice que siente algo por mí. Él mismo confesó que no es buen actor. Sofía afirmó que «nadie finge tan bien», y esa forma de besarme no parecía obligada, sinceramente.

Así que voy a ir a ese torneo, lo voy a ganar y voy a resolver el caso, y, mientras tanto, no pienso dejar de provocar a este cabrón retorcido hasta que venga suplicando por más... Veremos quién engaña a quién.

En cuanto llegamos al club, nos dirigimos hacia una pequeña recepción donde nos dan unas acreditaciones con nuestros nombres impresos y botellas de agua.

El duque se acerca a varias pantallas en las que se especifica la organización de las rondas por mesa. Habrá dos por la mañana y una por la tarde, pero en cuanto veo el sello de la FEDA avalando que es un torneo oficial que arrojará resultados con mi verdadero nombre, me da un mareo.

—Dios... ¿Esto es oficial? ¿Un torneo de la Federación Española de Ajedrez? ¡¿No era privado?!

Ástor me mira extrañado.

—Es oficial porque vienen árbitros homologados; el club de la universidad está federado y cumple todos los requisitos. Pero se celebra en un espacio privado que se reserva el derecho de admisión.

—Joder... —No puedo disimular mi malestar. Intento respirar.

—¿Pasa algo? —pregunta preocupado.

Me doy la vuelta para que no lea en mi cara el dilema que me supone esto, pero se lo huele y busca mis ojos curioso.

—¿Hay algún problema? —indaga interesado.

—No —miento. Necesito pensar.

—¿Es por tu Elo? Se juega según el sistema suizo. ¿Cuál tienes?

—Ninguno. —Es la verdad. Cierro los ojos, mortificada.

—¿Cómo que ninguno?

—No tengo. No estoy federada. Nunca he jugado en una competición real, solo online. —Lo miro a los ojos con intensidad—. Y no contaba con empezar a hacerlo ahora, la verdad.

Me paso las manos por el pelo, y me retiro unos mechones varias veces detrás de las orejas.

—¿Por qué no estás federada? —pregunta con curiosidad.

—Porque no puedo apoyar la apología que la federación hace de la discriminación de género, sería como admitirlo... ¿Competiciones separadas por sexos? ¿Competiciones mixtas con campeones divididos por sexos con una plaza especial para que gane una mujer? ¡Como si fuésemos discapacitadas! Es muy ofensivo.

—No creo que lo hagan con esa intención. Las estadísticas señalan que las mujeres son peores al ajedrez, Keira.

Le lanzo una mirada rabiosa.

—¿Hablas de estadísticas a una matemática? ¡Esos números no son fiables! Arrojan esos resultados porque juega un tanto por ciento muy bajo de mujeres y la probabilidad de que ganen es remota. Muchas de las que jugamos no nos federamos.

»El reglamento existente contribuye a ensalzar la brecha de desigualdad de género, señalando que hay un escalón intelectual de habilidades y capacidades entre ambos sexos cuando está demostrado que es mentira. Lo que hay es un escalón cultural teñido de un notorio machismo que venimos arrastrando desde tiempos inmemoriales. Y te lo repito, Ástor: hace poco más de cien años que las mujeres empezamos a tener derechos básicos. ¡La revolución de la mujer trabajadora todavía está en pañales!

—Puede que tengas razón.

—Puede, no, ¡la tengo! —Lo agarro del brazo con convicción—. Ahora mismo el ochenta por ciento de las mujeres federadas son menores de edad, Ástor, ¡menores! ¿Sabes lo que significa eso? Que esto no ha hecho más que empezar...

La expresión de su cara en este momento es indescifrable. He dejado sin palabras a Ástor de Lerma, y me gusta. Podría enamorarme de la atención que me está prestando en este instante, pero no viene al caso. Sus ojos revelan admiración y eso me da fuerzas. Voy a demostrarle que aquí el único que se engaña con respecto a nosotros es él.

—Aunque ahora quizá parezca imposible para muchos, dentro de unos años una mujer podrá llegar a número uno mundial si se lo propone. Y no será brujería; ya hay indicios. Judit Polgar demostró el nivel que puede alcanzar una mujer en el ajedrez. Ganó al número uno de su época en una partida y ha ganado al de la nuestra. Y en la actualidad cada vez son más las mujeres que están alcanzando un nivel altísimo. Pronto habrá más prodigios como la china Yifan Hou, quien ya ha renunciado a participar en campeonatos mundiales exclusivamente femeninos. Solo juega mixtos y tiene muy claro que no necesita que nadie le regale nada.

—¿Y por qué tú no haces lo mismo? Podrías competir, Keira.

—Porque tengo cosas mejores que hacer —sentencio—. Prefiero capturar delincuentes en vez de fichas de madera... Pero si el ajedrez no fuera un mero pasatiempo, si de él dependiera nuestra supervivencia, las cosas serían bien distintas, créeme. Y me parece un insulto que sigan amparándose en que a nivel evolutivo el hombre es más agresivo y letal que la mujer. ¡Que se lo digan a las leonas!

Ástor pierde la mirada en mis labios sin ocultar que se muere por recorrer el espacio que separa nuestras bocas.

Disimulo mi expresión triunfal durante el segundo que dura el gesto.

Finalmente, aparta la vista y se separa de mí, atribulado.

«¡Y un cuerno que no está loco por mí!».

—Será mejor que entremos —murmura.

El corazón me da un vuelco cuando tira de mi mano y nos adentramos en la antesala del espacio preparado para la competición.

Su piel contra la mía de nuevo me produce hormigueo. Quiero pensar que es por el ambiente de ajedrez que se respira, no porque acabe de tener un recuerdo vívido de sentirle enterrado en mi cuerpo. Pero supongo que son ambas cosas.

Saludamos a unas cuantas personas, entre ellos alguno de los sospechosos, y no pierdo detalle de sus gestos hacia Ástor.

Intento soltarme de su portentosa mano, y me sorprende que no me deje hacerlo.

—Saúl... —saluda de pronto—. Buenos días. Mucha gente, ¿no?

El aludido fija su vista en la comunión de nuestros dedos sin mucha ilusión. Por eso no ha dejado que me soltara de él. ¡Será cabrón...!

—Buenos días. Sí... Espero que hoy se te dé mejor el juego, Keira —me vacila Saúl.

—Tranquilo, hoy no voy a dejarte ganar.

Saúl suelta una carcajada encantadora.

—¿Me dejaste ganar?

—¡Pues claro! —exclamo tunanta—. Tenía otras estrategias para convencerte de que me invitases al torneo después.

—Si lo llego a saber... —Me mira donjuán.

—Una lástima que se interpusiera el amor verdadero —opina Ástor besándome la mano.

«¡La madre que lo parió! ¿Ahora lo nuestro es amor verdadero? Yo lo mato...».

—De ser amor, la habrías convencido para que no fuera tu Kaissa. Si me disculpáis, voy a saludar a otras personas.

Saúl se va, dejando a Ástor con la palabra en la boca. Este último expulsa el aire de los pulmones mientras sigue apretándome la mano.

—No lo soporto —barrunta para el cuello de su camisa.

—¿Por qué? Pensáis igual. Tampoco le gusta el concepto de Kaissa.

—Precisamente... —murmura malhumorado.

Se da la vuelta y me arrastra con él hacia unos paneles luminosos, supongo que para localizar en qué grupo juega Saúl. Asimilo que ya no me va a soltar la mano hasta el día del juicio final. Eso es jugar sucio.

—¿Qué es lo que no soportas de él, Ástor? —pregunto intrigada.

—Que su verdad refleja mi mentira —admite bajando la cabeza.

Es lo más poético que le he oído decir, y lo hace con sus dedos rozando mis nudillos como si necesitara seguir tocándome para sentirse bien.

—Explícame eso. ¿Qué mentira? —pregunto soportando su dulce contacto.

—Saúl pudo pertenecer al KUN y no quiso. Y eso que lo agasajé bastante.

—Lo sé. ¿Y...?

—Pues que lo conozco desde que era un crío y casi siempre hemos estado de acuerdo en todo. Tenemos los mismos gustos y principios.

—¿Significa eso que te gusta Sofía?

—Sofía le gusta a todo el mundo —dice como si fuera un hecho.

Es verdad. Es de esas chicas que atrae hasta a las mujeres.

—Pero su decisión de no pertenecer al KUN me dolió —añade—. Me hizo sentir incorrecto. Y me lo reprocha en cuanto tiene ocasión.

—¿Has hablado con él de sus motivos para no ingresar en el KUN?

—Claro. Es por su padre... Xavier Arnau tampoco es santo de mi devoción, pero llegó antes que nosotros, ¿qué le vamos a hacer? A mí también me odia. Así que el sentimiento es mutuo. Pero aquí estoy, dando la cara.

—¿Por qué tienes tanto interés en que Saúl ingrese en el club?

—Es complicado... —desvía el tema evitando entrar en lo personal.

—Creo que podré entenderlo —insisto.

Ástor me mira recordando lo cerca que nos sentimos ayer, y percibo que quiere contármelo. O mejor dicho, que ya ha llegado a su límite de mentiras conmigo.

¡Maldito orgulloso!

¿Por qué no admitió ayer que él también quería acostarse conmigo?

¿Por qué dejó que me sintiera tan mal? ¿Por qué no le importó quedar como un cabrón manipulador carente de sentimientos, si en verdad los tiene?

—Con Saúl dentro, tendría un buen apoyo para cambiar las cosas —admite por fin—. Sin embargo, no quiere ni oír hablar del tema. Me desprecia. No sabe por qué todavía no me he largado pensando como pienso, pero no tuve elección. Él sí.

—Siempre hay elección, Ástor. Aunque estés en desacuerdo con la que tomaste, seguro que tendrías tus motivos.

—Sí.

—Lo que de verdad te molesta es tratarlo mal porque él eligiera un camino diferente al tuyo.

«Vayan ocupando sus mesas, por favor».

La voz se filtra a través de un altavoz oculto, pero Ástor no se mueve ni un milímetro ni deja de mirarme. Solo se acerca a mí y me suplica:

—Necesito que pares.

—¿El qué? —pregunto sorprendida.

—De hacer que desee besarte todo el tiempo.

Su sinceridad aplastante me deja fuera de juego.

Debería cruzarle la cara por mentirme ayer. Porque ya soy capaz de diferenciar cuándo dice la verdad y cuándo no. La dureza condiciona su timbre de voz. Supongo que es lo que tiene ser un hombre de honor. Aun así, todavía necesita sufrir mucho para aplacar mis ansias de venganza.

—Yo no estoy haciendo tal cosa —digo haciéndome la tonta, y me muevo coqueta hacia donde lo hace el resto de la gente.

No quiero empezar a babear por lo bien que huele en las distancias cortas. Hay muchas personas observándonos atentamente.

Busco la mesa que me ha tocado y me encuentro delante a un chico más joven que yo.

—¡Hola! Soy Enrique.

—Yo Keira.

—Soy miembro del club de ajedrez de la uni —se chulea confiado.

—¡Qué suerte, tío, te ha tocado una chica! —le dice otro chavalín. Y recuerdo que, por frases así, nunca voy a torneos presenciales.

Me muerdo los labios para no soltar nada y me agarro al lema de que «el tiempo pone a cada uno en su lugar». O el de que «cuanto más estrecha es la mente, más grande es la boca».

La gente tarda en acomodarse; somos muchísimos. Hay más de cien personas repartidas por varias salas. Ciento veintiocho, para ser exactos. Tras las tres rondas de hoy, solo quedaran dieciséis jugadores para las partidas de mañana. Y de esos, quedarán ocho finalistas para la semana siguiente.

Ástor está en mi sala y no me quita ojo cuando soy yo quien debería estar vigilándole. ¿Podría disimular un poco más? No sé qué pretende, pero pienso torturarle hasta que su atracción por mí sea insostenible.

En la estancia en que me encuentro solo hay dos mujeres contándome a mí, y me pregunto cuántas habrá en total participando en este torneo. Seguro que no llegamos ni a diez. El día que seamos mitad y mitad, se podrán sacar estadísticas reales. Y entonces, que se agarren a la mesa.

Oigo a través del altavoz:

«Bienvenidos al trigésimo cuarto torneo de ajedrez de la UDL. Habrá dos rondas de sesenta minutos durante la mañana antes del almuerzo, con un descanso de cuarenta minutos cada una. Por la tarde se jugará la tercera ronda».

El juego empieza y me tocan las blancas. «¡Yuju!».

Empiezo de forma aleatoria con el propósito de que no se apoye en mis movimientos para crear su táctica. Con lo que tarda en mover, ya he imaginado los dos posibles movimientos siguientes con cada una de mis piezas que no son peones.

Juego al despiste dejando que me coma un peón, un caballo y el alfil que ha abierto paso a mi reina en todas direcciones.

Se lo he dicho a Ástor muy clarito: en cuanto las mujeres tengan libertad de movimiento, se acabó. Por eso siempre nos han tenido sometidas.

Pongo mi señuelo, ataco su esquina con mi torre y mi dama, y la partida termina más rápido de lo que pensaba.

Enrique me mira sin entender qué ha sucedido, y me encojo de hombros como si hubiera sido pura casualidad del destino.

—Vaya, lo siento —digo teatral—. ¡Y eso que tenías toda la suerte de tu lado!

Aguanto la sonrisa, apenas. Se levanta bastante mosqueado y se va. El tío de al lado me mira circunspecto y echa un vistazo al tablero.

—En este juego la suerte no existe —le susurro cómplice.

Miro el reloj. Me sobran cuarenta y seis minutos.

Veo que algunos también se levantan y van a observar otras partidas. No tardo en acercarme a la de Ástor. Está tan concentrado que ni se percata de que estoy a su lado. Me encanta verlo así, tan distraído del resto del mundo. Sin que nada le hiera.

Me he prometido no estar pendiente de su jugada para poder analizar a sus fanes más curiosos, pero, en vez de eso, lo estoy mirando como una boba.

Se ha quitado la chaqueta y tiene dos botones desabrochados.

Es una imagen brutal. No sé explicarlo... Quiero pensar que no es el blanco de la camisa refulgiendo en su cara, el tono cobrizo de su piel, el hipnótico color de sus ojos, sus mandíbulas cuadradas, sus espesas pestañas o su ceño fruncido... Es todo y nada a la vez.

Ástor mueve, y no me resisto a descifrar su estrategia.

«Por ahí, no».

«No».

«No... ¡Ah, ya sé lo que pretende!».

Se hace eterno hasta que su rival tiene a bien bloquear su ofensiva. En cuanto le da al tiempo, Ástor mueve la misma pieza que yo habría movido para obligarle a huir de una muerte segura. Y vuelve a dar al tiempo con agilidad.

Observa el tablero, y cuando ve claro lo que tiene que hacer para ganar, se permite apartar la vista del juego y, por fin, me ve.

Enarca la cejas preguntándome si he terminado y qué tal me ha ido. Le devuelvo una sonrisa misteriosa y me lanza un gesto tan seductor que... Joder, no sé por qué me molesto en contaros esto.

Vuelve a centrarse en el juego cuando la obviedad nos pilla otra vez babeando el uno por el otro. Es odioso.

Su oponente parece decidido a encontrar una solución. Que la hay, pero es muy rebuscada. Ástor me mira, seguro de sí mismo, y levanto una ceja haciéndole ver que yo podría salir de esa. Se traga una sonrisa y finge pensar muy bien qué será lo próximo que va a mover. Qué mentiroso es... y cómo me pone que lo sea. ¡Maldito!

Su velocidad de respuesta denota que sabe adónde quiere llegar. La partida termina en tres movimientos más. Y le sobra media hora.

—Te felicito —me dice encantado cuando nos vamos al descanso—. Enrique es el cuarto mejor jugador del club de ajedrez.

—Al pobre le ha sentado regular perder contra una chica.

—Pero tú no eres una chica cualquiera, eres una diosa del ajedrez.

Que lo diga mirándome los labios no ayuda a reprimir mis ganas de besarle.

—Deja de hacerme la pelota... No pienso perdonarte el hecho de que todo el mundo me viera desnuda.

—No fue todo el mundo. Solo unos cuantos...

—Pues que TÚ me vieras desnuda.

—Tú también me has visto desnudo, así que estamos en paz. Bueno, en realidad, no. Aún me debes algo...

—¿Qué? —pregunto a la defensiva.

—Tú sabrás...

—Pues espera sentado.

—Como quieras, pero si me siento..., tendrás que arrodillarte.

Mi mirada furiosa se estrella contra su sonrisa torcida. Ahora mismo me lo comería vivo. Me gusta apreciar que el ajedrez lo transforma tanto como a mí. Este juego saca la mejor versión de nosotros.

De pronto, le llega un mensaje al móvil y lo revisa. Hice bien en devolvérselo el jueves, sería de vergüenza que continuara confiscado después de habérmelo montado con él.

—Es Héctor —me informa antes de que le sonsaque.

—¿Qué dice?

—Me pregunta si nos reconciliamos anoche. No sabes la charlita que me echó en la cocina. Gracias por eso.

—Te la merecías.

—Pues te va a salpicar. Ha empezado a hacerse ideas raras.

—¿Qué ideas?

—Cree que estoy loco por ti.

Esa frase me hace sonreír. Me dan ganas de decirle: «Héctor es listo. Tú, tonto».

—Es que tu actuación de anoche fue muy convincente —le pincho—. ¿Él nos vio?

—No. Héctor pasa de todo eso... Desde el accidente, su disfunción sexual ha sido su mayor fuente de depresión. Antes era muy activo, y le costó hacerse a la idea de que la situación iba a cambiar. Ha intentado de todo para asumir que su vida sexual ya no es genital, pero no lo lleva demasiado bien.

Noto que la culpa lo abofetea y, por un momento, me da pena. El rufián que era hace un segundo se ha diluido en un suspiro.

—Dice que ha quedado para comer con mi madre. —Chasca

la lengua—. Deberíamos ir... Si no, esta noche se plantará aquí para conocerte.

—¿Tu madre sabe que existo? —pregunto extrañada.

—Sí, yo mismo se lo dije... Prefería que se enterase por mí. No puedo ni guiñar un ojo sin que la gente se lo comente, y mi hermano es radio Patio. Además, si ella se lo creía, todos los demás se lo creerían.

—¿Debería temerla?

—Totalmente. Mi madre piensa que la vida es una novela de Jane Austen y que su misión es desposarme con un buen partido... Por cierto, te adelanto que no le vas a gustar ni un pelo.

—¡¿Por qué?! —pregunto divertida—. ¿Cómo debería ser la perfecta duquesa de Lerma? Dame armas para no disgustarla mucho.

Ástor niega con la cabeza.

—Me da vergüenza decirlo en voz alta.

—Hazme un resumen.

—¿Un resumen? —Me echa una mirada sarcástica que me enloquece. Está guapísimo cuando se pone trágico—. Pues está buscando a mi alma gemela, es decir, alguien amargado y que siempre esté pendiente del qué dirán.

—Pero tú no siempre has sido así. ¿Qué hay del otro Ástor?

—Solo hay uno ya. El otro murió en aquel accidente.

—¿Fuiste a terapia para aprender a gestionar esa culpabilidad?

Ástor hace una pausa sentida, como si intentara reprimir algo.

—Sí, pero ni todos los psicólogos del mundo podrán borrar de mi mente la imagen de aquella noche, como tampoco las consecuencias que acarreó... Mi hermano me lo recuerda todos los días. El primer año fue muy duro. Había que hacérselo todo, y no quise contratar a nadie.

—¿Por qué no?

—Porque tener que cuidarle me obligaba a seguir respirando.

Me clava semejante mirada que le toco la mano sin recordar que estoy enfadada con él. Para mi sorpresa, sin embargo, la aleja de mí, incómodo. Quiere follarme, pero estamos lejos de ser amigos y me duele comprobarlo.

—Nunca me perdonaré lo de aquella chica, como nunca me perdonaré si le pasa algo a Carla —sentencia.

Sus amigos terminan reuniéndose con nosotros y nos preguntan si hemos ganado. Muchos se sorprenden de que yo haya ganado a Enrique Montalvo. Estoy deseando volver a jugar.

Sofía y Charly aparecen de la mano. Alucino un poco, ¡si anoche estuvo con Ulises! Ella me abraza y me cuenta entre risas que ha perdido fulminantemente.

—Lo siento —contesto sonriente.

—Yo más, ¡acabo de perder mil euros!

Miro a Ástor irritada y achico los ojos.

«Ese gasto va a la partida de presupuesto», le ordeno con la mirada. Esto me recuerda que no dejaré que pague nada por mí.

Él me hace un gesto con la cabeza para que lo olvide. Y no me gusta. Seguro que pensaba callárselo. Espero no perder, pero si sucede no permitiré que él corra con los gastos. Tampoco con los de la subasta.

Cuando se anuncia por el altavoz que volvamos a las mesas, Ástor camina a mi lado y acerca sus labios a mi oreja.

—El torneo corre de mi cuenta.

—Desde luego que no. Lo pagará la comisaría. Además, pienso ganar los cien mil.

Me mira divertido, y sonrío falsamente y le saco la lengua. Por un momento, pierde la vista en ella. Sé que antes de que termine el día volverá a intentar rozármela. Y cuando eso suceda, tendré preparado mi jaque mate.

Gano la siguiente ronda sin dificultad contra uno de los preferidos del club y, lejos de enfadarse, mi oponente se muestra muy interesado en mí.

—¡Ha sido increíble! ¿Cuánto tiempo llevas jugando?

—Juego desde niña.

—¿Y nunca has competido a nivel profesional?

—No.

—¡Pues deberías!

—No veo por qué. —Mi respuesta le pilla desprevenido—. No tengo nada que demostrar. Si me disculpas...

Aprendo rápido. Del mismísimo Saúl, que estaba poniendo

oreja en mi conversación al estar detrás de mí, esperando su turno para hablar conmigo, aprovechando que Ástor todavía no ha terminado su partida.

Su sonrisa me chiva que es un chico muy seguro de sí mismo, pero Ástor le impone un poco.

—Keira... —me intercepta amable—. Estás en boca de todo el mundo. Acabas de ganar a Andrés Gallardo. Vaya, vaya... —Sonríe encantado—. Estoy empezando a pensar que es cierto que me dejaste ganar.

—No lo dudes. —La sonrisa que le devuelvo es coqueta.

—Ojalá podamos volver a jugar juntos...

—Me encantaría. —Le guiño un ojo.

Saúl me cae bien. Su mirada me transmite respeto. Aunque me lo hubiera dicho en plan sexy, yo seguiría pensando lo mismo. Empiezo a entender por qué a Ástor le cae bien y mal a la vez. Hay un buen chico encerrado en la determinación de la fachada de vacilón de Saúl. Y siento que puedo preguntarle cualquier cosa, así que aprovecho.

—Oye, Saúl... No sé a quién preguntar esto y quizá tú lo sepas.

—Claro. Dime. —A esto me refería. ¡Qué monada!

—No dejo de oír entre la gente que sorprende a muchos que Ástor no haya venido con una tal Carla... ¿Sabes quién es?

Su cara cambia al momento.

—Sí. Es amiga mía —musita serio—. Y la compañera de piso de Sofía.

—¿Es la exnovia de Ástor?

—Se supone que solamente eran amigos, pero empezaron a pasar mucho tiempo juntos y..., bueno..., no sé, salían juntos por ahí.

—¿Y por qué no está aquí?

Noto la incomodidad cruzando su mirada durante una décima de segundo.

—Nadie sabe dónde está. Dicen que ha huido... Es raro, fue justo antes de que tú aparecieras por aquí.

Lo miro fijamente, interesada.

—¿Por qué iba a huir? ¿De qué?

—No sé... Yo fui el primero que le dije que se alejará de los hermanos De Lerma. Y que se alejará del KUN. Pero no me hizo caso. Estaba emperrada en entrar como Kaissa, como has hecho tú. Ástor no quería y se pelearon. Por eso me sorprende que te haya dejado hacerlo. Está totalmente en contra de ese ritual.

—¿Por qué dijiste a Carla que se alejará de los hermanos De Lerma?

—Por nada. Olvídalo. —Se frena como si acabara de recordar con quién está hablando.

—Cuéntamelo, por favor... ¿Corro algún peligro?

Mi intención es parecerle desvalida y hacerle hablar más.

—No, tranquila. —Sonríe negando con la cabeza—. Se lo dije porque estaba celoso. A mí me interesaba Carla.

—¿Te interesaba?

—Sí, pero no se lo cuentes a Sofía, no deseo hacerle daño. Cuando salía con ella veía a Carla muy a menudo y nos hicimos buenos amigos. Al cortar, quise tomarme las cosas con calma, pero esperé demasiado y los De Lerma se me adelantaron.

«¡Estoy flipando a todo color!».

Las piezas del puzle empiezan a encajar. Lo grave es que señalan a Saúl como posible culpable.

—Ástor se cruzó por el medio y te la quitó, ¿no? —Lo animo a hablar.

—Yo no diría que me la quitó. Carla se alejó de mí mucho antes por otra serie de motivos.

—¿Qué motivos?

«¡¡¡Por favor, habla!!!».

Intento controlar que mis ojos no chillen esas palabras cuando Saúl duda si contármelo.

—No quiero tirar piedras sobre mi propio tejado contigo —dice de pronto, cortado—. Porque cuando te canses del espejismo de Ástor de Lerma, podríamos tener una cita de verdad... Tú y yo. Me gusta nuestra conexión. No es algo que suela ocurrirme muy a menudo, Keira.

Me quedo desencajada al oír la palabra «espejismo».

¿Ástor es un espejismo?

—Hijo... —Nos interrumpe una voz espeluznante—. Veo que ya conoces a Keira.

Es Xavier Arnau, acercándose a nosotros con una sonrisa lánguida.

Llega sin preguntar, metiéndose en un conversación privada a la que nadie lo ha invitado, y palmea varias veces la nuca de Saúl con fuerza. Odio ese tipo de saludo colleja. A nadie le gusta. Y a Saúl se le nota en la cara que lo detesta.

Cuando Xavier me mira, siento vergüenza al recordar lo que le dije la última vez que nos vimos sin venir a cuento, pero con lo que sabía de él, me bastó para tenerlo cruzado.

—Claro que la conozco —aclara Saúl a la defensiva—. La conocí en la universidad el primer día que llegó.

Y en su voz resuena un «antes que tú» bien audible.

—Por supuesto —contesta el padre, displicente—. Me han dicho que ya has ganado a dos eminencias esta mañana. —Se dirige a mí.

«¿Eso eran eminencias? Madre mía...».

—Bueno, cuando jugué contra su hijo perdí, así que...

—Me dejaste ganar —puntualiza Saúl con humor.

—Y volvería a hacerlo.

Saúl me mira con un brillo especial en las pupilas. Uno que su padre capta en un segundo e intenta disuadir.

—Ganar a la copia es fácil, cariño —dice con desprecio—. Ya verás cuando juegues contra el original... Lo estoy deseando.

«¿Me ha llamado "cariño"?».

—¿Es usted buen jugador? —pregunto impertinente—. Porque tengo entendido que Ástor de Lerma es quien gana todos los años.

Saúl intenta disimular una sonrisa ante el desagrado de su padre.

—A Ástor yo también le dejo ganar... Ya sabes, a veces hay que hacer concesiones. Estoy seguro de que me entiendes.

—¿Ya estás con tus mentiras, Xavier?

Ástor aparece de la nada con un tono vacilón que me sorprende. Destila una confianza que no creía que tuviera con Xavier Arnau.

Este último se ríe con malicia. Debería verse reflejado en la gran pantalla para corregir esa expresión de «el malo de la película».

—Yo nunca miento, Ástor... Algún día, no muy lejano, te darás cuenta de lo que es perder una partida de verdad. La partida de tu vida.

Me vuelvo hacia él, alucinada. «¿Estoy flipando o ha sonado a amenaza de muerte?».

—Pues de momento, voy ganando, ¿no creéis? —dice al tiempo que me rodea la cintura, arrimándome más a él—. ¿Quieres tomar algo, cariño? —me ronronea al oído—. Acabo de ver que vas a jugar contra Charly ahora. Lo tienes muy fácil.

—No subestimes a Charly —me dice Saúl con secretismo, como si solo reservara su tono amable para mí—. Es un listillo.

—Carlos no tiene ni idea de jugar al ajedrez —opina Xavier con repulsión—. Ni de nada, ya puestos.

—Pero no tiene problemas para conquistar lo que a ti se te resiste... —lo machaca su hijo señalándolo de lejos con Sofía colgada de su brazo.

«Vayan ocupando las mesas, por favor», oímos a través del altavoz.

Saúl se despide murmurando un «mucha suerte a todos».

Ástor me empuja por la cintura, y los dejamos atrás con un «igualmente».

—No sabía que tu relación con Xavier era tan cercana —le digo.

—Nos conocemos desde siempre, ya te lo conté, y trabajamos juntos. Además, sigue siendo muy amigo de mi madre.

Me acompaña hasta mi mesa, donde Charly ya me espera. Estoy atenta para ver si hacen su saludo con toque macarra. Me flipa que lo hagan. ¡Y ahí está! Dios..., qué morbo dan. Es como si fueran los más malotes del lugar.

—Trátamela bien, ¿eh? —dice con sorna a su abogado.

—¿Estás seguro, As? Si la trato demasiado bien, podrías tener problemas. Soy jodidamente irresistible.

Charly sube las cejas un par de veces con guasa y Ástor fuerza una sonrisa.

—Lo siento. Creo que no eres su tipo, Charly.

—¿Y cuál es mi tipo? —pregunto curiosa, retando a Ástor.

—Eso, Ástor, ¿cuál es su tipo? —Charly sonríe.

—Alguien que, al menos, se sepa los movimientos que puede hacer cada pieza —contesta el duque ufano.

—Eh, ¡me sé casi todos! —protesta el abogado.

Su actitud chistosa hace que me sienta cómoda. A Charly le encanta ser el inmaduro del grupo. El que obliga a la gente a poner los ojos en blanco. El que no teme soltar la mayor burrada para hacer gracia. El que no se guarda sus emociones cuando algo le gusta o le impresiona. En ese sentido, es todo lo contrario a Ástor.

Charly es el tipo de hombre que le gusta a Sofía. Despreocupado y divertido. Aunque conmigo saca un lado deferente que me agrada mucho. Es como si para él yo no fuera una mujer con la que juguetear, sino una autoridad. ¿Y a quién no le gusta eso?

A los cinco movimientos de empezar a jugar, dice apurado:

—Ayúdame un poco, por favor.

Me río y me remuevo en la silla. Lo estoy pasando genial.

—Usa los caballos, se mueren de aburrimiento...

—Es que no quiero que me los mates. ¡Soy vegano!

Me parto con él. En bajito.

—Tú no eres vegano. No tienes cuerpo de vegano, Charly.

—Gracias por el piropo. Y sí, me pirra un buen entrecot crudo, vale..., ¡pero soy animalista!

—Pues mueve el alfil —susurro divertida.

—Es que no me van mucho los curas... Yo a ellos sí, pero...

Me tapo la cara para no carcajearme. Nos mandan callar. Se supone que hay que guardar silencio. De todos modos, no creo que echen al mejor amigo y a la chica del *presi*.

—Pues mueve la maldita reina.

—Ah, no. Esa ni de coña. Si me la matas, no podría soportarlo. Soy un sentimental. ¡Entraría en depresión! Casi prefiero entregarme ya.

Alza la mano y mueve el rey hacia delante. ¡No puedo con él! Su sonrisa me transmite que está totalmente de coña, que le da igual el ajedrez y que no le preocupa que le gane una chica; él prefiere ligársela.

—Eres muy divertido —digo haciéndole jaque mate. Tumbo su rey.

—Antes Ástor también lo era —suelta melancólico.

«¿Ástor? ¿Mi Ástor? Quiero decir..., ¿el tío al que intento proteger?».

—Me cuesta creerlo.

—Ya... Sin embargo, estábamos todo el día de cachondeo... Lo echo mucho de menos.

—¿Desde cuándo os conocéis?

—Desde la universidad. Cuando él entró, yo iba a tercero y congeniamos enseguida. Era el rey. Un pijo rebelde... Pero después de muchos años de viajes y fiestas interminables, ocurrió el accidente y se acabó la diversión —musita abatido.

—Pero seguiste a su lado. Eres un buen amigo.

—Sí, ya... En fin, todos cargamos con algo de culpa aquella noche.

—¿Por qué lo dices? —pregunto interesada.

—Durante años estuve preguntándome: «¿Y si...?», pensando que podría haberlo evitado.

—Eso es lo peor que puedes hacer.

—Lo sé, pero recuerdo que se me cruzó por la cabeza llamar a un chófer para que viniera a recogernos y al final no lo hice.

—¿Saliste con ellos aquella noche?

—Sí, pero no cabíamos todos en un coche para volver a casa. La chica que murió me preguntó si podía venirse conmigo —dice con la vista perdida—. Y le contesté que no porque, la verdad, no me apetecía liarme con ella... Si lo hubiera hecho, probablemente seguiría viva y Héctor no estaría paralítico. Y no le habría jodido la vida a Ástor.

Me pongo seria y mi mano va sola hacia su codo para reconfortarle. Mira que yo no soy de tocar a nadie, pero me da mucha pena que eso le atormente.

—No debes pensar así... Podrías fantasear con mil hipótesis distintas: si no hubierais salido, si hubierais ido a otra discoteca, si te hubieras liado con ella... o si el otro coche hubiera parado a poner gasolina un minuto antes. Las leyes del espacio-tiempo son iguales para todos, no solo para ti.

—Lo sé, y casi nunca pienso en ello... Es solo que echo de menos a mi amigo. De todos modos, en los últimos tres días lo noto distinto. Algo ha cambiado en Ástor… No sé lo que es, pero creo que es gracias a ti.

—¿A mí? —repito abochornada.

—Sí, igual me equivoco, pero siento que le estás trayendo de vuelta, Keira.

ástor

20
Jaque familiar

> El ajedrez es necesario en toda buena familia.
>
> ALEXANDER PUSHKIN

Con lo bien que estaba yendo el día...

¡Había olvidado la visita obligada a casa de mi madre! Pfff...

Anoche me acosté pensando que hoy, teniendo a Keira tan cabreada conmigo, iba a ser una tortura. Y lo está siendo, pero en el buen sentido.

Supongo que no le debe de haber costado mucho deducir que ayer omití la verdad descaradamente y que me tiene más obsesionado que el coyote con el correcaminos.

Soy imbécil. Sé que disimulo de pena, pero no puedo evitarlo. La miro y siento una respuesta celular automática. Desde anoche recorre mi sistema como si fuera una maldita droga dura, y el mono vuelve con fuerza cada vez que me folla el cerebro con su clarividencia. Con su verdad. Su poder. Su mirada, su sonrisa... Ese cóctel personalizado de Keira lleva toda la mañana llamándome «hipócrita» y tensando la cuerda de mi paciencia.

A mediodía, Ulises nos informa de que tiene que volver a comisaría y sugiere que nos vayamos solos a comer a casa de mi madre. Mejor. Se habría tenido que quedar fuera porque yo no habría podido explicar su presencia sin alarmarla.

Cuando nos subimos al coche, me quedo mirándola embobado. Está tan guapa con sus victorias debajo del brazo y la certeza de que encaja donde se lo proponga que me dan ganas de enredar su precioso pelo en mi puño y atraerla hacia mi boca. Su respuesta a mi mirada es lanzarme media sonrisa y preguntar si puede poner música.

—Claro. ¿Qué tipo de música te gusta?

—Mucha y muy variada.

—¿Cuál es tu canción favorita?

—¡No tengo! —exclama divertida—. Sería imposible elegir solo una. Igual que una comida o... ¡todo! Ya sabes que no creo en la monogamia.

Suelto una risita ante la comparación.

—Si fueras un hombre, te llamarían «cabrón» por decir eso, Keira. Pero como eres una mujer, resultas fuerte, decidida e independiente. ¿Te das cuenta de lo injusto que es?

—Ástor..., estaba siendo un día muy bonito, no lo estropees, anda.

—Es como lo de que los hombres somos más infieles. ¡Pero si hacen falta dos para ser infiel! Ellas participan en la misma medida del engaño.

—Relájate. Me refería a que soy ecléctica. Pero si te quedas contento, me gusta mucho Amaral.

—Marchando Amaral.

La canción «Cómo hablar» empieza a sonar y la oigo tararearla.

Un sentimental diría que nos viene que ni pintada, porque me está ganando poquito a poco.

—Nos estamos conociendo... Contaremos eso a mi madre —empiezo a decir, como si estuviésemos en mitad de la conversación que estaba manteniendo en mi cabeza—. Seguiremos la misma coartada. Eres amiga de Sofía de toda la vida y tus padres tienen una agencia inmobiliaria de prestigio en Marbella. ¿De acuerdo?

—Pensaré un nombre, por si tu madre me lo pregunta.

—Bien visto. Pero vamos, no creo que te haga muchas preguntas... Te va a odiar simplemente por cómo vas vestida.

—¿Voy mal?

—Para mí estás mejor que nunca. —Me relamo los labios sin querer y noto que se ruboriza—. ¿Con cuero y enseñando piernas? Ya me tienes a tus pies. Además, me gusta mucho como llevas hoy el pelo...

—Si lo llevo suelto y liso...

—Por eso. Sin artificios. Pero ella no concibe salirse del blanco o del beis para vestir; como mucho, acepta el azul claro en primavera. Y es fan del cuello alto hasta en verano. Tampoco perdona ir sin perlas... La lista de requisitos es interminable, Keira —resoplo angustiado.

—¡Madre mía, qué presión!

—Tranquila, solo me echará la típica charla de «usa protección con este caprichito, hijo». Ya le he dicho que lo nuestro no es nada serio.

—Ajá...

—Le cuadrará que, en cuanto te vi, deseé follarte como un animal...

Me mira. La miro. «Me he pasado. Mierda».

Se lo puedo decir más alto pero no más claro.

—Bien, intentaré mantener la compostura cuando me llame «furcia».

Una sonrisa estalla en mi boca y me duele por la falta de costumbre. Pero es que... ¡es tremenda! Su humor testarudo me hace sonreír.

Cuando llegamos y salimos del coche, Keira alucina con el recinto y me pregunta si somos descendientes de los Borgia. Vuelvo a sonreír contra mi voluntad.

—¿Vive aquí ella sola? ¡Esto es enorme!

—No, vive con el servicio. El jardinero, las asistentas, la cocinera...

—Dime que es uno de esos jardineros cachas que va sin camiseta.

—Casi seguro que sí.

Nos sonreímos de nuevo y la cojo de la mano instintivamente. Quiero que se sienta cómoda, y ella responde al contacto de mi piel como siempre, como si acabara de besarla. Le acaricio los dedos confirmándole que me encantaría.

—Gracias por hacer esto por mí —le digo sentido—. Y te pido perdón desde ya por lo que mi madre te pueda decir. —Pongo los ojos en blanco.

—Tranquilo, ya hice de puta en una función del colegio, en *Los miserables*.

Me río, a pesar de que he notado un ligerísimo resquemor en su broma. ¿Habrán sido imaginaciones mías?

—Será poco rato —la apaciguo—. Hay que volver pronto al torneo. Además, Héctor nos facilitará las cosas. ¿Estás lista?

—Claro.

Entro con mis llaves, y tres miniaturas de perros vienen corriendo a toda velocidad hacia nosotros. Son un chihuahua, un yorkshire terrier y un pomerania. Arman un buen jaleo al llegar junto a nosotros.

—Hola, hola, hola —los saludo mientras saltan entre mis piernas—. Quietos, chicos... *Sit!* —ordeno tajante. Y los tres se sientan a la vez y se quedan muy tiesos.

Keira alza las cejas ante su obediencia y se agacha a acariciarlos.

—Te presento a Edward, Bella y Jacob.

De repente, oigo que se troncha de risa.

—¡¿Como los de *Crepúsculo*?! —exclama divertida.

—No sé qué es eso. Pero no dejes que Jacob te monte la pierna ni que Edward te muerda la mano.

Se apoya en mí, muerta de risa, y yo sonrío a su vez. ¿Qué le pasa?

—¡¡¡Que me parto!!! —jadea.

—Como no quiere caparlos, cada vez que Bella entra en celo se forma un triángulo amoroso que no veas.

Keira me da un manotazo en silencio rogando que me calle. Da la impresión de que le resulta difícil respirar. No entiendo nada, pero me encanta verla reírse así.

—¡Ástor! —grita mi madre desde veinte metros de distancia. Al parecer, nos ha oído reír desde el jardín.

Tiro de Keira para ir a su encuentro, y le cuesta la propia vida cortar su chorro de diversión. A medida que nos acercamos, veo que mi madre se ha puesto el collar de diamantes que solo utiliza en Navidad.

La pieza central es bastante más grande que un ojo, y costó lo mismo.

Mi madre es más bajita que Keira. Tiene el pelo corto y muy rubio, y, a simple vista, puede apreciarse que heredé mis ojos azules de ella. Lleva una chaqueta de color hueso y, debajo, un jersey de cuello alto de cachemir del mismo tono. Presume de que alguna vez la han confundido con Jane Fonda.

—¡Cariiiño...! —Extiende los brazos y me recibe como si volviera de Irak.

—Madre... Esta es Keira. Keira..., te presento a mi madre, Linda.

—¿Keira y qué más? —La mira de arriba abajo muy interesada.

Ya empezamos...

—Álvarez Martínez. —Le ofrece la mano—. Quizá conozca el *holding* inmobiliario de mi padre, Álmar. Está en Marbella...

—¡Ah! ¡No lo conozco! —Apenas aprieta su mano—. Encantada, querida. Bienvenida a mi humilde morada.

«¿"Humilde"? Venga, mamá...».

—Gracias... ¡Tiene una casa preciosa!

—La casa es normalita, pero el jardín es impresionante.

Keira pone cara de circunstancias y la entiendo, porque de normalita tiene poco. La compró después de morir mi padre. Necesitaba un cambio de aires.

Mi madre se dirige al exterior y la seguimos.

—¿Qué edad tienes, Keira?

«Dios...».

—Veintiocho. ¿Y usted?

«¡¡¡Aaah!!!».

Mi madre se vuelve, estupefacta. Creo que me está dando un ictus...

Keira sonríe al momento.

—¡Estaba de broma! —exclama jovial—. Sé que tiene setenta y cuatro; lo leí en un reportaje del *¡Hola!* Pero mi madre no se lo creyó, estaba muerta de envidia. ¡Es usted guapísima!

Una sonrisa aflora en los labios de mi madre, sirviendo de RCP para mí.

—¡Oh, gracias querida! Precisamente hicieron ese reportaje para que les enseñara mi jardín. ¡Es único! Estoy enamorada de él.

Cuando atravesamos el porche y Keira lo ve desde cierta distancia se queda petrificada.

—¡Madre del amor hermoso! —grita sorprendida. Y la mía sonríe.

—¿Te gusta?

—¿Gustar? ¡Decir que me encanta sería poco! ¡Es una verdadera pasada!

Mi madre se ríe escandalosamente. Me pregunto qué está pasando aquí.

De pronto, aparecen los perros de nuevo. Deben de haber rodeado la casa.

—¡Amores...! Dejad a Bella tranquila —les riñe mi madre cogiendo a la hembra en brazos.

—Tengo que saberlo... —suplica Keira—. ¿Es usted de Jacob o de Edward?

Mi madre suelta otra risita y responde que de los dos.

—Hace años tuve un pez tropical al que llamé Renesmee, pero cuando murió no me importó mucho.

Las dos se mondan de risa. Sigo sin entender nada.

Continúa su visita guiada por el jardín, muy ilusionada, y Keira se queda maravillada. Es real, no lo está fingiendo. Ya me he aprendido de memoria sus expresiones. ¿Cómo es posible? ¿Tanto la he mirado? La conocí el miércoles y solo es sábado, joder...

En un momento dado, nos avisan de que Héctor ha llegado y volvemos al porche para saludarlo.

—¡Héctor, hijo! ¡Tenías razón! ¡Keira es estupenda!

Ver para creer... No sé qué es peor: que le guste o que no.

—Te lo dije, mamá. Es la bomba.

Guiña un ojo a mi chica y esta le sonríe de vuelta.

—Bueno, pero no os hagáis muchas ilusiones —dice de pronto Keira—. Ástor y yo no vamos en serio, solo es sexo animal sin sentido, ¿verdad, cielo?

La mitad de mi cuerpo se desliza hasta el suelo por el corte que acaba de pegarme. A Héctor se le sale la risa por la nariz.

«¡Hostias...!».

Entonces Keira se agacha para llamar a Edward, que se acerca muy dispuesto a que lo coja en brazos.

—Yo soy de Edward —admite mimosa besando al animal—. ¡Los vampiros son mi perdición! —Y sonríe a mi madre haciendo que pase por alto su comentario anterior.

De mis ojos saltones pasa a propósito, porque sabe que estoy furioso. «¿Lo del vampiro iba por mí o qué?».

Nos sentamos a la mesa, que ya está preparada para comer.

—Qué guapos estáis... —nos dice mi madre a mi hermano y a mí juntando las manos soñadora—. Dejadme sacaros una foto.

Prepara su móvil y...

—¡Keira, ponte tú también!

—Oh, no, tranquila, no hace falta... No quiero estropear la foto. Los genes de esta familia son desesperantes. ¡Parecéis los Cullen!

Mi madre vuelve a partirse de risa sin motivo aparente, y le insiste.

—No, de verdad —se niega Keira—. Que salgan ellos solos.

Los ojos de mi madre me hacen señas para que la obligue.

—Vamos, cielo, échate una con nosotros... —la animo pasivo agresivo—. ¿Quién sabe? Igual termino enamorándome de ti después de todo...

Nos miramos sabiendo que estamos jugando a un juego peligroso.

—Tu hijo es un romántico, Linda —expone Keira—. Todavía no ha descubierto que nada es para siempre.

—Lo importante es disfrutarlo mientras dure —replica mi madre, comprensiva—. Si yo tuviera tu edad, le daba lo suyo al jardinero.

Estoy a punto de escupir el vino mientras oigo a Keira reírse con autenticidad y decir a mi madre: «Yo pienso lo mismo».

De repente, se levanta, se abre paso entre mis piernas y se acomoda en mi muslo con ese vestido camisero ultracorto que se le sube sin remedio mostrando esos muslos firmes y tersos con los que ayer se abrazaba a mi cintura como una amazona... ¡Joder! Es humillante empezar a babear al relacionar su olor con el recuerdo de la noche anterior. Cuando la tuve toda para mí, dispuesta, sonrojada, encendida y muy húmeda.

Me relamo los labios sin darme cuenta, y Keira adopta una

postura muy sexy para la foto haciendo que algo despierte en mi pantalón. «¡Lo que faltaba!».

Nos miramos, y su sonrisa me comunica que se ha dado cuenta de mi pequeña interacción. Si estuviéramos solos ahora mismo, le borraría esa expresión de la cara a lengüetazo limpio.

Cuando vuelve a su sitio, no la pierdo de vista. Mis ojos no me dejan. Y capto cómo se vuelca la copa de agua por encima a propósito.

—¡Ay, qué torpe...! —exclama.

Se frota con la servilleta y se desabrocha un botón del vestido que ha sido creado únicamente para volverme loco. Las curvas de sus pechos asoman sin pudor, y luego empieza a abanicarse y a jadear.

«Pero... ¡¿qué coño haces?!».

Aparto la vista de su escote, tarde y con torpeza. Mi madre y mi hermano nos miran con diversión, y me pongo a hablar del torneo. Y a servirme más vino. Lo necesito urgentemente.

Cuando las asistentas traen los platos de comida, mi madre y mi hermano se distraen con ellos y veo a Keira meter el dedo en su copa de agua y dejar caer una gota sobre mi bragueta sin que pueda impedírselo.

—¡Ay, Ástor, mi amor! —grita de pronto—. ¡Has vuelto a mancharte el pantalón!

«NO-ME-LO-CREO».

—Es que lo tengo loco —explica con una sonrisa pícara a mi madre y a mi hermano—. Tienes una gotita ahí, cariño. —Señala mis bajos—. Es que se excita muchísimo, y como la tiene tan grande, pues claro...

Héctor se descojona vivo sin disimulo, tanto que se ve obligado a escupir en la servilleta lo que acababa de llevarse a la boca para no morir atragantado.

—Ástor, ve a cambiarte —me ordena mi madre, abochornada.

—¿Quieres que te lo limpie yo con un poco de agua? —me propone Keira mostrándome su servilleta, dispuesta a hacerlo.

Mi hermano fracasa intentando ocultar su diversión. No puede parar. Pienso asesinarlo... Y después a Keira. No me importa ir a la cárcel de por vida.

—Mejor acompáñame al lavabo..., cielo —le digo con voz de asesino en serie al tiempo que me levanto con la servilleta en la entrepierna tapando la maldita gota.

—Pero cariño, ¡la comida se enfría! —Señala su plato—. Si necesitas aliviarte, ve tú solo. Tu hijo es insaciable, Linda —confiesa a mi madre—. Me tiene escocida, en serio.

—Pues puedo recomendarte una crema para eso.

—¡Ah, ya me dirás cuál!

Es que no puedo creer lo que estoy oyendo.

—Ástor, ve ya, mi vida —me presiona mi madre.

Me voy, pero porque quiero irme de verdad. ¡Y para siempre!

—Sí, ve, cariño mío —añade Keira, maliciosa—. Y tarda todo el tiempo que necesites... Lo entenderemos.

Huyo de ellos con rapidez. No puedo soportar esta situación ni un minuto más. Llego al cuarto de baño y me miro en el espejo con un cabreo histórico. «¿Por qué lo ha hecho?».

Mi móvil suena anunciando que me ha llegado un mensaje. Es de Keira.

Inspectora:
No sé si habría fingido bien ser tu novia,
pero espero haber fingido bien ser tu furcia.
Por cierto, tu madre es encantadora

¡Maldita sea!

Sus palabras se clavan en mi pecho con toda la razón del mundo. He sido un imbécil. He dicho que «no era nada serio» para no presionarla, no para ofenderla. Ni siquiera sé por qué me pareció un buen plan que conociera a mi madre, pero es que...

Todo el mundo está viendo que no es una de mis clásicas y discretas conquistas. Que esto es diferente. Y tarde o temprano mi madre lo habría descubierto.

Cuando vuelvo a la mesa, me aterra pensar qué es lo siguiente que puede hacer, pero el ambiente ha cambiado. Ahora es distendido y afable. Keira vuelve a ser ella otra vez, y oírla hablar sobre el IPC con su característica efusividad me encanta. Por el contrario, su tono de amante *destroyer* me da pánico. Aunque reconozco que también me pone muy cachondo.

En un momento dado, Héctor me mira y niega con la cabeza sonriente. Ignoro su gesto paternalista y disfruto de ver a mi madre hablando con Keira como si no fuera una esnob. No conseguiré relajarme del todo hasta que haga saber a Keira lo furioso que me ha puesto y nos pidamos perdón mutuamente.

Porque entiendo por qué lo ha hecho, pero una reacción vengativa ante una mala acción no puede quedar sin castigo. Lo sé mejor que nadie...

Llegada la hora de irnos, me despido de mi madre con un abrazo. No doy crédito cuando me dice al oído:

—Me gusta mucho, hijo.

La miro como si fuera una extraña. Como si fuera alguien que una vez fue y a la que echo de menos. Ella y Keira también se abrazan y se confiesan lo bien que lo han pasado. Nunca había visto a mi madre tan participativa con nadie. Ni tan poco quejica. Ni tan relajada... ¿Quizá la clave ha sido que creyera que Keira no es una auténtica candidata al ducado? Entonces ¿por qué acaba de confesarme que le gusta mucho?

Nos subimos al coche y, curiosamente, no tengo nada que decir. Estoy enfadado. Avergonzado. Y excitado porque Keira sigue teniendo el maldito botón del vestido desabrochado.

Cuando llevamos diez minutos en silencio, no puedo más.

—¿Puedes abrocharte ese puñetero botón? —mascullo agresivo.

Mira hacia abajo como si lo hubiera olvidado y se lo abrocha.

—Me lo has hecho pasar fatal, ¿sabes? —La pongo al día.

—¿Yo? Eres tú el que se mete solito en estos fregados. Te has inventado un personaje, el gran Ástor de Lerma, y no hay quien se lo crea. Sin duda, no existe un ser humano así...

—¿De qué hablas? ¿Qué es lo que no existe?

—Un hombre sin sentimientos. Uno al que no le importa nada. Que es impenetrable e imperturbable. Es todo mentira. Nadie puede estar en tensión todas las horas de todos los días. No sonreír nunca. Cargar con el peso de creer que cuantos te rodean dependen de ti. No eres Dios, Ástor, y no puedes ir por la vida limitándote a tener sexo sin sentir nada por nadie. No es creíble.

—Tiene gracia que tú digas eso, ¡porque es justo lo que haces con Ulises! Solo en épocas de celo, ¿recuerdas?

—La diferencia es que yo quiero a Ulises.

La miro fijamente apartando la vista de la carretera más tiempo del prudente y siento que unas inoportunas náuseas se instalan en mi estómago.

—¿Y por qué no estáis juntos?

—Porque estamos bien como amigos.

—¿Seguro que él piensa lo mismo?

—Él, el primero... De todos modos, nuestra relación no la define el sexo, sino el resto de las cosas. Y mientras no encontremos a nadie especial, seguiremos follando cuando nos apetezca. A veces pasan meses sin ningún tipo de interacción entre nosotros. No es algo premeditado, ¿entiendes?

—Pues no, no lo entiendo —digo malhumorado—. Me acusas de bloquear sentimientos, pero vosotros también lo hacéis, así que no me toques las narices, Keira.

—Yo no bloqueo sentimientos, solo rechazo una relación tradicional. No busco casarme ni formar una familia. Y Ulises está igual de cerrado al amor que tú, pero al menos tiene sus motivos.

—¿Qué motivos?

Duda durante un segundo si debería contármelo.

—Te lo cuento porque es la única manera de demostrarte que no estoy siendo una cabrona con él. Su novia del instituto murió y Ulises nunca pasó página. Dice que no va a enamorarse de la misma forma jamás... Por eso ni lo intenta.

—¡Claro que no será igual! Cada vez que te enamoras es distinto, ni mejor ni peor...

—Ya, pero ha idealizado tanto su recuerdo que compara a todas las mujeres con la Sara idílica que su difunta novia sería hoy en día. Y no se puede competir contra alguien que has fabricado a medida en tu cabeza. Alguien que nunca se tira pedos ni tiene un mal día. Y déjame decirte que la duquesa perfecta tampoco existe, Ástor.

—Yo no aspiro a encontrar a la duquesa perfecta.

—¿Ah, no?

—No. Me conformo con encontrar a alguien que le parezca

bien a mi madre y que yo no deteste. No contemplo enamorarme como un loco de nadie... Eso es demasiado *premium* para mí.

—¡Porque no te lo permites, Iceman!

—¿De dónde has sacado ese nombre?

—Está en boca de todo el mundo en la universidad... Por eso tu madre trata de sabotearte todo el tiempo, porque sabe que, le lleves a quien le lleves, no te interesa de verdad.

—¡Es ella la que trata de manipular con quién me caso!

—No, solo trata de impedir que te cases con cualquiera. Es como si quisieras castigarte a ti mismo sin amor.

Mi corazón empieza a palpitar rápido al reconocer ese verbo e intenta gritar a Keira que ha acertado y que lo rescate de una vez.

—Eso es, te castigas —repite pensativa—. Como tu hermano está impedido y no tiene pareja, te impides ser feliz también. ¿Es eso?

Me muerdo el carillo con fuerza para guardar silencio, pero no calculo bien la presión y noto sangre en la boca.

Me gustaría decirle que no sabe nada de mí ni de mi familia. Que no crea que me conoce una mierda «por haber echado un polvo mediocre», como ella me dijo a mí. Sin embargo, mentiría. Ha dado de lleno en el clavo. Para mí, vivir es un castigo. Y no me merezco amar a nadie. Mucho menos a mí mismo.

No volvemos a hablar. Cuando ve que me cierro en banda, llama a su madre y le informa de los últimos avances del caso. Luego llama a Ulises y su conversación me escuece. El tono, la confianza... Nunca llegaré a tener a nadie así en mi vida. Alguien incondicional al que contar todo. Más que nada porque me lo he prohibido expresamente.

Con Héctor no puedo ser sincero. Él se llevó la peor parte aquel día y no debo echarle mi mierda encima. Y Charly... A Charly lo necesito para que siga tomándome el pelo. Vivo a través de su cachondeo. No quiero que empiece a mirarme con pena ni, sobre todo, pegarle mi luto.

Me alegro de llegar al club para continuar con el torneo. Me vendrá bien jugar un rato.

—Eh, ¿qué tal con tu madre? —me pregunta Charly cuando nos ve.

—Bien.

Keira me mira, pero la ignoro. Luego se miran entre ellos.

—¿Se sabe algo más? —le pregunta Charly en voz baja.

«Eso, ¿se sabe algo?».

—Mejor hablamos al terminar.

La tensión vuelve a mí al notarla tan ofuscada. «¿Acaso hay novedades?».

—Si hay alguna novedad quiero saberla ahora —le exijo.

—No es nada...

—Keira.

—Ástor... Confía en mí. Puede esperar; no es nada determinante.

Trago saliva, preocupado. «¿Qué habrá ocurrido?».

Charly presiona mi hombro y asiente en silencio para que lo deje correr.

Cuando la tarde termina, busco a Keira con desesperación. Ella siempre acaba su partida antes que yo. Tiene una facilidad pasmosa para ganar.

Al encontrarla, nos informa de que las cámaras de tráfico han situado una furgoneta blanca que estuvo en la calle de Carla la misma noche de su desaparición en los alrededores de la dehesa de Sacedón, cerca de Navalcarnero.

—Están peinando la zona en busca de Carla.

La información me oprime el pecho sin ningún tipo de compasión. Espero que no se confirme el desenlace que temo, porque no sé lo que haría.

Si hay un límite de muertes que un corazón es capaz de soportar, estoy a punto de cruzarlo. No creo que pueda con el peso de ninguna más sobre mi conciencia.

keira

21
Sospechas urgentes

> La vida es como el ajedrez, hay lucha y competición y tiene buenos y malos momentos.
>
> Benjamin Franklin

Cuando he leído el mensaje de Ulises de vuelta al torneo me he preocupado. Pinta mal.

Ya me he mosqueado cuando a mediodía me ha dicho que tenía que irse urgentemente a comisaría. No dio detalles para no alertar a Ástor, pero sabía que tenían información nueva. ¿La furgoneta vista en los alrededores de un bosque poco transitado? Mal, no, ¡pinta fatal!

Si apareciera el cuerpo de Carla, Ástor se hundiría en la miseria.

No he querido explicárselo antes de jugar porque, total, aún no había noticias concretas y algo así lo desconcentraría por completo en la ronda de la tarde.

Cuanto más entretenido esté, mejor. Pero ahora que lo sabe, no puedo evitar sentirme mal por él y por el día que le he hecho pasar.

Volvemos a su casa en silencio y decide no contar nada a Héctor sobre las novedades acerca de Carla. En mi opinión, lo sobreprotege demasiado.

Tenemos menos de tres horas para descansar antes de regresar al club.

En cuanto entramos en la habitación, Ástor se tumba sobre la cama con un brazo sobre la cara. No sé qué decir ni qué hacer para que se sienta mejor.

—¿Tenemos que volver? —farfulla—. Hoy me quedaría en casa.

—Sería conveniente ir, sí... Además, Héctor quiere salir, y no es aconsejable dejarlo solo.

—Es verdad —musita preocupado—. Tenemos que ir con él.

—Descansa un rato, Ástor. Luego te duchas y como nuevo. Ya verás...

No contesta. Yo también me quedaría «en casa» gustosa, pero ya habrá días para eso. Hoy es sábado y la gente sale. Y tengo que hablar con unas cuantas personas esta noche.

Lo dejo descansando y salgo a hacer algunas llamadas.

Durante la ronda de la tarde del torneo he mantenido conversaciones muy productivas con algunos sospechosos y la lista ha sufrido pequeñas variaciones:

~~Héctor de Lerma~~
Gregorio Guzmán
~~Jesús Fuentes~~
Troy Moliner
~~Paul Krause~~
Xavier Arnau
Martín Arujo
~~Alejandro Navarro~~
Oliver Figueroa
Saúl Arnau

Llamadme loca, pero durante la comida en casa de Linda he podido conocer mejor a Héctor y no hay ningún tipo de maldad en él, todo lo contrario. Admiro su fortaleza y su buen humor, a pesar de estar condenado a la silla. Además, quiere a Ástor muchísimo; se nota en sus gestos inconscientes hacia él. Lo quiere tanto que incluso pensé en la posibilidad de que eliminara a Carla de su vida porque le había hecho daño, pero tiene menos instinto homicida que Mimosín. Así que lo he tachado de la lista.

Respecto a Jesús Fuentes... Esta tarde he jugado contra él y he sacado algunas conclusiones. Lo conocí el primer día en la fiesta extraoficial de Gregorio Guzmán y ya entonces me dio buena impresión. Se metía mucho con Ástor «a lo hijoputa», es decir, de colegueo, pero ayer lo vi pujar por mí durante el baile en barra. No obstante, apenas nos prestó atención después, durante la fiesta, porque acudió con su pareja, con quien parecía tener buena sintonía. Al menos, no la evitaba, como hacían otros. Y esta tarde, cuando me he sentado delante de él para jugar, me ha sonreído y se ha frotado las manos.

—¡Qué divertido! Me toca jugar con la sensación del día... Bueno, y la de anoche. —Me ha guiñado un ojo dejando claro que me había visto *chuscar* con Ástor. Qué bien...

—Pues sí, eres un hombre con suerte.

—Eso no te lo discuto. —Ha sonreído.

Y esa sonrisa me ha transmitido que es un tío, ¿cómo decirlo?, que está muy a gusto en su piel; y este asunto está promovido por una envidia enfermiza de alguien a quien le gustaría estar en otros zapatos.

—¿A qué te dedicas, Jesús?

—Trabajo en la empresa familiar desde hace años. Es una compañía que comercializa licores y vinos de primeras marcas. Llevamos tres de los diez mejores vinos del mundo según la revista *Wine Spectator* y operamos en más de ochenta países.

—Caramba... Debes de estar muy orgulloso.

—Me apasiona lo que hago y estoy orgulloso de cómo lo hago, sí.

Lo que yo decía. Esas cosas se notan en el aura de la gente.

—Ástor me ha contado que eres bastante bueno jugando. —He señalado el tablero de ajedrez.

—Me defiendo.

—Vamos allá, entonces.

Cuando lo he arrinconado con un peón y una torre ha sonreído asombrado y me ha estrechado la mano. Por lo que he oído, otros por poco tiran al suelo la mesa al perder a las puertas de la jornada de mañana, que promete ser de un nivel superior. Por lo tanto, he tachado a Jesús de la lista. Estoy buscando a un perturbado, no a un tío feliz.

Lo de Paul Krause también ha sido muy cómico. He tenido oportunidad de hablar con él.

Paul es uno de los que pujó por mí y no me costó adivinar con qué intención, ¡para poner celosa a otra chica! Es un tío muy inteligente, con una doble licenciatura en Económicas y Empresariales, bilingüe en inglés y alemán, y ha levantado una de las plataformas de venta online más importantes del país antes de cumplir treinta y cinco años. Con todo, tiene una peculiaridad: es bastante vergonzoso con las mujeres en general. Su punto débil es que le gusta una chica que se llama Lidia, a la que no quitaba los ojos de encima. A mí no me ha mirado más de dos segundos.

A Alejandro Navarro también lo he descartado por la primera frase que ha dicho en cuanto Paul me lo ha presentado. Era sospechoso por haber ido a la fiesta que se celebró en casa de Ástor, pero no acudió a la fiesta de Guzmán. No lo descarté porque quizá pensó que Ástor no iría, o quizá se había quedado fuera, colocando el explosivo. Pero en cuanto me ha tenido delante, ha arrugado el ceño y ha dicho: «¿Tú quién eres? ¿Con quién has venido?».

Tachado automáticamente.

El hombre que buscamos no pierde detalle de cada movimiento de Ástor. Debería tenerme fichada desde el primer día, o desde esta mañana a lo sumo. Así que uno menos.

Del resto de la lista, no puedo decir mucho. A algunos ni siquiera los conozco aún. Pero he añadido un nuevo nombre importante: Saúl.

Tengo serias dudas sobre él y la relación que le une a Ástor.

Que me caiga bien es lo de menos. Está demasiado implicado con Carla, Ástor y Sofía como para descartarlo. Y, por supuesto, por la relación con su padre, Xavier Arnau. Es uno de los motivos por los que me interesa acudir a la fiesta de esta noche: volver a hablar con Saúl. Pero he decidido avisar a Ástor porque no quiero que se ponga... iba a decir celoso, pero quizá ni le importe ya que ahora mismo estamos en un punto muerto.

Hablo con Ulises y me dice que pasará a recogernos sobre las nueve de la noche para ir al cóctel previsto media hora después en el club.

También llamo a mi madre y a Gómez; los pillo juntos. Mi jefe aprovecha para informarme de que sigue esperando la orden para investigar a fondo a los Arnau. Buena suerte con eso... Dudo que nos la den sin un indicio más claro.

Decido que mi primer propósito en el cóctel será mantener una charla con Xavier. Necesito conocerle mejor y preguntarle si algún vez ha hablado con Carla, pero no sé cómo hacerlo sin que se note que soy policía.

Consulto el reloj. Todavía tengo un poco de tiempo para correr en la cinta. Estoy algo cansada, pero sé que hacerlo me revitalizará y tranquilizará. Luego una ducha y lista.

Al entrar en el gimnasio me encuentro a Ástor. No le digo nada y me subo a la cinta que los técnicos dejaron bien instalada. El ángulo de visión que tengo desde aquí no me permite verlo. «Mejor», pienso. Sin embargo, a los diez minutos oigo que se marcha. Él tampoco me dice nada. Supongo que no tiene sentido quemar tensión sexual y generarla a la vez, ¿no? Menuda pérdida de tiempo.

Al terminar, me ducho, y cuando llega el momento de elegir vestido escojo uno que intenté rechazar con brío en la tienda de Mireia. Pero me hinchó el ego de tal manera que terminé llevándomelo. Perdón por ser humana. Que apenas le hicieran falta complementos me ganó, y terminé de convencerme cuando vi los zapatos de Cenicienta transparentes a juego.

Otro punto a favor de ese vestido es que es de manga larga. ¡Hurra! Mi preciada manga larga, que de alguna forma compensa el hecho de que sea muy corto. Pero muy muy corto.... Tiene un escote en uve y —aquí viene lo peliagudo— es plateado.

Toda la tela está confeccionada por lentejuelas de tamaño mini que brillan a más no poder, pero... ¿he dicho ya que es de manga larga?

Pelo suelto, sin pendientes, sin pintalabios... ¡Son todo extras!

Apenas me maquillo los ojos y, lista en un periquete, salgo al salón, donde me encuentro a Héctor, solo, esperándonos a todos. Ástor está desaparecido.

—Qué guapa —me piropea con media sonrisa—. Te lo repito: mi hermano no te merece.

Sonrío encantada de volver a escucharlo. Me lo ha dicho en casa de su madre cuando Ástor se ha levantado de la mesa para cambiarse de pantalón y he tenido que confesarlo todo.

—Siento mucho este show —he empezado, abochornada—. Perdonadme, por favor, pero es que... ¡se lo merecía!

—No me cabe la menor duda —ha replicado Héctor en tono confidente.

—Eres una valiente —ha añadido su madre, sibilina—. Ástor tiene muy malas pulgas.

—Pues yo más. Y acabo de demostrárselo. No sé qué te habrá dicho sobre mí, pero como siga así no lo casaréis nunca.

Su madre se ha vuelto a reír con ganas.

—Solo me ha dicho que había conocido a alguien especial... ¡pero no pensaba que tanto!

Me he quedado tan cortada... ¡Maldito mentiroso!

—¡A mí me ha contado que te había dicho que solo era su juguetito sexual! Y, claro, si me trae a conocer a su madre con esa premisa, pues actúo en consecuencia. En esta vida hay que ser coherente.

—Es lo mejor que has podido hacer —me ha apoyado Héctor—. Mi hermano necesita que le metan caña de la buena.

—Yo lo intento a mi manera —ha dicho su madre con secretismo—. Le pongo pegas a todas las chicas que me presenta, porque sé que en realidad ninguna de ellas le gusta, solo quiere que den el pego... ¡y ya no sé qué inventarme! Pero me lo paso pipa —ha añadido divertida—. Contigo está diferente. ¡Lo veo muy torturado! Y eso es buena señal.

«¿"Torturado"?». Tal cual. Pero por él mismo.

—Finge tan bien tener un corazón de hielo que hasta se lo cree —he deducido—. Pero luego sus gestos, sus miradas y sus actos dicen otra cosa.

—¿Qué te dicen?

Lo pienso un momento.

—Que le importa lo esencial de la vida y que es una buena persona.

Su madre ha sonreído con una mueca muy especial y ha afirmado:

—Lo es. Pero en el terreno sentimental ¡es como darse contra un muro!

—Antes no era así —ha aclarado su hermano—. Yo ya no sé qué hacer con él...

Al final, he terminado disfrutando mucho de la comida.

De repente, alguien llama a la puerta de la casa de Ástor. Debe de ser Ulises. Decido ir a abrir porque ya me conozco el sistema.

—¡Caramba, estás preciosa! —comenta mi compañero al verme, sin percatarse de que Héctor está justo detrás de mí y nos mira.

—Gracias. Pasa...

—Buenas noches, señor —lo saluda cortado en cuanto lo ve.

—Buenas noches.

Ástor hace su entrada triunfal en el salón colocándose un gemelo. Está soberbio con esa camisa gris perla, sin corbata y ese traje negro. Se me cierra la garganta cuando me mira a los ojos y, acto seguido, su vista resbala desde mi escote hasta mis piernas.

—Hola... —saluda al recién llegado sin mucha devoción, como si a mí hiciera diez minutos que me ha visto, en vez de un par de horas.

—¿Estamos listos?

—Sí —respondo para que vuelva a mirarme.

Sus ojos azules se clavan en mis iris solo un segundo y vuelve a centrar la atención en su puño. Algo trama. Está muy serio. Más de lo normal.

Nos subimos al coche, ocupando los asientos con el orden habitual. Al sentarme, el vestido se me sube demasiado y termino cruzando las piernas en el sentido opuesto al de Ástor. Una señal inequívoca de que no quiero saber nada de él. Parece captar mi desaire y apoya una mano dominante en mi muslo desnudo de forma distraída.

Se me corta la respiración en cuanto la noto. «Dios...».

¡Menudas manos se gasta! Me enloquecen, y lo sabe.

Son enormes, joder. Son...

—¿Todo bien? —ronronea burlón, sabedor de lo que me provoca.

—Sí... —suelto con un hilo de voz mientras pasea la punta de sus dedos arriba y abajo sobre la piel de mi muslo.

—Y tú, ¿has podido descansar? —le pregunto de vuelta.

—Sí, bastante.

—¿A que está muy guapa esta noche? —inquiere Héctor desde el asiento del copiloto.

—Guapísima —confirma Ástor en un tono impersonal.

—Lo mismo ha dicho tu guardaespaldas nada más verla.

«Joder. Joder... ¡Joder!».

Me muerdo la lengua y me abstengo de volver la vista. Quiero matar a Héctor.

Lo veo sonreír por el espejo retrovisor como el gato de *Alicia en el país de las maravillas* y prometo vengarme de él en otro momento. Ir en silla de ruedas no va a eximirle. Solo quiere provocar a su hermano.

En represalia a esa información, la mano de Ástor resbala por mi muslo con más firmeza, apoyando toda la palma, y me tenso sin poder evitarlo. Es como si acabara de metérmela. Igual, igual.

Sabe muy bien que, si sigue así, probablemente me desmayaré. O me correré. Una de dos.

Sus dedos terminan hundiéndose entre mis piernas. ¿Qué pretende? Sabe que no puedo negarme delante de Héctor. Sospecharía.

Empieza a subir lentamente hacia... «¡Ni de coña!».

Pongo mi mano sobre la suya con intención de detenerlo y lo miro con una advertencia asesina en los ojos. «¡Ni se te ocurra continuar!».

Se pega más a mí, como si quisiera oler mi perfume, y me yergo cuando me acaricia el labio inferior con el pulgar, presionándomelo hacia abajo.

«¡Me va a dar algo!».

Me mete el dedo en la boca para abrírmela y comprobar su esponjosidad, como si planeara probarla.

—Es que Keira está guapísima esta noche —ratifica Ástor, seductor—, por eso se lo habrá dicho, ¿verdad, Ulises? Soy un tío con suerte.

Sin esperar respuesta, sus labios capturan los míos llevándome a la locura. Mi lengua no puede evitar responder a las provocaciones de la suya. Mis terminaciones nerviosas empiezan a dar vueltas más rápido que una brújula ante un fenómeno paranormal y pierdo el norte.

«¡La Virgen..., vaya beso! ¡Y yo que le iba a parar los pies!».

Cuando por fin se aparta de mí, me deja mareada, descolocada y más cachonda de lo que he estado en toda mi vida, con un último toque de su nudillo sobre la curva de mi barbilla. Luego vuelve a su sitio como si nada hubiera pasado.

¿He dicho que estábamos en punto muerto? Porque creo que más bien me he quedado suspendida en el purgatorio.

Me enfurezco. Su lengua caliente y adictiva ha conseguido que por un momento olvide dónde estoy y con quién. Pero me va a oír.

—¿Sabes quién también le parece muy guapa a Ulises? —dice Ástor a su hermano con un tono pasivo agresivo—. Sofía... ¿A que sí, Ulises?

—¡No me extraña! Esa chica es la bomba... Y está muy loca.

—¿Por qué dices que está loca? —pregunto interesada. No me gusta dejar pasar ese tipo de valoraciones cuando estoy aquí, precisamente, buscando a uno.

—Porque siempre hace lo imposible para conseguir lo que quiere.

Esa respuesta me da que pensar. Y al momento me pregunto qué quiere Sofía que no tenga ya. O... ¿qué quería Sofía que Carla pudiera tener? ¿Cree que Carla ha sufrido la misma suerte que las chicas desaparecidas? ¿A manos de quién? ¿Ella misma la hizo desaparecer...?

En cuanto llegamos, acomodamos a Ulises y a Héctor en una esquina del bar y pido a Ástor que mantengamos una conversación en privado. Me lleva de nuevo al salón secreto de los tapices. Está cerca y nunca hay nadie.

—¡¿A qué ha venido lo del coche?! —lo riño enfadada.

—¿No te ha gustado? Ha sido un buen beso.

—No vuelvas a hacerlo —advierto severa.

—Si Ulises disimulara más contigo delante de mi hermano, no tendría que marcar territorio para aplacar sus pullitas.

—¿Ves como eres un inmaduro?

—¡¿Yo?! ¡¿Te recuerdo la que has montado en casa de mi madre?!

—¡¿Qué esperabas que hiciera si le habías dicho que soy tu fulana?!

—¡No le había dicho eso, joder!

—Razón de más para no hacérmelo creer a mí. ¡¿Por qué lo haces?!

—Solo te he dicho lo que necesitabas oír —sentencia firme.

«¡¿Cómooo?!».

Mis manos vuelan hacia mi cintura y mi cara le pide explicaciones.

—No quiero que te cuelgues de mí —remata llenándose de gloria.

Frunzo el ceño, furiosa. Me engañó una vez, pero ni una más.

—¿Sabes qué creo? —digo acercándome a él con chulería—. Que eres tú quien necesita repetírselo una y otra vez para grabártelo en la mente y no caer en la tentación conmigo.

—¡¿Yo?! ¡Te acabo de besar en el coche y te has derretido contra mis labios como un maldito cubito de hielo!

—Exacto. Me has besado tú, no yo. Y no para demostrar nada a tu hermano, sino porque te morías de ganas. ¡Admítelo, joder!

—Estás flipada... —susurra a un centímetro de mi boca.

Nos retamos con la mirada y baja la vista hacia mis labios.

—Y tú estás encoñado —digo sin ceder un ápice.

Se lanza con fiereza contra mi boca, pero me aparto en cuanto la roza.

—No tengo tiempo para esto... —Me alejo de él—. Tengo mucho trabajo y dejar que me folles no forma parte de él.

Escapo con rapidez de su lado.

—¡Keira, espera...!

Suena cabreado y me voy sonriendo. ¡Qué bien sienta rechazar a un duque!

¿Que no quiere que me cuelgue de él?

¿Que solo me dice lo que necesito oír?

¡Ja! Le queda un largo camino para volver a meterse en mis bragas.

¡Este hombre no sabe ni lo que quiere! Y si es estar conmigo, no pienso ponérselo fácil cuando está soltándome esas perlitas... Todos perdemos, pero, al menos, él aprende.

Busco a Xavier Arnau por todas partes; ahora mismo es mi prioridad. Sin embargo, no hay ni rastro de él.

Veo que Saúl está hablando en un corro de hombres y no quiero interrumpirle. Esperaré a que esté libre.

Sigo pensando... «¿Qué tenía Carla que quizá Sofía deseara?».

Charly podría ayudarme con esto. Además, no he de andarme con rodeos para hablar con él porque, aparte de Ástor, es el único que sabe que soy policía.

Cuando lo encuentro, voy directa hacia él.

—Hola —me saluda—. Os buscaba. ¿Dónde están As y Thor?

Esos apelativos se juntan en mi mente y sonrío.

—¡No me había dado cuenta! ¡As-Thor! —Me río—. Ni idea, pero necesito hablar contigo un momento, Charly.

—Ay, Dios... ¿Soy sospechoso o estoy a tiempo de invitarte a un trago envenenado? —pregunta con sorna.

—Sois todos sospechosos hasta que se demuestre lo contrario —bromeo con la verdad—, pero invítame a algo, por favor... Con veneno o sin veneno, me da igual.

Sonríe y nos acercamos a la barra.

—¿Qué querías preguntarme?

—Es sobre Sofía...

—Oh, oh... —dice teatral—. ¿Esto es por tu amigo, el poli? Porque no tienes que preocuparte, Sofía y yo tenemos una relación abierta y sin ataduras. Parecida a la vuestra, vaya —añade suspicaz.

«¿Ástor le ha contado algo acerca de Ulises y de mí? ¿O ha sido Ulises?».

—Que cada uno meta la boca donde quiera —digo cansada—. Lo que necesito saber es qué tipo de relación tenían Sofía y Carla..., si se llevaban bien.

—¿Pretendes que te cuente algo que pueda incriminar a mi chica?

—Solo quiero llegar al fondo de esto. Sé que Sofía está conectada de alguna forma con lo que le ha pasado a Carla... ¿Eran muy amigas?

—Sofía fue quien avisó a la policía. Y a los padres de Carla.

—Te sorprendería la cantidad de culpables que llaman haciéndose las víctimas...

—¿En serio sospechas de Sofía?

—Lo único que pretendo es averiguar qué pasa con Saúl, su padre, Sofía, Carla, Ástor... ¡Qué diantres pasa con todos! Porque esa es la clave... ¿Sofía y Carla se llevaban bien o no? ¿Qué impresión tenías tú?

—Han tenido sus tiras y aflojas, como todos los convivientes, pero los que tenían un buen cisco montado con Carla antes de que fuera Kaissa eran Saúl, Ástor y Héctor.

—¿Héctor? ¿Qué tiene que ver él en todo esto? —Me sorprende que lo incluya.

—Se hizo muy amigo de Carla cuando empezó a salir con Ástor. Por eso cuando le dio la puñalada queriendo ser Kaissa, se enfadó mucho con ella... Saúl también, porque está en contra de las pujas y se había hecho amigo de Carla cuando salía con Sofía. Por supuesto, Sofía tampoco entendió por qué Carla quería ser Kaissa. Todos discutieron.

—Menudo lío...

—Tú has preguntado, Keira. —Da un sorbo a su copa—. Quédate con que la decisión de Carla de querer ser Kaissa cabreó a todo el mundo.

—¿Y por qué crees que Carla quiso ser Kaissa? —Ha sido una reflexión en voz alta, y descubro al instante que esa es la pregunta del millón—. Ya tenía a Ástor... ¿Por qué lo hizo?

Charly se encoge de hombros.

—No lo sé... Solo se me ocurre que tuviera una oferta mejor.

—¿De quién?

—De alguien del club que deseara joder a Ástor... y luego la quitó de en medio para que no contara nada.

—Tiene sentido, pero...

—Pero ¿qué?

—Por experiencia, un sicario hace cualquier cosa por dinero, pero alguien como Carla, que no lo necesita, si hace algo es por motivos personales. ¿Qué ganaba ella con un trato así? No podía ser solo dinero...

—No lo sé. Para mí, las cosas solo se hacen por tres motivos: por dinero, por amor o por joder. No hay más. Y joder tiene una doble y placentera connotación. ¿Me sigues? —dice sonriente.

Saúl y Carla se cuelan en mi mente. La clave está en ellos. Estoy segura.

Además de a Ástor, a Saúl le reventaría especialmente que Carla fuera Kaissa. Sería como volver a tropezar otra vez con la misma piedra, en la misma lucha... No podría tenerla porque no es miembro del club. Lo es su padre. ¡Su padre!

¿El que siempre va a por las chicas que a su hijo le interesan?

¡El mismo!

Necesito hablar con Xavier urgentemente.

—Eres un genio, Charly. —Le presiono el brazo con cariño.

—¡Lo sé! —Sonríe petulante. Y luego pregunta confuso—: ¿Por qué?

—¿Has visto a Xavier por aquí? —digo sin contestarle.

—No. Y no creo que venga. ¡Está en la cuarta edad! Si nosotros estamos cansados, imagínate él...

—No exageres. Solo es un sesentón... Y conserva el atractivo.

—¡No me digas eso, por favor! —se queja teatral—. Ese zorro plateado quiere follarse a mi novia desde hace años.

—Sofía no es tu novia —lo pico con sorna—. Gracias. Me has ayudado mucho, en serio... Héctor está en aquella esquina. —Se la señalo—. Y gracias también por la copa.

—A ti por la compañía. Y, oye..., cuidado con Ástor. Le importas más de lo que dice... Yo he aprendido a ignorar sus palabras y a prestar atención a sus acciones, porque ahí está la verdad. Tiene tendencia a sabotear sus propios sentimientos. A destruirlos. A desdecirse. A herir... Así que no le des esa satisfacción, ¿vale? Y no seas muy dura con él...

Asiento conmovida pensando que llega tarde y me voy de su lado.

Tengo que encontrar a Ástor. ¿Dónde estará?

De pronto, me llega un mensaje. ¡Es él!

♠ASno:
Ven a mi despacho. Es urgente

Me río del nombre que le puse. Se lo cambiaría, pero le queda mejor que nunca.

«¿Cómo de urgente puede ser un polvo?».

Recuerdo mis últimos instantes con él. Apartándolo de mí... No sé de dónde he sacado la fuerza para hacerlo después de ese morreo en el coche. ¡Y ahora vuelve a escribirme! Es como si supiera que no seré capaz de rechazarlo una tercera vez...

Entonces descubro otro mensaje a la espera. Es de Ulises.

Ulises:
Ven al despacho presidencial, ha aparecido otra nota

ulises

22
Resurrección

> Ellos creen que juegan al ajedrez, pero es el ajedrez el que juega con ellos.
>
> Juan P. Miracca

—No toques nada —digo al duque cuando veo que inspecciona la nota de cerca.

Esta vez la figura es un alfil. «Se acerca tu hora», reza el papel.

—¿Cómo es que no hay cámaras aquí? —pregunto escéptico.

—Normalmente las hay, pero el otro día cuando vine con Keira las desconecté.

—¿Por qué?

—¡Para que nadie nos oyera! Estamos constantemente hablando del caso, y no soy el único con acceso a ellas. Quien haya dejado esto sabía que estaban apagadas.

—¿Cuál es la cámara más cercana que haya podido captar algo?

—La del vestíbulo principal. Es por donde pasa todo el mundo…

—¿Y cuándo fue la última vez que estuviste aquí? ¿Podemos acotar las horas?

—He venido durante el torneo a consultar una cosa…

—¿Qué cosa? ¿A qué hora?

—En el último descanso de la mañana. Y la nota no estaba.

—¿Qué has venido a comprobar?

—Si había faltado alguien de los que se habían apuntado al torneo.

—¿Y...?

—No hay bajas.

—Hay que llamar a la científica para que revise las huellas.

—¿Crees que el que lo ha hecho cometería ese error?

—Nunca se sabe. Si hubieras llamado a la policía las primeras veces, quizá habríamos encontrado algo.

—En ese momento pensaba que era un puta broma de mis amigos, y lo sigo pensando. Esto lo está haciendo alguien muy aburrido.

—¿Poner una bomba te parece aburrido?

—Eso solo fue una artimaña... ¡Estaba desconectada!

—Carla sigue desaparecida.

—Quiero pensar que está compinchada con quien intenta jugármela para descentrarme del torneo.

—Ojalá tengas razón, pero ándate con ojo, Ástor. Y deja de jugar con Keira, joder... No sé qué cojones haces besándola en el coche.

—¿Me lo dice uno al que acabo de pillar con Sofía a punto de montárselo en mi despacho? ¿Así es cómo me protege, inspector?

—He descubierto la nota, ¿no? Puedo hacer varias cosas a la vez.

Las comisuras de Ástor tiran un poco hacia arriba, contra su voluntad.

—Yo que tú, no me encariñaría demasiado con Sofía —me advierte condescendiente.

—Ni tú con Keira. No le llegas ni a la suela del zapato.

—Lo mismo digo.

—¡Chicos...!

Keira entra en el despacho, interrumpiendo nuestra riña de gallitos.

¿Cómo puede estar tan guapa? Parece una actriz de Hollywood. Echo de menos a mi chica de estar por casa.

—Hay otra nota —le confirmo solícito.

Mira a Ástor con expresión preocupada, y él aparta la mirada, mortificado, como si la última vez que han hablado hubiesen terminado fatal.

Espero que follen antes de que su tensión sexual me provoque una hemorragia interna.

Keira ojea la nota.

—Joder... Y Xavier no ha venido... —musita en voz baja.

—¿Qué?

—Xavier Arnau. Tengo una teoría que responde a la pregunta de por qué Carla quiso ser Kaissa.

—¿La respuesta no es obvia? —salta el duque, desabrido.

—Para mí, no —replica Keira con dureza—. Ilústrame con tu sabiduría.

El tono de sus voces indica que están a tres gritos de besarse apasionadamente.

—Para conocer a hombres poderosos, claro, cuantos más, mejor, y quedarse con uno que le guste de verdad.

—¿Alguien mejor que tú? ¿Cómo es posible? ¡Si todas se cuelgan por ti!

La burla en la voz de mi compañera hace que el duque apriete los dientes. Debería irme antes de que empiecen a arrancarse la ropa delante de mí.

—Vivir a la altura de un título como el mío no es ningún cuento de hadas, ¿sabes? Aparte de la distinción honorífica, ser un Grande de España va acompañado de una gran presión mediática.

—Yo tengo otra teoría menos pretenciosa... —sugiere Keira.

—Soy todo oídos.

—Creo que Carla se metió a Kaissa obedeciendo las órdenes de alguien. Alguien que sabía que eso sentaría mal a mucha gente, no solo a ti, Ástor... De hecho, quizá no quisiera joderte con su decisión, sino fastidiar a otra persona... ¿Lo has pensado? A Saúl, por ejemplo. Saúl y Carla se gustaban. Saúl me lo confirmó y creo que pasó algo entre ellos... Diría que las respuestas están en la rivalidad entre él y su padre, a quien también le convenía mucho cabrearte para ganar el torneo.

—Carla no me haría eso —disiente Ástor—. Me apreciaba. Héctor cree que me utilizó, pero ella no es así.

—Sin embargo, lo hizo. Vio que te enfadabas y le dio igual... —rumia Keira en voz alta, como siempre hace cuando está a punto de caer en algo—. ¡O quizá lo hizo por tu bien! Puede que alguien la amenazara con hacerte daño si no se metía a Kaissa...

La cara del duque se comprime de preocupación.

—Eso me cuadra más —admite—. Pero ¿quién?

—El que más motivos reúne para ello es Xavier Arnau —aduce Keira—. Con un bonito dos por uno: os jodía a su hijo y a ti a la vez.

—Iré a comprobar si ha llegado —digo para escabullirme de aquí.

Necesito encontrar a Sofía. Lo que me ha contado de ese hombrecillo siniestro cuadra con la teoría de Keira, y creo que ella misma puede correr peligro.

Joder, Sofía... En buena hora se cruzó en mi vida.

Cuando la vi por primera vez en su casa me quedé de piedra. ¡Era la viva imagen de Sara! Preciosa, perfecta, pelo negro, ojos de un verde claro balear, cintura de avispa, pecho abundante... Un maldito dije.

Era clavada a la mujer por la que casi muero cuando expiró su último aliento. Los de seguridad tuvieron que sacarme a rastras del hospital. No podía dejar de hacerle la reanimación cardiopulmonar mientras sus padres lloraban a mi espalda y se rendían. Pero yo no podía perderla... ¡No podía!

Su dulzura, su suavidad, todo el amor que todavía tenía para darme hacían que me negara a decirle adiós. ¡Estábamos seguros de que pasaríamos el resto de nuestras vidas juntos! Mi amor por Sara era especial. La consideraba mi alma gemela y tenía claro que nunca habría otra igual.

Pasaba de lo que me dijeran mi psicólogo, mis amigos y mi familia; mis ganas de enamorarme de otra persona se esfumaron por completo. Lo único que amaba era mi trabajo, y de no ser por él hace años habría puesto fin a esta farsa llamada «vida» para reunirme con Sara, esté donde esté. Pero no podía irme mientras hubiera gente que me necesitara. Y siendo policía, sale gente que te necesita hasta de debajo de las piedras. Puede que quisiera a un puñado de personas, aunque no de la misma forma que a ella.

Y de repente la vi...

¿Sabéis la bomba atómica? Pues fue un poco lo mismo.

Lo que más me impactó fue verla fuerte, sana y con más ganas de vivir que nunca, pensando que Ástor iba a atacarla. Creía que estaba teniendo una alucinación, que tenía un jodido tumor cerebral y mi mente lo estaba imaginando todo.

Me costó mucho regresar a la realidad. Pasé horas en mi casa visualizando videos de Sara que me sabía de memoria, porque necesitaba apreciar las sutiles diferencias entre ella y Sofía, ¡pero eran casi idénticas! La distinción podría estar en los ocho años que las separaban en edad. Por lo demás era ella, joder. Era Sara... Si me decía que había fingido su muerte, podría llegar a creérmelo.

El jueves tuve miedo de volver a verla en la fiesta extraoficial.

En cuanto la localicé cruzando el jardín del chalet, empezaron las taquicardias. La vi hablar con Keira y Ástor animadamente, y maldije en mi interior. ¡Estaba despampanante! Mi Sara nunca fue tan sexy.

En un momento dado, sus ojos coincidieron con los míos y lo que vio en ellos no debió de ofrecerle mucha seguridad. Parecía un maldito perturbado acechándola.

Poco después, la sádica de Keira la trajo hasta mí y le soltó que se parecía a mi novia muerta. Iba a guardársela y vengarme a lo grande, pero cuando nos dejó solos la conversación fluyo.

—¿De qué murió exactamente? —me preguntó entonces Sofía, curiosa.

—De cáncer. Leucemia...

—Vaya... Lo siento mucho.

—Y yo siento haberme quedado loco el otro día, en tu piso, cuando te vi por primera vez. Es que te pareces tanto a Sara...

—Tranquilo, lo entiendo. ¿Llevabais mucho tiempo juntos?

—Cuatro años. Desde los catorce.

—Oh, el primer amor, qué bonito...

—Para mí solo hay un amor... y no tiene por qué llegar el primero.

—Bien dicho. Y hay veces que nunca llega. Como yo, por ejemplo, que solo me fijo en gilipollas y luego son una decepción enorme.

—Eso se llama «tener mal gusto». —Sonreí de medio lado.

—Es que los buenos están todos cogidos desde los catorce. —Sofía me guiñó un ojo y volví a enamorarme de Sara con fuerza. ¡Mierda!

Todo en Sofía me la recordaba... Sus ojos felinos. Su sonrisa traviesa. Su corazón latiendo bajo ese escote sinuoso... Uf...

Mi vista acarició sus pechos y me cazó de lleno.

—¿También tenía las mismas tetas que yo?

Disimulé mi desliz fijando la vista en la lejanía. Joder... Tenía que moverme. Hacía rato que no veía ni a Ástor ni a Keira.

—Perdona, he de seguir trabajando.

—Te perdono por haberme mirado las tetas.

Echó a andar detrás de mí. Y supe que no iba a despegármela fácilmente.

—Las tetas no sé, pero en cuanto al resto, sois iguales... Bueno, salvando el hecho de que Sara no era una niña rica.

Noté que me miraba ofendida. Bien. Quería que me dejara en paz.

—Yo no soy ninguna pija, ¿sabes?

Aproveché para volver a observarla de arriba abajo sin dejar de andar.

¡Era su clon en vivo y en directo! Solté un sonoro suspiro que dejaba claro que disentía de sus palabras. La gente no soporta estar en desacuerdo conmigo, no sé por qué. Pero me aprovecho de ello.

—¿Por qué crees que lo soy? —Me frenó del brazo, picada.

Normalmente, no dejo que ningún civil me toque, suelo llamarles la atención, pero esa mano... esa mano era la mano de Dios.

Tragué saliva e intenté parecer indiferente para contestarle.

—Por tus joyas, tu vestido, la fiesta en la que estás, la universidad a la que vas, con quién compartes piso... ¿Sigo?

—Para tu información, soy una alumna becada. Solo existen tres plazas de este tipo en la Universidad de Lerma y una de ellas fue para mí.

—¿Por tus buenas notas?

—¡Ni de coña! —Sonrío—. Los que optamos a esta beca tenemos todos la misma nota: un diez como una casa de grande. A partir de ahí, tienes que impresionarles en la entrevista personal. Es más difícil que entrar en Harvard...

«Encima, es lista».

—Y una vez dentro, es muy fácil que te confundan con uno de ellos...

—¿De quiénes?

—Yo no tengo títulos, ni soy la hija de nadie importante. En realidad, no soy nadie...

—Solo la chica más guapa del mundo. —Me salió del alma.

La sonrisa que brotó de sus labios fue de las que reflejan que su dueña está deseando verte sin ropa.

—No soy la chica más guapa del mundo —repitió jocosa.

—Para mí sí —dije como si no me importara su opinión—. Y lo serás para alguien más, algún día. Ahora, si no te importa, tengo que irme.

La dejé atrás y pude soltar el aire que había estado reteniendo para no olerla. Charlar con la supuesta Sara durante tres minutos había levantado un vendaval en mi cuerpo que hacía que mi cordura revoloteara como una bolsa de papel sin posibilidad de ser atrapada.

Empecé a buscar a Keira y a Ástor por la casa y terminé en una zona *chill out* donde había un montón de gente metiéndose mano.

«Mmm, me piro...».

Cuando giré sobre mis talones, ahí estaba otra vez Sara... ¡O sea, Sofía!

—Tú también encontrarás a otra persona algún día...

—¿Me estás siguiendo de nuevo? —Fruncí el ceño, irritado.

—¿Me has oído?

—Sí... Vale. Lo que tú digas. Piérdete de una vez...

—¿Por qué yo voy a encontrar el amor y tú no? —insistió cargante—. Yo también me he enamorado intensamente antes, solo que mi ex no ha muerto.

No quería ser maleducado y tal, pero... la boca se me estaba llenando de saliva porque estaba preciosa con esa luz azulada de puticlub. Llevaba un vestido palabra de honor del mismo tono y el pelo, sedoso y suelto, le caía acariciándole los pechos.

—A mí no me interesa el amor —sentencié seco.

—¿Por qué no? ¿No habrás hecho algún voto de castidad o algo así? Porque sería un auténtico desperdicio...

—No. —Quise esquivarla, pero me cortó el paso pegándose a mí.

—¿Por qué me rehúyes? —preguntó confusa y algo dolida.

Aparté la vista de su cara. No podía seguir tan cerca de Sofía o tendría otra puta crisis nerviosa.

Me concentré para ser un capullo con ella y ahuyentarla, pero su cercanía me abrumó y mis ojos terminaron en su carótida palpitante.

La última vez que vi a Sara tenía muy mal aspecto, pálida y desmadejada sobre una cama, sedada y con un respirador artificial. En cuanto se lo quitaron, se le quedó la boca abierta y no pude soportarlo... Intenté cerrársela. Hacer que se le humedeciera el labio inferior, que inspirase y exhalara de nuevo, como Sofía lo estaba haciendo en aquellos precisos momentos.

—Lo siento, no puedo estar contigo. Me recuerdas demasiado a Sara y... —Alcé las manos como si fuera a tocarle los hombros, pero no lo hice. Las dejé suspendidas en el aire—. Tener delante a alguien que parece ella y no poder tocarla es horrible... ¿Lo entiendes?

—Si pudieras tenerla de nuevo dos minutos, ¿qué harías?

—Abrazarla. Muy fuerte.

—¿Solo eso?

—Sí, para sentir los latidos de su corazón.

—Pues hazlo, abrázame.

—¿Cómo...? Mira, agradezco que intentes hacerme tocar fondo o la mierda que te haya pedido Keira, pero ahórratelo, ¿vale? —Me cabreé.

—¡Quizá te sirva de algo...! En serio.

—No servirá de nada. Me tocó la lotería una vez y punto.

—Te servirá para dejar de idealizarla.

—No la idealizo —repliqué brusco—. Sara era la puta hostia.

—No lo dudo, pero puede servirte como tratamiento de choque, de verdad. Sé de lo que hablo.

—Déjame ya, por favor... —Quise irme de nuevo, pero Sofía me sujetó de los brazos. Sentir sus manos sobre mí me dejó paralizado.

—¿Vas a perder la oportunidad de abrazar a Sara otra vez? Cierra los ojos, Ulises, e imagínatelo.

—Tú no eres ella —sentencié.

—Pues imagina que lo soy. Vamos, ¡hazlo!

¿Que la abrazara? ¡No me jodas!

Mi instinto natural me rogó que me abalanzara sobre ella desde el primer momento en que la vi. Tuve que echar mano de todo mi autocontrol para no hacerlo.

De repente, Sofía rodeó mi cuello, poniéndose de puntillas, y se encajó en mi cuerpo.

El mundo giró ciento ochenta grados y me quedé boca abajo, con el mareo que eso supone. Prácticamente, tuve que agarrarme a ella para no desplomarme. Primer error.

Cerré los ojos. Segundo error...

Y así hasta caer en una tentadora trampa alucinógena. La estreché entre mis brazos sin poder evitarlo y noté la turgencia de sus pechos aplastados contra mi esternón. Ahí estaba su corazón. Latiendo fuerte.

Rodeé su cintura y me concentré en el recuerdo de abrazar a Sara. Para cuando quise darme cuenta, mi sistema límbico ya estaba flipando por haber recuperado al amor de mi vida por un instante.

Que ella me acariciara la espalda me llevó a perder la cabeza, porque empecé a hacer lo mismo, pero con más ímpetu. A estrecharla. A acariciarla. A creérmelo... Y sin verlo venir, mis labios terminaron sobre los suyos.

El *déjà vu* que tuve por poco me provoca un infarto.

No sé cómo terminamos contra una pared besándonos con ansia. Cuando Keira nos sorprendió, alejarme de su boca fue como si alguien me hubiera rociado un extintor a medio metro de distancia.

Por suerte, empezó una locura de cuenta atrás y todo el mundo echó a correr como si alguien estuviera pegando tiros con una semiautomática.

Estaba tan afectado que ni comprobé el coche al subirme... Otro error imperdonable.

Y desde entonces, han sido uno detrás de otro porque la noche que Keira entró como Kaissa en el KUN me acosté con Sofía.

Salió a hablar conmigo mientras duraba el espectáculo y terminó convenciéndome de que me anotara su teléfono. Ya estaba perdido. No dejó de mandarme fotos subidas de tono y de tontear por el chat de mensajería. Me dijo que se había quedado con ganas de mí... Que sintió que conectamos y que me quería conectado a ella hasta que me corriera vivo.

Me mandó su dirección y me aseguró que estaría esperándome.

Cuando dejé al duque y a Keira en el chalet, con esa irrespirable tensión sexual entre ellos, puse el GPS y me fui directo a ver a Sofía.

En cuanto abrió la puerta de su apartamento, la estampé contra la pared y devoré su boca con fruición. Marca de la casa.

Nos pusimos a cien. Ella palpó mi pantalón y sonrió.

—Madre mía, esto promete mucho... —susurró en mi boca.

Su cuerpo sí que prometía placeres inimaginables...

No me dejó desnudarla allí mismo, sino que me obligó a ir a la cama para besarle cada centímetro cuadrado de piel como si quisiera tatuarle mis besos. Alguno se ve que lo hizo.

Sumergirme en ella fue una experiencia religiosa. Me perdí en un estado de felicidad inalcanzable. Follamos varias veces a lo largo de la noche, en distintas posturas. Usé condón. Condones. Y nos dimos toda clase de besos existentes: lentos, rápidos, húmedos... Su saliva me colocaba como nada en este mundo. Y cuando llegó la hora de irme me dijo que me quedara a dormir sin darle más importancia.

—¿Qué hay de Charly, el abogado? ¿Estáis saliendo?

—No. Solo follamos de vez en cuando. Y no es nada celoso. De hecho, le gusta el sexo en grupo.

—¿Qué? ¿Lo habéis practicado alguna vez?

—Sí. Alguna...

El problema es que hoy es sábado, y cuando le he propuesto volver a vernos, Sofía me ha contestado que ha quedado con Charly y me ha sentado fatal.

La he traído hasta el despacho presidencial para recordarle lo que se perdería si se iba con él, pero cuando he visto la nota todo se ha ido al garete. He tenido que avisar a regañadientes a Ástor y a Keira, como si el caso fuera algo totalmente secundario en mi vida.

«¡¿Qué cojones me pasa?! Esto es alucinante...».

Esta gente te aliena. Provoca que te olvides de todo. De lo que haces, de lo que eres, de por qué estás aquí... Sé que a Keira también le sucede. ¿Echaran algo en las bebidas?

Ahora, después de mi conversación con Keira y el duque, salgo del despacho y buscó a Sofía con desesperación.

Cuando por fin la encuentro, veo que está con Charly, riendo, dándose pequeños besos, haciéndose carantoñas... Casi se me disloca la puta mandíbula de apretarla tanto, ¡joder!

Sus ojos se topan con los míos y me lanza una sonrisa sensual que trasmite lo cachonda que la he dejado... para él. De pronto, el tío me mira como si lo supiera todo. Como si pudiera leerme la mente y entendiera perfectamente mi demencia por ella. En vez de verme como yo a él, como a un enemigo, me observa como si estuviésemos en el mismo equipo. Como si fuésemos unos afortunados por poder disfrutar a Sofía. Y tengo que darle la razón: lo somos.

Un minuto después, recibo un mensaje de ella.

Sofía:
Te vienes a mi casa con nosotros? A Charly no le importa

23
Desgástame

Un contraataque nunca es prematuro.

Savielly Tartakower

Ulises se ha ido hace nada y estamos solos.

Keira no ha dejado de observar la nota, de cavilar y hacerme callar para concentrarse hasta que se digna preguntarme a media voz:

—¿Estás bien?

—Sí...

—No te preocupes por esto, Ástor.

—¿Por qué? ¿Por el «se acerca tu hora»? No estoy preocupado.

—Pues lo pareces.

—Solo estoy cabreado, Keira.

—¿Conmigo o con el de la nota?

—Con los dos.

—No tienes motivos para enfadarte conmigo. No he hecho otra cosa que ayudarte.

—¿Cómo que no? Me estás volviendo loco...

—¿Yo a ti? Pensaba que era yo la que estaba loca por ti...

Cierro los ojos e inspiro hondo. «No puedo más».

Avanzo hacia ella y la acorralo contra una pared con rudeza. Mi cuerpo aprisiona el suyo y le hablo muy pegado a sus labios.

—Deja de joderme, Keira... Si me estoy comportando como un gilipollas inmaduro es por tu bien.

—¿Y de qué me estás protegiendo exactamente? —jadea, impresionada por mi cercanía.

—De mí mismo... No sabes quién soy. Ni lo que he hecho.

Le abro los labios con los míos y saboreo su lengua como no me ha dejado hacer antes. Saber que no podría escapar de mí aunque quisiera me excita mucho, y sentir que no desea hacerlo, todavía más.

—¿Tanto te preocupa que me enamore de ti? —apunta con sorna.

—No, de mí, no... De mis manos y de todo lo que quieren hacerte.

Me dejo de palabras y se lo demuestro. La beso con intensidad. Labios, mentón..., allí donde alcanzo mientras cuelo los dedos por debajo de su vestido, traspaso sus bragas y aprieto sus jugosas nalgas contra mí. Me encanta que ponga sus manos en mi cara, como si me prohibiera ir a ninguna parte que no fuera su boca.

Me dirijo a tientas hasta donde me interesa y la acaricio sin rodeos. No he dejado de pensar en su entrepierna desde que la probé. Sus bragas me molestan y decido arrancárselas de un tirón brusco. Su respiración se agita, y doy una tregua a su boca atacando su cuello.

Mis dedos se zambullen en su sexo y gime asombrada. Yo también lo estoy de encontrarla tan húmeda ya. Su excitación me da la razón respecto a cuánto le gusto, y es una confirmación muy peligrosa. Su deseo se traduce en algo tan resbaladizo y viscoso que mi raciocinio se pone en «modo salvaje». Es como el «modo avión», pero pensando en follar todo el tiempo.

Ojalá la vida tuviera una banda sonora que te avisara con música siniestra cuando estás a punto de joderla.

«A la mierda. ¡No oigo nada!».

Le subo el vestido hasta la cintura y le clavo mi erección donde quiero hacerlo. No puedo esperar a quitarme la ropa. Necesito rozarme con esta mujer para satisfacer una desazón inmediata en un punto muy concreto.

Sentir que podría correrme sin metérsela me abruma un poco.

Keira gime de nuevo al notar mi desesperación. Ese sonido es un número uno en las listas de grandes éxitos, porque antes, cuando me ha apartado de ella en la sala de los tapices, he creído morir.

Sus manos van hacia mi bragueta apremiando que me desnude, pero no puedo dejar de arremeter contra ella; soy como un juguete estropeado que es incapaz de hacer otra cosa. Un jodido juguete del destino, como diría Shakespeare... Esto es lo que pasa en las segundas veces, que el ansia, al saber lo que te espera, te atropella y la impaciencia te impide pensar.

Al final, consigue desabrocharme el botón del pantalón con manos temblorosas.

—Ástor... —gime en mi oído—. El condón...

Me encanta ver que también tiene prisa por sentirme dentro.

Cojo un paquete plastificado de mi bolsillo y lo abro de un tirón con los dientes.

—Quítate el vestido —la insto mientras me lo pongo.

Lo hace por la cabeza de un solo movimiento, y se queda delante de mí tan solo con un sujetador negro de encaje al que le cojo manía al momento.

No me molesto en desabrochárselo. Arraso con él hacia abajo y libero sus pechos, metiéndome un pezón en la boca. Joder... ¡Son la hostia! Llenos, turgentes y tan enhiestos que harían perder el juicio a cualquiera.

Saborearlos de nuevo hace que se me ponga más dura que nunca. El miedo a que me reviente un huevo es muy real.

La llevo hasta mi escritorio, donde la acorralo por la espalda para que apoye las manos en la mesa. Sentirla tan enajenada me enerva.

—Voy a follarte a lo bestia —le advierto—. Sujétate bien.

Su cuerpo se tensa de pura anticipación y me preparo. Mi polla lleva chillando desde que he empezado a comerle las tetas y ya no puede más.

Cuando acerco mi sexo al suyo, Keira arquea la espalda instintivamente y me fijo en la curva perfecta de su cintura coronando un culo increíble. La necesidad de colarme en su interior me somete y lo hago con una estocada certera.

—¡Dios...! —farfullo conmocionado.

Recibo tal descarga de placer que casi me parte la espalda. Ella gime de gusto y continúo con mi asedio.

Mi cuerpo arde y me pide moverme antes de que me consuma vivo. Mis manos van de su cintura a sus pechos echando más leña al fuego y acerco mis labios al pliegue de su cuello para besarla enardecido.

«¿Qué me está pasando?». El sexo nunca me había sabido tan bien. Debe de ser la tensión del día de hoy. El miedo. La furia. La conexión. Mi madre. El torneo... El puto Saúl queriendo estar tan dentro de ella como yo lo estoy en este momento. Y no puedo..., no quiero que nadie más disfrute de ella, ni de su cuerpo, ni de su mente, ni de sus ojos, ni de su juego ni de sus enfados... más que yo. Estoy loco, lo sé. Loco por ella. Maldito Héctor...

Le vuelvo la cara para morderle los labios mientras sigo bombeando sin misericordia. Estoy en una puta Navidad eterna. Lo que me dicen sus besos me lleva al límite y me demuestra muchas cosas. La primera, que no soportaría perder su permiso para volver a tocarla.

Pongo una palma en su hombro para infundir más profundidad a mis embestidas, penetrándola con fuerza una y otra vez. No quiero que llegue el final, pero cuando lo noto cerca vuelvo a pegarme a su cuerpo y muevo la mano hasta su clítoris.

—Córrete conmigo...

Las piernas le flojean al atacar su punto débil sin delicadeza y sin dejar de ofrecerle acometidas rápidas y secas.

La sujeto del hombro cuando siento que está a punto de llegar para ejercer más resistencia en su carne.

—¡Me corro...! —avisa entre dientes—. ¡No pares!

Y no lo hago hasta que explota en un gemido sordo brutal. Siento cómo sus músculos convulsionan alrededor de mi polla, y solo entonces me dejó ir. Echo la cabeza hacia atrás, aferrado a Keira, y me derramó dentro de ella con una sensación de paz extracorpórea.

No tengo palabras para describirlo porque no existen en el diccionario. Ningún adjetivo haría justicia a lo que acabo de sentir.

Apoyo mi frente en su hombro y sigo jadeando, sin moverme.

—Esto ha sido un cien —sentencio.

Sé que sonríe, aunque no la vea.

—Al cuadrado —añade jocosa.

Salgo de ella y nos ponemos en marcha para vestirnos.

Este momento es el que menos me gusta de estos encuentros. La vuelta a la realidad. Descubrir que he roto sus bragas de un arrebato. Encontrar su vestido del revés. Subirme el pantalón con cero glamour. Tener que hablar cuando ya está todo dicho.

Cuando me meto la camisa en el pantalón y me pongo la chaqueta, Keira ya parece estar lista, y el instante llega. Toca mirarla a los ojos y rendir cuentas sintiéndome muy pobre.

No es una sonrisa lo que hay en su cara, es una mueca de satisfacción pura y dura que me complace mucho más. Me acerco a ella.

No sé qué decirle. Me deja sin palabras.

—¿Qué? —Me sonríe.

—¿Qué de qué…? —Le sonrío.

Me acerco mucho a ella, como si fuera a contarle un secreto.

—Me ha encantado —confieso rodeándole la cintura.

—A mí también.

—Y quiero repetir —la aviso, juntando nuestras frentes.

—Ya veremos…

—¡¿Cómo que ya veremos?! —me quejo.

La aprisiono entre mis brazos y se ríe. Tiene una sonrisa preciosa… Ojalá nunca sepa que sonriendo como lo hace puede conseguir cualquier cosa de mí.

—Depende de cómo te portes y de lo sospechoso que me parezcas —bromea juguetona.

Sonrío otra vez, como un tonto.

—Eso no es lo que pone en tu contrato. Pone que aquí dentro me perteneces… y quiero tenerte de todas las formas posibles.

—¡Nos ha salido caprichoso, el niño! —exclama divertida.

—No sabes cuánto… —Y pruebo sus labios de nuevo con avaricia.

Me quedaría a vivir en ellos. Qué pena que sea imposible.

—Deberíamos volver a la fiesta —dice con esa culpabilidad que a veces tiñe su voz.

Me pongo en su lugar y la entiendo, está de servicio, pero somos tan inevitables como tratar de detener el viento con las manos.

—Volvamos, pero querré largarme pronto a casa. Diré a Héctor que se ponga los tapones y que no se los quite en toda la noche.

Se ríe.

—Te recuerdo que mañana continúa el torneo...

—A la mierda el torneo.

—Vaya, vaya... —Sonríe ufana—. Ten cuidado, que te enamoras...

—Me encantaría jugar la final contra ti —digo de pronto—. Y que me pidieras la revancha una y otra vez en la cama...

Me tapa la boca mientras se parte de risa, y sonrío contra su mano. Me parece increíble estar así con ella... De hecho, con nadie.

—Vámonos ya, necesito hablar con Saúl —dice solícita.

—Ve con pies de plomo, te desea.

—Lógico, si siempre estáis de acuerdo —me vacila pizpireta.

Se deshace de mi amarre y tira de mi mano para abandonar el despacho. Será lo mejor, porque estoy a punto de empezar otra tanda de besos de los que terminan en un orgasmo sincronizado.

Una vez fuera, me tomo un whisky mientras Keira habla con Saúl. No miro hacia ellos ni una vez. Paso. Necesito dejar de pensar en ella y disfrutar de unos minutos de paz, ahora que todos mis soldaditos siguen batallando en el fondo de un profiláctico.

—Me alegro de que hayáis hecho las paces —me dice Héctor con una sonrisa sabionda.

—Gracias. Esta noche ponte los tapones si quieres pegar ojo.

Suelta una carcajada y le sonrío de medio lado.

—¿Vais a hacer un trío? Porque Saúl parece muy interesado...

—Deja de tocarme los huevos, hermanito —lo aviso—. Keira puede hablar con quien le plazca, mientras solo folle conmigo.

«¿A qué viene este ataque de exclusividad, si solo es sexo? ¿O no lo es?», prorrumpe una voz en mi cabeza.

De pronto, veo que Ulises vuelve de dondequiera que estuviera. Y por su aspecto desaliñado, diría que viene de lo mismo que Keira y yo.

Ambos compartimos una mirada en la que parecemos leernos la mente. Nunca me había pasado tan pronto con nadie. ¡Es como si nos conociéramos de otra vida! Como si formáramos parte de la misma estrella cuando el universo estalló en el jodido Big Bang.

Antes de acercarme a él, doy un gran sorbo a mi copa. «Allá voy».

—¿Quieres beber algo? Te veo un poco deshidratado... —le vacilo.

—No, gracias. Estoy de servicio.

—¿Al mío o al de Sofía?

Ulises hace una mueca. Pero no replica.

—¿Al menos has sonsacado algo útil a Sofía o... ni habéis hablado?

Me mira muy serio.

—Hemos hablado de lo mismo que Keira y tú, ¿te vale?

Me alucina que nos entendamos tan bien. Hablar con él es adictivo.

—¿Te molesta? —le preguntó directo.

Es nuevo para mí hablar tan en clave con alguien que no sea Charly o mi hermano. No hace falta que le diga a qué me refiero. Y no hace falta aclararle que su compleja relación con Keira me perturba un poco.

—No me molesta, mientras no le hagas promesas que no puedas cumplir... Yo nunca se las he hecho. Siempre he sido sincero con ella.

—Yo también.

—¿Cómo vas a serlo, si no eres sincero ni contigo mismo?

Lo miro alucinado. ¡¿Cómo puede fascinarme y crisparme tanto a la vez?!

Trago saliva, incómodo por no poder gritarle como estoy deseando. Y algo me dice que, aunque estuviéramos solos, tampoco lo haría.

—Y Sofía, ¿ha sido sincera contigo? —Vuelvo a la carga, intentando mantener la compostura.

—¿Sobre qué?

—Sobre con quién va a irse de la fiesta esta noche aunque acabe de follar contigo a saber dónde.

Ulises mira al suelo y se toca la nariz, contrariado.

—Eso es cosa suya.

—Sofía tiene muy claro lo que quiere en la vida.

—Y yo también. Y Keira. Eres tú el que al final lo joderá todo con tus contradicciones de mierda.

Joder...

—No me conoces para decir eso —rezongo.

—¿Y tú, te conoces... o ya no?

—Te estás pasando, tío.

—Ojalá sea cierto. Porque hay muchas cosas de ti que no me cuadran. Ten cuidado.

Intenta alejarse de mí, pero lo bloqueo. No he terminado aún con él.

—¿No será que estás celoso y prefieres verme como un monstruo?

Me mira fríamente y sonríe malicioso.

—Nunca podría tener celos de ti. —La seguridad con la que lo dice se me clava hasta las costillas—. Tú nunca podrás darle lo mismo que yo... Y no me refiero a sexo. Cualquiera puede follarse a una chica, pero llegar a su corazón es más difícil. Y al de Keira muchísimo más.

Me quedo frío. «¿Para qué cojones me empeño en hablar con él?».

—Solo quería advertirte sobre Sofía —respondo, creo que a mí mismo.

—Y yo sobre Keira. No le hagas daño o tendré que partirte esa cara de panda que tienes.

Me quedo descolocado. «¡¿"Cara de panda..."?!».

—Me encantaría ver cómo lo intentas. —Y lo he dicho en serio.

Me voy de su lado perturbado porque consigue sacar lo peor de mí. O quizá sea lo único que queda de mi yo real... No puedo hablar así con nadie del KUN, y me sorprendo pensando en lo mucho que disfruto haciéndolo.

Vuelvo con mis amigos e intento soportar la velada, que se traduce en un par de horas más en las que no imaginaba que iba a pasarlo tan bien. Keira y yo estamos cariñosos delante de la gente. Jugar a no besarnos en público es excitante, sabiendo que ambos lo estamos deseando.

La he visto hablar con Ulises un par de veces; no estaban discutiendo, pero me ha parecido que él tenía algún problema. Por mucho que diga que lo tiene controlado, se ha quedado chafado cuando Charly y Sofía han abandonado la fiesta muy juntos.

La vuelta en coche ha sido una sesión de masoquismo.

Iré al infierno por torturar a Keira sabiendo lo mucho que le gustan mis manos.

Cuando le he acariciado la pierna, ha cogido mi otra mano y la ha colocado sobre su corazón para que notara lo rápido que le bombeaba. Le he mirado los labios y he querido besarla como antes, pero no me fiaba de poder parar si empezaba.

Al llegar a casa, Ulises se ha subido a su coche y ha desaparecido. Héctor se ha despedido de Keira y de mí con guasa, y nosotros... nosotros hemos empezado a besarnos a lo bestia y a rebotar contra todas las paredes antes incluso de entrar en la habitación.

No sé qué me ha poseído, quizá el espíritu de un veinteañero que no tiene otra cosa que hacer que vivir el sexo a pleno rendimiento, pero he sentido la necesidad de cumplir la fantasía con la que todo hombre sueña al menos una vez en su vida.

En realidad, es una de las fantasías más recurrentes tanto en hombres como en mujeres, y cuando en la fiesta de Guzmán me preguntó qué haría si pudiera..., mi imaginación se disparó.

—Keira... —jadeo en su boca, ansioso.

Estamos piel con piel, completamente desnudos, besándonos ensimismados, y sigue haciéndolo después de contestar con un simple «qué», como si no deseara perder tiempo entre frase y frase.

—Quiero que pierdas el control..., que te olvides de quién soy y del caso, y que me dejes ser el Ástor que una vez fui... contigo.

—Sí —contesta excitada—. Sí, joder..., quiero verlo.

—Para eso tienes que someterte a mí.

Me mira, encendida, ansiosa por saber a qué me refiero.

—Quiero atarte —confieso con una voz vibrante y oscura—. Quiero sentir que confías en mí..., que podría hacerte cualquier cosa, que estás a mi merced.

Keira intenta pensar con claridad por encima de la excitación, pero eso es lo peor que puede hacer. El sexo es todo lo contrario a pensar, es dejarse llevar. Capturo un pecho con mi boca y empiezo a chupárselo con fruición mientras amaso el otro. Mi polla presiona su vientre, rabiosa, y Keira gime desconcertada por estar planteándose mi petición.

—Quiero hacerte sentir cosas que nunca has sentido ... Di que sí, por favor.

—¿Quieres atarme? —jadea pensando en voz alta.

—Necesito sentir que confías en mí. —La miro fijamente, muy quieto.

Volvemos a besarnos de una forma lenta y estudiada que nos pone como motos. Ni siquiera espero a que me dé el sí verbalmente. Alargo la mano y rescato una cinta que sé que está debajo de la cama. Es de velcro y se adapta muy bien a sus muñecas. Keira no opone resistencia. En silencio, me lanza una mirada cargada de erotismo y se queda con los brazos doblados a noventa grados a ambos lados de su cabeza. Está a la espera.

Vuelvo a besarla con delicadeza y a la vez le acaricio los pechos con deleite. También sus brazos y toda la piel que encuentro por el camino. Se retuerce gustosa, deseando mucho más y alzando el culo frustrada por no poder tocarme. Así es como la quiero: ansiosa.

Beso esa ansiedad y mi mano va directa a su entrepierna para introducir un dedo hasta el fondo sin dejar de besarla. Los jadeos que se le escapan entre un beso y otro reverberan en mi polla, y muto a un estado animal. Se respira el deseo a través de nuestras bocas entreabiertas, pero me trago sus gemidos impacientes.

—Chist... Relájate —le pido cuando noto su agitación.

Sigo besándola lentamente mientras la masturbo cada vez más rápido. La presión con la que su sexo se acopla a mis dedos me hace poner los ojos en blanco de placer.

No puedo más y bajo por su vientre, completamente plano y tan suave que podría llorar. Cuando llego a su centro, lo devoro sin miramientos. Su ardoroso estado empieza a ser preocupante.

—Voy a tener que atarte entera —musito en su monte de Venus al ver cómo le tiemblan las piernas.

Busco otra cinta de velcro debajo de la cama y le ato un tobillo. Repito la operación con el otro y se queda con los muslos separados, totalmente expuesta para mí.

Es como un sueño hecho realidad. Y una pesadilla para Keira, porque empiezo a torturarla con mi boca y con mis manos con una crueldad lenta y sinuosa.

—Ástor... —se queja excitada—. Métemela ya.

—No pienso hacerlo hasta que me lo pidas bien.

—¿Qué...? —farfulla, y piensa rápido—. Por favor..., ¡fóllame ya!

Mis dedos surcan sus muslos, venerándolos hasta su entrada que está muy bien depilada, hinchada y brillante para mí. La boca se me hace agua y tengo que tragar saliva antes de poder hablar.

—Con un «por favor» no basta —digo con una calma inusitada—. Tendrás que llorar.

—¡¿Qué...?! ¡No voy a llorar! —protesta estupefacta.

—Eso ya lo veremos.

Me centro en torturarla sexualmente sin piedad. La llevo al borde del precipicio en un par de ocasiones, y se enfada cuando impido que se corra. Me tumbo sobre ella y dejo que note el peso de mi cuerpo sobre el suyo, que fantaseé sobre cómo sería tenerme dentro atravesando su carne y llenando por fin el vacío que siente.

Gimo con fuerza solo con imaginarme enterrado en sus entrañas.

—Va en serio..., ¡no puedo más! —jadea desesperada, y sonrío maquiavélico.

Esa frase es falsa. Siempre se puede más. Si supiera cuánto estoy sufriendo yo también... y lo que lo necesito.

Me sitúo entre sus piernas abiertas de rodillas, con la espalda recta, y coloco sus muslos por encima de los míos. Me quedo mudo ante semejante visión. Empiezo a acariciarme despacio, arriba y abajo, y ella me mira con la respiración entrecortada. Se retuerce al observar cómo mi duro miembro llora por ella.

—Ástor... —Su tono suena sospechosamente a suplica.

—Dame lo que quiero y te prometo que te follaré... Sin piedad.

Resopla sobrepasada, deseándolo con fuerza. Me pego a ella para restregarle la polla contra sus pliegues hipersensibilizados. Sé que cada roce absorbido por su clítoris, hambriento y ávido por recibir cualquier estímulo, es un martirio. La oigo gritar y la noto tensarse. Intenta frotarse contra mí.

—Entrégate... —susurro con languidez—. Te voy a dar el orgasmo más grande de tu vida, cariño.

Masturbarla con la punta roma de mi miembro debe de ir en contra de los derechos humanos.

Aprieto los dientes sin dejar de moverme arriba y abajo, sin llegar a penetrarla. Empieza a gimotear, y hago un esfuerzo por no ceder a su necesidad y darle lo que anhela. Si no fuera porque no llevo un condón puesto, ya me habría hundido en su cuerpo sin remedio. En el momento en que me separo de ella para coger uno, lo oigo:

—¡Nooo! ¡Vuelve...! —dice a punto de echarse a llorar—. Por... favor...

La última palabra la solloza, rendida.

Me pongo el condón en dos segundos y me cierno sobre ella de nuevo, juntando nuestras frentes.

—Soy todo tuyo, Keira.

Me introduzco en su sexo con un movimiento brusco que nos hace gritar a los dos. Héctor ha tenido que oírnos incluso con tapones. Me clavo todo lo que puedo en ella con embestidas violentas que destrozan nuestras terminaciones nerviosas.

La sensación no es de este mundo. Esto no es física, es metafísica. Su cuerpo y el mío han sido creados para esto por un ser superior.

Un inoportuno orgasmo pide asistencia en la parte baja de mi espalda, pero lucho contra él perdido en un bucle de goce incalculable.

Nos besamos con fanatismo, respirando cuando nos acordamos. Embebo las manos en su culo para pegarla todavía más a mí y no dejo de empujar salvajemente como si quisiera romperla en dos. Como si quisiera marcarla. Grabarme en su piel. Dejar mi sello. Mi firma. Mi alma...

—¡¡¡Joder...!!! —grita Keira al llegar al clímax.

La presión que ejerce en mi polla es tan brutal que empiezo a delirar perdiéndome en el limbo de un placer demasiado crudo.

Esto es demencial. Imposible. Inaudito.

Entro en pánico porque nunca me he sentido así. Tan abrumado y avergonzado. Cuando la miro a la cara, veo dos marcas húmedas al lado de sus ojos y se las borro con los pulgares. Soy incapaz de hablar. Keira tampoco. Tan solo podemos mirarnos incrédulos y embargados por un sentimiento único.

La beso sobrepasado, sin saber qué esperar.

—Ha sido la hostia —dice entonces—. Casi me muero...

—¿Ha merecido la pena?

—Sí, joder... Creo que voy a tener agujetas por haber aguantado tanta tensión.

—Eso es un eco.

—¿Qué?

—La tensión que todavía sientes. A veces no es posible liberar toda la energía acumulada en un solo orgasmo.

Salgo de ella llevándome el condón conmigo y lo tiro a la papelera antes de volver para desatarla.

Nos metemos en la cama y la resguardo en mi pecho durante unos minutos. Esta plenitud es nueva para mí y quiero disfrutarla solo un instante, hasta que me recupere. Nuestros labios no tardan en buscarse de nuevo sin preguntas. Y van aumentando la intensidad de los roces hasta que cojo otro condón de la mesilla y la insto a ponerse encima de mí, a horcajadas. Si pudiera verse desde mi perspectiva ahora mismo, con todo el pelo alborotado, sus pechos bamboleándose y la fantástica curva de su cintura iluminada por ese brillante en el ombligo, se daría cuenta de lo sexy e increíble que es.

Oír cómo se corre cabalgándome de forma tan sensual provoca que yo también me deje ir.

Pero la cosa no termina ahí. No podemos parar... No deseamos que la noche termine nunca. Hablamos y volvemos a hacerlo en distintas posiciones. Queremos desgastarnos. Pulverizar este sentimiento de tanto usarlo, pero no nos aburrimos de nuestra piel hasta que, horas después, estamos demasiado escocidos para seguir abusando de nuestros genitales.

—¿Crees que iba en serio lo de la crema de tu madre? —pregunta chistosa—. Porque ahora mismo la necesito de verdad.

Me río, haciéndola rebotar contra mi pecho. Estoy boca arriba y tengo a Keira acoplada a mi cuerpo como un koala con mi brazo por encima.

—Eso es karma puro y duro.

—¡Cállate! —Se ríe—. Más bien es el taladro percutor del duque de Lerma... Mañana te voy a tener a pan y agua, que lo sepas.

—No me importa. —Finjo indiferencia—. Mañana tengo que concentrarme en ganar. A primera hora sabremos cuándo jugamos y contra quién. Solo habrá ocho partidas y serán multitudinarias, ya verás qué pasada.

—Lo estoy deseando —contesta medio amodorrada.

—Y yo.

Le doy un beso en la cabeza y me mira para que se lo dé en los labios. Cumplo sus deseos recreándome un poco en ello y le deseo buenas noches.

No seré yo quien señale que parecemos algo más que «compañeros de sexo», cuando no podemos ser nada más.

Lo único que sé es que me duermo con una sonrisa en la boca por primera vez en siete años.

keira

24
La habitación maldita

El ajedrez es el cuento de hadas de los 1001 errores.

Savielly Tartakower

Domingo, 15 de marzo

¡Ay…! Estoy emocionada.

Al ser mi primer torneo presencial no tengo ni idea de cómo será esta fase, pero la expectación de cualquier evento friki, sea de lo que sea, siempre alcanza cotas insospechadas de nervios buenos y estrés.

No es una sorpresa que sea la única mujer que haya conseguido llegar a la eliminatoria de los mejores dieciséis; que todo el mundo quiera hablar conmigo sí que lo es. Y lo que más me sorprende es que no me importe atenderles con una sonrisa. ¿Qué me pasa?

El día se ha planeado para que haya cuatro partidas por la mañana y cuatro por la tarde. Ástor juega el último de la mañana y yo la penúltima de la tarde, así que nos espera una jornada intensa.

Aunque para intensa la noche de ayer… Pfff…

Cuando se lo cuente a mi madre, no se lo va a creer. Empezará a gritar, eso seguro. Hasta yo tengo ganas de hacerlo.

Querrá detalles sucios: de medidas, grosores y tamaños, o lo bien que Ástor se maneja con la lengua por todas partes. Y en esto último le pongo la máxima puntuación. ¡Ay, Dios mío…!

Esta mañana, me ha despertado besándome el cuello y arrimando cebolleta. Bueno, lo suyo más bien es un manojo entero...

No sabía cómo decirle que mi entrepierna estaba cerrada por derribo, pero que no haya insistido mucho demuestra que lo presentía. Ha empezado a besarme los pechos y luego ha ido bajando hacia mi ombligo, entreteniéndose en mi pendiente con devoción. Después... me ha mimado de lo lindo ahí abajo. Como si pretendiera curármelo a lametazos. El orgasmo ha sido apoteósico. Creo que le he tirado del pelo demasiado fuerte, porque me ha dicho entre risas que iba a dejarle calvo.

Por supuesto, luego le he devuelto el favor cuando nos hemos duchado juntos. ¡Ha sido una pasada!

Toda la noche lo fue, en realidad. Lo único que lamenté fue no haber podido hablar con Xavier en la fiesta, pero esta tarde juega en la última mesa y lo pillaré por banda para preguntarle por Carla.

¿Cómo? No lo sé. Algo se me ocurrirá.

Cuando llega la partida de Ástor, estoy atenta por si veo al decano, pero no hay suerte. «¿Dónde se habrá metido ese hombrecillo?». Mis compañeros me darán la respuesta ya que anoche ordené que empezaran a seguirle.

No sé si servirá de mucho, porque esa gente no se mancha las manos. Lo dirigen todo desde el sillón de su casa mientras acarician a su gato.

Antes de ocupar su asiento para jugar, Ástor se acerca a mí y sonrío sabiendo lo que viene a buscar.

—Vengo a que me desees suerte —dice con una sonrisa tan granuja que no puedo resistirme.

Lo agarro del cuello de la camisa y lo acerco a mí muy despacio mientras lo veo perder la mirada en mis labios. Le acaricio la nariz con dulzura antes de darle un casto beso sin lengua que significa mucho más que un «te deseo». Significa «me gustas», que es más bonito.

Algunos silban al verlo.

¡Qué vergüenza, por favor!

Ahora que es de verdad, que estos besos son reales, todo me afecta de un modo distinto. Porque esto no es «solo sexo», como me juré ayer. Ástor me gusta de verdad. Bueno, quizá «gustar» sea demasiado simple. Ástor me emociona, me revuelve, me intriga, me derrite..., y presiento que puede ser algo importante para mí. Un punto de inflexión en mi vida. Se han tenido que alinear los planetas para conseguir que me sienta así, y el hecho de ser correspondida me resulta completamente nuevo, porque creo que Ástor siente algo parecido.

¿Hasta cuándo? Ni idea.

Hasta que nos cansemos o se complique, por probabilidad.

Finalmente, el duque toma asiento y comienza la partida.

Como es habitual en él, se desabrocha todos los botones que encuentra, en su cuello, sus muñecas..., como si esa opresión le impidiera pensar con claridad. Está guapísimo con una camisa blanca de rayas azules y beis de diferentes grosores. La acompaña con un pantalón chino azul marino y unos zapatos marrones. No sé si Mireia le conjunta la ropa, pero el estilo que derrocha es apabullante.

Muchos ojos permanecen atentos a su primer movimiento. Ástor es el gran favorito, pero su rival empieza duro con las blancas y enseguida se pone interesante. Ambos se toman su tiempo para trazar la táctica y van moviéndose por el tablero huyendo el uno del otro casi todo el tiempo. Llega un momento en el que entran en bucle, y me maravilla ver cómo cambia de estrategia y empieza a apoyarse en sus peones. «Bien hecho...». La infalible fuerza del pueblo es lo que determina la calidad de una comunidad, y consigue sacar adelante la partida.

La gente aplaude entusiasmada cuando Ástor y su oponente se dan la mano al finalizar. Corro hacia él para abrazarle por detrás como el koala que soy.

—¡Enhorabuena! —exclamo contenta.

Vuelve la cabeza y me pide un beso a cambio de una sonrisa juvenil que me deja sin palabras.

Se lo doy asomándome por encima de su hombro, haciendo que mi melena caiga hacia delante en cascada y oculte nuestra intimidad. Él me retiene por la nuca para darme un par de suaves mordidas.

«Madre mía..., ¡cómo estamos!».

De pronto, noto que muchas personas nos miran, incluso me ha parecido que una nos hacía una foto. Ya me veo mañana en todos los quioscos.

«No pasa nada... Es tu tapadera, Keira...». Solo que... no lo es.

No entiendo a qué viene tanta expectación. Imagino que Ástor nunca se había comportado así en público y les choca verlo, pero no sé..., ¿tan aburrida está la gente de su vida? A mí nunca me ha interesado de quién se enamoran los demás.

«¡Uy, lo que he diiichooo! Borra eso...».

A falta de Xavier, aprovecho para hablar con Sofía, porque anoche, a partir de cierta hora, desconecté del caso, lo admito. Llega un punto en el que además de ser policía eres persona. Pero se acabó el descanso. Es tiempo de volver a la investigación hasta tener novedades o permisos. La respuesta está cerca. Lo sé. Está en el grupito siniestro.

—¿Puedo hacerte una pregunta? —digo a Sofía con cautela.

—¿Es sobre sexo? Ya he visto que Ástor y tú os habéis lanzado... —Sube las cejas tunanta.

—No es sobre Ástor. Pero tú sí tienes que contarme sobre tus chicos... Me preocupa un poco Ulises.

—No te preocupes por él. ¡Está encantado! Sabe que solo es sexo.

—Sí, ya... —Sonrío culpable—. Solo que el sexo nunca es «solo sexo» si lo haces con alguien que se parece al antiguo amor de tu vida.

Sofía se me queda mirando y, de repente, resopla y estalla.

—Vale, me has pillado... ¡No sé ni lo que estamos haciendo! —Se tapa la cara con las manos—. ¡Voy dando tumbos! Solo sé que no puedo evitarlo... Pero tengo grandes esperanzas de que esto se nos pase pronto. ¿Te sirve?

Sonrío porque ese discurso me suena mucho. Demasiado.

—Sí, me sirve... — Y voy al grano—: Quería preguntarte sobre Carla.

—No dejo de pensar en ella —me interrumpe más seria—. Creo que por eso estoy actuando como una loca, porque necesito quitármela de la cabeza... Cada día que pasa sin que me llame voy a peor y sé que tarde o temprano explotaré. ¿Qué querías saber, Keira?

—Carla y Xavier —concreto—. ¿Sabes si se conocían o tenían algún tipo de relación?

—Él era un baboso con ella, como con todas las amigas de su hijo... Siempre va tratando de averiguar si el padre les interesa más que... la copia. «El Arnau original», como dice él.

—¿Te comentó Carla algo sobre Xavier? ¿Algo fuera de lo habitual?

—No, que yo recuerde... Solo tuvo bronca con Saúl cuando quiso meterse a Kaissa.

—Me lo ha contado. Y me ha dicho que a ti también te pareció mal que Carla se metiera.

—¡Claro! Si Carla quería formar parte del club podría haber solicitado la membresía femenina, como hice yo. Apoyarme y hacer fuerza con la causa... Pero tenía mucha prisa por entrar cuanto antes...

—¿Por qué crees que tenía tanta prisa?

—Ni idea. ¡Fue de la noche a la mañana! Tomó la decisión y a ninguno nos pareció bien.

—¿Puede que Xavier la amenazara si no lo hacía?

Sofía se encoge de hombros.

—Yo solo sé que si se hubiera ido por su propia voluntad o si tuviera otra oferta, como insiste en señalar Charly, me lo habría contado para evitar que me preocupara. Siempre nos preocupamos cuando una chica desaparece.

—¿Quién hace desaparecer a las chicas? Dímelo, Sofía —le exijo.

—¡No lo sé! Es lo que trato de averiguar. Pero es alguien que tiene conexiones con el extranjero, porque a menudo las localizamos muy muy lejos de casa..., en otros continentes, convertidas en esclavas.

—Dame nombres, Sofía.

—¡No sé nombres! Solo sé que pasa... Y que nadie hace nada por evitarlo.

Esto me preocupa. ¿Será cierto?

—¿Estás diciendo que se las llevan a la fuerza?

—Todo indica que no, pero..., sé que es un abuso de poder.

Me quedo pensativa. ¿Quién estaba esperando a Carla en la

calle aquella noche? La furgoneta blanca era robada. ¿Quién se tomaría tantas molestias y por qué?

Voy uno por uno, Charly, Héctor, Sofía, Saúl, Xavier..., analizando las posibilidades de movimiento, sus sueños y obsesiones y cómo relacionarlas con Ástor. Sin embargo, no veo la respuesta. ¡Necesito más pistas!

Después de la última partida, nos vamos todos a comer a un asador cercano. Ulises se queda fuera, preservando su imagen de escolta buenorro, y se come un bocadillo de beicon y queso tumbado sobre el capó de su coche mientras toma el sol de marzo. Sofía y Charly no pueden resistirse a esa imagen y se excusan para salir a fumar y hablar un poco con él.

Me da un ataque de risa en la comida cuando Héctor cuenta una anécdota sobre Ástor. Por lo visto, su madre solía preguntarle de pequeño si quería «chichi» (diminutivo de chicha), refiriéndose a la carne, y a los nueve años, el propio Ástor le advirtió que dejara de decir eso porque estaba manipulando su futura orientación sexual.

Ver reírse a Ástor hasta el punto de ahogarse ha sido increíble. No pensaba que fuera posible. Y creo que él tampoco.

Después de los cafés, volvemos al club y empiezan las partidas de la tarde. Tras presenciar la primera, Ástor tira de mi mano y me lleva hasta la sala de los tapices.

—¿Qué hacemos aquí? —pregunto sonriente. ¡Como si no lo supiera...! ¡Jur, jur!

—Hemos venido a borrar un recuerdo... —susurra atrayéndome hacia él y rodeando mi cintura—. Te quiero a esta distancia, no más lejos, ¿entendido? Todavía no he superado que huyeras de mis labios en esta habitación.

—Pobrecito... —Sonrío burlona y le beso con una ternura inusitada para subsanarlo.

El morreo me lleva derechita hacia la consola de los sueños prometidos. Tiene la altura perfecta para que Ástor se apoye en ella, me coloque entre sus piernas y siga saqueando mi boca con comodidad.

—Me doy miedo a mí mismo —confiesa pegado a mis labios.

—¿Por qué?

—Porque no me canso de comerte —farfulla entre besos obscenos.

Confirma su frase besándome con voracidad, y me derrito entera. Sentir cómo sumerge los dedos en mi pelo y gradúa el ángulo perfecto de mi cabeza para seguir devorándome como necesita licúa todos mis principios policiales. Su ansia me resulta sexy y salvaje. Que me maneje a su antojo para satisfacer un extraño trauma oculto me pone a cien.

—¿Sabes si hay pastillas para que esto se me pase? —dice agobiado.

Y me echo a reír. ¿Pastillas «Antilove»?

—¡En serio! ¡Un antiviagra o algo así! —continúa la broma con una sonrisa pilla.

Poco a poco, sin embargo, se le funde en los labios y vuelve a coger ritmo en mi boca durante otro minuto.

—Me siento mal por estar tan pletórico contigo, Keira, con todo lo que está aconteciendo en mi vida. Alguien va a por mí, Carla ha desaparecido y solo puedo pensar en... en meterme en tu cuerpo... Esto no es normal, se mire por donde se mire. No suelo ponerme así por ninguna mujer.

«JO-DER. ¡Eso ha sonado a declaración de amor!, y solo hace cuatro días que nos conocemos». Vale que ya nos hemos presentado a nuestras madres, nuestros mejores amigos, nuestras mascotas familiares e, incluso, nos hemos confesado algunos de nuestros secretos mejor guardados, pero... Bueno, también me estoy aprendiendo su cuerpo de memoria en sentido bíblico. Sin embargo, su mente es otra historia... y no digamos ya su corazón.

Sé que todavía me oculta cosas, pero sentir que está tratando de ser sincero, de contarme cómo se siente, de darme acceso a una parte de él donde no ha conseguido llegar ninguna otra mujer desde hace tanto tiempo me enternece mucho. Noto que está confuso, aunque no sé exactamente por qué.

—Estás soportando mucha presión, Ástor. —Le acaricio el pelo con afecto. Y va para los dos—: La psicosis, la incertidumbre... Estamos pasando muchas horas juntos y creo que es normal magnificarlo todo... Ya sabes, el efecto Gran Hermano. Muchas horas de roce...

—Supongo que sí... Pero cuanto más me rozo contigo, más me picas.

Me besa de nuevo, casi con angustia, y mis labios terminan fugándose para fundirme con él en un abrazo en condiciones. Nos quedamos unos segundos quietos. Solo sintiéndonos y teniéndonos.

—Quiero darte las gracias... —Oigo su voz en mi cuello.

—¿Por qué?

Se separa un poco para mirarme a los ojos y continúa:

—Por hacer lo que haces por mí... ¡Y no digas que es tu trabajo! Porque no lo es. Este abrazo no lo es. Ni tu forma de ser, ni tu cuerpo ni tu sonrisa... Todo eso no es tu trabajo y lo estás compartiendo conmigo, además de ayudarme con mi psicópata particular. Eres una mujer increíble, Keira... Ahí fuera nadie conoce tus proezas como policía y, aun así, soy la envidia de todo el mundo ahora mismo. ¿Entiendes eso?

Sus palabras se me clavan muy hondo en el corazón.

—¿Intenta decirme algo, señor Ástor? —Sonrío vergonzosa.

—Que me gustas... Y no solo sexualmente. Me gustas toda tú.

—¿Buscas que te diga que tú a mí también? —pregunto con sorna—. ¿Crees que puede gustarme el duque de Lerma, alias pitufo gruñón?

—¿Pitufo?

—¿O era el enanito gruñón?

—Se me está bajando la erección, cariño...

Vuelvo a reírme con ganas.

Dios..., ¿y lo importante que es reírse con un hombre? ¡Es una parte enorme del pastel!, y más si va relleno de honorabilidad y de unos pectorales de ensueño.

Lo miro arrobada, pero sé que no puedo decirle que, a pesar de toda la burbuja de posición social, el físico de deidad griega e inteligencia suprema que rodean a Ástor de Lerma, me gusta su personalidad. ¡Ni de broma se lo cuento!

No quiero que piense que me tiene comiendo de su mano.

Ni que se raye con que me estoy haciendo ilusiones acerca de nada. Ya hablaré con ellas cuando llegue el momento y las haré entrar en razón. Por ahora, tengo que seguir defendiendo que esto es solo sexo. Una situación. Una casualidad. Pura fantasía química. De lo contrario, sé que se alejará de mí rápido. Porque algo le atormenta. Puedo sentirlo, aunque sea invisible.

Voy a demostrarle, y a demostrarme, que sé tener los pies en la tierra, después de todo.

—¿Estás diciendo que, si yo no fuera la inspectora de tu caso y nos hubiéramos conocido..., digamos en..., no sé, en un torneo de ajedrez, sentirías la misma atracción por mí?

Analiza mis palabras cargadas de una lógica innegable.

—No contestes. —Pongo mis dedos sobre sus labios—. Ya te digo yo que no, pero puesto que estamos metidos en esto vivámoslo hasta el final, ¿te parece? Me ha encantado cómo has ganado esta mañana, Ástor.

Mis labios rozan los suyos de forma sensual y él aviva el beso olvidándose de la pregunta anterior.

Nos comemos con fruición durante unos segundos y acaricia mi culo apretándome más contra él. Creo que este huevo quiere sal...

Leyendo mis pensamientos me aúpa sobre su cuerpo haciendo que deje de tocar el suelo y me incruste en él. No tarda nada en girar sobre sí para acorralarme contra la consola y demostrar lo bien que podrían encajar nuestros cuerpos sin ropa.

«Tengo que comprarme un mueble de estos... Tiene la altura perfecta».

Cuando comprueba lo lista que estoy para una nueva intrusión, un gruñido de expectación escapa de su boca.

—No me rompas las bragas, por favor —le suplico.

Suelta un resoplido de risa tan chulo que no tengo más remedio que comérmelo a besos al tiempo que le acaricio la cara mientras intenta quitármelas sin romperlas.

No sé cómo lo consigue, con lo pegados que estamos.

Su miembro roza mi centro, que ya está desesperado por él.

—Joder, el condón... —lamenta. Y se queda parado un momento—. Mierda, no he traído.

—¿No has traído? —pregunto incrédula.

—No pensaba hacer esto. Iba a esperar a esta noche... Pensaba que necesitabas un descanso.

—Oh...

Nos miramos un instante, y creo que los dos pensamos lo mismo: «Sería una irresponsabilidad... Mucha gente lo hace. ¿Enfermedades venéreas? ¡Pero me muero de ganas...! Quiero sentirle dentro. ¡Quiero sentirla dentro!».

Nos resistimos a soltar aquello de «estoy limpio, ¿y tú?». En vez de eso, Ástor suelta un taco y junta su frente con la mía, abatido.

—Me muero por hacerlo, pero no puedo. Es una norma sagrada...

¿Sagrada? Tengo cosas sagradas en mi vida, pero esta no es una de ellas..., por desgracia. Sé que soy lo peor ya que lo he hecho a pelo alguna que otra vez con los dos tíos con los que me he acostado, pero sé que estoy sana. Han sido relaciones que he considerado «de confianza», nunca con un desconocido. Y para mí, Ástor no lo es. Y más si dice que es una norma para él.

—¿Nunca lo has hecho a pelo? —le pregunto extrañada.

—Desde que soy duque, no.

Se aleja de mí al instante, como si dudara de sí mismo si se quedara cerca.

—Lo entiendo —digo abatida.

Me bajo de la consola un poco decepcionada, con las bragas a medio muslo. Vaya clase la mía... Pero como él tiene mucha, me deja intimidad para ponérmelas mientras se la guarda.

—Míralo por el lado bueno —comento jovial—. ¡Así no nos perdemos la siguiente partida!

Sonrío y tiro de su mano. Casi tengo que arrastrarlo hacia fuera.

—Esta puta habitación está maldita... —masculla entre dientes, y vuelvo a troncharme de risa.

Antes de salir a la zona pública, nos paramos para darnos un último beso furtivo. Somos como unos colegiales, sí, pero ¡es brutal!

—Esta noche te lo compensaré —me promete—. Tengo un plan. Baño relajante con pizza y condones..., muchos condones.

—Recuérdame llamar a tu madre para que me dé el nombre de la crema de la que me habló.

Nos partimos de risa. Y volvemos a besarnos.

—Estoy deseando ver cómo fulminas al número dos del club de ajedrez de la universidad. Es un maestro, ¿sabes?

—¿De verdad? —Subo las cejas.

—Sí, pero olvídate de eso. Prepara algo especial y reviéntalo, ¿de acuerdo? —Me mira como si no dudara que fuera a hacerlo.

—Tus deseos son órdenes para mí.

Cuando volvemos junto a los participantes, la expectación está al rojo vivo.

Se juega la partida, y por fin me toca a mí.

Mi rival es un chico joven que, al parecer, lleva jugando a esto desde que era un espermatozoide. Por lo visto, en su casa ya han comprado un vitrina para su futuro Premio Nobel.

—Tranquila... —me susurra Ástor justo antes de darme su pico de la suerte—. Te beso porque me da la gana, no porque necesites suerte —aclara chulito.

«Derritiéndome en tres, dos, uno...».

Ocupo mi sitio con ese mantra en mente. En este juego nada es cuestión de suerte. Quiero pensar que puedo con mi adversario.

El cerebrito en potencia se sienta frente a mí. No tendrá ni veinte años y ya es maestro... Madre mía.

En realidad, no significa que sea mejor o peor que Saúl o Ástor, simplemente quiere decir que ha dedicado más tiempo a tener un papel donde consta el número de veces que ha ganado.

—Hola, soy Johnny. Encantado —dice ofreciéndome la mano.

—Hola, yo soy Keira, y espero que no dejes que nadie me arrincone.

Por cómo levanta una ceja comprendo que no ha pillado esa famosa conversación de *Dirty dancing*; solo piensa que estoy zumbada.

«¡Sí, nene, lo estoy!», pienso divertida, o igual se debe a que los besos de Ástor me afectan como una droga psicodélica.

El tiempo empieza a correr y me concentro en el tablero. Tengo tres jugadas en mente que empiezan de una forma muy parecida.

Johnny hace un parón importante después de observar mis tres primeros movimientos como si hubiese usado la misma táctica que yo y ahora necesitara decidir por qué camino tirar.

De su movimiento dependerá el mío.

Si juego a la defensiva, lo tendrá mal para abordarme sin sacrificar la mayoría de sus piezas.

Pronto empieza a desesperarle el hecho de que él tarde el triple de tiempo en mover que yo, que me muestro implacable y con las ideas muy claras, aunque no las tenga. Es un farol de los de toda la vida. Manipular psicológicamente a un rival es fundamental en este juego. Minar sus esperanzas. Hacerle dudar de sí mismo... Igual que en el día a día, vamos. Además, aquí el tiempo corre en tu contra. Sin embargo, en la vida real a menudo se nos olvida que toda existencia es una cuenta atrás.

Johnny toma una decisión arriesgada al meter su último caballo entre mis tropas para provocar un jaque directo, pues corre el riesgo de que mi alfil y mi reina lo despedacen vivo en cuanto ponga a salvo a mi rey. Pero entonces me doy cuenta de que, lo mueva adonde lo mueva, lo expongo al peligro de otra de sus piezas, excepto si lo desplazo a un lugar en el que su caballo se zampará a mi reina en dos movimientos.

Sonrío. Sonrío porque me gusta lo que veo. ¡Por fin un buen reto! Por fin algo en lo que puedo entretenerme en buscar una salida. Por eso me encanta mi trabajo, porque es lo mismo, salvo que la diferencia está en que en el tablero tengo toda la información para resolver el enigma mientras que en la vida real estoy segura de que todavía me quedan detalles por descubrir para acercarme a la verdad de lo que pasó con Carla.

Cuando en un caso no hay pruebas que analizar y todo el mundo parece ocultar algo, todas las técnicas deductivas giran en un vacío cuántico que ni un poli con un olfato antinatural alcanzaría a articular.

—Te dejo comerme la reina, por ser tú... —murmuro divertida.

Mi oponente me ofrece una cautelosa sonrisa de medio lado y sigue pensando en las jugadas que hará después de que eso ocurra.

Se está arriesgando mucho. Su avance es impulsivo y osado. Se ha quedado con pocas piezas y yo tengo muchas para frenar sus ataques con amenazas. Nos vamos comiendo mutuamente, con una clara ventaja numérica por mi parte, si bien con mayor ofensiva por la suya. Hasta que se da cuenta de que uno de mis peones está a punto de llegar a su lado del tablero. Un peón por el que podré recuperar de nuevo a mi dama; entonces estará perdido.

Arruga el ceño viéndolo venir.

«Necesito un puñetero peón así en el caso de Carla».

Junto las manos sobre mi boca y miro a Ástor. Sus ojos se muestran interrogantes, tipo «¿qué tienes preparado?», y me muerdo una sonrisa enigmática que capta excitado. Una que Johnny atisba y le pone aún más nervioso. «Eureka. ¡Los hombres son tan previsibles...!».

Consume mucho tiempo pensando qué voy a hacer, y cuando mueve lo hace con miedo. Yo también lo tendría si solo me quedaran tres piezas, aunque solo esté a dos casillas de mi rey.

Lo intenta un par de veces más, y cuando mi reina vuelve al tablero no deja que la partida continúe. Me tiende la mano y dice: «Impresionante...».

Un chorro de aplausos reverbera en mi cuerpo y bajo los ojos, cohibida, a la vez que vocalizo un «gracias» que apenas se oye entre tanto barullo.

Miro a Ástor y mi sonrisa se hace más grande al ver la suya. Está aplaudiendo con algo parecido al orgullo.

La gente se cierne sobre nosotros para felicitarnos a los dos.

—¡Vaya jugada! ¡La tengo grabada! ¡La voy a subir a YouTube ya! —escucho a alguien.

—Deberías apuntarte al club —me recomienda Johnny—, me encantaría volver a jugar contigo.

—Lo pensaré. Gracias.

«¡¿Dónde aprendió a jugar?!». «¿Ha ganado algún campeonato femenino?». Hago oídos sordos a esas y otras preguntas que oigo, pensando que tengo toda la intención de ganar este, pero me doy cuenta de que el nivel empieza a ser bastante alto.

Alguien me coge de la mano, rescatándome de un corro de personas que me miran a medio camino entre la curiosidad y la admiración, y agradezco que me secuestre, porque la amabilidad no es mi fuerte.

Deseo que sea Ástor, y lo es. Se acerca a mi oído, sigiloso.

—He cambiado de opinión. Quiero volver a la habitación maldita... ahora.

Por su forma de decirlo, sé que está de broma y suelto una risita.

Le contesto que en este momento mi prioridad es encontrar a Xavier Arnau. Aparecerá en cualquier momento porque es el siguiente en jugar. Y si es quien creo que es, habrá presenciado mi partida.

Cuando lo localizo, pido a Ástor que me deje sola. Lo hace a regañadientes, pero lo entiende. Tengo que trabajar.

Llegar hasta Xavier no es tarea fácil porque no deja de acercase a mí gente para felicitarme. Es una sensación extraña el hecho de que no me importe que me aborden así. Normalmente, me incomoda que me presten tanta atención.

Por fin, avanzo hacía Xavier con una bebida en la mano, pero está hablando con otra persona y me quedo cerca para que me vea.

En nada lo tengo encima.

—¡Keira...! ¿Puedo felicitarte por tu gran partida? —empieza como si se diera cuenta de que me desagrada que me hable.

—Sí... Gracias, Xavier. Tengo ganas de ver la tuya.

—Así podrás entender el dicho «más sabe el diablo por viejo que por diablo». ¿Sabes? Ástor es como un hijo para mí... Su padre y yo nos criamos juntos en el mismo internado suizo. Soy su padrino.

—No lo sabía —acierto a decir.

«¿Así que es su padrino?». Me quedo pillada. «¿Que es como un hijo para él...?». Me pregunto por qué Ástor no me lo había contado. Aunque tampoco es que signifique mucho, porque sé muy bien el tipo de relación que tiene este hombre con su verdadero hijo...

—Ástor es un cabezón. —Chasca la lengua—. Con la edad que tiene, debería estar sentando cabeza y casándose, pero prefiere perseguir a jovencitas por ahí... Y ahora, encima, empieza con las Kaissa cuando siempre ha comentado que no le interesan. No lo entiendo. Pero una cosa te digo, Keira: ten cuidado... Su última conquista desapareció misteriosamente hace unos días y tengo entendido que la policía sospecha de él.

¡Lo sabe por la orden que hemos pedido para investigarle!

Intento disimular.

—¿La tal Carla por la que pregunta todo el mundo es la chica que ha desaparecido? —Me hago la tonta viendo la oportunidad—. Saúl me explicó que está preocupado, que eran amigos...

—Yo no los llamaría «amigos». Mi hijo y ella terminaron bastante mal... Saúl tiende a recoger las migajas que Ástor va dejando y, claro, luego pasa lo que pasa.

«¿A qué migajas se refiere?».

Mis ojos se abren al máximo. ¡Tengo que sonsacar información a este tío como sea!

—¿Saúl y Carla discutieron...? —Me hago la ingenua.

—Sí. Esa niña los traía locos a todos... Discutió con mucha gente el día que desapareció: con mi hijo por la mañana y con Ástor por la noche. Los oí en su despacho... La verdad es que no me sorprende que Carla haya desaparecido.

La vida pega tal derrape que me sale fuego de los pies.

«¡¿COMO QUE "EN SU DESPACHO"?!».

—Pero... si me dijo que no había entrado en el club esa noche.

Lo pienso en voz alta, sin filtrar. Atónita perdida.

—Yo estuve pujando por ella para fastidiarle un poco, pero fue aburrido porque al final Ástor no participó. Él y Carla mantuvieron una gran discusión... en su despacho, como te he dicho.

Intento mantener la calma. Que no se note que estoy a punto de explotar como un volcán lleno de ira ardiente en vez de lava.

—Te deseo mucha suerte en la partida —consigo decir—. Tengo que irme.

—Querida, los dos sabemos que no es una cuestión de suerte, sino de mantener la cabeza fría, como todo en la vida.

Su frase me hace sentir imbécil. Es como su superpoder. Yo no he mantenido la cabeza fría. Me he ablandado y derretido como un helado por un jodido sospechoso buenorro que ha estado mintiéndome a la cara desde el minuto uno.

Ástor no dejó a Carla en el club y se fue, ¡entró y discutieron en su despacho! Y seguro que está todo grabado... O debería.

Echo a andar con paso decidido..., bueno, cabreado, más bien. Necesito ver esa cinta de seguridad. Y espero que no la haya borrado, o lo encierro ahora mismo.

25
El sacrificio

> El ajedrez es una lucha contra
> los errores de uno mismo.
>
> SAVIELLY TARTAKOWER

En cuanto los ojos de Ástor coinciden en espacio y tiempo con los míos, suaviza la expresión y sonríe. Sin embargo, al ver que no correspondo a su gesto, se pone en alerta.

Le separo del grupo con el que está y, con expresión seria, le ordeno:

—Vamos a tu despacho.

—¿Qué? ¿Ahora? —Sonríe incrédulo—. Pero...

—Me has mentido, Ástor —asevero sacando mi teléfono—. Me dijiste que dejaste a Carla en la puerta del club y que te fuiste a casa. Cuando en realidad estuviste con ella en tu despacho, discutiendo mientras rellenaba el papeleo de Kaissa...

¡¿Cómo no caí antes en ese detalle?! ¡Me dijo que siempre se encargaba él de eso!

Ah, ya sé... ¡porque estaba babeando por el corte y la confección de su traje! ¡Arggg! Detesto que me convierta en un ser tan elemental.

—No es lo que parece —contesta Ástor, serio—. En ese momento no quería darte información del club, por eso no te lo conté. En cualquier caso, esa conversación fue más de lo mismo. ¡No cambia nada!

—¡Lo cambia todo! —exclamo cabreada. Y con «todo» me refiero a nosotros—. Y no digas más, que ya no me creo nada... Quiero ver esa conversación. Tiene que estar grabada. ¿O la has borrado?

—No la he borrado —contesta ofendido—. ¿Para qué iba a borrarla si ni siquiera sabía que Carla había desaparecido hasta que me detuvisteis dos días después?

Ástor habría sido un gran abogado.

—Pues vamos a verla —digo seca con el móvil en la oreja. Eso no cambia el hecho de que me lo haya ocultado—. Ulises, entra. Ven al despacho presidencial... Es urgente.

—Es una conversación privada entre Carla y yo... —expone Ástor, molesto.

—Mi entrepierna también es privada. Vamos a verla ahora mismo.

Camino de mala hostia demostrándole que explotaré si lo rebate.

Entramos en su despacho y él se acerca a la mesa.

—No toques nada —le advierto feroz—. Quédate ahí. Esperaremos a Ulises y nos indicarás dónde encontrar la grabación.

—¡Joder, Keira...! No me trates así, ¡esto no cambia nada!

—Me has mentido. —Lo miro fijamente—. Me estoy matando para intentar entender el puñetero drama de *Sensación de vivir* que os traéis entre todos, y tú me mientes. ¡Y encima follamos...! Y Xavier acaba de contarme que es tu padrino, joder... ¡Mi principal sospechoso ahora resulta que es tu padrino!

—¡¿Y qué más da eso?! Me sostuvo cuando era un bebé mientras me echaban agua por encima. ¡¿Y qué?!

—Te dije que quería saberlo todo de ti. ¡Pero estás completamente encriptado, Iceman! Ahora entiendo ese maldito apodo, porque cuando te acercas mucho al hielo, te quema... Como tú.

Se muerde los labios sin saber qué replicar. Así que sigo yo:

—Mi sospechoso número uno es casi de tu familia... ¡Lo que faltaba!

Aprieta los dientes demostrando que es sensible a esa afirmación.

—Para mí, Xavier no es nadie —escupe con desdén—. Cualquiera que haya sido amigo de mi padre no me dará nunca confianza.

—¿Por qué?

Se calla. Tampoco va a compartir eso conmigo. ¡De puta madre!

Ulises hace su entrada justo ahora.

—¿Qué pasa?

—Ástor nos ha mentido —empiezo seria—. El día de la puja acompañó a Carla hasta aquí y estuvieron discutiendo en su despacho. Vamos a ver la grabación.

Ulises mira a Ástor alucinado. Yo no quiero ni mirarle.

—Muy top la cagada, tío... —Le enseña el pulgar arriba, irónico.

Los ignoro y me siento en la silla presidencial.

—¿Contraseña? —pregunto cabreada.

—Marta Cuartero Sevilla.

Me quedo con los dedos paralizados en el aire. Reconozco ese nombre. Es el de la chica que murió en el accidente.

Lo tecleo con acierto y se inicia la sesión.

—¿Dónde lo busco?

—En «Mis documentos», carpeta «Club, Seguridad, Cámaras»... Busca luego la carpeta de la fecha, el nueve de marzo.

Lo encuentro con rapidez y accedo.

—Graba todo el día sin parar —explica Ástor—. La pelea fue hacia las ocho y media de la tarde.

Muevo el cursor hasta el horario que me interesa y veo a Ástor entrar en su despacho con Carla.

Le doy al *play* con cierta reticencia porque estoy segura de que no me va a gustar lo que veré. Por algo no ha querido enseñármelo. Carla ocupa la misma silla en la que me senté yo. Su postura es la de una de esas chicas que no saben lo guapas que son. Es pequeñita pero con formas, y en su mirada se transparenta una inocencia que te mueres por proteger y corromper a partes iguales.

—Léelo con mucho detenimiento, por favor —le dice Ástor, serio, acercándole los papeles. Es el famoso acuerdo de confidencialidad con los deberes y privilegios de ser una Kaissa.

Cuando ella va a firma, Ástor la interrumpe.

—Carla, espera... —le pide desesperado.

Ella resopla molesta.

—¿Qué? ¿Es que vas a decirme lo mismo otra vez?

—Carla... ¿Por qué lo haces? No necesitas esto... Yo puedo ayudarte con lo que quieras.

—Quiero formar parte del club, y esta es la única forma.

Ástor inspira con fuerza.

—¿Y por qué me dejas al margen? —pregunta dolido—. ¿Por qué no me has pedido que te compre yo?

No puedo evitar mirar a Ástor, que cierra los ojos afligido. Me mintió también en eso. Lo sabía... Estaba enamorado de Carla.

Me centro de nuevo en la grabación, y atiendo a su respuesta:

—Porque siempre has dejado muy claro que no apoyas las pujas, Ástor.

—Por ti, igual habría cambiado de opinión.

—¡¿Por qué?! —pregunta ella, enfadada y confusa a la par.

—Porque te quiero en mi vida... No deseo perderte. Desde que tú estás en ella ha cambiado a mejor, y no me importa esperar a que termines la carrera o...

—¡Yo no quiero estar contigo, Ástor! —confiesa Carla de pronto—. Pensaba que podría, pero no... Me gusta otro.

—¿Quién?

—No te hagas esto... —Niega con la cabeza—. ¿Qué más da quién?

—Carla... —Ástor se agacha a su lado en una de esas posturas imposibles para un hombre de su estatura y con traje—. Si te gusta alguien, díselo, pero no te metas a Kaissa... ¡Tú vales mucho más! No puedes permitir que tu primera vez sea así, debería ser algo especial y con alguien al que le importes mucho... Y a mí me importas. En serio.

—¿Y debería reservarme para ti? —suelta Carla con inquina—. ¿De verdad crees que eres lo mejor a lo que puedo aspirar?

«¡JODER...!», pienso. La cara del aludido lo expresa todo en el vídeo.

—¿A ti esto te parece una relación de verdad? ¡Si tienes hielo en las venas, Ástor! —añade desdeñosa.

«¡Menudo baño! Helado. Nunca mejor dicho».

—Si tuviera hielo en las venas, no estaríamos teniendo esta conversación —masculla él, herido—. Me preocupo por ti, Carla.

—¿Y crees que por eso ya me quieres? ¿Es eso? Esa calidez que sientes ¡no es amor! En todo caso, se trata de amistad. Y también puede ser genial, no lo niego. Pero te estás confundiendo conmigo, Ástor.

—Me besaste...

—¡Besaría a cualquiera que me regalara un diamante! —se excusa.

—Carla, aunque eres muy joven para entenderlo, formamos buena pareja y...

—¡No, Ástor! Tú eres demasiado mayor para no verlo. ¡Necesito alegría! ¡Pasión! Y... Joder, no te sientas mal, eres perfecto en todo, pero es verdad, ¡estás congelado por dentro! No quiero pasarme la vida al lado de alguien así. ¡Tan taciturno...! Siento mucho todo lo que te ocurrió, pero está claro que no vas a superarlo nunca y no puedo dejar que me arrastres contigo.

Hay un silencio doloroso que se apodera de todo, y Carla se dispone a firmar.

—Te arrepentirás de esto... Recuerda mis palabras.

Ella deja su rúbrica en el papel con descaro y se pone de pie.

—Ya lo veremos —le desafía—. Esta es la única forma de acceder al hombre que quiero y voy a luchar por él, Ástor.

—Te estás equivocando... Solo espero que luego no me vengas llorando ni pidiendo que te rescate de nadie aquí dentro, porque no lo haré.

—Tranquilo, no hará falta.

—Estupendo... Ahora vendrán a por ti, Carla. Por tu bien, cuídate mucho.

Ástor sale del despacho, airado. Y fin de la grabación.

Me vuelvo hacia Ástor y lo veo pellizcándose la nariz, sin planes de levantar la vista.

Observo a Ulises, que levanta las cejas y pone cara de fliparlo con subtítulos. Le indico con un gesto que hable él, porque yo no puedo. No sé cómo me siento. Le odio. Le quiero. Me da pena. Me doy pena...

Lo más surrealista es que Ulises arremete contra mí.

—Joder, Kei... No entiendo cómo se te ha podido pasar esto... ¡No te reconozco! Desde el principio se te fugo el cerebro para empezar a hacer largos en tu entrepierna.

Me encabronan sus palabras.

—¿Hablamos de tus bajos nadando con otra posible sospechosa?

Que Ulises me cabree me ayuda a sacar fuerzas de flaqueza para dirigirme a Ástor. Creo que lo ha hecho adrede, el cabrito.

—Dime, Ástor... —empiezo con sarcasmo—. ¿Te lo pasaste bien el otro día cuando hacía conjeturas sobre Carla y te comenté que quizá se había metido a Kaissa para salvarte de alguien que te había amenazado? ¡Porque era el momento de explicarme que lo hizo porque le gustaba otro hombre!

Ástor me mira ceñudo patentando su marca de disconformidad ducal.

Tiene los ojos brillantes. Detalle importante que tener en cuenta para poner mi corazón en jaque, porque como llore, voy a tener que abrazarlo. Y si lo toco, adiós raciocinio. Ya me conozco sus trucos...

—No me creí que hubiera otro... —murmura convencido.

—¡Claro que no! —se burla Ulises, irónico—. ¿Cómo va a haber alguien mejor que tú, verdad? ¡Es impensable!

Ástor tensa la mandíbula enfadado.

—Carla estaba mintiendo. Lo sé... La conozco. En el club no hay nadie al que no pudiera tener. Y de haber estado interesada en alguien, no le habría hecho falta meterse a Kaissa para conseguirlo; más bien, al contrario. Fue una excusa absurda.

Lo ha soltado mirándome, como diciendo: «No puedes enfadarte por esto, Keira». Pero lo estoy. Muy enfadada. ¡El vídeo es una prueba de Ástor amenazando a Carla! Una prueba que nos ha ocultado, además. Y tengo su mirada pidiéndome que confíe en él y esa camisa a rayas haciendo fuerza en sus bíceps para que el fiel de la balanza caiga del lado que le interesa. «¡Basta!».

Aparto la vista de él, arrepentida de haber estado disfrutando de lo lindo entre sus brazos a pesar de lo delicado de la situación, pero me he equivocado y ahora tengo que cargar con las consecuencias.

—Ástor se vuelve a comisaría —digo con la mirada perdida.

—¡¿Cómo...?! —Oigo su queja—. Espera, Keira...

—Vamos —conviene Ulises, solícito, y se mueve hacia Ástor para obligarle a caminar.

Sin embargo, el duque opone resistencia contra su cuerpo mientras me pregunta repetidamente por qué.

—Keira... ¡Dímelo! ¡¿Por qué no me crees?! ¡Joder...!

—No quiero hacerte daño —lo amenaza Ulises sujetándolo con más fuerza—. ¿Prefieres salir esposado de aquí?

Sé que Ástor busca mi mirada, pero se la niego.

—Es lo que pasa cuando engatusas a la poli equivocada —le responde Ulises por mí mientras lo saca de la habitación a empujones.

Siento un golpe en el pecho al oír ese verbo, «engatusar».

«¿Eso ha hecho? ¿Otra vez? Me cago en mi vida...».

Mando un mensaje a Ulises para que vaya tirando con él, yo iré a comisaría más tarde. Ahora mismo no podría compartir un habitáculo tan pequeño como un coche con Ástor, y dejar que su olor, ese que hace media hora estaba aspirando narcotizada, penetre en mi nariz.

Necesito un receso. Necesito... a mi madre, aunque suene infantil.

Pero no lo es. Es en lo que todo el mundo piensa cuando se está muriendo. Además, en mi caso, es mi mejor amiga, y ahora mismo necesito hablar con alguien de cómo me siento. Alguien que no esté implicado en este maldito caso.

La llamo. Está en casa. Y el tono de mi voz ya la ha preocupado.

Me gustaría quedarme a ver la partida de Xavier, pero no estoy de humor para hablar con nadie. La vieja Keira está de vuelta. Mi mundo de color se ha vuelto gris y mi corazón se ha pintado dos rayas negras de combate en las mejillas.

—Soy la peor policía del mundo —saludo a mi madre en cuanto me abre la puerta de casa.

Su respuesta es abrir los brazos y dejar que esconda en ellos mi vergüenza.

—Eres humana...

—Pediré una segunda opinión —resoplo compungida—. Creo que durante el fin de semana he mutado a coneja.

Se separa de mí con una sonrisa.

—¿Debería estar escandalizada, Keira? Porque no me sorprende en absoluto... Ástor de Lerma es un chulazo como pocos y has estado expuesta a su magnetismo demasiadas horas seguidas.

—Pensaba que podría con esto, mamá —lamento sintiéndome fatal.

—Es un error muy común entre los humanos, pensar que podemos dominar la naturaleza.

Suspiro apaciguada por sus sabias palabras y cierra la puerta a mi espalda.

—Deberías patentar una app y hacerte rica con tus frases de consuelo. ¡Siempre sabes qué decir!

—Es simple sentido común...

—El menos común de todos los sentidos —replico alicaída.

Hora de confesar.

—He metido la pata, mamá... Hasta el fondo.

Vamos hacia el sofá. Me siento y subo las rodillas como cuando tenía catorce años y me di cuenta de que el mundo me asustaba.

Se sienta a mi lado.

—¿Qué ha pasado? ¿Lo habéis hecho sin condón?

—Qué va... ¡No quiso, el imbécil!

Se ríe. Nada como tener una madre más irresponsable que tú...

—Es normal... No puede ir repartiendo su semilla ducal a diestro y siniestro por ahí.

—Lo dices como si yo estuviera deseando cazarle así. Ya sabes que no quiero tener hijos.

—Y él, ¿lo sabe?

—¡No! ¿Tú se lo contarías a un rollo de una noche? Porque eso es lo que somos. Con la diferencia de que es el sospechoso de mi caso y acabo de descubrir que me ha estado mintiendo desde el principio.

Me tapo los ojos con las manos para detener mis ganas de llorar y ella me acaricia la espalda para consolarme.

—Ulises me lo advirtió —digo pensativa—. «¡Te tiene cegada!», me soltó. Y estaba en lo cierto. Se me han pasado demasiadas cosas... Ástor ha estado jugando conmigo y me ha hecho creer que...

—¿Qué? ¿Qué te ha hecho creer?

—Nada. —Niego con la cabeza, desinflada—. Por eso me siento tan mal, porque he sido yo quien ha echado polvo de hadas sobre esta operación y creía estar volando. Pero no... ¡Había hilos, mamá!

—¿Estás hablando de drogas? —pregunta confusa.

—No. —Sonrío sin querer. Hasta distrayendo es buena—. Es mucho peor... ¡Me he enamorado como una gilipollas! ¡Yo! No sé quién me creía... He sucumbido como una quinceañera a su embrujo.

—No digas eso, Keira.

—De las drogas se sale, mamá, de la oxitocina no. Y él me la genera en cantidades industriales. —Apoyo la frente en mis rodillas. Hacía mucho que no me sentía tan mal. Es insoportable...

—¿Dónde está Ástor ahora?

—He pedido a Ulises que se lo llevara a comisaría. Ha salido a la luz una grabación donde él discute en su despacho con la chica desaparecida y la amenaza con que va a arrepentirse... Hay un móvil claro de despecho tipo «o mía o de nadie», y me siento una mierda porque no lo vi venir. ¡Cumple todos los requisitos! Una inteligencia por encima de la media, un alto nivel educativo, premeditación, astucia, sentido estricto del orden y proviene de una familia desestructurada... ¡Nos engañó a todos! A mí, la primera. Es tan humillante... Ahora tendré que oír que si el inspector del caso hubiera sido un hombre, esto no habría pasado.

Me desmorono y no puedo evitar que mis ojos se encharquen. Tantos años luchando contra esa idea injusta y sexista, creyendo que controlo siempre la ecuación del amor, y ahora me da un puñetazo en toda la cara.

La furia me devora tanto que...

—Quizá me pida una excedencia —digo extremista—. Esto es la gota que ha colmado el vaso en mi hoja de servicio. Mi reputación para tomarme licencias sexuales me precede. No puedo volver a la comisaría y seguir como si nada hubiera pasado.

—¿Quién lo dice? —responde mi madre, combativa—. Claro que puedes, y ¿sabes por qué? Porque eres la mejor inspectora que ha pisado esa base y llevas tiempo demostrándolo con creces. Y si un hombre en tu posición se tomara la licencia de acostarse con su sospechosa sería todavía más «el amo», pero que lo haga una mujer está mal visto, claro.

—Mamá...

—Esa mentalidad es la que hay que erradicar, no a ti. ¡Da la vuelta a la tortilla! Llevas haciéndolo mucho tiempo, no te rindas ahora, Keira... No solo vas a encerrar al duque, sino que te habrás follado al tío más deseado del panorama nacional. ¡Eres un genio, hija! Tú no has sido engañada, tú lo has disfrutado y ahora el que está jodido es él.

—Me gusta tu forma de verlo. —Sonrío llorosa—. Pero te olvidas de un minúsculo e insignificante detalle: mis sentimientos.

Odio que al decirlo me tiemble la voz. ¿Cómo puede dolerme tanto si apenas lo conozco? Bueno, eso no es cierto. Lo tengo estudiadísimo y me he enamorado como una tonta de su lenguaje corporal. De cómo me mira, de cómo intenta disimular sus sonrisas, de cómo se castiga por sentirse bien, de cómo cuida de su hermano, de cómo acaricia a un maldito perro, de cómo hace ejercicio, de cómo me toca, de cómo gime cuando yo lo toco, de cómo juega conmigo, de cómo es follar con él..., con esos ojos que consiguen desnudarme entera sin tocarme y esas manos que acarician mi piel como si la venerara. Adoro su humor afilado que solo entiendo yo y, sobre todo, su capacidad para captar lo que quiero decir sin que tenga que expresarlo.

Rompo a llorar y mi madre flipa. Ya somos dos. Esta semana va a llevarse el récord de lágrimas derramadas. Van tres veces ya. Y tiene visos de que habrá más.

No sabía que enamorarme sería así, tan incontrolable y traicionero.

—Cariño... —empieza mi madre, triste por verme tan mal—. Hemos hablado de esto muchas veces. Del amor y del sexo. Por favor, no sufras por alcanzar un ideal que el mundo se ha inventado. Tú no quieres una familia tradicional. No quieres casarte ni celebrar una gran boda. Ni siquiera quieres tener hijos... Tú buscas un compañero de vida que se complemente contigo y, a la vez, vaya en la misma dirección que tú. Que sea una bendición y no un suplicio encontrarlo al final del día en tu sofá cuando buscas relajarte del trabajo. Que entienda que necesitas tu espacio para perseguir tus sueños... Y el duque tiene pinta de ser todo lo contrario, mi vida.

—Ya lo sé, pero...

—Sé que te gusta mucho, ¿a quién no?, y me parece bien que disfrutéis de vuestra atracción. Sin embargo, llegará un momento en que tus sentimientos sean menos potentes que tus necesidades... y te resultará más fácil darte cuenta de que no estáis hechos el uno para el otro.

—¿Crees que será así de simple?

—Puede que ahora mismo te cueste verlo porque todos los poros de tu piel te piden pegarte a él hasta saturar tu organismo de su esencia, pero confía en mí en esto: se te pasará, Keira.

Me limpio los ojos y analizo su mensaje.

—Tienes razón. No debería ponerme así por algo que no tiene ningún futuro. No es realista. Y no es nada vital... Nadie lo es, ¿no?

—Exacto. Nos enamoramos de cientos de cosas cada año... y ese subidón, ese buen libro, esa serie buenísima, conseguir un puesto de trabajo, irte de vacaciones, llegar a la final de un mundial de fútbol..., todo eso genera sentimientos muy importantes en momentos puntuales, pero con el tiempo pierden intensidad. Con Ástor te pasará lo mismo. Así que no te lo tomes tan a pecho. Ve a comisaría y demuéstrales de qué estás hecha.

Abrazo a mi madre con miedo porque, por primera vez en mucho tiempo, sus palabras no me han reconfortado. El motivo es que, en lo más profundo de mi ser, siento que se equivoca en una cosa: Ástor no será una simple serie que te emociona en un momento dado o un «qué bonito fue irme de vacaciones a las Maldivas del placer sexual». Será algo más... Será pisar la luna. Será un hito. Una mentira dañina que se te enreda en las entrañas y destroza tus principios. Y cuando todo termine, tendrá el mismo efecto que el atentado de las Torres Gemelas; es decir, algo en mi protocolo de seguridad cambiará de por vida con respecto a mis relaciones amorosas. Marcará un antes y un después.

—Tengo que irme —farfullo perdida—, pero primero voy a ducharme y a cambiarme de ropa. Gracias por todo, mamá.

—Si no he hecho nada.

—Joder que no... Has hecho que me perdone a mí misma por ser tan idiota. Si te parece poco... —Aguanto las lágrimas—. Y me has proporcionado el impulso que necesito para dar la cara. Si eso no es importante, no sé qué lo será.

La abrazo sin dejar que se levante y me devuelve el apretón.

—Cuídate, por favor —me susurra al oído.

Asiento solemne y cuando me estoy yendo, añade:

—¡Me refería a que uses condón!

Sonrío como una boba. No sé de qué me habla. ¡No pensaba hacerlo a pelo!

Bueno, yo qué sé... ¡Nadie es perfecto!

Excepto Ástor, claro.

Qué cuerpo, qué ojos, qué sonrisa, qué manos, ¡qué sabor...! ¿Quién podría resistirse a él? Ha quedado claro que yo no.

Pero Carla sí pudo, y me cuesta mucho entender por qué. Quizá Ástor esté en lo cierto y le estuviera mintiendo. Quizá alguien la hubiera amenazado con hacerle daño y ella quiso protegerle. No hay otra explicación.

Ya no sé qué creer. Tampoco qué pensar. Pero aquí algo no cuadra, porque ¡menudo hombre!

Me lo tomo con calma en la ducha. Necesito pensar bajo el chorro de agua caliente y limpiar mi vergüenza, mi antojo de él, mi estupidez humana y errática, y dejar que vuelva a brillar mi extravagancia. Quiero que regrese mi bordería habitual cuando vuelva a verle.

Una hora después, entro en la comisaría inflando mis pulmones de coraje a su máxima capacidad. No hay dolor.

Pero me encuentro con una hecatombe que no esperaba.

La primera persona que me ve emite una tensión que me preocupa.

—¡Inspectora Ibáñez...!

El estrés con el que pronuncia mi nombre, sus ojos saltones y la vena hinchada de su cuello me confirman que algo malo pasa.

—¡Dese prisa! Llevan rato esperándola.

—¿Quién? Nadie me ha avisado de nada.

—Sala de reuniones tres.

—¿Qué ha pasado? —pregunto casi sin detenerme.

—Han encontrado algo en el bosque.

Un puño estrangula mi garganta y prácticamente corro hacia la sala que me ha indicado. Está en esta planta, la baja, así que llego enseguida, aunque me da tiempo a ojear el móvil por si se me ha pasado algún mensaje de Ulises. Pero no, ¡no me ha escrito nada!

«¿Es que ya no se fía de mí? ¿Tanto la he cagado?».

Mis ojos se vuelven dos rendijas de furia y entro en la sala tres como un elefante en una cacharrería. Mi vista choca contra algo inesperado. Ulises y Gómez están con... ¡Héctor! Y está llorando.

El corazón se me desboca de preocupación.

—¡¿Qué pasa?! ¡¿Por qué no me habéis avisado?!

—Keira, por fin... —me saluda Ulises.

—¡¿Qué hace Héctor aquí?! ¡¡¡¿Dónde está Ástor?!!!

—Cálmate, Ibáñez —me aplaca Gómez al ver mis ojos inyectados en sangre.

—No me da la gana. ¡¿Qué han encontrado en el bosque?!

—La ropa de Carla —contesta Ulises directo—. Enterrada. La han encontrado los perros. Y también restos de ácido en las inmediaciones del lugar.

Se me para el corazón. ¿Ácido? No. No. ¡No! Mal rollo... Es el método más efectivo para desintegrar un cuerpo y se usa mucho desde que la serie *Breaking Bad* abusó de mostrarlo en antena.

Ha habido tiempo de sobra para no dejar ni un solo rastro de su cuerpo.

—Las bragas estaban manchadas de sangre. Las han mandado a analizar.

Estoy acostumbrada a oír cosas así, pero no a ver a un amigo que conocía a la víctima romperse por dentro al escucharlo. Es escalofriante.

Héctor achica las lágrimas de sus ojos y dice acongojado:

—Lo siento... Todo es culpa mía.

26
Jaque mate

> El primer elemento esencial para un ataque es la voluntad de atacar.
>
> SAVIELLY TARTAKOWER

Antes del accidente nunca lloraba.

Lo reprimía todo y me hacía el fuerte. No lo recomiendo en absoluto... Luego se devuelve cada lágrima con intereses.

Tras el accidente, mi nueva normalidad era dormirme llorando. Sin expulsar la tristeza de mi cuerpo no era capaz de conciliar el sueño.

Ahora mismo, por suerte, el acto me parece lo más natural del mundo, especialmente en una situación como esta. Porque es verdad: todo es culpa mía.

Keira me mira alarmada al oírme. Sé que no entiende nada.

Mil sentimientos cruzan sus iris, muy puros y algo locos, como ella. Aún no me creo que sea una maldita policía, pero cuando me he enterado he entendido muchos comportamientos extraños de golpe.

—Héctor... ¿Qué es culpa tuya? ¿Has hecho algo a Carla...? —pregunta la inspectora con aprensión.

—No, y ese es el problema... Que no quise tocarla ni un pelo.

Su cara de desconcierto me acorrala. Y me da pena. En especial por cuánto me va a odiar cuando se entere de todo; me caía bien... Aunque no creo que me odie más que yo a mí mismo en este momento.

—¿Dónde está Ástor? —vuelve a preguntar a los otros, impaciente. Se nota a leguas que está loca por mi hermano.

—Custodiado en nuestro despacho —responde Ulises—. Se ha puesto intratable cuando se ha enterado de que Héctor fue quien le envió las notas amenazadoras.

—¡¡¡¿Cómo...?!!! —grita Keira mirándome, acusadora.

Rehúyo enfrentarme a sus ojos al percibir la indignación en su voz. Siempre he sido un cobarde. Bueno, siempre no. La diferencia es que antes no me importaba nada y ahora todo me afecta. Mi discapacidad me ha sensibilizado y he aprendido a valorarlo todo. Hasta una mirada de odio.

—Solo era una broma —digo en mi defensa. Muy pobre. Lo admito.

—¡¿Una broma?! Pero... ¡¿cómo se te ocurre, Héctor?! ¡¿Por qué?!

—Igual no te has dado cuenta, pero Ástor es un muerto viviente —bramo enfadado—. Lo único que le importa un poco es ese maldito torneo en el que siempre gana, y yo quería amenazar algo importante para hacerle reaccionar. Para cabrearlo. Para que me demostrara que aún tiene sangre en las venas... Y no se me ocurrió otro modo que acojonarlo vivo.

—¿Por eso fingisteis el secuestro de Carla? —pregunta con avidez.

—¡¡No!! ¡Lo de Carla no tiene nada que ver! —exploto rabioso—. Solo tenía que desaparecer.

Keira mira a Ulises como si hubiera dicho algo relevante. Se comunican con los ojos. En silencio. No puedo descifrar sus mensajes, pero Keira acaba diciendo:

—Vas a necesitar a un abogado, Héctor... ¿Dónde está Charly?

—Viniendo. Pero él lo sabía todo. Estaba al tanto de lo de las notas.

—¡¿Qué?! Joder... —maldice la inspectora llevándose la mano a la frente—. Pues necesitaréis otro abogado los dos.

—¡Solo queríamos dar algo de emoción a la vida de Ástor! —explico—. En realidad, lo sabían casi todos en el KUN... Lo de Carla es otro tema, no tiene nada que ver con las notas.

—Héctor, cállate ya. —Ulises me corta, adusto, pero noto que lo hace por mi bien. El tío me adora—. Espera al abogado. Cualquier cosa que digas puede ser utilizada en tu contra.

—¡Me da igual! ¡Alguien ha aprovechado la broma para matar a...!

Mi incapacidad para seguir hablando se parece a la de no poder andar, porque por mucho que lo intente no puedo decirlo en voz alta. Solo de pensarlo, el dolor me asfixia y siento una presión insoportable en el pecho.

—¡Yo la quería! —grito de repente—. Estaba enamorado de Carla.

Keira me mira con los ojos muy abiertos. No se esperaba esta confesión.

Casi puedo escuchar a su mente creando hipótesis y considerando posibilidades, evaluando si en alguna de ellas Carla puede seguir viva. Es una mujer increíblemente lista. Aun así, no me extraña que haya dado palos de ciego con lo complicado que se lo hemos puesto.

—¡Tienes que encontrarla! —le suplico desgarrado—. ¡Ha habido un error! Yo no obligué a Carla a huir, ¡lo acordamos! Debía esconderse hasta que pasara el torneo para no caer en las garras de nadie.

—¿Cómo dices? —exclama Keira, sorprendida—. ¿Esconderse dónde?

—¡No lo sé! Era mejor que yo no lo supiera para no tener tentaciones. Se deshizo de su teléfono, le di efectivo y huyó lejos unos días. Que su ropa ensangrentada haya aparecido no formaba parte del plan.

—Hostia puta... —reacciona Ulises—. Empieza desde el principio, Héctor. ¿Carla y tú estabais liados?

—No... Bueno, no mucho.

—¡¿Cómo que no mucho?! —repite Ulises. Y se le escapa una inoportuna sonrisa de pura incredulidad.

—¡Estábamos enamorados! No es exactamente lo mismo, ¿verdad?

El inspector mira a Keira negando con la cabeza como si no pudiera conmigo.

—Habla —me insta ella muy seria—. Desde el principio, Héctor. Has dicho que ella estaba al tanto de lo de las notitas, ¿no?

—¿Al tanto? ¡Prácticamente fue idea suya...! Casi todo el mundo sabía que íbamos a gastar esta broma a Ástor en el torneo de este año, ¡hasta Saúl! Todo se tramó en un cumpleaños al que mi hermano no quiso acudir. Estábamos hartos de su amargura... Pensamos que si le dábamos motivos para amargarse de verdad, se daría cuenta de que no tiene razones para estarlo siempre.

Que Keira desvíe sus ojos hacia mi silla de ruedas me recuerda que si Ástor está amargado es por mi culpa. Muchas gracias, reina... Ya lo sé. Es como si mi estado físico le molestase más a él que a mí, ¡manda huevos! Pero ahora mismo, a las siete de la tarde de un jodido domingo cualquiera, la broma se ha complicado *unpocobastante.* Y la verdad tiene que salir a la luz de inmediato.

Total..., Ástor ya está pensando lo peor de mí.

Los agentes me ponen delante una grabadora y guardan silencio para que hable.

¿Por dónde empiezo?

Lo mejor será contarles lo que sentí al ver a Carla por primera vez. Era el sueño de cualquier hombre entre los trece y noventa años. Un maldito ángel rubio de carne y hueso.

Hasta que a los veintisiete me quedé paralítico, había estado con toda clase de mujeres. Todas hermosas, decididas, la mayoría de ellas más ricas que yo. Sin embargo, nunca me había golpeado las corneas con semejante despliegue de dulzura e ingenuidad. Carla tenía la sonrisa contagiosa de alguien a quien todo le resulta nuevo y divertido. Exudaba felicidad con una humildad casi táctil que no tenía nada que ver con ser superficial. Poseía, como se llama coloquialmente, alegría de vivir. Y la reconocí porque era la misma baza energética en la que me apoyaba desde hacía años para olvidar mi falta de movilidad.

No podía usar las piernas, vale, pero el mundo y la vida seguían siendo maravillosos. Sin aspirar a grandes planes, solo a pequeños detalles que me satisfacían hasta puntos insospechados solo por el hecho de no haber terminado bajo tierra en un ataúd.

Ástor me la presentó un día que fui a buscarle a la universidad para ir a comer juntos. Mi hermano se detuvo al ver mi coche y se despidió de ella. Me señaló sutilmente y Carla se volvió hacia mí.

Su belleza me dio un empujón en el pecho, literalmente. Pero lo mejor fue su forma de mirarme. Porque lo hizo como si fuera un hombre deseable. Y hacía tanto que nadie me miraba así...

No sé quién de los dos arrinconó al otro hacia un lugar oscuro de su mente para besarnos de forma violenta, pero ambos lo sentimos.

Un latido después, Ástor se dio la vuelta como si la propia Carla le hubiera pedido que nos presentara, y vinieron hacia mí. El resto fue magia. Todavía no sé cómo conseguí convencerla de que viniera a comer con nosotros. Ástor me miraba como si quisiera matarme. Pero mi antiguo avatar de tío seguro de sí mismo desplegó sus alas, y cada frase que decía, sentía que iba conquistándola más y más. Se notaba en su sonrisa vergonzosa y extasiada por desear a un hombre al que acababa de conocer. Un hombre hecho y derecho que se la comía con los ojos.

Por su parte, era como si algo en mi personalidad la atrajera como una maldita polilla a la luz. Es decir, hacia una muerte segura.

Ástor no quiso estropearme la diversión ni privarme de ese efímero sentimiento de normalidad que casi nunca tenía. Sin embargo, la magia se rompió de manera inevitable a los quince minutos, cuando aparcamos en un restaurante de las afueras de la ciudad universitaria y Carla fue testigo de cómo Ástor sacaba la silla de ruedas del maletero y yo la ocupaba prácticamente lanzándome hacia ella. Quise parecer tan ágil que me hice daño de verdad.

Se quedó muda ante la sorpresa, pero aguanté su mueca de desilusión sabiendo que tenía por delante al menos hora y media de comida para intentar reconquistarla en igualdad de condiciones. Es decir, sentados a una mesa.

Y Carla, siendo como era, enseguida se concentró en pasarlo bien. Ni siquiera preguntó qué me había ocurrido. Hizo como si la maldita silla no estuviera allí o como si no le importara. Fue un rato genial en el que Ástor y yo nos permitimos ser nosotros mismos, hablarle de nuestra madre y de lo mal compañero de piso que era Ástor. Cuando intentó pegarme, me reí a carcajadas. Fue un momento único... porque siempre me trataba como si fuera de cristal, y esa sensación, la de recuperar un poco a mi hermano, junto con la atracción que sentía por Carla, hizo que forzara la situación y coincidiéramos muchas veces más.

La invitamos a casa muy pronto, como amiga. Yo vacilaba a Ástor preguntándole si ya la había besado y él me mandaba a la mierda diciéndome que solo era una alumna y demasiado joven para él. Pero intentaba convencerle de que no, porque quería vivir eternamente en esa sensación tan gratificante. La de que hubiera alguien más en la habitación que nos ayudara a sacar la mejor versión de nosotros mismos con su mera presencia. Y es que... menuda presencia tenía.

Carla no solo era guapa. Era calor. Era cercanía. Era permitirse ser cariñoso porque su vulnerabilidad lo pedía a gritos. Y también su olor. Tenía esa esencia narcótica que desprenden algunas chicas. Entraba en cualquier sitio y lo inundaba todo con su aroma, consiguiendo amansarte.

Una tarde apareció en casa por sorpresa. Según ella, nos echaba de menos. Esa frase, unida a la sonrisa más inocente del mundo, fue una llamarada que abrasó mi corazón en el acto.

Ástor tenía una reunión aquel día con el patronato y llegaría tarde.

—Podemos hacer algo nosotros —sugirió ingenua.

¿Algo? ¡¡¡Algo!!!

Se me ocurrían muchas cosas y ninguna era buena idea.

Al final, terminamos viendo una película. Se partía de risa con mis comentarios, y me encantó su naturalidad para decirme que le apetecía una bebida y que ella misma iría a buscarla si le explicaba dónde estaban. Me disculpé por ser un anfitrión penoso, pero cuando volvió noté una ligera turbación en ella.

—¿Qué te pasa?

—Eh... Nada, nada.

Pero sus ojos fueron hacia mi polla sin poder evitarlo.

«¡Mierda!». No me había dado cuenta, pero estaba empalmadísimo; un embarazoso montículo abultaba el pantalón de mi chándal.

—¡Dios...! ¡Perdona! —Me coloqué un cojín encima—. No es lo que crees. ¡Esto es completamente involuntario! Un acto reflejo. Ni me había dado cuenta... No siento nada de ombligo para abajo.

—Tranquilo —farfulló azorada.

Aparté la vista y tuve serias dudas de si mi cuerpo era un hijo de puta que sabía muy bien lo que se hacía a mis espaldas.

—¿No sientes... nada de nada? —preguntó interesada.

—De aquí para abajo, no. —Me señalé la línea exacta.

—Entonces... ¿no puedes tener sexo? ¡Ay, perdona! Es una duda clínica que siempre he tenido. ¿Puede alguien en silla de ruedas practicar sexo? Pero no tienes que contestar. En serio, ¡déjalo!

—Tengo vida sexual, pero no uso... esto. —Me señalé el miembro.

—¡Ah..., entonces como yo!

Esa respuesta casi hace que se me disloque la mandíbula.

—¿Qué quieres decir?

—Que tampoco puedo usar... esto. —Se señaló ahí abajo—. Soy virgen.

«¿Es virgen? ¡¿En tercero de carrera?! ¿Con esa cara?». ¡Por Dios santo! ¡Era como tener delante un unicornio viviente!

—Bueno... —carraspeé sorprendido—, cuando llegue el momento, ya lo usarás.

«Y algún cabrón afortunado te la meterá hasta el fondo mientras pone los ojos en blanco», me callé a tiempo.

—No, no creo que pueda. No me funciona —dijo apenada.

Casi escupo el corazón por la boca.

—¿Cómo que no te funciona?

—Lo he intentado, pero ¡no me entra...! No funciona, en serio.

Tragué saliva ruidosamente. No daba crédito a sus palabras.

—¿Cómo es eso? ¿Dices que lo has intentado...?

—Sí, y no puedo. Me duele mucho. Está cerrado. No puedo mantener relaciones completas. Y los tíos suelen mandarme a la mierda cuando ven que no hay tu tía. Por eso me encanta lo que tengo con Ástor... Es perfecto porque no me presiona para hacer nada y podemos ser amigos... Y, quizá, con el tiempo se me abra o... ¡yo qué sé! Al menos, eso espero.

No pude evitar morderme los labios. «¡Qué fuerte!».

—¿Has ido al médico? ¿Te han dado un diagnóstico?

—Sí. Tengo vaginismo. Es una disfunción sexual por la que la vagina se comprime impidiendo las relaciones y produciendo dolor. Las paredes se cierran haciendo imposible el coito. Así que nada..., a san joderse.

—¿Y no tiene solución? ¿No hay tratamiento?

—Es un acto inconsciente de mi cuerpo, casi como lo tuyo. Y suele venir por un tema psicológico encerrado en las profundidades de mi alma. Ya he ido a terapias sexuales, y dedujeron que mi tía me traumatizó cuando era pequeña porque la violaron y nunca ha dejado de transmitirme su miedo, de contarme cuánto le dolió y lo mucho que le jodió la vida para siempre. Empecé a manifestar un pánico inconsciente al coito. Es como una fobia que me genera un estrés y una ansiedad que no consigo controlar ni con hipnosis. ¡No hay manera! Mi último terapeuta me explicó que algún día conseguiría relajarme por completo con un hombre que me diera plena confianza y que mi cuerpo respondería por sí mismo, pero estoy casi segura de que no existe un hombre así. Con tanta paciencia y fuerza de voluntad...

—Bueno, Ástor tiene una fuerza de voluntad inquebrantable.

Al decirlo, me entró una especie de malestar. Porque lo de Ástor no tenía mérito, ya que no hay que hacer fuerza contra nada cuando no tienes voluntades. Cuando te lo prohíbes todo a ti mismo bajo un frío manto de indiferencia tan pesado que lo aplasta todo. Tan pesado como un tío de noventa kilos en una silla de ruedas.

—Yo lo pasé muy mal después del accidente con este tema —le confesé—. Siempre fui muy activo sexualmente y me apoyaba mucho en los genitales para disfrutar del sexo... Tuve que adaptarme a la situación que me ha tocado vivir y aprender otros caminos para conseguir placer. No fue nada fácil.

—Pero... ¿llegas al orgasmo? —preguntó interesada—. Yo llego conmigo misma, pero tengo la espinita clavada de compartirlo con alguien. ¡En las películas románticas parece tan genial...! Y en las porno también...

Se me escapó una carcajada. Su candidez me embelesaba de una forma que no podía pensar más que en abrazarla con fuerza, en aspirar su aroma y en comerle las tetas. Eso también.

—Yo no llego al orgasmo mediante la eyaculación —le expliqué—. Lo hago de otra forma.

—¿Qué forma? —Su interés creció.

—¿Has oído hablar del sexo tántrico?

—¿Eso es lo de juntar el pulgar con el índice y hacer «ohm»?

Me mondaba de risa con ella.

—El tantra considera que el orgasmo es una explosión de energía; no importa de dónde provenga. Mediante la estimulación de los diferentes sentidos sensoriales, olfato, gusto, oído, vista y tacto, se pueden activar sensaciones que nos lleven a una intimidad erótica que incremente el deseo hasta hacerte estallar. Las caricias tántricas se basan en diversas combinaciones de maniobras: las presiones estáticas y las presiones dinámicas.

—¡Qué interesante! ¿Qué tipo de maniobras son esas? Igual consiguen desbloquearme a mí también.

—Yo busqué ayuda profesional. Asistentes sexuales expertos en la materia. En España todavía no está regulado por la Seguridad Social como en otros países, pero hay empresas privadas que se dedican a ello. A mí me salvaron la vida... Es increíble el modo en que la sociedad margina a una persona con discapacidad, como si no sintiese nada ni tuviera las mismas necesidades que todos los demás.

—Sí, me pone enferma que se mire hacia otro lado con ciertos temas. Y..., aparte de asistentes sexuales, ¿has tenido citas con chicas... normales? Ya sabes, civiles.

Nuestras sonrisas se morrearon con descaro y aparté la vista preocupado. Joder... Debía andarme con cuidado. Carla era una joven muy especial que estaba consiguiendo que Ástor dejara de ser tan estirado; me negaba a hacer un movimiento en falso que acabara con su nuevo yo. ¡Pero me estaba poniendo muy difícil mantener la compostura! Nuestra atracción era tan evidente que me sometía.

Lo peor es que notaba que si me impulsase con las manos para arrimarme a ella y la besara, Carla respondería al beso. Acababa de dejarme claro que no sentía nada por Ástor, solo le convenía.

—He salido con civiles, sí... Alguna vez. Pero tiene que ser algo muy especial. Alguien que esté dispuesto a renunciar al placer inmediato por otro menos convencional. Porque se trata de llegar al orgasmo sin tocar las zonas erógenas.

—Me interesa esto del tantra. Buscaré información.

—Hazlo. Yo he sentido y he visto cosas flipantes —solté incauto.

No volvimos a sacar el tema hasta que nos explotó en las manos, y de qué forma...

Empezamos a coincidir más a menudo con y sin Ástor. Carla aparecía en casa sin previo aviso, pero a mí no me importaba. Al revés. Me encantaba notar que cada vez había más química y confianza entre nosotros. Era algo totalmente adictivo. Además, me constaba que mi hermano y ella no se estaban liando.

Nos reíamos mucho juntos y me bastaba con su amistad porque era una de las chicas más cariñosas que había conocido. Siempre estaba tocándome. O pegándome. Jugueteaba con mi pelo mientras veía la tele apoyado en sus piernas o luchaba contra mi bíceps con sus manitas cuando le robaba algo y no quería devolvérselo. Creamos un vínculo especial, casi fraternal. Incluso me llegó a decir:

—Gracias por ser mi amigo sin posibilidad de roce.

Subí las cejas y se echó a reír de su propio chiste. Se refería a un roce muy concreto que nunca existiría entre nosotros debido a nuestras mutuas disfunciones sexuales.

—No tienes por qué darlas, me encanta estar contigo, Carla.

—Y a mí contigo. Nunca había tenido un hermano mayor.

Y tan mayor... ¡nos llevábamos más de diez años! Pero los hermanos no se miran como nos mirábamos nosotros. Cogimos demasiada confianza y, en una de las tantas veces que la tuve encima forcejeando entre risas, no pude controlarme y me lancé.

Mi boca atrapó la suya en un beso húmedo y sensual que Carla continuó con gusto. Me volví momentáneamente loco. Dimos cuatro o cinco vueltas de campana con las lenguas antes de empezar a sobarle un pecho, sin pensar... Quería devorarla entera. Sin embargo, paré a tiempo entre resuellos.

—Joder... ¡Lo siento mucho! ¡Mierda! —Me cabreé conmigo mismo—. Se me ha ido la cabeza por completo.

—¿Qué pasa? ¿No querías besarme, Héctor?

—No. ¡Bueno sí...! Pero no. ¡Ástor está muy flipado contigo! Me encanta lo contento que se lo ve desde que te conoce, y no puedo llegar yo y... Nunca haría nada para quitarle esa sonrisa de la cara, ¿lo entiendes? No puedo hacerle esto.

Ella le quitó hierro. Me dijo que no me preocupase y que había sido un lapsus por parte de los dos. Añadió que no quería que cambiara nada entre nosotros y me pidió, por favor, que lo olvidásemos.

Y la creí, porque ¿cómo iba Carla a estar interesada en mí? ¡En mí!

Aun así, no quedó ahí la cosa.

A la mañana siguiente se saltó las clases y volvió a casa mientras Ástor estaba en la universidad. A esa hora, yo estaba en el gimnasio con mi fisioterapeuta. Cada día hacía con Miguel mi mantenimiento habitual para que mi tronco inferior no se atrofiara en exceso y después yo entrenaba por mi cuenta el tronco superior. Cuando podía, él se quedaba conmigo a entrenar también.

Nos pilló haciendo unas dominadas. Yo tenía un sistema de polea para subir y bajar de la barra solo. El resto del tiempo lo pasaba en el suelo en las posturas más insólitas.

Y de esa guisa me encontró. Tumbado boca abajo, apoyado sobre mis codos.

Creo que me enamoré de ella por completo cuando nos saludó risueña, se quitó el abrigo y se lanzó al suelo para darme un beso en la mejilla, sabiendo que yo no podía levantarme. La habría atraído hacia mí y habría rodado con ella, besándola y haciéndole cosquillas. En lugar de eso, sin embargo, me quedé tieso al pensar que sus labios acababan de degustar mi sudor.

Se sentó a mi lado, a lo indio, mientras me mordía el carrillo impotente. Puta vida...

Pero todavía no sabía la que me esperaba. Era un maldito ingenuo.

Giré sobre mí mismo y me incorporé, quedando sentado a su lado, cara a cara. Miguel huyó despavorido al percibir la tensión sexual que se respiraba entre nosotros, fruto de estar rememorando el morreo del día anterior.

En cuanto nos quedamos solos, me soltó la bomba:

—Me he estado informando sobre el sexo tántrico y quiero probar.

Casi me atraganto con mi propia saliva.

—¿Ah, sí? Qué bien...

—Sí, creo que puede ayudarme a abrir mi... chakra, e igual consigo relajarme lo suficiente con música, velas y aceites esenciales. Sobre todo si sé que nadie tocará mis puntos claves y que no va a haber un coito inminente.

—Yaaa... Pues... coméntaselo a Ástor cuando estéis en ese punto. Os dejaré usar mi sala de relajación.

—Ástor no me sirve —sentenció firme—. Necesito a alguien que controle del tema.

Abrí los ojos alarmado. «¿No pretenderá que yo...?».

—Y necesito que sea alguien con el que me sienta completamente segura. He pensado en ti, Héctor.

—Carla, yo... Me siento halagado, pero no puedo ayudarte con eso.

—¿Por qué no? ¡No confío en nadie más para hacerlo! ¡Solo quiero un masaje erótico! Y eres el único hombre que conozco al que no le interesa desvirgarme porque no sentirías nada.

El corazón se me paró. ¿Cuánto había investigado? Porque... ¡esos masajes los cargaba el diablo!

—No puedo, Carla. No me lo pidas, por favor.

—Te lo pido con todo mi corazón —dijo mirándome con intensidad—. Además, me debes una.

—¿De qué?

—Si no quieres que cuente a Ástor lo de nuestro beso en el sofá, harás esto por mí.

—¡No fastidies! ¿Quieres partirle el... bueno, lo que sea que esté bombeando lodo negro dentro de él?

Carla sonrió ante mi broma.

—Un masaje. Solo pido eso. Necesito superar esta mierda... Si no, cuando Ástor quiera dar un paso más conmigo, me resultará imposible y lo perderé para siempre. ¿Quieres eso?

Tragué saliva impactado por planteármelo siquiera. ¿Iba a hacerlo?

«Dios mío...».

—Tengo que ducharme —farfullé incómodo—. ¿Me acercas la silla? Me arrastraría hasta ella, pero ya que estás aquí...

—¡Claro!

Me la puso al lado e hice la transferencia desde el suelo con mi habitual método. Estaba acostumbrado a hacerlo todo solo. Ir al baño, meterme en la cama, subir al coche... En realidad, podría vivir solo, pero Ástor insistió mucho en que me quedara con él. Total, ya había renunciado a su vida por mí.

Me duché sentado en la silla fija que tenía anclada en la cabina y cuando me vestí (que eso me costaba lo mío) encontré a Carla esperándome en el pasillo muy dispuesta.

La llevé a mi sala de relajación y le encantó encontrar un colchón en el suelo, cubierto con un dosel enorme que colgaba del techo.

—¡Qué pasada...! ¡Es precioso!

Se sentó en él a esperar mientras yo preparaba el ambiente, cuidando cada detalle. Música, velas, aceites aromáticos...

«¡¿Qué cojones estás a punto de hacer, Héctor?!», me grité desaforado en mitad de los preparativos. Pero no tenía opción.

—Quédate en ropa interior —le pedí como un profesional.

—¿Qué?

—Has dicho que confías en mí, ¿no? Pues hazlo, Carla. Luego enróllate esta toalla a la cintura y ponte boca a abajo. Ahora mismo vuelvo.

Le dejé intimidad, y cuando regresé la encontré en posición y solo con las braguitas. Quise morirme al contemplar su espalda desnuda. Era la piel más tersa que había visto jamás. Se había recogido la abundante y caótica melena de anuncio en un moño alto para que no me molestase. Estaba preciosa.

Me senté a su lado sobre el colchón del suelo y me froté las manos para calentarlas, embadurnándolas con aceite de canela y cardamomo.

—Voy a ponerte aceite —la avisé—. Facilita notablemente la tarea de hacer que la energía kundalini ascienda desde los chakras inferiores hasta los superiores.

—¿Chakras, en plural?

Comencé a darle un masaje lento y sensual por los trapecios.

—Sí, no solo hay uno, hay siete. Son distintos puntos energéticos que se encuentran en el cuerpo alineados en el canal central, de la columna al cuello. —Presioné su piel desde la nuca hasta el coxis para señalárselos—. Cada uno se relaciona con distintos aspectos de la vida y maneja una energía particular. En este caso, la que nos interesa es la kundalini, la energía psicosexual de la que te hablé... Se cree que tenemos una enorme reserva potencial inutilizada dentro de nosotros. Los masajes están destinados a estimular ese flujo energético, permitiendo despertar y desbloquear sensaciones corporales o energía trabada en algún punto del organismo.

—Yo la tengo trabadísima ahí abajo.

Sonreí.

—Intenta relajarte, Carla. Este masaje no consiste en estimular directamente ni los pezones ni el clítoris, sino en masajear determinadas zonas avaladas por milenios de experiencia para lograr una capacidad de disfrute similar... pero diferente.

—De acuerdo.

—Eso no significa que no vayas a excitarte. Lo harás y mucho. No te reprimas, ¿vale? De lo contrario, no servirá de nada.

—Vale... —contestó cortada.

Y como había visto cientos de veces ante muchos escépticos, una vez que terminé de repartir la energía de su espalda, incidiendo en el hueso sacro y deleitándome en la curvatura perfecta de sus caderas, le dije que se volviera.

Le di una toalla pequeña y fina para que se cubriera los pechos y otra para los ojos. Ahí comenzó su verdadero descenso a los infiernos.

Empecé a tocarla como había aprendido, y su cuerpo reaccionó obediente con espasmos involuntarios. Contracciones, escalofríos... Su respiración se agitó y sus manos se retorcieron con anhelo. Deslicé los dedos con una presión firme desde sus clavículas, pasando por el centro de sus pechos, sorteándolos, siguiendo sobre su estómago hasta su pubis. Se volvió loca. Luego subí las manos como si me dispusiera a amasarle los pechos, pero en el último momento mis pulgares hicieron un arco para esquivarlos y marcar su curvatura perfecta, incluso llegando a rozar la base.

Pronto no pudo más y se llevó inconscientemente una mano a la entrepierna un instante. Era evidente que no soportaba la presión ni la necesidad de tocarse. Mis dedos resbalaban por su cuerpo con una suavidad demencial gracias al aceite. Llegué a la parte interior de sus muslos y le acaricié el útero usando los pulgares de forma circular hasta terminar en su ingle.

Empezó a jadear más alto que si acabara de meterle un dedo hasta el fondo. Se movía como si estuviera follándomela.

Menudo espectáculo...

Tragué la saliva acumulada en mi boca y apreté los dientes para resistirme y no darle lo que necesitaba justo donde lo necesitaba.

Sentía que la estaba torturando. Su forma de arquearse, las contracciones espasmódicas y el balanceo de su pubis me estaban llevando al límite. Quería huir de esa habitación. De ese insoportable frenesí.

—Tócame —me suplicó de pronto—. Por favor... ¡No puedo más!

Mi mano se movió rauda ante esa orden directa. Sin pensar.

Lo único que hice fue colocar la palma sobre su monte de Venus y presionar su clítoris con mi pulgar, como quien presiona un botón para lanzar un misil.

Le provoqué un orgasmo antológico que me dejó jadeando a mí también.

Sentir cómo me sujetaba la mano para que no se me ocurriese apartarla me borró el raciocinio de un plumazo, y cuando tiró de mi camiseta para atraerme hacia su boca caí en un fundido a negro tan bestial que apenas recuerdo haber sido consciente del estropicio que lo siguió. Lenguas, mordiscos, saliva, comerme sus pechos, su sexo y su boca como si no hubiera un mañana. Sin razonar. Disfrutándolo con todos los poros de mi piel. Al menos con los que tenían respuesta eléctrica.

Su vagina no estaba cerrada para mí, no tenía problema para meter y sacar de ella varios dedos con cuidado. Estaba tan dilatada que noté perfectamente su himen. Joder... Era cierto, ¡era virgen!

Nos besamos durante mucho tiempo. Estábamos idos, extasiados. Enamorados.

—Quiero hacerlo —musitó en mi boca—. Quiero que me folles.

—¿Qué? No... No podría.

—¡Claro que sí! Se te pone dura... y contigo no tengo problemas. Quiero saber lo que se siente. ¡Por favor...!

—¡Carla, no! ¡No puedo! Deberías hacerlo con alguien que...

—Nunca me ha gustado tanto un hombre como me gustas tú, Héctor —confesó—. Creo que me enamoré de ti a primera vista. Algo en tu mirada me cautivó por completo y... ¡quiero que seas tú! Tu personalidad es increíble... ¡Todo tú! ¡Tus piernas me dan igual!

—¡Joder, Carla...! —jadeé indeciso—. No me digas eso... No es solo que crea que te mereces algo mejor, ¡es por Ástor! ¡No puedo hacerle eso a mi hermano! Le gustas mucho y está...

—¡Si le gustara tanto, habría intentado algo conmigo! Pero no lo ha hecho.

—¡Es tímido! Y las normas de la universidad son muy claras... ¡Él se penaliza constantemente por todo! Se niega toda clase de apetencias, pero siento que no quiere renunciar a ti. Se lo noto. ¡Dale tiempo!

—¡A mí me gustas tú! ¡¿No lo entiendes, Héctor?! Y quiero perder la virginidad contigo. ¡Me encantaría! Confío en ti. ¡No me castigues a mí también!

Me besó de nuevo, y fui incapaz de apartarme. Era tan especial, tan testaruda y pertinaz con lo que se le metía entre ceja y ceja.

Pero Ástor había cuidado de mí muchos años y no debía hacerle eso... No podría ni mirarle a la cara después. Todavía estaba a tiempo de no cagarla hasta el mismísimo fondo. Estaba a tiempo de olvidarlo. De hacer como si nada.

Además, a Carla no le convenía estar con un tío como yo. Necesitaba a un chico de su edad o, por lo menos, a un hombre sin limitaciones que pudiera darle hijos y follársela de mil formas distintas.

Lo que no esperaba es que ella urdiera su propio plan para conseguir lo que quería.

Empezó por besar a Ástor impulsivamente cuando este le regaló un collar. Casi rompo el mando de la tele al verlos. Ella había insistido en ir a la fiesta del KUN con las ideas muy claras: promocionarse como Kaissa para espantar a Ástor y obligarme a reclamarla.

Casi me desmayo cuando Charly me contó que le habían dado una invitación para la subasta.

—¡No me has dejado otra opción! —exclamó enfadada cuando lo discutimos—. Ya he decepcionado a Ástor presentándome a Kaissa... Es cosa tuya si permites que otro me compre y me folle o prefieres hacerlo tú. Decídete.

¿Hacerlo yo? ¡¿En mis condiciones?! ¡¿Con público?!

Claro que nada me impedía que me tomara una viagra y dejar que me montara manchándolo todo de sangre, ¡pero no iba a compartir esa experiencia con nadie por nada del mundo! Ni quería que Carla lo hiciera con un maldito desconocido por el que no sentía nada y que probablemente le haría daño. Iba directa a una trampa mortal en la que me obligó a mediar por un alto precio. ¡Altísimo!

Y no hablo de dinero, hablo de sacarla del punto de mira de todos los miembros del KUN. Y de que alguien en concreto que conocía nuestro plan de despertar de su letargo a mi hermano se ha aprovechado de ello para hundir a Ástor de verdad. Alguien que acaba de sepultarme en un arrepentimiento que nunca podré quitarme de encima si se confirma que Carla está muerta.

27
Los niños están bien

> Un mal movimiento anula cuarenta buenos.
>
> Bernhard Horwitz

Salgo a tomar el aire tras la cruenta y emotiva confesión de Héctor.

No me lo puedo creer...

Mi estómago es una puñetera montaña rusa ahora mismo. Y no quiero ni imaginar cómo estará Ástor.

Casi sin darme cuenta, me veo yendo en su búsqueda.

Lo he tratado fatal al ver el vídeo de Carla y no se lo merecía. Yo y mis cagadas siderales... Atisbo desde aquí el muro infranqueable que habrá levantado a su alrededor entre nosotros. Uno más alto y sólido que el de la Guardia de la Noche.

Me ha afectado ver tan hundido a Héctor. No he querido mentirle. Las esperanzas de encontrar a Carla con vida (o una parte de ella siquiera) son mínimas. Y sin cuerpo, no hay delito. Excepto en casos muy muy claros. Pero sabiendo que habían pactado que desapareciera, no será fácil demostrar nada sin el cuerpo.

Encuentro a Ástor en mi despacho. Tiene la cabeza apoyada sobre los brazos cruzados encima de la mesa; no le veo la cara. Aun así, que no se levante cuando oye entrar a alguien es muy mala señal. Antaño habría pegado un salto y adquirido una pose adecuada. Está cambiando.

—Ástor... —farfullo cauta.

Tarda en incorporarse y mucho más en mirarme. Le importa una mierda que lo vea así. Yo o quien sea. Las novedades han roto completamente su compostura de aristócrata. Ropa con sangre... No hay más que decir.

Cuando por fin nuestras miradas coinciden, me arde el pecho. Esa expresión devastada, ese brillo delator en los ojos, la frustración y el anhelo que desprenden... hacen que quiera abalanzarme sobre él y abrazarlo fuerte. Pero trago saliva y me contengo. Me acerco despacio y le pongo una mano en el hombro.

—¿Cómo estás?

Su forma de responder a esa pregunta incontestable es negar con la cabeza y perder la vista en la nada.

Le tuerzo la cara para que me mire.

—Voy a cogerle, Ástor. Confía en mí...

—Ya lo tenéis —dice serio—. Es mi hermano. Somos una puta familia de asesinos...

Abro los ojos alarmada. Que use el plural llama mi atención, y entonces me acuerdo de la chica del accidente... Me pregunto cuándo dejará de culparse por esa muerte.

Nunca, como bien dijo Carla. Han pasado siete años y sigue teniendo pesadillas con ello. Yo misma he sido testigo.

—No digas eso, Ástor —lo riño agachándome a su lado para ir al encuentro de sus ojos—. Héctor no ha hecho daño a Carla... Lo sabes tan bien como yo.

—Me envió las putas notas.

—Según él, solo querían manipularte para que perdieras el torneo.

—Pues se han equivocado conmigo. Me la suda el torneo.

Pero yo sé que eso no es cierto. He visto lo mucho que Ástor lo disfruta y entiendo que Héctor lo atacara precisamente ahí. Quería que su hermano se defendiera con uñas y dientes ante algo que le importaba. No obstante, lo de Carla complicó las cosas.

Típico... Nadie cuenta con que una mujer tome la iniciativa para resolver un problema saltándose a la torera los deseos de los hombres. Y es indudable que presentándose a Kaissa Carla mataba dos pájaros de un tiro. Así tendría la reacción deseada de los dos De Lerma... Muy lista.

Me levanto cansada, creyendo que no puedo convencerlo de que lo vea de otro modo, y al percatarse de que me alejo de él musita devastado:

—Alguien ha matado a Carla.

La frase me golpea, y me fastidia no tener argumentos para rebatírsela y que deje de ahogarse en culpabilidad. Me gustaría darle esperanzas, pero para mí es evidente que alguien presenció la pelea posterior a la puja entre Héctor y Carla y la siguió hasta su casa para satisfacer sus deseos más oscuros.

—Puede que lo de Carla no tenga nada que ver contigo —intento animarle acercándome de nuevo a él—. Ella se metió en el club y tú siempre has dicho que todos la querrían.

—Sí, ¡pero no pensaba que mi hermano fuera el primero, joder...!

—Los sentimientos no se pueden controlar, Ástor.

—¡Pero se pueden confesar! ¡Lo he sacrificado todo por Héctor! ¡Todo! No sé qué puta duda podía tener mi hermano de que me habría hecho a un lado con Carla también. ¡Yo no estaba enamorado de ella! Simplemente encajaba bien en mi plan vital. ¡No sentía nada romántico por ella! Lo tengo más claro que nunca... Porque ahora sé lo que es el amor.

Nos miramos intensamente como si el eco de una frase resonara con insistencia en la habitación: «¿Lo dices por mí?».

Su forma de responder a esa pregunta no formulada es atraerme hacia su cuerpo y besarme despacio. El corazón me da un vuelco mientras me pierdo en un mar de labios, lenguas y saliva. El bienestar me invade sin poder evitarlo y respiro aliviada. Cuando para, esconde su cara en mi cuello.

—¿Qué va a pasar ahora? —pregunta inquieto—. ¿Dónde vas a dormir esta noche? ¿Dónde voy a dormir yo?

Lo expone con una necesidad tan palpable que me estruja el corazón. Lo miro con miedo. Miedo a estos sentimientos que ya no podemos negarnos.

—En tu casa... Ambos. No pienso dejarte, Ástor. Esto no ha terminado.

Mis palabras lo atemperan.

—¿Y mi hermano?

—No tenemos nada contra Héctor. Nos ha enseñado una copia de la última restauración de su móvil y hay wasaps con Carla que avalan su historia. Los había borrado a propósito. Es verdad que se enfadó mucho con ella al verse forzado a comprarla. Le dijo que se fuera de la ciudad por su bien, para no estar presente en el torneo. No quería que la encontraras, si la buscabas.

—¿Te das cuenta de que no podré volver a confiar en él?

—Tenéis que hablar —digo diplomática—. Ninguno de los dos deseaba que pasara esto.

Entonces me besa. Y es un beso nuevo que no tengo registrado en mi sistema. Es un beso que no pretende desnudarme, sino que le consuele por lo que ha pasado. Sentirme cerca. A salvo. Confiar en mí.

Le cojo la cara y se lo devuelvo con ganas, atrapando sus labios con suavidad. Siento que esta nueva discusión ha inaugurado otra etapa en nuestra relación. La primera fue la de la puja, y estaba llena de una atracción física imparable, casi vergonzosa, por parte de los dos, pero la superamos. Ahora el enfado ha sido una cuestión de confianza, y superarlo supone navegar por aguas mucho más profundas. Las del enamoramiento. Una cosa es que un hombre se cuele en tus bragas y otra que lo haga en tu corazón. Y yo acabo de darle las llaves para que entre en el mío.

—¿Me perdonas por no haberte creído? —musito cautelosa.

Una frase así, saliendo de mi boca... ¡Que alguien me pellizque!

—¿Y tú a mí por haberte ocultado la conversación mantenida con Carla?

Volvemos a besarnos con más ímpetu para sellar nuestros síes.

Si Gómez o Ulises me vieran ahora mismo, fliparían en 4D sin necesidad de gafas especiales. Ástor en mi silla, reclinado hacia atrás, conmigo sobre su cuerpo duro... No me lo creo ni yo, de hecho.

Cuando nos avisan de que Charly ha llegado a la comisaría, nos reunimos todos en la sala donde está Héctor. Toca confeccionar un informe que resuelva las desavenencias fraternales de los dos De Lerma, que empiezan a emerger en cuanto Ástor ve a Héctor de nuevo.

—¿Eres un crío? —le espeta enfadado al entrar en la sala—. Si te gusta la chica con la que salgo, me lo dices y punto. ¡Ni siquiera me estaba liando con ella!

—¡Sí, claro...! Mi hermano sonríe por primera vez en años y voy a joderle la fiesta... ¡Hacía mucho que no te veía así!

—¡Sonreía porque tú sonreías, gilipollas!

Son tan adorables...

Aunque lo mejor es ver la cara de estupefacción de Ástor cuando Héctor le dice que lo de las notas fue idea de Carla.

—¿Cómo pudo surgir de ella?

—Bueno, le comenté que no habías levantado cabeza desde lo del accidente y que me sentía mal por haberte jodido la vida —dijo Héctor con voz culpable.

—¿Tú a mí? ¡Si fue al revés!

—¿Cuántas veces te lo tengo que decir, Ástor? ¡No fue culpa tuya! Es más, si no hubieses pegado ese volantazo en el último momento, habríamos muerto todos en el choque frontal con aquella furgoneta. ¡Venía directa hacia nosotros! Nos salvaste la vida... Marta nunca debió quitarse el cinturón.

Ha sido un momento tenso y muy emotivo cuando Ástor se ha cubierto la cara y Héctor se ha acercado a él para decirle:

—Olvídate de mis piernas de una vez. Sigo aquí. Y eso es lo único que importa...

Todos nos hemos quedado sin habla.

—Y no me mates —añade Héctor—, pero me sinceré con Carla y me animó a tomar cartas en el asunto.

—¿Qué le dijiste exactamente?

—¡Lo que te digo siempre a ti!, que el antiguo Ástor murió en ese accidente y que yo no sabía cómo recuperarlo.

—¡Es que no puedes! —exclama Ástor. Y me mira angustiado—. Por mucho que insistan los psicólogos, hay cosas que nunca conseguiré perdonarme a mí mismo... Es así de simple, Héctor. Hay cosas irreparables.

—La muerte de Marta es irreparable —señala Héctor—, pero el resto tiene solución. Y Carla dio con ella al decir que «solo cuando uno se enfrenta a una gran amenaza, sale a la luz su verdadera naturaleza». Ella y yo lo ideamos todo, es cierto, pero alguien lo está utilizando para echarnos la culpa de un delito real, hermano.

—Si no le hubierais dado la oportunidad, nada de esto habría pasado —responde Ástor, enfadado.

—No vas a hacer que me arrepienta —contraataca Héctor—. Porque esas notas te hicieron venir a la fiesta el viernes y fue una de las mejores noches de los últimos tiempos. ¡Te divertiste, joder! Fuiste tú de nuevo y pudimos recuperarte un poco. Pensaba que Keira era un milagro caído del cielo, y ahora resulta que es una poli infiltrada por las amenazas de muerte de las notitas. Y no me digas que lo vuestro ha sido mentira, porque no me lo creo. ¿Lo es?

¡Puta pregunta delante de mi jefe...!

A la que nadie osa contestar, claro. Simplemente pasa un ángel con una pala recogiendo mi vergüenza junto con los corazones que salen de mi cabeza. Menos mal que Charly desvía el tema diciendo:

—Yo soy el único que lo sabía todo. ¡Soy el mejor!

—Tú y yo vamos a hablar muy seriamente —reprendo a Charly—, porque habéis entorpecido una investigación policial con las dichosas notitas... Pero ya habrá tiempo para charlar de eso. Ahora lo importante es Carla.

—Estaba pactado que desapareciera —se defendió Charly—. Pero no de verdad...

—Pues ha desaparecido —interviene Gómez con cara de pocos amigos—. Todo indica que alguien la secuestró de verdad, aprovechando la coyuntura.

—¿Qué vais a hacer ahora? —pregunta Héctor con aprensión—. Tenéis que encontrarla como sea... ¡Quizá siga escondida! ¡Quizá esté bien!

El anhelo que destila su voz hace que me duela el alma.

—¿Y cómo explicas lo de su ropa y la sangre? —señala Ulises muy a su pesar.

—¿Una puesta en escena para acojonar todavía más a Ástor? Aún no sabemos si la sangre es suya...

Todas las miradas van a parar a mí esperando que calcule las probabilidades de que eso sea posible. Odio dar esperanzas infundadas.

—Es remoto…, pero posible. Sin embargo, hay un detalle que lo cambia todo —digo apenada.

—¿Cuál? —pregunta Ástor, angustiado.

—La bomba del coche.

—¿Qué bomba? —pregunta Héctor, descolocado. Y en ese instante, justo en ese instante, Carla muere para mí. Porque Héctor no sabe de lo que hablo. Es decir, el promotor de las notas que amenazaban de muerte a Ástor no sabe nada de esa bomba.

—La que había debajo del coche el día de la fiesta de Guzmán… ¿Eso no fue cosa vuestra?

—¡¿Qué coche?! —exclama Charly, tan perdido como Héctor—. ¡¿De qué hablas?!

Ástor se lleva la mano a la sien comprendiendo lo que eso significa.

—¡¡¡¿Qué bomba?!!! —exclama Héctor, nervioso.

Ástor se lo explica.

—¿Por qué no me lo dijiste?

—Porque no quería preocuparte…

—¡Joder…! ¡Tenías que habérmelo contado!

—Pensaba que solo querían asustarme. Estaba desconectada… Nunca habría explotado.

—Quizá la pusieron para usarla más adelante —sugiero—. Igual la colocaron con la esperanza de que no la vierais y activarla más tarde…

Héctor apoya los codos en la mesa y se sujeta la cabeza, entendiendo que esto lo cambiaba todo. Porque demuestra que hay alguien más tramando algo peligroso contra Ástor a sus espaldas.

Miro a Ulises transmitiéndole que necesito hablar con él a solas y no tarda en salir de la sala sin decir nada.

Lo sigo poco después, y Ástor se da cuenta.

—Escucha… —dice Ulises ansioso cuando me planto delante de él—. Tengo un presentimiento.

—Yo también.

—Esto es algo personal. Familiar, incluso… Es como si alguien deseara ver en la cárcel a Ástor a toda costa. O quizá quieran destapar algo de él… Los Arnau o cualquier otra persona que piense que debe pagar por algo que ha hecho. Un secreto, quizá... Debemos descubrir lo que es.

—Tiene sentido —digo con avidez. Aunque me niego a pensar que Ástor esté ocultándome algo tan gordo, aquí hay gato encerrado.

—Me disculpo por haberte provocado antes, Keira. He sentido que te habías bloqueado al ver el vídeo y lo he hecho adrede.

—Has acertado. Eres un genio. Y me he dado cuenta de que lo has hecho para ayudarme a reaccionar.

—De nada. —Ulises sonríe cómplice—. ¿Cómo estás ahora...?

Suspiro porque a él no quiero mentirle.

—Muy sobrepasada sentimentalmente hablando, pero mejor.

Me aprieta el brazo, compasivo.

—Te entiendo porque yo estoy igual, pero quiero que sepas que, pase lo que pase, siempre me tendrás..., que por muchos sentimientos que nos desgarren por otras personas, siempre serás mi chica —dice con cariño.

Los ojos se me encharcan y lo abrazo con fuerza. Sé que tenemos público en la comisaría, pero me da igual. Ya piensan de todo.

En ese momento, la puerta de la sala se abre porque Charly sale, y, al fondo, me percato de que Ástor nos mira con carita de perro abandonado.

«¡Mierda!».

—¿Puedo fumar en alguna parte? —nos pregunta el abogado—. Me va a estallar la puta cabeza si no lo hago.

—Sí... Subiendo por esa escalera, a la derecha, hay una terraza. Pero si te pillan, no menciones mi nombre —le dice Ulises.

Charly sonríe y le da las gracias con una caída de párpados que me deja totalmente descolocada.

—¿Qué ha sido eso? —pregunto extrañada.

—¿El qué?

—Eso que he notado entre vosotros —digo moviendo los brazos por el aire—. ¿Te tiras a su novia y le caes bien?

—Eh... Bueno, es que... me estoy acostando con los dos.

—¡¿Cómo?!

—No preguntes —dice mortificado.

—¡¿Dónde te estás metiendo, Ulises?!

Levanta una ceja y se pone chulito.

—Yo también estoy investigando por mi cuenta, ¿sabes?

—¡Sí, ya me sé ese truco! Tienes orgasmos por el bien de la misión... ¡Pues ya podrías haber descubierto lo de las dichosas notas! Nos la han metido bien metida.

—¿Quieres jugar a eso, doña Estoy-muuuy-sobrepasada? Mentiría si dijera que no estoy disfrutando por el camino, aunque no pierdo de vista ni por un segundo la maldita misión.

—¿Qué opinas de lo de Carla? —pregunto sorteando el tema.

—Que, aunque no haya cuerpo, si la han matado, vamos a encerrar a un jodido asesino. Si la sumergió en ácido, no lo hizo solo. Alguien tuvo que ayudarle... Lo encontraremos. Si fue Xavier, quizá su hijo lo ayudara.

No me gusta pensar que Saúl pudiera hacer algo así, pero...

—¿Crees que están fingiendo llevarse mal y que están compinchados contra Ástor? —pienso en voz alta.

—No lo sé, Sofía me ha hablado bastante de Saúl y me ha dicho que es inestable de cojones... Debemos estar atentos, Keira.

—Los Arnau son muy herméticos. Me temo que van a denegar la orden para investigarlos, pero me inventaré algo. Me centraré en Saúl. Creo que le gusto... Le diré que Ástor es raro y a ver qué me contesta...

—¿Y si intentas que te lleve a su casa? —propone Ulises—. A la policía no la dejarán entrar, pero quizá tú puedas colarte... Yo lo he conseguido en casa de Charly por montarme un trío. Eso me ha permitido estudiarle mejor. Estoy buscando relaciones entre él y los Arnau. Hay que investigar a todo el que sea muy cercano a los De Lerma, ahora que Héctor está descartado.

—¿Lo está del todo?

—Yo diría que sí... Su historia me ha parecido sincera y creíble.

—Y te cae bien —afino.

Lo veo sonreír contra su voluntad.

—A ver... El otro día me dijo que quería tatuarse al Mapache de *Los guardianes de la Galaxia*... ¡¿Cómo no me va a caer bien?!

Me entra la risa. Ulises es muy fan de Marvel.

—Pondría mi mano en el fuego a que Héctor no es un asesino... —sentencia Ulises.

—Y Charly, ¿viste algo extraño en su casa?

—No. Aunque Charly es harina de otro costal. Es muy pasional. Y listo. No encuentro un móvil, pero es un pozo de información muy jugoso sobre Ástor y lo que sea que haya podido hacer en el pasado. ¡Es su abogado! Por eso me estoy acercando a él, para que me lo suelte... El problema es que sabe distraerme muy bien metiéndome la lengua en la boca.

—¡¿Qué?! ¡¿Os habéis besado?!

—Baja la voz —me riñe—. Sofía y él están muy locos... Y me lo contagian a mí.

—Madre mía, Ulises... Pensaba que había sido un trío solo tocando a Sofía, ¡no entre Charly y tú también!

—No hemos hecho nada —aclara rápido—. Sabes que no me van los tíos... Esto es distinto. Charly tiene un estilazo indudable. Te juro que paso de su polla, pero compartir a Sofía juntos fue increíblemente morboso. En un momento dado, ella nos acercó a su boca para besarnos a la vez y... pasó. Estaba tan excitado que Charly y yo rozamos nuestros labios sin querer. Me quedé un segundo parado, pero ella volvió a juntar nuestras bocas y... me dejé llevar. Se puso como loca al vernos. Y yo también. La cosa es que no lo sentí mal, fue muy natural.

—Ajá...

—Déjate de «ajás», que luego la taladramos a muerte entre los dos. En equipo. Él por detrás y yo por delante. Y te juro que casi me muero allí mismo.

—Joder, vaya tela... ¿Es tu primer trío?

—Sí. Al terminar, estaba flipado y Charly me dedicó una sonrisa condescendiente, como si me considerara un novato. Eso me cabreó, y todavía se rio más. De pronto, me dijo que si dejaba que él me diera por detrás mientras yo me follaba a Sofía vería a Dios.

Mi boca se une a mis ojos abriéndose al máximo. Cojo aire porque se me había olvidado hasta respirar. ¡Esto es surrealista!

—Anoche Ástor me ató a la cama —confieso de repente para ponerme a la altura—. Me ató de piernas y brazos a las cuatro esquinas de su cama y me torturó como nunca nadie lo ha hecho en mi vida. Terminé llorando de placer... Y cuando me corrí, sentí que me desmayaba. Una *petite mort* en toda regla.

Ulises suelta una risita incrédula.

—Pero... ¡¿qué leches le pasa a esta gente rica?!

—Que viven al límite —respondo encogiéndome de hombros.

—Más bien, los traspasan. Tienen demasiado tiempo libre.

—Dicen que todos nos ponemos nuestros propios límites, pero alguien sin límites es capaz de hacer cualquier cosa —pienso en voz alta.

—Sí que hay un límite. Y es la ley, Keira.

Me doy cuenta de que estamos volviendo al caso. O quizá nunca salimos de él.

—Todo juego tiene sus normas —digo clavando la vista en mi compañero—. Y si alguien se las ha saltado, daremos con él. La partida no ha terminado, Ulises.

Asiente, y chocamos los antebrazos como siempre hacemos. Vuelvo a sentirme en casa.

A continuación, entramos en la sala y continuamos con la reunión.

Cuando Charly vuelve, no dejo de pensar en ellos dos morreándose y haciéndole el amor a Sofía a la vez. ¡Joder...!

Al terminar, Ulises nos acompaña hasta la casa de los De Lerma. Lleva a Héctor en mi coche y yo voy con Ástor en el biplaza.

Le dejo conducir con mi mano en su nuca y le acaricio el pelo. Su forma de mirarme transmite agradecimiento y vulnerabilidad a la vez, como si me ocultara algo y supiera que, en cuanto me entere, me perderá para siempre.

Su mano derecha se posa en mi muslo cuando no la utiliza, aprovechando que ya no tiene restringido el acceso a mi piel.

Al llegar a la casa, se va directo a nuestra habitación. Héctor dice estar agotado y también se retira a su dormitorio. Ulises y yo, en cambio, nos quedamos un rato charlando del caso, ahora que podemos hacerlo libremente porque Héctor ya sabe quiénes somos.

Cuando Ulises se va, voy en busca de Ástor. Son casi las diez de la noche.

Lo encuentro tumbado en la cama, boca abajo, agarrado a su almohada. Está desnudo de cintura para arriba, ataviado solo con el pantalón negro del pijama. Es una imagen brutal. No me hace falta apostar a que va sin calzoncillos, porque lo lleva muy bajo y el inicio de la curva deliciosa de su trasero le asoma por encima de la cinturilla.

Lo primero que hago es quitarme los zapatos. Quiero ponerme cómoda. De pronto, tengo una idea.

Me siento a su lado y le acaricio la espalda.

—Me debes algo...

Ástor abre los ojos adormilado.

—¿El qué?

—Qué rápido olvidas tus promesas... ¡Un baño relajante y una pizza!

Pensaba que primero nos comeríamos la pizza, pero cuando nos la traen, Ástor la coge y me arrastra con ella hasta una bañera. No creáis que es la clásica de porcelana... Al fondo del gimnasio hay un baño enorme donde la mitad del espacio es prácticamente una minipiscina encajada en un murete de cincuenta centímetros de altura. Se accede al interior mediante tres escalones y caben dos o tres personas en ella.

Me encanta que esté rodeada de velas. Cada una diferente.

—Mi hermano es un maniático de los baños zen —comenta Ástor abriendo el grifo. Y empieza a prender los pabilos con un encendedor alargado que coge de un cajón.

—Qué pasada de sitio... —digo boquiabierta cuando veo el resultado final con todas las velas encendidas.

—Te va a encantar. Tienes toallas aquí. —Señala un mueble—. Llámame cuando quieras salir, ¿vale?

—¿Cómo? ¿No vas a bañarte conmigo?

—No. Ya sabes que no me gusta el agua. Pero quiero que disfrutes de esta experiencia. Yo antes lo hacía mucho...

—Pero... ¡Yo quiero hacerlo contigo! Venga, mira qué chulada... ¡Esto no es una piscina! ¡Si apenas cubre, Ástor!

—Cubre lo suficiente para ahogarme, Keira. —El sonido del agua cayendo diluye sus palabras pero no sus temores.

—Por favor... —me oigo suplicar, y empiezo a desnudarme con lentitud, quedándome en cueros delante de él.

Situaciones desesperadas requieren medidas desesperadas.

Ástor me contempla como si hubiera pensado que nunca más volvería a verme así.

Aprovecho para acercarme a él y besarle despacio. A la vez, le meto las manos por la cinturilla del pantalón del pijama y palpo su culo de acero. «Aquí podrían romperse nueces...».

Es oficial: no lleva calzoncillos debajo.

Después de unos cuantos besos melosos, hago que su pantalón aterrice a sus pies y sonrío mirando hacia abajo.

—Creo que tu amiguito quiere meterse en el agua conmigo...

No replica, así que lo cojo de la mano y lo arrastro hacia la bañera, que ya está lista.

—Keira... —protesta—. No puedo.

—Confía en mí... Esto no es una piscina —repito.

Utilizo su mano de apoyo para meterme en el agua antes de que se lo piense más. Me llega por debajo de las rodillas y lo miro con un puchero.

—No me gusta... —responde a mi súplica silenciosa.

—Yo confié en ti el otro día... Te va a gustar, ¡hazme caso!

Le ofrezco mi mano y él la mira confuso.

—No te va a pasar nada mientras estés conmigo, Ástor.

Lo veo tragar saliva antes de poner su mano en la mía y le ayudo a entrar.

Sin perder tiempo, empiezo a besarle de nuevo para distraerle y él me acaricia la cintura con ternura. Me alegro de que no haya salido corriendo ya.

—¿Lo ves? No pasa nada... Ahora solo falta que te sientes. Lo haremos juntos —digo volviéndome de espaldas a él; acto seguido, le obligo a bajar muy despacio.

Nos introducimos en el agua y es una sensación genial. Huele a jazmín gracias a unas sales de baño y un par de bolitas de aceite que Ástor ha echado a medida que se llenaba.

Sentados, el agua nos cubre hasta el pecho, y me vuelvo hacia él, contenta.

—¿Todo bien?

—Sí...

—¿A que en las piscinas el agua no está tan calentita? Esto es diferente.

—Sigue siendo agua estancada, Keira.

—Pues lo diferente es que yo estoy aquí, ¿vale? Y conmigo nada malo puede pasarte. ¿De acuerdo?

—De acuerdo...

Me sumerjo delante de él para mojarme el pelo y los brazos, y le echo agua por encima, porque sé que no va a sumergirse por nada del mundo. No quiero preguntarle al respecto, y menos, ahora mismo. Me quedo apoyada en su pecho y alzo la cabeza para besarle sin prisa. Esto es maravilloso.

—El plan pizza-bañera me parece la bomba —digo entusiasmada—. ¡Pásame un trozo!

Ástor sonríe de medio lado. Abre la caja para sacar una porción y, en cuanto me la da, coge otra para él. Me parece increíble estar compartiendo este momento.

¿Qué otras sorpresas oculta Ástor de Lerma?

La sonrisa se me borra pensando que puede que lo que oculte no sea tan entrañable como esto. Pero tengo el presentimiento de que no ha de ser tan malo, de que, si alguna vez ha traspasado la línea, habrá sido por un buen motivo, como el perfecto antihéroe.

Quiero dejar de pensar en ello y relajarme, ahora que parece que ha superado su pánico al agua. Terminamos de comer y... me apetece un postre.

—Dime la verdad, ¿con cuántas chicas has hecho esto?

Sonríe, reservado.

—Con... unas cuantas.

—¿Cuántas?

—No voy a contestar a eso, inspectora. Pero puedo decirte que la primera vez que lo hice fue en Las Vegas, y me pareció una pasada.

—Entendido. Soy la mil uno, ¿verdad?

Sus manos rodean mi vientre mientras intuyo su sonrisa.

—Lo creas o no, no hago esto con cualquiera. Y si lo hago, no estoy en esta postura y hablando. Básicamente, estamos gimiendo.

—Jo... ¡Cómo las envidio! ¿Y yo soy la pringada que tiene que darte conversación?

Ástor me ataca con cosquillas y me parto de risa con dolor.

—¡Para...! ¡Las odio!

—¿Cómo puedes odiarlas? ¡Si estás sonriendo!

Le sujeto las manos y forcejeamos otro poco.

—Qué desgraciada soy... —me quejo—. Unas tienen orgasmos aquí y yo tengo que soportar tus cosquillas.

Vuelve a reírse y entrelaza los dedos de nuestras manos para abrazarme utilizando mis propios brazos también.

Me mira. Le miro... Está tan guapo con el pelo humedecido y con gotas pegadas a sus pestañas que rezo para que el tiempo se detenga.

—Ellas solo tenían eso de mí... Tú me estás haciendo sentir cosas que no he sentido con nadie.

Esa afirmación es muy seria.

—¿Como cuáles? —pregunto curiosa.

—No sé cómo calificarlo. Se me dan mal las palabras, Keira.

—¿El señor duque no encuentra las palabras? ¡Lo que pasa es que no quieres ser esclavo de ellas! El rollo de la numeración es un buen mecanismo de defensa, pero conmigo no cuela, Ástor.

—Desde que estoy contigo, apenas lo uso —dice cayendo en la cuenta—. A tu lado, la vida del uno al diez se queda muy corta...

Lo miro extasiada.

«Dios mío... ¿acaba de decirme «te quiero» con números?».

—Es el mejor cumplido que me han hecho —reconozco encantada.

—Pues me alegro de que te sirva, porque no voy a decirte nada más... Como mucho, podría contarte una historia con moraleja.

—Te escucho.

—Vale... Allá voy. Cuando me gradué estuve un año haciendo un máster en París. Mi madre ama esa ciudad. La he oído contar muchas veces que me concibió allí.

—Las cigüeñas traen muy buen género de París...

—Siempre que tenía un rato —prosigue ignorándome—, iba a sentarme a los pies de los jardines del Trocadero para comerme un bocadillo mientras contemplaba la Torre Eiffel. Me choca lo grande que es de cerca. En las películas siempre parece más pequeña. Sin embargo, con la estatua de la Libertad me pasa lo contrario. Decepciona un poco lo pequeña que es en la realidad.

—No te desvíes... ¿Yo soy la Torre Eiffel o el bocadillo?

Suelta una risita y me clava de nuevo los dedos en el costado.

—¡Sigue, por favor! —me burlo—. ¡Sé que la historia va a tener miga! ¿Lo pillas? ¡La miga del bocadillo!

—Tú no eres el bocadillo, Keira. ¡Estaba demasiado bueno! —Intenta pellizcarme sin éxito—. Tú eres una chica con la que empecé a coincidir todos los días a la misma hora en los jardines del Trocadero. Se ponía de piernas cruzadas con su cuaderno y dibujaba las impresionantes vistas. Me encantaba observarla y ver cómo iba avanzando con el boceto. La miraba y nos sonreíamos, pero jamás llegué a hablar con ella. No quería distraerla. Y no fallaba nunca. Hasta que un día, lo terminó y no volvió.

—¿Y en qué te recuerda eso a lo que sientes por mí? —pregunto extrañada.

—A que, días después, me di cuenta de que llevaba tiempo yendo allí por ella, no por las vistas... Y contigo me está pasando lo mismo. El torneo es mi Torre Eiffel... y yo solo puedo mirarte a ti.

Acerco su cara a la mía y lo beso con lentitud. Su forma de rozar mis labios cada vez me dice más cosas, igual que sus palabras. Su boca causa estragos en mí, la use como la use.

—¿Volviste a verla? —pregunto melancólica.

—No. Pero una semana después, en el lugar donde ella solía ponerse hallé una hoja de papel con una botella de agua encima para evitar que saliera volando. Me acerqué y vi que era el dibujo. Había una frase escrita: «Vive tus sueños».

Abro los ojos, alucinada.

—¡¿Crees que lo dejó allí para ti?!

—Me gusta pensar que sí.

—¡¿Te lo quedaste?!

—Por supuesto. Está colgado en mi despacho. ¿No lo has visto?

—¡Joder, sí...! ¡El cuadro de París! ¡Vaya historia, Ástor! —exclamo alucinada—. Yo te dejaré unas bragas cuando me vaya.

Nos reímos y volvemos a besarnos hasta convertir unos inocentes lametazos en algo más, en una obra de arte que nos gustaría conservar para siempre. Una que se revalorizará con el paso del tiempo, porque este recuerdo, el de estar así con él, aquí y ahora, lo guardaré eternamente.

La temperatura sube cada vez más. Nunca había hecho nada parecido. Me refiero a hacer el amor a oscuras en el agua. Y digo a oscuras porque tengo los ojos cerrados.

No dejamos de besarnos lánguidamente hasta que me doy la vuelta y me pongo a horcajadas sobre él. Sus manos acarician mis pechos con devoción. Sus pulgares rozan mis pezones con suma suavidad mientras nos derretimos a besos.

No es que yo tenga nada en contra de los condones. Sin embargo, no soy capaz de romper un instante tan increíble para preguntar por uno. Y no digo nada cuando siento su miembro aprisionado entre su bajo vientre y el mío. Solo me froto contra él, reclamándolo, y Ástor se encarga de encajar nuestros sexos sin separar las bocas.

Sentirnos sin barreras es brutal. Nuestros jadeos dan fe de ello. No queremos acelerar para alcanzar al orgasmo. Queremos seguir sintiéndonos así, como si fuésemos uno.

Intentamos alargarlo todo lo que podemos, incluso llegando a detenernos para notar cómo lo albergo dentro de mí. Pero cuando empieza a chuparme los tetas vuelvo a moverme con un deseo irrefrenable.

—¿No tomarás la píldora? —jadea extasiado.

—No. ¿Por...?

—Porque me encantaría correrme dentro de ti.

Un calor desconocido se extiende por mi pecho al entender que estaba dispuesto a fiarse de mí si le hubiera contestado que sí.

—Pues ni se te ocurra... —Sonrío melosa—. No quiero ser madre.

Coloca la mano en mi nuca y se clava más profundamente en mi interior, disfrutando de unas embestidas más antes de retirarse y terminar. Las vivo como si nada importara. Lo beso tan ensimismada que por un momento olvido que tiene que apartarse. Y cuando lo hace, lo lamento. A mí no me ha dado tiempo a llegar, no nos hemos sincronizado. Ha sido... extraño. Es como si me hubiera castigado sin ello.

Cuando se recompone, me besa superficialmente y decido que no son imaginaciones mías. Le pasa algo.

—¿Estás bien? —pregunto directa.

—Sí... —Miente sin disimulo.

—Empiezo a conocerte y te noto raro. Te pasa algo, Ástor.

—Me apetecía terminar dentro de ti, eso es todo.

—Pues lo siento, no puede ser.

Me mira de forma extraña.

—Es que ese «no quiero ser madre» ha sonado a «nunca».

—Y así es —confirmo sincera.

—¿Tan claro lo tienes? —pregunta extrañado.

—Sí.

—Todavía eres muy joven, Keira. Quizá cambies de opinión.

—Detesto que me digan eso —replico molesta—. ¿Tan inconcebible es que una mujer no quiera ser madre?

—Es raro.

—¿Por qué? ¿Crees que es algo intrínseco? ¿Te parece que una mujer no está completa sin experimentar la maternidad y que no desee tener hijos es una actitud egoísta, como si fuera una obligación natural?

—No creo eso, pero...

—La gente piensa que si no eres madre es porque has priorizado tu vida profesional o no has encontrado tu mitad y se te ha pasado el arroz. Pero ¿qué pasa con las que no queremos serlo y punto? Parece que, teniendo tiempo, recursos y pareja, no es una opción válida renunciar a ello. Sin embargo, soy una mujer y no me interesa ser madre. ¿Tan difícil es de creer?

—¿Por qué no quieres serlo?

—Porque me gusta mi vida tal como es. No me gusta el rol de madre. No me gusta hacer disfraces ni manualidades para el colegio, ni ir al parque y hablar con otras madres de erupciones cutáneas o percentiles. Tampoco me veo embarazada. Pasar por todo eso me haría infeliz, y no quiero tener que renunciar a mi vida por otra persona como tuvo que hacer mi madre por mí.

—¿Crees que tu madre se arrepiente de haberte tenido?

—No es que lo crea, es que lo sé. No fui una decisión meditada. Pero yo sí tengo la oportunidad de elegir. Y sinceramente, para mí sería un castigo. A las mujeres se nos juzga por lo que hacemos y por lo que no hacemos. Nos dicen que ser madre es una condición innata y luego nos llaman «malas madres». Para mí, esa obligación impuesta por la naturaleza es la mayor base de desigualdad de género. Siempre me he sentido una carga para mi madre, aunque me quiera mucho, y me niego a hacer sentir así a nadie.

—La maternidad no es un complot de la naturaleza ni de la sociedad para someter a las mujeres, Keira —discrepa Ástor—. A la mayoría de ellas les hace felices ser madres.

—Está muy mal visto decir lo contrario, a pesar de que todo el mundo coincide en que es muy duro. Hay mucho movimiento respecto a este tema por redes sociales actualmente. Si rascas un poco, lo ves. Quizá si no lo fuera tanto se animarían más mujeres... Pero no quiero entrar en el debate de la enorme predisposición sexista con la que nos bombardean desde que nacemos con eso de que tener la regla es ya una evidencia de que tu misión en la vida es emparejarte y cuidar de los demás sin rechistar. La madre tiene que encargarse de todo y el padre se va de rositas. No compro.

—Entiendo que te agobie esa responsabilidad, pero...

—No te equivoques, nunca me ha asustado la responsabilidad. Llevo mis compromisos y obligaciones a rajatabla y no pienso dejar que la crítica social me ponga contra las cuerdas para hacer algo que no quiero hacer. Por no hablar de la superpoblación que existe y que está mermando los recursos naturales del planeta.

—¿No te parece que si todo el mundo pensara como tú nos extinguiríamos? —dice medio en guasa.

—Bueno... Hay mucha gente que no debería reproducirse por el bien de la humanidad.

Sin darnos cuenta, estamos desconectados, no solo física, sino espiritualmente. Me gustaría echar la culpa a la flotabilidad, pero creo que mi discurso ha pinchado la burbuja de color rosa en la que estábamos y ha convertido esta bañera en el nuevo *Waterworld*... Sálvese quien pueda.

La decepción campa a sus anchas por la cara de Ástor.

—¿Tanto importa que no quiera tener hijos? —Quito hierro al asunto.

Ástor se queda pensativo.

—Cuando mi padre murió, juré a mi madre que me ocuparía del legado familiar y que le daría al menos un nieto.

—Bueno, tampoco es que yo sea la candidata apropiada, ¿no?

Lo que veo en sus ojos es lo más horrible que he tenido que ver. Y os aseguro que he visto cosas muy desagradables. Es un desengaño profundo que nos traspasa a los dos desembocando en un desencanto repentino que noto casi quemándome en la piel. La lógica implacable de que somos de mundos distintos y de que queremos cosas distintas se impone entre nosotros.

El agua se enfría a marchas forzadas y la realidad se me clava en el pecho cuando entiendo hasta qué punto este tema es importante para él. Ástor necesita tener hijos por su posición y yo no quiero tenerlos... Fin del partido. Hora de dejar de jugar e ir al vestuario. Nadie ha ganado. Todos hemos perdido.

Salimos de la bañera en un silencio frágil y glaciar, pero Ástor sigue mostrándose amable y considerado conmigo. No se larga dando un portazo, lo que me da esperanzas de que el «querer» gane al «poder» en el «quiero y no puedo» en el que nos hemos embarcado.

Necesito secarme el pelo antes de meterme en la cama. Y luego me gustaría encontrarnos bajo las sábanas, empezar a besarnos y olvidar durante un ratito el minúsculo detalle de que lo nuestro está abocado a una muerte anunciada.

Mientras estoy con el secador nos imagino haciendo el amor y quedándome felizmente traspuesta después de un orgasmo que lleva macerándose en el agua de esa bañera más de cuarenta y cinco minutos. Sin embargo, al volver a la cama, el que está traspuesto es él. Debe de estar hecho polvo después del día que hemos tenido... Súmale un baño relajante y es entendible..., ¿verdad?

Verle dormir me llena de ternura. Respira una paz entrañable, y me embarga el temor de que despierte y se ponga triste por algo que no alcanzo a entender.

Comprendo que para Ástor mi repulsa a la maternidad ha sido una vil traición. Yo me he enamorado de él sabiendo cómo era, pero sus sueños Disney (si es que los tenía) de convertirme en duquesa acaban de irse por el desagüe de esa bañera.

Me meto en la cama y me quedo dormida al minuto, pegada a

su calor, aunque sin tocarle. Es una gilipollez, pero siento que no me lo merezco. No obstante, en mitad de la noche, se abraza a mi espalda y me besa fugazmente donde pilla.

Un segundo después, su respiración vuelve a ser pesada. Y ese gesto vale más que cualquier orgasmo que hayamos dejado atrás. Es un «te quiero» silencioso. Es el «todo irá bien» que necesitaba oír con urgencia, aunque haya sido sin palabras.

28
Tiempo de descuento

Nadie ha ganado una partida abandonándola.

Savielly Tartakower

Miércoles, 18 de marzo

Vuelvo a leer la nota como si estuviese en otro idioma:

Pierde esta noche o me cobraré otra ficha importante.

Ese «otra» es lo que me ha matado. ¿Se refiere a que ya se ha cobrado la vida de Carla?

La insinuación de que está muerta me provoca taquicardia.

¿Me está dando un infarto? Creo que mi corazón lleva en cuenta atrás desde que apareció su ropa en el bosque y todo se descontroló.

Yo me descontrolé.

Empezando por hacerlo sin condón con Keira esa misma noche en la bañera, agilipollado por sus besos de caramelo, pasando por el millón de sucesos extraños en los que me he visto implicado durante la última semana.

Y ahora esto... Una nueva nota amenazadora de alguien que pretende seguir torturándome, con la petición de que pierda la partida, cuando es Keira lo que está en juego. No puedo hacerlo.

Debería haber abolido esas abusivas e injustas normas del KUN hace años, pero no es fácil. Como presidente, más que gozar de poder, te insinúan que estás a su servicio y parecen disfrutar demasiado del privilegio por el cual pueden pedir la revancha en un miserable doble o nada para arrebatarte de un manotazo lo que más quieres.

Hoy, miércoles, son los *play offs* del torneo. Se jugarán cuatro partidas, y los ganadores disputarán la semifinal el viernes. Los dos vencedores se enfrentarán en la gran final el sábado. Alguien, sin embargo, está tratando de acabar conmigo antes de un modo u otro.

¿Quién se tomaría tantas molestias?

¿Qué quiere? ¿Ganar? ¿Ganar con trampas y amenazas? Patético...

Héctor lleva desde el domingo sin salir de su habitación. Pegado a su ordenador día y noche, buscando a Carla incesantemente. Se ha propuesto llamar a todos los hoteles y hospedajes en un radio de cincuenta kilómetros de Madrid. Según él, tiene que estar escondida en alguna parte.

La noticia de que estaba enamorado de ella me pilló por sorpresa.

¿Cómo no lo vi? Ahora me parece tan obvio...

¡Héctor era el único tío del KUN que Carla no podía tener! Y me duele no haberme dado cuenta antes. Por él. Por ella. Porque se la han llevado solo para hacerme daño. Y, de nuevo, una culpa viscosa y mezquina ha vuelto a posarse sobre mis hombros para destrozarme por dentro.

Necesito de forma apremiante una dosis de paz... Una «cura». Pero estando tan vigilado por la policía no puedo permitírmela.

El lunes por la noche Héctor y yo tuvimos una conversación seria y casi obligada. La que nos hacía falta a los dos desde hace muchísimo tiempo.

—¿Podemos hablar? —dije apoyado en la puerta de su dormitorio.

—Sí. Pasa... ¿Qué necesitas?

—Solo quiero hacerte una pregunta.

—Adelante.

—¿Por qué no viniste a hablar conmigo para contarme que te gustaba Carla, en vez de jugar a las notitas asesinas?

—Te pido perdón, Ástor —dijo mordiéndose los labios—. Sé que habría sido lo más maduro... Solo necesitaba que reaccionaras de una maldita vez. No iba a soltarlo en comisaría, delante de todo el mundo, pero el verdadero motivo de todo esto es que necesito que dejes de autodestruirte, Ástor... Llevas años así, y vas a peor.

—No voy a peor —refuté dolido. Como buen adicto.

—Mientes... Me he hecho el ciego durante mucho tiempo con este tema. Admito que nunca fui del todo consciente del maltrato psicológico al que te sometió papá; para mí, era su férrea disciplina contra tu rebeldía adolescente... Si lo hubiera sabido...

—No fue solo maltrato psicológico, Héctor.

—Lo sé. Sé que era de la vieja escuela... Mamá me contó que me dio tal paliza antes de los tres años que no se me ocurrió volver a desobedecerle nunca más. Ni siquiera lo recuerdo... Pero sé que contigo fue distinto y desconocía que lo hubieras pasado tan mal...

—No era todo el tiempo, eran épocas... Y lo sobrellevaba.

—Sí, ocultando muy bien los cortes, los golpes y las quemaduras que te autoinfligías... Si alguna vez vi algo, lo achaqué a que eras patoso y vivías deprisa, nunca sospeché que eran autolesivas. La primera vez que acabaste en urgencias, papá me dijo que lo hiciste para llamar su atención y le creí. Te pido perdón también por eso. Pensé que me tenías envidia.

—No te la tenía —le dejé claro—. Para mí eras un *pringao* obediente y perfecto; yo, al menos, me divertí durante un tiempo... Y eso es algo que me pesa mucho ahora...

—Nunca me perdonaré haberte dejado dos años con él cuando me fui a la universidad...

—Olvídalo, Héctor. Ha llovido mucho desde aquello.

—Sí, pero lo sigues arrastrando.

—Lo tengo controlado... —mascullo—. Ya no me corto ni me hago heridas visibles.

—No, ahora te haces cosas peores, Ástor.

—No te metas en eso. A mí me ayuda. Es mi forma de regular mis emociones negativas. Libero tensión y me aporta la calma que necesito.

—No es solo eso, sé que lo haces como autocastigo para aplacar tu culpabilidad. Y si le sumas lo estricto y perfeccionista que eres contigo mismo, te conviertes en un perfil muy preocupante...

—Pues no te preocupes. Solo es una distracción...

—Lo sé. Sé que distraes la atención de tu dolor emocional con dolor físico, Ástor. Pero un día se te irá la mano y te perderé.

—Lo dices como si me necesitases para algo... Como si un amargado como yo te aportara mucho.

—Tú no eres así. Solo tienes que cambiar el chip ya.

—¿Y cómo lo hago? ¿Cómo se olvida esto? —Señalé su silla—. ¿O esto? —Me cogí el traje asqueado—. ¿O la muerte de papá...?

—No te cargues también con lo de papá... Se mató él solito.

—Sí, pero se dio a la bebida por mi culpa, por truncar el destino de su gran heredero. Me lo dijo él mismo... —rezongué—. Mira, Héctor, agradezco tu interés por que sea feliz, pero no todos estamos destinados a serlo. Deja de intentar cosas raras que lo único que me causan son más quebraderos de cabeza de los que ya tengo.

—Yo no quiero ser un problema para ti. —Sonó dolido.

—Yo no he dicho eso.

—Pues es como me haces sentir. Creo que estás amargado por mi culpa, por haber tenido que ocupar mi lugar... Entonces llegó Carla y vi que te hacía feliz. Y cuando surgió algo con ella, me sentí fatal y la rechacé. Te elegí a ti por encima de mí, Ástor.

Mis ojos me traicionaron humedeciéndose al oír eso.

—No debiste hacerlo... —sentencié, dándome cuenta de algo—. Estaba feliz porque sentía que Carla nos hacía felices a los dos. Encajaba en nuestras vidas. Incluso puede que inconscientemente apostara tanto por ella porque me gustaba cómo influía en ti. Me habría dado igual con quién de ambos estuviera, mientras se quedara para siempre... Creo que, muy en el fondo, sabía que te gustaba. Siempre fue consciente del impacto que tenía en ti. Y fue un revulsivo emocional bestial para mí, Héctor.

—Ese impacto del que hablas te lo causa ahora Keira... Lo veo. Así que no la pierdas.

Esas palabras hicieron que una lágrima de tristeza brotara de mis ojos, pero me la limpié antes de que rodara por mi mejilla.

—Es un poco tarde para eso, Héctor.

—¿Por qué? —preguntó preocupado—. ¡Si ayer estabais genial!

—Lo estábamos, pero me dijo algo que lo jodió todo, Héctor. Y... no sé qué voy a hacer. —Rehuí su mirada.

—¿Cuál es el problema?

—No le digas que te lo he contado —le advertí.

—¿Qué es?

—Me dijo que no querrá tener hijos. Nunca. Y claro...

—Joder... ¿Es una decisión definitiva?

—No sabes cuánto. Y yo debo tenerlos, así que... se acabó.

Lo vi rebuscar en su mente una solución práctica, pero no había ninguna. Ninguna que no implicara renunciar a una parte importante de uno de nosotros mismos.

—Lo siento mucho, Ástor —lamentó finalmente.

—Yo también... Keira me gusta de verdad, pero... bueno, ya estoy acostumbrado a que todo me salga mal. Sobreviviré.

—¿Cómo? ¿Con más dolor?

—Con lo que sea necesario —zanjé el tema adusto.

—¿Hasta cuándo vas a aguantar vivir así, Ástor? No me culpes por intentar hacer algo antes de que termines matándote.

—Tranquilo, quizá no te quede mucho tiempo de aguantarme... Alguien me quiere destruir, y al final, igual lo consigue.

Esa conversación me hundió un poco más en la mierda, si era posible.

Puede que por eso llevo dos días sin tocar a Keira, imponiendo una distancia fría entre nosotros que sé que está acusando y que le duele. Supongo que lo achaca a las novedades sobre Carla y su nulo instinto maternal, y lleva parte de razón, pero hay que sumarle que la semana está siendo de locos.

El lunes por la mañana aparecieron imágenes muy sugerentes en varias revistas del corazón con titulares del estilo: «¿El duque de Lerma por fin enamorado?».

Qué hijos de puta... ¿Qué le importará eso a la gente?

Además, mi sonrisa de gilipollas mientras pego mi frente a la de Keira responde de sobra a esa cuestión retórica. Tuve que quitarle hierro cuando Keira fibriló al verlo. Dijo: «Me cago viva», en el sentido figurado y en el literal, ya que los nervios le destrozaron el estómago al leer cosas como «Analizamos el look de la chica que ha robado el corazón a un duque». La madre que los parió a todos...

Pero la prensa rosa no es el mayor de mis problemas ahora mismo. Hay cuestiones mucho más preocupantes, por ejemplo: el lunes por la tarde, en el Juego del Caballo, mi jaco protestó con un relincho irritado, leyéndome la mente. Yo tampoco quería estar allí, jugando revanchas estúpidas para justificar la mediocridad de otros. Solo quería cabalgar hacia un lugar desconocido que me alejara del tinglado ilógico en el que se había convertido mi vida.

Tenía que encontrar a una duquesa para fabricar un heredero, se lo había jurado por mi honor a mi madre, y Keira no quería tener hijos. Eso sí era una coz directa al corazón.

No es que estuviera pensando en hacerla madre ya, pero el hecho de que no existiera esa posibilidad hacía que nada me importara demasiado. No había marcha atrás. Teníamos que dejar de comernos a besos antes de que doliera demasiado. Tenía que terminar con lo único sano que había sentido en años.

Y mientras, «Procura que no te maten», como Keira me había aconsejado hacía unos días.

Porque no miento si digo que llevo toda la semana pensando que alguien lo está intentando con ahínco.

Cuando me batí en la justa con el caballo, me dio la sensación de que la silla estaba muy suelta y tuve que hacer una fuerza sobrenatural con las piernas para agarrarme al animal y no salir despedido.

No comenté nada, pero fue muy peligroso. El propio impulso de acertar en las protecciones de mi contrincante me deslizó de la montura de forma temeraria. No llegué a caerme, pero casi arranco el pelo al pobre equino, que fue el que me mantuvo en el sitio gracias al amarre.

El martes, participé en el Juego del Alfil.

Siempre se me ha dado bien la esgrima. Mi hermano y yo jugábamos mucho de pequeños porque nos encantaba recrear las batallas de los piratas del *Monkey Island* mediante insultos ingeniosos. Jugué la revancha contra el cerebrito que perdió contra Keira el domingo por la tarde, y menos mal que era bastante malo... porque no habría podido ganarle con el mareo que arrastraba. No era capaz de enfocar la vista y prácticamente veía doble. Era como si me hubieran drogado. Sin embargo, también lo disimulé. No quería preocupar a Keira ni a Ulises. Me habrían apartado de la competición, y era justo lo que buscaba ese hijo de perra... Fuera quien fuese. Y como no había podido conmigo en dos días, ahora me mandaba otra puta notita.

Estaba a un paso de dejar que la ira tomara el control de todo.

Tendrá que venir a matarme directamente, cuerpo a cuerpo, si quiere acabar conmigo. Y cuando lo intente, le destrozaré aunque sea lo último que haga.

Otro tema que me tiene amargado es Ulises y su actitud.

Desde que vi cómo abrazaba a Keira en la comisaría, abriendo sus enormes alas para protegerla del mundo, supe que para él yo sobraba. También, que me consideraba poco más que una distracción sexual para ella y que cuando Keira precisaba ayuda de verdad siempre acudía a él. Eso significaba ese abrazo. Que Keira no me necesitaba a nivel emocional.

Y esa sensación me dejó vacío y sin fuerzas para continuar luchando.

Ulises había encajado bien con mi hermano, e incluso con Charly, pero no terminaba de fiarse de mí. Podía notar su desprecio y sus ganas de perderme de vista. ¿Por qué? No lo sé.

Llevo desde el domingo soportando la sensación de que cuando él está presente yo desaparezco para Keira. Tengo que aceptar el hecho de que, si compartimos espacio y algo la asombra, él será el primero al que mire instintivamente. Y no puedo evitar que me duela.

—¿Cómo estás? —le preguntó Ulises cuando se encontraron el lunes por la mañana en mi casa.

—Bien. ¿Y tú?

—Todo bien.

—¿Me llamas luego y hablamos?

—Claro... —Keira le sonrió cómplice. Y él le guiñó un ojo.

Nunca seré capaz de competir con eso por muchos besos que

nos demos, a pesar de que no podía quejarme del despertar que había tenido, abrazado a ella en una cama *king size* como si nos sobrase el mundo. Quise hacerle el amor, pero me lo impidieron una montaña de cosas. La tristeza. El miedo. La incertidumbre... Estar con Keira era como un espejismo. Porque el día que descubrió la grabación comprendí que esconderle información era un gran error y, hoy en día, todavía le escondo demasiados secretos.

Si los supiera, se alejaría de mí por la vía rápida, estoy seguro.

Me pregunto si no es justo eso lo que debería provocar...

Lo nuestro acarrea un problema insalvable, así que apenas puedo mirarla a la cara sin que atisbe mi decepción y mucho menos besarla como si no pasara nada.

Por su parte, no me está preguntando ni exigiendo nada, pero sé que tiene la mosca detrás de la oreja. Y en cuanto me interrogue a fondo, lo escupiré todo.

No sé cuánto más aguantaré sin tirar de la artillería pesada de la que hablaba Héctor. Hace tiempo que no la necesito, estaba en un periodo tranquilo desde que conocí a Carla. Pero a raíz de su desaparición, la necesito más que nunca.

Al final, van a matarme entre unos y otros.

El martes por la mañana tuve una conversación singular con Ulises. Nos pasábamos el día juntos en mi despacho. Él como un mueble más, a su rollo con su ordenador, pero reconozco que me daba tranquilidad tenerle cerca mientras Keira estaba en sus clases.

—¿Tú tienes hermanos? —le pregunté por curiosidad.

—No. Soy hijo único.

—Pues no sabes la suerte que tienes... —mascullé irritado.

—¿Aún no has perdonado a Héctor? —preguntó burlón.

—¿Tú qué crees?

—No es mal tío, solo está un poco loco... ¿Siempre ha sido así?

—¿Héctor? Qué va... Antes era superserio. La gente dice que en el accidente nos intercambiamos los papeles. Ahora el gruñón soy yo...

—Tu padre aún vivía cuando tu hermano se quedó en silla de ruedas, ¿verdad?

—Eh..., sí.

—¿De qué murió exactamente?

En ese momento empezó a galoparme el corazón. Hacía años que un policía no me interrogaba sobre aquello. Y no pude disimular mi turbación.

—De un infarto.

—¿Y por qué en su autopsia pone que se ahogó?

Pelos de punta.

No podía reaccionar. Tragué saliva despacio para contestar.

—Casi nadie conoce ese detalle. La versión oficial es la del infarto, pero en realidad lo encontramos flotando en la piscina de casa.

Ulises subió las cejas sorprendido.

—¿Qué le pasó?

—Si has leído el informe de la autopsia, habrás visto el dato de que también iba muy borracho... Dijimos lo del infarto porque no queríamos que la gente especulara sobre su adicción a la bebida. A raíz de nuestro accidente, mi padre entró en depresión y empezó a abusar del alcohol. ¿Por qué te interesa este tema, Ulises?

—Desde que supe que Xavier es tu padrino quise investigar la historia de tu familia. La persona que buscamos es alguien que va contra ti o contra el escudo de los De Lerma, y Xavier se crio con tu padre.

—Sí, eran los dos igual de hijos de puta.

Ulises me miró perspicaz y maldije mi bocaza.

—¿Te llevabas mal con tu padre, Ástor?

—Como la mitad de la humanidad. Héctor era su niño bonito y yo la oveja negra. Le afectó mucho asimilar que algún día el título recaería sobre mí y no sobre Héctor. Yo era la vergüenza de la familia.

—¿Cuántos años tenías cuando murió tu padre?

—Veintisiete... Ahí empecé a ser otra persona.

Nos sostuvimos la mirada.

—Yo también empecé a ser otro cuando ingresé en la policía... Desde los dieciocho solo bebía y salía de fiesta para olvidar.

—¿Para olvidar... a Sara?

Su cara se volvió de hormigón armado.

—¿Keira te lo ha contado? No pensé que fuera tan indiscreta.

—Tú pronunciaste su nombre cuando te dio el telele al conocer a Sofía. Y un día dije a Keira que pensaba que me odiabas porque estabas enamorado de ella y me contó que prometiste no enamorarte de nadie nunca más cuando murió tu novia.

—Yo no te odio. Me eres indiferente —dijo categórico.

—Qué afortunado soy... —bromeé.

—No espero que alguien como tú entienda lo que pasé con Sara.

—Lo entiendo mejor que nadie —sentencié serio—. Sé lo que es no olvidar a los muertos... Y no permitirte ninguna alegría en su honor. Soy un entendido en la materia.

Ulises me miró como si todavía quedara esperanza en mí. ¿Por qué me importaba lo que pensara alguien como él? Era una persona rota. No iba a permitirse querer a nadie. Y eso me hacía pensar que teníamos mucho en común. Estábamos atrapados en la misma mierda y colados por la misma chica. ¡Con lo poco que me gustan los triángulos amorosos!

Al llegar al club para jugar los *play offs*, nos hemos encontrado con la dichosa notita en mi despacho, y ha sido la gota que ha colmado el vaso en una semana de mierda.

—Tiene que haber sido alguien de los que va a jugar ahora —digo convencido.

—¿Quién juega? —pregunta Ulises.

—Las partidas son: Gregorio Guzmán contra Keira. Saúl contra Martín Arujo. Xavier Arnau contra Oliver Figueroa. Y yo jugaré contra Troy Moliner...

Nos miramos los tres expectantes.

—Si alguien pretende que pierda contra el jodido Troy lo lleva claro —mascullo enfadado.

—Pasa de la nota —me dice Keira—. Quien haya sido, te la ha puesto para que te desconcentres y pierdas, Ástor.

—No sé por qué se molesta, si tengo lo de Carla clavado en el pecho como un maldito aguijón. —Me lo toco dolorido, y Keira pone su mano sobre la mía. No puedo evitar acariciársela.

Joder... ¡cuánto echaba de menos su contacto!

Ella parece pensar lo mismo mientras me clava una mirada

afligida. Sabe que me siento deprimido y sospecha que estoy frío desde nuestra conversación en la bañera, pero me gusta poder seguir teniéndola cerca. Con lo lista que es, quizá ni siquiera haga falta tener la conversación de: «Si no quieres tener hijos, esto no va a ninguna parte». Rezo para que se dé cuenta por sí misma.

—No pienses ahora en Carla —insiste Keira—. Tu forma de ayudarla es ganando para hacer que quien se la ha llevado mueva ficha.

La miro con pena. Sé que no tiene muchas esperanzas de encontrarla con vida, pero yo sí. Debo tenerlas... o me moriré.

—Mi miedo es que vaya a por otra persona —digo preocupado agarrando su mano, que sigue en mi pecho—. A por ti, o a por alguien de mi familia o mis amigos.

—¿Y crees que la solución es ceder a su chantaje?

—No. Y tampoco podría, aunque quisiera. —Suspiro hastiado—. Me está poniendo entre la espada y la pared. O pierdo y renuncio a ti, o atacará a los míos. Pero tranquila, Keira, no pienso perder.

—No quiero que ataque a nadie por mí —musita contrariada.

—Tú no eres ninguna moneda de cambio, Kei —suelta Ulises, mosqueado.

Sin embargo, no nos volvemos hacia él. Lo ignoramos disfrutando del momento más íntimo que hemos tenido en días.

Acaricio la cara a Keira con mi otra mano y le subo la barbilla con el índice.

—Nadie te va a poner un dedo encima. No lo permitiré.

—Lo haría por ti. Si no quedara más remedio...

—Ni lo pienses. —Le beso la frente y la acerco a mí para abrazarla—. Piensa solo en ganar, ¿vale? Resistiremos hasta que cometa un error.

Keira asiente, acongojada, y quiero tranquilizarla porque va a jugar la primera.

Me separo de ella echando de menos sellar mi confianza con un beso en su boca, pero ya no sé ni lo que somos. Supongo que un amor imposible.

Cuando la partida de Keira empieza, intento concentrarme en el tablero y en su capacidad para buscar una salida cuando se siente acorralada. Algo que yo soy incapaz de hacer ahora mismo con ella.

—Necesitaba emborracharme, entiéndelo —farfullo beodo.

Es noche cerrada. Solo quiero volver a casa.

—Vale, campeón —responde Charly cargando conmigo.

—Para no matar a nadie más —completo totalmente ido.

Apenas soy capaz de andar. Mi cuerpo no responde, y Charly no podría conmigo a no ser que Ulises me estuviera sujetando por el otro costado para que no termine desplomado en el suelo.

Necesitaba olvidar el espectáculo que he montado esta tarde en el club durante los *play offs*. Creo que he metido la pata hasta el fondo.

Tanto Troy como Xavier me sacaron de quicio con sus sonrisitas de mierda, y pensar que alguno de ellos (o de los que nos estaban mirando) podía estar detrás de lo de Carla minó mi autocontrol.

Mi partida fue la última y todo el mundo se quedó a verla.

Keira había ganado a Guzmán. Xavier y Saúl a sus respectivos oponentes, y solo quedábamos Troy y yo.

El gracioso no dejó de vacilarme en toda la tarde durante los descansos, porque se había corrido la voz de que ya me había enterado de la broma de las notitas. Todos los que fueron a mi casa aquel día estaban en el ajo, y uno de ellos debió de idear llevarse a Carla aprovechando la superposición de los acontecimientos.

—¿Pasaste miedo pensando que iban a matarte? —se burló Troy.

—Para nada. Lo estaba deseando. Qué pena que al final fuera mentira...

Se oyeron varias risas tras el comentario. Pero yo no estaba bromeando.

—No nos guardes rencor, Ástor... ¡Todo fue idea de Carla! Y ahora nos deja el marrón a nosotros. ¡Qué lista! Yo también habría desaparecido... Así es más realista, ¿no crees?

Su levantamiento de cejas hizo que apretara los puños con fuerza.

«¿La tienes tú?», le pregunté con una mirada asesina, aunque mantuve la calma y le seguí el juego.

—Lo único que creo es que ya no sabéis qué hacer para que pierda el torneo —dije impertinente—. Pero ahora tengo a Keira y no pienso perderla. Llegaremos juntos a la final y volveré a ganar, Troy. —Le guiñé un ojo a ella y me sonrió juguetona.

Por alusiones, respondió:

—Me ganas todas las noches, cariño... ¿No podrías dejar que fuera yo quien ganara el torneo?

De nuevo, carcajadas y silbidos. Sobre todo cuando le contesté que no.

Troy no me puso las cosas fáciles en el tablero. La partida se alargó casi dos horas. No podía pensar entre tanto odio, rencor, amor y deseo... Demasiadas emociones para lo acostumbrado que estoy a prohibírmelas. Me iban follando el cerebro en tropel mientras me enfrentaba a uno de los mejores ajedrecistas del club.

En el medio juego, la partida se volvió agresiva. Me di cuenta de mi estado cuando Charly se posicionó a mi lado y me puso una mano en el hombro para frenarme en caso de que fuera a dar un puñetazo a Troy.

Cuando me cansé, decidí hacer una jugada arriesgada y sacrificar a mi reina.

Troy me miró como diciendo: «Vaya... ¡Tu reina ha vuelto a desaparecer!», y no tiré el tablero al suelo de milagro. Todo esto en el más respetuoso silencio, lo que supuso el doble de tensión.

Finalmente, moví mi alfil con templanza esperando que se diera cuenta de su error, pero nadie parecía reaccionar. Ni siquiera Keira lo advirtió, aunque creo que estaba más pendiente del público que de la partida.

—Te voy a ahorrar tiempo, Troy —dije petulante—. Tengo jaque mate en cuatro.

Me levanté sin darle la mano y busqué la salida más próxima, tenía la sensación de que me estaba asfixiando, pero en medio de los comentarios envidiosos que despertó la hazaña, oí un familiar «lo que hay que ver...» procedente de Xavier, seguido de una risita incrédula. Me volví hacia él, cabreado.

—¿Qué te hace tanta gracia? ¿Acaso esperabas que perdiera?

—No... Me río porque el orgullo te ciega, Ástor. Igual que a tu padre...

Me acerqué a él con una expresión tan amenazadora que las personas que estaban a su lado se echaron hacia atrás temerosas. Me quedé a un centímetro de su nariz.

—Pues cuidado, Xavier, porque cuando juegan conmigo soy capaz de cualquier cosa.

Eso iba tanto para él como para el cabrón que me estuviera persiguiendo.

—Ástor... —me calmó Charly llegando a mi lado—. Déjalo, anda.

De repente, me di la vuelta, rabioso, hacia todo el mundo.

—¡Si alguien quiere acabar conmigo que se deje de notitas y venga directamente a por mí si tiene lo que hay que tener...!

—El único que va a acabar contigo eres tú mismo —murmuró Xavier—. Y serán los demás los que paguen por ello.

—¡¿Qué cojones estás diciendo, Xavier?!

Me lancé a por él. Iba a romperlo en dos como a un papel que ya no sirve, cuando otro cuerpo se interpuso en mi camino frenando mi súbito arranque. Era mi guardaespaldas, Ulises, que me protegía hasta de mí mismo.

Entre él y Charly me alejaron de allí sin dejar de oír la diversión de Xavier.

—¡Como sigas así, Ástor, pronto lo perderás todo! —me espetó de lejos.

Me sacaron de la sala prácticamente a empujones. Y en cuanto me vi libre, quise volver para seguir la pelea con Xavier.

—¡Ástor, basta ya! —Charly me cortó el paso.

—¡Es él! ¡Está detrás de todo! ¡Prácticamente lo ha admitido!

—Si eso es cierto, le habrá encantado verte así —replicó mi amigo—. Ten paciencia.

Tanto él como Ulises siguieron instándome a que saliera del edificio para tomar el aire.

—Se me ha acabado la paciencia —gruñí. ¿Era cierto... o es que me dolía demasiado el corazón por lo de Keira? Es tan humano pagar una frustración con alguien que no tiene nada ver con ella...

Cuando estábamos a punto de salir, me llamó una voz a lo lejos.

—¡Ástor...!

Era Saúl. Había salido corriendo de la sala detrás de nosotros.

Charly puso los ojos en blanco y se adelantó para frenarle.

—Ahora no, Saúl...

—¡Solo quiero hablar con él un momento! Ástor, lo siento... Disculpa a mi padre.

¿Que le disculpe? ¡Y un huevo!

—Saúl... —Me acerqué, deshaciéndome del amarre de mis amigos—. ¿Dónde está Carla? Dímelo, por favor...

—No lo sé... Yo también la estoy buscando.

—Déjate de hostias, Saúl. ¡¿Dónde está?! ¡¿La tenéis escondida?! —Lo cogí del traje con fuerza y se asustó—. ¡Me la suda el jodido torneo, ¿vale?! Soltadla y me retiraré. ¡Te lo juro!

Saúl me miró con la cara desencajada. Oírme a mí mismo rogándole de esa forma hizo que mis ojos se cubrieran de una fina capa de humedad caliente que amenazaba con inundarlos de un momento a otro. No podía controlarlo.

—Te juro que no sé nada... —balbuceó alucinado—. La última vez que la vi discutí con ella por presentarse a Kaissa. ¡No sé nada más!

—Yo también discutí con Carla. Y Héctor. ¿Quién más lo sabía? ¿Tu padre habló con ella de algo?

—Sí, los vi hablar. Llegué a pensar que la había sobornado para que se presentase a Kaissa y jodernos a los dos —expuso enfadado.

Lo solté e intenté ser más amable con él. Parecía estar de mi parte.

—¿Has preguntado directamente a tu padre si sabe algo de ella?

—Sí, pero ya lo conoces... Nunca lo admitiría. Prefiere reírse de mí y verme impotente. También se lo comenté a la policía, pero no tienen pruebas que lo vinculen a Carla. Mi padre me contó que la llamó a su despacho y hablaron de algo que ella no quiso contarme, pero...

—Alguien sigue amenazándome, Saúl. Y Carla no aparece. Si le hicieran daño, no me lo perdonaría en la vida.

—No sé qué decirte, Ástor... —musitó atribulado—. Solo puedo pedirte perdón por el comportamiento de mi padre y esperar.

—No tienes que disculparte por él. No elegimos a nuestros padres... —Y al decirlo recuerdo años de miradas entre nosotros por el deplorable comportamiento de nuestros progenitores.

—Quería avisarte de que, por puntuación, mi padre jugará contra ti y yo contra Keira el viernes en la semifinal —me informó reticente—. No dejes que te provoque... Lo mejor que puedes hacer es ganarle.

Asentí, disgustado.

—Gracias, Saúl.

Era la primera vez en tres años que hablábamos de forma afable. El verano antes de empezar la universidad lo pasó muy mal por una chica e intenté echarle un cable, pero después todo cambió. Yo cambié.

—De nada... Hasta luego.

Se dio la vuelta para irse por donde había venido y se topó de frente con Keira. Lo había visto y escuchado todo sin intervenir. No lo advertí porque estaba de espaldas, pero estoy casi seguro de que le guiñó un ojo porque ella le sonrió.

Sin embargo, cuando me miró a mí de nuevo, el aire se cargó de tristeza como si nuestra atracción y todo lo bonito que sentía por ella no cupieran en ese instante de mi vida. Sabía que la había decepcionado de mil formas, y aun así había apostado por mí y habíamos salido fortalecidos de los obstáculos, pero no podía pasar por encima de mi deber. No había nada más que decir.

—Necesito una copa —murmuré hacia Charly, que se activó como si mis deseos fueran órdenes para él. Y más, esos.

—Vámonos de aquí —propuso—. A un bar, fuera del campus.

Y eso hicimos.

De camino al aparcamiento, apareció Sofía y susurré a Ulises que viniera conmigo en el coche. Él me miró con una expresión indescifrable. Casi conmocionado. O emocionado, nunca he captado la maldita diferencia. Pero cuando se impuso a Keira, alegando que prefería venir conmigo por seguridad, sin dar a entender que yo se lo había pedido, volvió a ganarse mi respeto.

Una vez en el coche, no le di las gracias. Tampoco le aclaré que no me apetecía que Keira me psicoanalizara y me abriera en canal en ese momento. No hizo falta. Ulises era el único que parecía entender que mis sentimientos por ella se vieran eclipsados por otros males. Por secretos inconfesables que aún no había contado a nadie.

No pregunté nada cuando las chicas no aparecieron en el bar, a pesar de haber salido todos a la vez del KUN. Ulises, Charly y yo empezamos a beber mientras criticábamos a los cuatro contrincantes perdedores de esa noche, y me alegré cuando Héctor apareció de repente, algo demacrado. Por lo visto, había decidido unirse al mundo real.

—¿Qué haces aquí? —pregunté extrañado pero contento.

—Me he enterado de lo que ha pasado... ¿Qué has hecho, As?

No habíamos vuelto a hablar desde aquella conversación días atrás. Él estuvo encerrado en su habitación mientras yo me enfrentaba al mundo solo. Ah, y a todas las trampas de amor y odio que me tendía la vida.

—¿Yo? ¿Qué has hecho tú, joder...? Me has convertido en un maldito paranoico y me he puesto como loco —admití avergonzado.

Aunque fuera totalmente cierto, mi hermano adivinó que lo decía en broma y se unió de buena gana a cagarse en la puta con nosotros. El tema principal giró en torno a Carla.

—Yo soy el único al que esa chica no engatusó con su pose angelical —presumió Charly—. Aparte de que donde esté una morena, que se quite todo. Carla me dio mala espina desde el principio.

—¡¿Mala espina de qué, *tontolaba*?! —le espetó Héctor, divertido.

—Hoy en día nadie es tan inocente —explicó Charly.

—No dirías eso si la hubieras tenido temblando en tus manos, al borde del orgasmo, con espasmos musculares sin apenas tocarle nada.

—¿Cuándo fue eso? —pregunté alucinado.

—Es una historia brutal —confirmó Ulises con una sonrisa secreta.

Sabía que él había oído su testimonio al completo, y su aprobación me bastó para creer que era un sentimiento legítimo. Eso me confirmó que yo nunca estuve enamorado de Carla, porque nada me haría más feliz que ver a Héctor correspondido. Aunque, eso sí, si la chica en cuestión fuera Keira, no lo llevaría tan bien... De hecho, no habría podido soportarlo. Era consciente de que me había dado muy fuerte con ella, pero los astros no estaban de nuestro lado.

Cada vez que consultaba la hora, Ulises me miraba como si me leyese el pensamiento. Sabía que estaba preguntándome dónde estaba Keira. Y si lo sabía tan bien, es porque él estaba pensando lo mismo.

Entonces lo entendí. Ulises ya no estaba trabajando en aquel momento. No estaba protegiéndome de nada en ese bar, sino sufriendo conmigo, como amigo.

Llevaba la camisa desabotonada y las mangas remangadas hasta el codo. Y quise sentirme igual. Relajarme como él. Así que lo imité.

Cada vez que empinaba su cerveza, me miraba como diciendo: «Tú tendrás un ducado, pero yo tengo el mundo entero».

Cabronazo...

Y cada vez me daba más cuenta de que también tenía a la verdadera Keira. La mía solo representaba un burdo papel de infiltrada en un caso policial.

Cuando estaba a punto de escribirle un mensaje, la susodicha y Sofía aparecieron por la puerta. Su mirada me atravesó el corazón como si fuera una flecha de cupido.

Iba en vaqueros, y recuerdo pensar que estaba más preciosa que nunca. No miento. Otros dos tíos que la avistaron desde la barra opinaban lo mismo.

Llevaba la melena suelta y brillante, una camiseta negra de tirantes estrechos y unos botines de punta y tacón fino que asomaban por debajo de su pantalón haciéndole unas piernas y un culo perfectos.

Aparté la vista con resignación al ver la sonrisa cómoda y confiada que exhibían sus apetecibles labios. Era la sonrisa de una mujer sobre la que no tenía ningún tipo de control. Una mujer decidida e independiente que estaba fuera de mi alcance.

Un dolor se instaló sobre mis costillas. Sería la patada que me acababa de dar el destino. Y me gustó, porque me hizo olvidar todo lo demás.

Toda la noche fue un buen adelanto de lo que sería no tenerla. La clarividencia de lo poco que encajábamos juntos en el mundo real y de lo que disfrutaba riéndose con un grupo de gente joven que la llenara de verdad. Algo que parecía no haberse permitido nunca.

Eso no significa que no nos mirásemos con frecuencia.

Nos regalamos sonrisas nostálgicas, pero llenas de una sensación de libertad que hacía mucho que no disfrutaba debido a mi posición.

¿Keira renunciaría a esto por estar conmigo? Claro que no. Ni siquiera yo quería que lo hiciera... Estaba pletórica y había decidido no sacar el tema de la partida.

No me dejaron levantarme para pedir ni una vez; por eso terminé como terminé. Se propusieron encharcar mi ansiedad, y me pareció bien, pero en un momento dado, me levanté para ir al aseo y Keira aprovechó la oportunidad para seguirme.

Me interceptó a la salida, habiendo imaginado ya tres posibles variantes de esa conversación, como poco. Su cautela la delató.

—Hola...

—Hola.

Simplemente por el tono, diría que no recordaba que fuera tan alto.

Sentí que su cuerpo reaccionaba al calor que emanaba el mío obligándola a adquirir una postura sugerente que solía adoptar cuando buscaba un beso. Su rubor fue el resultado de fijarse en mis mangas remangadas hasta donde mis bíceps lo permitían, y se mordió los labios por culpa de ese botón conservador que llevaba desabrochado.

—¿Ya estás mejor de tu siroco? —preguntó con guasa.

—Sí, ayuda que vaya un poco ciego —admití con media sonrisa. Ella me dedicó otra, provocando que mi vista se perdiera en sus labios.

Ni el tío de Matrix sería capaz de esquivar la atracción que había entre nosotros.

Pivotó inquieta, esperando algo más por mi parte, y juro que oí cómo su escote me llamaba a gritos con esa camiseta tan básica y ajustada. Mi lengua protestó por no poder saborearla y todo mi cuerpo intentó impulsarme hacia ella para acorralarla contra la pared. Sin embargo, luché contra él con fuerza.

—Negaré haberlo dicho, pero... estás guapísima con esos vaqueros, Keira.

Su sonrisa me cegó por un momento como lo harían los faros de un coche.

—Será que me siento cómoda con ellos. No recordaba cuánto...

—Me gusta verte así, pasándolo bien. A veces me olvido de que soy solo un caso más que archivar en tu historial.

Subió una ceja con sutileza y guardó silencio.

—Hablando de eso, esta mañana he tenido una charla con Saúl —comenzó adquiriendo una actitud más profesional—. Y si no hubieras estado tan críptico conmigo, te habría contado que él no sabe nada de Carla. No puedes agarrar así a la gente, Ástor... A nadie. Es un abuso de poder.

—Ya lo sé. Le pediré perdón. Estaba fuera de mí... Él me conoce.

—Le diré que lo sientes. He quedado a comer mañana con él.

—Ah, ¿sí? ¿A comer?

—Sí, quiero que me hable de la relación entre Sofía, Carla y su padre.

—Pues yo quizá aproveche para comer con Olga... Porque le dije que la llamaría por tener la amabilidad de hacernos un hueco en el salón de belleza de un día para otro y al final no lo hice...

Sus ojos se volvieron negros por un segundo.

—Ah, vale, bien...

—Bien. —Tomé aire dando por terminada la conversación.

Ni que decir tiene que después de eso bebí a un ritmo más rápido para perder el conocimiento lo antes posible. Era un modo natural y menos doloroso de dar por hecho que lo nuestro había terminado sin necesidad de hablarlo.

Horas después, de madrugada, creo que Keira y Sofía entran en mi casa detrás de nosotros, pero no estoy seguro. Todo me da vueltas. Solo sé que los chicos me dejan en la cama y que la oscuridad se cierne sobre mí a marchas forzadas.

Lo único que quiero es llorar como un niño... No, más bien como un hombre que ha perdido el control de su vida.

29
Confesiones

El ajedrez subsiste gracias a los errores que se cometen jugándolo.

Savielly Tartakower

Madrugada del jueves, del 19 de marzo

Echo a todo el mundo de la casa de Ástor. Menos a su hermano, y solo porque vive aquí y me mira con carita de pena.

—No quería que volviera a beber para verle así —comenta sin más.

—Después del numerito en el club, es comprensible.

—No es solo eso. Está sintiendo muchas cosas a la vez. Lleva siete años actuando como una maldita máquina, Keira... Yo solo quería que volviera a sentir, pero no de esta forma. Tengo miedo de que vuelva a caer en antiguos vicios.

—¿Te refieres a las drogas?

—No... Me refiero a hacerse daño a sí mismo.

Por un momento no sé qué significa eso y me quedo descolocada.

—Cuando era adolescente se autolesionaba —aclara Héctor—. Cortes en la piel, golpes, agujas, quemaduras..., todo le valía.

Aun habiendo visto sus marcas y sabiendo lo exigente que es, me cuesta creerlo.

—¿Qué le pasó? Porque esas conductas suelen aflorar cuando

se vive alguna situación estresante o traumática, como un abuso o violencia doméstica.

—Justo eso. Mi padre era muy duro con él, y Ástor no encontró otra salida para controlar sus sentimientos negativos.

—Me dijo que tomaba antidepresivos —expongo con cautela.

—Eso fue después. Ástor no llegó a superar lo del accidente. Ya te dije que hice lo de las notas para intentar sacarle de su ostracismo y que apreciara más su vida. Llevo mucho tiempo preocupado por él. Los primeros años fueron horribles, se autocastigaba de todas las formas que podía. Ayunaba, se daba palizas de entrenamiento físico, se abstenía de tener sexo... Y a medida que yo fui mejorando y ganando en calidad de vida, Ástor fue aflojando la soga que se había puesto al cuello. Llegué a temer por él... Estos dos últimos años en los que yo he recuperado bastante mi autonomía, se ha encerrado en el trabajo y en los caballos, y se ha apartado totalmente de la vida social. No sabía cómo hacerle volver, y, sí, puede que lo de la broma haya sido una estupidez, y sé que me vais a meter una buena sanción, pero no me arrepiento porque gracias a ello has aparecido tú en su vida... Todos nos hemos dado cuenta de que siente algo muy fuerte por ti.

—Yo también por él —admito.

—Bien y... ¿crees que lo vuestro tiene futuro?

Esa pregunta me pilla por sorpresa. «¿Lo tiene?».

—Le veo presente —contesto sincera—. La verdad es que... Te vas a reír, pero no creo mucho en el amor.

—¿Cómo que no crees?

—En su duración, al menos. Con el tiempo, todo pierde intensidad —repito las palabras de mi madre—. Lo que nos pasa es solo un proceso químico que surge a raíz de...

Su cara va desfigurándose a medida que hablo como si le estuviera revelando que Papá Noel, el Ratoncito Pérez y Aitana no existen.

—¿Qué me estás contando, Keira? —dice casi enfadado.

—¡Simplemente creo que nada es para siempre! Soy complicada. —Me quedo callada—. ¡Soy rara, Héctor...! No creo en la monogamia. Bueno, sí, mientras dure el amor, sí. O sea, que me gusta la fidelidad, pero... Mierda, mejor olvídalo todo... ¡No deberíamos estar teniendo esta conversación!

Sonríe un poco.

—¿Sabes lo que creo? Que nunca has estado enamorada de verdad. Las relaciones sociales son complicadas. Lo sé porque yo tuve muchas durante años. Creí estar enamorado, creí morirme, volví a estarlo de nuevo..., y pensaba como tú, que todo era un tiovivo que nunca dejaba de girar, pero eso se piensa hasta que llega «el definitivo», alguien que te rompe los esquemas y te convierte en la mejor versión de ti mismo... Alguien que te hace entender lo que es el amor de verdad y descubres que no es nada parecido a lo que habías imaginado. Una clase de amor que viene para quedarse. Para marcarte y transformarte. Para recordarte lo que es estar vivo, y no solo vivir... Y para mí esa es Carla.

La tristeza barre la emoción de mi cara.

—¿Te parece una locura que siga pensando que puede estar viva, Keira?

Lo miro con una pena enorme.

—No sé, Héctor. Puede ser... Ojalá lo esté, de verdad.

Mi mirada le chiva que apenas creo en mis propias palabras. Parece que me quiere decir algo más, pero se calla con los ojos vidriosos.

—Vete a la cama, Héctor. Sea lo que sea, lo sabremos pronto, ¿vale?

Asiente y se va rodando. Unos cuantos días más de esperanza no lo matarán.

Suspiro hondo, cansada, y me dirijo a nuestra habitación. Mía y de Ástor, aunque sea solo algo temporal, como todo en la vida.

Ástor, seguramente, habrá caído en un coma etílico importante, pero quiero cambiarle de ropa y quizá sonsacarle información ahora que no está en condiciones de mentirme.

Su comportamiento de hoy me ha hecho pensar sobre sus traumas de culpabilidad. Y he decidido que son demasiado profundos para tratarse solo de algo en lo que él no tenía ningún tipo de control, como ese accidente. Una culpabilidad tan arraigada proviene de un acto voluntario, no de un percance que ocurre sin poder evitarlo.

Le desabrocho el pantalón y se lo quito. Cojo el de yoga que guarda debajo de la almohada y se lo pongo. Al ser elástico resulta fácil hacerlo. Después, le desabrocho la camisa, botón a botón, y se la quito con cuidado. Siempre duerme sin camiseta.

Voy a por un vaso de agua y un ibuprofeno, e intento abrir la cama para meterlo. Al tirar de las sábanas, lo despierto. Apenas.

—Kei... —farfulla desde otro mundo.

—Estoy aquí.

Le pongo una pastilla en la boca y le doy agua. Traga con los ojos cerrados y luego se queda agarrado a mi mano.

—Te quiero —suelta de pronto, sumiéndose enseguida en la inconsciencia.

Me quedo parada.

«*Keep calm and...* ¡deja de flipar, Keira! Esto no cuenta como declaración».

Se supone que los borrachos y los niños siempre dicen la verdad, pero si afirmas algo así con la muerte pisándote los talones en un notable estado de estrés y culpabilidad abismal no creo que sea demasiado fiable.

—Yo también te quiero —murmullo acariciándole el pelo, y me quedo tan ancha. Porque es lo que siento en este momento. ¿Cómo he llegado a esto? Ni idea, pero es real para mí—. Ojalá supiera de qué te sientes tan culpable, Ástor...

No tengo esperanzas de que me conteste, pero lo hace.

—Murió... Por mi culpa.

Sigo acariciándole el pelo con pena.

—Fue un accidente. Tú no querías que pasara.

—Sí quería.

Esa respuesta me trastoca. ¿Quería? ¿Qué está diciendo?

—No... No querías.

—Sí... —repite adormilado—. Lo quería muerto.

Subo las cejas sorprendida. ¿No será «muerta»?

—¿Quién querías que muriera?

Guarda silencio. Y cuando creo que ya no va a responder, suelta:

—Mi padre...

¡¿Cómo que su padre?! No entiendo nada. ¿Qué pinta su padre?

—¡No! —grita asustado rememorando algo—. ¡No lo hagas!

—Ástor... ¡Ástor! —Lo zarandeo para que se despierte y deje de sufrir.

Abre los ojos asustado y vuelve a la realidad.

—Keira... —Me agarra la mano con aprensión—. No te vayas, por favor.

Lo calmo y hago que se relaje. Cuando cierra los ojos de nuevo, veo que una lágrima escapa de la comisura de uno de sus ojos, y me dan ganas de llorar a mí también. Estoy preocupada por todo lo que Héctor me ha contado.

Sin soltarle, me meto en la cama y me tumbo muy pegada a él. A su espalda. Le acaricio la cara para borrarle el surco húmedo de tristeza y le beso detrás de la oreja.

—Tranquilo, no me voy a ninguna parte.

Cuando suena la alarma a la mañana siguiente estoy sola en el colchón. Mientras me ducho, la información que descubrí anoche vuelve a mi mente: Ástor se siente culpable porque deseaba que su padre se muriera. Quiero hablar de esto con él.

Lo encuentro en el salón.

—Buenos días —saludo afable.

—Buenos días.

—Has madrugado.

—Sí. Anoche, yo... Lo siento, Keira. Siento todo el día de ayer, en general.

—No te preocupes.

—La nota me tocó mucho la moral y necesitaba un descanso.

—Lo entiendo.

—Vale. Esto... ¿me dijiste que hoy comes con Saúl o lo soñé? —me pregunta de repente.

—Eh, sí... ¿Y tú con Olga?

Arruga la cara molesto.

—Eso parece... —resopla disgustado—. Por lo visto, ayer le escribí. Soy idiota.

—¿Por qué?

—Porque no me apetece verla. Olga y yo nunca hemos tenido

nada y no quiero que se haga ilusiones. Ella siempre se me insinúa, pero...

—¿Por qué? Si esa chica es un diez... De Lerma —intento bromear, aunque con la boca pequeña.

—Ya, pero...

—Pero ¿qué? ¿No tiene pedigrí?

—¿Cómo?

—¡Linaje! Quería decir linaje... O sea, que no es una Grande de España.

—No. No lo es, pero ese no es el problema.

—Una pena... Creo que haríais buena pareja.

Ástor me mira intentando pescar la mentira en mis ojos, y para librarme de su yugo suelto una idiotez aún más gorda:

—Os saldrían unos niños muy guapos...

¡¿SOY TONTA O COMÍA TIERRA DE PEQUEÑA?!

Nuestras caras son de traca... No sé quién de los dos alucina más.

—No creo que sea el momento de empezar nada con nadie —opina contrariado.

—Bueno, ya has quedado con ella —le recuerdo—. Así que pásalo bien.

Cierra los ojos, atormentado, e inspira hondo.

—Y tú con Saúl.

—Lo mío es por trabajo.

—Pero él no lo sabe —replica cortante.

Me alegro de que suene el timbre más de lo que os podáis imaginar, porque no quiero terminar discutiendo con Ástor. Anoche me confesó que me quería y yo le estoy lanzando a los brazos de otra mujer.

Ulises aparece y me da un beso en la sien. También parece alicaído.

—¿Va todo bien?

Se encoge de hombros. Algo le pasa. Me arde el culo por ayudarle cuando siento que lo necesita.

—Tirando... ¿Y vosotros?

—Tirando también.

Solo es una palabra, pero muy reveladora. ¿Problemas en el

paraíso del amor libre? ¿Qué le habrá pasado al trío más famoso a este lado del río Mississippi? Puedo imaginarme que anoche terminaron juntos y revueltos si me baso en la potente anticipación sexual que flotaba entre ellos en el bar, pero parece que algo se ha torcido. Igual que entre Ástor y yo.

—¿A qué hora es lo del boxeo hoy? —pregunta Ulises al duque.

Lo miro preocupada. ¡Es verdad! Hoy se juegan las revanchas de los que perdieron ayer en los *play offs*. Me pregunto si luchará contra nuestros vencidos, Troy y Guzmán.

—A las siete —murmura Ástor.

—¿Contra quién? —quiero saber.

—Contra Guzmán... Troy pagará, tiene alergia a los deportes, pero Guzmán no va a perder la oportunidad de darme una paliza para llevarte a la cama.

—Pues lo machacas —le ordena Ulises, serio—. ¿O tienes todos esos músculos de adorno?

Mi compañero coge un minicruasán de la mesa, con toda la confianza del mundo, y le da un mordisco. Nos lo quedamos mirando. Es sorprendente lo fácil que nos ha resultado sentirnos cómodos aquí.

—Estoy preocupado —anuncia Ástor de repente—. Llevan toda la semana intentando sabotearme en las pruebas... He notado cosas raras, y puede que hoy intenten algo parecido.

—Cosas raras, ¿como qué? —pregunta Ulises, interesado.

—Galopé con la silla del caballo suelta y podía haberme matado... No veía bien durante la partida de esgrima y estaba muy mareado, quizá me echaron algo en el agua; tuve suerte de ganar... Luego lo de la nota para que perdiera ayer. Y me da miedo que quienquiera que sea intente algo esta noche en el boxeo.

—¡¿Por qué no nos has contado todo esto antes?! —Me enfado.

—No quería preocuparos, ni que me disuadierais de seguir.

—¡Deberías habérnoslo explicado! —exclama Ulises—. Joder..., así no podemos hacer bien nuestro trabajo, Ástor. Si te pasa algo...

—Os lo estoy contando ahora —dice serio.

—Hoy deberías quedarte en casa —propone Ulises—. Si quiere volver a amenazarte, que venga hasta aquí. Le estaremos esperando.

—¿Veis? Os informo y ya queréis encerrarme.

—No es mala idea —apoyo a Ulises—. A partir de ahora y hasta dentro de dos días, todo lo que haga ese loco va a ser impulsivo y peligroso. Quédate en casa hasta las siete, Ástor. No tendrá forma de llegar a ti para volver a amenazarte. Y si lo intenta, lo pillaremos.

—Olvidáis que he quedado con Olga.

Hay un cruce de miradas confusas entre los tres.

«Ya ves..., ¡el figura!», lee Ulises en mis ojos.

—Pues dile que venga aquí —atajo kamikaze.

«Por mis ovarios que hoy se ven».

—¡Sí, claro...! Te digo que no quiero darle esperanzas, ¿y la invito directamente a mi cama?

—Igual te viene hasta bien —asevero—. No tienes ni por qué usar condón, seguro que ella está encantada de engendrar un hijo tuyo.

Me levanto rauda y voy a por mi abrigo para largarme. Estoy loca, lo sé.

—Hasta la tarde... —les digo yendo hacia la salida.

—¡Y tú no te olvides de usar condón esta vez! —oigo vociferar a Ástor justo antes de que consiga salir por la puerta.

Ardo en furia. Que le den. Debo centrarme en Saúl y en el caso.

Cuatro horas después, me encuentro con el susodicho en el vestíbulo principal y... joder, será que tengo mala suerte, pero hoy Saúl está especialmente guapo, especialmente sonriente y especialmente feliz de estar conmigo. No como otros...

Empezamos a hablar de matemáticas y le comento lo mucho que me está gustando el máster. Él me confiesa que está entre sus planes cursarlo cuando termine el año que viene.

Me gusta que comparta mi pasión por el tema. Entonces recuerdo que Ástor comentó que sabía más matemáticas que el profesor de tercero. Intento observarlo de modo aislado y llego a la conclusión de que es un chico al que no me gustaría dejar de ver cuando todo esto termine.

Hace un día precioso y nos comemos una hamburguesa en un lugar al aire libre llamado La Vaca. Mal rollo. Pero están bastante buenas.

¿Hacía cuánto que no tenía una «cita» así? Ni lo sé...

Es cierto que para mí es trabajo, pero para Saúl no y está resultando... encantador, la verdad.

—¿Qué tal te va con Ástor? —me pregunta con cautela—. ¿Es todo lo que esperabas o te lo pasas mejor..., digamos, con alguien más joven y simpático, alguien como yo?

Fuerza una sonrisa y me río de su expresión de lunático.

—Ástor es complicado —admito. Y lo digo muy en serio.

—Lo sé. Si lo hubieras conocido antes... El tío era alucinante.

—Dicen que era un viva la Virgen.

—Para mí era Dios. —Lo ha afirmado con tal devoción que ese «era» me suena a fraude—. Cuando sucedió el accidente yo tenía quince años y Ástor era todo lo que quería ser en la vida. Alguien que se pasaba por el forro todos los protocolos y a quien le daba igual lo que pensaran de él. Cumplía con sus estudios de forma brillante, pero a la vez era un vividor.

»Recuerdo que una vez apareció en una comida del día de la Madre con unas pintas tremendas. ¡Imagínatelo, ¿vale?! Nuestros padres de punta en blanco, con camisas y chaquetas, y él se sienta a la mesa con una camiseta de baloncesto de los Lakers, el brazo completamente tatuado y unas Ray-Ban de vampiro resacoso que yo me partía de risa. Como te decía, mi Dios. Ahora da pena verlo —concluye desdeñoso.

—No te veo llevando tatuajes, Saúl —me mofo, ignorando el resto de sus comentarios.

Sé que lo sigue admirando, lo noté ayer en su forma de hablarle. Además, puede que el Ástor del que yo me he enamorado no sea el que él recuerda; de hecho, probablemente sea mejor, más maduro y responsable después de haber aprendido de sus errores.

—¿Yo? ¡Me hago un tatuaje y mi padre me deshereda a los cinco minutos! —exclama Saúl—. Bueno, tampoco es que me importase mucho... Soy su único hijo y voy a encargarme personalmente de que su apellido muera con él, porque en cuando herede pienso cambiarme de nombre. Lo venderé todo y empezaré una nueva vida lejos de aquí. En otro continente.

Me quedo alucinada.

—¿Hablas en serio?

Su sonrisa socarrona me chiva que no.

—Soñar es gratis. —Me saca la lengua—. Pero cada día me gusta menos lo que veo a mi alrededor... Bueno, en estos momentos, sí me gusta lo que veo.

Me clava la mirada con una indirecta muy directa, y siento que el rubor cubre mis mejillas como una quinceañera. ¿Qué me pasa? Alucino con mi propia reacción. Igual soy más normalita de lo que pensaba.

Pero es que Saúl tiene algo... Puede que solo sea el espectro de haber contado con Ástor como figura masculina en la que fijarse en su niñez, porque tiene algo de él. Por eso hubo química entre nosotros desde el día que nos conocimos, algo muy inusual en mí. La gente, en general, me repele. Al menos, la gente de la que me rodeo día a día. Pero Saúl me cae bien y me molesta darle esperanzas de algún modo para sacarle información. Me siento fatal, pero...

—Lo mío con Ástor no es nada serio... —comienzo el plan—. Creo que sigue enamorado de Carla y que yo solo soy una tirita para él.

Es decirlo y que mi estómago se queje con un retortijón mortal.

—Las comparaciones son odiosas, Keira —opina elegante—. Carla es muy buena chica, preciosa y cariñosa; su dulzura llegó a confundirme cuando salía con Sofía, que es todo lo contrario... Seductora, picante, rebelde... Pero tú eres diferente a ellas. Eres imprevisible, y tu forma de jugar al ajedrez me tiene obsesionado. Sé que Ástor no te soltará fácilmente... Le gustan los bichos raros.

Me río a carcajadas. No sé si sentirme halagada o... En realidad, ha hecho observaciones positivas de todas nosotras. Si algo es Saúl es amable. Y no es fácil ser amable. Yo, por ejemplo, no sé serlo.

—Me soltará cuando Carla vuelva a aparecer —digo inocente, para ver si sabe algo más.

Saúl se pone más serio de lo normal.

—No creo que vuelva, Keira —dice triste—. Te sorprendería cuánta gente desaparece por aquí. Hay toda una red subterránea de favores y compraventa de personas... consentida, ¿eh? Aun así, tela... Padres que meten a sus hijas como parte de un acuerdo de fusiones multimillonarias, compromisos nupciales de conveniencia, jeques árabes que se encaprichan de alguien y le ofrecen una cantidad desorbitada de dinero por tenerle durante un año formando parte de su harén particular... Si te cuento lo que he llegado a ver... Y Carla tiene un perfil que llama mucho la atención. —Se acerca a mí para que nadie más lo oiga—. Solo espero que esté bien y que mi padre no haya tenido nada que ver con su desaparición.

—¿Sospechas de tu padre, Saúl? —pregunto confidente. ¡Estoy cerca!

—Sé que tramaban algo —musita—. Según él, Carla le pidió ayuda.

—¿Ayuda para qué?

—Creo que con su relación con Ástor...

Frunzo el ceño. ¿Con Ástor... o con Héctor? Veo que Saúl no tiene la información actualizada. Pero seguramente le comentó que quería hacerse Kaissa para dar un escarmiento a Héctor. O incluso quizá fuese idea de Xavier para aprovecharse de ello y...

—¿Qué crees que tu padre le dijo? —pregunto con disimulo.

—No sé... Supongo que malmetió entre ellos como hizo conmigo y con Sofía, hasta que consiguió que Carla pasara de Ástor.

—¿Tú sabías que iban a gastar una broma a Ástor en el torneo con unas notas amenazadoras?

—Sí, y me parecía fatal. No me gustan las trampas ni las manipulaciones. De hecho, estuve a punto de avisarle... Hubo un tiempo en el que éramos algo así como amigos —dice dolido—. Ástor sabía que mi padre me tenía tan puteado como el suyo a él y trataba de ayudarme, pero luego cambió... Así que, en el fondo, yo también deseaba que dejara de ser un gilipollas y volviera a ser el de antes.

—Todo el mundo dice eso, pero no creo que Ástor pueda cambiar. Nadie puede volver a ser el que era, por mucho que lo intente. Eso de que la gente no cambia es mentira. El cambio es lo único constante en nuestras vidas, Saúl.

—Tienes mucha razón —dice embelesado.

Me mira de una forma tan seductora que se me empieza a calentar la sangre. ¡Qué intensa es la gente joven! Vale, yo también soy joven, pero Saúl más, aunque nadie lo diría. Se nota que hace deporte. Que se cuida y que dispara *sex appeal* por la muñeca cuando quiere, como si fuera una telaraña de la que no puedes escapar.

¡Con esta gente es imposible concentrarse!

—¿Crees que la desaparición de Carla está relacionada con las notas? —pregunto directa olvidando que no sabe que soy policía.

Pone una cara rara.

—No creo... Ella estaba muy furiosa por algo. Cuando discutimos me dijo que éramos todos unos cretinos y que estábamos cortados por el mismo patrón. No sé... No la entendí bien. A veces crees que alguien te enloquece, pero de repente aparece otra persona y, con muy poco, te demuestra que estabas idealizando a la anterior y que hay más peces en el mar. A mí me ha pasado muchas veces..., la última contigo.

Estamos tan cerca que cuando lo descubro mirándome los labios no reacciono enseguida intentando analizar lo que acaba de decir. Su mano se mueve hábil y la parte externa de sus nudillos roza mi cara.

Tiene unas manos preciosas de dedos largos y finos... «¡Socorro!».

Veo que se inclina hacia mí y sus labios entran en contacto con los míos sin poder evitarlo. Son suaves y tentadores, no me besa con la exigencia y voracidad de Ástor.

—Saúl... —Me aparto de él con rapidez.

—Lo siento —dice cerrando los ojos—. Lo siento mucho, de verdad. No he podido evitarlo.

—No pasa nada... Pero que sepas que he cruzado caras por mucho menos.

Sonríe avergonzado.

—¿Significa eso que no está todo perdido entre nosotros, Keira?

—Significa que eres muy mono como para pegarte...

Sonríe de nuevo y se muerde los labios.

—No vuelvas a hacerlo, por favor. Estoy con Ástor.

O eso creo... Ya ni lo sé. Pero quiero estarlo. Quiero hablar con él.

—No estás con él, solo eres su Kaissa —me corrige serio—. Y si pierde esta noche, tendrás que acostarte con otro, Keira... Todavía no entiendo cómo se ha arriesgado a eso. Para mí, ha caído muy bajo si está dispuesto a compartirte.

Me gusta que no lo entienda; dice mucho de él. Evidentemente, no sabe lo que nos traemos entre manos.

—Él no cree que vaya a perder. Y menos, en el *ring*.

—Chorradas. Le pueden hacer caer cuando quieran —asevera—. No te fíes de nadie aquí, Keira.

Su frase me asusta un poco.

—Confío en Ástor.

—Yo también confiaba en él —dice irónico, y suspira—. Ahora vuelvo, voy un momento al aseo a lavarme las manos. Apesto a kétchup.

Aprovecho su ausencia para llamar a Ulises.

—¿Qué tal todo? ¿Cómo va la cita de Ástor? —pregunto cotilla.

—Eh... Bien, bien... Va bien.

—¿Ya han comido?

—Sí. Ahora están en el porche del jardín tomando café.

—¿Qué te parece ella?

—Está... bien...

—¿Bien? Le dije a mi madre que me la tiraría hasta yo.

—Vale, casi se me cae la tranca al suelo cuando la he visto.

Me río con soltura. Curiosamente, estoy tranquila. Ástor ha podido estar con Olga durante años y no lo ha hecho. Debe de tener un motivo de peso.

—La he investigado por si no era humana —continúa Ulises— y, al parecer, es la hermana pequeña de la chica que murió en el accidente. ¿Cómo te quedas, Kei?

Muerta.

Muerta me deja el comentario y toda la implicación emocional que conlleva para Ástor. ¡Joder...!

—Ella parece estar muy agradecida con él. Por lo que he oído, la ayudó a que su negocio despegara y prosperara... Y le va muy bien.

—¿Qué están haciendo ahora? —pregunto nerviosa.

—No lo sé... No estoy con ellos.

—¿Les has perdido de vista, Ulises?

—Estamos en casa. No le sigo como un puñetero perro faldero... Les he dejado intimidad.

«¿"Intimidad"? ¡Mierda!».

—¿Acaso te preocupa? —me pica, el muy cabrito.

—Para nada... —Pero siento la mentira enredándose en mi garganta.

—¿Puedo hacerte una pregunta íntima que creo que me afecta de algún modo? —dice de pronto, cauteloso.

—Dispara...

—¿Ástor y tú habéis follado sin condón? Lo digo por el comentario de antes.

«¡Ayyy, Dios...!».

—¡No! Solo fue... un momento en la bañera. Es que...

—Gracias por avisarme —replica enfadado—. Para tu información, yo estoy follando con protección. Pero tú deberías llevar una camiseta que ponga: «Disfruta de mi papiloma».

—¡No era viable usar un condón en el agua! Habríamos tenido que salir, secarnos, colocarlo, y el momento habría pasado, solo fue un calentón... Y lo único que conseguimos fue rayarnos con el tema de los hijos. Le dije que no quería tenerlos, y no hemos vuelto a tener sexo desde entonces... ¡Eso fue el domingo!

—Joder... Ahora lo entiendo todo...

—¿Qué?

—Su comportamiento errático de esta semana y la borrachera de ayer...

—No es por mí. Ástor está superagobiado. Héctor me dijo que no levanta cabeza desde hace tiempo. Y ayer habló en sueños de su padre. Se siente culpable porque deseaba que muriera. ¿Qué te parece eso?

—Justo lo estoy investigado. Su padre murió ahogado en la piscina de su casa. Pero en los medios se dijo que fue un infarto. La realidad es que estaba ebrio.

—Joder... ¡¿Y lo encontró él?!

«¡¿Ese es el famoso suceso de la piscina?! Hostias...».

—Sí, él y su madre. En la declaración ponía que ella lo oyó zambullirse y al rato bajó porque no subía a dormir. Lo encontró en la piscina flotando. Avisó a Ástor, que intentó reanimarle, pero ya era tarde.

—De ahí viene su aprensión a las piscinas —musito.

—Y tú, Kei, ¿cómo vas con Saúl? ¿Te ha contado algo interesante?

—Sí, que Ástor era un quinqui en su juventud y que le admiraba.

Oigo la carcajada de Ulises al otro lado de la línea. Y sigo:

—Y que ahora cree que es gilipollas.

—Ya somos dos. —Aunque no lo veo, sé que sonríe.

—Pues ayer en el bar parecía que os llevabais muy bien —lo pico.

—El alcohol ensalza la amistad, ¿no lo sabías?

—Saúl me confirmó que Ástor se llevaba mal con su padre y que eso les unía. Estaba al corriente de lo de las notas, pero no cree que tenga relación con Carla. Él sospecha que su padre le buscó un trato mejor. No parece saber nada de su amorío con Héctor.

—Todos colados por la misma chica y el jodido Thor se la llevó de calle... —dice casi con orgullo.

—¿Thor?

—Héctor.

—Has dicho Thor.

—Tú llamas al gilipollas «As»... Yo puedo llamar al hermano como me salga del culo. ¿Acaso no es así como lo llaman a veces?

Me río de que sea tan picota.

—Tranquilo, pronto tú también llamarás As a Ástor —me burlo.

—Ni lo sueñes.

—Te dejo, Ulises. Luego nos vemos. Corto.

—Corta lo serás tú.

Sonrío como una boba y cuelgo.

Una hora después, vuelvo a casa para cambiarme antes de acudir al club para disputar el Juego de la Torre, es decir, el boxeo. Reconozco que Saúl me ha metido un poco de miedo en el cuerpo.

Llamo al timbre y Ulises me abre con una cara rara.

—Hola... ¿Dónde está Ástor?

—Eh... No sé. ¿Echando la siesta?

Frunzo el ceño.

—¿Qué pasa?

—Ella todavía no se ha ido y están en su habitación —dice casi sin aliento, como si esperase que montara en cólera.

«Keira, respira...». ¿Se han metido en la habitación? ¿Para qué?

«¡¿Tú qué crees, boba?!».

Una bola de hierro cae a peso desde mi estómago. Es mi corazón.

—¿Cuánto tiempo llevan ahí?

—No sé..., un rato.

Madre mía... ¡Aquí el que no corre vuela!

Cojo una Coca-Cola Zero de la nevera, le doy varios tragos y me siento en el sofá a esperar con la mirada perdida en el infierno.

Ulises empieza a decirme algo y le pido que se calle. No quiero saber nada más. Consulto mi móvil y veo un mensaje.

Sofía:
Estás loca?!

Entonces lo veo...

Es una foto. Una maldita foto de un beso.

Casi me cuesta distinguir que somos Saúl y yo. Pero lo somos. Alguien nos la ha sacado de lejos. ¿Cómo es posible? ¡Si ese beso ha durado medio segundo!

Me sujeto la cabeza y me voy a la mierda con transporte *prime*.

No sé cuánto tiempo pasa hasta que aparecen Ástor y Olga... La tensión es máxima.

Él la acompaña hasta el exterior de la casa y entorna la puerta para despedirse en privado.

«Ajá...».

Me la imagino echando su melena de Ariel hacia atrás para encajar sus bocas una última vez y quiero morirme.

Ástor entra poco después y se acerca al sofá donde Ulises y yo estamos sentados. El corazón me bombea tan rápido que debe de notarse en mi pecho a simple vista.

—Me voy a duchar —comenta—. Nos iremos a las seis y media.

Me pongo de pie de un brinco y me adelanto a él.

—No. La que se va a duchar soy yo. —Y pongo rumbo al cuarto de baño.

—Eso. Ve tú, corre... Está claro que lo necesitas. ¡Y lávate la boca!

Me doy la vuelta, envenenada. Es obvio que ha visto la foto. En el campus las noticias vuelan, maldita sea.

—¿Qué has dicho? —pregunto amenazante.

—¿No podías haber sido un poco más discreta con Saúl? —dice con desdén—. Sabía que tarde o temprano me avergonzarías, Keira.

—¿Y tú? Que me haces esperar en el sofá a que termines de... de...

—¡Al menos aquí no hay público!

—¡¿Público?! ¿Precisamente tú me lo dices? —Mi mirada lo mata—. ¡Yo no sabía que Saúl me besaría! Ha durado el segundo que he tardado en apartarme de él. Eso es un vídeo en pausa, por eso se ve tan mal. ¡Alguien nos estaba grabando!

—Por suerte, a Olga y a mí no nos ha grabado nadie.

—Eres un cabrón —mascullo, y me largo enfadada.

—¡Solo sigo tus consejos!

—¡¡¡Os queréis callar ya!!! —grita Ulises dejándonos paralizados—. Dios..., ¡follad de una puta vez! ¡Esto es insoportable!

Me voy a la ducha muy cabreada. No pienso salir hasta que sea la hora de irnos. Incluso me he traído al cuarto de baño ya la ropa que me pondré esta noche.

Activo la música e intento no pensar en Ástor y Olga. En él

besándola y enterrándose entre sus piernas hasta el fondo... con condón. ¡Joder!

¿Por qué soy tan tonta?

¿Cómo pude creer que yo sería especial para Ástor de Lerma?

Me alegro de que mis lágrimas se confundan con el agua que se pierde por el sumidero, así no cuentan.

Hora y media después, estoy lista, pero solo son las seis en punto.

Busco a Ulises por la casa con cierta ansiedad. Es como si necesitase un abrazo. ¡Cualquiera que me oiga...! Pero siento que ya no soy la misma persona que hace dos semanas. Creo que ninguno lo somos. Cambiamos por momentos, por estímulos, y ha habido demasiados estos últimos días.

Encuentro a Ulises solo en el mismo lugar del sofá donde lo he dejado.

—¿Cómo no vas a tenerlo loco? —dice con media sonrisa al verme.

No puedo ofrecerle otra. Solo me siento sobre él y me hago una bola en su regazo. Sus brazos me reconfortan al rodearme y acariciarme.

El modelito que llevo esta noche se presta a toda clase de posturas. Es un pantalón ancho negro de terciopelo con una caída supercómoda y un top de tirantes muy corto a juego, quedando parte de mi vientre al aire. Va con una blusa por encima, caída por los hombros, casi traslúcida, de color negro, con la que siento que puedo tapar un poco mi estupor. Una gargantilla negra pegada al cuello completa el conjunto.

Ulises me acaricia con suavidad intentando consolarme.

A los diez minutos, oímos un ruido atronador. El sonido de un objeto muy grande y pesado rompiéndose contra el suelo en mil pedazos.

Ambos nos sobresaltamos y buscamos la procedencia con rapidez. Lo que se ha roto no es cualquier cosa; el estruendo provenía del despacho de Ástor.

Al llegar nos encontramos la mesa de cristal hecha añicos y a Ástor en el suelo, sentado contra la pared y salpicado de miles de esquirlas.

—¡¿Qué ha pasado?! —exclama Ulises—. No entres —me dice, sabiendo que llevo sandalias.

El suelo es un caos de pequeños fragmentos puntiagudos con los que Ástor parece haberse cortado ya. Tiene un arañazo en la cara, como si le hubiesen alcanzado.

—¿Qué coño has hecho? —insiste Ulises cuando llega hasta él.

Ástor no parece tener intención de moverse. Simplemente, le tiende el teléfono desde el suelo.

Ulises lo coge y lo observa de cerca.

—Mierda... —farfulla al leerlo.

—Mi madre está ahí —aclara Ástor con la vista perdida—. Me llamó ayer y me dijo que se iba a un balneario con dos amigas este fin de semana.

—¿Qué pasa? —pregunto desde la puerta, todavía en tensión.

Ulises se acerca a mí con el móvil en la mano para mostrarme un mensaje:

Pierde hoy o alguien volverá a ahogarse

Lo acompaña una foto de la entrada de un hotel *spa*.

«No puede ser verdad», me digo.

Pienso rápido en una solución.

—¿A cuánto está de aquí ese hotel? —pregunto con avidez.

Ulises saca su móvil para buscar rápidamente la información.

—A cincuenta minutos.

—Que manden a alguien ya —ordeno.

—No da tiempo —replica Ástor—. Sea quien sea, ya está allí. Son las seis y pico, y a las siete empieza el combate. Si no pierdo, matará a mi madre, como ha matado a Carla... Ya lo habéis leído.

Ulises y yo nos miramos alucinados. No debemos dejar que el pánico nos domine.

—¿No se puede retrasar el combate? —propongo.

—Si no eres puntual, se considera perdido. Son las normas, Keira.

—Puedo llegar en menos de una hora al hotel —afirma Ulises—. Solo tienes que aguantar un poco en el cuadrilátero sin noquearle, Ástor. ¿Cómo se llama tu madre?

—Linda... Linda Solanilla.

—Me voy —dice Ulises, tajante—. La encontraré.

Ástor no da crédito a su ofrecimiento kamikaze. Tendrá que volar con el coche. Las gracias se le quedan atascadas en la garganta presas de la emoción.

—Llévate el Jaguar —le ofrece—. Las llaves están en la caja de la entrada.

—¡Ten cuidado! —grito a Ulises cuando echa a correr.

No me creo que esto esté pasando.

Me fijo en la procedencia del mensaje e intuyo que habrá sido enviado desde uno de esos móviles prepago irrastreables que ya habrán destruido para evitar que triangulemos su señal.

Ástor me mira desde el suelo y cierra los ojos devastado, apoyando la cabeza en los antebrazos.

¿No piensa moverse de ahí?

—Después del combate, quiero que me lleves a comisaría —dice de pronto.

—¿Cómo? ¿Por qué?

—Porque ese tío no va a parar hasta verme entre rejas... Lo sé.

—Levántate y ven hasta mí, por favor —le suplico extendiendo la mano, pero no se mueve.

—Quiero que me encierres, Keira. Quiero confesar un crimen...

Mi corazón se para y mis ojos se abren al máximo.

¿De qué está hablando?

30
Jaque al rey

> Una vez terminado el juego, el rey
> y el peón vuelven a la misma caja.
>
> Proverbio italiano

No contesta a mis primeras preguntas.

—Ástor... Ven aquí conmigo, por favor —lo llamo de nuevo—. Lo solucionaremos.

—No... No sé quién está haciendo todo esto, pero sé por qué.

—¿Por qué? —pregunto desesperada.

—«O alguien volverá a ahogarse».

—Como tu padre —concluyo con rapidez.

—Sí...

—Ulises me lo contó. Estaba borracho, ¿no?

—Como siempre... Pero no fue un accidente, Keira. Fui yo...

Mi alma grita «¡Nooo...!» mientras se desgarra por dentro.

Se me para el corazón y me quedo muda; quizá para siempre.

¿Fue él? ¡JODER! ¿De ahí viene todo? ¿Alguien busca venganza en la sombra?

—¿Quién más está al corriente?

—Que yo sepa, nadie.

—¿Cómo ocurrió exactamente?

—Yo estaba en mi habitación cuando mi padre llegó dando voces... Venía buscando guerra. Estaba totalmente desquiciado. Mi madre estaba viendo la televisión y salió al jardín porque él no entraba. Les oí discutir y decidí bajar porque no me fiaba de él.

»Iba por la mitad de la escalera cuando oí: "¡La culpa también es tuya, puta...!", y eché a correr hacia el jardín. Al llegar, vi que tenía a mi madre de rodillas y sujeta por el pelo, y cuando empezó a estrangularla con todas sus fuerzas perdí el norte.

»No era la primera vez que le dejaba marcas. Mi padre llevaba años maltratando a mi madre tanto física como psicológicamente cada vez que se enfadaba, pero claro... era el duque de Lerma, el señor de la casa y su palabra era ley. La primera vez que me enfrenté a él me partió el labio de un guantazo; solo tenía quince años. Héctor acababa de irse a la universidad... Mi madre me pidió que no volviera a encararme con él nunca más.

De repente, soy consciente de que me estoy tapando la boca con la mano.

—Las agresiones no terminaron ahí —continúa Ástor—, y empecé a hacer pesas para defenderme. ¿Sabes lo que es abrazar a tu madre y que gima de dolor porque el cabrón de tu padre ha aprendido a no pegarle en la cara?

Sé que ha sido una pregunta retórica, pero me mira con un dolor y una impotencia en los ojos que me entran ganas de llorar. «Pobre Linda...».

—Cuando me fui a la universidad, vivía pensando que cualquier día me llamarían de la morgue, pero mi madre me aseguró que sin mí en casa mi padre estaba mucho más tranquilo. Por eso intenté alejarme de ellos todo lo posible, hacer mi vida... Y ojos que no ven, corazón que no siente, pensé. Pero cuando tuvimos el accidente, se volvió completamente loco.

»Me culpaba a mí de todo, aunque fuera otro conductor borracho el que había chocado con nosotros. Me dijo que tenía que haber muerto yo..., que mi hermano estaba muerto en vida por mi culpa.

»Empezó a beber más que nunca, y después de varios episodios violentos mi madre me pidió que volviera a casa porque le temía. Héctor todavía seguía en el hospital. Estuvo casi nueve meses ingresado...

—¿Qué pasó cuando viste que la estaba estrangulando?

—Fui corriendo y lo separé de ella empujándolo con fuerza. Mi madre cayó al suelo desmayada. Creía que estaba muerta, que le había partido el cuello. Ni siquiera oí cómo él caía a la piscina, o quizá sí, pero solo me agaché para socorrer a mi madre. Vi que respiraba a duras penas... Nunca olvidaré su cara en esos instantes. Cuando quise darme cuenta, reparé en que mi padre estaba en el agua. Si mi madre me hubiera gritado que lo sacara, lo habría hecho, pero se quedó callada y me suplicó con los ojos que no lo hiciera. O eso me pareció... No importó, porque cuando volví a mirar hacia el agua, mi padre ya no se movía... No pensé lo que me afectarían esos segundos de indecisión durante el resto de mi vida. La duda de si podría haberlo salvado me pesará para siempre...

Dos lágrimas enormes surcan mi cara contra mi voluntad.

Me veo impedida por las sandalias y opto por quitármelas. Voy a la habitación y me calzo rápidamente unas zapatillas de deporte sin calcetines.

Cuando por fin entro otra vez en el despacho y me acerco a Ástor haciendo crujir el suelo bajo mis pies, lo encuentro con la cabeza apoyada en los brazos de nuevo.

Pongo las manos sobre sus hombros y le doy un momento para que me sienta. Mis ojos siguen encharcados al pensar en su madre y en lo terrible que debió de ser vivirlo y callarlo. Y termino abrazándolo, cerniéndome sobre él.

Acabo de enterarme y estoy abrumada, pero me hago cargo de que Ástor lleva muchos años sufriendo esto en silencio. Castigándose por ello. Sin permitirse sonreír, ni divertirse... ni amar.

Juraría que Héctor no lo sabe. Ha dicho que nadie lo sabía.

Me choca darme cuenta de que Ástor ya cargaba con esto cuando me besó por primera vez. Cuando me hizo el amor después de la puja y en cada ocasión que me ha sonreído desde entonces. También cuando me besó en la bañera y esta mañana cuando me recomendó que usara condón con Saúl. Él convive con esa verdad cada día y yo soy la que debe ser fuerte ahora. Soy la variable de la que dependerá que se hunda o continúe soportándolo unas horas más.

—Levanta, vamos —le ordeno seria.

Mi tono adusto funciona y obedece. Creo que piensa que voy a detenerlo.

Pequeños cristales caen de su ropa al suelo y lo saco del despacho. Lo guío hacia el cuarto de baño, donde hago que se siente para limpiarle la cara con una toallita húmeda en silencio.

—Dime algo, Keira —susurra destrozado.

—¿Qué quieres que te diga? —Continúo con mi tarea.

—Todo lo que piensas de mí...

—¿Como amiga o como policía?

Se queda callado al entender que quizá sean respuestas distintas.

Consulto la hora. Se nos hace tarde.

—Cámbiate. Tenemos que irnos ya.

—Como amiga... —elige.

Me tomo mi tiempo para responder.

Observo su cara, llena de dolor, y se la toco sin poder evitarlo.

—Solo puedo decirte que, probablemente, si alguien hiciera daño a mi madre, lo mataría con mis propias manos sin pensar.

—Si le pasa algo ahora, no sé lo que haré.

—Confía en Ulises. Pero si por lo que sea no llega a tiempo, pierde, Ástor. Y ya está. Podré soportarlo... Guzmán es majo —intento bromear para quitarle importancia.

—Nadie va a tocarte —afirma muy serio.

—Olvídate de tu honor y de tu hombría por una vez, Ástor. Di a todos que yo no significo nada para ti. Que acabas de tirarte a otra esta misma tarde... Estás a salvo de la humillación pública.

Su mandíbula se tensa. Quiere rebatirme algo, pero se calla.

—Se hace tarde —insisto cuando no se pronuncia.

Ástor se cambia en silencio y salimos de la casa.

Durante el trayecto en coche nos mostramos taciturnos. Todavía tengo mucho que asimilar, pero sé que lo que me ha narrado no es un asesinato. Quizá omisión de socorro, que también es delito, en todo caso, pero dadas las circunstancias, para mí no tuvo elección. Era él o ella otro día.

Le digo que ponga música y nos envuelve «It must have been love» de Roxette sonando en los Cuarenta Clásicos. Desde que conozco a Ástor, un montón de detalles no dejan de recordarme a la película *Pretty Woman*. Y ahora esta canción...

Entramos en el club a las siete menos cuarto, y Charly viene a nuestro encuentro a toda prisa.

—Joder, ¡ya pensaba que no llegabais! Me iba a dar algo...

Nos mira preocupado y ve que Ástor tiene rasguños en la cara.

—¿Qué te ha pasado?

—Nada. Vamos —responde con sequedad el duque.

Estoy segura de que nadie más sabe lo que me ha contado a mí.

Y... ¿por qué me lo ha explicado?

Bajamos por una escalera hacia un pasillo subterráneo siniestro. Nunca había estado en esta parte del club. No es tan glamurosa como la de arriba, y es enorme.

Ástor se detiene delante de una puerta que promete ser un vestuario.

—No te separes de ella —ordena a Charly.

—Descuida...

Me mira una última vez y desaparece. Nunca le he visto más triste y agobiado que en este instante. Lo único que me apetece ahora es abrazarlo.

Cuando nos quedamos solos, Charly me guía caminando a mi lado.

—¿Qué le ha pasado en la cara?

—Ha roto la mesa de cristal de su despacho.

—¿Por qué?

Niego con la cabeza. No quiero hablar del tema. Ni preocupar a Charly.

—Por un golpe. Está muy nervioso por todo, ya sabes.

—Entonces le vendrá bien repartir unas cuantas hostias... Y no temas por él. Es el mejor.

—Le preocupa que intenten hacerle algo para que falle.

—¿Como qué? —pregunta frunciendo el ceño.

Me encojo de hombros. La verdad es que no tengo ni idea.

En ese momento, entramos en el clásico ambiente alrededor de un *ring* clandestino. Hay una pelea en curso y el barullo es ensordecedor. El cuadrilátero está elevado un metro del suelo y hay gradas con asientos por los cuatro costados. Se ven mujeres, deben de ser Kaissa, porque son las únicas que tienen acceso. Sin embargo, la mayoría de los espectadores son hombres. Una cabina al fondo marca las apuestas junto a la estadística y las regalías.

Ástor tiene a la mayoría a favor, supongo que la fama le precede. Pero me interesa mucho saber quién ha votado en contra de él sabiendo que puede perder previa amenaza.

—Charly, ¿podrías averiguar quién ha apostado en contra de Ástor? —Le señalo la cabina.

Me mira curioso y cae en la cuenta.

—¡Eres un genio! Voy a preguntar. Pero acompáñame, que Ástor me ha dicho que no te deje sola.

—No pasa nada, ve tú. Te espero justo aquí.

—Vale, pero no permitas que te secuestren ni nada parecido, por favor.

Se aleja, e inspiro hondo.

Así que esto es lo que siente una mujer normal y corriente. Un temor incierto e injusto por ser atacada por cualquier demente en cualquier momento. Y de pronto me doy cuenta de que ese es el motivo principal por el que me hice policía. Para sentirme segura. Hacía mucho que no experimentaba este miedo. El mismo que pasé el día que me enfrenté a mi padrastro estando solos... Cada vez que pienso que podría haberme golpeado con facilidad y haberme hecho desaparecer de la faz de la tierra para que no contara nada, me entra un malestar terrible. Y desde que soy policía, ya no tengo miedo porque he sido entrenada para defenderme y para proteger a los demás. Si embargo, conocer a Ástor me ha transformado en una persona más humana y frágil a todos los niveles. En resumen, en alguien más sensible, física y socialmente hablando.

¿Y lo que me arrepiento de no haber venido armada, os lo he contado?

Consulto el móvil, nerviosa. Espero que Ulises esté a punto de llegar a ese balneario y nos informe de que la madre de Ástor está a salvo para que él pueda ganar. Y no solo por salvar mi integridad, sino porque no se puede ceder al chantaje ni un ápice. Nunca.

Termina el combate, y me fijo en que el ganador es Saúl, que se ha batido contra el contrincante al que venció ayer.

Cuando el árbitro sostiene su puño en alto, me mira y me sonríe detrás de su protector dental. Sonrío y arranco a aplaudir como está haciendo la mayoría del público.

El ambiente se embrutece en cuanto todo el mundo se levanta

y se mezcla. Me quedo quieta donde Charly me ha dejado para que pueda encontrarme sin problema.

—Keira... —Oigo una voz conocida.

Es Saúl, que intenta llegar hasta mí en medio del gentío. Se ha quitado el casco y está sudado. Lleva un pantalón corto de *kick-boxing* rojo y negro y... nada más. Bueno sí, una pedazo de tableta abdominal que no sabía que escondía bajo la ropa.

—¡Felicidades! —exclamo haciendo alusión a su victoria.

—Gracias. Esto..., ¿te ha llegado un mensaje con una foto nuestra? —pregunta algo cortado.

—Sí. Me la ha mandado Sofía.

—¿Ástor está muy cabreado? —dice rascándose la cabeza.

—Un pelín.

—Pues menos mal que no me ha tocado pelear contra él, porque igual me mata.

Que utilice justo ese verbo me pone los pelos de punta. Intento sonreír porque sé que es una frase hecha, pero no puedo olvidar lo que Ástor me ha confesado. ¿Fue tan espontáneo lo de su padre como me ha parecido... o hubo algún tipo de alevosía? Esa pregunta no deja de dar vueltas en mi mente. Al fin y al cabo, me han entrenado para dudar de todo, pero él mismo quería entregarse. Y además, lo veo en sus ojos. Es un buen hombre... Un hombre que se ha tirado a Olga.

Niego con la cabeza para deshacerme de esa idea. No es que nos hubiéramos jurado amor eterno ni nada...

—¿Ha venido tu padre? —pregunto a Saúl, interesada.

—Está sentado por ahí abajo. Voy a ducharme. ¿Te veo luego?

—¿Tan poco aprecio tienes a tu vida? —digo sonriente.

—A veces merece la pena jugársela —replica con una mueca canalla. Me guiña un ojo y se va.

Vuelvo a consultar el móvil. ¡Son menos cinco...! Empiezo a ponerme muy nerviosa.

Charly me localiza y me arrastra con él hasta la primera fila, cerca del rincón que va a ocupar Ástor en el cuadrilátero.

—¿Has averiguado algo? —le preguntó impaciente.

—No me lo quieren decir, pero Ástor podrá comprobarlo cuando el club se lo cobre porque van a perder.

A las siete en punto una voz comienza a hablar por el micro y me doy cuenta de que es el mismo chico que me atendió antes de hacer mi debut de baile en barra. Debe de ser el maestro de festejos o algo así.

Anuncia a Gregorio Guzmán, que sale al *ring* como si fuera un profesional, dando puñetazos al aire y saltitos cortos. Se acerca a mi lado y me saluda seductor. Le devuelvo la sonrisa. ¡En realidad es un payaso! Pero no sé si sería igual de chistoso en una habitación a solas conmigo.

Trago saliva, inquieta.

El presentador anuncia a Ástor, que sale caminando con calma, encapuchado con una bata abierta negra con ribetes dorados y con un pantalón parecido al de Saúl, pero negro y dorado. Sus músculos tensos advierten de lo que es capaz. Aun así, su mirada es lo que más impone.

Está muy serio. Alguien ha amenazado a su madre para que pierda este combate y me entregue. Para que sufra... y está cabreado.

Una vez en el *ring*, nos busca por las cercanías hasta que nos ve, y clava su mirada salvaje en la mía como si fuera a luchar por algo que todavía no está perdido.

Se quita la bata y se centra en ponerse los guantes sin prisa. Los choca entre ellos y salta un poco para calentar. Lo veo lanzar un directo al aire y mis labios se separan ligeramente. ¿Cómo puede ser tan tierno conmigo a veces, cuando es capaz de generar esa potencia? Un golpe así partiría hasta el viento si osara interponerse en su camino... No deja de botar para entrar en calor y, en un momento dado, vuelve a mirarme para saber si hay noticias de Ulises.

Lo compruebo de nuevo y mi negativa le desanima.

El combate empieza y no quiero ni verlo. Ástor y Guzmán golpean sus guantes a modo de saludo y, poco después, empiezan a lanzarse ataques puntuales y cortos.

Me alivia ver que Ástor se cubre bien la cara, a pesar de llevar un protector facial tan acolchado como los guantes. Se enganchan un par de veces y se sueltan. Así pasan dos *rounds*, donde los púgiles pueden sentarse quince segundos cada dos minutos antes de volver a la carga.

Van girando y se esquivan sin dejar de llevar a cabo un ágil juego de pies, a la vez que se oye el impulso de la pegada.

Si eso, me voy poniendo de los nervios...

Ástor intenta dar en la cara a su rival y, de vez en cuando, proyecta un directo veloz sobre sus costillas. Se agarran, y el árbitro los separa de nuevo.

«¡Por Dios, que termine esto ya!».

Sé que es un deporte, pero la violencia en todas sus formas me espanta. Estoy acostumbrada a erradicarla, no a animarla.

Compruebo el móvil otra vez, y nada. ¡Ya son las siete y ocho!

No aguanto más y escribo a Ulises preguntándole dónde está.

De repente, Guzmán pega un potente derechazo a Ástor en las costillas y se oye una exclamación generalizada entre el público. Ástor parece un poco desorientado, y el árbitro interrumpe el *round* cuando comienza a recibir tres o cuatro golpes seguidos que lo debilitan cada vez más.

¿Qué leches le pasa?

Ástor se sienta a descansar y bebe agua. Parece dolorido.

Se vuelve hacia mí y me mira a través del casco. Me preocupo. Le pasa algo.

Charly, que también se ha dado cuenta, se acerca a él y hablan unos segundos.

—¿Qué te ha dicho? —le pregunto cuando regresa a mi lado.

—Que Guzmán le está golpeando muy duro y que no es normal.

—¿Cómo que no es «normal»?

El silbato marca el reinicio y Ástor se levanta a regañadientes.

Intenta esquivar los golpes de Guzmán todo lo que puede, cubriéndose la cara, lo que permite a su contrincante propinarle otro golpe en las costillas.

Las caras de los espectadores empiezan a cambiar. Ástor se coloca una mano bajo las costillas flotantes y parece tener dificultades para moverse y respirar. Apenas esquiva los golpes que le lanza Guzmán.

Me pongo de pie llevada por la desesperación; también lo hacen muchas otras personas. Se nota que el presidente del club les importa, no todo el mundo le odia.

Ástor consigue llegar a su rincón a duras penas y me acerco a él.

—¡Ástor...! —exclamo con la voz rota—. ¡Déjalo! ¡Ulises no contesta! ¡No pasa nada, en serio, ríndete antes de que empeores!

—¡Ástor, ríndete! —exclama Charly, asustado—. ¡Échate al suelo! ¡Ahora!

—Puedo aguantar... —balbucea dolorido—. Solo es una costilla rota.

«¿Solo? ¡Ah, pues nada!».

—¡Basta, Ástor! —lo riño—. ¡Por favor, no seas orgulloso!

Niega con la cabeza, y suena el silbato que anuncia el fin del descanso.

—No es orgullo... —resopla—. Moriría protegiéndote, Keira.

Mi corazón se salta un latido al oírlo. ¡Ningún tío ha querido matarse por mí antes!

Le hacen levantarse y camina vacilante con un hematoma horrible en las costillas. No soy consciente de que se me caen las lágrimas. ¿Qué me está haciendo este hombre?

De repente, mi móvil se ilumina y veo que acabo de recibir un wasap.

Ulises:
Todo controlado. La tengo

En cuanto lo leo, con los ojos muy abiertos, mi corazón vuelve a latir.

Me abalanzo hacia el *ring* para rodearlo y que Ástor me vea.

Cuando enfoca la vista en mí y le hago la señal de que su madre está bien, se separa de su contrincante con intención de reformular una nueva actitud de ataque.

¡Ese es mi chico! ¡O no...! ¡Da igual! «¡Vamooos, dale!».

Lo miro con ansiedad mientras no deja de moverse. Fija la mirada en Guzmán y se acerca a él con intención de acabar el trabajo. Hasta ahora no podía atacarle, solo defenderse.

Esquiva un golpe y le asesta un izquierdazo tremendo de forma lateral con todas sus fuerzas. Su estilo no es muy técnico, es tipo gladiador. Un jodido Aquiles sexy capaz de derribar a su adversario de un solo golpe certero y sobrehumano.

Guzmán se tambalea, y Ástor no pierde el tiempo en rematarlo, a pesar de que sufre un dolor indecible, estoy segura. Recibe un par de golpes apretando los dientes hasta que ve un hueco donde atizarle con la derecha después de echar el codo completamente hacia atrás. ¡Pam!

Guzmán sale despedido y rebota contra las cuerdas elásticas. Ástor se agacha y lo carga sobre su hombro, para levantarse acto seguido haciendo que su oponente caiga al suelo dando la voltereta.

«¡¡¡OSTRAS!!!».

El público chilla enloquecido al ver que Guzmán ya no se mueve. Estoy segura de que ahora mismo no sabe dónde está el cielo y dónde la tierra. Ástor jadea agarrándose el costado, y el presentador no tarda en levantarle el brazo bueno proclamándolo campeón.

¡Menos mal!

Charly lo ayuda a bajar del *ring* y nos miramos con intensidad en medio del bullicio. Tengo tantas cosas que decirle...

—Eso tiene mala pinta. —Charly está palpándole el costado—. Deberíamos ir al hospital, Ástor.

De repente, una idea invade mi cabeza y me doy la vuelta con convicción. Los amigos de Guzmán intentan reanimarlo y sacarlo del cuadrilátero.

Camino hacia el caído y me planto frente a él.

—¿Estás bien, Guzmán?

—Sí... —contesta algo mareado—. Es muy doloroso pretenderte, chica...

Sonrío un poco.

—¿Me dejas ver tus guantes? Quítatelos, por favor.

Yo misma le ayudo a hacerlo.

Nada más palparlos noto que el derecho no es tan mullido como el izquierdo. Me fijo en las costuras y veo que son distintas en ambos guantes. Tiro de un hilo suelto... y se resquebraja.

—¡¿Qué haces?! —protesta sorprendido.

Pero enseguida advierte que hay algo entre el relleno. Una estructura sólida blanca.

Algunos curiosos empiezan a tocarla, indignados.

—¡Es yeso! —acusa uno.

—¿Qué...?

—¡Eso va en contra de la normativa! —salta otro.

La cara de Guzmán es un interrogante enorme.

—Yo no lo he puesto ahí. ¡Los guantes son del club!

—¿Quién te los ha dado? —pregunto.

—Ya estaban en mi sitio, junto con el resto de la equipación, cuando he entrado en el vestuario.

—Averigua quién te ha preparado el equipo y de dónde ha sacado esos guantes, Guzmán. Ástor tiene una costilla rota...

Cuando me vuelvo para buscarlos, Charly y Ástor ya no están. Sigo su rastro hasta el vestuario masculino echándole morro.

—Vámonos a urgencias ahora mismo —ordeno al encontrarlos.

—No hace falta —rebate Ástor, previsible.

—Sí que hace. Guzmán llevaba yeso en los guantes, Ástor. Esa costilla podría perforarte un pulmón.

—Solo es una contusión.

—¡Charly...! —me quejo buscando apoyo.

—Deberías ir a que te miren, Ástor.

—¿Debería? ¡Menuda ayuda eres! —Lo miro mal.

—Se me pasará descansando un poco —zanja Ástor.

—¡¿Cómo puedes ser tan cabezota?! —grito enfadada—. ¡O nos vamos ahora mismo a urgencias o me largo a mi casa y te dejo tirado con el caso, elige!

Un cuarto de hora después, estamos entrando en urgencias. Privadas, claro, así que le hacen pasar a los cinco minutos. ¡Hombres...! Para mi sorpresa, Ástor me pide que entre con él, y Charly se queda fuera. Lo habrá hecho para no dejarme sola o porque su amigo no le acariciaría el pelo como lo estoy haciendo yo en este momento, tumbado en una camilla mientras esperamos los resultados.

—¿Te duele mucho? —pregunto.

—Me dueles más tú...

Sonríe un poco cuando pongo los ojos en blanco.

—No me ha gustado ese beso con Saúl —confiesa.

—Ni a mí que te acostaras con Olga...

—No hemos hecho nada —ataja—. Solo quería que lo pensaras.

El alivio me recorre por dentro como la mecha de un petardo, y cuando llega hasta mi corazón, explota y arde como una maldita antorcha.

—¿Tengo que creérmelo?

—Es la verdad... Se ha ofrecido a ayudarme para ponerte celosa. Soy idiota, Keira. ¿Todavía no te has dado cuenta?

—No... Un idiota no sabe lo que hace. Tú eres un capullo.

—Soy un capullo —repite apretando mi mano con los ojos cerrados.

—Si esperas que te contradiga, no voy a hacerlo.

Inspira hondo.

—Lo siento mucho —formula por fin. Y parece sincero, pero...

—¿Por qué querías ponerme celosa?

—No lo sé.

—Sí que lo sabes. Dilo, Ástor.

—De verdad que no lo sé —dice acorralado—. Sentía que te perdía y quería saber si tú... Si sentías lo mismo por mí.

—¿Te refieres a si yo también te quiero? —Me la juego, y se queda petrificado—. La otra noche, borracho, lo dijiste... Dijiste que me querías, Ástor.

Me mira sin fuerzas para negarlo. Está más guapo que nunca, el maldito. Lo he dicho porque estoy segura de que jamás habría encontrado esas palabras en su vocabulario. Como bien me aseguró, son demasiado *premium* para él.

—Eso explicaría que no pueda dejar de pensar en ti —musita culpable—. O en tocarte, besarte, hablar contigo y tenerte pegada a mí todo el tiempo... Quiero vivir en tu puta sonrisa, Keira. No soporto estar cerca de ti y no poder tocarte. Me dueles aquí dentro.

Lleva mi mano hasta su corazón y siento que le palpita frenético.

—¿Y qué recomiendas como tratamiento? —pregunto socarrona.

—Que me beses ahora mismo —suplica moribundo.

Sonrío y me acerco a sus labios, mimosa. Apenas me lo creo. Los ojos se me cierran cuando siento su respiración invadiendo la mía. Es el mejor lugar del mundo. Su boca. Nos acariciamos con los labios y la suavidad de su lengua despierta todos mis sentidos de golpe. Estaría horas degustándole como una obsesa. Tiene toda la razón: esto es enfermizo y complicado. Sin embargo, es una verdad como un templo.

—Hola, parejita —saluda el médico cuando aparece y nos pilla de pleno—. Ya veo que ha sido una pelea con final feliz...

—No me escayole, por favor —le ruega Ástor—. Tengo que hacer el amor con esta mujer al llegar a casa.

Me entra la risa y al médico también.

—Te alegrará saber que nunca escayolamos, aunque esté rota, que lo está. Lo que voy a ponerte es una banda de compresión con velcro. Pero nada de movimientos bruscos, o verás las estrellas y tardará más en curar... —dice mirándome a mí.

—Tranquilo, doctor. No le dejaré hacer nada. Gracias por todo.

Al terminar, Charly nos acerca a casa en su coche porque hemos dejado el nuestro en el club. Podría haber conducido yo, pero he preferido ir con él en el asiento trasero para no dejar de tocarlo.

—¿Dónde está Héctor? —pregunto al llegar al chalet y descubrir que está vacío.

—En casa de mi madre, cuidando de los perros. Cuando ella se va de fin de semana, se queda allí. Lo tratan a cuerpo de rey.

—Así que... ¿estamos solos? —Sonrío pizpireta.

—Estamos solos —confirma lobuno.

Se acerca a mí con hambre y le rodeo el cuello con las manos para besarle mientras le acaricio la nuca. Me asusta darme cuenta de lo mucho que he echado de menos sus besos. ¿Cómo voy a separarme de él cuando todo esto termine?

Intento olvidarlo, y vamos directos a la habitación. Al entrar volvemos a engancharnos con pasión, pero con el máximo cuidado.

—Hoy va a tener que ser lento —musita en mi boca.

—Perfecto, porque hoy lo quiero lento.

Sonríe y enredamos nuestras lenguas de nuevo. Es un mentiroso. Lo que me hace no tiene nada de lento. O al menos, de suave.

—Qué bien sabes, joder... —musita en mi boca.

¿Por qué no puedo dejar de temblar como si fuera una primera vez?

La respuesta aparece en mi mente sola: «Porque lo es». Es esa primera vez en la que sabes que te quieren. Y que es algo mutuo.

Ástor acuna mis pechos, amasándolos despacio, y mis pezones se endurecen al sentir que los pellizca enardecido. ¿Es normal que eso repercuta directamente en mi entrepierna? No es lo que hace, sino cómo lo hace. Me pega por completo a su cuerpo para que note su excitación contra mi vientre y gimo por la expectativa de sentirle dentro.

Sin verlo venir, me da la vuelta y ataca mi cuello haciendo que me retuerza de deseo. Me baja el pantalón, que cae al suelo rápido por la holgura que tiene, y cuela sus dedos por el borde de mis braguitas mientras me muerde la oreja.

¿Cómo puede tenerme así ya? Mi clítoris demanda atención inmediata. Y como si me hubiera leído la mente, baja la mano hasta mi sexo y lo invade con los dedos sin preguntar. Se me entrecorta la respiración y lo siento exhalar una sonrisa.

—Soñaba con volver a tenerte así de mojada... Necesito comerte ahora mismo.

«Si su lengua me toca ahí abajo, se ahoga fijo por el tsunami...».

Me pregunto cómo lo va a hacer teniendo tanto dolor. Al momento, se me ocurre una idea y le informo de que voy a tomar el control.

Lo desnudo y le ordeno que se tumbe en la cama, y ni siquiera rechista.

—¿Y ahora qué? —pregunta expectante.

—Ahora voy a desnudarme para ti.

Lo hago despacio y su cara va cambiando a medida que voy mostrando cada rincón de mi piel. Nunca pensé que haría algo así delante de un hombre, pero el deseo con el que me mira me basta para perder la vergüenza. Y para excitarme cada vez más.

Empiezo a acariciar mi entrada con lascivia y su boca se abre sola.

—¿Esto es lo que quieres? —Le enseño mis dedos brillantes y me llevo uno a la boca. Lo lamo lentamente y suelto un «mmm...».

—Sí, por favor —contesta atropellado.

Intenta incorporarse sin recordar que está herido y se queja.

—No te muevas, Ástor. Voy a darte lo que quieres, confía en mí.

Me acercó a él y maniobro para sentarme a horcajadas sobre su vientre, de espaldas. Coloca las manos en mi cintura apoderándose de ella y me acerca a su boca como si no pudiera esperar ni un segundo más para degustarme.

Sentir sus labios en mi sexo es un empujón cósmico que me priva de pensar. Y cuando por fin me sitúo, me doblo hacia delante apoyándome en la cama, para agarrar su miembro y empezar a lamerlo.

Su gruñido rebota en mi centro y nos excitamos más. Ahora mismo somos la maquinaria perfecta. Dos piezas que encajan sin error.

Mi melena cae sobre su cuerpo y sigo chupando con fuerza. Sus caderas se agitan cuando aumento el ritmo. No sé cuánto tiempo nos dedicamos a alabarnos a través del sexo oral, pero de repente oigo:

—Keira, joder... Para o me corro.

—Pues hazlo —le incito—. Yo también estoy a punto de llegar.

Mantenemos un ritmo intenso, y la boca se me desencaja cuando una sensación abrumadora me atraviesa y tengo que parar.

«¡Por Dios...!».

Nunca pensé que el sexo pudiera ser tan gratificante...

Al oírme, Ástor se deja ir y trago sin contemplaciones.

La visita al cuarto de baño es obligada después, pero pronto estamos los dos de nuevo en la cama abrazados bajo sus increíbles sábanas de algodón egipcio.

Las circunstancias han exigido que la noche en la que nos deberíamos decir «Te quiero» con todas las letras haya terminado en un sesenta y nueve que impide pronunciarlo de forma romántica cara a cara... Así que tendré que hacerle un jaque mate para que lo verbalice de una maldita vez.

—¿Ya tienes claro si siento lo mismo que tú? —le pregunto vacilona.

—Claro, lo que se dice claro, aún no —responde intuitivo.

Él también quiere oírlo, pero no pienso ponérselo fácil porque el suyo no contó ya que estaba adormilado.

—¿Puedo preguntarte algo? —suelta de pronto, apurado.

—Sí...

Me preparo para su ofensiva. Seguro que busca que le confiese mi amor en tono solemne.

—¿Por qué no estoy en la cárcel?

Esas palabras me trastocan por un momento, pero al instante me doy cuenta de que no iba tan desencaminada. Porque la respuesta podría ser perfectamente «Porque te quiero». Sin embargo, en lugar de eso, digo:

—Antes de contestarte, yo tengo otra pregunta para ti... ¿Por qué me lo has confesado?

—Porque necesitaba que lo supieras.

—¿Por qué? —le presiono.

—No lo sé —responde, y parece realmente perdido—. Me dijiste que querías saberlo todo de mí, y no deseo ocultarte nada. Soy muy intransigente conmigo mismo y confío en ti. En tu juicio. Tu opinión servirá para calmarme o para terminar de aceptar mi destino. Tú decides, Keira.

Ese «confío en ti» es lo más bonito que alguien me ha dicho nunca. Y no quiero que quede como que haré la vista gorda porque estoy enamorada de él, porque no es así. No podría... Lo cierto es que...

—No creo que un juez te mandará a la cárcel por como me has contado que sucedieron los hechos. Además, no hay pruebas... Y tu madre no testificará contra ti.

—Me planteé contarlo en su momento porque pensaba que lo entenderían, pero mi madre me dijo que ni se me ocurriese. Que tiraría mi vida por la borda y mancillaría el apellido de la familia para siempre.

—Suele depender del informe que te haga el policía de turno. Los jueces no se complican... Si tu padre atacó a tu madre de esa forma y era reincidente, creo que está muy claro que fue defensa propia. En lo que tu madre tiene razón es que el sambenito no te lo habría quitado nadie.

—No fui a prisión, pero me metí en otra cárcel personal... El recuerdo de aquel día no ha dejado de atormentarme. Llegué a pensar que una condena sería la solución para expiar una culpa que no me deja vivir.

—Mírame, Ástor. —Le cojo la cara y no puedo evitar besar su tristeza—. Si te sirve de algo, yo te absuelvo de todo. No sabes hasta dónde llega la maldad del mundo. La demencia. La locura... En parte por eso tampoco quiero tener hijos. Porque todo lo que sé que podría pasarles no me dejaría vivir tranquila nunca más... Pero tú no eres mala persona, Ástor, y no te mereces sentirte así. Deberías permitirte ser feliz.

—La felicidad no es algo que pueda alcanzarse y poner una uve verde en la casilla correspondiente. Para mí, la felicidad son instantes efímeros, porque la rueda siempre vuelve a girar. Sea como sea, quiero que sepas que ahora mismo estoy siendo muy feliz.

Nos besamos de nuevo y se encaja en mi cuerpo. No ha sido un «te quiero», pero me sirve.

Se roza conmigo a pesar del dolor que debe de estar sintiendo, como si hacerlo aliviara su alma. Me abro para él y nuestros sexos encajan apenas sin buscarlo. Y sin condón...

Nos quedamos mirándonos mientras nos movemos sensualmente al unísono con lentitud, perdidos en una sensación única.

—Keira... —farfulla abrumado al sentirla o quizá por darse cuenta de que se ha vuelto a olvidar del preservativo—. Te quiero... —jadea en mi boca, como si se justificara a sí mismo el error. Reconociéndolo. Asumiéndolo...

Siento que mi cuerpo no puede contener unos sentimientos tan grandiosos. Quiero llorar. Y también reír. Pido un deseo al universo: que esto no se acabe nunca.

—Yo también te quiero... —musito con un hilo de voz.

El orgasmo llega precedido por un estado emocional, no físico, que desencadena el éxtasis sin necesidad de acelerones o movimientos bruscos y rápidos. Parece brujería. Nunca lo había experimentado así.

Esto no lo explican la ciencia ni las matemáticas.

Esto debe de ser amor.

A tus pies, Roxette.

31
La última esperanza

> La amenaza de la derrota es más terrible que la propia derrota.
>
> Anatoli Kárpov

Viernes, 20 de marzo

La miro de reojo.

Nunca me había parado a observar a una chica mientras se maquilla delante de un espejo. El detalle de sus gestos automáticos cuando su mente está en otra parte es alucinante. Y los de Keira transmiten una idea muy concreta: ha nacido para arrasar. Arrasar vidas, tableros y corazones. El mío, el primero.

Las últimas horas a su lado han sido un regalo. Hemos estado solos, sin Héctor ni Ulises. Ha sido tan romántico que si fuera diabético tanta carantoña me habría matado.

Los empleados de la finca han flipado bastante con nosotros. Hoy Keira me ha querido acompañar a supervisar unas montas y le ha encantado la experiencia. Parece que le gusta esta faceta de mí y quizá ayude a contrarrestar otras que no le motiven tanto cuando las descubra.

Sea como sea, mis prioridades están cambiando. Ha conseguido que me pregunte ciertas cosas sobre el futuro. Sobre todo, en cuanto a cómo quiero sentirme a partir de ahora.

Por ejemplo, queda menos de una hora para que empiece la semifinal del torneo y, por primera vez en años, no me importa perder. Es como si ya hubiera ganado solo por vivirlo a su lado.

No quiero alterarme cuando vea a Xavier, pero va a ser difícil no hacerlo cuando vea a Saúl. No puedo olvidar que puso sus labios sobre los de Keira cuando sabía perfectamente que estaba conmigo.

¿De qué cojones va ese niñato? Le he tratado como a un hermano pequeño toda la vida y, de repente, se ha vuelto contra mí. Y Saúl no es alguien que quieras tener en contra... Es un tío listo y eficaz. Sus notas son ejemplares. Su popularidad le precede, pero parece no tener suficiente con poder ligarse a cualquier chica del campus. Él quiere más. Busca superarme... Intenta joderme. Ansía lo que yo persigo.

Ayer, por suerte, no me lo crucé en el *ring*, pero hoy va a ser inevitable. Juega contra Keira. Y cuando se sonrían, me moriré un poco por dentro.

¿De verdad deseo sentirme así el resto de mi vida? ¡Con lo bien que estaba yo siendo un iceberg humano!

Keira camina hacia mí con media sonrisa y me derrito un poco más.

No es consciente de lo guapa que es, y eso me encanta. Ni siquiera yo lo sabía, lo que me cautiva todavía más. En realidad, me gustaría que nadie lo supiera. Solo yo.

No sé explicarlo...

Tiene un estilo único para lucir un conjunto sexy sin que resulte obsceno ni premeditado. La tela se adapta a su cuerpo fibroso como si estuviera dibujada en ella, sin necesidad de mostrar de más. Lleva un mono, como yo llamo a esa pieza única de ropa que une pantalón y parte de arriba, de color dorado atado al cuello, dejando sus enloquecedores hombros al descubierto. La sinuosa curva de sus caderas junto con la redondez perfecta de sus pechos provocan que no puedas apartar la mirada. Es tan perfecta en su sencillez que perturba.

Ayer Olga apareció en mi casa de punta en blanco. A Ulises casi le da una apoplejía. Con todo, ese tipo de belleza, casi fantasiosa, que requiere un trabajo y una dedicación desmedida no puede compararse a la naturalidad de Keira. Ella seduce de otra forma. Prometiéndote que si cortas la tira que se ata a su nuca lo que hay debajo te dejará sin aliento. Sin embargo, Olga resulta espectacular vestida y maquillada, pero da la sensación de que si empezaras a desnudarla debajo no verías nada interesante.

—¿Estás lista? —pregunto a Keira.

—Sí... Hoy quería ir más cómoda —dice a modo de disculpa.

—Vas perfecta.

El tono de mi voz da vergüenza ajena, porque asegura que pensaría lo mismo aunque llevara puesta una bolsa de basura.

—Tú deberías dejar de ponerte camisas blancas si no quieres que te linchen —replica ufana—. A nadie debería sentarle tan bien una.

—Si por ti fuera, iría con una camiseta de *Bola de dragón.*

—Ni se te ocurra. —Sonríe divertida—. Si además de guapo fueras un cachondo, sería demasiado para mí.

—Por suerte, ya no soy así —lamento—. Estás a salvo, Keira.

Juntamos las frentes sin poder evitar el imán que parecen tener nuestras cabezas últimamente.

—Yo te prefiero así... —musita en mi boca—. Gruñón, reflexivo e intenso.

Y que diga eso me conmueve muchísimo. Es la primera persona, aparte de mi madre, que no prefiere al Ástor de antes. Que sabe lo que ocurrió con mi padre, que conoce mis obligaciones sociales y morales y que sigue a mi lado. Queriéndome. Pero soy muy consciente de que todavía no lo sabe todo de mí, y eso me preocupa.

El miércoles, noche de boxeo, fue muy especial para los dos. Le confesé que la quería porque cualquiera que me haga llegar a ese estado de felicidad se merece oírlo. Le hice el amor mientras sufría un dolor indecible en el costado, y, gracias a eso, tuve el mejor orgasmo de mi vida.

Exacto. Todavía ignora que soy adicto al dolor. Y que no sé vivir sin él porque hasta ahora era el único placer que me permitía. Poca gente entiende que es una línea muy fina la que separa el dolor del placer. Y se ha convertido en algo compulsivo para mí.

Anoche ni siquiera me molestó tener que hacer la marcha atrás. Mi sistema nervioso estaba inundado de endorfinas que luchaban contra mi costilla rota. Ambas sensaciones se conectaron a nivel cerebral y emocional y disfruté como en mi vida.

—¿Vendrá Héctor esta noche? —Keira interrumpe mis pensamientos.

—Sí. Me dijo que vendría a vernos, aunque está muy tocado por lo de Carla. ¿Y Ulises? ¿Qué sabes de él?

—También vendrá. Ha dejado a alguien de su confianza vigilando a tu madre y lleva todo el día en Tráfico, tras una pista.

Suspiro pesadamente al recordar la pesadilla dentro de este sueño.

—Todo irá bien —me asegura Keira con una caricia.

«¿Qué significa eso?», pienso mirándola a los ojos, preocupado. Porque, por más que se solucione lo de Carla, mis sentimientos están del revés. Ya me da igual ganar el torneo o saber quién está detrás de todo. Me da igual ir a la cárcel o que mi madre reniegue de mí. Lo único que quiero es estar con Keira, que siga a mi lado después, aunque no sea de cara al público.

Tengo que hablar con ella de eso. Porque no sé si estará dispuesta a ser «la amante en la sombra». A que seamos otros Camilla y el príncipe Carlos; y que, algún día, quizá algún día... lo nuestro sea posible.

Cuando entramos en el club lo hacemos de la mano y todo el mundo vuelve la cabeza, expectante. Keira se tensa y tiro de ella para mezclarnos con el gentío. Todavía no estoy casado con otra, maldita sea.

—¿Quieres beber algo? —le pregunto solícito.

—Sí, por favor.

Nos apoyamos en la barra sin dejar de mantener el contacto.

—Tranquila. —Rozo su cintura y mis labios lo hacen con su sien.

Algunos se acercan para preguntarme qué tal estoy de mis recientes contusiones. Entre ellos, mi contrincante, Guzmán.

—Ástor... Te he estado llamando —dice cauteloso—. ¿Cómo estás?

—Bien, bien. No te preocupes.

—Siento mucho lo de ayer... ¡No me di cuenta de que llevaba yeso en el guante!

—¿Y qué creías, que te habías vuelto supermán con esa pegada tan dura?

—No, yo... —Sonríe aliviado al notar en mi tono que lo digo en broma—. No entendía por qué te estaban afectando tanto mis golpes... Pero me parecía genial —admite jovial, encogiéndose de hombros.

Sonrío de medio lado porque ha sonado sincero. Y porque estoy contento.

—No te apures... No lo sabías, no fue culpa tuya.

—Gracias por reaccionar así de bien —dice gratamente sorprendido—. Y gracias a ti, Keira. —La mira—. Porque creo que eres la responsable de que esté de tan buen humor últimamente.

Se la queda mirado, arrobado, y le entiendo. Sé que es mucho pedir que deje de babear, así que lo paso por alto.

Después de escuchar un «te quiero» de sus labios, estoy mucho más tranquilo. Lo que hemos compartido estás últimas horas ha sido muy especial. Curiosamente, Keira se apoya en mí y busca mi oído, haciendo que baje la cabeza y sonría cuando me muerde la oreja, mimosa. Guzmán huye ante esa muestra de cariño, y cierro los ojos para aspirar el olor del pelo de Keira. Es insuperable.

—No vuelvas a hacer eso en público o no respondo de mí.

—¿No te ha gustado? —musita pillina.

—Demasiado.

Se vuelve con coquetería y baja una mano por mi pecho hasta acariciarme la herida del costado. Apenas siento un agradable dolor gracias a los potentes analgésicos que me recetaron, y el roce de su mano consigue despertar una parte de mí que lleva horas desmayada por culpa de tanta actividad.

—Empiezo a pensar que eres tú la que quiere matarme —la acuso.

Su sonrisa me deja en el límite elástico de mi cordura. Si se parte, será culpa suya.

A punto está de ocurrir cuando se muerde los labios mientras sigue bajando la mano hasta alcanzar la hebilla de mi cinturón.

—No te mueras todavía, aún tienes que me verme ganar, Ástor.

Beso su sonrisa sin poder evitarlo. Me la pela que nos vean. Otra novedad en mí.

—Es evidente que habéis hecho las paces —oigo detrás de mí.

Me vuelvo y veo a Ulises, que analiza sagaz mi mirada empañada.

No digo nada, solo lo acerco a mí y lo abrazo con fuerza. ¡Au!

El poli se queda tieso, como si no se lo esperase. Exactamente igual que yo cuando él reaccionó tan rápido ayer al ver que mi madre estaba en peligro. Su eficacia para atajar una amenaza me dejó impresionado. Su arrojo. Su preocupación. Su auxilio.

—Gracias por ir a proteger a mi madre —digo sentido.

—Es mi trabajo —se excusa, incómodo.

Y una mierda... Sé lo que vi.

Recuerdo la expresión de sus ojos haciéndose cargo de mi calvario e intentando desvivirse por aliviarlo. Recuerdo su toque preocupado en mi brazo y su determinación heroica cuando me estaba hundiendo en una grieta oceánica de la que no había retorno. Recuerdo cómo nos gritó que folláramos de una vez cuando Keira y yo estábamos discutiendo... Me pareció que con esa frase nos daba su bendición para estar juntos. Como si entendiera por qué nos gustamos... Fue reconocer que ha aprendido a apreciarme de algún modo.

Ulises se aparta de mí y se alisa el traje, quizá para quitarse una extraña sensación de encima. La de mi gratitud eterna.

—Bueno..., ¿habéis visto a Sofía? —pregunta muy interesado.

—Tiene que estar por aquí —contesta Keira sin rastro de celos.

—Están allí. —Localizo a Charly de un vistazo—. Vamos con ellos.

Al llegar a su lado, el calentamiento global de la sala aumenta. Las miradas entre ellos hablan por sí mismas y no me cabe duda de que estos tres han gemido juntos.

Si la tensión sexual que generan se convirtiera en comida, no habría hambre en el mundo. Y de repente, aparece el que faltaba... Saúl.

Nos saluda cordial, con una sonrisa estudiada e interesante, y empieza a hablar con Sofía y Keira animadamente.

Charly, Ulises y yo lo miramos como si quisiéramos hacer un caldo con sus huesos.

Mi mejor amigo levanta una ceja, sorprendido de que todavía no le haya arrancado la cabeza después de la foto que ruló por todas partes ayer en la que robaba un beso a Keira.

—Que gane el mejor —oigo que le dice mi chica con pitorreo.

Keira está guardando las distancias con él por mí. Lo percibo. Y no me siento orgulloso de que mis celos la cohíban, pero mentiría si dijera que no me duele verlos juntos. Quizá sea que Keira me da algo de envidia... porque yo perdí el respeto de Saúl hace mucho tiempo. Sea como sea, sigo cabreado con él porque sabe perfectamente que no se puede ir por ahí besando a las novias de los demás.

«No es tu novia», me recuerda la mirada arrogante de Saúl.

Aparto la vista de él y apuro mi copa.

Me cuesta un mundo admitirlo, pero tiene razón. No es mi novia y nunca lo será. Si rechaza el planteamiento de ser mi amante, la perderé para siempre. Conocerá a otro. Le sonreirá. La besará... Y tendré que joderme mientras él no se cree lo afortunado que es por haberla encontrado. Más que yo, a pesar de mi fabulosa cuenta corriente.

Llega Héctor y consigue que me centre en él. Siempre ha tenido ese don, el de llenar el silencio con conversaciones interesantes; la silla nunca le ha impedido captar la atención. Incluso captó la de Carla cuando yo la estaba medio cortejando. Medio, sí... O quizá nunca lo hice. Ya no lo sé.

Se acerca el momento de empezar la partida de Keira y Saúl. La expectación es enorme. Todo está a punto en una sala donde han colocado una mesa y dos sillas con una plataforma elevada alrededor de un graderío para que la gente los observe. También hay pantallas que retransmiten el tablero en tiempo real conectadas a una aplicación móvil.

Keira y yo nos miramos. Sé lo que quiere. Toca desearle suerte.

Me acerco a ella y la abrazo de la cintura por un instante. Luego le cojo la cara y le digo que va a conseguirlo. Los dos sabemos que puede con Saúl. Ella se traga su sonrisa confiada y me ofrece otra anhelante. Le sujeto la barbilla y cubro sus labios con los míos en un beso casto y sentido.

—La única suerte aquí es la mía —le confieso en un murmullo.

Su cuerpo se eriza cuando una extraña corriente nos atraviesa.

—A por él —susurro enigmático.

Keira respira hondo y se sienta frente a Saúl con una mirada asesina.

—Házmelo suave, *porfa*... —suplica el cabrón con guasa, y ella sonríe por el doble sentido de la frase.

«¿Por qué tiene que ser un tío tan fantasma?». Y tan guay...

Mi chica comienza adelantando el peón de la dama, para liberarla. ¿O debería decir «desatarla»?

Es lógico empezar moviendo un peón. Si no abren camino a los alfiles, las torres y la dama no pueden moverse, pero hay que saber cuál de ellos mover si quieres controlar el centro del tablero.

Tocar el que está a la izquierda del rey debilita su defensa de un modo notable, y Saúl es justo esa pieza. Ese peón a la izquierda de su padre, que lo mira como si fuera su mayor vergüenza por no querer seguir sus pasos. Como lo fui yo en su día. Ahora solo soy el maldito «rey» inútil al que se quieren cargar.

Xavier me mira y me sonríe levantando las cejas. Me recuerda tanto a mi padre en ciertos gestos que apenas puedo sostenerle la mirada.

Me centro de nuevo en la partida, y constato que tanto Keira como Saúl empiezan a emplear unas estrategias cada vez más inusuales. Quiero creer que están haciendo hueco para maniobrar en un futuro, pero me cuesta adivinar sus planes.

Saúl busca un jaque incansable con su ficha fetiche, el alfil, y Keira termina adelantando su rey. Una acción de la que no soy muy partidario porque impide el enroque con la torre.

Me lamo los labios, nervioso.

Confío en Keira. Es muy creativa, y la he visto hacer verdaderas maravillas en el tablero. Sin embargo, la cosa se le está complicando.

Las fichas caen una tras otra capturadas en una matanza sin piedad hasta que solo quedan los reyes, un par de peones y un alfil de cada color. Tiene toda la pinta de acabar en tablas y habrá que repetir la partida.

Los dos estudian todas las opciones posibles. Yo he visualizado hasta seis jugadas anticipadas que no darían la victoria a nadie. Pero Keira, en un alarde de cálculo, imaginación y valentía, sacrifica un alfil. Algo completamente impensable para Saúl. Y para todos.

Este se da cuenta tarde de la doble amenaza de un peón de Keira por coronar el lado contrario y ser sustituido por la dama. Y para más inri, su rey pretende atacar a su preciado alfil arrinconándolo sin misericordia.

Saúl la mira, extasiado, Keira cierra los ojos con culpabilidad y un rey cae. ¡El de Saúl!

—Me tienes de rodillas —sentencia la partida con una frase sexy.

Estalla un escándalo que me rompe los tímpanos. ¡Con lo que me gusta a mí el silencio! Pero me alegro de que Keira ya esté en la final. Y si fuera contra mí, ya sería la hostia.

Suelo esperar todo el año para disfrutar de este momento... y se vuelve brutal cuando ella se lanza a mis brazos, feliz.

—Me he quedado loco —le confieso, admirado.

—¿En serio? ¡Es una jugada muy conocida! No sabía si me saldría bien... ¡Para mí es la mejor jugada de la historia! ¿1998? ¿Alexéi Shírov?

—No la conozco.

—¡Bua...! ¡Tienes que verla! ¡Es orgásmica!

—Tú sí que eres orgásmica —le susurro al oído.

—Contigo, multi... —musita justo antes de besarme.

A la gente le da reparo interrumpirnos. Oigo varios «aaay» muy tiernos y soy consciente de que cuando ella ya no esté me mirarán con pena al recordarnos así.

¿Por qué estoy pensando en cuando ella ya no esté? Quizá con suerte quiera quedarse conmigo.

Una bola del ocho imaginaria parece responderme un doloroso «no cuentes con ello». De todos modos, ahora tengo que concentrarme. En veinte minutos tendré delante a Xavier y quiero ganarle.

Pero no tengo que esperar tanto... Viene a buscarme las cosquillas mucho antes, en el descanso previo.

No contesto a ninguna de sus gilipolleces habituales. Respondo con monosílabos, rozando la mala educación. La frase más larga que le digo es «Terminemos con esto...» cuando por fin nos sentamos. A lo que Xavier contesta: «Esa es tu solución para todo, ¿verdad? Enterrar lo que te hace sentir mal».

Me quedo tan en *shock* que tardo en reaccionar.

«¿A qué se refiere? ¿A mí mismo o a mi padre?», me pregunto. Porque no es la primera vez que me acusa de fingir ser quien no soy. Él me conocía muy bien antes y me despreciaba.

Mi mente ha vuelto a aquella piscina sin poder remediarlo. A cuando dejé que el problema terminara por la vía fácil, y después lo enterré..., sacrificándome a mí por el camino.

Cuando la partida comienza, mi turbación es descomunal. No puedo ni pensar. Muevo fichas a lo loco por el tablero sin saber qué hago. Poco a poco, no obstante, consigo remontar y ponerle en problemas. Pero vuelve con el ataque psicológico.

—Juegas igual que tu padre, Ástor.

Lo miro impactado y su maliciosa sonrisa me deja noqueado.

Mis ojos vuelan hasta Keira, que me observa como si supiera exactamente lo mal que me he sentido al oír eso.

Y cuanto más necesito su apoyo, peor me siento. Me rayo pensando que no soy digno de ella y que nunca lo seré. No soy digno de nada bueno que me pueda pasar, joder... Elegí mi jugada hace mucho. Elegí sacrificar al rey para salvar a la reina.

Sin darme cuenta, Xavier me acorrala tanto fuera como dentro del tablero y consigue hacerme un jaque mate bestial. Estoy eliminado.

—Vete a descansar, Ástor —parlotea condescendiente dando por terminada la partida—. No quiero que pierdas la cabeza, como le pasó a él...

La gente se asusta cuando, de un manotazo, mando el tablero a tomar por culo y cojo de la camisa a Xavier para acercármelo a la cara con asco.

—¡Ástor, no! —oigo entre la multitud.

Sé que ha sido Keira.

A la vez, cinco o seis personas se abalanzan hacia mí para que suelte a Xavier, aunque sin éxito.

Lo miro con mi rabia al rojo vivo y le hablo casi pegado a su boca.

—Eres tú el que va a acabar como él como vuelvas a mencionarle.

Lo suelto y salgo de la sala sin que nadie ose interponerse en mi camino.

«¡Me cago en mi alma...!».

Nunca había sufrido un arrebato así y me avergüenzo profundamente de ello. Pero todo hombre tiene un límite.

Salgo del club dispuesto a subirme en el coche y largarme lejos, y de pronto me doy cuenta de que las llaves están en mi chaqueta. Y mi chaqueta está en la silla de la que me acabo de levantar cabreado. ¡Puta mierda!

En este momento, Ulises y Charly aparecen en el aparcamiento con mi blazer en la mano.

—¡¿Te has vuelto loco?! —me increpa Ulises. Charly no se atreve.

—¡¿Vas a tocarme los huevos tú también?! ¡Porque ya me los han tocado bastante!

—No puedes dejar que ese viejo te afecte así —opina Charly—. ¡Pasa de él, joder...! ¡Siempre te lo digo y nunca me haces caso!

—¡No puedo! ¡Ese hijo de puta está detrás de todo! ¡Lo sé y no puedo hacer nada al respecto! —Resopló furioso—. Mi chaqueta... —exijo serio.

La cojo y rescato las llaves del coche del bolsillo.

—No apoyo lo que has hecho —condena Ulises—, pero esta pelea nos ha dado un motivo para volver a pedir una orden para investigar a Xavier... Es evidente que tiene una fijación obsesiva contigo.

—Quiere que explote... Eso quiere. ¡Quiere verme encerrado... o muerto! Y al final lo va a conseguir.

—Necesitas relajarte —apunta Charly, que me quita la chaqueta de la mano y la abre para que me la ponga—. Vámonos al Dark Kiss. Ya es hora, As...

—No —respondo por inercia. Aunque lo necesite, no puedo ir.

—¿Por qué no? ¡Es la forma más rápida de que todo te importe una mierda! Lo necesitas.

—¿Qué es el Dark Kiss? —pregunta Ulises, perdido.

—Un club experimental —contesta Charly—. Ástor está perdiendo el control... Y no me hostiéis, pero la culpa la tiene Keira. ¡Está haciendo que lo sientas todo demasiado a flor de piel, Ástor, y no es buen momento para que estés hipersensible! Tus enemigos lo están aprovechando.

Cierro los ojos, torturado.

Que me aspen si no tiene sentido lo que Charly acaba de decir.

¡Me estoy convirtiendo en un caballito de mar! Locamente enamorado de una individua de otra especie marina con la que nunca podré concebir.

—Vámonos al Dark —sentencio yendo hacia mi coche.

Ulises no sabe qué hacer cuando Charly celebra mi resurrección demoniaca con un grito de euforia.

—¡Vente, Ulises! —le pide yendo hacia su coche deprisa. Sabe que tenemos que irnos antes de que las chicas y mi hermano nos detengan—. A ti también te vendrá de puta madre para quitarte las mierdas de la cabeza... ¡Todas!

Mi mirada coincide con la del inspector. Su indecisión me pide permiso.

—Ven con nosotros —lo invito.

No tarda ni un segundo en subirse a mi coche de copiloto por primera vez desde que lo conozco. Es un gran paso para nosotros. El gesto da a entender que ya se fía de que lo lleve.

Salimos del aparcamiento con un acelerón y un giro brusco de volante de los que dejan marcas en el suelo.

Ulises me mira alucinado. Yo lo miro. Y terminamos sonriéndonos.

Todavía no me creo que esté renunciado a mi última noche con Keira... Porque lo es. Lo estoy firmando ya. Sé que la fiesta se va a alargar. Sé que mantendré relaciones sexuales con gente varia y sé que me drogaré... porque necesito olvidar por un momento que mañana termina el torneo y que perderé a Keira para siempre.

32
Dark kiss

> Si tus planes son buenos, no hay necesidad de esconderlos.
>
> Magnus Carlsen

—¡Keira...!

Una voz me detiene justo cuando estoy a punto de salir corriendo detrás de Ulises y Charly, que se han ido en busca de Ástor.

Por lo visto, Xavier tiene algo importante que decirme y quiero saber qué es.

—No era mi intención que pasara esto.

Mi cabreo entrecruza mis cables pelados.

—¡¿Y qué pretendías que pasara diciendo todo eso a Ástor?!

Saúl se interpone entre nosotros para calmarme.

—No le hagas caso, Keira. Es su estilo. Tirar la piedra y esconder la mano después.

—¡Si os tiro piedras es por vuestro bien! —exclama Xavier—. ¡Sois todos estúpidos!

—Y tú solo sabes ganar a costa de sacar trapos sucios —le increpa su hijo.

—Dicen que nada puede hacer daño a aquel que es feliz consigo mismo —suelta desdeñoso—. Si Ástor se pone así, por algo será... ¡Solo quería advertirle de que lleva el mismo mal camino que su padre!

—¿Qué mal camino? —pregunto extrañada.

—No le escuches, Keira —me ruega Saúl.

Xavier sonríe al percibir el ahínco con el que su hijo defiende a Ástor.

—Se protegen entre ellos, querida... No tienes más que ver dónde acabará esta noche Ástor para entender a qué camino me refiero... ¡El de la depravación!

—Vámonos, Keira. —Saúl me arrastra fuera del alcance de Xavier.

—¡No! ¡Suéltame! ¡Quiero escucharle!

—No lo hagas, por favor... —me pide imperiosamente—. Mi padre sería feliz viviendo en una sociedad conservadora y teocrática. Cree que los derechos humanos son puro libertinaje.

De pronto, veo a Héctor a punto de salir y corro a reunirme con él.

—¡Héctor!

—¡Keira! ¿Dónde está Ástor? No contesta al teléfono. Cuando se pone así es cuando más inútil me siento, de verdad. ¡No puedo seguirle ni pararle los pies!

—Charly y Ulises han ido a buscarle.

—Ya, pero dudo que ellos lo detengan. Están más locos que él.

Su respuesta me sorprende y me coge de la mano visiblemente preocupado.

—Tienes que encontrarlo, Keira, por favor... No quiero que recaiga.

«¿Recaer en qué? ¿En lo que me contó sobre autolesionarse?».

—¡Keira! —Sofía llega a mi lado, alterada—. ¡¿Dónde están?!

—No lo sé. Han salido... Vamos a buscarlos.

Al llegar al aparcamiento, descubrimos que sus coches han desaparecido.

—¿Adónde habrán ido? —me pregunto en voz alta.

Héctor maldice por lo bajo como si no le extrañara en absoluto.

—A un lugar al que yo no puedo seguirles —responde anulado.

—¿Qué lugar?

—Sé adónde han ido —afirma Sofía.

—Yo también. Puedo acompañaros —se ofrece Saúl.

—Es mejor que no vengas —opina Sofía—. Solo empeorarías las cosas.

—Yo no soy mi padre —masculla ofendido.

—Ya, pero eres el tío que ayer besó a Keira —replica Sofía, acusadora.

—¿La besaste? —Héctor está atónito—. Chaval, ¿tú no tienes tu propio coto de caza que siempre tienes que venir al nuestro?

Saúl pone los ojos en blanco por la alegoría y lo ignora.

—Me quedo, pero llamadme si me necesitáis. Iré a buscaros adonde sea, cuando sea —dice a Sofía, solícito. Luego me mira fijamente como si de verdad le importásemos las dos. Qué mono.

—Gracias —responde Sofía, afable, y le aprieta una mano, gesto que imito.

Ayudamos a Héctor a subir a su coche adaptado, aunque nos diga que no le hace falta. Coloca la silla a su lado, desmontada, y nos mira.

—Chicas, tened cuidado, por favor. Y Keira..., felicidades por vencer esta noche. Espero que mañana me des una alegría y ganes al gilipollas de Xavier.

—Descuida —digo sin tenerlas todas conmigo. Porque lo que Xavier ha hecho hace un rato me ha parecido soberbio. Claro que Ástor estaba muy distraído.

—¿Seguro que te vas bien? —pregunto preocupada.

—Sí. Necesito que llegue ya mañana y que Carla salga de donde esté escondida —murmura Héctor, y se lo ve esperanzado.

Lo miro intentando robarle un poco de confianza y me despido con un beso en la mejilla. Me sonríe agradecido y arranca.

En cuanto me vuelvo hacia Sofía, me cruzo de brazos.

—¿De verdad sabes dónde están?

—Tengo una ligera idea...

—¿Dónde?

—En un club de perversión ultrasecreto para ricos y famosos.

—¿Cómo...?

—Ser socio cuesta unos ochenta mil euros al año. Y adivina, necesitamos cambiarnos de ropa para que nos dejen entrar.

Joder. Vale... Pervertido. Secreto. Ricos. Suena fatal..., suena a que tengo muy idealizado al Ástor de los últimos días. Suena a que ha despertado de un embrujo y no quiere ser esa persona nunca más. Y lo más importante, suena a que voy a pasarlo mal y a que no me va a gustar lo que veré.

Y por supuesto, suena a que los cuentos de hadas son solo películas de Hollywood.

—¿Y cómo vamos a entrar en ese club, Sofía? —digo, aunque la pregunta que en realidad me hago es: «¿Quiero entrar?».

—Tengo mis contactos —responde ella, taimada.

Cuando me miro en el espejo en casa de Sofía no doy crédito. ¡No puedo salir así a la calle por nada del mundo!

—Das el pego de sobra —responde ella a mi frase no pronunciada.

—¿Qué tipo de club exige que nos vistamos así? —pregunto temerosa.

—Uno en el que se hacen toda clase de actividades sórdidas. Su principal fin es proteger la identidad de quienes las disfrutan.

—Sofía, ¿cómo estás tan segura de que van a estar allí?

—Porque llevan años yendo, y porque me lo marca el localizador del teléfono de Charly.

—¿Un localizador?

—Sí, lo rastreo mediante una aplicación de pago.

—¡Eso es muy psicópata!

—Peor es él, que lo sabe y le encanta que lo haga. Estás preciosa, ¿sabes? —dice cambiando de tema.

Vuelvo a mirarme en el espejo y resoplo frustrada.

—¡Se me ve todo, joder!

—Ni te mirarán. Allí hay chicas en pelotas por todas partes.

Subo las cejas, impresionada. Vale... Entiendo. Pero casi me parece mejor ir desnuda, de verdad.

Mi vestido es negro. Y hasta ahí puedo contar.

Bueno. Sigo... ¡De perdidos al río! Os juro que es como si me hubiese comprado un vestido normal y me lo hubiera rajado con un cuchillo por todas partes. Su desconcertante diseño consiste en una serie de grandes aberturas en forma de diamante por toda la parte delantera que cubren estratégicamente mis pezones (que no la forma de mi pecho) y dejan casi toda mi figura al descubierto. No hay lugar para la imaginación, en serio.

Por su parte, Sofía va con un minivestido dorado confeccionado con un tejido llamado lúrex. Por lo visto, es hilo de aluminio bañado en oro que hace que la prenda sea prácticamente transparente. Además va sin sujetador y con un tanga de color carne.

—Se te ven los pezones —la aviso—. ¿Vas a salir así a la calle?

—Este vestido es de una firma muy cara. Cuando presentaron la colección, la modelo que lo llevó en la pasarela iba así. Si no me crees, compruébalo.

Me enseña la foto que lo demuestra.

—Nadie ha dicho que los diseñadores no vayan colocados cuando crean...

—Es precioso —sentencia convencida—. Estaba esperando la oportunidad adecuada para estrenarlo.

—Ya... Es que nunca es buen momento para ir por la calle en tetas.

—Por la calle no, pero sí en un antro como al que vamos. —Sonríe perversa.

—No sé si quiero ir, Sofía —decido de pronto—. Creo que voy a pasar...

—¡¿Por qué?!

—¡¿Qué sentido tiene?! —exclamo abriendo los brazos, dolida—. ¿Me planto allí en plan: «Hola, Ástor, vengo a salvarte de ti mismo. Vámonos a casa, ¡esto no te conviene!»? ¡Yo no soy nadie para él! Ni su novia ni su madre... Me dirá que él hace lo que quiere.

—¡Lo que quiere es estar contigo! Pero le acojona tanto lo que siente por ti que necesita blindarse, Keira.

—¿Por qué las mujeres intentamos engañarnos pensando eso? —replico pensativa—. «Es que el pobre me quiere tanto que claro...» —parafraseo cabreada—. ¡La culpa es nuestra! Que solo nos gustan los tíos lo suficientemente cretinos para pensar que podemos cambiarlos...

Sofía sonríe.

—Me gusta lo que oigo..., aunque yo voy más allá. Me parece fantástico que rehúsen sentirse vulnerables por una tía, pero sus cerebros de guisante no pueden concebir que nosotras también necesitemos descansar de sus tonterías y de todo lo que nos hacen sentir, que es el doble, por cierto. Es indudable que las mujeres tenemos más aguante para soportar dolor, tanto físico como sentimental, pero si ellos se van de putas para aliviarlo, nosotras nos vamos de putos, ¿estamos? A ver si lo soportan.

La miro con incredulidad.

—¿Te he dicho que eres mi *ídola*?

Sofía sonríe encantada.

—Alguna que otra vez... —Me saca la lengua—. Nosotras tenemos que aguantar la típica frasecita de que una noche de sexo no signifique nada para ellos, pero veremos si aguantan que la tengamos nosotras.

—¡Me apunto a eso!

—La única forma de romper con los estereotipos es demostrando que lo son.

—¡Adelante! —Me pongo de pie con ganas renovadas.

Sofía me ha hecho pensar; ella sabe cómo demostrar que no es solo una cara bonita. Es de esas personas que te animan a improvisar y a ser valiente. Ahora entiendo que a Ulises le haya calado tanto.

Ástor y yo aún no hemos hablado claramente de nuestro futuro. Nos hemos dicho «Te quiero», pero es fácil querer cosas... Sobre todo las que no podemos tener y no nos convienen.

No hace falta que venga nadie a decirme que me he enamorado de un imposible. Pero la pregunta adecuada sería: «Sin futuro, ¿según quién?».

Está claro que acabamos de empezar, que ahora mismo bebemos los vientos el uno por el otro, pero cuando se terminen los seis meses de retozar como animales sobre cualquier superficie, ¿qué ocurrirá?

Sé que ni siquiera debería estar pensando en ello, pero no puedo evitarlo, soy ajedrecista, y siempre estoy pensando en las próximas jugadas para no equivocarme en la inmediata.

Tal como yo lo veo, solo tenemos una opción: empezar a salir y ver cómo nos va, descubrir si nos adaptamos bien o no estamos dispuestos a aguantar ciertas cosas por el otro.

Un taxi nos deja delante de la puerta del club y...

¡¿Qué no iban a mirarnos?! Madre mía de mi vida...

Al acercarnos a la entrada Sofía parece conocer al tipo de la puerta porque se abrazan efusivos y él la piropea. Me presenta, y el gorila, un tío tres por tres con pinta de cagar cadenas, evalúa mi modelito de arriba abajo y asiente sin decir nada.

«Se me ve todo, lo sé...», pienso. Y por eso flipo cuando nos entrega un par de antifaces de encaje negro, dando a entender que en este club debe ir todo al descubierto menos la cara.

Por dentro, el local es espectacular. El mínimo detalle está rematado con una elegancia exquisita. Las luces, la decoración vegetal, los muebles... Hay gente fumando fuera y se oye música de fondo.

Algunos hombres se nos quedan mirando con más interés que una pantera a un cervatillo. Sofía me ha mentido. Dentro, las mujeres no van completamente desnudas. La mayoría se pasea con elaborados conjuntos de encaje dignos de una noche de bodas satánica, mientras que los hombres van vestidos de etiqueta y la mayoría lleva máscara para salvaguardar su identidad.

La interacción entre los asistentes me recuerda a las bacanales de la antigua Roma. No es que haya estado en alguna, pero he visto películas e imágenes suficientes; voy a resumirlo en un «todos con todos» demencial.

He registrado algunos artilugios propios del BDSM, para los que estén dispuestos a explorar sensaciones fuertes.

Sofía me lleva hacia una barra donde también saluda a la camarera con un meloso beso en la boca. Disimulo mi desconcierto al verlo. Pide unas copas y me mira para evaluar mi opinión.

—¿Conoces mucho a esta gente? —pregunto casi obligada.

—Sí. Antes trabajaba aquí... Por eso nos han dejado entrar gratis.

Me quedo boquiabierta. Miles de posibilidades pueblan mi mente.

—Aquí conocí a Ástor y a Charly antes de entrar en la universidad.

Esa información ofrece una nueva perspectiva a todo. A Ástor. A mí... A ellos. Joder... Mi vida es como una fiesta sorpresa continua.

—¿Carla también trabajaba aquí? —pregunto interesada.

—¡No! Nunca traería a Carla a un sitio así. ¡Se sentiría incómoda!

Nos guardan los abrigos detrás de la barra y pedimos unas bebidas.

Sigo a Sofía hasta un reservado acolchado y se sienta a contemplar el panorama. ¿De verdad han traído a Ulises aquí?

—¿Cómo habrá entrado Ulises? —pregunto curiosa.

—Pagando la entrada de una noche. Son dos mil euros.

Abro los ojos alucinada. ¡¿Dos mil?!

—Vale... ¿Cuál es el plan, Sofi?

—Este —responde enseñándome una pastilla y haciéndola desaparecer en su boca. Me ofrece otra y niego con la cabeza.

—Te vendría bien...

—¿Qué efectos tiene?

—Te hace feliz.

—Yo no necesito pastillas para eso.

—Entonces, igual no sabes lo que es ser feliz de verdad. —Coge su copa y le da un trago largo.

Me pregunto si habla en serio. Supongo que todo el mundo tiene claroscuros. Yo soy antidrogas desde mucho antes de ser policía. No las entiendo. ¿Dan la felicidad? ¿Seguro? En todo caso, será una felicidad falsa e irreal que luego acaba fundiéndose y haciendo que te golpees con más dureza contra la realidad.

—¿Dónde están? ¿Los ves? —pregunto inquieta—. ¿Qué hacemos?

—Necesitas relajarte... —me reprende—. El plan consiste en pasarlo bien. Si lo pasamos bien, ellos nos encontrarán a nosotras, créeme.

Siento que Sofía me da mil vueltas en el arte de la guerra de sexos.

—Aquí hay mucha gente... —mascullo—. Igual no nos ven.

—Están a tus tres y diez, Keira. Pero, en serio, necesitas beberte un par de copas antes de empezar a juzgarlo todo.

Miro hacia las coordenadas indicadas y lo que veo me deja sin aliento.

Ástor, Charly y Ulises han invadido una zona en la que hay un sofá negro enorme, dos sillones grandes y una mesita baja. Ulises ocupa una butaca individual y está dándose el lote con una chica que tiene subida encima. *OMG!*

Su camisa negra está completamente abierta y ella manosea su miembro por encima del pantalón. Charly está... ¡Oh, no...! Está metiéndose una raya en la mesa con dos chicas al lado que lo miran deseosas de que las invite. Y Ástor... ¡Por Dios...! Tiene los pies en el suelo, pero está estirado cuan largo es sobre el sofá con la cabeza hundida entre los cojines del respaldo y... hay una chica sentada a su lado, agachada sobre él que, por cómo mueve la cabeza, diría que le está...

Aparto la mirada, sobrepasada.

«¡Pero ¿qué esperaba ver?! ¿Una reunión de *boy scouts*?».

Me dan ganas de levantarme y salir de aquí sin mirar atrás. Sin embargo, primero cojo mi copa y le doy varios tragos seguidos para paliar el dolor. Es oficial: venir ha sido una idea pésima.

Sofía me pone una mano en la espalda a modo de consuelo.

—Y aun así, está enamorado de ti, ¿qué te parece? —dice irónica.

—Sí, ya... —musito dolida—. Si lo estuviera no haría esas cosas...

—Estar enamorado es muy jodido, ¿sabes? Porque no implica obligatoriamente ser correspondido o que sea una posibilidad real.

—Yo le correspondo. Y Ástor lo sabe. No hay excusa que valga.

—¿Ni siquiera el amor?

—Si hay amor, no hay cuernos. No hay ganas de nadie más. Es muy sencillo, Sofía.

—No hay nada sencillo en el amor —defiende—. Es puro caos. Es alegría. Es dolor y es miedo... El amor es muchas cosas y no todas son buenas.

—Recuérdame otra vez para qué hemos venido aquí —digo sin dejar de visualizar en mi mente esa mamada.

—Para darles una puñetera lección —sentencia Sofía, belicosa—. Charly estaba loco por traer aquí a Ulises... Lo ha convertido en su pequeño proyecto de ciencias, se lo está pasando pipa con él, volviéndolo loco, pero ¿sabes qué? Que a Ulises le está viniendo bien para abrir su mente. Es lo que necesitaba... o nunca olvidará a Sara.

Levanto una ceja.

—¿Y qué ganas tú con todo esto?

—Nada, solo quiero ayudarle.

—No me lo creo, lo siento. Eres muchas cosas, pero no una buena samaritana. ¿Qué ganas tú con esto? Contesta.

Su cara muda al desconcierto y es consciente de que la he pillado. Bebe de su copa como si no tuviera escapatoria y suspira.

—Vale, pero no quiero que te cabrees, Keira —empieza cautelosa.

«Ay, madre...».

—¿Qué pasa?

—Es que... me he enamorado de Ulises —dice cerrando los ojos como si fuera lo peor que podía pasarle—. Y nunca me había enamorado. No así... Siempre lo tengo todo bajo control con los hombres. Me gusta el sexo con ellos y me gusta gustarles. También estar en pareja... Pero nunca me había colgado así de nadie.

—Así, ¿cómo? Explícate —pregunto interesada.

—Pues... en cuanto me levanto, mi primer pensamiento del día es para él. Y ya no sale de mi mente en toda la jornada... ¡Keira, hasta ahora, yo solo he pensado en mí misma! Luego... necesito verle, y nunca había necesitado ver a nadie con tanta prisa. Lo echo de menos cuando no está conmigo, lo que tampoco es normal. ¡Yo no suelo necesitar a nadie, joder! Al revés; de hecho, necesito tomarme mis descansos de la gente. Forzar sonrisas es agotador, pero con él no me pasa porque son naturales y... también me hace sentir segura, aunque me duela el estómago cuando lo veo. Además, todas las putas canciones me recuerdan a él y me he vuelto mejor persona o algo así... ¡Estoy acabadísima!

No puedo evitar soltar una carcajada ante esa última frase. Y me fastidia pensar que yo siento lo mismo por Ástor, aunque vaya a correrse en la boca de otra de un momento a otro... ¡Maldita sea!

—Ulises es el mejor —le aseguro a Sofía con convicción.

—Sí, pero está muy jodido... Por eso creo que reventarle un poco la cabeza no le vendrá mal. Tiene que borrar recuerdos para hacer hueco a otros nuevos... Necesito que se permita quererme un poco. —Sus ojos brillan al decirlo, amenazando con derramar lágrimas que, sin embargo, no llegan a caer. Ella las doma con maestría. Parece tener práctica en hacerlo.

—¿Y qué pasará cuando te quiera? —le pregunto preocupada—. Tus planes de futuro no encajan con su vida.

Lo digo porque es lo que yo pienso de mí misma con respecto al gilipollas del sofá negro.

—Las mujeres de la posición a la que aspiro tienen todos los amantes que quieren —responde con despreocupación.

—Ulises es orgulloso y tradicional, no se prestará a ser «el amante».

—Ahora mismo, él no se plantea nada con nadie. Primero, que supere esa barrera, y luego, ya veremos.

Vuelvo a mirar hacia Ástor comprendiendo que estamos en una situación parecida. ¿Voy a continuar en su vida? ¿En calidad de qué? Es como si lo único que me importara fuera salvarle de su infierno interior al que lleva años agarrado por..., bueno, por motivos de peso como la muerte de su padre o la discapacidad de su hermano. A pesar de todo, debería pasar página y tratar de ser feliz. Conmigo o con otra. Nuestro amor es solo un ensayo general de lo que podría llegar a sentir el resto de su vida. Y luego... «Ya hablaremos de nosotros», como dice Sofía.

Me fijo bien y veo que la chica ya no está sobre él, pero sigue en la misma posición que antes. No la ha variado ni un ápice. Me pregunto si se habrá tomado algo y estará desmayado. Por un momento, temo por él. Debo de ser idiota.

Ahora es Ulises el que disfruta de una limpieza de sable privada.

«¡Será cabrón! ¡Qué bien se lo pasa en horas de curro!».

Charly lo observa con sumo interés, y de repente, se levanta, va hacia él y... ¡le besa! ¡Dios santo...!

Es impactante ver que Ulises le sigue la corriente como si no supiera lo que está haciendo. Eso sí, muerto de ganas.

Creo que es lo más pornográfico que he visto nunca.

Miro a Sofía, alucinada, y ella me sonríe encogiéndose de hombros.

—A mí no me mires. A Charly le gusta todo, y Ulises... está en un proceso de ensayo y error, pero todavía no ha sucumbido completamente... Quizá lo haga esta noche.

«¡Madre del amor hermoso!».

—Si no lo veo, no lo creo —farfullo conmocionada.

Es como si la forma de pensar de Ulises hubiera cambiado de la noche a la mañana. ¡Esto es surrealista!

—No pongas esa cara —me riñe Sofía—. Si te hubieras tomado la pastilla, tú y yo ya estaríamos morreándonos.

Me da la risa. Es eso o llorar.

—No necesito ninguna pastilla para besarte —digo con chulería—. Si quiero hacer algo, lo hago. Las drogas no te impulsan a hacer nada que no quieras. Las drogas son para los cobardes, los que no se atreven... A mí me gusta disfrutar de las cosas a plena conciencia. Que sea real.

Me sonríe y me mira con admiración.

—No me extraña que Ástor haya perdido la chaveta por ti, Keira. ¡Eres genial! Y fuerte. Si los chicos nos vieran besarnos, creo que les daría un síncope.

—Pues no lo descartes —digo con osadía, y bebo de mi copa.

Sofía suelta una carcajada ante mi tono vengativo.

—¿Qué tienes pensado? —pregunto más seria—. Quiero saberlo...

—Y yo quiero que me cedas el control por una vez, Keira. Relájate o mi plan no funcionará. Necesitas beber más, porque vas a tener que cooperar y es preciso que nos deshagamos de tu mente calculadora. Apura tu copa y pidamos otra.

—¿Perdona? ¡Tú eres mucho más calculadora que yo! —Me río.

—Eso me dice Ástor siempre cuando le sugiero mil argucias para que cambie las cosas de una vez por todas en el KUN, pero no se atreve.

—Que tú hagas que parezca fácil no significa que lo sea, Sofía.

—Sí que lo es. Cuando llegue el momento, tú sígueme el juego, nada más. Únicamente tiene que parecer que te diviertes... O mejor, arriésgate a divertirte de verdad. ¡Suéltate la melena! Solo así entenderás lo poco que significa para Ástor que una tía que no sabe ni cómo se llama se la haya mamado durante un minuto. Tú le importas mucho, Keira.

—No vas a convencerme. Ahora mismo le odio.

—Lo que pasa es que estás celosa... Y cuanto antes te quites esas gilipolleces de la cabeza, mejor. Por eso me gusta tanto Charly, él sabe lo que siento por él al margen de con quién me corra —dice convencida—. El sexo es sexo y el amor es amor, aunque la mayoría de la gente no sabe ver la diferencia.

Me acuerdo de cuando yo postulaba lo mismo. Y ahora me doy cuenta de que yo tampoco sé diferenciarlo. A la vista está. O quizá es que antes no estaba realmente enamorada...

—Vale... Lo intentaré. Te seguiré el juego, Sofía.

Desde el momento en que le doy luz verde, empieza la locura.

Intento olvidarme de mi vida y de mi trabajo. Y los chupitos me ayudan. Bebo y finjo pasarlo bien. Como si mi jornada laboral hubiera terminado y yo no fuera yo. La de Ulises, desde luego, parece finiquitada del todo.

Cuando nuestras sonrisas ya son perpetuas, Sofía hace una señal a la chica de la barra, y cuatro chicos altos, guapos y musculosos vienen hacia nosotras y empiezan a colocar copas de champán encima de nuestra mesa para ofrecer un espectáculo que llamará la atención de todo el local. Consiguen alzar una estructura de cristal cada vez más alta que culmina en una sola copa.

Vuelvo la mirada hacia Sofía y descubro que ya se está besando con uno de los chicos. Él le succiona los pechos por encima del vestido y ella parece sentirlo como si no llevara nada. La escena me resulta tan excitante que todo mi cuerpo se tensa.

De pronto, otro de los chicos se sienta a mi lado y empieza a besarme el cuello de una forma muy sensual.

«¡No, por favor!», chilla mi raciocinio apareciendo en escena.

Su cuerpo es una roca; sus labios, de terciopelo, y debe de tener mi edad, pero... no lo conozco de nada y...

Estoy a punto de apartarle con educación cuando una luz cegadora cae sobre la pirámide de copas enfocando directamente nuestro reservado.

Multitud de cabezas se vuelven hacia nosotras y me apuesto lo que sea a que Ástor terminará mirando, porque han apagado el resto de las luces y empieza a sonar «Symphony» de Zara Larsson.

Adoro esta canción.

Siento que el universo me empuja a cooperar y cierro los ojos.

Me olvido de dónde estoy y me presto a las caricias del chico que, en realidad, son muy agradables. Intento pensar que no es un hombre que se esté aprovechando de mí, sino que, más bien, soy yo quien se aprovecha de él... ¡Es su trabajo!, le pagan por hacerlo, y eso me da fuerza para canalizar mis miedos y dejarme tocar. Además, está siendo superdulce y respetuoso, y noto que ronda mis labios pidiéndome permiso.

«Vale... Allá vamos».

Nos besamos al ritmo de la música y... ¡Guau...!

Me da un repaso con la legua que me deja flotando. ¡Vaya labios! La gente grita y creo que me estoy perdiendo cómo el champán cae de una copa a otra y rebosa hasta abajo. ¡Mecachis...!

Abro los ojos para averiguar si mi actuación ha servido para algo y descubro que los objetivos están de pie en su reservado, discutiendo entre ellos. No dejan de mirar hacia aquí. ¡Nos han visto!

Al momento entiendo que esto es una patada en toda la cara a una idea muy concreta: los hombres se escudan en el sexo vacío de sentimientos como mero alivio, tratando a la mujer como un objeto sexual. En cambio, que una mujer lo haga ni se les pasa por la cabeza. Está mal visto. Nos carcome. Lo tenemos prohibido moralmente... Pero el sexo vacío lo es para todos, y no tengo que sentirme mal conmigo misma por recurrir a él. Lo interesante del caso, por supuesto, es que esa vacuidad es una falacia, y sé que Sofía tratará de desmentirla cuando respondan con enfado en tres, dos, uno...

Me parece una gran lección para todos, que se joda mister Mamadas.

Cierro los ojos y me dejo seducir por las caricias adictivas y sensuales de... llamémosle X. Me aúpa contra su cuerpo duro, haciéndome sentir deseada, y me besa con delicadeza. ¡Así es imposible no ponerse a tono...! No me quiero imaginar el erotismo que desprendemos ahora mismo. Soy la primera que está fascinada por ser capaz de hacer esto sin juzgarme a mí misma.

De pronto, miro a Sofía, que me sonríe subiendo las cejas y

haciendo un gesto de triunfo. Sabe que nuestras víctimas nos están acechando.

Y, ni corta ni perezosa, me acerco a ella y la beso apasionadamente.

Su sorpresa es genuina, pero noto su sonrisa en mi boca y comienza a responderme con lujuria y a arquearse de forma sensual.

Hay mucha gente alrededor de la fuente de champán esperando a coger una copa de cortesía frente a nuestra *performance*, y noto que alguien, de pronto, me roza el brazo obligándome a finalizar el beso.

¡Es Ástor!

Me mira a través de su antifaz con una expresión que promete represalias graves. Lo que no consigo entender es por qué eso me calienta tanto la sangre. En este momento soy pura adrenalina.

—¿Qué cojones hacéis vosotras aquí? —pregunta el mismo al que le parecía mal saludar con un «hola».

—Ástooor... —arrastro su nombre, feliciana—. ¿Cómo te va? Estamos pasando el rato, ¿verdad, Sofi?

La susodicha intenta aguantarse la risa, pero apenas lo consigue.

—Sííí... ¡Hola, As! Estaba enseñando a Keira todo esto, ya sabes... ¿Qué hacéis vosotros por aquí?

—¿Qué crees que hacemos? —dice furioso—. Intentar relajarnos.

—¡Pues igual que nosotras! Entonces todo aclarado, ¿no?

Charly se agacha frente a Sofía como si fuera una reina egipcia tumbada en un sofá. Nos mira totalmente subyugado, demostrando que nos ha visto besarnos.

—Sof..., ¿te apetece tomar algo? —pregunta muriéndose por ella.

—Estoy servida, gracias —responde con fingida indiferencia—. Hola, Ulises... —Lo saluda de lejos—. Espero que os estéis divirtiendo tanto como nosotras. ¡Hasta luego, chicos!

No puedo borrar la sonrisa de mi cara al ver que no tienen intención de moverse. Por mi parte, en vez de enfrentarme de nuevo a Ástor, miro al señor X, que me espera sonriente dispuesto a empezar de nuevo. Avanzo hacia su cara, pero Ástor intercepta el acercamiento.

—Disculpa... —le dice en un alarde de educación—. ¿Serías tan amable de dejarme hablar con ella un momento?

Se saca cien euros del bolsillo y se los tiende con dos dedos.

El traidor de X los coge, se encoge de hombros y se va.

Miro a Ástor furiosa porque me ha quitado «mi juguete». ¿He ido yo a apartar a la tía de su miembro tirándola del pelo? Increíble...

¿Ellos pueden «relajarse» y nosotras no? ¡Demostrado!

Sofía se levanta del sofá y camina hasta la barra con aires gatunos. Ulises y Charly la siguen como lo harían dos patitos con su madre.

Ástor aprovecha su ausencia para sentarse a mi lado y me levanto huyendo de él.

—¡¿Por qué has hecho que ese chico se vaya?! —exclamo enfadada—. ¿Yo no tengo derecho a divertirme? ¡Hace un momento una tía te la estaba chupando!

Pero Ástor ni siquiera me mira a la cara. Su vista se ha perdido en mi vestido en cuanto me he puesto de pie y ahora saliva como lo haría un animal salvaje ante su presa. Sus ojos azules vuelven a clavarse en mi retina y se pone de pie, enfadado.

—Keira... —me reprende con dureza, pero las palabras se le funden en los labios cuando capta mi postura indignada—. Tú no eres así.

—Así, ¿cómo? No te sigo, Ástor. Porque eres tú el que acaba de echar a ese chico, ¡yo iba a seguir besándole! ¿Te crees un caballero de brillante armadura con el escudo de los De Lerma bien visible? ¡No necesito que me salves de nada...! ¡Tú sigue a lo tuyo!

Se acerca a mi cara, furioso por lo que acabo de decirle. Aun así, me mantengo firme y no retrocedo.

—Me la suda ese emblema y todo lo que representa, Keira. Pero a mi madre le importa mucho, y por eso lo respeto. Tú, sin embargo, no engañas a nadie aunque beses a Sofía.

—¡Tú tampoco! ¡Por muchos tatuajes que te borres!

La gente a nuestro alrededor sigue de fiesta y el barullo va en aumento.

—Joder... Acompáñame a un lugar más privado.

—¿Sin un «por favor» ni nada? Tú flipas... —Sonrío sin ganas—. No tenemos nada de que hablar, Ástor. A no ser que quieras contarme por qué te has ido corriendo del torneo para venir a un sitio como este.

Lo veo cerrar los ojos afligido durante un segundo, pero enseguida se acerca de nuevo a mi oreja para que le oiga mejor.

—He venido porque ya no podía más... Necesitaba olvidarlo todo.

Lo miro a los ojos, herida.

—¿A mí también?

Me sostiene la mirada sin saber qué decir y percibo que apenas hay azul en sus iris.

—¿Te has drogado? —pregunto extrañada.

En lugar de responder, aparta la vista e inspira cansado. Sé lo que significa eso.

—Tú no eres así —le suelto las mismas palabras que él a mí.

—¡Tú no sabes cómo soy! —exclama disgustado.

—Pero tú sí sabes cómo soy yo, ¿no?

—¡Sí, joder! ¡Tú eres la puta hostia...! ¡Siempre lo haces todo bien!

—¡Yo no lo hago todo bien! —le grito en la cara—. ¡Me he liado contigo! ¡Primer error! ¡Y luego me he enamorado de ti! ¡Segundo error...!

Baja la cabeza molesto por mis palabras y se acerca a mi oído otra vez cogiéndome del brazo con vehemencia.

—No quiero hablar a gritos, Keira. Por favor, ven conmigo... Por favor...

Me mira fijamente y capto tanta agonía en su petición que cedo.

Asiento, y me coge de la mano para llevarme a algún sitio. Sin embargo, me suelto de un tirón. No quiero sus malditas manos sobre mí.

Me mira desconcertado. Piensa rápido y vuelve a cogerme de la mano para arrastrarme a la fuerza hasta donde se ha propuesto.

La ira se apodera de mí al comprobar que no puedo soltarme aunque quiera. ¿Se cree un hombre de las cavernas o qué?

Nos adentramos en la zona de juegos del club y nos cruzamos con infinidad de gente haciendo todo tipo de actividades sexuales:

oral, tríos, juguetes, reservados con cortinas y camas redondas con dosel transparente..., hasta que llegamos a una habitación privada que parece la guarida de un asesino en serie con muy buen gusto. Solo entonces me suelta.

—¡No vuelvas a agarrarme así en tu vida! —le grito muy cabreada.

—¡¿Ahora no quieres que te toque?! —gruñe, y se quita el antifaz como si no pudiera respirar con él.

—¡No! ¡No vuelvas a tocarme nunca más! —Yo también me lo quito y nos miramos a los ojos con rabia.

—¡¡¡Joder, Keira...!!! —Se mueve con nerviosismo, pasándose las manos por el pelo—. ¡¿Por qué me haces esto?!

—¡¿Yo?! ¡¿Qué te he hecho yo?! ¡He hecho lo mismo que tú! ¡Venir a un club liberal y liarme con alguien! ¿Por qué está mal?

—¡Porque yo lo hago para alejarte de mí y tú lo haces para que venga a ti! ¡¿No ves la puta diferencia?!

La certeza de sus palabras me destroza por dentro. Es cierto. No engaño a nadie... Los ojos se me llenan de lágrimas de pura humillación.

—¿Por qué quieres alejarte de mí? —Mi voz se rompe al final de la frase.

Ástor se frota la cara al verme sufrir. Parece al borde del colapso.

—No quiero alejarme de ti, ¡pero tengo que hacerlo...! Por el bien de los dos. Deseaba cabrearte para que fueses tú quien te alejaras... Así podría odiarme lo suficiente para negarme tu compañía. Pero vienes aquí y te propones rajar mi oxidado corazón de arriba abajo al verte besando a otro tío... ¡¿Por qué?!

—¡Yo también te he visto a ti con otra!

—¡Pero tú no tenías que verlo! —me espeta—. Nunca te haría daño tan gratuitamente... ¡Eres una sádica, joder!

Me quedo con la boca abierta. Yo creía que era una revolucionaria...

—Sabes lo que siento por ti, Keira —continúa, hastiado—. Lo del secuestro de Carla está siendo muy duro para mí, ¡y no puedo permitir que vueles por los aires todas mis defensas! Necesito recuperar el control de mis emociones.

—Y eso solo lo consigues castigándote, ¿no? —deduzco—. Héctor me lo ha contado todo... Dice que eres adicto al dolor y que estás buscando que yo te lo haga.

Su cara es un poema de Pablo Neruda.

—¿Cómo puede ser tan bocazas? —se lamenta furioso.

—¿Es cierto? ¿Necesitas sentir dolor para purgar tu alma?

—Sí, y lo que más daño puede hacerme es alejarme de ti.

—Pero haciendo eso nos castigas a ambos —digo herida—. Porque tú también sabes lo que siento por ti.

Las lágrimas ruedan por mis mejillas sin que pueda evitarlo. La expresión culpable de su rostro se quiebra, y se acerca a mí para juntar su frente con la mía.

—No quiero castigarte, Keira... —susurra secándome las gotas con los pulgares—. Lo hago para protegerte de mí mismo. Estoy condenado. Te confesé que era un asesino y aun así no te fuiste... Ya no sé qué más hacer... —Le tiembla la voz de pura inseguridad—. No quiero hacerte daño, pero sé que te lo haré porque soy incapaz de resistirme a ti. Yo... no puedo protegerte de mí.

—No necesito que me protejas de ti —musito compungida—. Solo que te permitas quererme.

Sus labios acarician los míos, y siento una paz tremendamente triste al percibir su dolor.

Dicen que cuanto más alto subes, mayor es la caída... Y los dos sabemos que la nuestra va a ser mortal.

33
Me dueles

> La verdadera belleza del ajedrez consiste en la lucha elemental entre diferentes personalidades.
>
> Alexander Alekhine

Me lleva contra la pared y me besa con desesperación. Le entiendo muy bien. Es aterrador necesitar tanto algo.

Me sostiene las manos por encima de la cabeza y pega su cuerpo al mío con brutalidad.

—Voy a morir de ti, joder... Lo sé —sentencia en mi boca—. Empezando por el modelito que llevas... Casi me mata.

—No es mío. Es de Sofía —jadeo entre besos.

—Pues se me ha parado el corazón al verte.

Sin poder impedirlo, me lo sube y me lo quita por la cabeza. Me quedo solo con las braguitas de encaje negro, y su mirada se vuelve oscura. Me aprisiona de nuevo contra la pared haciendo que gima, y noto que me levanta a pulso para que le rodee la cintura con las piernas.

—¿Quieres saber cómo soy de verdad? ¿Entender mi adicción?

—Sí —respondo sin despegarme de su boca.

—¿Quieres saber lo que me haces sentir? —jadea, y nos miramos fijamente.

—Sí —musito perdiéndome en la oscuridad de sus ojos.

—Pues vas a tener que confiar en mí, Keira, porque no puedo explicártelo con palabras, tendrás que sentirlo... ¿Confías en mí?

—Confío en ti.

Por algún motivo, oír esa frase lo vuelve loco. Me lleva en volandas hasta el centro de la habitación y me deja de pie.

De pronto, me levanta los brazos y cierra una esposa alrededor de una de mis muñecas. Estaban colgadas del techo por unas cadenas.

Instintivamente bajo la otra mano para impedir que me la amarre, pero vuelve a subírmela y la aprisiona junto a la otra.

—¿Qué vas a hacerme? —pregunto asustada. Y muy excitada.

—Tú me esposaste una vez, ¿lo recuerdas?

—Cuando eras un sospechoso.

—Pues en esta habitación, yo soy la autoridad.

Me quedo boquiabierta. Todo mi cuerpo burbujea de expectación y de intriga.

—¿Qué vas a hacerme? —insisto muerta de curiosidad.

Se dirige hacia la puerta quitándose la camisa y mostrando su musculosa espalda con parte del tatuaje de su hombro. En realidad, es una rosa de los vientos que marca los cuatro puntos cardinales; su norte contiene espinas, y creo que está a punto de mostrármelas.

—Tranquila, no voy a hacerte nada que no me supliques —me advierte con una sonrisita torcida—. Pronto entenderás de qué quiero protegerte... Ya tuviste un pequeño adelanto cuando te até a mi cama.

Que corra el pestillo de la puerta hace que me humedezca en el acto, pero cuando lo veo coger una fusta de cuero con un pequeño rectángulo al final, como la que usa con los caballos, todo mi cuerpo se tensa.

¿Qué va a hacer con eso? ¿Va a pegarme? ¡Porque por ahí no paso!

¡OH, DIOS...!

«No, no, no... ¡Esto no es lo mío, en serio!».

Muy chachi leerlo en los libros y verlo en la gran pantalla, pero no quiero vivirlo. Pensaba que sería como en su cama: te ato y te follo. Nada más.

—Ástor..., no me gusta que me hagan daño —susurro a media voz.

—A mí tampoco me gusta estar enamorado de ti, pero lo sufro.

Me quedo clavada ante esa revelación. ¿Le duele quererme?

Siento el roce de la fusta abriéndose paso entre mis muslos y los muevo, inquieta. La caricia deja una estela de cosquillas que necesito rascarme cuanto antes. Empezamos mal. ¿He mencionado que las odio?

Se pasea por mi ombligo, rodeándolo como un tiburón hambriento, y trago saliva.

—Esto es lo que empezó a volverme loco en la boutique de Mireia —confiesa refiriéndose a mi *piercing*—. Quise meter la lengua hasta el fondo e imaginé que me agarrabas del pelo para llevar mi boca hacia otro lugar más al sur.

Sacude la fusta, dándome un golpe seco en el bajo vientre que hace que me estremezca entera.

—Ástor..., no sé si esto me va a gustar. No me siento cómoda.

—¿Mental o físicamente?

Esa pregunta me pilla por sorpresa.

—Mmm... Las dos cosas.

—Tienes miedo al dolor, es la respuesta más natural. Pero necesito demostrarte por qué a mí me gusta tanto... Déjame enseñarte lo que te hace a nivel mental.

—No me gusta que me peguen... ni sentir dolor físico.

—Dejemos que tu cuerpo lo decida, ¿te parece?

Se arrodilla, y siento su delicioso aliento en mi tripa. Desliza las manos por mi cintura con suavidad y empieza a lamerme el ombligo.

Me sacudo al notar su lengua en contacto con esa piel tan sensible. Todo mi cuerpo entra en un estado de rigidez delicioso cuando, suavemente, empieza a deslizarme sus manos por todas partes. Uf, esas manos...

—Ástor —suplico deseosa, cediendo al anhelo de que ataque ciertas zonas que reclaman su asedio.

Me baja las bragas con una lentitud insoportable mientras me acaricia las piernas con la yema de los dedos y no pierde la oportunidad de besar mi pubis cuando le queda a la vista.

La idea de que comience a devorarme en cualquier momento hace que me moje hasta el punto de notar que estoy goteando.

¡Necesito que me toque! Pero ¡ya!

Quiero sentir su lengua justo ahí y que lama toda la excitación que me está generando.

No sé si es por estar atada, por el golpe que me ha dado o por sus caricias delicadas, pero tengo la necesidad biológica de que entre en mí cuanto antes. Y, a poder ser, a lo bestia.

Su boca se dirige hacia mi centro con devoción, y cuando creo que está a punto de zambullirse de lleno me sopla el clítoris. Entiendo que va a hacerme sufrir de lo lindo. Como hizo en su cama o peor... Porque esta vez tiene algo muy importante que demostrarme.

Se deshace de mi ropa interior piernas abajo y me acaricia los muslos con veneración mientras me mira a los ojos. Lo que veo en ellos me deja temblando de necesidad. Arrulla mi monte de Venus con los labios, esquivando el punto donde más lo necesito, y vuelve a ponerse de pie.

¡Maldito sea!

Levanta la fusta de nuevo y la posa sobre mis pezones erectos.

«Ay, Dios...».

Sonríe de medio lado al comprobar que mi respiración se ha transformado en un ligero jadeo de pura ansiedad. El tacto del cuero es suave, cálido e insuficiente, porque lo que de verdad necesito es que me estruje los pechos con fuerza, tironee de mis pezones con los dientes y me los chupe famélico como ha hecho otras muchas veces.

En esta posición de manos arriba mis tetas se ven firmes y preciosas, y Ástor se entretiene en repasar su curvatura aprovechando lo expuesta que estoy. Un nuevo golpe recae sobre ellas.

—¡Joder! —me quejo al sentir el escozor.

—Has dicho que confiabas en mí... ¿Tanto te ha dolido? Di la verdad.

—Podría vivir sin ello.

Las comisuras de su boca se elevan un poco.

—Es necesario..., si quieres entenderlo.

—Creo que lo entiendo. Me sufres, y ahora quieres que lo haga yo.

—No, para nada. Es verdad que me dueles, ni te imaginas a cuántos niveles, porque no te merezco y tampoco puedo permitirme tenerte, al menos, como tú quieres. Pero precisamente por eso, cuando te toco o estoy dentro de ti, es lo más placentero que he sentido nunca. Y para que lo entiendas, necesito un poco de dolor previo, para que tu sistema nervioso ordene a tu cuerpo que genere sus propios narcóticos.

—Debería haber imaginado que te iba el BDSM... Tu obsesión por el cuero te delata.

—En realidad, no suelo practicar el BDSM. Estoy recurriendo a él para que sientas en tu piel lo que siento yo. Aunque tú, que habitualmente haces *running*, deberías entender ese culto al dolor mejor que nadie. Esto es muy parecido al famoso «subidón del corredor» que se experimenta al someterte a una actividad agotadora que desencadena un cóctel de sustancias químicas en tu cuerpo inundándolo de euforia. Nuestro sistema está diseñado para contrarrestar cualquier tipo de dolor. Por eso automáticamente aumenta el placer. Y es el único que me permito sentir.

—¿Por qué tiene que ser el único? —pregunto angustiada.

—No todos disfrutamos con las mismas cosas. Mucha gente encuentra placer en hacer cosas desagradables, como montarse en una montaña rusa; algo de lo que cualquier animal huiría aterrorizado. También hay quien disfruta viendo películas tristes.

—No me creo que a alguien le guste que le peguen o que le infrinjan dolor.

—El BDSM no va de eso, Keira. Es un ejercicio de confianza y comunicación. Es como cuando dices a alguien que se deje caer hacia atrás porque lo cogerás. Cuesta confiar, pero cuando lo haces y ves que no pasa nada surge una explosión inédita de placer. ¿Vas a confiar en mí o no?

—Confío en ti. Aunque sigo sin entender qué hay de bueno en el dolor.

—Pronto lo entenderás... Nadie cuestiona a alguien que decide hacer el Camino de Santiago o subir al Himalaya, que también son muy dolorosos. Salir de tu zona de confort y desafiar tus límites siempre es arriesgado, pero está demostrado que tiene sus beneficios.

—¿Como cuáles?

—Ayuda a reducir el estrés y la ansiedad porque es muy liberador. Y mejora la autoestima y las habilidades sociales. Me viene de perlas para soportar ser quien debo ser... Y a ti también te vendría bien.

—¿A mí?

—Sí. No sabes lo que tu cuerpo es capaz de sentir y ofrecer. Tu obsesión por los prejuicios sexistas te ha limitado sexualmente.

—Ahora mismo me siento limitada por ti. Tócame, por favor...

Un brillo travieso coge fuerza en sus ojos al oír mi súplica.

—Ya te dije que suplicarías... Te repito la pregunta: ¿confías en mí?

—¡Sí, joder...! Pero no me hagas daño. Solo te pido eso, Ástor.

—Te prometo que lo resistirás. Quiero que experimentes todo lo que el dolor puede darte. Quiero que lo entiendas y que no me veas como a un sádico... Te prometo que la respuesta de tu cuerpo te sorprenderá, Keira.

—Está bien... Pero tócame ya —gimo abatida.

Mi ruego lo desconcentra por un momento de su rol de dominación. Sondea mis ojos y me besa como si no entrara en sus planes hacerlo, como si se estuviera saltando el protocolo por mí. Y que no pueda evitarlo me enternece. ¡Yo, enternecida! ¡¿Quién soy?!

Se aparta de mi lado como si fuera consciente de mi potente hechizo.

—Necesito que estés callada o no podré hacerte lo que quiero... Me distraes demasiado.

«¿Qué quiere hacerme? ¡Ay, Diooos...!».

Lo veo mover una mesa que hay contra la pared de atrás hasta que alcanzo a sentarme en ella. Tira de una polea y mis manos bajan hasta mi vientre. No me desata. Hay todo un intrincado de estructuras y mecanismos sobre mi cabeza, y Ástor empieza a manipularlo como si supiera muy bien lo que está haciendo. Parece un experto.

Coloca una funda mullida en la mesa para que me tumbe de espaldas y me sube las rodillas hasta la altura de los pechos. Luego las abre dejándome completamente expuesta a él. ¡Joder...!

Observa mi sexo de reojo, y vislumbro una fuerte tentación por tocarme al encontrarme tan húmeda y lista. Aun así, se resiste a renunciar a sus planes y se conforma con pellizcarme los pechos con fuerza. ¡Au...!

De pronto, me separa las manos y las ata cada una a su pierna correspondiente mediante una cinta con velcro. Da varias vueltas a la misma con rapidez y me mira fijamente.

—Relaja las piernas. No las sostengas tú.

Obedezco, y siento que las tiras que salen del techo lo hacen por mí, lo que me permite descansar. ¡Me tiene totalmente abierta! Y estar así, tan a su merced, me excita como nunca. Imaginarlo follándome hace que la temperatura de mi cuerpo suba como si tuviera fiebre.

Lo observo maniobrar sin poder creerme lo atractivo que está. Me mira de vez en cuando y le veo tragarse la baba al verme tan sometida a él. Por confiar en él. Lo entiendo... Desde luego que es un ejercicio de confianza ¡porque espero que me folle más fuerte que nunca a pesar de su fractura de costilla!

Entonces caigo: eso será más dolor que sumar a su fiesta particular.

Me acerca a él de un tirón brusco, dejando mi culo más allá del borde de la mesa, y gimo de expectación. El corazón me late a mil por hora. Y más cuando comienza a desabrocharse el pantalón... ¡Ay, joder!

Su miembro aparece en escena y empieza a acariciárselo con languidez. Mis ojos se agrandan y siento que me posee la locura. Lo necesito ya. Mi cuerpo está llorando por él. Sobre todo la hendidura a la que, de pronto, acerca su mano y mete un dedo para comprobarlo. Existe un miedo real a engullirle todo el brazo y que pierda hasta el reloj... Nunca he estado tan dilatada, y su invasión me hace gemir de alivio.

—Hostia, cómo estás... —musita con la voz quebrada de deseo.

Cierro los ojos, histérica. Ni se imagina lo que siento.

—Corro peligro de que me dé un infarto si no empiezas ya —le advierto.

Sonríe, y me acaricia los muslos con vehemencia para aliviarme un poco.

—Voy a ello. Pero tienes que soportar algo antes, Keira. Ya verás...

De repente, me da un cachete fuerte y rápido en el interior del muslo.

Aprieto los dientes y dejo que el escozor pase. Ni siquiera lo he asimilado cuando me da otro en el lado opuesto, igual de fuerte.

Es una sensación extrañísima para alguien a quien nunca le han puesto una mano encima. No sé cómo tomármelo o cómo gestionarlo... Solo sé que me gusta que después me pase las manos por encima para contrarrestarlo, y siento que su caricia me enciende más todavía. «No me lo creo».

Coge la fusta y... ¡oh, Dios! Me da unos golpecitos rítmicos en el clítoris. Con cada uno de ellos me electrocuta de placer y grito sin cortarme. Mi sexo se tensa de una forma desconocida ante ese dolor, pero a continuación, Ástor posa su boca sobre él y grito por el contraste de sensaciones.

—Sabes tan bien... —dice contra mi sexo mientras no dejo de gritar.

Diez segundos después, estoy a punto de llorar de felicidad cuando lo veo ponerse un condón y arrimarse a mi cuerpo con intención de penetrarme. Noto su punta roma jugueteando con mi entrada sin decidirse a hacerlo, y un sollozo torturado escapa de mis labios.

Y, como si esa fuera la señal que estaba esperando, me da un último cachete fuerte en la nalga y se hunde en mí con rabia.

Me muero literalmente de placer. Ni siquiera he sentido el dolor, se ha mezclado todo incrementando una sensación de plenitud única.

¿De qué ha muerto, doctor? De un placer que no tiene explicación científica.

El coito no es como otras veces... Estoy en la cresta de la ola desde el primer segundo, gimiendo como si me estuvieran matando. Lo que siento es inenarrable. No hay palabras que lo definan. No sé si es bueno o malo. Solo sé que me perturba por completo.

Ástor me somete a un ritmo rápido que me acerca al precipicio del orgasmo como en un esprint de cincuenta metros. No son estocadas lentas y profundas, son castigadoras y rápidas. Gimo como si estuviera poniendo un maldito huevo. No puedo ni pensar. No puedo mover las manos ni las piernas, solo puedo entregarme a la luz.

Estoy a punto de correrme, pero no llega. ¿Por qué? ¿Cómo lo hace? Esto es demasiado...

—¡Oh, Diosss...! ¡No puedo más, Ástor! ¡Necesito llegar! ¡Ah...!

Me mira alucinado sin dejar de mover las caderas y contesta:

—Tranquila... Estoy estimulando tu punto G, por eso estás así. Esta postura es perfecta para eso. No llegas porque no estoy rozando tu clítoris... Y no pienso hacerlo todavía.

Lo oigo jadear y moverse cada vez más rápido y fuerte.

—¡Me voy a moriiir...! —aviso alucinada—. ¡No puede ser bueno soportar esta tensión tan brutal! ¡Diooosss...!

Mi cerebro se derrite de gusto.

—Esto no es nada —resopla, y vuelve a pegarme una cachetada vehemente.

Pero a mí ya me da igual todo. Hasta agradezco que me distraiga de esta sensación tan demencial.

Un segundo... ¿Ha dicho que esto no es «nada»?

Me asusto de verdad, porque si esto va a más, no podré soportarlo.

Solo puedo gritar como nunca en mi vida al sentir que me folla de una forma tan intensa que hace que me pregunte cómo es que él no se ha corrido aún.

No entiendo nada. Lo veo apretar los dientes y sufrir. Sufrirme... La desesperación se cuela entre mis gemidos y, de pronto, veo que coge algo. No sé qué es... Es como un micrófono. Lo enciende, y un zumbido se abre paso en mis oídos. ¿Qué va a hacer?

Lo lleva lentamente hasta mi centro y al colocarlo sobre mi clítoris siento que me desmayo.

El placer se intensifica hasta un punto insostenible. Ástor no deja de moverse dentro de mí. Fuerte. Duro. Y pongo los ojos en blanco para despedirme de todo en lo que creo. Estoy a punto de irme al otro barrio. Lo sé.

Mi cuerpo convulsiona haciendo que mi espalda casi levite de la mesa. Él suelta un taco y sube la intensidad del aparato, lo que hace que grite con todas mis fuerzas. Y en ese momento, salé de mí con fuerza y me corro viva. Literalmente. De verdad. Siento el líquido saliendo disparado de mi cuerpo sin cesar. Nunca había experimentado nada parecido.

El orgasmo me engulle, y no termina nunca porque Ástor mantiene el vibrador sobre mi clítoris. Me ahogo en placer.

Juro en arameo, y sigo experimentando la eyaculación femenina por primera vez en mi vida. Vamos a tener que salir de aquí en canoa.

Cuando todo termina, me cuesta recuperar el control de mi cuerpo.

Poco a poco, soy consciente de que Ástor me desata. Sus besos y caricias sobre los amarres son de agradecer.

Cuando me incorpora, veo el estado del suelo y suelto una exclamación.

—No te preocupes —dice con una sonrisilla—. Solo quiero saber si te ha gustado.

Lo miro alucinada.

—¿Esto es lo que sientes por mí?

Se cuela entre mis piernas, encajándose en mi cuerpo, y me mira solemne.

—Tal cual. Eres un viaje psicodélico que me deja destrozado.

—Ahora lo entiendo todo. —Apoyo mi frente en la suya.

Nos besamos con una agradable lentitud después de tanto ajetreo y suspiro emocionada.

No me creo que este hombre me quiera así. Que me quiera con tanto dolor y placer. Como se quieren las cosas inalcanzables.

¿Lo somos? Inalcanzables... Puede que sí, pero me da igual. Ahora mismo nos tenemos. Y es posible que pasen muchas cosas entre el ahora y el nunca. Sobre todo tratándose de nosotros.

Lo aprieto con más fuerza contra mí, disfrutando de su cercanía, y me abraza con todo su ser.

—Es como si Xavier lo supiera todo —dice de pronto—. Como si supiera lo que hice... o lo que no hice.

—Creo que son imaginaciones tuyas, As... Él utiliza tus propios demonios para atacarte, no dispone de más armas.

—Charly tiene razón en algo —dice pensativo—. Desde que te conozco, todo me afecta más. Han cambiado muchas cosas... Sobre todo, mi forma de sentir. Antes estaba totalmente bloqueado. Lo tenía prohibido porque me conozco, y sentir a este nivel me afecta en lo bueno y en lo malo.

—Quiero pensar que yo soy lo bueno —digo cohibida.

—Sí, pero enamorado de ti soy un blanco fácil para mis rivales. Por eso quería alejarte... Para poder castigarme por ello. Mi intimidad se reduce a esto, Keira. A una máscara en un club. A relaciones vacías, sin rostro ni nombre. Solo sentidos, no sentimientos.

—¿Sigues queriendo que me aleje de tu lado? —pregunto con miedo.

—No... Quiero estar contigo. Pero eso tiene sus repercusiones. Llevo años reprimiéndome para no montar un espectáculo como el que he dado hoy en el club. —Baja la cabeza, avergonzado—. Y encima he perdido. Quería jugar la final contra ti. Ahora la jugarás contra Xavier, y nos atacará. Seguro que ya te está investigando para hurgar en tu alma. Seguro que ya sabe que eres policía y lo utilizará para hundirme, aunque ganes. Creo que eso es lo que quería desde el principio. No soporta que sea el presidente del club ni del patronato. No soporta que haya sustituido a mi padre... Y me parece que piensa que yo lo maté.

—No va a averiguar nada —le aseguro—. Ulises es muy bueno borrando huellas del sistema. Ha inhabilitado toda información que haya sobre mí y, en cualquier caso, podemos decir que tú no lo sabías, que te engañé.

—Quiero que le ganes —me implora juntando de nuevo nuestras frentes—. Tú serás mi mejor victoria, Keira.

—Ya, pero si gana él, quizá suelte a Carla.

—¿Todavía tienes esperanzas de encontrarla con vida? —me pregunta extrañado, soportando toda la culpabilidad que eso acarrea.

—Hay algo en Xavier que no me cuadra —musito pensativa.

—¿Lo imbécil que es?

—Aparte... Pero no es eso. Es que su tono no tiene los matices adecuados de la envidia tipo «te voy a hundir la vida». Su rabia hacia ti está teñida de una frustración extraña y... no sé, es como si quisiera salvarte de algo que no puede decirte y tú no le hicieras caso.

—¿Salvarme de qué? —Busca mis ojos, contrariado.

Sé que mis palabras le están afectando y se supone que he venido a tranquilizarle. Así que tomo aire y pienso qué debo decir. Rebusco en mi mente las palabras que el propio Xavier ha utilizado antes.

—Salvarte de... seguir el mismo camino que tu padre. De la depravación.

El dolor atraviesa su rostro.

—Entonces ¿crees que soy un depravado? Pensaba que te había gustado esto y que habías entendido lo especial que puede ser. Que te había ayudado a comprenderlo.

—No me refería a esto en concreto —lo tranquilizo—. Ha sido increíble, te lo aseguro. ¡Ha sido brutal! —admito ruborizada—. A este paso, no podré separarme de ti cuando todo esto termine —bromeo con la verdad.

—Pues no lo hagas —dice serio—. Quiero que te quedes conmigo, Keira.

El alivio nos atraviesa a ambos y nos besamos. No sé cómo se me dará ser la novia de un hombre tan poderoso, pero vale la pena intentarlo.

Hundo los dedos en su pelo y continúo besándole como si no deseara dejar de hacerlo nunca. Terminamos en un abrazo sentido.

—Dime una cosa... —Estoy cortada—. ¡¿Quién diantres va a limpiar todo esto?! —exclamo risueña señalando el suelo y tapándome los ojos.

Ástor se ríe como si le divirtiera mi apuro. Verlo tan feliz es muy valioso.

—No te preocupes, están acostumbrados.

—Llévame a casa, por favor —musito abrazada a su cuello—. Mañana quiero pasar toda la mañana en la cama. Y quiero hacer algo contigo al aire libre, hasta que llegue el momento de la partida final.

—¿Y si te llevo a la finca de la familia para dar una vuelta a caballo?

—¡Me encantaría!

Sonríe satisfecho, y añade:

—Habrá que comprarte ropa adecuada para montar, un casco y una de estas. —Señala la fusta.

—Interesante... —Levanto una ceja con expresión traviesa—. Soy muy vengativa.

—Lo siento, soy demasiado controlador para dejarme dominar, Keira.

Levanto las dos cejas ahora.

—Yo también. Y acabas de reducirme en esta mesa. ¿Es que no confías en mí?

Ahora sonríe divertido.

—¡Claro que no...! ¡Me destrozarías! Hay que saber hacerlo bien.

—Puedo comprarme un libro de dominación para principiantes.

Niega con la cabeza y dice:

—Mejor dedícate al ajedrez.

Que rechace así lo que para él es el *summum* de la confianza me duele un poco. Es como si todo lo que dice no se aplicara a él. Como si tuviera que cumplir con cierto rol si quiero ser su pareja. Y eso de que cada uno tenga un papel diferente no va conmigo.

De pronto, se da cuenta de que sigo desnuda.

—Vístete y vámonos de aquí.

—He cambiado de opinión —digo súbitamente—. No quiero irme.

Me mira extrañado.

—Voy a vestirme, pero quiero una copa. Este sitio es la bomba. Tú invitas...

Su cara de asombro es fotografiable, e intento disimular mi triunfo.

Vamos a un reservado y pedimos un par de combinados. Cotilleamos sobre Ulises, Charly y Sofía, y me río muchísimo cuando admite que verles besarse casi le provoca una conmoción cerebral.

—Muy liberal para unas cosas y muy poco para otras —le vacilo.

—Es que pensaba que Ulises era totalmente hetero.

—Creo que él también... —Me río.

Tardamos muy poco en trenzar nuestras lenguas de nuevo, nuestras piernas también lo hacen y nos frotamos con la ropa puesta entre confidencias. Es maravilloso sentir cómo sucumbe a mis labios incluso después de haber tenido sexo hace nada. Eso lo es todo para mí, no la mamada de una desconocida. Y de repente caigo y me separo de él, poniendo las manos en su pecho.

—Oye... ¿tú has llegado a correrte en la sala de torturas?

—Eh... No.

—Ah, ya... porque ya te habías corrido con la mamada, ¿no?

—No. Ni siquiera me había dado cuenta de que una tía había empezado a hacérmela. Estaba en pleno cuelgue... Cuando lo he visto, la he echado. No he llegado a correrme.

—¡¿Y cómo es posible que estés aquí tan tranquilo?! —Flipo.

Baja la mirada como si le hubiera pillado y vuelve a mis ojos.

—De tranquilo, nada... Si ahora mismo alguien me golpeara la polla, se rompería la mano...

Suelto una carcajada.

—Por eso me estaba muriendo por irme a casa —continúa—, pero la niña quería torturarme un poquito más, y yo encantado.

Su frase me hace sonreír, aunque al momento me siento fatal.

—Madre mía... ¡Lo siento mucho! ¡No lo he pensado!

Solo he pensado que intentaba imponerme un rol de género y... ¡Pues va a ser verdad que ese tipo de pensamientos dominan mi vida y la limitan!

—No importa, Keira. —Sonríe resignado. Y esa sonrisa tan solidaria me maravilla—. Forma parte de la increíble tortura de amarte.

—¡No digas eso! —me quejo, divertida.

Espera... ¿Ha dicho «amarme»?

Mis ovarios explotan de emoción. Qué monada...

—Tranquila. Me gusta esto. —Me acaricia la cara—. Estar así contigo. Me parece bien soportar cierta penitencia a cambio de permitirme ser feliz un ratito más.

Sus frases me matan. Héctor dijo que nunca se permitía disfrutar de nada, y no quiero que sienta que tiene que hacer ningún sacrificio por «amarme».

—Ástor… —balbuceo conmovida al entenderlo.

Y él me besa para que no siga hablando.

Cuando ve que no coopero mucho, susurra pegado a mi boca:

—Bésame, Keira… Bésame hasta que me muera, por favor…

El tono es tan implorante que lo hago al borde de las lágrimas.

«Joder… Lo de Ástor no son cincuenta sombras, ¡son ciento cincuenta por lo menos!».

34
La última vez

> Un jugador que es sorprendido
> está derrotado a medias.
>
> Proverbio hindú

Sábado, 21 de marzo

Me despierto y sé que no estoy en mi casa.

Huelo el lujo incluso antes de abrir los ojos. Es el piso de Charly.

La noche de ayer fue una auténtica locura, aunque esclarecedora: me he vuelto loco. Esa es la conclusión.

Loco por ella. Y por él.

Nunca me había sentido así. Ni de bien. Ni de mal. Creo que lo llaman amor. El real, complicado y caótico, no como el de las películas. Uno que te pilla totalmente desprevenido, tocándote y con el pantalón por los tobillos.

Estoy empezando a entender que lo que tenía con Sara era un amor idílico de cuento de hadas en el que nuestras necesidades básicas estaban cubiertas y nos bastaba la saliva del otro para ser felices. Pero llega un momento en la vida en el que necesitas algo más... ¡Sorpreeesa! Necesitas ser productivo y estar orgulloso de ti mismo. Porque resulta que hay que quererse a uno mismo para poder querer a los demás. Y yo no podía querer a nadie.

¿Qué estaba haciendo mal?

Supongo que cerrarme en banda tantos años al amor me había pasado factura. Ni siquiera me había planteado empezar a salir con Keira en serio. ¡Con lo afines que éramos! Con lo que nos necesitábamos día a día y lo que nos aportábamos... Gracias a este caso, por fin entiendo que ella es mi familia. Mi casa. La estabilidad emocional a la que te agarras cuando todo falla, mientras que lo de estos dos..., miro sus cuerpos desnudos y enredados a mi lado, es algo muy distinto. Es la inestabilidad total; mi yo más profundo nadando en el lodo de lo que puedo llegar a exigirme a mí mismo. Ahí es nada.

Me levanto y me visto despacio.

Mi reloj me avisa de que son las dos del mediodía del sábado y tengo cosas que hacer antes de recoger a Romeo y Julieta a las siete de la tarde para ir a la final del torneo.

Me cago en Ástor, de verdad.

¡¿Cómo ha conseguido llevarme a su terreno?!

¿En qué momento me ha hecho tenerle un mínimo de respeto?

No sabría decirlo... Será que nos parecemos más de lo que me gustaría admitir, a pesar de pertenecer a mundos tan distintos, y que la amistad es un reflejo involuntario tan inevitable como el amor.

Cuando Charly le recomendó ir al Dark Kiss para despejarse y dejó caer que a mí también me vendría bien, me lancé sin pensar.

No sabía que Ástor tendría que desembolsar una friolera de dos mil pavos para que yo pudiera entrar con ellos, pero lo hizo sin pestañear.

¿Por qué cuidaba de mí? ¿Tanto le importaba Keira?

Empezaba a creer que sí. Sobre todo cuando los vi horas más tarde en un reservado comiéndose a besos como si al día siguiente se acabara el mundo.

¿Cómo cojones se les había ido tanto de las manos el asunto a esos dos?

Claro que yo no soy quién para hablar... Porque os aseguro que compartí la cara de estupefacción de Ástor cuando me pilló in fraganti con la lengua de Charly metida en la boca. Madre mía...

Su expresión pasmada fue un chispazo de lucidez momentáneo. Porque desde que habíamos entrado con las máscaras y nos habían acomodado en el reservado, se nos habían echado encima cinco modelos semidesnudas que habían conseguido fundirme el cerebro al instante.

Vi que Charly pasaba algo a la que tenía encima y que ella se lo metía en la boca. Entonces la chica me besó, y apenas me dio opción a rechazarlo porque su lengua lo asoló todo a su paso. Me lo tragué. Puede que ayudara que me estuviera clavando las tetas, en las que solo llevaba unas pezoneras negras con flecos en forma de corazón.

Estoy casi seguro de que lo que me dio era MDMA. Esa droga no está asociada con la euforia, sino con el aumento de la intimidad; es decir, hace que te sientas más conectado con tu vulnerabilidad. Por eso se la conoce como la reina de «tomar malas decisiones» sexualmente hablando.

El simple hecho de que alguien te ponga la mano encima te hace experimentar una sensación mágica, y si una persona a la que admiras empieza a besarte pues... te sientes felizmente atrapado en tu bola de nieve particular de placer.

Es como crear tu propia realidad sexual en la que las reglas dependen solo de ti. Olvidas por un momento que el mundo en el que vivimos te bombardea a diario con lo que debes sentir y pensar, y te dejas llevar sin mirar atrás.

Oler de nuevo el característico *aftershave* de Charly me recordó a cuando Sofía juntó nuestras bocas una noche y me encendí como nunca. Tenía que averiguar qué marca usaba, porque, por una vez, no mentían al decir que era verdaderamente irresistible.

Otra cosa que aprendí anoche es que sucumbir a la tentación es más fácil cuando llevas una máscara. Es como si ni tú mismo pudieras reconocerte haciendo algo que sabes que morirá contigo.

Hacía años que no probaba las drogas. Si bien es cierto que me entregué a ellas y al alcohol durante meses cuando Sara murió, se me pasó rápido la tontería cuando una noche me detuvieron por meterme en una pelea. Iba pasadísimo. Y para que no me empapelaran dije a los agentes que estaba estudiando para ser policía. Lo había visto en una película: si tienes antecedentes, no puedes serlo. Acto seguido les conté que mi novia acababa de morir de cáncer. Es más, se lo demostré, y les prometí que era la primera y la última vez que me metía en un lío como aquel. Les supliqué que no me quitaran mi sueño de ser poli y, al final, dejaron que me fuera con una multa.

Reconozco que en ese momento no me planteaba acabar como madero, pero esa idea caló en mí de algún modo y ya no pude olvidarla. Tras años de vagar perdido en la tristeza sin que nada me interesara realmente, decidí prepararme la oposición para ingresar en el Cuerpo.

Había visto muchas orgías mirando porno, pero no me imaginaba a mí mismo participando en una. Al principio, el parecido de Sofía con Sara fue clave para que me obsesionara con ella y quisiera repetir, pero fue Charly quien me impresionó al demostrarme que algo iba mal en mi vida. Fue ese tío feliz y rico que se follaba a Sofía sin compromiso alguno cuando le apetecía el que me hizo ver que valía la pena luchar por tener una vida mejor.

Su interés por mí me halagaba. Y nuestra rivalidad por Sofía barra tonteo adictivo me arrastró a hacer cosas que nunca había pensado hacer... como follarme a un tío mientras él se follaba al amor de mi vida, ya no sabía si viva o muerta.

Fue una sensación apabullante. Cuando me deslicé dentro de él, creí que el mundo se abriría bajo mis pies y que me perdería a mí mismo en una montaña de prejuicios baratos. Pero no fue así. Más bien me produjo el efecto contrario. Me abrió los ojos a un mundo que desconocía. El mundo real. No el que nos han hecho pensar que lo es a base de cultura pop.

No me avergüenzo en absoluto de nada de lo que pasó anoche. Me considero un tío hetero, hecho y derecho, que está descubriendo una forma más de placer. Sin ninguna connotación emocional. Al menos, de momento.

Charly solo es un sujeto que me excita. Un mero gusto erótico surgido de una oportunidad que aproveché; como parte activa, me gustaría aclarar. Y cuando se me ocurrió buscar en san Google si era una especie de monstruo por —gustándome las mujeres— haber tenido relaciones sexuales con un hombre y haberlo disfrutado tantísimo, di con un término que me dejó bastante tranquilo: heteroflexibilidad.

Al parecer, es más común de lo que parece. En un famoso estudio donde, en una escala del cero al seis, siendo el cero un estado en el que tu conducta y atracción sexual es estrictamente heterosexual, y el seis, una condición homosexual por completo, resulta que la mayoría (entre millones de encuestados) es de rango uno o dos. Esto es... que somos predominantemente heteros con incidencias o proyecciones puntuales de homosexualidad. ¿En serio? ¿La mayoría? Con todo, no me sorprende en absoluto, porque ¿quién puede culparnos de sentir atracción hacia determinada estrella de rock, actor o actriz o deportista de élite? En resumen, de desear a alguien a quien admiras.

Y a mí Charly me tenía obnubilado con su verborrea de abogado.

Otra cosa es que tuviera que drogarme y tenderme una trampa sexual para que diera el paso, aunque debo admitir que se lo montó muy bien.

Cuando Sofía huyó de la fuente de champán, la seguimos hasta una barra como dos neófitos hambrientos.

Charly no perdió el tiempo. Se colocó detrás de ella y le susurró algo al oído mientras deslizaba sus manos hacia el interior de sus muslos. Yo me apoyé al lado, de espaldas a la barra, y me crucé de brazos. Sofía me miró a los ojos trasluciendo lujuria gracias a las palabras guarras que Charly le decía.

—¿Sabes lo cachondo que me ha puesto verte comiéndole la boca a esa poli? —musitó él.

Yo sí lo sabía. Lo mismito que a mí.

El tándem Sofía-Keira había sido un KO a mi compostura racional. Estaba tan encendido que prefería no acercarme a nada o empezaría a frotarme como uno de esos perros salidos que no pueden evitar montar cualquier cosa para aliviarse.

—Déjame ver cuánto te has mojado cuando te ha besado así, Sofi —murmuró Charly enajenado, haciendo una incursión en sus bragas.

Sofía se arqueó, apoyándose en la barra, y tiró de mi corbata para acercarme a su boca. Jadeó entre mis labios al notar la mano de Charly haciendo de las suyas, mientras él escondía el rostro en su pelo y soltaba un taco.

Sin pensarlo dos veces, arrasó mi lengua y no la paré.

Besarla bajo los efectos de esa droga fue como volver a tener quince años y explotar en los calzoncillos la primera vez que le metí mano a Sara. Lo sentía todo al límite de mis posibilidades. A putos niveles supersónicos. Y cuando palpó mi entrepierna me encontró más duro que en toda mi vida.

—Quiero que me folles ahora mismo —exigió en mis labios.

Y yo, que deseaba estar dentro de ella, me dejé arrastrar hasta la zona de juegos, sin saber la que ambos me tenían preparada.

Era un área destinada solo a actividades sexuales. Había muchos ambientes distintos y múltiples camas. Todo el mundo compartía espacio y me sentí más libre. No había servicio de bar, pero sí barra libre de condones, toallitas húmedas y vaselina a discreción.

Nos acomodamos en un sofá redondo, uno a cada lado de Sofía, y pronto le quitamos el papel de plata que llevaba de vestido casi de un tirón.

Empezamos a besarle los pechos y la boca. Ella se retorcía de placer al ser tocada con tanta veneración por dos hombres terriblemente hambrientos.

Noté que me desabrochaba el pantalón y me quité la camisa, pero me fijé en que Charly no se desnudaba todavía. Se dedicó a observarnos, a ser testigo de cómo Sofía me hacía sexo oral.

No lo entendí, pero tampoco era capaz de pensar mucho. Estaba siendo la mejor mamada de mi vida, y creo que su mirada de *voyeur* tuvo mucho que ver en ello. Me puso a mil ver a Charly jactarse de haberme convencido para ir al Dark Kiss, de que no me quejara cuando me ofreció drogas y de constatar lo dura que me la estaba poniendo su querida novia.

El ambiente era tan excitante y lo estaba sintiendo tanto todo que no pensaba en otra cosa que no fuera cambiar de postura y penetrar a Sofía con fuerza de una vez. La noche anterior seguimos un ritual parecido entre los tres. Hicieron que me tumbara, Sofía me montó, echándose un poco hacia delante y Charly la embistió a ella desde atrás practicándole sexo anal.

Fue una sensación demencial... Porque las salvajes embestidas de Charly eran las responsables de mover a Sofía dentro de mí. Es decir, fue como si él me estuviera follando a mí a través de ella. ¡De locos!

Pero en el Dark Kiss las tornas cambiaron.

Cuando se cansó de mirar, Charly interrumpió los lametazos que Sofía estaba prodigando a mi miembro y empezó a besarla.

Mi boca se abrió alucinada al entender que lo había hecho solo para tener mi sabor en su lengua. Esa certeza en su mirada casi me lleva de cabeza al orgasmo.

Sofía aprovechó para desnudarle entre besos húmedos y cuando terminó él la instó a tumbarse en la cama. Para entonces, yo ya no podía más. Me había puesto un condón porque necesitaba meterla en caliente urgentemente y ya me daba igual dónde. Tal como lo había previsto Charly.

Al ver que se cernía sobre ella y empezaba a hacerle sexo oral, bloqueando con su cabeza mi destino final, casi me da algo.

¡¿Y yo qué?!

¡Ya estaba listo! Y hasta arriba de MDMA, atosigándome por sentir más.

Me proponía apartar a Charly para lanzarme en plancha hacia Sofía cuando, de repente, él me miró con intensidad, tiró de mi mano para atraerme hacia él y tuve que colocar una rodilla en la cama para no caerme. Quise apartarme de su retaguardia, pero de pronto noté una sustancia aceitosa en mis dedos. Era vaselina, y él mismo me la había puesto.

A partir de ese momento, todo sucedió muy rápido. Charly se embadurnó el trasero dejándolo totalmente deslizante y a mi disposición. Lo vi agacharse para meterse en Sofía colocándole las piernas por encima de sus hombros. Y entendí sin dudar lo que me estaba ofreciendo.

Juro que quise morirme.

Sobre todo cuando sentí que mi cuerpo tiraba de mí hacia el suyo. Fue algo instintivo y animal. Si hubiese estado sereno, quizá me habría parado a pensarlo, pero en aquel lugar, en aquel instante y en mi estado, me pegué a su espalda y me hundí hasta lo más hondo en él.

Con saña, como si quisiera castigarle por obligarme a hacerlo. Pero luego... Ay, luego...

Sentí una presión tan brutalmente gloriosa que tuve que apoyarme en su espalda para no desmayarme de la impresión. Los gemidos de los tres se entremezclaron elevándonos a una nueva dimensión. Me volví loco, y empecé a moverme cada vez más rápido y fuerte. Tenía la sensación de que si llegaba al orgasmo explotaría como una puta supernova.

Oírles gritar al llegar al clímax desencadenó una oleada de placer dentro de mí que no creo que vuelva a sentir jamás. Fue impresionante.

Horas más tarde, cuando volvimos a casa, pude hacerle el amor a Sofía por fin a la antigua usanza. Y cuando Charly intentó que me mostrara pasivo, le deje claro que en mi culo no era bienvenido. Al final se conformó con tomar de nuevo a Sofía por detrás.

En ese momento supe que no quería volver a besar a Charly. Porque era capaz de hacerme cambiar de opinión... y de acera.

He entendido que la mente humana es muy amplia en lo que a preferencias sexuales se refiere. Pueden ser tan diversas como nosotros mismos seamos, pero el mundo de los sentimientos es un terreno totalmente distinto y el doble de grande.

Cuando me quedé dormido, me di cuenta de que me estaba enamorando como un idiota de algo que nunca podría ser.

Y al despertar lo he tenido todavía más claro.

—¿Te vas ya? —me pregunta Sofía adormilada aún, atrapada en el cuerpo de un Charly comatoso.

Ese abogado va a necesitar tres semanas para recuperarse de todo lo que se metió ayer. Es como un puto químico loco. Me dijo que mezclaba sustancias «para compensarlas», según él. Y le contesté que así es como crearon la bomba atómica. No entendí por qué se partió de risa.

—Dame un beso —me pide Sofía, mimosa.

Me arrodillo en una alfombra persa que valdría más que yo en cualquier subasta y la beso.

—Prométeme que nunca dejarás de quererme, pase lo que pase...

Es verdad. Anoche le dije... cosas. Tuve que admitirlo cuando me lo preguntó mientras botaba en mi vientre con una energía desquiciante que me provocaba un placer que apenas podía soportar.

—¿Qué sientes por mí, Ulises? Quiero oírlo... Quiero oír lo que tus ojos me gritan todo el tiempo —jadeó excitada.

Y... ¿qué iba a contestarle si llevaba más de una semana viéndola hacer toda clase de cosas adorables antes y después de nuestros encuentros fortuitos de cama? Cocinó para mí en mallas y una coleta mal hecha mientras hablábamos de mil temas. La vi ahogarse de risa en silencio. Atragantarse con una palomita. Se emocionó con una película. La vi llorar mientras se corría muy despacio contra mí después de decirle que me estaba enseñando a amar de nuevo. Le dije que la quería porque lo ves muy claro cuando estás acostumbrado a no querer ni necesitar nada.

—Nunca podré dejar de quererte —le prometo con tristeza y trago saliva con fuerza por lo siguiente que voy a decir—. Pero, del mismo modo, sé que nunca podré compartirte. Y no voy a volver a hacer esto... Tendrás que elegir, Sofía.

—Pensaba que te gustaba nuestro trío —musita con pena.

—Ha estado de puta madre, pero Charly me ha animado a ser mejor. A perseguir lo que quiero... Y ahora lo quiero todo, no solo ser el tercero en discordia mientras vosotros sois la pareja oficial. No me lo merezco.

—Ulises, ¡espera...!

Pero me voy desoyendo su petición.

No hay nada que Sofía pueda decirme que haga que lo vea de forma distinta. Sus palabras fueron claras la primera vez que le reconocí que estaba interesado en repetir, porque para mí no había sido un simple calentón, sino algo más.

—No te ofendas —me soltó entonces torciendo la cabeza con coquetería—. Me gustas mucho, Ulises, pero yo juego en otra liga... Me han dado una oportunidad única y no puedo desaprovecharla.

Era su forma de decirme que no me hiciera ilusiones porque su plan era casarse con un hombre rico. O con varios, los que le diera tiempo, para ir amasando su fortuna. Ya me la imaginaba... Con lo lista que era, pensé, enseguida reuniría pruebas suficientes de infidelidades; el vicio no distingue clases. Y no iba a renunciar a ello por el enamoramiento pasajero de un chico de barrio.

Paso por casa para una puesta a punto antes de ir a la comisaría, por si hay algo nuevo sobre alguno de los hilos de investigación que seguimos. La gente que vigila a Xavier me mantiene informado. También hablo con los agentes que están vigilando a la madre de Ástor; les doy instrucciones y les digo que hoy necesito que estén muy atentos. Apenas tengo tiempo de comerme un sándwich de la máquina en mi despacho mientras compruebo la vida laboral de Sofía y me informo de cuánto tiempo estuvo trabajando en el Dark Kiss.

Se me pasa el rato volando. He de ir ya a buscar a la parejita.

Sé que va a ser tenso, porque creo que Keira también me vio con Charly. Ástor tirará de su discreción habitual, pero dudo que Kei lo haga porque carece de ella.

Me sorprende que sea él quien me abra la puerta. ¿Dónde está Carmen? Esa mujer es un encanto. Seguramente le habrán dado el día libre aprovechando que están solos. Ástor me saluda, pero no me mira a la cara. Me vale...

Lleva un traje especialmente elegante y una camisa con doble cuello. Confirmo que existen.

—¿Todo bien? —me pregunta cauteloso.

—Sí... ¿Y vosotros?

—Muy bien —admite.

—Me alegro.

—¿En serio?

Nos miramos por un momento. Ninguno de los dos añade nada. El silencio se llena con demasiadas frases proverbiales y todas vienen a decir lo mismo: «Tu colega me ha cambiado la vida, ¿sabes?».

Estamos de acuerdo.

Se oyen los tacones de Keira mientras avanza por el pasillo y se acaba el tiempo. Para odiarlos, parece haberse vuelto una experta en llevarlos.

En cuanto aparece nos deslumbra con un conjunto de noche muy especial. ¿En serio será capaz de volver a la normalidad después de haber conocido esta versión de sí misma o se quedará con Ástor para siempre?

Me recorre un escalofrío al pensarlo. Aun así, dudo que Keira deje su trabajo y se ponga a tener bebés. No es su rollo.

Viendo cómo se miran, la hostia va a ser considerable para los dos.

—Guau... —farfullo anonadado—. Pareces una maldita reina, Kei.

Lo digo porque la prenda podría pasar por un vestido palabra de honor largo de color negro, pero lo abraza una capa de tela blanca, a modo de bata, que parece unirse bajo el pecho y sube por este terminando con dos picos rígidos por encima del balcón de su escote. Dos líneas negras cortan la capa formando un óvalo para unificar el conjunto. Su melena negra, suelta y lisa refulge con un brillo espectacular. Se ha pintado los labios de rojo y lleva los ojos delineados. ¿Dónde está mi chica alérgica al maquillaje? ¿Volverá algún día?

—¿Te gusta? —me pregunta insegura.

—Estás preciosa —digo con sinceridad.

Ástor me clava una mirada en toda la cabeza, pero no dice nada. Se nota que él ya la había visto porque si no, estaría desmayado en la alfombra.

Keira se pone las manos en la cintura como si fuera a echarme la bronca y dice:

—Ástor, ¿nos dejas hablar un segundo a solas, por favor?

El aludido se va en silencio. En cuanto se cruzan, la mirada de Keira cambia a otra más gamberra y se acerca lentamente a mí.

«No, por favor...».

—¿Qué tal anoche con Charly? —pregunta directa con picardía.

—Prefiero no hablar del tema, Kei.

—Os vi besaros. ¿Te gusta? Solo quiero saber eso.

—Si no me gustara, no lo habría hecho.

—Vale, genial. Es que no sabía que te gustaran los hombres.

—Yo tampoco. Es la primera vez que hago algo parecido.

—¿Qué hiciste exactamente? —pregunta muerta de curiosidad.

Tuerzo la cabeza y me callo. Lo peor que puedo hacer, vamos.

—¡¿No me jodas?! —dice con los ojos muy abiertos—. ¿Follasteis?

—Yo a él —aclaro serio—. Estaba drogado y me dejé llevar.

—Dios mío... —Se tapa los ojos, divertida—. Mejor no te cuento lo mío... ¿No crees que nos estamos dejando llevar demasiado? —pregunta con miedo.

Y me alivia que sienta lo mismo. También que parezca preocupada. Porque lo es. Muy preocupante. Los dos estamos en una situación de la que sales escaldado.

—Es posible —admito—. Pero es difícil mantenerse al margen de sus locuras cuando estás interactuando con ellos. ¡Te seducen con mil argucias!

—Dímelo a mí... Hoy hemos estado en la finca de los De Lerma todo el día. Hemos montado a caballo, comido allí y ha sido...

—¿Qué?

—Maravilloso. Demasiado maravilloso... No puedo evitar pensar que el mundo real no es así; nosotros lo sabemos muy bien, Ulises. Es imposible que yo sea la prota de una maldita película romántica donde el amor lo puede todo... Porque no es cierto. Me incomoda ser tan feliz porque siento que es mentira.

—¿No estás cómoda vestida de princesa? —me burlo señalándola.

Keira revuelve los ojos y me empuja un poco el brazo. Ya ni siquiera le sale pegarme.

—Dijimos a Mireia que necesitábamos un vestido para la fiesta de la final del torneo y se ha tomado la molestia de confeccionar ella misma uno inspirándose en el ajedrez. Voy de dama negra, solo que me he comido a la blanca —dice levantando las cejas maliciosa.

—Estás guapísima, de verdad. —Sonrío.

—Ya, pero no puedo ir vestida de gala todos los días... ¡y esta gente lo hace! Echo de menos mis vaqueros.

—El miércoles por la tarde los llevaste.

—¿Por qué eres así, Ulises?

—¿A qué te refieres?

—¡Más femenino que yo! Fichas mi ropa, te lías con tíos, usas acondicionadores caros...

Mis ojos se vuelven dos rendijas cuando noto su tono vacilón.

—¡Es broooma! Estoy gratamente sorprendida, la verdad.

—No lo estés tanto. No volveré a hacerlo. Ha sido una locura aislada. He dicho a Sofía que no quiero compartirla más, pero ella tiene muy claro el tren de vida que desea llevar.

—Ya... —dice apenada.

—¿Y tú? ¿Lo tienes claro con Ástor? ¿Qué pasará cuando termine el torneo y no cumplan con la amenaza de matarle? ¿Hasta cuándo vas a seguir con él?

—No lo sé —dice cohibida.

—Tendrá que contratar seguridad privada de verdad y seguir con su vida hasta que demos con alguna otra pista... No podemos dedicarle más tiempo.

—Lo sé... Voy paso a paso. Día a día. Mañana, ya veremos.

—¿Estás enamorada de él? —pregunto casi sin aire.

Que no lo niegue enseguida me da la respuesta y, aunque ya lo sabía, me entristece mucho el sufrimiento que le espera.

—Dice mi madre que se me pasará —musita esperanzada con los ojos vidriosos.

La miro con más pena que nunca.

—Sé que apenas nos conocemos, pero...

—No me vengas con esas, Kei. Hasta yo lo he conocido bastante y no he estado tanto tiempo con él como tú. Poco habrá ya que no sepas. Al menos, sabes lo importante.

Keira inspira una gran bocanada de aire.

—Tenemos que irnos —dice agobiada—. ¡Ástor! ¡¿Nos vamos?!

Su novio aparece y abandonamos la casa. No sé por qué le ha pedido que nos dejara solos. Tiene cara de haberlo oído todo escondido al otro lado de la pared, porque está serio de cojones.

Ellos se van en el biplaza y yo les sigo de cerca en el Ibiza.

Cuando entramos en el club nos damos cuenta de que hay mucha más gente que los días anteriores. La gran final se presenta trepidante.

Nos encontramos con un Héctor nervioso. Creo que es la primera vez que parece el hermano mayor, en vez de Ástor. Va impecablemente vestido. Está muy guapo.

Mierda... ¡¿A que me van a empezar a llamar la atención los tíos?!

No. Simplemente salta a la vista que va más arreglado de lo habitual. ¡Punto pelota!

—¿Cómo estás? —le pregunta a Ástor—. ¿Mucha resaca, hermano?

—No mucha...

—Espero que te canses de ofrecer disculpas hoy, porque lo de ayer fue inaceptable —le advierte serio.

—Descuida, lo haré.

Entonces mira a Keira.

—Gracias por ir a buscarle... y por traerlo de vuelta sano y salvo.

Se hace el silencio como si esa frase trascendiera de significado extrapolándolo mucho más allá de la noche anterior. Siete años más allá, de hecho.

Keira se agacha hasta la silla para acariciarle la cara con cariño y decirle que está guapísimo. ¿Veis? No es que yo sea... ¡nada de nada! Que tampoco sería un drama si lo fuera, ¿eh? Pero no lo soy.

A Ástor se le cae la baba a cubos observando a Keira. Si esto no termina pronto, sufriré un coma hipoglucémico. Y si eso no ocurre, no me escaparé de un buen infarto de miocardio por culpa de la imagen que ofrece Sofía.

Lo sabía.... ¡No me van los tíos en absoluto! Acabo de empalmarme. Como mucho, soy bisexual... ¿No dicen que todos lo somos? Pues listo.

Sofía va toda de rojo, labios y uñas incluidas, con un vestido que parece ese regalo de Navidad que siempre pides y nunca recibes. Lo digo porque lleva un lazo exageradamente grande sobre el trasero que le cae a modo de cola vestido abajo.

Esta gente no es real...

A su lado, un Charly completamente repeinado se coloca un cigarrillo entre los labios y maldice al recordar que no puede fumar aquí dentro. Acaricia la barbilla a Sofía para informarle de que sale a fumar. Ella sonríe y yo me muero.

No se besan, pero se miran cómplices, y él emprende rumbo

hacia nosotros con un estilo que no tiene el resto de las personas que hay aquí. No es repelente ni engreído; la suya es una pose única que me gustaría tener a mí.

De pronto, nos ve.

—Eh, tíos... Me estoy agobiando un huevo con tanta gente. Salgo a fumar. ¿Alguien me acompaña?

Que me mire levantando las cejas no es casual. Me da la sensación de que todos me observan aguantando la respiración para ver qué respondo. Sería un momento perfecto para hacerle un feo. Sin embargo...

—Voy contigo.

Y aunque no la vea, tengo claro que la perra de Keira está sonriendo al recordar que ayer le peté el culo a este tío. Dios mío... ¡qué sensación más maravillosa! Sé que a muchos hombres heterosexuales les gusta que sus parejas les estimulen esa zona con juguetes eróticos de todo tipo, pero yo nunca me he atrevido a dejar que me metan ni un dedo.

Charly ya se está encendiendo el cigarrillo cuando llego a su lado.

—Te has ido muy rápido esta mañana, Ulises —me dice antes de expulsar el humo y suspirar aliviado al proveerse de su ansiada nicotina.

—¿Por qué estás tan nervioso? —le pregunto interesado.

—No soporto las multitudes... La gente es muy lenta... y muy rica. Me alegro de que estés aquí. —Me ofrece el paquete de tabaco para que coja un pitillo y niego con la cabeza.

—Tú también eres rico.

—Soy el más pobre del lugar. —Se ríe—. Y el más divertido. —Me guiña un ojo.

—De eso no me cabe duda... Contigo uno no se aburre, Charly.

—Sofía está hecha polvo —me suelta de pronto para que entre al trapo.

—¿Por qué? —Aunque lo sé de sobra.

—Porque dice que vas a causar baja... Que te vas del equipo.

—¿Qué más da? Lo de ayer fue solo un amistoso contra los barrios bajos. Yo no juego en la liga oficial.

Charly suelta una risita por la comparación deportiva, pero me duele y voy a por todas.

—Podrías renunciar a ella... Tú puedes tener a cualquier chica, y lo vuestro no es nada serio.

—¿Crees que serviría de algo que la dejara? —pregunta tranquilo.

—No sé... —«¡Quizá sí!», pienso. Porque después de él, yo podría ser una buena opción. Antes, nunca...

—Sofía me gusta mucho —confiesa Charly, ensimismado—. No es una esnob y es bastante puta.

Vuelvo todo el cuerpo hacia él con un gesto brusco.

—¡Lo digo en el buen sentido! —Se da prisa en aclarar—. Es todo lo puta que me gustaría que fuera mi mujer algún día...

—Pues di mejor «sexualmente activa».

—A eso me refería.

—Ergo... todas las que son sexualmente activas son unas putas.

—¡Joder, dame un respiro, tío! Sabes a lo que me refería.

—Sí, pero un día tendrás un hijo que te oirá hablar así y le parecerá bien que su mujer sea una estrecha porque, de lo contrario, sería una puta, lo que le condicionará a una infidelidad incipiente. Hay que tener mucho cuidado con lo que se dice si queremos que la sociedad avance, Charly.

—¡Joder...! Me apunto a criar un hijo contigo.

Pongo los ojos en blanco. Es cierto que es divertido. Y atractivo. Y huele que te cagas. Y... ¡Basta!

—¿Sabes por qué no tenía novia? —dice de repente—. ¡Por que el sexo se acaba! Pero estoy empezando a pensar que con Sofía no se nos acabaría nunca... Me lie con ella por primera vez hace tres años en el Dark Kiss. Para mí no es solo un capricho, siempre me ha gustado. Cuando Ástor la ayudó a conseguir una plaza en la universidad empezó a salir con Saúl, y me jodió vivo. Cuando cortaron, sufrí varios rechazos por su parte hasta que un día lo conseguí. Tu problema no soy yo, Ulises... Si me quitase de en medio, se buscaría a otro de primera división. Y no serías tú.

—Lo sé —reconozco bajando la cabeza, realista.

Sé que lleva razón. Y parece que a él le gusta de verdad Sofía. Encajan... Joder, encajamos los tres de maravilla, pero...

—Lo siento, pero no puedo ocupar el sitio que me tenéis reservado. Quiero más.

Charly sonríe y da una calada a su cigarrillo con ganas.

—Ya sé lo que es querer más. Yo inventé ese concepto... —dice, y le creo—. Pero estar con nosotros ya es «más» de lo que tenías, Ulises. ¿No estás de acuerdo?

—No niego que conoceros ha supuesto un antes y un después para mí, pero me queda una vida en blanco por delante. Estaré bien.

—¿Solo bien? —repite desafiante. Y se toma su tiempo para decir algo que me deje con la boca abierta—. Siempre he creído que si dejas de buscar la perfección, estás muerto.

Y lo consigue. Mentalmente, tengo la boca desencajada, de tan abierta que la tengo.

Maldito Charly...

—Te echaremos de menos —zanja casi molesto—. Y Ástor también echará de menos a Keira.

—Yo no los veo separándose cuando todo esto se resuelva —le traslado mis miedos para ver qué opina.

—Me sorprende que digas eso, Ulises.

—¿Por qué?

—Porque tú la conoces mejor que nadie. Y yo, aunque la conozco poco, sé que tarde o temprano huirá de él. Si fuera por Ástor, se quedaría con ella para siempre. Hacía que no lo veía así desde... ¡nunca! Keira también supondrá un buen antes y después para Ástor..., pero no durarán. Ella se alejará.

—¿Por qué crees eso? —pregunto interesado.

—Porque, al igual que tú, habrá condiciones que no podrá cumplir. Me cuesta cumplirlas a mí y estoy en el ajo...

—¡Chicos! —nos llama una voz femenina. Es Sofía—. Va a empezar. Si no entráis ahora, puede que luego no os dejen pasar.

Charly tira la colilla al suelo y la pisa. Si fuera amigo mío le haría recogerla con los dientes, pero lo hace sabiendo que, a la salida, la colilla ya no estará ahí. Alguien la habrá retirado. Eso es ser rico. Y lo demás son tonterías.

Entramos en el último minuto. Está a punto de empezar la partida.

Keira está preciosa y desafiante sentada a la mesa ante el cabrón de Xavier.

Desde aquí no oigo lo que se dicen. Esta sala es mucho más grande que la de ayer. Hay más gente y más pantallas en las que visualizar el tablero para seguir las jugadas. A mí, la verdad, me importa bien poco el juego. De ajedrez sé lo básico. Lo único que me interesa es que gane Keira porque para ella es realmente importante.

Ástor está muy pendiente, demostrando que también le importan mucho ambas cosas. Héctor está a su lado, con su clásica mueca triste. Su humor ha dado un giro radical desde que apareció la ropa ensangrentada de Carla. Y no me extraña.

De repente, me atraviesa un epifanía.

¡La persona que va contra Ástor tenía que saber lo del acuerdo entre Carla y Héctor! Quienquiera que fuera solo intentó usar la desaparición de ella para mantener al duque detenido en comisaría y que no pudiera participar en el torneo. Como nos saltamos el protocolo dejando que hiciera vida normal y asistiera al encuentro, el culpable cambió de táctica. Quiso asustarlo y desmoronarlo haciéndole creer que la había matado. Cuando no funcionó, amenazó a su madre, a Linda. ¡Quería echarlo de la competición a cualquier precio! Deseaba conducirlo a un estado de nervios para que perdiera. Y lo consiguió.

Quizá sea cierto que esta noche todo termine.

Quizá Carla aparezca mágicamente después de cumplir su cometido, pero... ¿y si gana Keira? ¿Hasta dónde podría llegar una mente que ha sido capaz de montar este tinglado solo para herir a Ástor de algún modo?

Llega un momento en la partida en la que ya no entiendo nada. Cuando todas las piezas están ordenadas, todavía, pero luego me cuesta seguir el juego.

«Cada nuevo movimiento genera múltiples nuevas posibilidades», me dijo una vez Keira cuando yo la llamé «friki» porque se tiraba mucho tiempo mirando al tablero sin mover ficha.

Gracias a eso, ahora sé que, dependiendo de si Xavier gana o pierde, el responsable recurrirá a un plan B que puede ser peligroso para Ástor.

Quiero ponerme de pie y acercarme a él. Se supone que soy su seguridad privada. ¡¿Qué hago tan lejos de él?! ¿Y si alguien lo ataca? ¿Y si alguien saca un arma y le dispara a bocajarro?

Se oyen murmullos nerviosos y me fijo en las pantallas. Quedan pocas fichas, lo que significa que se acerca el final.

—¡Dios...! —grita de pronto Ástor.

Me llevo un susto de muerte. Por un momento, creo que alguien le ha clavado una daga de cuatrocientos años en un órgano vital. Pero entonces lo veo sonreír maravillado y reparo en que Keira también lo está haciendo. Son los primeros en darse cuenta de que «mi chica» ha ganado la partida.

Cuando los demás se percatan empiezan a aplaudir con fuerza y a ponerse de pie. Me pierdo la preciosa sonrisa triunfal de Keira, pero me centro en llegar hasta Ástor cuanto antes. Me cuelo entre la multitud en medio de un estruendoso aplauso y alcanzo mi destino justo cuando todo el mundo se mezcla como en una batalla campal.

—Ven conmigo —ordeno a Ástor apartándole del tumulto.

—¿Qué pasa? ¡Tengo que ir con Keira!

—¡No, Ástor! Espera... Preveo represalias. Quien esté detrás de todo esto acaba de perder. Hay que estar atentos.

—¿Qué va a hacerme? ¡Esto está lleno de gente!

—Precisamente. No se notaría nada. Puede hacerte cualquier cosa.

—Y si no me encuentra a mí, podría ir a por Keira —deduce serio caminando hacia el interior de la sala de nuevo.

Corro tras él y lo sigo, pendiente de que nadie se le acerque.

Cuando llega a Keira, la abraza y la besa preocupado.

—¡¿Dónde estabas?! —le pregunta ella.

Permanezco con los cinco sentidos en alerta. La gente quiere acercarse a ellos, pero intento hacer de escudo humano con educación mientras los escolto hacia la salida. Muchas personas han abandonado ya la sala y los conduzco hacia un lugar seguro.

Charly me pregunta qué ocurre al notar mi nerviosismo. Le cuento mis sospechas y mira alrededor, inquieto. Al menos alguien me hace caso.

Keira sigue flipada por la victoria e ignora mi psicosis.

—Vamos afuera —propone Charly, claustrofóbico—. Aún hay demasiada gente aquí.

Salimos a los porches donde hemos estado fumando antes y lo veo coger su teléfono.

—Sofía no me contesta... —murmura preocupado.

—¡No me lo puedo creer! —grita Keira todavía eufórica—. ¡Lo has visto! ¡¿Le has visto la cara?!

—¡Sí! ¡Joder...! ¡Ha sido increíble! Tú eres increíble. —Ástor la besa con devoción.

Pongo los ojos en blanco. ¡Siguen en su mundo de unicornios a cuadros blancos y negros!

De repente, caigo en la cuenta.

—¿Dónde está Héctor?

Nos miramos entre nosotros y un silencio maligno se apodera del ambiente.

—Vamos a buscarle —insto a Charly.

Ástor se pone pálido y reacciona.

—¡Voy con vosotros!

—No, tú quédate aquí —le ordeno—. Keira, toma. —Le doy una de mis armas—. Atenta a todo. Ahora venimos.

De repente, un coche negro cruza el aparcamiento a una velocidad inusualmente alta. A todos nos llama la atención y volvemos la cabeza.

—¡Son Héctor y Saúl! —grita Charly reconociéndolos.

—Se lo ha llevado. —No quería decirlo en voz alta, pero me ha salido sin querer.

Ástor echa a correr sin pensar, y Keira y yo lo seguimos. Su coche está más cerca y lo saca de un acelerón marcha atrás. Keira llega justo a tiempo para subirse en el lugar del copiloto. Yo entro en mi coche y arranco. Siento que me tiemblan las manos al meter la llave en el contacto. Cuando voy a salir, un coche me bloquea al paso y tengo que esperar.

—¡Maldita sea! —Golpeo el volante, cabreado.

Cuando por fin abandono el complejo, lo hago a toda hostia porque me doy cuenta de que los he perdido.

Intento pensar en frío. Me detengo a un lado del arcén y abro mi portátil para iniciar un programa que utilizo para monitorear teléfonos. Introduzco el número de Ástor; seguro que lleva el móvil en el bolsillo.

Un punto verde aparece en mi pantalla y le doy a «Seguir ruta». Arranco el coche a toda velocidad. Solo espero llegar a tiempo porque tengo la sensación de que van directos hacia una trampa.

35
No mires atrás

El rey es una pieza de pelea. ¡Úselo!

W. STEINITZ

Nos vamos a matar.

Conduzco como un loco por la recta que discurre paralela a la finca del club. Está llena de pasos de cebra con badenes y me los como uno a uno. Solo rezo para no pinchar y no atropellar a nadie.

—¡Ástor...! ¡Frenaaa! —exclama Keira.

Pero no puedo. Veo el coche negro a lo lejos y tengo los ojos inyectados en sangre.

—¡No puedo perderle!

—¡Si nota que le seguimos intentará darnos esquinazo metiéndose en la autopista! ¡Hazme caso! Procura no llamar tanto la atención.

Piso un poco el freno porque el coche que perseguimos llega a un ceda el paso y también tiene que frenar. Gira a la derecha lentamente y aprieto el volante con las manos.

—No va a la autopista.

—Porque no nos ha visto. Síguele a una velocidad normal.

—Ulises tenía razón... ¡Esta es la represalia! ¿Cómo no me he dado cuenta del punto ciego que era Héctor? ¡Es el más indefenso! Y mi mayor debilidad...

—Tranquilo, Ástor, lo cogeremos.

Empieza a dolerme el pecho y a palpitarme rápido el corazón.

Me lo presiono y Keira me mira preocupada. Pone su mano sobre la mía.

—No se va a escapar. Tengo el arma de Ulises.

Asiento y me esfuerzo por no perderle. Ha bajado la velocidad.

Veo que Keira se acerca el teléfono al oído.

—Hola. Sí. Vale... Ulises viene justo detrás de nosotros —me informa.

Su compañero acaba de decirle que ha solicitado refuerzos y que intentarán cortarle el paso interceptando el coche de Saúl de frente.

La cabeza me va a mil por hora pensando en que pueden estar haciendo daño a mi hermano en este mismo momento, y así se lo transmito a Keira.

—No le hará nada dentro de un coche. ¡Dejaría demasiadas pistas! Y luego tendría que quemar ese cochazo.

—Cuando Saúl se compró ese A8 le dije que era un coche de ministro y él me respondió que algún día pensaba serlo. Cabrón...

—Tranquilo, esto debe de tener una explicación.

—Si le pasa algo a Héctor me moriré, Keira... ¡Me moriré del todo!

—¡No le va a pasar nada!

Inspiro hondo para mantener la calma. Me preocupa que esté anocheciendo. En menos de un cuarto de hora estará oscuro y yo explotaré.

—Oye, Siri, llama a Héctor —digo en voz alta, agotando opciones.

Keira me mira y se mantiene en silencio mientras escuchamos los tonos de llamada.

Cada vez me acerco más al automóvil que perseguimos. Hasta pienso en adelantarlo y cruzarme en su camino para que se detenga.

Entonces me doy cuenta de adónde se dirigen.

—Van a su casa... —musito sorprendido—. ¡Saúl lleva a mi hermano a su casa!

Reconozco el camino. He estado en casa de los Arnau mil veces.

¿Se habrá arrepentido? ¿Habrán hablado? Saúl parece un chico la mar de razonable, excepto cuando se pone tonto, claro.

—¿Ástor? —contesta Héctor de repente por el manos libres.

—¡HÉCTOR...! ¡¿Estás bien?!

—¡Sí! ¡Me he tenido que ir corriendo!

—¡¿Por qué?! ¡¿Qué pasa?!

—¡Saúl y yo estamos siguiendo a Sofía!

Keira y yo nos miramos alucinados.

—¿Por qué? —pregunta Keira confusa.

—Cuando has ganado la partida, Saúl ha oído a Sofía hablando por teléfono. Y por lo que decía, le ha parecido que era con Carla.

—¿Qué ha oído Saúl exactamente? —insiste Keira.

—Sofía ha dicho: «¡Les ha ganado una mujer! ¡Lo hemos conseguido! El plan ha funcionado. Los De Lerma están desesperados». Luego se ha reído y ha dicho: «Me reúno contigo ahora y lo celebramos».

—¡Va a mi casa! —oímos a Saúl—. Seguro que mi padre le ha dado las llaves.

«Xavier, claro... ¿Ha tenido a Carla todo este tiempo?».

—Héctor, puede ser una trampa —le advierte Keira—. No entréis en la casa sin nosotros. No sabemos quién es el cómplice de Sofía.

—¡No puedo esperar! ¡Seguro que Carla está allí! —grita Héctor.

—No lo hagas, Héctor, pueden considerarlo allanamiento.

—No lo será —replica Saúl—. Es mi casa.

—Deja la verja abierta —le ordeno autoritario.

—Tú no estás invitado, Ástor —replica malicioso.

—¡Maldita sea, Saúl! ¡Esto no es un juego!

—Parad e iremos juntos —propone Keira—. Os estamos pisando los talones...

De repente, un coche se incorpora a la vía y tengo que frenar de golpe.

—¡Mierda!

—Lo siento, chicos... No podemos perder a Sofía —explica Héctor—. Nos vemos allí, ¿vale?

—¡No! —exclamo furioso.

El coche de Saúl se aleja, pero, a estas alturas, nadie duda que se dirigen a la propiedad de los Arnau.

Al llegar allí, la puerta está cerrada.

—¡Maldito idiota! —rujo cagándome en Saúl, y salgo del coche pensando en cómo saltar la valla.

Keira me imita y trata de detenerme.

—¡Ástor, espera!

—¡¿Qué?!

—¿Y si esto es justo lo que quieren? ¿Y si Saúl está compinchado con Sofía? Esto puede ser una trampa para matarte.

—¡Mi hermano está ahí dentro! —grito alarmado.

—Esperemos a Ulises... Será más seguro entrar con él.

—¡No puedo!

—¡Y yo no puedo saltar el muro así vestida y con estos zapatos! —Se enfada ella—. ¡Nos visten así para que seamos inútiles, joder!

—Lo siento —digo esquivándola—. Tengo que entrar, Keira.

—¡Ástor, por favor...! ¡Si entras, será allanamiento!

—¡Será pollas! Dame el arma.

—¡Ni de broma!

—Bien, entraré sin ella.

Me desabrocho la camisa y me la remango para tener movilidad en los brazos y saltar el muro.

Keira se quita los zapatos de mala leche y me ordena que la suba a ella primero, recogiéndose el vestido hasta la cintura.

Cuando por fin saltamos, le indico que rodearemos la mansión y entraremos por el jardín. Con suerte, podré forzar la puerta corredera de cristal del porche.

Hay luz en la casa y al cruzar el jardín vemos perfectamente a Saúl agarrando a Sofía de los brazos en el interior de la vivienda. Héctor está al lado con cara de circunstancias.

—Déjame a mí —me ordena Keira al notar mi urgencia por actuar.

Siento que está a punto de darme un infarto. El corazón me palpita en las sienes y estoy loco por empezar a gritar el nombre de mi hermano, pero me callo cuando Keira se agacha y avanza con el arma en alto hacia el interior de la casa.

—¡¡¡Quietos todos!!! —grita poniéndose delante de mí y apuntándolos.

Saúl suelta a Sofía y se queda con las manos arriba, asustado al ver la pistola.

—¡Keira! ¡Qué bien que has llegado! —exclama Sofía, aliviada—. Justo a tiempo para el truco final.

Al oírla, Keira sigue apuntándola con el arma como si fuera una lunática. Porque es como ha sonado. ¿Qué ocurre aquí?

—¡¿Por qué sonríes?! —pregunta Keira—. ¡¿Qué está pasando?!

—Ahora te lo explico —dice Sofía tranquilamente—. ¿Puedes bajar el arma, por favor?

—No. Explícame qué coño es todo esto, Sofía —exige sin obedecer.

—He sido yo todo este tiempo. Solo quería dar una lección a los del KUN. Héctor y Ástor incluidos. ¡Y tú has sido mi mejor jugada! —Sonríe feliz—. Felicidades por ganar a esos neandertales... Les costará un tiempo superar que les ha ganado una mujer.

—Sofía, ¿qué has hecho...? —digo perplejo—. ¿Dónde está Carla?

—Lo he hecho también por ti, Ástor. Necesitaba que vieras la diferencia entre sufrir por algo y sufrir por nada... Estamos hartos de tus caras largas, y Héctor tuvo una buena idea con lo de las notas. Sin embargo, se quedaba un poco corta y tuve que meterle sangre.

Me quedo sin habla. «No, por Dios...».

—¡¿Dónde está Carla?! —pregunta Héctor, desquiciado.

—Primero baja el arma, por favor, Kei...

Keira la baja con expresión estupefacta, pero no la guarda y Sofía se conforma.

—¿Salgo ya? —De repente se oye una voz femenina.

Una que conozco muy bien. Héctor, Saúl y yo nos volvemos con cara de alelados.

—¡Sííí! —exclama Sofía.

Carla sale de un armario con una sonrisa culpable.

—¡Hola...!

El corazón me estalla como una palomita de maíz al comprobar que está sana y salva. Se me quita tal peso de encima que mi centro de gravedad se desestabiliza y me tambaleo contra el mueble más cercano.

Keira viene a socorrerme, creo que por pura pena. O preocupada al pensar que, definitivamente, me está dando un ataque.

Miro a Héctor, y su expresión denota que está a punto de escupir un pulmón.

—¡¡¡CARLA!!! —grita aliviado.

—Sorpresa... —musita ella tunanta—. Os la hemos metido pero bien, machotes...

Me cubro los ojos con una mano y hago un esfuerzo por no matarla yo mismo. Por no gritar hasta que se rompan los cristales. Por no llorar... ¿Todo ha sido mentira?

—Pero... —farfulla Héctor—. ¿Cómo has podido hacerme creer que estabas muerta? —pregunta incrédulo y herido.

—Quería que te dieras cuenta de lo que supondría vivir sin mí.

—¿Sabes cuánto he sufrido?

—Yo también. Renunciaste a mí, Héctor... y me dolió mucho. Quería que te dieras cuenta de lo que realmente significaba para ti...

—Joder... Pues ha funcionado. ¡Ven aquí ahora mismo...! ¡No quiero volver a separarme de ti nunca!

Carla corre hacia mi hermano sonriente para abrazarlo, y el alivio inunda mis venas de nuevo.

—¿Os dais cuenta de lo que habéis hecho? —dice Keira, indignada—. Esto es delito, Sofía... Concretamente el artículo 457 del Código Penal: «Simulación de delito». La multa será considerable por la movilización que habéis causado... y podríais ir a prisión.

—No me importa. Alguien tenía que hacer algo... El KUN tiene que dejar ya de mercadear con mujeres —replica Sofía—. Y ahora que lo sabes, espero que no hagas la vista gorda como Ástor...

—¡Yo no hago la vista gorda! —me enfado—. Lo estoy intentando solucionar a mi manera.

—Pues es penosa —replica ella cortante.

—Estás jugando con fuego, Sofía —digo serio—. Joderle el negocio a esa gente puede tener un precio muy alto.

—Estoy dispuesta a asumirlo —afirma con chulería—. Y también tenía que hacer algo para que dejaras de actuar como un capullo. El caso de Carla habrá sido el de muchas Kaissa. Sabes que hay desapariciones, Ástor... Y no haces nada por impedirlo.

—¡¿Qué quieres que haga?! ¡No hay pruebas! ¡No tenemos nombres concretos! Y el día que los tengamos, estaremos muertos antes de poder acusarlos. ¿Crees que no habría hecho algo ya si hubiera podido? —pregunto herido—. ¿Crees que soy como ellos?

—Solía pensar que no...

—Te he dicho miles de veces que no es fácil.

—Por eso necesitábamos ayuda profesional. —Señala a Keira.

Me froto la cara. Para mí este tema es un callejón sin salida. Siempre lo ha sido. Hecha la ley, hecha la trampa. El lado oscuro del KUN lo tiene todo estudiadísimo. Si descubriéramos algo, las chicas declararían que lo han hecho de forma consentida. Esto pasa hasta en los burdeles más sucios de trata. Las tienen amenazadas. Y resulta imparable.

—La mayoría de las veces todo es consentido —digo a Keira a modo de resumen—. Y hacer las preguntas equivocadas te puede acarrear más de un problema —añado con aprensión. No deseo que Keira se meta en esos asuntos tan turbios.

—Por eso quise implicar a la policía —alega Sofía, kamikaze. Como si eso fuera un límite infranqueable para el KUN—. Cuando Carla discutió con Héctor, vimos la luz.

—Te aseguré que funcionaría —interviene Carla, pizpireta—. Nada como sentirse amenazado de muerte para que aflore tu verdadera naturaleza. Siento haberte hecho sufrir tanto, Ástor —me dice juntando las manos—. Pero tu hermano no quería estar conmigo por no herir sentimientos que yo sabía que tú no tenías. Y me vi en la necesidad de tramar un plan...

—Eso lo entiendo, Carla —interviene de nuevo Keira—. Pero ¿por qué lo llevasteis más allá? La ropa ensangrentada, el ácido, la bomba... Porque fuisteis vosotras las que la pusisteis, ¿no?

—Sí... —musita Carla con expresión arrepentida.

—¿Qué clase de sádica hace algo así? —Keira está desconcertada.

—No fue idea suya, sino mía —admite Sofía en defensa de su amiga.

Keira la mira inquisitiva.

—¿Entiendes hasta qué punto esto ha sido una ida de olla? ¿De dónde sacaste la bomba? ¿Y el ácido? ¿Te parece lícito infligir un sufrimiento tan agudo a una persona haciéndole pensar que es responsable de un asesinato o asustarle haciéndole creer que alguien quiere matarle? —pregunta mi chica retóricamente. Su voz esconde un matiz hiriente que no pasa desapercibido a Sofía.

—Necesitábamos un punto discordante para que la investigación siguiera adelante —responde más sombría que antes.

—¿Con qué fin? —le pregunto cabreado.

—Quería que los del KUN se pusieran nerviosos. Yo... —Sofía parece indispuesta. Sus ojos brillan amenazadores al no contar con el apoyo de Keira—. ¡Tenía que hacer algo! ¡No podían quedar impunes! —exclama rompiendo en un sollozo.

—Se te ha ido de las manos, Sofía —condena Keira negando con la cabeza.

—Lo sentimos mucho —dice Carla apocada—. Pero también has conocido a Keira, Ástor. Sofía me contó que era una mujer con potencial para derribar tus defensas, aunque yo no creía que tanto. Le has ayudado muchísimo a sobrellevarlo todo —le dice ingenua.

«¿"Ayudado"? Dios mío...».

No quiero ni mirar a Keira.

¡Lo que ha ocurrido es que nos hemos enamorado como dos incautos y ahora resulta que todo ha sido un montaje!

Todavía no me lo creo.

—¿Por qué estáis aquí? ¿Xavier os ha ayudado? —pregunto incisivo.

—Sí. Xavier estuvo encantado de hacerte tocar fondo, Ástor —responde Carla—. No quería que te perdieras a ti mismo en la depresión como le pasó a tu padre.

Me muerdo los labios y miro a Keira. Supongo que imagina que nadie está al corriente de las circunstancias que rodearon la muerte de mi padre.

La veo sacar su teléfono para responder una llamada.

—Ulises... Sí. Todo bien. Ya he terminado. ¿Estas fuera? Espérame. Voy enseguida y te cuento.

Me muerdo los labios, preocupado. ¿«Espérame»?

Siento que lo que tenemos se despega del mundo real como si estuviera unido con celo.

—Venga, volvamos al KUN. ¡Llevo demasiados días encerrada y la fiesta espera! —exclama Carla con inocencia.

—¿Estás de broma...? —La miro perplejo—. ¿Crees que estoy para fiestas? ¿Crees que voy a perdonaros así sin más?

—¿Preferirías que estuviera muerta? —me reta Carla.

—No, pero estoy muy enfadado con vosotras... No puedo asimilar todo esto en un parpadeo y seguir la noche como si nada.

—Pensaba que esto serviría para que te dieras cuenta de que no puedes seguir desperdiciando tu vida —dice Sofía—. ¡Estás vivo, Ástor! Y tienes la obligación de vivir plenamente y morir saciado. ¿No te sientes aliviado?

Me froto la cara, malhumorado. Aliviado estoy, claro, pero...

—Además, ¡Keira tiene que ir a recibir el premio del torneo! —me recuerda—. Al menos te llevas eso por las molestias.

Keira y yo volvemos a mirarnos pensando que está completamente loca. ¿«Las molestias»? La tensión en la cara de la inspectora crece. Sé que está muy cabreada. La conozco. Y esa frase ha encendido su motor de la mala leche al tildar nuestro inesperado enamoramiento como «una ligera molestia» que se supera con una noche de fiesta y pelillos a la mar.

—Saúl, ¿tú lo sabías todo? —pregunta Keira en tono acusador.

Viendo su cara, casi me da pena... Y su silencio lo delata.

—Yo... Lo siento. Me pidieron ayuda y no pude negarme. —Suena avergonzado—. Siento haberla besado aquel día, inspectora.

La vergüenza barre la cara de Keira al recordarlo y se enfurece aún más.

—Pero ¡fue un placer...!, que conste en acta —intenta arreglarlo haciéndose el gracioso.

Lo atravieso con la mirada, y hace el gesto de cerrarse la boca y tirar la llave, después de decir:

—Mejor me callo.

—Vámonos de aquí —apremia Héctor—, necesito una copa. Además, tengo planeado volver a secuestrar a Carla.

La susodicha Carla se echa a reír, y la sonrisa de Héctor me dice que va a ser una gran noche para él. Al menos una buena noticia...

—Voy saliendo —dice Keira, muy seria, y abandona la habitación.

La seguiría. Necesito hablar con ella a solas urgentemente, pero también con Sofía. Por eso me quedo y la enfrento.

—¿Cómo has podido hacerme esto? —le susurro dolido.

—Lo necesitabas, As... ¿Me odias mucho? Lo siento, en serio. De todos modos, Charly dice que ahora eres otro. No me pidas que me arrepienta, por favor. Sé que me he pasado, pero...

—Te has pasado muchísimo de la raya, Sofi... Espera, ¿Charly estaba al tanto?

—No te enfades con él. Lo convencí porque también te quería de vuelta... Todos te queremos. Y sabes que lo que ocurre en el KUN no es ni medio normal.

—Eres demasiado idealista. Todavía no has aprendido que no basta con desear algo. Hay cosas que no pueden ser y punto.

—Eso decías siempre de ti mismo y mírate ahora... ¿Sigues hundido por lo que le sucedió a Héctor o ha pasado a un segundo plano?

Odio pensar que Sofía tiene razón. Pero es cierto que ahora mismo, que mi hermano esté en silla de ruedas me reconcome menos que nunca. Lo que me importa es saber que está vivo. Me he llevado un susto de muerte al pensar que lo habían secuestrado a él también.

Miro a Carla y su cara de rebeldía inocente me puede. ¡Está viva!

—Ya puedes cuidármelo bien —le digo refiriéndome a Héctor.

—¡Claro que sí! —exclama Carla, radiante—. No lo dudes.

Vuelve a abrazar con fuerza a Héctor, y ver la sonrisa culpable de mi hermano me hace feliz.

«Encima, no voy a poder siquiera cabrearme a gusto».

Entonces miro a Saúl.

—Lo siento otra vez —murmura antes de que acierte a reprocharle nada. Pero sé que no lo siente de verdad. Sigue guardándome rencor.

—Tendré que oírlo muchas veces para perdonaros a todos.

—A mí todavía no me has dado las gracias por lo de las notitas —replica mi hermano, socarrón.

—Sí, claro... Muchas gracias por hacer que me enamore como un idiota de la inspectora que llevaba mi caso. Me has destrozado la vida.

—Keira fue un golpe de gracia, ¿a que sí? —presume Sofía, la muy granuja—. En cuanto la conocí, sabía que te volvería loco, Ástor. ¡Me lo he pasado en grande con vosotros! Y Charly ni te cuento...

—Cuando lo coja, lo reviento —prometo—. Venga, vámonos.

Al salir al exterior donde están los coches aparcados, me siento extrañamente cansado por el estrés de la situación.

Encontrar a Ulises me tranquiliza un poco, aunque la expresión de su cara no sea muy alentadora. Trata a Keira como si fuera la víctima de todo esto. Y se olvida de que yo también lo soy.

Me mira serio, pero no dice nada. A Sofía, sin embargo...

—Te felicito. Finges de maravilla ser guay, cuando en realidad estás loca.

—Sabes que contigo no fingía, Ulises.

—Y tú sabes que vas a tener que pasarte por comisaría, ¿verdad? —le espeta cabreado.

—Lo haré, pero ¿tiene que ser ahora o puedo ir el lunes a saldar mi deuda con la justicia?

—Cuanto antes mejor.

—Ahora Keira tiene que ir a recibir su premio. Son cien mil euros y un trofeo muy mono —dice en su particular tono convincente.

Ulises se lo piensa durante un momento.

—Te espero el lunes a primera hora —masculla severo.

—Yo no quiero ese premio —replica Kei con un patente mosqueo.

—Sí que lo quiere —rebate Ulises mordaz—. Os seguimos.

Keira se vuelve hacia él, y todos podemos oír lo que le dice, aunque no quiera.

—¡¿Vas a dejar que Sofía se vaya sin más?! Debería ir ahora mismo a comisaría, Ulises.

—Sube al coche, Keira.

—Pero...

—Vamos. Sube.

Ella se enfada todavía más, pero milagrosamente obedece. Me pregunto cómo lo consigue Ulises.

Mi chica abre la puerta del coche de su compañero, y me acerco antes de que se meta.

—Kei..., ¿te vienes conmigo y hablamos? —le propongo cauto.

—No es el mejor momento, Ástor —contesta Ulises por ella.

Lo ignoro a propósito y la miro a ella con ojos suplicantes.

—Keira, por favor... Tenemos que hablar.

—Estoy demasiado cabreada, Ástor.

—¿Conmigo? Yo tampoco sabía nada de esto.

—Ya lo sé. Es que... no me apetece tener esta conversación encerrados en un coche, ¿vale? Hablemos en el KUN.

—Venís al club, ¿entonces?

—Sí, nos vemos allí —responde Ulises, cortante.

Keira mira al suelo dándome a entender que por ella no iría ni volvería a vernos en su vida.

Asiento en silencio. No debo estropear más las cosas. Aun así...

—Keira —digo sin poder evitarlo; espero hasta que levanta la vista—. Para mí esto no cambia nada.

Me mira dolida, pero guarda silencio. Se sube al coche de Ulises devastada, y me voy cabizbajo hacia el mío.

Saúl se ofrece a acompañarme, pero no es el momento. No quiero cometer un delito con su cabeza.

De camino al club me voy envenenando al pensar en el engaño. No tanto por parte de Carla, que ha luchado por el amor de mi hermano, sino por todos los demás. ¿Tan hartos estaban de mi actitud depresiva?

Me he esforzado mucho por cumplir con las expectativas de ser el honorable duque de Lerma, ¿y ahora resulta que todos quieren que deje de ser un rancio y empiece a ser feliz? No caerá esa breva.

Además, hay quien no piensa igual. La cabeza visible de la institución del KUN no puede ser un puñetero loco inmaduro. Sé que a muchos les gustaría que fuera todavía más inhumano de lo que soy. Y alguien en concreto me dará la razón.

Llamo a mi madre con el manos libres y contesta enseguida.

—Ástor, cariño... ¿Cómo estás? —pregunta apesadumbrada. Y su tono me chiva que está al corriente de todo antes de que se lo explique.

—Mamá... Hola. ¿Tú lo sabías?

—Sí... Xavier me lo contó para que no me asustara, pero yo no estaba de acuerdo. Lo último que quería es que sufrieras más de lo que ya lo has hecho... Me dijo que necesitabas una..., ¿cómo lo llamo? Ah, una intervención. Me pidió que sacara una foto de la entrada del balneario y se la enviara. Yo... lo siento, hijo.

—Cuando me amenazaron con hacerte daño tuve tal crisis que rompí la mesa de cristal de Murano de mi despacho, mamá.

—Lo siento mucho, Ástor —repite—. No sé qué más añadir... Entiendo que todo el mundo eche de menos al chico que eras, pero tienes un pasado que ellos no entienden y nuevas responsabilidades. No les hagas caso. Sigue con tu vida como si nada.

—No puedo. Algo ha cambiado... Me he enamorado, mamá.

—¿Hablas de Keira? ¡A mí también me gusta! Me pareció muy graciosa e inteligente... Aunque tendría que renunciar a su trabajo como policía para dedicarse solo a ti.

—¿Por qué? ¿Qué hay más honorable que dar caza a delincuentes?

—Una duquesa es una duquesa, hijo... De todas formas, dejará de trabajar para cuidar de vuestros hijos, y luego seguro que no quiere volver.

—Mamá, eso no va a pasar —anuncio desolado—. Ni va a dejar su trabajo ni quiere tener hijos. Me lo dijo muy claramente.

—¡¿Cómo que no quiere tener hijos?!

—Lo que oyes.

—Eso sí que es un problema... ¡Y grande!

—Para una vez que encuentro a alguien...

—Tampoco estabas buscando, Ástor. Igual ahora que has

cambiado el chip te abres a más gente y encuentras a alguien que encaje como duquesa.

—¡No quiero a otra! La quiero a ella...

—Ástor... Tu posición va más allá de una cuestión de amor. Tienes una responsabilidad vital, ¿vas a renunciar a ella por esa mujer?

Me quedo callado durante unos segundos, y noto la preocupación y la aprensión en su respiración. Teme que el antiguo Ástor tome el mando y deje tirada a la familia. Al apellido. Al título. A ella. Después de haber hecho lo que hice... o no hice.

—No —respondo solemne—. Te prometí un nieto De Lerma y te lo daré, pero yo decidiré cómo, cuándo y con quién... Y ahora mismo quiero estar con Keira, mamá.

—Nunca te pediría que renunciaras a ella. Mantenla contigo si te hace feliz, pero que ella tampoco te haga renunciar a ti mismo, porque eso no es amor. Si dices que no va a dejar su trabajo ni va a tener hijos por ti, tú continua con tu cometido también. Busca a alguien para formar una familia... Y si mientras tanto ambos deseáis seguir viéndoos, hacedlo.

Eso es horrible.

Juré que nunca tendría una amante como tenía mi padre, pero no veo otra salida. ¿Tengo derecho a pedir a Keira que renuncie a su vida por mí? Y lo más importante: ¿ella lo haría?

Sé que la respuesta es no. Y también sé que no puedo perderla. No puedo ponerla entre la espada y la pared sin ofrecerle una alternativa. Porque es de las que moriría por hacer lo correcto. Más bien, nos mataría a los dos.

—Ya veré lo que hago —digo a mi madre, hastiado—. Estoy llegando al club, tengo que dejarte.

—De acuerdo, cariño... Y no te enfades con Xavier, sufre mucho por ti.

Pues no debería. Ya sufro yo por todos de sobra.

Intento serenarme porque vengo calentito y tengo que poner buena cara para que esto no se vuelva aún más vergonzoso de lo que ya es.

Voy a reivindicar mi autoridad con un buen discurso que les deje claro quién está al mando. Soy el presidente del club KUN y no puedo renunciar a todo por lo que he luchado durante años por fugarme al Caribe con una chica, aunque sea lo que más deseo en el mundo. Además, ella tampoco querría fugarse conmigo. Ya se sabe, el amor no basta para que una relación funcione... No en el mundo real.

36
Pieza tocada

Si quieres hacer feliz a un amigo, déjate ganar.

Dina Foguelman

—¡¿Cómo se atreven?! —grito furiosa.

Doy gracias por no haberme ido con Ástor, porque el brote de histeria del que estoy siendo víctima no es nada agradable.

Supongo que Ulises sabía que iba a explotar así y me lo ha impedido. Me conoce muy bien. Y es lo primero que me ha dicho en cuanto he bajado: «Desahógate conmigo primero».

—¡¡¡Se han burlado del sistema!!! —continúo a grito pelado—. ¡¿Esta gente se piensa que puede comprarlo todo o qué?! ¡Y seguro que les sale barato porque el juez que les toque será amigo de alguien que es su amigo! ¡¡¡Me siento utilizada, Ulises!!! ¡Y también insultada!

—Pensaba que estarías orgullosa de tus colegas feministas.

—¡Eso es lo que más me jode! ¡Que encima no puedo culparlas por querer parar los pies a esos asquerosos! Pero esto se ha convertido en un «el fin justifica los medios» a lo bestia! Y mi corazón ha sido el maldito medio, ¡joder!

—¿Has terminado? —murmura Ulises en tono monocorde.

—¡¡¡No!!! ¡Me han desgraciado la vida, Ulises! ¡Han hecho que me enamore de un tío inalcanzable al que pensaba que querían matar!

—Perdona, pero te has enamorado tú solita, nena.

—¡De eso nada! ¡Han creado una tesitura en la que era inevitable! Fingir ser pareja, dormir juntitos, que me toque con esas manos... ¡Me cago en la puta! ¡¿Quién podría resistirse?! ¡Ni siquiera tú te has resistido a nada de lo que te han ofrecido! ¡Me siento sucia! ¡Nos han mareado! ¡Incluso me han hecho dudar de mi inteligencia!

—Pero Ástor no tiene la culpa de nada.

—¡Me da igual! ¡Ástor es el más culpable por empezar algo que no puede terminar! —Me cruzo de brazos enfadada con él. O con el mundo entero, no lo sé.

—En eso estáis empatados. ¿No dijiste que sería «solo sexo»?

—¡Dije eso porque no podía ser nada más, evidentemente!

—Pues ya ves que sí, Kei. Aunque si lo tienes tan claro no lo alargues. Sería muy masoquista.

—Pero... ¡¿cómo le voy a decir adiós?! ¿Quieres que me muera? ¡Estoy tan enfadada que no puedo ni pensar!

Joder. JODER. ¡Joder...! En serio, ¿qué voy a hacer ahora?

Le quiero, pero es como si todo hubiese sido ficticio y provocado. Como si estuviera manchado, como si no fuera auténtico...

Quiero estar con él, pero la humillación por el engaño ha sido tan grande que... ¿cómo lograré mirar a la cara a cuantos lo rodean? ¡Nos han jodido!

—¿Qué voy a hacer ahora? —digo en voz alta, más calmada.

—La vida sigue, Kei —contesta Ulises—. Me refiero a la vida real. Igual así vestida, viviendo en ese casoplón y montándotelo con un tío como Ástor te cuesta verlo, pero en cuanto vuelvas a la realidad, a la comisaría, a tu casa, y te enfundes unos vaqueros, agradecerás haber cortado por lo sano. La «reina Keira» es solo una invención.

—No sé si podré hacerlo —farfullo mientras me masajeo las sienes a dos manos.

—Tú misma lo has dicho, vuestra relación ha sido propiciada por la cercanía. ¡Os habéis peleado muchísimas veces en este tiempo! Y en el mundo real, si eso pasa dejas de ver a esa persona y punto, pero vosotros estabais obligados a «trabajar» juntos en este maldito circo y volvíais a engancharos. Hazme caso y pon tierra de por medio rápido, nena. Y si de verdad estáis predestinados, encontraréis el modo de volver a veros..., aunque sea en el torneo del año que viene.

—¡¿Estás loco, Ulises?! ¡¡¡No repetiré el año que viene!!!

—Pues te vendrían genial otros cien mil.

—No pienso quedármelos —zanjo asqueada—. Es casi lo que Ástor ha tenido que pagar por mí, entre la puja, el vestuario..., y voy a devolvérselo.

De repente, veo más claro que nunca que incluso nuestra primera vez fue una maldita transacción. Un engaño. Y lo pagó como hizo Richard Gere en *Pretty Woman.*

—Kei, de seguir juntos, ¿qué futuro os espera? —me plantea Ulises hipotéticamente—. ¿Él abandonaría su mundo? ¿Tú formarías parte del suyo? ¿Renunciarías a tu trabajo?

—¿Por qué uno de los dos tiene que dejar atrás su vida? —cuestiono.

—¡Porque las vuestras no encajan! Eso es de primero de *Barrio Sésamo.*

—Pues yo me perdí ese capítulo.

—Nunca coincidiríais, Keira.

—Sí, por las noches, en casa, como todo el mundo.

—Ástor tiene mucha vida social y tú tienes tus turnos. Sabías que esto era un disfrute momentáneo..., algo temporal.

—¿Y si yo dejará la policía? —suelto de repente.

Ulises me mira preocupado.

—¿Hablas en serio? —pregunta triste.

—Le quiero... —sollozo perdida. Juraría que es una razón de peso.

—Vale. —Traga saliva consternado—. Y... ¿crees que serías feliz?

—No lo sé, Ulises.

—Yo creo que no, porque dejarías de ser tú. Luego está el tema de tener hijos... Ástor debe tenerlos sí o sí, y tú no quieres. ¿Estás dispuesta a cambiar de opinión sobre eso?

—No.

—¿Harás que él renuncie a ello? ¿A su legado? ¿A su apellido?

—No.

—¿Entonces...?

—Es verdad. —Cierro los ojos con pesar—. Lo nuestro no tiene ningún sentido. Lo tenía cuando estábamos implicados en un caso juntos temporalmente, pero incluso eso ha resultado ser mentira… ¡No nos une nada!

—Algo sí, el amor —me recuerda Ulises.

—Un amor que tarde o temprano se extinguirá —dice mi parte más lógica—, y que va a causarnos más problemas y dolor que otra cosa. Es mejor dejarlo aquí.

—Es lo que te he dicho desde el principio. Y yo haré lo mismo. Lo haremos juntos, Keira.

37
El enroque del rey

> No hay nada más engañoso que las jugadas que parecen naturales.
>
> RICHARD RÉTI

Entro en el club y Charly viene hacia mí casi corriendo.

—¿Vas a matarnos a todos? —pregunta temeroso y serio.

—Mientras durmáis. Muy lentamente —respondo en el mismo tono sin dejar de andar y sin mirarle.

—Adelante, enfádate, estás en tu derecho... Pero no puedes negar que ha funcionado. Estas dos semanas has sido más tú mismo que en años.

Me paro y le clavo mi peor mirada. Sé que tiene razón, aun así...

—Eso no quita para que no hayáis jugado con mis sentimientos, Charly.

—Era necesario... Si no duele, no se aprende.

—Y con los de Keira —añado señalando el verdadero problema. Entonces se da cuenta.

—¿Va a venir a por su premio? —pregunta apocado.

—Sí.

—¿Y Ulises?

Al decirlo percibo que la culpabilidad lo come vivo. Joder... ¡Me había olvidado de que al pobre lo ha mareado como han querido para despistarlo también y poder llevar a cabo esta maldita encerrona!

—Ulises está muy cabreado —lo aviso—. Y viene hacia aquí.

No me gusta lo que han hecho con él. Sobre todo porque a su lado lo mío con Keira también parece fruto del estrés artificial generado por la situación. Como bien dijo ella en su día: «Si yo no fuera la inspectora de tu caso y nos hubiéramos conocido..., digamos en..., no sé, en un torneo de ajedrez, ¿sentirías la misma atracción por mí?».

Y que todo haya sido mentira da sentido a esa perspectiva.

Continúo andando, y Charly me sigue como si hubiera caído en la cuenta a la vez que yo de la que le espera con Ulises en cuanto se vean.

Entro en la sala principal donde se hará la entrega de premios y reparo en que todo el mundo me mira. Genial.

—Necesito un whisky —digo en voz alta.

—Te lo traigo ya mismo —se ofrece Charly con rapidez.

Más le vale. Lo veo irse y me acerco al escenario en el que repartiré los premios. Hay un trofeo enorme para el ganador con un cheque de cien mil euros y otro de menor importe para el subcampeón.

Los invitados me miran sorprendidos cuando yo mismo enciendo el micrófono y los focos saltándome el protocolo de esperar a que lo hagan los técnicos. Coger el micro sin que un presentador me dé la entrada es algo impensable para la eminencia que represento ser aquí y más todavía para la excelencia que soy a pie de calle. Pero paso. Puede que sí empiece a ser un poco yo de nuevo.

—Señores y señoras... Buenas noches. Gracias por su paciencia. En cuanto llegue la ganadora del torneo, procederemos a la entrega de premios. Antes, no obstante, me gustaría decirles unas palabras. Creo que se las debo, porque vaya días llevo...

Los presentes sonríen encandilados por mi tono cercano y chistoso.

—Han sido años difíciles para los De Lerma..., pero nos hemos sentido arropados por la comunidad del KUN y quería dar las gracias a todos. Espero poder celebrar esta noche el inicio de una nueva etapa llena de felicidad, porque juntos formamos una gran familia.

Todos me aplauden y vitorean, y veo que Charly se acerca a mí con dos vasos. Le cojo uno sin pensar y bebo sin cortarme un pelo. Sé que no estoy dando la imagen correcta al hacerlo con tanta ansiedad, pero es lo que deseaban, ¿no? Que fuera más natural... Pues venga.

—Ya están aquí —me susurra Charly, y atisbo a Keira entrando en el salón con Héctor, Ulises y los demás.

Cuando algunos ven a Carla acompañando a Héctor se crea un murmullo de expectación.

—Terminemos con esto —mascullo.

Vuelvo a encender el micrófono sin ningún tipo de ceremonia.

—Amigos, ¡acaba de llegar la protagonista de la noche! —exclamo sin saludos formales. A tomar por culo todo—. Keira, querida, ¿puedes acercarte al escenario?

Parece pensárselo un momento, pero finalmente accede. Ni se imagina lo elegante que está con ese vestido. Recuerdo la intrepidez con la que ha saltado el muro, y me muerdo los labios. Eso no lo hace cualquier mujer. Es una todoterreno. Sonrío cuando se acerca a mí, pero no me devuelve la sonrisa.

—Amigos, ¡mírenla...! —La señalo con orgullo para hacer que se ruborice—. Les puedo asegurar que ha sido un verdadero placer no haber ganado este año.

Se oyen risas por la posible doble lectura de mi frase. Porque el resto no sé, pero placer ha habido un montón.

—¿Dónde está Xavier Arnau? —pregunto acordándome de él.

—¡Estoy aquí! —se oye cerca. Y lo veo.

—Xavier, sube tú también a recoger tu premio, el del «perdedor», digo, del subcampeón... —Sonrío con guasa, y la gente se ríe alucinada.

Mi padrino sube al escenario tan sonriente como yo, pero no con malicia, sino encantado de verme de tan buen humor.

«¡Maldito sea! Cooperó con ellos...».

—Es broma, Xavi. Me dio una paliza, ¿saben? Es un excelente jugador —digo al público poniéndole una mano en el hombro, aunque le odie a muerte.

Él parece asombrado con mi cambio. ¡Ja! Que no cante victoria, cuando lo pille a solas, se va a enterar.

—Tú también eres un buen chico, Ástor, aunque muy malo jugando al ajedrez.

La gente estalla en carcajadas, y mi risa es auténtica ahora. Al momento tengo un flash de mis trece años, riéndome de la misma forma a su lado, pero fue la primera y la última vez que sucedió, porque fue a costa de mi padre y este me lanzó un vaso con hielos a la cara que me hizo daño. Xavier se quedó patidifuso y me fui corriendo. Y llorando. En ese momento me debió de clasificar como alguien a quien no tenerle respeto. Sin embargo, no era más que un crío.

Puede que sea un buen jugador, pero no es un buen hombre. Para mí siempre cargará con la culpa de saber que mi padre era como era y nunca lo detuvo.

—Quizá yo sea malo jugando al ajedrez, Xavi, pero todavía no tengo ningún premio de consolación en mis vitrinas —digo con chulería—. ¡Felicidades! —Le doy la mano—. Y ya, sin más dilación, les anuncio que es un honor para mí hacer entrega de este trofeo y este cheque a una mujer que se ha impuesto de forma magistral a todos los participantes sin haber participado en ningún torneo antes. Espero que sigas jugando y que sigas ganando muchos torneos, Keira. ¡Un aplauso para ella!

La ovación llega como una ola de euforia. Coloco una mano en su espalda y las ganas de besarla cuando me sonríe con timidez me atraviesan el corazón.

Ella se fija en mis labios y me dejo llevar pensando que probablemente sea la última vez que lo haga.

Nos hemos estado besando durante todo el torneo y la gente nos ha visto, así que aprovecho el revuelo del momento para atraerla hacia mí y besarla. Un beso casto que grita lo mucho que significa para mí.

Los decibelios de los vítores aumentan por un instante, pero Keira aparta la cara con una sonrisa vergonzosa y se acerca al micro. Todo el mundo calla para escucharla.

—Para mí también ha sido un verdadero placer, Ástor… Y quiero aprovechar para darte las gracias por permitirme vivir esta experiencia y esta aventura… ¡Gracias a todos!

Los asistentes aplauden, y disimulo el extraño malestar que me ha generado oír la palabra «aventura».

¿Eso soy para ella? ¿Una aventura?

No es una mala descripción porque es lo que ha sido. Aun así, mi intención es que la aventura continúe.

Nos bajamos del escenario y nos mezclamos con el gentío. Vamos hacia nuestros amigos, pero no aguanto ni un minuto más sin saberlo. La detengo sujetándola del brazo con delicadeza y le digo:

—¿Podemos hablar a solas, Keira? Por favor...

Me mira hecha un mar de dudas y tarda unos instantes en asentir, como si esa conversación fuera su condena al patíbulo.

Tiro de ella con suavidad para sacarla de aquí, y que me parta un rayo si el lugar más cercano para hablar en privado no es la maldita sala de los tapices.

Una vez que entra, Keira no se vuelve enseguida hacia mí, sino que camina un poco, retrasando el momento de decirnos cómo nos sentimos, aunque yo ya lo haya hecho en la mansión de los Arnau.

—Tenías razón... —comienza de pronto.

—¿En qué? Porque la tengo muy a menudo —intento meterle humor a la situación.

Sonríe un poco y tuerce la cabeza. Me gusta que lo haga.

Mi cerebro parece haber hecho clic al captar un simple mensaje: «Sé tú mismo o alguien morirá». Y ahora no puedo parar... Había aprendido a callarme las bromas. A silenciar esa voz vacilona a la que todo le hacía gracia, incluso una ruptura, como es el caso.

Lo noto en la tristeza que desprenden sus ojos; va a cortar conmigo.

—Tenías razón en que esto no cambia nada, Ástor.

«¿Entonces...?».

Me acerco a ella esperanzado, pero se aparta de mí.

—Ástor, ha estado genial, pero...

—¿Te refieres a la «aventura» de *Dónde está Carla*?

—Me refiero a nosotros..., a lo que hemos compartido.

Ah. Eso... Al motivo por el que mis palpitaciones están a punto de partirme el pecho.

—¿Sabes las ganas de besarte que tengo ahora mismo?

Y no puedo ser más sincero.

Me mira devastada, porque sé que también las siente, además de miedo y un enfado monumental. Lo sé muy bien. Cientos de ideas sobre humillación, amor y futuro se están dando codazos ahora mismo en su mente, pero yo solo quiero hacer una cosa antes de ocuparnos de ese desorden y poner todas las cartas sobre la mesa.

Me acerco a ella de nuevo, junto nuestras frentes y la siento languidecer. Todo lo que no nos decimos es lo mejor del mundo.

Encajo nuestros labios con el beso más decadente y genuino que tengo, y sentir que se derrite en mi boca es..., a falta de una palabra que lo defina mejor, es la hostia. Porque me parece algo sagrado. Divino. Celestial.

Le sujeto la cara y la beso a conciencia, dándome la enhorabuena por haber sentido esto al menos una vez en la vida. No creo que vuelva a sentirlo.

—Ástor... —Aparta la cara, afligida.

Y se acabó.

Nos quedamos quietos. Muy juntos. Y me decido a mirarla por fin. El brillo delator de sus pupilas me pone en preaviso, pero no pienso caer sin luchar.

—Podemos hacer que funcione —digo agarrándome a un clavo ardiendo.

—¿Cómo? —pregunta desolada—. Todo ha sido mentira, Ástor.

—Lo que hemos compartido no lo ha sido. De hecho, ha sido lo mejor que he sentido nunca —sentencio firme—. Y no quiero perderlo. Quiero estar contigo, Keira... Tengo un plan.

—¿Cuál?

—Seguir con nuestras respectivas vidas..., pero juntos.

—¿Cómo se hace eso? —pregunta perdida.

—En secreto.

Esas dos palabras empapan sus esperanzas calándola hasta los huesos. Lo analiza como si no hubiera pensado siquiera en esa posibilidad y responde dolida:

—No puedo, Ástor...

—¿Por qué no? ¡Nos adaptaremos!

Me mira sin entender.

—¡La gente lo hace todos los días! —insisto.

—¿Tener amantes?

—A mí tampoco me gusta, pero el amor se abre camino sin importar una mierda nada... ¡Y ni siquiera estoy saliendo con nadie todavía! Podemos seguir un tiempo juntos, y si conozco a alguien...

—¿Te estás oyendo? —exclama incrédula.

—Es la única solución para que ninguno de los dos deje de ser quien es.

—Ástor, queda claro que ninguno va a cambiar su vida por el otro. Las parejas normales lo hacen. Se cambian de ciudad, de trabajo y de compañía telefónica, todo con el fin de construir un futuro en común, pero nosotros no lo tenemos. Tú necesitas una duquesa para casarte y tener hijos, y hacer eso no entra en mis planes.

—Quizá con los años cambies de opinión —digo abatido.

—¡No voy a cambiar de opinión! —zanja adusta—. Y tú tampoco. Esto no va a ninguna parte... Seguir solo nos haría más daño.

¿Más? No creo que lo que siento por ella pueda dolerme más que ahora mismo.

—No nos hagas esto, Keira... Danos tiempo para encontrar una solución. No me hagas renunciar a mis sentimientos ahora que acabo de recuperarlos.

Sus ojos se encharcan al ver el sufrimiento en los míos. Las lágrimas que caen por sus mejillas me queman a mí.

—Es mejor frenarlo ahora, Ástor —solloza—. Piénsalo bien... Piensa en la prensa y en el acoso que sufriremos. Piensa en tu madre. En tu título, tu reputación, tu edad... No quiero robarte más años con algo que no tendrá el final que tú quieres. Los motivos que nos separan siempre estarán ahí y nuestro comienzo siempre estará marcado por una mentira.

—Si piensas así, ¿por qué has llegado tan lejos estos días? ¡¿Por qué anoche me besaste como si te fuera la vida en ello?! —digo cabreado.

—Porque entonces la vida nos iba en ello —responde, dando completamente en el clavo.

Un silencio recorre la sala de los tapices, y siento un escalofrío horrible. Lo que fuimos ya es un fantasma que acaba de pasar por mi lado, dejándome helado.

—Hemos permanecido juntos por el caso —remarca Keira—. Pensábamos que alguien en las sombras te perseguía y no entraba en mis planes abandonarte, pero ahora que sabemos que nadie te acecha deberías seguir con tu vida y tus planes... Y yo con la mía.

Siento un dolor indescriptible en el pecho. Es el final... La caída del telón que termina de partirme el alma.

—Pues ya está —zanjo conmocionado—. No hay nada más que decir.

—Te deseo lo mejor, Ástor. Tengo que irme... —Lloriquea.

Me quedo de pie, muerto en vida, mientras Keira se aleja de mí. Quiero detenerla, pero no tengo con qué y la impotencia me deja rígido.

De repente, se para y se da la vuelta.

La miro con el corazón en un puño.

«Dios... Por favor, que se lo haya pensado mejor».

—Si necesitas algo, llama a Ulises. Él se encargará de todo.

Presiono los labios para mantener a raya mis ganas de llorar. Un «llámame si necesitas algo» hubiera estado mejor, pero me encuentro ante alguien que prevé con maestría cualquier jugada antes de que suceda.

—Adiós, Keira...

—Adiós, Ástor.

En cuanto desaparece, voy hacia la famosa consola en la que no llegué a hacerle el amor y me apoyo en ella, consciente de lo mal que estoy en realidad.

Esta vez no voy a culpar a la habitación... La culpa es mía. Llevo mucho tiempo pagando por mi errores y seguiré haciéndolo. La diferencia es que ahora tendré que poner buena cara, para no amargar a nadie.

Mi estado perpetuo de autocastigo vuelve a cubrirme como un manto oscuro pensando que me lo merezco todo. Por Marta Cuartero, por mi padre, por mi hermano... Tengo que aguantar el tipo ante cualquier desgracia que me suceda porque me lo he ganado a pulso. Este desengaño, también. Todo es poco para lo que he hecho.

Charly y Héctor han intentado derribar mi culpa metiéndome en un problema serio y voy a darles lo que quieren. A todos. Será mi nueva condena. Una más cruel incluso que la anterior: tragarme mi destino fingiendo que no me estoy atragantando con él.

Les daré sonrisas y diversión, honraré el escudo de los De Lerma y traeré al mundo a un heredero... o a varios, mientras finjo ser alguien que no soy, cuando en realidad estoy podrido por dentro.

Por fin seré la viva imagen de mi padre.

38
Tablas

> El ajedrez es una guerra en un tablero. El objetivo es aplastar la mente del oponente.
>
> BOBBY FISCHER

Ulises no abre la boca en todo el camino de vuelta a casa en coche.

Supongo que ya ha oído suficiente en el trayecto de vuelta hasta el club. He gritado muy alto y me he cagado en los muertos de todo el mundo. Pero también he tomado una decisión irrevocable: dejar lo mío con Ástor aquí y ahora. Y ha sido el sacrificio más doloroso que he tenido que hacer en mi vida.

—¿Estarás bien? —me pregunta Ulises cuando aparca delante de mi portal.

—Sí, no te preocupes por mí... Me voy a tomar unos días libres.

—Yo también —dice abatido. Sé que ha tenido una discusión corta y letal con Charly y Sofía antes de abandonar el KUN.

—¿Qué te han dicho Sofía y Charly? —pregunto con la boca pequeña—. ¿Te han pedido disculpas, al menos?

—No, porque aseguran que nada de lo que ha pasado entre nosotros ha sido premeditado.

—¿Y les crees?

—Sinceramente, me la pela, Kei. Se acabó.

Sin embargo, nunca había oído una frase más falsa en él. Está muy decepcionado, se lo noto. Su aura depresiva ha vuelto para quedarse.

Lo abrazo porque siento que es lo único que puedo hacer. Él me rodea el cuello y me retiene escondido entre mi pelo.

—Desintoxícate de él y de su mundo, ¿vale? —me dice preocupado—. Lámete las heridas y convéncete de que has hecho lo correcto. Te recuperarás de esto.

—Lo mismo digo, Ulises —mascullo con pena.

No nos soltamos durante un rato porque no queremos. Cuando finalmente me separo de él y me bajo del coche me siento aún peor.

Uso mis llaves para entrar en casa sintiéndome una extraña. Me alegro de que mi madre no esté, porque tendría que volver a justificar mi cara de drama cuando me viera tan desolada. Pero son las diez de la noche de un sábado, así que ella y Gómez deben de haber salido a cenar.

Me libro del vestido como puedo y cuando lo veo arrugado encima de la cama me choca lo mucho que desentona con el resto de mis cosas. De mi vida. Igual que Ástor.

Estos amores solo funcionan en las novelas románticas, donde ninguno de los personajes usa el retrete jamás, como debería ser lo normal, gracias al envidiable metabolismo que les permite tener un cuerpazo como los que suelen tener.

Lo que me recuerda que tengo que ir al baño...

Al terminar, me meto en la ducha. Estoy tan hundida que no tengo fuerzas ni para llorar.

Me perturba pensar que no volveré a verle. Pero eso no es cierto. Es mucho peor. Ástor no ha muerto y lo veré en las revistas, en las páginas especiales con las mejor vestidas de su boda, en la sesión de fotos de su primer hijo y en un largo etcétera.

«¿Cómo he podido colarme tanto por él en tan poco tiempo?».

Cuando me ha dicho «No me hagas esto», mi corazón ha empezado a pegarme por no poder darle lo que quería.

Puede que sus allegados intentaran devolverle las ganas de vivir, pero a mí me las han quitado.

Estaba muy bien sin sentir nada de esto. Era feliz en mi ignorancia, que sigue siendo mucha; aun así, me encontraba muy cómoda pensando que el amor estaba sobrevalorado y que yo no lo necesitaba para nada. Qué mentecata...

Salgo de la ducha y me envuelvo la cabeza y el cuerpo en sendas toallas.

Me pilla por sorpresa que no pueda ni vestirme. Que la capacidad de seguir haciendo como si nada me abandone de repente.

Me tumbo en la cama y me encojo sintiéndome fatal. No quiero llorar, pero Ulises se equivoca… Odio mi vida. Estoy odiando cada segundo que estoy sin Ástor.

Y tengo fuertes tentaciones de llamarle para suplicarle que se vaya de esa puñetera fiesta en la que le dolerá la boca de tanto sonreír sin ganas y venga aquí a rozarla contra mi piel todo lo que pueda.

Pero no serviría de nada.

Haga lo que haga, yo pierdo.

Este maldito *Jaque al duque* ha sido un jaque mate a mi corazón.

sofía

Epílogo

> La vida es como una partida de ajedrez. Cada decisión que tomas tiene una consecuencia.
>
> P. K. Subban

Seis meses después

Echo de menos a Ulises.

Desde que Keira y él desaparecieron de nuestras vidas todo ha ido empeorando por momentos.

Ástor antes me daba pena, ahora me da pánico... La sonrisa que ofrece últimamente es peligrosa. De las que prometen hacer una locura en el instante más inesperado.

Charly y Héctor parecen encantados con que se haya convertido en un déspota feliz que no se calla nada; ya no parece importarle el qué dirán. Se ha transformado en una de esas personas que pueden hacer lo que les plazca por ser quienes son. Está empezando a caerme mal.

—Oye..., ¿estás bien? —le pregunté un día, cuando mencioné que iba a ir al cine con Keira.

Sí, seguimos siendo amigas, aunque me costó lo mío recuperarla.

A las semanas de desaparecer, me planté en su casa. Ulises me dio su dirección después de insistirle mucho en que quería devolverle algo que se dejó en mi casa.

Keira se sorprendió al verme y le dije que no deseaba perderla como amiga. Vale, lo admito: tampoco deseaba perder una posible conexión con Ulises. De todos modos, es cierto que la idolatro. Nunca he conocido a una mujer que destaque en un mundo de hombres... ni que tenga los cojones de renunciar a Ástor de Lerma y su legado. *Chapeau!*

Me dejó muy impresionada que hubiera gente que se permitiera el lujo de tener principios. Me trastocó, la verdad.

Pensaba que me encontraba en una posición privilegiada por codearme con los del KUN, pero Keira había renunciado a una vida de ensueño y no podía entenderlo. Me mosqueaba mucho porque su decisión de huir denigraba la mía de quedarme. Y sentía que necesitaba reafirmar mi determinación.

Terminé de sentirme mal cuando Charly me contó que Keira le había devuelto a Ástor los cien mil euros del premio del torneo. Hizo que los cincuenta mil que me había dado a mí de extranjis por guardar silencio me quemasen en la mano.

¿Desde cuándo era así? ¿Desde cuándo tenía escrúpulos?

La «operación Carla» nos cambió a todos, no solo a Ástor.

A partir de ese momento, se empezó a torcer mi mundo.

Después de que Keira ganara el torneo, las cosas mutaron. Ástor se esforzó por sugerir cambios a favor de la integración femenina en el club KUN, y a ampliar el poder y el respeto de las Kaissa gracias a las credenciales y notables habilidades de la suya. Cuanto más cerca estaba para mí la posibilidad de ser miembro del KUN, más dudas tenía de querer serlo. Algo no encajaba, necesitaba encontrar respuestas. Y la de Ástor cuando le pregunté si estaba bien al mencionarle a Keira y ver que le mudaba la expresión me dejó preocupada.

—Mejor que nunca... Gracias por tu interés, Sofía.

—A mí no tienes por qué mentirme, Ástor.

—No lo hago. Lo nuestro no tenía futuro y he pasado página, así de simple.

—Ir todas las noches al Dark Kiss no es pasar página.

—Pero ayuda —replicó con una sonrisa cruel.

Puse cara de pena y le insistí. Le recomendé que no se rindiera, que Keira merecía la pena... Sin embargo me paró los pies de forma cortante alegando que no me metiera en su vida porque no era asunto mío.

Pero sí que lo era... Porque Charly lo acompañaba muchas de esas noches y, aunque no tenemos una relación «oficial», me molestaba. Un día los seguí y no me gustó lo que vi. No es que estuviera celosa de que una doña nadie le comiera la boca, es que sentía que había renunciado a Ulises por él y se suponía que íbamos a dar un paso más en nuestra relación. Y lo dimos, sí..., aunque hacia atrás.

Eso hizo que me plantara en el piso de Ulises poco después. Le había echado un vistazo a la dirección de su DNI una noche que estuvo en mi casa... ¿Qué pasa? ¡Soy cotilla por naturaleza! Tengo complejo de Lois Lane, siempre ávida de información, y no pude evitarlo. Porque la información es poder y nunca se sabe cuándo te puede venir bien. A mí, más veces de las que recuerdo.

Había pasado un mes, y lo sorprendí volviendo a casa al terminar su turno. Le pregunté si me invitaba a un café y..., bueno, algunos lo llamarían «recaída», yo lo llamo «salto del tigre». Ya vamos por el tercero desde entonces. Todo a espaldas de Charly, claro. No obstante, la semana pasada se enteró y tuvimos una fuerte discusión. Que también acabó en un polvo salvaje, pero... teníamos que hablar. Hablar en serio de lo nuestro, porque yo le quiero. Charly da tres mil vueltas a todos los miembros del KUN, y no deseo perderle. Además, de cara a la galería estamos juntos, y si algún día me interesa de verdad ser miembro del club me niego a cargar con la reputación de que salga casi todas las noches por ahí sin mí.

—¡Ástor me necesita, Sofi! ¡Está fatal! —argumentó Charly.

—Según él, está perfectamente.

—¡Y una mierda! Te digo que cualquier día nos lo encontramos colgado de una viga. ¡No es broma, joder...!

Parecía realmente preocupado por su amigo, pero no se daba cuenta de que a la vez estaba dejando morir lo nuestro. O igual es que le insuflamos más vida de la que tenía solo gracias a Ulises y a la «operación Carla», no lo sé.

Y hablando de Carla...

Nosotras también hemos ido a peor estos meses.

Me lo esperaba un poco porque es habitual olvidar a los amigos cuando empiezas una relación. Además, parece que Héctor y ella van en serio. Me explicó que todo era muy intenso y que estaban forjando un vínculo muy consistente, que son los que luego te ayudan a resistir las malas épocas.

Al principio, me contaba a diario todos los avances que ella y Héctor hacían en el terreno sexual, incluso cómo había perdido por fin su virginidad con él. ¡Muy fuerte...! El problema fue que empezó a ponerse celosa al notar la extraña química que, misteriosamente, empecé a tener con su novio.

¡Yo no hice nada, lo juro!

Es solo que Héctor y yo nos conocíamos desde hacía tiempo y siempre nos habíamos caído bien, pero cuando empezó a venir más por casa para ver a Carla la dinámica de nuestras conversaciones cortas y divertidas molestaba a la señorita porque se sentía incapaz de unirse y meter baza. Así fue como empezó a evitarme. Y a evitar quedar en nuestro piso con Héctor. Me sentí abandonada. Ella y Charly pasaban más tiempo en casa de los De Lerma que en la mía.

Cuando nos veíamos todos juntos y Héctor y yo nos saludábamos, a Carla le cambiaba la cara. Era muy incómodo. Los oía discutir en privado y me sentía mal por ellos.

¿No se daba cuenta de que Héctor estaba enamoradísimo de ella y que, precisamente por eso, era de los pocos hombres con los que podía ser yo misma y no tener que fingir modales de princesa Disney?

¡Yo era más como Lady Di! Una princesa rebelde de pueblo. Es decir, de las que mueren jóvenes y bellas por meterse en líos.

Ahora mismo mi vida es como una gran madeja de lana desordenada donde no se ve el principio ni el final, y he creído oportuno quedar con Carla en un rincón de la universidad que nos encanta a ambas para hablar. Es un espacio recogido entre dos edificios que me recuerda a los clásicos jardines secretos de Londres. Un sitio precioso y tranquilo por el que casi nunca pasa nadie porque te obliga a dar más vuelta, y hoy en día se ha convertido en nuestro rincón especial.

Le he mandado una nota de voz por WhatsApp esta mañana citándola aquí. Quería que reconociera en mi tono mis buenas intenciones, que me creyera cuando digo que necesito recuperar a mi amiga urgentemente, porque mi vida acaba de sufrir un cambio radical y necesito consejo profesional... Pero no estoy segura de que venga.

Estoy tan nerviosa que llego diez minutos antes. Me toca esperar y desesperar sentada en uno de los bancos. Para convencerla, he dicho a Carla que tenía que contarle algo muy importante. Es uno de los descubrimientos más jugosos de los últimos tiempos. Algo que explica muchas cosas... y que puede abrirme paso en el KUN definitivamente, pero necesito que ella esté de mi parte para seguir adelante.

Estoy perdida en mi móvil cuando un golpe de viento trae hasta mi nariz una fragancia muy particular. Sé quién lleva esa colonia incluso antes de levantar la cabeza.

Elevo la vista y sonrío felicitándome por mis dotes de sabuesa.

—¡Hola...! ¿Qué haces aquí? —pregunto sorprendida.

—Hola —contesta con una cara extraña.

—¿Por qué has traído eso? —pregunto al ver lo que tiene en la mano—. ¿Y por qué llevas guantes?

—¿No es obvio?

Mi cara cambia cuando veo que alza la mano.

La sorpresa me paraliza de tal forma al asumir lo que está a punto de pasar que no puedo esquivar a tiempo el brutal golpe que me da en la cabeza con el objeto.

Lo peor no es el intenso dolor que siento expandiéndose por todo mi ser a gran velocidad. Lo peor es el crujido que he oído.

Un sonido trágico. El del adiós. Porque sé que acaba de abrirme el cráneo.

Mi mente sufre un cortocircuito mostrándome que no somos más que máquinas. Acto seguido, se me nubla la vista y siento que me desvanezco.

Noto la textura del banco posarse en mi cara. O será al revés.

Pierdo sensibilidad a medida que mi cerebro se va inundando de sangre sin remisión. Puedo notarlo. Me empapa por dentro y por fuera, y un líquido espeso se desborda de mis labios.

«¿Por qué...?», pienso asustada. Pero mi boca ya no lo dice por mí.

Una ola de frío se apodera de mi cuerpo, y sé que es lo último que pensaré en mi vida. «¿Por qué?». Menuda pérdida de tiempo, si ya sé por qué...

—No deberías haberte metido donde no te llaman, Sofía.

Y ahí está la respuesta. En el fondo, lo sabía. Siempre lo he sabido.

Nunca debería haberme metido en un mundo que no es el mío.

Keira hizo bien en huir de él. Fue más lista que yo.

Claro que ella es una verdadera dama.

Agradecimientos

Se me hace difícil condensar en solo unas líneas todo el agradecimiento que siento en estos momentos. Para que os hagáis una idea, es lo contrario a la página en blanco en la que no sabes qué poner: pretender citar a tanta gente en tan poco espacio es un reto que me colapsa.

De entrada, soy de las que cree que es imposible escribir una novela sin ayuda externa. Puede que no tecleen contigo, pero te facilitan tanto el poder hacerlo que resulta inevitable sentir que es un poco de todos al terminar.

De todos los que te animan cuando las palabras no fluyen, cuando te presionas a ti misma sintiendo que no será suficiente, cuando estás en racha y ves la luz. Cuando te escriben preguntando «qué tal» y te despides diciendo «menos mal que hemos hablado». Gracias por tanto apoyo y consideración.

La lista de personas a la que me refiero es extensa entre familia cercana, amistades antiguas y nuevas y una enorme comunidad virtual forjada libro a libro durante años en las redes sociales. Esta última es como una mano invisible que te toca el hombro cuando más lo necesitas. Siempre tiene una frase de aliento e ilusión cuando posteas tu estado de ánimo al ciberespacio. La gratitud que acumulo para con todas ellas es incalculable.

Si tengo que sintetizar, quisiera dar las gracias por la confianza en general. La de mi editora, la de mis lectoras, la de muchas sonrisas y abrazos acompañados de «te lo dije» cuando les hablé de esta gran oportunidad. Siento que no os merezco y me ilusiona compartirlo con vosotros.

Sobre todo con mi pareja, Pablo, y mi lectora cero, Irene, a quien le he dedicado este libro porque se lo ha ganado a pulso. Ellos son quienes más han sufrido mis neuras durante el proceso de escritura y han sabido cuidar de mí a cada paso.

No puedo dejar de mencionar a Bego, mi canaria favorita, por su incalculable ayuda siempre y su envidiable inteligencia emocional. Eres mi gurú. No me faltes nunca, por favor. También gracias a mis Villanas, en especial a mi Comando Chip y Chop, por estar siempre ahí, apoyándome.

Y por último, gracias a mi madre, Inmaculada Casas Clotet, el motor de mi existencia, incansable e inagotable en su labor de facilitarme la vida y ayudarme a ser feliz.

Gracias a todos por construir mis sueños conmigo.